诗经心读

柳恩铭 著

广州新华出版发行集团
广州出版社

图书在版编目（CIP）数据

诗经心读 / 柳恩铭著．—广州：广州出版社，2022.9
ISBN 978-7-5462-3217-1

Ⅰ.①诗… Ⅱ.①柳… Ⅲ.①《诗经》—诗歌研究
Ⅳ.① I207.222

中国版本图书馆 CIP 数据核字（2022）第 148711 号

书　　名　诗经心读
　　　　　Shijing Xin Du
出版发行　广州出版社
　　　　　（地址：广州市天河区天润路 87 号 9 楼、10 楼　邮政编码：510635
　　　　　网址：www.gzcbs.com.cn）
责任编辑　区力文
责任校对　李少芳
装帧设计　予　昕
技术编辑　艾　群
印刷单位　广东信源文化科技有限公司
　　　　　（地址：广州市番禺区大龙街竹山工业路 57 号　邮政编码：511440）
规　　格　787 毫米 ×1092 毫米　1/16
字　　数　607 千
印　　张　46.25
印　　数　1—5000 册
版　　次　2022 年 9 月第 1 版
印　　次　2022 年 9 月第 1 次
书　　号　ISBN 978-7-5462-3217-1
定　　价　138.00 元

序一

遥远的心声

蒋述卓

2012年2月，柳恩铭博士应邀担任广州市天河区教育局局长不到3个月，就使该区在全国率先实现优秀传统文化经典教育的全覆盖，此时中央尚未全面启动中华优秀传统文化传承发展工程，恩铭博士之睿智、勇气、担当，让我肃然起敬。2014年，恩铭博士“十年磨一剑”的《论语心读》出版，我有幸成为第一批读者，并应邀参加《论语心读》的首发式。该著一版再版，畅销、长销，已充分显示其学术价值和社会影响力！2016年，恩铭博士开始撰写《诗经心读》，可谓对中国优秀传统文化一往情深。该著即将出版之际，我欣然应邀作序，因而有幸以第一读者的身份，阅读了《诗经心读》三校稿。古老的《诗经》，一经恩铭博士“心读”，立即苏醒，复活，鲜活，令人心潮澎湃！字里行间溢出如海情怀和如火激情，恩铭博士对于经典的深情、热爱、执着，以及对于传承优秀传统文化的强烈使命感和担当精神，再次让我肃然起敬！

卡尔维诺在《为什么读经典》中说：“在青少年时代，每一次阅读跟每一次经验一样，都会产生独特的滋味和意义；而在成熟的年纪，一个人会欣赏（或者说应该欣赏）更多的细节、层次和含义。”

因此，经典作品就是那些“对读过并喜爱它们的人构成一种宝贵的经验”，“等到享受它们的最佳状态来临时才阅读它们的人，它们也仍然是一种丰富的经验”。从恩铭博士《诗经心读》的自序得知，他少年时期读过的经典，给了他宝贵的经验。如今等到他享受它们的最佳状态来临时，再度阅读，就带给他丰富的人生经验。这便是我们今日读他的《诗经心读》所找到的切入口。

《诗经》是中国文学的源头，中国美学的根基，也是中国文化的元典；经过经学家们的诠释和研究，学界还形成了著名的“诗经学”，那是中国阐释学的重要内容。由孔子删定的《诗经》教材以及对“诗”的评价，奠定了中国诗教的传统基点。恩铭博士此书不仅要在传承诗教上弘扬其文学价值、美学价值、教育价值、伦理价值、思想价值、政治价值、哲学价值，而且要从情感定向、文学启发以及美学熏陶上追寻《诗经》的真、善、美，并站在新时代起点上，对《诗经》作现代价值的阐释，以达到创造性转换、创新性发展的目的。这种注重文化价值观引领的做法是值得推崇的。

《诗经心读》最突出的印象是还原且弘扬了原始儒家人本精神、民本政治、人文精神。恩铭博士对《国风》中爱情诗篇的解读十分精彩，让读者穿越时空，回到西周，回到东方人文精神自觉的年代，《诗经》语境中的爱情超越门第，超越等级，超越金钱，那么淳朴，那么纯洁，那么自由，那么浪漫，那么唯美。《雅》中的诗歌，歌颂亲情，歌颂人伦，歌颂明君，歌颂贤臣，歌颂哲人，总之，歌颂的对象是人而不是神。《颂》中祭祀颂歌的主旋律是敬天爱人，敬天是手段，爱人是目的。

《诗经心读》最精彩的是极富个性色彩的“心读”。恩铭博士以自己生命中丰富的人生经验去对《诗经》作灵性智慧的“心解”，将自己的个性与情感代入，增加与《诗经》文学生命的对话，是此书的最

大特色。读此书时，会在智慧与美感的享受中获得愉悦，身心放松，同时触发灵性，与作者相视而笑；更加难得的是与本书作者同频共振。恩铭博士总是抱着火一样的激情，以知行合一的态度实践自己的教育理想，形成了丰厚的实践积累，并把这些实践积累熔铸于《诗经心读》中。所以，该著的“心读”部分格外丰满。

《诗经心读》传递了轴心时代的智慧。《诗经》的年代，正是雅思贝尔斯称之为“文化轴心”的时代。《诗经》不仅是孔门的语言教材、文学教材、伦理教材、思想教材、政治教材，还蕴含丰富的智慧。《诗经》教读者说话，教读者文学，教读者相爱，教读者孝悌，教读者交友，教读者相处，教读者做人，教读者为官，教读者为君——两千多年从平民到帝王，都读《诗经》，秘密就在于此吧！当今人们的智慧一定高于古人吗？说我们的知识比古人丰富，毋庸置疑；说我们的资讯比古人发达，毋庸置疑；说我们的学习条件和学习能力比古人强，毋庸置疑。但，如果说今天人们的智慧一定比古人更加高明，那倒未必。要不然，为什么当代那么多的中国人，还在不断努力读懂《论语》《孟子》《荀子》《庄子》《墨子》《孙子》呢？无论是东方还是西方，文化轴心时代思想家、哲学家、教育家的著作，都被各自文化圈的人民奉为经典，其传递的核心价值也自然被人们奉为圭臬！雅思贝尔斯认为，每当人类觉得陷入无法自拔的困境，总是不由自主地回望文化轴心时代，回望那个时代先哲的智慧，借以解决现实中的诸多难题。读完恩铭博士的《诗经心读》，你会对雅思贝尔斯此说深信不疑！

《诗经心读》传递真、善、美的价值。“诗言志”“思无邪”，不论是《国风》《雅》《颂》，不论作者是少女、少男、平民、奴隶、贵族、士人、大夫、君王，诗作均源自内心，发乎真诚，深深震撼读者的心灵：恋得搔首踟蹰，想得辗转反侧，爱得一日三秋，恨得不共戴天，感得天崩地裂，敬得百身何赎，忠得地老天荒……

无论是过去阅读《论语心读》，还是现在阅读《诗经心读》，感动我的是作者充溢于字里行间的士人情怀。他不是为学术而学术，不是为职称而学术，不是为人生而学术，而是为教育而学术，为民族复兴而学术，为国家振兴而学术！其学术追求充分体现了传统士人“以天下为己任”的自觉与担当，充分体现了传统士人给予宇宙的终极道德关怀！恩铭博士著书立说有自己的崇高追求！所以，他的《诗经心读》的确与众不同，真的值得阅读！不读《诗经心读》你一定会遗憾，读了《诗经心读》你绝对不会遗憾！将你的时间分出一段，慢慢阅读与享受《诗经心读》吧！有请！

（作者系广东省作家协会主席、暨南大学文学院教授）

序二

在行动中读书思考

屈哨兵

恩铭博士的新著《诗经心读》即将面世，因为我对《诗经》素无研究，一开始没敢答应写序。这两天恩铭博士把《诗经心读》的三校稿寄给我，我突然想起我发表的第一篇论文竟然是和《诗经》有关的，那是我30多年前在湖北省教育学院进修时写下的东西，题为《〈诗经〉喻的研究》，后来发表在《湖北省教育学院学报》1989年第6期上。但我后来的学术研究再也没有和《诗经》发生任何关联。要为恩铭的新著写序，实在有不胜惶恐之感。现在决定应承下来写几段文字，主要是想谈谈我与恩铭近年来的一些交往感受。恩铭在我的心目当中是一个什么样的人？我认为恩铭是一个在行动中读书思考的人。这样来说，或许可以对读者阅读这本《诗经心读》有所帮助。

恩铭是行动派。我与恩铭相识，缘于我2011年因工作需要到广州市教育局任职，与恩铭成了同事。第一次见到恩铭，他就给我留下了温和敦厚的印象，后来的进一步交往也证实了这个印象。恩铭在很多场合确实有一种我国传统士人所称道的温良恭俭让的模样。我认识的一个性格奔放的诗人朋友叫柳忠秧，那是一个诗酒人生快意恩仇的人，但我好几年都不知道他与恩铭是兄弟俩。两人的性格对比太强烈了，进退收放各在一端。我好奇是什么样的经历与环境将这兄弟俩塑造得如此不同且都各自出色。当然，这兄弟俩有一个共同的品质，那就是他们都拥有一颗赤子之心。这大概也是我能与他们交往的一个基础。

说恩铭是行动派，主要是因为他能把教育理想付诸教育实践。我任广州市教育局局长后不久，恩铭就主政天河区教育局。在任天河区教育局局长期间，恩铭把天河区基础教育推上了一个全新的台阶。其中最典型的表现，就是在天河区推行优秀传统文化经典教育工程，将教育部要求的经典诵读上升为经典教育且纳入课程管理，将经典教育覆盖到辖区全部学校，且实现校长、语文教师经典教育全员培训。这样的站位推行及高度、力度在我看来是很多地方做不到的，但是恩铭做到了。这就是行动派的表现，是一种落实文化自信的行动担当。实施经典教育，让经典成为教育的使命，让教育成为经典的选择。

恩铭是读书人。恩铭本人是一个惜时如金的读书人。他不但自己读书，而且带领大家一起读书。在天河区担任教育局局长期间，恩铭做得很用心的一件事是引领校长成为有远见的经典推广者，引领教师成为有恒心的经典传习者，引领学生成为有激情的经典阅读者。我后来回到高校工作，而恩铭离开教育行政管理系统转到地方工作了，他虽然工作环境变了，可不变的仍然是他读书人的本色，一树繁花，硕果累累。对专门领域学术问题的思考，恩铭有一种非常可贵的专注与坚持，这是一种读书人的坚持，皓首穷经不改其志。恩铭上一本论著是《论语心读》，里面对《论语》的解读很多都有自己的体悟与看法，每每体现出一种"我注六经"的学术勇气。恩铭关于儒家文化与现代教育价值、教育质量管理法则等方面的思考也屡屡得到同道者的称赞，近年来他在国家教育行政学院、中山大学、华南师范大学、华南理工大学、广州大学等以客座教授、兼职教授的身份进行报告、讲座就是证明。在我看来，这也是读书人的一种传道方式。传传统文化之道，布学人“心读”之道。

恩铭是思想者。大家读《论语心读》，可以读出他对当代教育的理性反思，如果大家现在有机会读他的《诗经心读》，相信一样可以读到恩铭的许多独立思考。恩铭告诉我，《诗经心读》中，他对很多诗作的解读可能颠覆了两千多年来人们对这些诗作的认知。这非常不容易。我发现很多选进中学教材的《诗经》作品，在恩铭的《诗经心读》中都有不同于以往的解读。比如《氓》，历代注者普遍认为是弃妇诗和怨妇诗，恩铭在充分研究《诗经》年代的婚姻风俗的基础上，提出了这是女权自觉第一诗的说法；比如《黍离》，历代多重在其怀念故国的层面的解读，恩铭却聚焦于“悠悠苍天，彼何人哉”这一句，以其为诗眼，提出了对人道与天道的思考，对王朝更替规律的思考，从“斯人独憔悴”的表象中窥测西周哲人内心的秘密；比如《伐檀》，我们解读时常常从批判奴隶主阶级不劳而获的视角出发，而恩铭则用心读出这是中国最早的励志诗歌：鼓励做自己动手的君子，不做不劳而获的小人。这些视角独特的“心读”，有的结论我们可能未必完全同意，但我们确实不得不佩服恩铭博士的这种敢于另起炉灶的追求。我想，这也恰恰体现了他作为思想者的一种品质。如何传承中华优秀传统文化？我正担任教育部重大课题——“中华优秀传统文化在语文教材中的传承研究与数据库建设”的首席专家，如何解读和传承中华优秀传统文化是我们这一代教育者必须回答好的重大命题。恩铭博士的行、读、思可以给我们以极大的帮助与启发。

2016年5月17日，习近平总书记在哲学社会科学工作座谈会上的讲话指出：“中国古代大量鸿篇巨制中包含着丰富的哲学社会科学内容、治国理政智慧，为古人认识世界、改造世界提供了重要依据，也为中华文明提供了重要内容，为人类文明作出了重大贡献。”恩铭通过“心读”的方式对《论语》《诗经》进行解读，在某种程度上就是在帮助我们从各种角度对我国古代的鸿篇巨制中的智慧进行当代理解，这样的工作令人钦佩。我期待着《诗经心读》的出版，也期待恩铭更多的著作不断问世。

（作者系广州大学教授、原党委书记，国家语言服务与粤港澳大湾区语言研究中心主任）

自序

守望……

1978年，我在湖北黄冈新洲县毕铺中学随父就读初中一年级，家父给我两本小书《唐宋绝句一百首》《唐宋词一百首》，所选诗词皆为精品，每首诗词后面附有水墨写意画、注音注解及鉴赏文字，我爱不释手，午休前翻一翻，晚睡前读一读，散步时颂一颂，含英咀华，乐在其中。在极端的应试氛围中，能与这些诗作者一起悲欢离合，甚至长歌当哭，刻骨铭心！

《唐宋绝句一百首》我最喜欢的有两首。一首是孟浩然的《宿建德江》："移舟泊烟渚，日暮客愁新；野旷天低树，江清月近人。"小诗的意境触及少年漂泊的我内心的柔软，似乎也预示了此生如影随形的孤独。另一首是李清照的《夏日绝句》："生当作人杰，死亦为鬼雄。至今思项羽，不肯过江东。"此诗在我幼小的心田播下了"无论生死，追求卓越"的种子。

《唐宋词一百首》我最留恋的也是两首。一首是苏轼的《卜算子·黄州定惠院寓居作》："缺月挂疏桐，漏断人初静。谁见幽人独往来，缥缈孤鸿影。惊起却回头，有恨无人省。拣尽寒枝不肯栖，寂寞沙洲冷。"周末来临，寂寥的校园，淡淡的月色，徐徐的凉风，伴随着我吟诵苏轼《卜算子·黄州定惠院寓居作》，那时，我眼里噙满泪珠。十多年以后，我碰到了人生的第一次蹉跌，很多人避之犹恐不及，我才懂得当年读《卜算子·黄州定惠院寓居作》为什么流泪！另一首是秦观的《踏莎行·郴州旅舍》："雾失楼台，月迷津渡。桃源望断无寻处。可堪孤馆闭春寒，杜鹃声里斜阳暮。驿寄梅花，鱼传尺素。砌成此恨无重数。郴江幸自绕郴山，为谁流下潇湘去。"为何少年的我喜欢，为何喜欢就喜欢一辈子？20世纪90年代中期，我以武汉市最年轻的中学校长的身份，只身漂泊南下，就职于白云山下的广州外国语学院附设外语学校。夜色笼罩，云山影绰，孤灯相伴，我体会到了秦观在郴州的况味。秦观的彷徨在郴州，在郴山，在潇湘；我之迷茫在广州，在云山，在珠江。

《唐宋绝句一百首》《唐宋词一百首》，是伴随我初中一、二年级最重要的课外读物。那个时候，不自觉地跟随父亲等几个颇有旧学根底的长辈，掌握了传统语文学习的方法：吟诵。对这两百首绝句和词的审美体验，就是在吟诵中沁入心底而沉淀下来的。那时，我也时不时悄悄阅读父亲睡前阅读的《唐诗选注》，这本书没有鉴赏文字，只有注解，我特别喜欢陈子昂的《登幽州台歌》、王勃的《送杜少府之任蜀州》、李白的《蜀道难》等。初中二年级下学期即将结束时，我遵照父亲的嘱咐，将这两本书转送给弟弟柳向前；柳向前也是在初中二年级的下学期，将这两本书转送给三弟柳向阳。当了教师，研究中国教育史，才知道父亲为给自己的孩子实施"诗教"之苦心孤诣。两本小书让我在少年时代便有了诗和远方！

首次接触《诗经》是在大别山南麓的麻城师范学校。一年级随颜素珍先生读过《硕鼠》等篇目，二年级随徐金质先生读过《氓》等篇目，三年级随周正旺先生读过《黍离》等篇目。非常遗憾，中师三年，《诗经》对我没有形成震撼。

1984年我被分配到仓埠古镇的中心中学教语文，尝试着用自己喜欢的诗词，对学生实施诗教。1985年下半年，一年教龄的我，开始带实习生：新洲师范学校三年级学生刘敬和洪梅。刘敬教体育，性情如火，急如星火，常常开怀大笑。洪梅教语文，性情如水，亭亭净植，常常莞尔。他们俩联袂参加了古镇的“元旦”晚会，邀我捧场。刘敬跳太空舞，伴奏的是电视剧《在水一方》的主题曲，洪梅主唱。

我一听钟情，甚至于陶醉，在家也不时吟唱。家父听到，不经意说：“《在水一方》是《诗经·蒹葭》的意境翻译，你该去读《诗经》了。”我在学校图书馆寻找《诗经》，没有；后来在新洲师范学校图书馆借到了。就像当年偷偷阅读父亲床头的《唐诗选注》一样，我阅读《诗经》尽挑选“一见钟情”的篇目，如《关雎》《桃夭》《静女》《木瓜》《野有蔓草》《蒹葭》《无衣》《黍离》《采薇》等，能打动我，也能打动学生。我把这些诗歌编写到自己的诗教教材中，推荐给我的学生。

我最喜欢的是《蒹葭》。诗人歌德在《少年维特之烦恼》中有这样的诗句：“哪个少女不怀春，哪个少年不钟情？”我当然不能例外。但是，在我刚刚从事教育事业的年代，教师中优秀者有人选择了工人，有人了选择了政府公职人员，也有不少人因为有约在先而“内部消化”，总之，我没有选择，也没有被选择。喜欢我的，我未必喜欢，虽然很近，其实很远。我喜欢的在眼前，或许因为自卑，仿佛在天边，相见却不如不见。我放弃了主动，在教书读书的生活中等待着《蒹葭》中那在水一方的人，我之于心中的佳人，或许只是曹子建之于宓妃，崔护之于桃花……

古镇西新街42号的三间红瓦平房，是我那时的家。进门右边的是我的卧室兼书房，这间小房在1984年6月—1988年8月间是全镇每天晚上最后熄灯的地方。四年时间，华灯初上，我在读书；夜深人静，我在读书；万籁俱静，我仍在读书。读书累了，或诵读秦观的《踏莎行·郴州旅舍》，或浅唱《在水一方》，或低吟《蒹葭》以寄托期许和向往。《蒹葭》从此与我相伴，《诗经》从此与我结缘！此后三十多年，聆听《诗经》，抚摸《诗经》，研究《诗经》，成了我教育生活的一部分。

1996年春节，我阅读复旦大学出版社三卷本《中国教育思想史》，赫然发现，《诗经》无论是作为文学教材，还是作为诗教教材，抑或是作为伦理教材，伴随了中国教育两千五百多年，是中国古代教育一条浑厚的线索。如果把中国教育史中的《诗经》和诗教去掉，中国教育将逊色不少。阅读《诗经》的篇目越来越多，阅读《诗经》的版本越来越多，我渐渐地意识到，其实《诗经》不仅是中国诗歌的起点，也是中国文学的源头，还是中国文化的元典，是中国美学的根基。豁然发现，中华文明与诗歌有着某种神秘的关联：《诗经》诠释了西周的文化基因，汉乐府阐释了大汉的文化内涵，唐诗则释放了盛唐的文化蕴力。

于是，我发愿重注《诗经》，但是，有冲动却迟迟无行动。2014年8月，历时10年的《论语心读》问世了，成了读者“一经拿起从此不再放下”的畅销书。2016年以来，工作之余，我修订了《论语心读》第三版。在修订过程中，重温孔子对《诗经》的评价，也再次强化了我重注《诗经》的信念。孔子对《诗经》的高度评价，对诗教的高度重视和杰出的诗教成果，让我有“虽不能至，心向往之”的感慨和仰慕！中国两千多年的教育长河中，《诗经》始终是核心教材，诗教始终是核心课程，史上几乎所有的大政治家同时也是大诗人，史上几乎所有的文人同时也是诗人。修订完《论语心读》第三版，于2016年7月开始动笔重注《诗经》，我追求的是内心的真实认知、真实感受、真实感情、真实思想，所以取名《诗经心读》。

我的解读，基于几个优势：一是重注《论语》让我读懂了孔子儒家的人本理念、民本思想、人文精神，从“人本”的视角解读《诗经》，自然不同于历代注者；二是数十年的美学修养，从美学的视角来解读《诗经》，当然不同于历代注者；三是数十年的教育积淀，从教育的视角思考《诗经》诗教的价值，自然不同于历代注者；四是数十年不甘平庸的人生追求，让我带着如海一样深厚的教育情怀来理解《诗经》，当然不同于历代注者。我对《诗经》的解读，浸润着我的激情和期待；五是我曾经是深受学生欢迎的语文教师，曾经以“韦编三绝”的执着，研究许慎的《说文解字》，下了一番硬功夫和笨功夫，因此对《诗经》历代注家的训诂做了选择，而不是把这个难题交给读者。

其实，《诗经心读》最具特色的也许是我仿佛穿越一样回到了《诗经》的时代，进入了孔子的精神世界，还原了孔子心中的《诗经》，析出了《诗经》的现代性人文价值。一是还原了“思无邪”的审美理想。《论语·为政》中孔子说：“《诗》三百，一言以蔽之，曰：‘思无邪。’”《诗经》的突出特点就是唯美、唯善、唯真！二是还原了“兴观群怨”的教育功能。《论语·阳货》中孔子说：“诗，可以兴，可以观，可以群，可以怨。”兴：涵养性情，使人有情感、有热度、有温度，使人燃烧生命的激情。观：了解社会，学会认识自然，了解风俗，了解文化。群：学会沟通，学会理解，学会合作。怨：学会批评社会，奉劝同僚或上级。这是任何社会都需要的教育！三是还原了“兴于诗”的教育基石。《论语·泰伯》中孔子说：“兴于《诗》，立于礼，成于乐。”在孔子的课程体系中，《诗经》让生命有了热情和温度，因此而铺垫了成就人格的基础。四是还原了诗教的文化意蕴。《论语·子路》中孔子说：“诵《诗》三百，授之以政，不达；使于四方，不能专对；虽多，亦奚以为？”因为《诗经》涵盖了爱情、伦理、政治、历史、责任、民风、国情等内容，通过《诗经》的学习，可以培养学生高尚的情感（兴）、拓展视野（观）、学会与人相处（群）、批评社会（怨）。五是还原了爱情自由的伦理情怀。孔子在《论语·阳货》中对儿子伯鱼说："女为《周南》《召南》矣乎？人而不为《周南》《召南》，其犹正墙面而立也与？"孔子劝伯鱼学《周南》《召南》，那是因为这两国的国风侧重点是男女之情、夫妇之道。从中可以窥探儒家的爱情观念：自由、浪漫、真诚。爱情启蒙教育，没有什么方式比诗教更含蓄、更唯美！

其实，作为儒家学派创始人，作为中国历史上最伟大的教育家，孔子选编《诗经》作为教材，其价值不止上述五个方面。在撰写《诗经心读》过程中我发现，《诗经》不仅有唯美的爱情，还有唯善的伦理，还有唯真的理性；《诗经》的情感、态度、伦理容易为大家理解和接受，民国以来，不少《诗经》的注者忽视了《诗经》的社会学、政治学、哲学的智慧，这些智慧恰恰集中在现当代学者忽视的《雅》《颂》部分，如果说《论语》是以说理的方式传承着伦理价值，那么《诗经》的《雅》《颂》是以抒情诗、叙事诗、史诗的方式，完成了对悲天悯人情怀的传递、传承、传播。

《雅》《颂》的现代价值远远超乎想象。《诗经·商颂·长发》是歌颂商民列祖列宗的颂歌，没读过的人或许以为是枯骨，没有生气，错了，恰恰是这史诗，生动深刻地揭示了商王朝曾经兴盛的秘诀。一是认同天命：让君民保持敬畏之心，不至于无底线；可以不信鬼神，但是该有信仰和底线。二是勇武尊礼：勇武，马上得天下；尊礼，马下治天下。现在中国年轻人勇武吗？现在中国年轻人尊礼吗？三是增进德行：要求从天子到庶人均须加强个人道德修养。四是施行仁政：善待诸侯，善待人民。上位者善待下级吗？强势人群善待弱势群体吗？五是果断决策：把握时机，一举荡平夏桀。量子时代，瞬息万变，果断决策、科学决策、精准决策，不重要吗？六是重视人才：尤其是不拘一格重用尹伊、傅说等，流芳千古。古往今来多少人超越商汤？——读懂《诗经》，方知《诗经》有美学的味道，有文学的精彩，有史学的价值，有伦理学的情怀，有社会学的思考，有政治学的智慧，有哲学的方法论！

钟嵘："动天地，感鬼神，莫近于诗。"正因为诗教属于感性教育、艺术教育、审美教育，其思想、伦理、价值等通过诗歌艺术直指人心，直指人性，让生命浸润诗歌的灵性和智慧。其他课程无法替代。

没有诗的教育是不完整的，没有诗的生活是不完美的，没有诗的中国是难以想象的。重注《诗经》，企望以最美的方式把《诗经》呈献给读者，给国人以诗心和诗情，给教育以灵感和灵性！

聊以自序！贻笑方家！

柳恩铭于天湖书屋
2020年4月6日初稿
2022年5月23日修改

目录

国风

周南

召南

邶风

鄘风

卫风

王风

郑风

齐风

魏风

唐风

秦风

陈风

桧风

曹风

豳风

雅

小雅

大雅

颂

周颂

国风

诗/经/心/读

周南

关雎

关关雎鸠①，在河之洲②。	水鸟深情歌唱，流连在小洲上。
窈窕淑女③，君子好逑(qiú)④。	少女贤淑美丽，我心仪的姑娘。
参差荇(xìng)菜⑤，左右流之⑥。	荇菜无边无际，永远采摘不完；
窈窕淑女，寤寐(wù mèi)求之⑦。	少女美丽贤淑，梦中也在找你！
求之不得，寤寐思服⑧。	踏遍青山找不到，睡了醒了都想念。
悠哉悠哉⑨，辗转反侧⑩。	孤独执着地想你，长夜漫漫不成眠！
参差荇菜，左右采之⑪。	荇菜无际无边，仿佛采摘不完。
窈窕淑女，琴瑟友之⑫。	少女美丽贤淑，琴瑟诉说思念！
参差荇菜，左右芼(mào)之⑬。	荇菜无边无际，永远拔取不断。
窈窕淑女，钟鼓乐之⑭。	少女美丽贤淑，钟鼓取悦新娘！

《关雎》作为经典爱情诗篇，置于《诗经》卷首，绝非偶然。在孔子的精神世界，爱情是人类最重要的伦理。孔子评价《关雎》“乐而不淫、哀而

---

①关关：拟声词，水鸟叫声。雎鸠：水鸟。　②洲：水中可居的陆地。　③窈窕：美好貌，叠韵词。淑：内心善良，举止贤惠。　④君子：有道德有学养的人。逑：伴侣。　⑤荇菜：可食用的水草。⑥流：摘取，采摘。　⑦寤：睡醒。寐：睡着。求：追求。　⑧思服：思念。“思”“服”二字为同义反复。　⑨悠：孤独而执着地思念。　⑩辗转反侧：翻来覆去无法安睡。　⑪采：采摘。　⑫友：表达爱意。　⑬芼：拔、揪。　⑭乐：使动用法，使……快乐。

不伤”，与“思无邪”的审美取向保持一致。人要生存，就要爱情，这是本能；人要生活，就要爱情，这是本性；人要幸福，就要爱情，这是人类走向文明的能量本源。儒学是人学，不可以回避爱情，也不会回避爱情。从《诗经》的十五国风中，我们能够读到儒家唯美唯真唯善的爱情观、伦理观，《诗经》提倡的是自由恋爱，提倡的是平等相爱，提倡的是真诚相爱，提倡的是真心相爱，提倡的是高尚高洁高雅之恋爱。

《诗经》作为经典教材，郑重宣示了孔子的爱情价值观：真爱弥足珍贵。真爱自然：目睹一对关雎耳鬓厮磨，点燃了自己对心仪少女强烈的追求欲望。真爱坦诚：既然爱你，醒来我想你，梦里我也想你！真爱执着：孤独之中更想你，为伊消得人憔悴。真爱高雅：少女是我的知音，我用琴声诉说思念。真爱可期：渴望明天的钟鼓声中，你成为我的新娘。

突出的美学特征：托物起兴，韵味无穷。“关关雎鸠，在河之洲”，起兴何其优美，何其令人神往，何其令人遐想。“参差荇菜，左右流之”“参差荇菜，左右采之”“参差荇菜，左右芼之”，是劳动场景描写，也是起兴，还是间隔排比，反复铺陈，一唱三叹，令人感受到爱的氛围何其浓烈，爱的色彩何其浓厚，爱的程度何其浓郁。

后世伪儒学者，因为无法理解孔子儒家的爱情观，对《诗经》中的爱情描写做了太多牵强附会的解读，理学集大成者的朱熹也认为《关雎》咏后妃之德，味同嚼蜡，难以卒读。如此不堪的爱情观、伦理观教给学生，当然误导苍生，后果是让一代又一代人疏离经典，远离经典，厌倦经典，抛弃经典！

葛覃

葛之覃(tán)兮①，施(yì)于中谷②，维叶萋(qī)萋③。	葛藤柔长，蔓延山谷，叶子茂盛。
黄鸟于飞④，集于灌木⑤，其鸣喈(jiē)喈⑥。	黄鸟飞舞，群集灌木，婉转歌唱。
葛之覃兮，施于中谷，维叶莫莫⑦。	葛藤柔长，蔓延山谷，叶子茂密。
是刈(yì)是濩(huò)⑧，为絺(chī)为绤(xì)⑨，服之无斁(yì)⑩。	割来煮泡，织成衣服，永不厌弃。
言告师氏⑪，言告言归⑫。	告诉保姆，归思难当。
薄污我私⑬，薄浣我衣⑭。	洗涤内衣，洗涤外衣。
害浣害否⑮？归宁父母⑯。	洗否由你，回探双亲。

如果说《关雎》表达的是婚前君子对淑女的爱慕，那么《葛覃》表达的就是少妇燕尔新婚的快乐，这种快乐洋溢着青春气息，通过景物描写将回家

①葛：草本植物，纤维可织布。覃：长。 ②施：蔓延。中谷：谷中，山谷中。 ③维：句首语气助词，无实义。萋萋：茂盛状。 ④黄鸟：黄雀。于：语气助词，无实义。 ⑤集：聚集，一起休憩。 ⑥喈喈：拟声词，婉转鸟叫声。 ⑦莫莫：茂密状。 ⑧刈：刀割。濩：水煮。 ⑨絺：细纤维织成的布。绤：粗纤维织成的布。 ⑩服：穿。斁：厌弃。 ⑪言：句首语气词，无实义。师氏：相当于今天的保姆。 ⑫归：回娘家。 ⑬薄：句首语气词，无实义。污：洗掉污垢。私：内衣。 ⑭浣：洗涤。衣：外衣。 ⑮害：同“曷”，何，什么。否：不。 ⑯归宁：回家省亲。宁：使之安宁。

省亲的快乐表达得淋漓尽致。葛藤柔长，蔓延山谷，黄鸟轻飞，栖息灌木，婉转歌唱。这是起兴，也是“一切景语皆情语”的景物描写，表现了少妇新婚生活的和谐美满。葛藤柔长，蔓延山谷；割来煮泡，织成衣服，百穿不厌。新婚甜蜜之中，少妇感觉劳动也是美好的。最后一章描写了归宁的急切，再现了少妇淳朴天真的形象。

全诗自然美景、诗意劳作、浪漫爱情、淳厚亲情相融为一，很纯很甜很美！文字虽然久远，爱情依然醇美！

卷耳

采采卷耳[1]，不盈顷筐[2]。	茂密卷耳菜，浅筐未满装。
嗟我怀人[3]，置（zhì）彼周行（háng）[4]。	思念心上人，驰骋在疆场。
陟（zhì）彼崔嵬（wéi）[5]，我马虺隤（huī tuí）[6]。	登上那高山，马腿已疲软。
我姑酌彼金罍（léi）[7]，维以不永怀[8]。	姑且喝杯酒，忘记那怀恋。
陟彼高冈，我马玄黄[9]。	登上那座高岗，马已疲病不堪。
我姑酌彼兕觥（sì gōng）[10]，维以不永伤[11]。	姑且喝杯美酒，消除心中忧伤。
陟彼砠（jū）矣[12]，我马瘏（tú）矣[13]。	登上石山，马已疲病。
我仆（pū）痡矣[14]，云何吁矣[15]。	仆人病倒，何其忧愁。

这是婚后爱情诗。新婚久别，旧梦重温。可怜古时征人与妻子天各一方，没有电话，没有短信，没有书信，只有夫妻之间刻骨的相思和无限的眷恋。唐代诗人陈陶《陇西行》有诗云：“可怜无定河边骨，犹是春闺梦里人。”把这种相思写到了极致，这种相思超越生死的界限，超越生命的极限。

---

①采采：繁密状。卷耳：一种可食的野菜。 ②顷筐：一种前高后低的筐。 ③嗟：语气助词。怀人：思念的人。 ④周行：大路，国道。 ⑤陟：登，攀登。崔嵬：高山。 ⑥虺隤：腿软病。 ⑦金罍：青铜酒器，口小肚大。 ⑧维：语气助词，无实义。怀：思念、怀恋。 ⑨玄黄：疲病不堪之状。 ⑩兕觥：犀牛角做的酒杯。 ⑪伤：忧伤。 ⑫砠：有土的石山。 ⑬瘏：疲劳而生病。 ⑭痡：生病而不能行动。 ⑮云：语气助词，无实义。何：多么。吁：忧愁。

艺术手法：一是比兴。“采采卷耳，不盈顷筐。”以漫无边际繁茂浓密的卷耳，比况心中无限浓郁无限浓厚的相思。卷耳菜如此茂密，为何采摘不满，那是因为心不在焉，心有所思。南朝乐府《拔蒲》：“朝发桂兰渚，昼息桑榆下。与君同拔蒲，竟日不成把。”采用的是相同的手法。二是想象。起笔写的是妻子无限思念远离家乡，驰骋疆场的丈夫。后面的描写，纯粹是想象，想象丈夫的劳顿，丈夫的疲惫，丈夫的思量，丈夫的忧伤，相思之苦何其浓！相思之甜何其美！三是递进。丈夫跋涉征途之苦，身体劳顿疲病之苦，思念妻子和家乡的精神之苦；层层递进，感人至深。

樛木

南有樛(jiū)木①，葛藟(lěi)累之②。	南国有乔木，野葡萄依依攀附。
乐只君子，福履绥(suí)之③。	快乐君子啊，相恋真幸福！
南有樛木，葛藟荒之④。	南国有乔木，野葡萄温柔遮覆。
乐只君子，福履将(jiāng)之⑤。	快乐君子啊，柔情似水幸福！
南有樛木，葛藟萦之⑥。	南国有乔木，野葡萄亲密缠绕。
乐只君子，福履成之⑦。	快乐君子啊，相依相伴幸福。

典型的爱情诗。樛木高大，以喻君子；野葡萄柔美，以喻女子。乔木高大，野葡萄攀缘，野葡萄覆盖，野葡萄缠绕，爱意融融，情意浓浓。君子形象，君子爱情，君子幸福，无不寄托于具体物象。这是典型的比兴。樛木和野葡萄，没有哀怨，没有诉求，只有沉默，只有相伴，只有相依，只有相偎；如此和谐，如此美妙，如此幸福。孔子儒家唯美的爱情审美观，由此可见一斑：真爱不需要语言，不需要诉求，不需要追求，真爱在于平静，在于安宁，在于相融、相溶、相依、相伴、相守。

《樛木》的真心相恋、似水柔情、相依相伴，比舒婷的《致橡树》呐喊式的诉求更能感染读者。读《诗经》才知道，孔子给了弟子如此美好的爱情教育。今天，把如此美好的爱情演绎给学生，岂有不受欢迎的道理！

---

①樛木：树枝弯曲的乔木。 ②葛藟：野葡萄。累：攀缘，攀附。 ③福履：幸福与禄位，借喻幸福。绥：安定。 ④荒：覆盖。 ⑤将：保护，保佑。 ⑥萦：回旋缠绕。 ⑦成：成就。

螽斯

螽(zhōng)斯羽①，诜(shēn)诜兮②。	蝗虫翅膀，遮天蔽日。
宜尔子孙③，振振兮④。	仿佛你的子孙，不可胜数。
螽斯羽，薨(hōng)薨兮⑤。	蝗虫翅膀，声震如雷。
宜尔子孙，绳绳兮⑥。	仿佛你的子孙，绵延不绝。
螽斯羽，揖(jí)揖兮⑦。	蝗虫翅膀，聚集如麻。
宜尔子孙，蛰(zhé)蛰兮⑧。	仿佛你的子孙，兴旺和睦。

《诗序》："后妃子孙众多也，言若螽斯。不妒忌，则子孙众多也。"太过附会。我以为，这是典型的爱情祝词：祝福新人幸福美满、子孙绵延、血脉繁茂。艺术特色：一是重章叠唱。以蝗虫翅膀比兴，状写子孙繁衍众多，分三章反复咏唱，体现了先民多子多福的价值追求。二是双声叠韵。六句话六个双声叠韵词——诜诜、振振、薨薨、绳绳、揖揖、蛰蛰，反复咏唱，韵味迭出，妙趣横生。

---

①螽斯：蝗虫。羽：翅膀。 ②诜诜：同"莘莘"，众多。 ③宜：仿佛。 ④振振：繁盛状。 ⑤薨薨：因聚集而形成的巨大声响，俗话"聚蚊成雷"即此意也。 ⑥绳绳：延绵不绝之状。 ⑦揖揖：聚集之状。 ⑧蛰蛰：众多状。

桃夭

桃之夭夭[1]，灼灼其华[2]。	桃树娇美，花儿漂亮。
之子于归[3]，宜其室家。	姑娘出嫁，终成美眷。
桃之夭夭，有蕡(fén)其实[4]。	桃树娇美，桃儿丰硕。
之子于归，宜其家室。	姑娘出嫁，早生贵子。
桃之夭夭，其叶蓁蓁(zhēn)[5]。	桃树娇美，叶儿繁茂。
之子于归，宜其家人。	姑娘出嫁，子孙绵延。

《桃夭》是周代经典颂婚诗。如此含蓄，如此优美，如此动人，时至今日，颂婚诗无出其右者。东方文化的艺术魅力，妙不可言。

艺术魅力：一是比兴一体。以桃花之鲜艳、娇美起兴，使全诗洋溢着青春的绚丽与冲动；以花儿比拟将婚的少女，是天才般的比喻，使读者仿佛看到一位如桃花一样美丽的少女，她将与有情人成眷属；以桃儿的丰硕比况婚后爱情的结晶，也使读者联想到女人最美的时段——孕期；以桃叶的繁茂，比况子孙绵延。“桃之夭夭”的起兴，贯穿全诗，每章承此意境，描绘了少女、少妇、主妇的浪漫、幸福、美满。饱满丰硕的桃儿、灿烂绚丽的桃花、枝叶繁茂的桃树、妩媚动人的少女、身材丰盈的少妇、幸福美满的主妇相映

①夭夭：娇美之状。 ②灼灼：耀眼夺目。华：同“花”。 ③归：出嫁。 ④蕡：丰硕之状。实：果实，即桃。 ⑤蓁蓁：树叶繁茂。

成趣，兴味盎然。唐朝崔护的《题都城南庄》“去年今日此门中，人面桃花相映红。人面不知何处去，桃花依旧笑春风”或许从《桃夭》获得某种启发。二是重章叠唱。本诗每一章大部分词句相同，“桃之夭夭”更是反复吟唱，兴味隽永，堪称奇迹。“桃之夭夭”犹如红线，花、实、叶的比喻十分形象，家、室、人形成巧妙的层递关系，这或许是“华而不腻”的艺术魅力所在。

兔罝

肃肃兔罝（jū）①，椓（zhuó）之丁丁②。	编织密密的兔网，捶击木桩叮叮当当。
赳赳武夫，公侯干城③。	威猛俊俏的情郎啊，你是国家的栋梁。
肃肃兔罝，施于中逵④。	编织密密的兔网，安置在大路的中央。
赳赳武夫，公侯好仇（qiú）⑤。	威猛俊美的情郎啊，你是公侯的拍档。
肃肃兔罝，施于中林⑥。	编织密密的兔网，安置在森林中央。
赳赳武夫，公侯腹心⑦。	威猛俊美的情郎啊，你的德才公侯最为欣赏。

如果说这是一首爱情诗，没几个人相信，但是我坚持。如果给《兔罝》换一个现代题目，可以叫《少女的祈祷》或《少女的期待》抑或《少女的梦想》。唐代诗人王昌龄写了一首《闺怨》："闺中少妇不知愁，春日凝妆上翠楼。忽见陌头杨柳色，悔教夫婿觅封侯。""悔教夫婿觅封侯"那是结婚以后的事情，那是丈夫出征多少年后才有的体会，青春少女，谁不希望自己的爱人是国家的栋梁，是公侯的拍档，是重臣的心腹呢？

是祈祷上苍对情郎的眷顾？是期待情郎有所追求？还是一种渴望而很难实现的梦想？都不重要，重要的是诗歌叙事的主人公是少女的爱人、少女的恋人、少女的男人。无论何种期盼，都是农业伦理中女人对男人爱的一种形态。

---

①肃肃：网眼细密状。罝：网。　②椓：捶击。丁丁：拟声词，敲打、捶击的声音。
③干城：盾牌、城墙，比喻屏障，引申为支柱、栋梁、重臣等。　④中逵：四通八达的大道。
⑤仇：同"逑"，伴侣，伙伴。　⑥中林：密林深处。　⑦腹心：心腹之人，忠诚之士。

芣苢

采采芣苢（fú yǐ）①，薄言采之②。	采摘车前草，我不断采摘。
采采芣苢，薄言有之③。	采摘车前草，我采到很多。
采采芣苢，薄言掇（duō）之④。	采摘车前草，我不断捡起。
采采芣苢，薄言捋（luō）之⑤。	采摘车前草，我摘掉叶子。
采采芣苢，薄言袺（jié）之⑥。	采摘车前草，提起衣襟装；
采采芣苢，薄言襭（xié）之⑦。	采摘车前草，系起衣襟装。

我说这是爱情诗，几乎没人相信。《毛诗序》说：“《芣苢》，后妃之美也。”牵强！《诗三家义集疏》说：丈夫生病了，妻子采摘车前草，为丈夫治病，以表忠贞。无聊！清人方玉润《诗经原始》的解读：“殊知此诗之妙，正在其无所指实而愈佳也。夫佳诗不必尽皆征实，自鸣天籁，一片好音，尤足令人低回无限。”有味！读诗，不同于读散文，更不同于读史，我们没有必要一一对应弄清楚每个细节的真实性，需要的是审美感悟，审美联想，审美融合，读到心中去，读到生命里。懂了，会心笑了，也就够了。

听《采茶舞曲》，虽然整首歌曲没有一个爱字，但是采茶姑娘内心深处因为爱而产生的幸福、快乐却表现得十分淳朴而浓烈。《芣苢》又何尝不

---

①采采：轻快采摘之动作。芣苢：车前草。 ②薄言：发语词，无实义。 ③有：采到。 ④掇：拾取。 ⑤捋：一手捏住植物，一手脱取叶子。 ⑥袺：提起衣襟作口袋。 ⑦襭：把衣襟系在腰带上以兜东西。

是如此呢！车前草是干什么用的？古人认为，车前草是有助于妇女怀孕的中药。轻快采摘，轻快拾掇，轻快捋取，轻快装袋，舞蹈一般的劳动节奏，洋溢着少女的梦想，洋溢着少妇的幸福，洋溢着母性的渴望，洋溢着对爱情结晶的期许！

汉广

南有乔木[①]，不可休思[②]。	汉水南岸有乔木，我却不能乘凉乔木下。
汉有游女[③]，不可求思。	汉水之上行踪不定的少女，我深深爱恋却无法表达。
汉之广矣，不可泳思。	汉水广阔啊，遗憾我不会游泳。
江之永矣[④]，不可方思[⑤]。	长江奔流不息啊，遗憾木筏不能载我来追你!
翘翘错薪[⑥]，言刈其楚[⑦]。	如山的柴草错杂堆叠，我收割了这么多荆条。
之子于归[⑧]，言秣(mò)其马[⑨]。	少女啊可能你要出嫁，喂饱马儿才能寻找。
汉之广矣，不可泳思。	汉水如此宽广，遗憾我不会游泳。
江之永矣，不可方思。	长江奔涌不息，可惜木筏不能载我追你。
翘翘错薪，言刈其蒌(lóu)[⑩]。	高高柴草无序堆放，我收割了满地蒌蒿。
之子于归，言秣其驹(jū)[⑪]。	姑娘你可能要出嫁了，我养好良马来寻找。
汉之广矣，不可泳思。	汉水为何如此宽广，悲伤我不善游泳。
江之永矣，不可方思。	长江如此奔腾不息，可恨木筏不能载我来娶你。

这是一首感人至深的单相思恋歌。闻一多先生曾经评价这首诗说：“借

---

①乔木：高树。相对“灌木”而言。　②休：休憩，休息。思：语气助词。　③汉：汉水。游女：行踪不定的美女。　④江：长江。汉水在汉阳汇入了长江。永：长流不息。　⑤方：木排竹筏之类的渡水工具。　⑥翘翘：柴草高垒之状。错薪：薪柴错杂堆叠之状。　⑦言：语气助词，无实义。刈：割。楚：荆条。　⑧于归：出嫁。　⑨秣：用草喂养。　⑩蒌：蒌蒿。　⑪驹：小马。

神女之不可求喻此女之不可得，已开《洛神赋》之先声。”古时交通资讯不发达，求之不得的少女往往被喻为“神女”；当今网络时代，求之不得的暗恋、明恋、热恋、痴恋的少女，被称为“女神”。在哲学家金岳霖的生命里，林徽因就是神女，就是女神！——终身不娶，只为伊人；爱之真切，感人至深。

“诗无达诂”，读诗不可以像史学论证，字字句句都落到实处。因为感情是泛化的，是风流的，是无形的，是不可捉摸的，也是难以言状的；诗的语言，以其形象，以其意象，含蓄表达了作者心中的情感。《汉广》的少女是谁，不重要，什么身份，不知道；只知道，她是对岸男子的梦中情人和心中女神。也许是距离产生美感，心仪的少女，有时在岸上，有时在船上，更多的时候在男子的梦里。

《汉广》的“水”，是汉水，是长江，有时候是一种难以逾越的心理河流。最痛楚的莫过于“盈盈一水间，脉脉不得语”。这单相思，如此淳朴，如此优美，如此唯美！

汝坟

遵彼汝坟[1]，伐其条枚[2]。	沿着汝水河边走，砍伐树干树枝。
未见君子，惄(nì)如调饥[3]。	很久未见夫君，如饥似渴好煎熬。
遵彼汝坟，伐其条肄(yì)[4]。	沿着汝水河边走，砍伐嫩嫩小枝条。
既见君子，不我遐弃[5]。	终于见到夫君，相依相伴不分离。
鲂(fáng)鱼赪(chēng)尾[6]，王室如毁(huǐ)[7]。	鲂鱼尾像火焰，王事急如火焚。
虽则如毁，父母孔迩[8]。	王事虽然如火，父母已近天命。

这是一首已婚少妇的恋歌。

第一章，教我如何不想他。丈夫忙于王室之事已经多年，砍伐树干树枝这样的粗活，也只能少妇自己动手。既是实情，也是起兴；柔弱的女子如此操劳，叫她如何不想他。好久没有见到丈夫了，对丈夫的思念爱恋，如饥似渴而备感煎熬。

第二章，请你不要离开我。女子忙着砍伐嫩嫩的枝条，时序变化，是写实，也是起兴。对丈夫如饥似渴的相思相恋相望，不知道煎熬了多少年，终于见到了丈夫。夫妻团聚解相思之苦和相爱之渴，希望丈夫不再抛弃自己，远走他乡。

---

①遵：沿着。汝：汝水河。坟：堤岸。 ②条：树枝。枚：树干。 ③惄：饥渴。如：……的样子。调：同“朝”，早晨。 ④肄：未及成熟。 ⑤遐：远。 ⑥鲂鱼：鳊鱼，比鲫鱼更扁、更宽，肉质柔嫩鲜美。赪：赤色。 ⑦毁：焚烧。 ⑧孔：很；迩：近。

第三章，找不到挽留的理由。鲂鱼赪尾，鳊鱼的尾巴赤红，这里是起兴，引出下文“王室如毁”，国家之事一如火烧，我不能不走——这是丈夫的解释。少妇如何挽留呢？胡闹：就是不给走，就是不给走！蛮缠：走到哪里，我就跟到哪里！撒娇：不嘛，不走嘛！这些好像都无法阻止丈夫忙于国事。所以，只好说：就算王事如火，可是父母年事已高啊。这个理由，委婉而得体；其实表达的还是少妇希望与丈夫相爱相依不离不弃。哪里舍得分离，就此一别，此生何日再见？！

《诗经》中的爱情，既在婚前，也在婚后，还在永久！

麟之趾

麟之趾[1]，	麒麟的蹄子不踢人；
振振公子[2]，	宅心仁厚的王子啊，
于嗟麟兮[3]！	你就是人中的麒麟！
麟之定[4]，	麒麟的额头不顶人，
振振公姓[5]，	宅心仁厚的王子啊，
于嗟麟兮！	你就是人中的麒麟！
麟之角[6]，	麒麟的角不伤人，
振振公族[7]，	宅心仁厚的王子啊，
于嗟麟兮！	你就是人中的麒麟！

傅斯年评说这首诗："称颂之词，以麟为喻，颂公姓盛美。"我不以为然。我以为，此诗其实就是少女的独白，歌颂的是自己心中的白马王子。所以，《麟之趾》译作现代汉语，应该是《少女之梦》。

朗读三遍，豁然觉得，公子、公姓、公族其实并非实指王侯之子或孙，而是民间少女对自己心仪的白马王子的一种美称，类似于"君子"。《诗

①麟：麒麟，传统文化中的祥瑞动物。趾：蹄子。 ②振振：仁厚。公子：公侯的后代。相当于现代的"白马王子"。 ③于：同"吁"，感叹词。 ④定：额。 ⑤公姓：上文的公子，为了押韵改"公子"为"公姓"。 ⑥角：这里指麟的角，极言珍贵、珍稀。 ⑦公族：同上文"公子"，押韵需要改为公族。这种文法在山东快书、湖北大鼓等地方曲艺中依然流行。

经》的“君子”也非实指在上位的统治者。国风来自民间，民女有表达爱的自由，但是却不会把爱献给王孙贵族，除非有缘见面相处。

麟之趾、麟之定、麟之角，比兴兼用，引出下文对宅心仁厚的白马王子的衷心赞美！振振公子、振振公姓、振振公族，是反复手法，歌颂白马王子的仁厚美德！于嗟麟兮，是叠句复沓，反复吟咏歌颂自己心仪的男人是人中麒麟！

少女梦想的男神，未必真的是王子，但一定宅心仁厚！

召南

鹊巢

维鹊有巢[1]，维鸠居之[2]。	喜鹊布置新家，布谷鸟来居住。
之子于归[3]，百两御(yà)之[4]。	今天就要嫁给你了，很多车辆迎我出嫁。
维鹊有巢，维鸠方之[5]。	喜鹊布置新房，布谷鸟来占据。
之子于归，百两将之[6]。	今天就要嫁给你了，好多车辆送我远嫁。
维鹊有巢，维鸠盈之[7]。	喜鹊布置洞房，布谷鸟来分享。
之子于归，百两成之[8]。	今天就是你的新娘，好多车辆送我实现梦想。

《诗经》之爱情，在婚前相望、相恋，在婚礼中遐想和豪放，也在婚后相思、相守。这首诗，写的是婚礼过程的迎亲、礼送、成婚的场面。场面描写之中，洋溢着少女对自己爱人的爱恋和对婚后生活的自信与憧憬！自古而今，很多学者根据“百两御之”“百两将之”“百两成之”，断定这是王侯子孙嫁娶之婚礼场面。若是王侯将相的婚礼，不应该纳入《国风》。其实这只是少女的遐想，近似于汉代《陌上桑》中罗敷陈词的夸张手法而已。表达的正是少女因爱而生的浪漫与憧憬。

因为是民歌，所以叫作《鹊巢》；被文人骚客润色，可能就变成了《爱巢》；按照今天流行歌曲的思维，应该叫作《今天我就要成为你的新娘》。

---

①维：句首发语词，无实义。鹊：喜鹊，比喻新郎。 ②鸠：布谷鸟，比喻新娘。 ③于归：出嫁。 ④两：同“辆”。百两：极言多，虚数。御：迎接。 ⑤方：占据。 ⑥将：送。 ⑦盈：占满。 ⑧成：完成，成就。

采蘩

于以采蘩（fán）①？于沼于沚②。　　何处采白蒿？在沼泽在小洲。
于以用之③？公侯之事④。　　白蒿何用？国家祭祀。

于以采蘩？于涧之中⑤。　　何处采白蒿？在山涧里。
于以用之？公侯之宫⑥。　　白蒿何用？国家宗庙。

被（bì）之僮（tóng）僮⑦，夙夜在公⑧。　　盛装出行，只为祭祀。
被之祁（qí）祁⑨，薄言还归⑩。　　盛装返回，匆忙回家。

读这首诗，再次让人坚信，在孔子的伦理世界里，没有男尊女卑，只有男女平等。妇女不仅可以平等享有恋爱的权利，也同样可以参加劳动，甚至可以参加祭祀活动。

孔子三岁丧父，与母相依为命，决定了孔子对母亲和女性的尊重；父母自由恋爱，野合而生孔子，也决定了孔子的爱情伦理观。这就是为什么孔子教育最重要的教材《诗经》歌颂原始而野性、自由而浪漫、淳朴而真诚的爱情的原因。不懂孔子的人，把很多诗经篇目中男女之爱解读为“君臣之恋”或“王妃之恋”，显然属于误读、误解、误导。

小诗以质朴的语言，明快的节奏，歌颂了劳动的美感，劳动的快乐，也含蓄表达了劳动妇女对生活的热爱和对美好未来的期待！

---

①于以：何以，何处。蘩：白蒿，古时祭祀用品。　②沼：沼泽。沚：小洲。　③于以：何事。④事：祭祀。周代极为重视祭祀。　⑤涧：山涧。　⑥宫：宗庙。　⑦被：同“髲”，假发，引申为首饰、头饰。僮：盛。僮僮：极言盛装。　⑧夙夜：早晚。公：公事。　⑨祁：盛。祁祁：极言盛装。　⑩薄：同“迫”，匆匆忙忙。言：语气词，无实义。

草虫

喓(yāo)喓草虫①，趯(tì)趯阜螽(fù zhōng)②。
未见君子，忧心忡忡③。
亦既见止④，亦既觏(gòu)止⑤，
我心则降⑥。

蝈蝈喓喓叫，蚱蜢蹦蹦跳。
未见心上人，心中好烦躁。
看到心上人，热烈地拥抱，
我心情才好。

陟彼南山⑦，言采其蕨⑧。
未见君子，忧心惙(chuò)惙⑨。
亦既见止，亦既觏止，
我心则悦。

攀上南山岗，采摘那蕨菜。
未见心上人，我心神不宁。
看到心上人，拥抱心上人，
真的很开心。

陟彼南山，言采其薇⑩。
未见君子，我心伤悲。
亦既见止，亦既觏止，
我心则夷⑪。

登上南山岗，采摘野豌豆。
未见心上人，真的好伤心。
看到心上人，拥抱心上人，
心情才平静。

伪儒学家的共识：《草虫》是“托男女之事以写君臣之念”。我认为，《草虫》是一首刻骨铭心的相思情歌。

---

①喓喓：拟声词，虫鸣声。草虫：蝈蝈。 ②趯趯：跳跃状。阜螽：蚱蜢。 ③忡忡：忧郁状。 ④亦既：既然。止：语气助词。 ⑤觏：亲密相会。 ⑥降：从兴奋到平静的过程。 ⑦陟：攀登。 ⑧蕨：蕨菜。 ⑨惙：惶惑。 ⑩薇：野豌豆。 ⑪夷：平静。

第一章以秋虫的叫声、蚱蜢的跳跃起兴，衬托思念的心跳和思恋的烦躁。接着直抒胸臆：相思苦啊，只有见到你，只有拥抱你，我心才能逐渐平静。第二章登南山，说是采蕨，其实是难耐相思的煎熬，去等待心上人。接着直抒胸臆：见到你，拥抱你，才能缓解相思之苦。第三章是第二章的叠章，换掉的词很少，却把对心上人的思念渲染到了无以复加的程度：唯有见到你，唯有依偎你，唯有拥抱你，我的心情才能最终平静。

相思的是少女还是少妇，不重要，重要的是这种相思是真的，这种相恋是深的，这种煎熬是苦的，这种渴望是烈的！所以，摆脱相思的唯一办法，是相见、相拥、相融，然后才能有一种充满安全感的愉悦与平静！

这首诗，写到每个曾经刻骨铭心爱过的人心里去了，所以深为读者喜欢。很多学者的解读，为了含蓄，绕了很大的圈子，其实没有必要。儒家主张，爱就真心，爱就真诚，爱就珍惜！

采蘋

于以采蘋[1]？南涧之滨。	何处采蘋？南涧岸边。
于以采藻[2]？于彼行潦(lǎo)[3]。	何处采藻？在那池沼。
于以盛之？维筐及筥(jǔ)[4]。	用什么装祭品？有竹制的筐筥。
于以湘之[5]？维锜及釜[6]。	用什么煮祭品？有三足锅和釜。
于以奠之[7]？宗室牖下[8]。	何处安放祭品？在宗庙的窗下。
谁其尸之[9]？有齐(zhāi)季女[10]。	谁来主祭呢？待嫁的少女。

古代嫁女，提前若干日，或者在某一选定的吉日良辰，由将出嫁的少女采摘蘋藻之类的祭品，向祖宗禀告将要出嫁，祈求祖宗保佑。同时，父母也借此机会对少女进行德行、言语、妆容等方面的教育。这个传统，中国很多地方一直保留至今，湖北农村现在嫁女之风依然如此。本诗最突出的是结构简单，节奏明快。一问一答，叙事清楚，描写毕肖，一咏三叹，兴味盎然。待嫁的幸福、待嫁的激动、待嫁的憧憬，蕴含于字里行间。不着一字，尽得风流。没有说爱，洋溢着爱，洋溢着青春，洋溢着幸福！

①于以：何以。蘋：浮萍，可食。 ②藻：藻类，可食。 ③行：流动。潦：积水。 ④筐：方形竹器。筥：圆形竹器。 ⑤湘：煮。 ⑥锜：三足锅。釜：铜锅。 ⑦奠：安放祭品。 ⑧宗室：宗庙。牖：窗户。 ⑨尸：主持，主祭。 ⑩齐：同“斋”，斋戒，以表敬意。季女：少女。

甘棠

蔽芾（fèi）甘棠[①]，	枝叶繁茂的甘棠，
勿翦勿伐[②]，	请不要修剪请不要砍伐，
召伯所茇（bá）[③]。	因为召伯曾经结草舍在树下。
蔽芾甘棠，	浓荫蔽日的甘棠，
勿翦勿败[④]，	请不要修剪请不要毁坏它，
召伯所憩[⑤]。	因为召伯曾经休息在树下。
蔽芾甘棠，	郁郁葱葱的甘棠，
勿翦勿拜[⑥]，	请不要修剪请不要弯曲，
召伯所说[⑦]。	因为召伯曾经歇息在树下。

我小时候生活在湖北省黄冈古镇仓埠一间极为普通的平房中。西边的前房，就是我的卧房兼书房，这里曾经是古镇几乎每个晚上最后熄灯的地方。从华灯初上，到万家灯火，我在窗下读书；从万家灯火，到万籁俱寂，我在窗下读书。累了，倦了，乘着月色，一人独行，穿过垂柳护岸的池塘，走过一座小桥，到了一河之隔的黄陂县（今武汉黄陂区）甘棠镇，这就是我与

---

①蔽芾：树木茂盛状。甘棠：落叶乔木，树荫浓密。 ②翦：修剪、裁剪。伐：砍伐。 ③召伯：周宣王时的姬姓大臣，贤德仁厚，爱民如子，深得百姓拥戴。茇：草舍，这里用作动词，结草舍。 ④败：毁坏。 ⑤憩：短时间休息。 ⑥拜：模拟人弯曲身子拜谢，描摹甘棠被弯曲之状。⑦说：舍止，休息。也作“税”。

“甘棠”的初识。

因为《诗经》，我知道“甘棠”的典故，知道“甘棠”的意蕴，但是直到近年重回古镇小住，依然不知道甘棠镇是否有甘棠树，依然不知道甘棠树为何物，只是隐隐约约听说，甘棠镇之名源于《诗经·甘棠》的典故。所以，心中始终有“甘棠”。

读《甘棠》，我时常掩卷沉思：中国百姓最善良，只要官员慈悲，只要官员慈爱，只要官员廉洁，百姓就会记住他，就会留恋他，就会回忆他，就会赞美他。历代官员，读懂了《甘棠》，就应当懂得为何做官和如何做官。王阳明说：“生死如昼夜。”死亡是生命的过程而不是终结，为官一时或为官一世，其生命的价值不在于财富，不在于威风，而在于人心，在于民众的口碑。中国历朝历代，多少王朝，多少权贵，犹如尘埃，而召伯因为爱民如子，即便是在《诗经》中所描绘的年代，也依然留存在宇宙长河之中！

读《甘棠》，时常默默感叹，孔门直系弟子，为官者无一人是贪官，或许是他们都读懂了《甘棠》吧！两千多年前，孔老夫子编撰《诗经》用心何其良苦，旨意何其深远！

行露

厌浥(yì)行露①，岂不夙夜②？	夜深露重湿漉漉，岂是不愿风雨兼程？
谓行多露③。	因为道上露水重。
谁谓雀无角④，何以穿我屋？	谁说麻雀没有角，为何啄穿我的屋？
谁谓女无家，何以催我狱⑤？	谁说我名花无主？你为何逼我下监狱？
虽速我狱⑥，室家不足⑦。	就算马上下监狱，成家的理由不充足。
谁谓鼠无牙⑧，何以穿我墉⑨？	谁说老鼠没大牙，为何穿了我的墙？
谁谓女无家，何以速我讼⑩？	谁说我名花无主，为何逼我上公堂？
虽速我讼，亦不女(rǔ)从⑪！	就算立即上公堂，也不嫁你黑心郎！

孔子儒家尊重女权，主张恋爱自由，正面的证据在于《关雎》《静女》等，男女平等等待，平等思念，平等相爱，平等期待；相思在床笫，相约在城墙，相见在小巷，相恋在远方。反面的证据：女子对于自己不认可的男人，可以拒绝，不需要别的理由，就是因为你不是我的爱人，你不是我的王子，你不是我的男神。《行露》就是最好的证明，不爱你，我就不嫁给你，哪怕你有权有势，哪怕你与我对簿公堂，哪怕你让我坐穿牢底。

---

①厌浥：潮湿状，比喻境况凶险。 ②夙：早晨。 ③谓：表陈述原因的语气助词，“是因为……”。 ④谓：说。 ⑤何以：以何，为何。狱：监狱，下狱。 ⑥速：召，招致。 ⑦室家：男有妻谓之有室，女子嫁夫谓之有家；家室谓之成婚，结婚，成家。 ⑧牙：大牙，相对于唇门的“齿”而言。 ⑨墉：墙。 ⑩讼：诉讼，对簿公堂。 ⑪女：同“汝”。女从：“从女”的倒装。

西周时期，虽然也有媒妁之言的成俗，但是从《诗经》的语境看，男女还是以自由恋爱为主，婚姻还是建立在爱情的基础之上。何以两千多年前的少女都能执着追求自己的爱人，都能坚守自己的婚姻底线？答案自在人心。

这首诗的美学价值也值得玩味。第一，比兴很妙。第一章，以夜深露重起兴，告诉读者，环境不好，心情不好，心中充满忧郁和顾虑。第二章，开头以麻雀无角譬喻，斥责豪门不讲道义，不择手段逼婚；接着表达心志——牢底坐穿，也不会跟你成家。第三章开头以老鼠无牙比喻，斥责豪门强词夺理，紧接着再次表明决心：宁愿对簿公堂，也不嫁给黑心郎！第二，句法参差。诗经的诗句以四言为主，但是此诗长短句结合，气势磅礴，颇有感染力。第三，反诘、排比、反复等多种修辞手法并用，形成了强有力的逻辑力量，成功再现了女主人公倔强的性格和不屈的形象。

羔羊

羔羊之皮①，素丝五紽(tuó)②。	身着羊皮袄，白丝缝制好。
退食自公③，委蛇(wēi yí)委蛇④。	吃完饭回家去，步履闲适漫逍遥。
羔羊之革⑤，素丝五緎(yù)⑥。	身着羊皮袄，白丝缝制巧。
委蛇委蛇，自公退食。	心中坦然步逍遥，吃完饭就回家了。
羔羊之缝⑦，素丝五总⑧。	身着羊皮袄，白丝缝制妙。
委蛇委蛇，退食自公。	燕处超然任逍遥，公家饭食好味道。

阶级存在历史悠久，腐败根源源远流长。西周虽然相对于殷商，阶级矛盾进一步缓和，奴隶制逐步废除，平民社会逐步形成，但是，官僚阶层与平民之间的差别与对立仍十分鲜明。

羊皮袄是身份的象征，诗中的主人公应该是士大夫；《左传·襄公二十八年》记载："公膳，日双鸡。"每天两只鸡，享受这种待遇的显然不是普通人，不是平民阶层，不是一般官僚阶层，起码是士大夫之流。我的孩提时代，仅仅只有春节才能吃到鸡肉，平时很少。今天，每天吃两只鸡，恐怕也不多见。从衣着到饮食，《羔羊》描绘了士大夫阶层的优厚待遇，并以"委蛇委蛇"描绘了士大夫生活的悠闲与自在。

---

①皮：羊皮带毛称之为皮。 ②素：白色。紽：量词，五根线为一紽。 ③退食：吃完回家。 ④委蛇：闲适超然之状。 ⑤革：剔除毛的皮称之为革。 ⑥緎：量词，四紽为一緎。 ⑦缝：缝纫，缝制。 ⑧总：量词，四緎为一总。

很多学者认为，本诗赞美官僚的无为而治，我不赞成。显然，从描写对象的举止、神态看，这首诗是批评，含蓄的批评，委婉的批评，白描的批评。官员的养尊处优、官员的无所事事、官员的碌碌无为，都在客观的描写之中，惟妙惟肖，入木三分。

西周是人文精神觉醒的时代，也是民主意识觉醒的时代，西周的统治者从殷商那里获得政权的时候，已经意识到：决定帝王命运的不是上天，而是民心。所谓得民心者得天下，这是西周最高统治者宝贵的民本、人本精神的自觉。西周的采诗制度，目的在于通过民歌民谣，了解风俗民情，了解民众对统治者的态度。最高统治者能够通过采诗制度，让风俗民情直达天听，在那个时代是了不起的制度创新。

孔子是人文精神自觉的哲人，他选编《诗经》，他颠簸沧桑的人生际遇，他超越时代的哲学智慧，以及他所处时代君王的蒙昧愚蠢，注定了他必然选择批判官僚主义的诗作，教育统治者，教育学生，教育读者。孔子开诗教之先河，其旨趣何其深远！

殷其雷

殷其雷[①]，在南山之阳[②]。	雷声轰轰，在南山之南。
何斯违斯[③]，莫敢或遑(huáng)[④]？	为何此时要离去，不敢有片刻耽误？
振振君子[⑤]，归哉归哉[⑥]！	忠诚仁厚的夫君，等你平安归来，平安归来！
殷其雷，在南山之侧[⑦]。	雷声烈烈，在南山四周。
何斯违斯，莫敢遑息[⑧]？	为何此时要离去，为何就不敢有闲暇休息？
振振君子，归哉归哉！	忠诚仁厚的夫君啊，等你平安归来，平安归来！
殷其雷，在南山之下。	雷声滚滚，在南山脚下。
何斯违斯，莫敢遑处[⑨]？	为何此时离去，为何不敢片刻停留？
振振君子，归哉归哉！	忠诚仁厚的夫君，等你平安归来，平安归来！

《毛诗序》说：“《殷其雷》，劝以义也。召南之大夫远行从政，不遑宁处，其室家闵其勤劳，劝以义也。”我不敢苟同。如果说《甘棠》是百姓对召伯这样一心为国、一心为民的清廉官僚的歌颂，那么《殷其雷》则是以妻子的角度和口吻，对一个一心扑在公务上的普通公职人员恪尽职守的赞美、担忧，并为他祈祷。

赞美是间接的，以白描的手法，告诉读者：雷声轰轰，雷声烈烈，雷

①殷：拟声词，雷声。 ②阳：山之南、水之北称为阳。 ③何：为何。斯：前一个“斯”指“这个人”；后一个“斯”指“这里”。违：离开。 ④或：有。遑：闲暇。 ⑤振振：忠诚仁厚的样子。 ⑥哉：句末语气词。归哉：回来吧。 ⑦侧：周边。 ⑧息：休息。 ⑨处：停留。

声滚滚，我的夫君不敢有片刻怠慢，立即外出，不用说，是去救助百姓。其实，当代很多中国人，在天灾人祸面前，都能做到，都能做好。担忧是含蓄的：为何此时此刻，你要离开我？为什么你就不能有片刻的闲暇休息？为什么你就不能在雷声滚滚的时光里陪陪我和家人？祈祷是真心的：虽然我不理解，但是祈祷上苍垂爱，保佑你平安回来！重章叠句，一咏三叹，感人至深！

摽有梅

biào
摽有梅[1]，其实七兮[2]。
dài
求我庶士[3]，迨其吉兮[4]！

梅子纷纷落下，树上尚有七分。
希望有心娶我的情郎啊，赶紧择个吉日求婚吧！

摽有梅，其实三兮。
求我庶士，迨其今兮[5]！

梅子纷纷落下，树上只有三分了。
期待有心娶我的情郎啊，及时抓住今天这个吉日吧！

xì
摽有梅，顷筐塈之[6]。
求我庶士，迨其谓之[7]！

梅子纷纷落下，捡起的梅子已经装了一筐。
渴望有心娶我的情郎啊，你若爱我就及时说出来吧！

这首诗，如果用现代汉语命题，可以叫作《我想有个家》。描写大龄女青年对爱情的渴望和对家的向往。渴望爱情，渴望成家，渴望婚后生活。

读《诗经·静女》等诗篇，可以断定当时缔结婚姻是“双轨制”，可以是“父母之命，媒妁之言”，也可以是自由恋爱，尤其是大龄青年，社会甚至包容他们私奔，《周礼》有“中春之月，奔者不禁”的礼俗。

诗分三节，逐章递进。诗中的主人公属于大龄女青年。梅子纷纷落下，女子想到时光在流逝，树上梅子虽然尚有很多，心里已然十分焦急：渴望

---

①摽：坠落。有：语气词，无实义。 ②其：指代梅树。实：果实，指梅子。七：七成，指大部分。 ③求：希望、期待、渴望、渴求。庶：众多。 ④迨：及，及时。吉：吉利的日子。 ⑤今：今日，今天。 ⑥顷筐：一种前低后高的箩筐。塈：取。 ⑦谓：说出来。

那众多的有心娶我的小伙子，有人能赶紧选定良辰吉日；我想有个家！梅子纷纷落下，树上只有三分了。女子的心情更加焦虑：渴望有心人，不要再犹豫，就选择今日吧；我想有个家！梅子纷纷落下，树上没有了，全在顷筐之中。女子甚至有些焦躁不安，祈祷着、期盼着：有心人，如果不嫌弃，你早点说出来想娶我，或者你说个约会的时间和地点，我愿意与你私奔；我想有个家！

《摽有梅》是中国诗歌史上最早的思春题材的诗歌，构建了一种以景物描写寓意时光飞逝，反衬心里渴望的抒情模式，淳朴坦诚地表达了对爱的渴望和对家的向往。语言直白，诗风质朴，情感浓烈，韵味醇厚。

爱，就说出来！想嫁，就告诉他！

小星

嘒(huì)彼小星①，	繁星点点，
三五在东②。	三星五星在东方。
肃肃宵征③，	匆匆忙忙踏上旅途，
夙夜在公④。	一心扑在公事上。
寔(shí)命不同⑤？	如此奔波只因命运不一样？
嘒彼小星，	点点繁星，
维参与昴⑥。	参星和昴星最为闪亮。
肃肃宵征，	匆匆忙忙再上旅途，
抱衾与裯(chóu)⑦。	夜晚陪伴我的只有被子和床帐。
寔命不犹⑧？	远离妻儿只因命运不一样？

诗歌的作者，是最基层拿薪水的公职人员，不是官，也不是僚。为了生存，为了生活，披星戴月，一心为公；他们有苦，有累，有委屈，却没有倾诉的对象；不怨天，不怨地，只是难免质疑命运的不公。

诗两节的前两句都是写景，做铺垫。以繁星点点作为背景，描绘了日夜奔波、一心为公的普通公职人员形象，他们的生命如小星一样平凡，但是他

---

①嘒：微光闪烁之状。 ②三：参宿星座的三颗星。五：昴宿星座的五颗星。 ③肃肃：急急忙忙。 ④夙：早。 ⑤寔：实。 ⑥参：二十八宿之一。昴：二十八宿之一。 ⑦衾：被子。裯：床帐。 ⑧犹：如，若，相似。

们也有他们生活的梦想和职业的担当。《诗经》选编这类诗歌，目的显然不在于审美，不在于文学，而在于教育，在于让学生，让那些“学而优则仕”的读书人，懂得支撑这个社会的还有这样一个默默奉献的群体，上位者有必要知道他们的存在，有必要知道他们的付出、辛劳、酸楚。朴素的语言、朴素的描写、朴素的心理，使人联想到当代各级政府的合同制人员或临聘人员，比如城市的环卫工、辅助警察、辅助执法队员等，为了城市的干净，为了城市的平安，他们也如诗中的主人公，披星戴月，风餐露宿，夙夜为公。尽管他们有亲情和爱情，有青春和梦想，也许还有诗和远方，但是生存和生活让他们选择平淡和平凡。

在遥远的古代，没有收音机、电视机、手机、互联网，诗歌就是最好的媒体和自媒体。诗歌传达爱情，也传达心声。今天读《小星》，唤醒人们敬畏生命，敬畏平凡的生命。这些人生活在城市的底层，他们需要理解和尊重，他们需要关心和加薪。

江有汜

江有汜（sì）①，之子归②，不我以③！	江水分又合，浪子漂泊回，没有选择我！
不我以，其后也悔④！	没有选择我，注定此生你后悔！
江有渚⑤，之子归，不我与⑥！	江水流过沙洲，恋人回来了，不与我交流！
不我与，其后也处⑦！	不与我交流，你会因此而忧愁！
江有沱⑧，之子归，不我过⑨！	江水有支流，爱人回来了，没有牵我的手！
不我过，其啸也歌⑩！	不牵我的手，我会长歌等你携手白头！

众多学者都认为这首诗是弃妇诗，我却不赞成。弃妇诗是建立在“父母之命，媒妁之言”爱情伦理基础之上，但是《诗经》的爱情却是自由的，奔放的，野性的，淳朴的，自我的，张扬的。《江有汜》女主人公的爱如此自信，如此自我，如此执着！

美学特征：一是比兴引人入胜。“江有汜”翻译为现代汉语：江水分成支流，最终又汇合了；寓意主人公与曾经相识的男人相遇了。“江有渚”翻译为现代汉语：江水经过沙洲的分割又融合了；寓意女主人公与曾经相恋的男人重逢了。“江有沱”翻译为现代汉语：江水虽然在此处流经沱江，但

①汜：由江水分流后再次汇入主流的河流。 ②之子归：此处指女子心爱的男人回来了。 ③以：用，需，引申为“娶”。 ④悔：悔恨。 ⑤渚：水中小沙洲。 ⑥与：交往。 ⑦处：忧愁。 ⑧沱：沱江，长江的支流。 ⑨不我过：不到我这里，意为不与我牵手，不跟我过日子。 ⑩啸：呼号。

是最后还是会在下游汇合；寓意女主人公与曾经深爱的男人最终会“与子偕老”。二是重章叠句反复烘托。三节诗歌，结构完全相同，句子除了关键词，基本相同。回环反复，反复歌唱，将女主人公的自信、自恋、自我的心态和性格表现得酣畅淋漓。

没有完美的爱情，却有完美的故事！主人公追求的只是真爱。至于是否如“江有汜”那样的精神出轨，是否如“江有渚”那样身心游离，是否如“江有沱”那样孤独无助，都不重要，都不计较，只要最终能够在人生的入海口前相遇、重逢、相融，执子之手，与子偕老！足矣！

野有死麕

野有死麕(jūn)[1]，白茅包之[2]。	野地猎杀獐子，白茅小心包裹。
有女怀春[3]，吉士诱之[4]。	少女春心荡漾，猎人上门倾诉。
林有朴樕(sù)[5]，野有死鹿。	林中灌木丛丛，野地猎杀小鹿。
白茅纯束[6]，有女如玉。	白茅小心捆束，只为女美如玉。
舒而脱脱兮[7]！	慢一些温柔一些啊！
无感我帨(shuì)兮[8]！	不要碰我的围裙啊！
无使尨(máng)也吠[9]！	不要惹我的狗叫呀！

孔颖达、朱熹等均认为此诗是批评男女悖礼的行为，我不敢苟同。《国风》中的爱情诗，基本上都是少男少女自由恋爱，自己约会，私订终身，甚至私奔！

就诗论诗，这就是一首描写先民自由恋爱的情诗。这段感情来得自然而淳朴。打猎的男子爱上了一个性情如玉一般温润、肌肤如玉一般洁白无瑕的少女，于是大着胆子带着獐子和小鹿，去向这位春心荡漾的女神表达爱慕！

他们的相爱极富青春之美："有女怀春"比歌德的"哪个少女不怀春"

---

①麕：獐子。　②白茅：野草。　③怀春：青春的萌动，充满对异性的渴望。　④吉士：男子的美称，此诗指打猎的男子。诱：挑逗，求爱。　⑤朴樕：灌木。　⑥纯束：捆扎。　⑦舒：舒缓，缓缓，言深情款款状。脱脱：从容而轻柔。　⑧感：同"撼"，触碰。帨：围裙。　⑨尨：长毛的家犬。吠：叫。

早两千多年！以春天之万物复苏，比拟少女青春期春心悸动，形象而唯美！"有女如玉"应该是人类历史上天才般的创造：美丽的乡村少女，性情温美如玉，肌肤洁白如玉。怎能不让猎人痴狂呢！面对爱人的疯狂，少女接受了，只是提醒：亲爱的，你慢一些，再慢一些；你温柔一些，再温柔一些！要是惊动我家大黄狗，它会很凶地吠。

这首诗一改《诗经》大部分情诗的重章叠句反复咏叹的写法。第三章大胆用了三个祈使句，把少女的淳朴、少女的冲动、少女的羞涩、少女的含蓄、少女的矜持，表现得惟妙惟肖，诗情隽永，给人无限的唯美遐想！

何彼秾矣

何彼秾(nóng)矣①，唐棣(dì)之华②！	何其繁盛，棠棣之花！
曷不肃雝③？王姬之车④。	怎么不庄重雍容呢？那是公主的车驾。
何彼秾矣，华如桃李！	何其茂盛，桃李芬芳！
平王之孙⑤，齐侯之子⑥。	平王孙女，齐侯公子的新娘。
其钓维何⑦？维丝伊缗(mín)⑧。	钓鱼用什么？丝线合股为绳。
齐侯之子，平王之孙。	新郎帅气英武，新娘美若天仙。

比兴是《诗经》最常用的手法，这首诗也不例外。以棠棣之华的繁盛，比喻王姬车队的豪华！以桃李之华的繁茂，比喻平王孙女与齐侯之子的郎才女貌！以钓鱼依靠丝线的合股凝聚，比喻男女合婚的幸福！《诗经》的爱情，虽然以自由恋爱为主旋律，但是，王侯之家婚姻，往往还是“父母之命，媒妁之言”，甚至是政治联姻。不过，从诗人的眼光看，不是政治婚姻，也不是撮合，倒是一对有情人！自平王东迁后，周朝迎来了中兴气象，贵族与平民之间的关系相对缓和，诗人对王族婚礼没有敌意，有赞美，有祝福，有羡慕！

---

①秾：茂盛状。 ②唐棣：棠棣，开白花。 ③曷：怎么，为何。肃：庄重。雝：雍容之状。 ④王姬：公主，指平王孙女。 ⑤平王：周平王，公元前770年—前720年在位。 ⑥齐侯：齐庄公，公元前795年—前731年在位。 ⑦钓：钓鱼。维：语气词。何：什么。 ⑧丝：丝线。伊：与“维”均为语气助词。缗：丝绳合股，比喻合婚。

驺虞

彼茁者葭(jiā)①，	芦苇那么茁壮，
壹发五豝(bā)②，	弯弓射中五头野猪，
于嗟乎驺(zōu)虞③！	多么威武的猎人，多么精湛的箭术！
彼茁者蓬④，	蒿草那么茁壮，
壹发五豵(zōng)⑤，	弯弓射中五只小野猪，
于嗟乎驺虞！	多么威武的猎人，多么精湛的箭术！

春秋时期，先民已有环保自觉，猎取动物有时令差异，有所谓“春蒐、夏苗、秋狝、冬狩”的区别。所谓“春蒐”指春季猎杀未怀孕的动物，“夏苗”指夏季猎杀伤害植物幼苗的动物，“秋狝”指秋天猎杀伤害家禽的动物，“冬狩”则意味着相对集中猎杀动物以帮助人类度过冬天。本诗写的是“夏苗”的场景。芦苇茁壮，既是景物描写，也是对夏季时令气息的渲染。猎杀的野猪、小野猪，是破坏植物的动物。

在艺术上，本诗结构简单，篇幅短小，语言晓畅，画面生动，展现了周代政治清明、人民安乐的社会风景，同时以女性的视角，描写了猎人的威猛及其箭术的精湛，字里行间洋溢着类似于今天粉丝对男神的赞美之情。

---

①彼：那。茁：壮实。葭：芦苇。 ②壹发：十二支箭为“一发”。豝：雌野猪。 ③驺：周天子御猎场；虞：猎场主管；驺虞：合起来构成借代手法，指猎人。 ④蓬：蒿草。 ⑤豵：不足一岁的小野猪。

邶风

柏舟

泛彼柏舟①，亦泛其流②。	驾起一叶柏舟，漫无目的泛中流。
耿耿不寐③，如有隐忧④。	忧心忡忡夜不寐，无法排遣忧愁。
微我无酒⑤，以敖以游⑥！	并非家中无酒，想借助酒兴任遨游！
我心匪鉴⑦，不可以茹⑧。	我心非铜镜，无法全包容。
亦有兄弟，不可以据⑨。	我虽有兄弟，不可为依靠。
薄言往愬⑩，逢彼之怒。	很想向他倾诉，适逢他发怒。
我心匪石，不可转也。	我心非石磨，不可随意转动。
我心匪席，不可卷也。	我心非草席，不可任意折叠。
威仪棣棣⑪，不可选也⑫！	尊严与优雅，不可屈服或毁灭！
忧心悄悄，愠(yùn)于群小⑬。	忧愁啃噬着灵魂，只因小人的怨恨。
覯(gòu)闵既多⑭，受侮不少。	太多的遭遇，太多的不幸。太多的委屈，太多的屈辱。
静言思之，寤辟有摽(biào)⑮！	扪心自问无愧于心，睡梦中醒来发出捶胸的声音！

---

①泛：漂移，漂流。柏舟：柏木做的船。 ②亦：助词，无实义。流：中流。 ③耿耿：心事重重状。 ④隐：深。 ⑤微：不是。 ⑥以：并列连词。敖：同“遨”。 ⑦匪：同“非”。鉴：铜镜。 ⑧茹：容纳。 ⑨据：依靠。 ⑩薄言：句首发语词，无实义。愬：同“诉”，倾诉。 ⑪棣棣：雍容娴雅之状。 ⑫选：退让，屈服。 ⑬愠：怨恨。 ⑭覯：同“遘”，遭遇。闵：同“悯”。 ⑮寤：醒来。辟：捶打。摽：此处为拟声词，捶打之声。

日居月诸[①]，胡迭而微[②]？	太阳啊，月亮啊，为何重叠后光线如此微弱？
心之忧矣，如匪浣衣[③]。	心中忧愁乱如麻，仿佛没有洗过的脏衣服。
静言思之，不能奋飞？	扪心自问无愧于心，难道如此沉沦不再腾飞？

这首诗历来有怨妇诗和文人诗的争议，观其结构之完美、比喻之繁复、寄意之含蓄、语言之精练，可以断定其当属于文人诗，而且不是出于一般文人，是如屈原一样在朝中有地位的文人。诗歌排遣的是文人的苦闷，表达的是直臣的坚贞，倾诉的是忠臣的困惑。

第一章“泛彼柏舟，亦泛其流”是起兴也是比喻。一叶柏舟，任意中流，不正是作者心无所依，心无所定，心中游移的形象写照吗？接下去直抒胸臆，抒发了忧心忡忡，彻夜不眠，借酒浇愁愁更愁的苦闷。

第二章“我心匪鉴，不可以茹”是比喻起兴：我的心并非铜镜，刻板映射外界的一切。我有血有肉，有情有义，有自己的主张。困惑、苦闷都是因为我内心正直——因为正直而受排斥，因为正直而遭受打击。原本以为兄弟贵为国君，可以向他倾诉，可是他居然为此发怒！

第三章“我心匪石，不可转也”“我心匪席，不可卷也”也是比喻起兴：我的心并非石磨，不可能完全顺着别人的推力而转动；我的心并非草席，不可能让别人随意卷起和折叠。后面两句，直抒胸臆：我的威仪、我的风度，不可以屈服。刚正不阿的直臣形象跃然纸上。

第四章承接上一章，正因为“我心匪石，不可转也，我心匪席，不可卷也”，不能随波逐流，才导致我受小人排挤、诽谤、打击，也不可避免地遭

①居、诸：语气词，无实义。 ②胡：为何。迭：更迭，更替。微：光线微弱。 ③浣：洗涤。

遇种种不幸和委屈，以致在睡梦中惊醒而捶胸顿足。

第五章“日居月诸，胡迭而微”也是比喻起兴：以日食、月食光线变弱，比喻月亮挡住了太阳的光辉，使天地昏暗，也遮住了君王的双眼。这正是我不能奋飞，不能重新走上坦途的根本原因！

对于国家来说，仁者不用，直臣受辱，干臣被边缘化，这正是政治黑暗的必然，也是皇权走向灭亡的前奏。商纣王治下微子去之、箕子为奴、比干死谏，纣王的兄长、叔父等至亲尚且如此，其余忠正之士，或死或逃或弃暗投明，商王朝也该寿终正寝了。对于地区来说，何尝不是如此：小人当道，小人横行，这个地区的发展必然痛失先机，甚至不断丧失诸多机遇，落后是必然的。对于企业来说，更是如此：贤者、能者不能重用，心术不正、胸无点墨、无德无能之辈，窃据要津，备受青睐，这个企业走下坡路或者关门，差不多是必然的。由此可见孔子诗教之苦心孤诣！

“愤怒出诗人”，古今皆然。没有卫国这位大臣的苦闷和愤怒，就不会有《柏舟》传世；没有屈原的愤怒和忧思，就没有《离骚》传世；没有李白的愤怒和狂放，就不会有《蜀道难》等壮丽诗篇传世……文人诗歌，莫不如此，屈原的《离骚》应有《柏舟》遗韵！

绿衣

绿兮衣兮①，绿衣黄里。	绿色的衣服，黄色的内衣。
心之忧矣，曷维其已②？	忧思刻骨铭心，此恨绵绵何时尽？
绿兮衣兮，绿衣黄裳③。	绿色的衣服，黄色的裙子。
心之忧矣，曷维其亡④？	忧思刻骨铭心，深深的思念何时能消失？
绿兮丝兮，女(rǔ)所治兮⑤。	绿色的衣服，你亲手缝制。
我思古人⑥，俾(bǐ)无訧兮⑦。	真的好想你，因为你贤惠我才无过失！
絺(chī)兮绤(xì)兮⑧，凄其以风⑨。	细葛布啊粗葛布，穿多穿少都觉得凄冷。
我思古人，实获我心⑩！	真的好想你，你永远充溢着我的灵魂！

记得初中一年级的时候，父亲给了我一本《唐宋词一百首》（唐代仅有李白和晚唐词人的少量作品），小册子，注释简单，翻译简洁，解读精练。我如获至宝，如饥似渴，一百首词，就成了我词学修养的原始积累。我对苏轼的《江城子·乙卯正月二十日夜记梦》印象颇深，少年不识愁滋味，却似懂非懂："十年生死两茫茫，不思量，自难忘。千里孤坟，无处话凄凉。纵

①衣：上身的衣服。 ②曷：为什么。维：语气词，无实义。其：代词，指忧愁。已：停止。 ③裳：下身的衣服，裙子。 ④亡：消失，停止。 ⑤女：同"汝"。治：缝制。 ⑥古人：故人，亡妻。 ⑦俾：使。訧：同"尤"，过失，过错。 ⑧絺：细葛布。绤：粗葛布。 ⑨凄：凄清。以：因为。 ⑩实：充满，充实。获：占据，俘获。

使相逢应不识，尘满面，鬓如霜。夜来幽梦忽还乡，小轩窗，正梳妆。相顾无言，惟有泪千行。料得年年肠断处，明月夜，短松冈。”青春岁月，也莫名吟诵《江城子》！

《绿衣》是先秦版的《江城子》，一首凄美绝伦的悼亡诗。第一章、第二章睹物思人，面对深爱之人的遗物，触发无限的思念和忧伤，作者以反诘将这种剪不断理还乱的思念渲染到极致。第三章写深爱的人贤惠，因为相知，所以相信，所以相惜，所以经常提醒自己，所以自己才能避免犯这样或那样的错误。第四章是全诗的高潮，因为深深的爱恋，因为深深的眷恋，内心深处觉得无限的孤独和凄冷，无论穿多穿少，无论粗布细布，诗人只觉得彻骨的凄凉，一切只是源于刻骨铭心的忧伤！斯人已逝，但其音容永存，这就是爱的永恒！

燕燕

燕燕于飞①，差(cī)池其羽②。	燕子双飞，翅膀参差。
之子于归③，远送于野。	二妹出嫁，远送到郊野。
瞻望弗及④，泣涕如雨。	凝望背影消失的方向，泪如雨下。
燕燕于飞，颉(xié)之颃(háng)之⑤。	燕子双飞。忽上忽下。
之子于归，远于将之⑥。	二妹出嫁，送你渐渐远离。
瞻望弗及，伫立以泣⑦。	凝望背影消失的远方，久久伫立哭泣。
燕燕于飞，下上其音⑧。	燕子双飞，鸣声上下。
之子于归，远送于南。	二妹出嫁，远远送你到城南。
瞻望弗及，实劳我心⑨。	凝望早已消失的背影，悲伤充溢我身心！
仲氏任只⑩，其心塞渊⑪。	二妹你很任性，其实你内心那么慈爱。
终温且惠⑫，淑慎其身⑬。	温柔又贤惠，善良又矜持。
先君之思⑭，以勖(xù)寡人⑮！	父亲的遗愿，时刻勉励我奋发有为！

---

①燕燕：一对燕子。于：语气词，无实义。 ②差池：参差。 ③于归：出嫁。 ④瞻望：翘首远望。弗及：不能达到。 ⑤颉：向上飞。颃：向下飞。 ⑥将：行，行进。 ⑦伫立：长时间站立。⑧下上其音：燕子的叫声忽上忽下，仿佛欧阳修在醉翁亭记中描写的“鸣声上下”。 ⑨劳：操劳，忧伤。 ⑩仲：排行第二。氏：姓氏。任：任性。只：语气助词，无实义。 ⑪塞：充实。渊：深渊。塞渊：比喻心地慈爱宽容。 ⑫终：既。温：温厚，温和，温柔。惠：贤惠，慈惠。⑬淑：善良。慎：持重。 ⑭先君：去世的父母称之为先君。 ⑮以：用来。勖：勉励。寡人：最早为男子谦称，后演变为国君自称。

清代学者王士祯称《燕燕》为“万古送别之祖”。有史可查可考，此诗的确为中国文学史上第一首送别诗。境界之美，情景之凄，离情之苦，想念之深，奠定了送别诗的高起点。本诗送别的对象，历来颇多悬案：一说是写卫庄姜送小妾；二说是卫定姜送妹；三说是卫定姜送儿媳归省；四说是某位国君送妹妹出嫁。我说是兄长送妹妹出嫁，而且仅仅是同姓兄妹，并非亲兄妹；因为《诗经》时代，同姓不能结婚，也许是先民经验上升成为一种伦理——近亲不能结婚。

诗歌前三章，反复起兴，反复渲染，引人入胜。燕子双飞，翅膀参差，这是恋人亲密的呢喃与厮磨；燕子双飞，忽上忽下，这是一步一回头的眷恋和不舍；燕子双飞，鸣声上下，这是劳燕分飞的流连和哭诉。这种起兴，烘托的显然是爱情，显然是深情，他们或许两小无猜，或许两情相悦，甚至彼此深爱。正因为如此深爱，所以才送妹妹到郊野，送妹妹越走越远，送妹妹出了城南门；正因为万般不舍，所以，妹妹你走了，看不到你的背影，哥哥依然伫立，哥哥依然流泪，哥哥依然哭泣！在三章浓墨重彩的渲染之后，终于脱口而出，由衷赞美：妹妹你单纯而任性，你宽容而慈爱，你温柔又贤惠，你善良又矜持；你本应是我的新娘，今天却要远嫁！伦理世俗，此生无缘，但我不会沉沦，我会记住父亲的遗训，我会奋发有为，不负你的期待和提醒！

诗贵有境界，贵有意境。此诗有境界，也有意境。前面三章的描写，有后世李白“孤帆远影碧空尽，唯见长江天际流”的寂寥境界，分明创造了融人入境、融情入境、情景交融的意境。那种如海的深情，那种刻骨的眷恋，那种一辈子的真爱，伴随着这种意境感人肺腑！

日月

日居月诸[①]，照临下土[②]。	太阳月亮啊，永远照耀大地。
乃如之人兮[③]，逝不古处[④]！	可是却有这样的人啊，凭空消失，再无相见相处！
胡能有定[⑤]？宁不我顾[⑥]！	为何不专一？竟然不再眷恋我！
日居月诸，下土是冒[⑦]。	太阳月亮啊，无怨无悔覆盖大地。
乃如之人兮，逝不相好[⑧]。	可是却有这样的人啊，猛然消失，再无留恋。
胡能有定？宁不我报[⑨]！	为何不专一？竟一去无消息！
日居月诸，出自东方。	太阳月亮啊，永远出自东方。
乃如之人兮，德音无良[⑩]。	可是却有这样的人啊，再也听不到耳鬓厮磨的情话。
胡能有定？俾也可忘[⑪]！	为何心性不一？竟然得到之后将我忘记！
日居月诸，东方自出。	太阳啊月亮啊，依然出自东方。
父兮母兮，畜我不卒[⑫]。	父亲啊母亲啊，不能养我终身。
胡能有定？报我不述[⑬]！	为何如此不专一？竟然从此无消息！

①居、诸：语气助词，没有实在意义。 ②下土：大地。 ③乃：可是。之人：此人，这人，这样的人。兮：句末语气词，相当于“啊”。 ④逝：消失。古处：“姑处”，暂时待一会儿，多相处一会儿。 ⑤胡：为何。定：止，专心，即钟爱一人。 ⑥宁：竟然。顾：眷顾，留恋，爱恋。⑦冒：覆盖。 ⑧相好：爱恋。 ⑨报：理睬。 ⑩德音：动听的言辞。无良：没有能够安慰我话。⑪俾：同“裨”，得到，拥有。 ⑫畜：养育。卒：永远。 ⑬述：述说。

自古而今，多数学者认为《日月》是怨妇诗，其实它就是恋歌，失恋之歌；如泣如诉，感人至深。

这首诗最大的特点，就是采取反衬起兴的手法，以太阳和月亮的永恒，反衬恋人的花心；同时，采用重章叠句，反复铺陈，反复咏叹，将这种失恋后的落寞与孤寂渲染到极致：太阳啊，月亮啊，你永远照耀大地，你永远覆盖大地，你永远出自东方，可是，我心爱的他却如此花心，如此不专一，凭空消失，再无消息。你在何处，你在何方，为何没有你的消息？远古时期，没有飞机，没有汽车，没有手机，这种“失踪”，真的很令人悲戚！

袁枚在《随园诗话》中说：“诗无言外之意，便同嚼蜡。”此诗十分隽永，太多言外之意，形成了“留白”，留给读者去思考，去想象，去再创造。为何一去不回头，为何从此无消息，为何不再眷恋，为何不再理睬，作者没有讲。曾经相爱，如今分离，他在何处，他在何方，作者没有说。字里行间，含蓄而执着地表达了自己的心声：我真的依然爱你，我真的依然在乎你，我真的好想你，我真的痴情等待你！

终风

终风且暴①，顾我则笑②。	你像风也像雨，相逢好开心。
谑(xuè)浪笑敖(ào)③，中心是悼(dào)④。	戏谑，浪漫，飘忽，捉摸不定。
终风且霾(mái)⑤，惠然肯来⑥。	你像风也像霾，高兴你就来。
莫往莫来，悠悠我思⑦。	你若不再出现，我将永怀思念。
终风且曀(yì)⑧，不日有曀⑨。	你像风也像云，不久又飘然而至。
寤言不寐⑩，愿言则嚏⑪。	梦中辗转，我想你，你会打喷嚏。
曀曀其阴⑫，虺(huǐ)虺其雷⑬。	你像云彩的阴影，你更像隐隐的雷声。
寤言不寐，愿言则怀⑭。	梦中辗转，我在想你，你也在想我。

这首诗的主旨众说纷纭，莫衷一是。但是，笔者坚持认为，这是一首民间恋歌，唱的就是爱恋的感觉。

第一章：“终风且暴，顾我则笑。谑浪笑敖，中心是悼。”以风雨比

---

①终……且……：既……又……。暴：伴随雷暴之骤雨。 ②顾：看，探视。 ③谑：戏谑。浪：放浪，浪漫不羁。敖：同“傲”，傲慢，若即若离，难现真诚。 ④中心：心中。悼：伤感。 ⑤霾：雾霾。 ⑥惠：惠顾，垂爱。 ⑦悠悠：情思绵绵。 ⑧曀：同“翳”，阴云密布状。 ⑨不日：不久。有：又。 ⑩寤：梦中。言：虚词，无实义。寐：睡着。 ⑪愿：想念，思念。言：同上，语气词，无实义。嚏：打喷嚏，根据量子纠缠理论，关系密切的人，思念或者谈论对方，可能会使对方打喷嚏。这是一种感应方式，以前说是迷信，实则是量子纠缠，美学上或者叫作“感通”吧。 ⑫曀曀：云彩带着阴影移动状。 ⑬虺虺：雷暴初始的声音，微弱而充满爆发力。 ⑭怀：怀念。愿言则怀：我想念他的时候他也在想我，恋爱中的情人心心相印。

兴，少女心中的白马王子像风也像雨，或者撩起我的衣裳，或者洗刷我的身体。浪漫飘忽，捉摸不定，不知道你是否真心，是否专心，才有“中心是悼”的忧伤。

第二章：“终风且霾，惠然肯来。莫往莫来，悠悠我思。”你像风也像霾，或吹拂我的面庞，或给我带来迷茫。你能来，我开心；你不来，我只有绵绵思念和无尽忧伤。

第三章：“终风且曀，不日有曀。寤言不寐，愿言则嚏。”你像风也像云翳，来无踪去无影。我即便在梦中也在思念你，我如此想你，如果你真的爱我，你应该会打喷嚏。这种风俗，至今犹存，事实上，相处日久的人，其实是有“生理感应”的，如今这种现象已经为“量子纠缠理论”所证实。这种相爱的期待何其焦灼！

第四章：“曀曀其阴，虺虺其雷。寤言不寐，愿言则怀。”你像云翳，虚无缥缈；你像暴雷的初声，那么杳远；真的好想你，希望我想你时，你也在想我！在那个没有书信，没有电话，没有短信的时代，“心心相印”是最唯美的爱情表达！

这首诗最值得玩味的是层递式的比兴，先说你像风也像雨，接着说你像风也像霾，再说你像风也像云，最后说你像云也像雷，层层起兴，层层递进，把无形的爱情描绘得极妍尽态，绘声绘色绘形绘心，深深撞击着读者的灵魂！

击鼓

击鼓其镗（tāng）[1]，踊跃用兵[2]；	战鼓雷鸣，催人奋进；
土国城漕（cáo）[3]，我独南行[4]。	加固国都，修筑漕邑，我奉命南行。
从孙子仲[5]，平陈与宋[6]；	随孙子仲，调和陈宋；
不我以归[7]，忧心有忡（chōng）[8]。	无法返乡，忧心忡忡。
爰居爰处[9]，爰丧其马[10]；	不知何处是归途，不知战马在哪里；
于以求之[11]，于林之下[12]。	每天都在迷茫中寻找，每天都在荒野休憩。
死生契阔[13]，与子成说[14]；	生死聚散，都曾与你约定；
执子之手，与子偕老[15]。	牵你的手，一起老去。
于嗟阔兮[16]，不我活兮[17]；	可叹我们天各一方，伤心我们无法相聚；
于嗟洵（xún）兮[18]，不我信兮[19]。	可叹这长久的别离，伤心我无法信守诺言。

---

①其：语气助词，无实义。镗：鼓声。 ②踊跃：跳跑状，情绪激昂之举。兵：兵器，武器。 ③土国：以土修建国都。城漕：在漕邑修筑城墙。 ④南行：指到陈国和宋国，卫国在陈国、宋国的北方。 ⑤孙子仲：卫国将领。 ⑥平：调和，和平解决。 ⑦以：与，跟，同。归：解甲归田。 ⑧忧心有忡：忧心忡忡。有：又。 ⑨爰：疑问代词，何处，哪里。 ⑩丧：丢失，走失。 ⑪求：寻找，透露出迷茫的心态。 ⑫林：丛林，山林。 ⑬契：相聚。阔：别离。 ⑭子：代词，你。成：约定。说：诺言。 ⑮偕：一起。 ⑯于嗟：意思同“吁嗟”，感叹词。阔：因地域而分离，远距离而不能相聚。兮：句末语气词。 ⑰活：同“佸”，相聚。 ⑱洵：长时间的别离。与“阔”侧重点不同。 ⑲信：诚信，守信，践诺。

这首诗恐怕是中国军旅诗歌的开山之作。诗歌以普通士兵的口吻，真诚地表达了对战争的无奈、对妻子的思恋，侧重点在后者。最大的艺术特点，采用“赋”的手法，铺排渲染，将征人对战争的无奈和厌倦描画得生动深刻。当这种无奈与厌倦到了巅峰的时候，笔锋一转，浓墨重彩铺排对妻子的思念、眷恋，“于嗟阔兮，不我活兮；于嗟洵兮，不我信兮”就是典型的“赋”的手法，将对妻子深深的眷恋和愧疚反复渲染。

如果说，诗歌有眼睛，那么“执子之手，与子偕老”就是这首诗的眼睛；如果说，诗歌有灵魂，“执子之手，与子偕老”就是这首诗的灵魂。正是这明亮的眼睛，这淳朴的灵魂，让这首诗划破时代的漫漫长夜，流传至今。即便是不喜欢诗歌，不懂诗歌的中国人，读到“执子之手，与子偕老”，都会为初民那种淳朴的爱情而深深感动！

凯风

凯风自南[①]，吹彼棘心[②]。	暖风徐徐，吹拂酸枣花心。
棘心夭夭[③]，母氏劬(qú)劳[④]。	枣花怒放，源于母亲的辛勤。
凯风自南，吹彼棘薪[⑤]。	暖风轻轻，温柔抚摸着酸枣树枝。
母氏圣善[⑥]，我无令人[⑦]。	母爱如暖风和煦，难报母亲的深恩。
爰有寒泉[⑧]，在浚(xùn)之下[⑨]。	寒泉滋养大地，也哺育着泉源浚邑。
有子七人[⑩]，母氏劳苦。	七个儿女，母亲依然劳苦。
睍睆(xiàn huǎn)黄鸟[⑪]，载好其音[⑫]。	黄鸟婉转歌唱，空中流动着悦耳的声音。
有子七人，莫慰母心。	七个儿女，却无法抚慰母亲的心。

唐代诗人孟郊《游子吟》中的诗句“谁言寸草心，报得三春晖”，或许受了《凯风》的启发。《凯风》的主题是歌颂母爱，歌颂母爱如和风般的温暖，无怨无悔。孔子将歌颂母爱的诗歌选进《诗经》，当然有自己的伦理取向。孔子三岁丧父，与母亲相依为命，在母亲的教导和督促下，孔子完成了从没落贵族到君子、士、大夫，再到政治家、思想家、教育家的人生蝶变，

①凯风：和风、暖风。 ②棘：酸枣树。心：酸枣花。 ③夭夭：花朵怒放。 ④劬：辛劳。 ⑤薪：树枝。 ⑥圣善：圣洁善良。 ⑦令：善。 ⑧爰：句首发语词，无实义。 ⑨浚：卫国地名。 ⑩子：子女统称为“子”。 ⑪睍睆：鸟之鸣声清澈婉转。黄鸟：黄雀。 ⑫载：则。好：悦耳动听。

在孔子的内心世界里，母亲是伟大的，女性是伟大的。

《凯风》艺术上最突出、最成熟的是比兴手法融为一体。以非常具体的物象，把母爱描绘得十分生动、十分形象、十分感人。第一章："凯风自南，吹彼棘心。棘心夭夭，母氏劬劳。"前面三句，既是起兴，又是比喻，母亲给子女的爱，的确像和风，无限温暖，润物无声。"吹彼棘心"，又何尝不是吹拂在儿女的心尖呢？"棘心夭夭"，是和风之功劳；儿女成长，那是母亲的辛劳。第二章"凯风自南，吹彼棘薪"，既是起兴又是比喻，在母亲和煦的暖风中，儿女们从夭夭的"棘心"成长为"棘薪"，何其形象啊！对于子女来说，怎么努力，也无法报答母亲的辛劳。第三章"爰有寒泉，在浚之下"是更深层次的比兴：寒泉发源于浚邑，但是也滋养浚邑；而子女七人，却无法很好地回报母亲的深恩。以泉水比喻母爱的无私和奉献，接着以反比作结论：作为儿女却十分惭愧，不能报答母亲的含辛茹苦。第四章"睍睆黄鸟，载好其音"也是比兴，黄鸟婉转歌唱，以美妙声音让人们喜悦，反衬儿女们其实不如黄鸟，觉得似乎再怎么努力，也未必能够抚慰母亲的心。

母爱如和风，给孩子生命和温暖；母爱如泉水，给孩子无限的滋养和奉献。泉水可以滋养大地，而子女却不能像泉水回报大地那样回报母亲；黄鸟能用悦耳的歌唱让听者开心，而子女却不能像黄鸟那样抚慰母亲的心；这是何等天才的比兴，又是何等天才的反衬呢！

雄雉

雄雉于飞[1]，泄（yì）泄其羽[2]。	雄野鸡潇洒飞翔，轻轻扇动着翅膀。
我之怀矣[3]，自诒（yí）伊阻[4]。	怀念我的男人啊，留给我无限的怅惘。
雄雉于飞，下上其音[5]。	雄野鸡自由飞翔，鸣声悠扬四溢。
展矣君子[6]，实劳我心[7]。	在外征战的男人啊，我真的好想你。
瞻彼日月[8]，悠悠我思[9]。	看到太阳，看到月亮，希望带去绵绵思恋。
道之云远[10]，曷云能来[11]？	相隔万里，你何时能回来？
百尔君子[12]，不知德行。	你是百里挑一的男人，别人不了解你的德行。
不忮（zhì）不求[13]，何用不臧（zāng）[14]？	你不嫉妒也不贪婪，我为什么就不相信你呢？

本诗以雄性的野鸡起兴，大胆而泼辣。看到雄性野鸡潇洒飞翔，少妇懂得那是求偶的姿态；由此想念自己的丈夫，过渡非常自然，衔接天衣无缝。雄性野鸡发出悠扬的鸣声，少妇懂得那是爱的表白；由此触发了少妇内心的柔软和痛楚，引发了自己对远在前线丈夫的刻骨相思。第三章以日月起兴，

---

①雉：野鸡。于：语气助词，无实义。 ②泄泄：自在飞翔之状。 ③怀：思念，想念。 ④诒：同“贻”，留下。伊：指示代词，那。阻：忧愁。 ⑤下上：借代，以具体方位指代所有空间。下上其音：雄雉的鸣声，充溢了四周。 ⑥展：艰辛。君子：对丈夫的敬称。 ⑦实：真的。劳：忧虑，牵挂。 ⑧瞻：远望。 ⑨悠悠：绵绵不绝。 ⑩道：道路。云：语气助词，无实义。 ⑪曷：何时。云：语气助词，无实义。 ⑫百：百里挑一。尔：语气助词，无实义。君子：丈夫。 ⑬忮：嫉妒，嫉恨。求：贪婪。 ⑭何用：“用何”的倒装，为何。臧：美好，善良。

看到太阳，仿佛看到了同在阳光下却在万里之遥的丈夫，看到月亮多么渴望自己变成月光，陪伴在丈夫身旁。由此，也想到丈夫与自己山水阻隔，相见何其艰难，只能让太阳和月亮给丈夫带去思恋。

这首诗在感情上呈递进式，托物起兴，感情越来越浓，思恋越来越深！最后，想想自己丈夫是百里挑一的君子，于是就自我安慰：丈夫那么优秀，不嫉妒、不贪婪，我有什么理由不相信他呢？相信什么，诗把答案留给读者去想象。

匏有苦叶

匏(páo)有苦(kū)叶[1]，济有深涉[2]。	葫芦叶子枯了，济水深处有渡口。
深则厉[3]，浅则揭[4]。	水深你就穿着衣服游过来，水浅你就提着衣服走过来。
有弥(mǐ)济盈[5]，有鷕(yǎo)雉鸣[6]。	济水茫茫，雌野鸡在深情呼唤。
济盈不濡轨[7]，雉鸣求其牡[8]。	济水虽满却没有淹没车轴，雌野鸡在向伴侣求爱。
雝(yōng)雝鸣雁[9]，旭日始旦[10]。	大雁声声，旭日东升。
士如归妻[11]，迨冰未泮[12]。	你若有心娶我，趁着济水未结冰。
招招舟子[13]，人涉卬(áng)否[14]。	告诉你吧，船夫，别人渡河我不渡。
人涉卬否，卬须我友[15]。	别人渡河我等人，我在等我的心上人。

本诗赋比兴交替运用，反复渲染，把一个心中燃烧着爱情火焰的女主角内心的期待描写得神形皆肖。

首章主要以赋的手法，铺排渲染姑娘的期待。“匏有苦叶”，葫芦都有

①匏：葫芦。苦：同“枯”。 ②济：济水。涉：涉水的渡口。 ③厉：涉水渡河。 ④揭：提起衣服过河。 ⑤弥：水茫茫。盈：满，充溢。 ⑥鷕：雌野鸡的叫声。 ⑦濡：淹没。轨：车轴头。 ⑧牡：雄性野鸡。 ⑨雝雝：大雁呼朋引伴的鸣声。 ⑩旭日：早晨的太阳。旦：天亮。 ⑪士：指心上人。归妻：娶妻。 ⑫迨：趁着。泮：合，结冰。 ⑬招招：招手。舟子：船夫。 ⑭卬：女子自称，相当于“我”。 ⑮须：等待。友：心上人。

枯叶了，就可以作为渡河的工具，就算济水很深，也可以渡河相见。水深，你就穿着衣服带着葫芦泅渡；水浅，你就撩起衣服跑过来。

第二章比兴结合，大胆表达姑娘的心声。济水茫茫，仿佛我心中无限的思量；雌野鸡的鸣叫，又何尝不似我内心的呼唤？济水虽深，但是无法阻隔心上人渡河，雌野鸡在呼唤雄野鸡，其实比喻的是姑娘对情郎的渴望！

第三章以大雁起兴，继续渲染姑娘的渴望。雁鸣声声，何尝不是我的心声！接着想象提醒心上人，如果你有心娶我，就趁着河水尚未结冰！

以赋的形式铺排，表达了姑娘对爱情的执着。到渡口的人，或许都想过河，唯独姑娘例外，因为姑娘在痴情等待心上人的到来。

谷风

习习谷风①，以阴以雨②。	微风徐徐，阴雨连绵。
黾勉(mǐn miǎn)同心③，不宜有怒。	勤勉同心，不宜发怒。
采葑(fēng)采菲④，无以下体⑤？	采挖蔓菁和萝卜，只要叶子不要根茎？
德音莫违⑥，及尔同死⑦。	不要违背誓言，与你同生同死。
行道迟迟⑧，中心有违⑨。	我在路上徘徊，担心你背叛誓言。
不远伊迩⑩，薄送我畿(jī)⑪。	其实不远很近，你送我到门口。
谁谓荼(tú)苦⑫？其甘如荠(jì)⑬。	谁说苦菜很苦？其甘甜如荠菜。
宴尔新昏⑭，如兄如弟。	当初新婚多么快乐，如胶似漆胜兄弟。
泾以渭浊⑮，湜(shí)湜其沚(zhǐ)⑯。	泾水因渭水而混浊，流经沙滩依然清澈。
宴尔新昏，不我屑矣⑰。	回味新婚的快乐，如今你对我有些冷漠。
毋逝我梁⑱，毋发我笱⑲。	不要动我的鱼梁，不要开我的鱼篓。
我躬不阅⑳，遑恤我后㉑。	你不再迷恋我，令我无暇想象今后的岁月。

---

①习习：暖风徐徐。谷风：山谷的风。 ②以：连词，又，且。 ③黾勉：勤勉、辛勤。 ④葑：草本植物，根茎可食用，味道近乎萝卜。菲：蔬菜名，萝卜之类。 ⑤无以：不以，不用。下体：根茎。 ⑥德音：好听的话，当初的誓言。违：违背，背叛。 ⑦及：等到。 ⑧迟迟：徘徊之状。 ⑨中心：心中。违：怨恨。 ⑩伊：语气助词，无实义。迩：近。 ⑪薄：语气助词，无实义。畿：门槛。 ⑫荼：苦菜。 ⑬荠：荠菜。 ⑭宴尔：快乐的样子。昏：同“婚”。 ⑮泾以渭浊：泾水清，渭水浊，泾水因为渭水而浑浊。 ⑯湜湜：水清澈之状。沚：水中小岛、小沙滩之类。 ⑰不我屑矣：不屑于我。 ⑱梁：为捕鱼而在水塘中筑的小水坝。 ⑲发：打开。笱：鱼篓。 ⑳躬：身体。阅：同“悦”，喜欢。 ㉑遑：闲暇。恤：体恤，顾及。

就其深矣[1]，方之舟之[2]。	遇到河水上涨，就乘木筏或者乘船渡过。
就其浅矣，泳之游之。	河水如果很浅，就游泳泅渡过去。
何有何亡[3]，黾勉求之[4]。	不在乎有什么缺什么，努力经营小家庭。
凡民有丧[5]，匍匐救之[6]。	邻居有灾难，必然全力帮助。
能不我慉(xù)[7]，反以我为雠[8]。	如今不再爱我，见我像见仇人一样。
既阻我德[9]，贾(gǔ)用不售[10]。	掩盖我的善良，当我是商家的滞销货。
昔育恐育鞫(jū)[11]，及尔颠覆[12]。	昔日穷苦困顿，犹患难与共。
既生既育[13]，比予于毒[14]。	与你生儿育女，你却仿佛我身上有毒一般远离我。
我有旨蓄[15]，亦以御冬[16]。	我腌制了美味的咸菜，可以度过漫长的冬天。
宴尔新昏，以我御穷[17]。	想当初你我新婚，共度贫寒时光。
有洸(guāng)有溃[18]，既诒(yí)我肄(yì)[19]。	如今你时常粗暴动怒，让我承担所有辛劳。
不念昔者，伊余来塈(jì)[20]。	不念初婚岁月，我是你全部的爱恋。

---

①就：碰到。其：指泾水。深：水深，涨水。 ②方：乘木筏。之：渡河。舟：乘船渡河。 ③何有何亡：有什么没什么，意思是不在乎有无，只在乎你我。 ④求：求得。 ⑤民：他人，邻居；丧：灾难。 ⑥匍匐：爬，意为竭尽全力。救：帮助。 ⑦不我能慉：倒装句，不能慉我。慉：疼爱，宠爱，怜爱。 ⑧雠：仇人。 ⑨阻：拒绝，反感。 ⑩贾：商人。不售：不被商人看好所以卖不出去。 ⑪育：为“有”之笔误。鞫：恐惧。 ⑫及：等到。尔：你。颠覆：患难与共。 ⑬既：又。⑭比：视，把我看作。予：我。于：如同。毒：毒物。本句意指丈夫对“我”疏离，不愿意触碰。⑮旨：鲜美可口。蓄：腌制品。 ⑯御冬：度过冬天。 ⑰御穷：度过贫困。 ⑱洸：动粗的样子。溃：动怒的样子。 ⑲既：尽。诒：同“贻”，留给。肄：辛劳。 ⑳伊：唯独。来：语气助词，无实义。塈：同“悉”，“爱”的古体字。

此诗主题，历史上有弃妇怨和兄弟阋于墙之说，我不赞同。我以为，这是真实夫妻生活、夫妻伦理、夫妻情感的描绘，表达的是婚后女人对初婚爱恋的怀念和对男子逐渐冷漠的不满，女主人公期待生儿育女之后，丈夫依然能够像宴尔新婚那样，保持浪漫，保持情调，保持怜惜，保持宠爱。

第一章，以微风徐来、阴雨连绵起兴，反衬少妇内心的阴影：夫妻本应黾勉同心，不宜经常发怒，而你婚后开始改变态度，怎不叫我忧郁呢？“采葑采菲，无以下体”也是比兴手法，感觉丈夫开始不再欣赏自己的德行，甚至有移情别恋的趋向。“德音莫违，及尔同死”，这是少妇的心里话，不要忘了当初的誓言，我们曾经许下诺言：执子之手，与子偕老。

第二章，因为丈夫心理行为的微妙变化，时常引起少妇内心的焦虑和不安。因此，她常常在路上徘徊犹豫，担忧丈夫忘了当初的誓言。我的要求不高，我回娘家走走，你送我到门口，我就觉得非常甜蜜，甚至觉得苦菜像荠菜一样清甜可口，更加回味新婚阶段胜似兄弟的如胶似漆。

第三章，以“泾以渭浊，湜湜其沚”起兴，泾水浑浊，那是因为渭水流入，当其缓慢流过水中的小岛，会逐步汇合融合。时间飞逝，万物变化。新婚幸福场景依旧，如今你已不再在乎我了。接着，少妇撒娇：“既然如此冷漠，既然你不愿意亲近，那你不要动我的鱼梁，不要开我的鱼篓……”当然，不让丈夫碰的东西还多着呢。既然你已经厌倦了我，我可不敢想象今后的日子如何度过！

第四章，委婉规劝丈夫，希望与丈夫相濡以沫，回归到一种相互信任的家庭生活中。“就其深矣，方之舟之。就其浅矣，泳之游之。”这是比兴，规劝丈夫：夫妻同心，其利断金。河水深我们就乘木筏或者乘船渡过，河水浅，我们就泅渡或游泳。不在乎有无，我们勤勉度日，什么都会有的。不仅如此，邻里有难，我们也可以全力以赴帮助。这样的日子，其乐也融融，期望夫君你懂得，你珍惜。

第五章，对丈夫的冷漠发出强烈的批评。你不再宠爱我，你不再心疼我，见到我像看到仇人一样。你不在乎我的善良，你当我是贱卖的滞销货。想当初，你那么窘迫困顿，我们都能患难与共；与你生儿育女，如今生活见好，你却像我身上有毒一样不愿意碰我。——两千多年过去了，婚后少妇的怨恨和情绪其实基本没有变。

第六章，少妇的态度回归到温婉而深情。怨恨归怨恨，但是内心依然深深爱恋着丈夫，眷恋着这个家。我腌制的咸菜可以度过漫长的冬天，当初新婚那么贫困，就是靠我的勤劳度过的。如今，你实在不该对我粗鲁而傲慢，还让我承担如此繁重的劳作。你不想想当初，你可是把全部的爱集中在我身上啊。

全篇总体上以“赋”的手法，铺陈其事，反复渲染，反复提醒，反复规劝，希望丈夫改变婚后的冷漠，希望家庭回归当初爱巢的温暖！这首诗，虽然是一个无名少妇的呐喊，但是却提出了夫妻生活的一个永恒的主题：如何让爱保鲜。值得回味，值得品味。

式微

式微式微[①]，	天晚了，天很晚了，
胡不归[②]？	为什么还不回来？
微君之故[③]，	因为你的缘故，
胡为乎中露[④]？	我怎能不在重露中等待呢？
式微式微，	天黑了，天很黑了。
胡不归？	为什么还不回来？
微君之躬[⑤]，	因为担心你的身体，
胡为乎泥中[⑥]？	我怎能不在泥泞中执着等待呢？

此诗颇多悬案：一说是黎侯为狄人所逐，流亡到卫国，其臣子劝他回到自己的封地，故作此诗；《毛诗序》持此说。二说是卫侯之女嫁给黎国庄公，不为所纳，有人劝其回到卫国，卫侯之女作此诗以明志，表示一直要“终执贞一，不违妇道，以俟君命”；刘向《烈女传·贞顺篇》持此说。三说是“苦于劳役的人所发的怨声”，余冠英《诗经选》持此说。姑妄言之，姑妄听之。我认为是一首唯美主义的恋歌。

第一章大意是：天晚了，天很晚了，心上人为什么还不回来？因为深深地爱你，所以，我在夜深露重的时候，依然在痴痴等你。第二章大意是：天

①式：句首发语词，无实义。微：衰落，引申为渐趋黑暗。 ②胡：为什么。 ③微：因为，若非。 ④中露：露中。 ⑤躬：自身，自己。 ⑥泥中：在泥泞中挣扎或等待、守候。

黑了，天很黑了，心上人为什么还不回来？因为担心你的身体，所以，即便风雨交加，我也在泥泞中等你。这是中国古典版的***Right Here Waiting***（《此情可待》），无论你在哪里，无论你在做什么，无论我的心多么伤痛，我就在这里等你！凄婉动人，传响千年。

旄丘

旄（máo）丘之葛兮[1]，何诞之节兮[2]？	旄丘上的蔓藤啊，为何长得如此柔长？
叔兮伯兮[3]，何多日也[4]？	心爱的人啊，为何这么久不回故乡？
何其处也[5]？必有与也[6]。	为何安然不动？必定有心仪的爱人。
何其久也[7]？必有以也[8]！	为何这么久没有音讯？一定有不想让我知道的原因。
狐裘蒙戎[9]，匪车不东[10]。	狐皮衣服都蓬松，不是车子不向东。
叔兮伯兮，靡所与同[11]。	心爱的人啊，因为心中所想不同。
琐兮尾兮[12]，流离之子[13]。	渺小啊卑微，如漂泊的浮萍。
叔兮伯兮，褎（yòu）如充耳[14]。	心爱的人啊，你竟然充耳不闻！

很多注者都以为这是政治题材的诗；我则认为是一首恋歌。以心理描写，表达了女主人无以排遣的焦虑与不安。第一章：痴怨。以旄丘的藤蔓起兴，藤蔓都长出新的一节又一节，可是心上人却依然不回故乡。虽然失望，却依然抱有希望。第二章：责问。你在外面心安吗？那必定有心仪的人。望

①旄丘：前高后低的小土山。葛：葛藤。 ②诞：长。节：葛藤的节点。 ③叔、伯：此处指女子爱恋的男人。 ④何：为什么。 ⑤其：语气词。处：相处，引申为安然不动。 ⑥必：必定。与：相与，相交往。 ⑦也：句末语气词，加重语气。 ⑧以：原因，秘密。 ⑨蒙戎：蓬松之状。⑩匪：彼。东：向东行。 ⑪靡：无。同：同心。 ⑫琐：小。尾：同“微”。 ⑬流离：漂泊。⑭褎：笑貌。

穿秋水不回还，想必对我有隐瞒。以设问方式，自求解脱。第三章：分析。狐裘都蓬松了，时间太久了；不是车子不肯向东，而是心爱的人变心了。第四章：放下。女子因为失恋，自觉渺小，自觉卑微，滋生无限的漂泊离愁，在负心男子的充耳不闻中，是清醒，还是沉沦，答案留给了读者。

因为爱而相聚，因为爱而相思，因为爱而相恋。既然不爱，就不要伤害；既然不爱，就不要寄希望于未来。

简兮

简兮简兮①，方将万舞②。	鼓声隆隆，期待万舞。
日之方中③，在前上处④。	太阳正当空，男神在正中。
硕人俣(yǔ)俣⑤，公庭万舞⑥。	健美又魁梧，公庭演万舞。
有力如虎，执辔(pèi)如组⑦。	孔武胜猛虎，缰绳并成组。
左手执籥(yuè)⑧，右手秉翟(dí)⑨。	左手执乐器，右手拿羽毛。
赫如渥(wò)赭(zhě)⑩，公言锡(cì)爵⑪。	面庞红褐色，国君赐酒肴。
山有榛(zhēn)⑫，隰(xí)有苓⑬。	遍野榛树生，湿地苓草长。
云谁之思⑭，西方美人⑮。	一见钟情成相思，心上人来自西方。
彼美人兮，西方之人兮。	真的很美很俊俏，时时刻刻想情郎。

读这首诗，恍然大悟，才发现“追星族”在三千年前已然存在。诗中的主人公，在万舞会上邂逅偶像，就像今天的少女见到了男神、少男见到了女

---

①简：鼓声。 ②方将：正要。万舞：规模宏大、气势恢宏的舞蹈。 ③方中：正好到中央，即太阳到了头顶。 ④前上处：处于领舞的位置。 ⑤硕：健硕魁梧。俣俣：大且美。 ⑥公庭：庙堂的前院。 ⑦辔：马缰绳。组：并列成组。 ⑧籥：古代排箫一类的乐器。 ⑨翟：野鸡尾巴上的羽毛。 ⑩赫：鲜红。渥：湿润。赭：赭石，呈赤褐色。 ⑪公：此处指卫国国君。锡：同“赐”。爵：温酒、煮酒用的器具。 ⑫榛：落叶乔木。 ⑬隰：低洼的湿地。苓：卷耳，中药，古时被认为可提高女性生育能力。 ⑭云：句首发语词，无实义。 ⑮西方：邶国位于今天河南的汤阴、淇县一带，相对而言，周王朝的京城当然属于“西方”。

神。为君痴狂，为伊着迷。

本诗艺术特色可圈可点。第一章：“简兮简兮，方将万舞。日之方中，在前上处。”类似于电影的特写镜头，由声音而视觉，由远而近，最后聚焦于姑娘心仪的那位站在前排中央的美少年。第二章镜头进一步拉近，特写少年的孔武有力：“硕人俣俣，公庭万舞。有力如虎，执辔如组。”第三章镜头再拉近，再放大，写少年的左手右手，写少年的面庞，写国君的欣赏，既有正面描写，也有侧面渲染，国君的赏赐衬托少年的多才多艺。第四章咏物起兴，然后直抒胸臆。“山有榛，隰有苓”是咏物起兴，榛树象征那位男神，苓草象征为之着迷的少女。少女对来自西方的舞蹈演员，虽然不知名姓，却一见钟情。读此诗，睹此情，仿佛见到了三千年前青春少女为爱而疯狂！

泉水

毖(bì)彼泉水[1]，亦流于淇[2]。	清清泉水，汇入淇河。
有怀于卫，靡日不思[3]。	深深怀念卫国，终日忧思绵绵，
娈(luán)彼诸姬[4]，聊与之谋[5]。	相依相伴的陪嫁女，刻骨相思只能对你们倾诉。
出宿于泲(jǐ)[6]，饮饯于祢(nǐ)[7]。	当年出嫁暂宿济水，当年饯行就在祢地。
女子有行[8]，远父母兄弟。	女儿远嫁，远离父母兄弟。
问我诸姑[9]，遂及伯姊[10]。	拜辞姑母，辞别姐姐。
出宿于干[11]，饮饯于言[12]。	如果回国也许宿于干地，也许饯行在言地。
载脂载辖[13]，还车言迈[14]。	准备好车油，拧好车轴，调转车头奔向远方。
遄臻(chuánzhēn)于卫[15]，不瑕有害[16]？	飞驰一般回到卫国，路途并不遥远的省亲不可以吗？

---

①毖：同“泌”，泉水涌流状。泉：卫国泉水，位于今天河南省辉县的百泉公园内。 ②亦：虚词，无实义。淇：河流名，今天的淇河，原为黄河支流，流域涵盖河南省辉县等。 ③靡：没有。④娈：娇美。姬：陪嫁的卫国姬姓女子。 ⑤聊：姑且。谋：此处指闲谈以排遣对祖国的思念。⑥宿：暂住。泲：济水。 ⑦饮饯：饮酒饯行。祢：卫国地名，许穆夫人出嫁时曾经此地。 ⑧有行：出嫁。 ⑨问：问候，辞别。诸姑：诸位姑姑。 ⑩遂及：然后。伯姊：大姐。 ⑪干：卫国地名。 ⑫言：卫国地名。 ⑬载：又，载歌载舞的“载”同义。脂：车轮润滑油。辖：车轴的金属键。 ⑭还车：车掉头。言：语气助词，无实义。迈：远行。 ⑮遄：疾速。臻：达到。 ⑯瑕：同“遐”，远。有害：不妥，有害处吗。

我思肥泉[①]，兹之永叹[②]。	怀念故乡的泉水，思念与日俱增。
思须与漕[③]，我心悠悠。	怀念故乡的名胜，忧思如河悠长。
驾言出游，以写我忧[④]。	不能归省，只能郊游，聊以排遣无尽的忧伤。

《诗经》中的诗歌作者大多不可考，但是，古今中外之学者一致认为，此诗的作者是卫宣公的女儿许穆夫人，该诗是《诗经》中怀念祖国、怀念故乡的经典之作。

首章以百泉之水源源涌流起兴，抒发了作者如泉水般清醇浓厚的故国思念。按照当时礼节，诸侯的女儿出嫁到别国当国君夫人，若非休妻或奔丧，不得回国省亲。祖国、故乡、亲人自然就成了这些远嫁的女人不堪煎熬的思念和梦想。诗歌第二章回顾了远嫁许国途中的场景，以回忆写亲情，写温情，感情更加浓烈醇厚。第三章以虚拟的手法，幻想着自己能够回国省亲，那该是怎样的一种幸福与快乐。作者以"遄臻于卫，不瑕有害？"的反诘，表达了思故乡、念亲人不可见的苦闷。第四章卒章显志，表达了对祖国的无限思念，对故乡的无限怀念，对亲人的无限眷恋。如果说整首诗是交响乐，那么第四章就是交响乐的高潮！

---

①肥泉：诗开篇所指的泉水，因为该泉水水量充足，故称"肥泉"。又以肥泉指代故乡祖国。②兹：同"滋"，增加，更加。永叹：永远怀念。 ③须、漕：卫国地名，当然是许穆夫人心中的胜景。 ④写：同"泻"，发泄，排遣。

北门

出自北门，忧心殷殷[1]。	北门出城，忧心如焚。
终窭(jù)且贫[2]，莫知我艰。	日子窘迫又贫寒，没有人知道我的艰难。
已焉哉[3]！	就这样吧！
天实为之[4]，谓之何哉[5]？	老天这样安排，我牢骚满腹有什么用呢？
王事适我[6]，政事一埤(pí)益我[7]。	王事所逼，事务日益繁杂。
我入自外，室人交遍谪(zhé)我[8]。	回到家里，家人轮流责怪。
已焉哉！	就这样子吧！
天实为之，谓之何哉？	都是上天的安排，我多说能改变这一切吗？
王事敦我[9]，政事一埤遗(wèi)我[10]。	王事所逼，事务繁杂压力越来越大。
我入自外，室人交遍摧我[11]。	回到家里，家人轮流挖苦我。
已焉哉！	就这样子吧！
天实为之，谓之何哉！	都是上天的安排，多说无益！

这是3000年前基层公职人员写的诗歌，他们出于对国家的忠诚，不能不恪尽职守，但是衙门的杂事日益繁多，不胜其烦，不堪重负，怨天天不应，

①殷殷：忧伤忧郁之状。 ②终：既。窭：窘迫。贫：贫寒。 ③已焉哉：已经如此啊。 ④天实为之：一切都是天安排。 ⑤谓之何哉：说它有什么用呢？ ⑥王事：国家的事，君王的事。适：强迫，所迫。 ⑦政事：事物，任务。埤益：越来越多。 ⑧室人：家人。交：轮流。谪：责备。 ⑨敦：逼迫。 ⑩遗：留给，交给。 ⑪摧：讽刺，挖苦。

怨地地不灵。家人不理解，仿佛只能认命，只能服从天安排！

诗中主人公面临着“上面千条线，下面一根针”的重负和委屈。他们努力工作，却遭遇管理体制改革严重滞后的苦闷和无奈。有何解决方法？一是重建信仰，燃烧生命的激情；二是树立情怀，以国家为重，以人民为重，坦坦荡荡活出真实；三是重塑价值，甘于平淡却不甘于平庸，以学习改变人心和自身，实现生命永恒价值追求的自觉。

北风

北风其凉，雨雪其雱（pāng）[①]。	北风凄清寒凉，雨雪纷纷扬扬。
惠而好我[②]，携手同行（háng）[③]。	信任而喜欢我的人，牵我的手一起走吧。
其虚其邪（xú）[④]？既亟只且[⑤]！	为何如此缓慢？匆匆逃吧！
北风其喈（jiē）[⑥]，雨雪其霏[⑦]。	北风呼呼，雨雪纷纷。
惠而好我，携手同归。	信任且爱我的人，牵我的手一起走。
其虚其邪？既亟只且（jū）！	为何如此彷徨？快快走吧！
莫赤匪狐[⑧]，莫黑匪乌[⑨]。	狐狸都是红的，乌鸦都是黑的。
惠而好我，携手同车。	信任且爱我的人啊，牵我的手上车走吧。
其虚其邪？既亟只且！	为何如此犹豫？还是赶快走吧！

此诗的艺术特点：一个是反喻式的起兴，“北风其凉，雨雪其雱”，以自然环境的冷酷反衬爱恋之心的热烈；“北风其喈，雨雪其霏”，继续以天气冰冷反衬爱恋之情的强烈；“莫赤匪狐，莫黑匪乌”，以动物的特征反衬爱恋之志的坚定。二是重章叠句的充分运用，三章的大部分词句相同，强烈渲染了一种不可压抑、不可阻挡、不可逆转、不可放弃的爱的冲动、爱的疯狂、爱的逃亡！女主人公的决心何其坚定，就算没有了世界，我也要跟你走！

---

①雨雪：名词作动词用，下雨，下雪。其：语气词，无实义。雱：暴雪纷飞状。 ②惠：信任。好：喜欢。 ③行:逃亡，逃走。 ④虚：徐缓。邪：与“虚”同义反复，也是徐缓的意思。 ⑤既：又。亟：急。只且：语气词。 ⑥喈：风疾速之状。 ⑦霏：雨雪纷飞之状。 ⑧莫赤匪狐：没有狐狸不是赤色的。 ⑨莫黑匪乌：没有乌鸦不是黑的。

静女

静女其姝[1]，俟我于城隅[2]。	姑娘娴雅安静，与我相约在城角。
爱而不见，搔首踟蹰[3]。	姑娘故意不出现，急得我搔首徘徊。
静女其娈(luán)[4]，贻我彤管[5]。	姑娘娴雅美丽，赠我一株芍药。
彤管有炜(wěi)[6]，说(yuè)怿(rǔ)女美[7]。	芍药鲜嫩有光泽，真的喜欢这芍药。
自牧归荑(tí)[8]，洵美且异[9]。	野外带回嫩茅草，确实美得不寻常。
匪女之为美，美人之贻[10]。	不是茅草自身美，只因来自好姑娘。

这首诗传递这样的信念，花因为爱而美丽，草因为爱而美丽，姑娘因为爱而美丽，人因为相爱而惺惺相惜！这是《诗经》爱情诗的经典作品。其经典意义在于：一是爱情的审美观。男子心仪的姑娘是什么标准呢？是娴雅，是安静，是年轻，是美丽。二是爱情的价值观。男女之爱以什么来表示？诗中的女人对男人表达心意的先是芍药，芍药虽然漫山遍野，但是这一株是姑娘赠送，所以美丽，所以珍惜！即便是从野外带回来的嫩草，因为是真心爱恋的姑娘所赠，依然觉得是世间最美的礼物。三是爱情的伦理观。诗歌中

---

①静：娴雅安静，静女即内美且性情温淑的少女。姝：美好，美丽。 ②俟：等待。城隅：城墙的拐角处。 ③搔首：用手挠头之状。踟蹰：犹豫徘徊。 ④娈：年轻美丽。 ⑤贻：动词，赠送。彤管：芍药。 ⑥炜：红色而又光泽。 ⑦说：同“悦”。怿：喜悦，快乐。女：同“汝”，指“彤管”。 ⑧牧：野外。归：同“馈”，赠送。荑：嫩茅草。 ⑨洵：信实，真实。 ⑩贻：名词，赠送的信物。

透露出分明的男女平等，分明的自由恋爱，分明的爱情至上。此外，此诗经典之处还在于成功的心理描写。以细节写心理，“爱而不见”，女主人公何其天真，何其调皮，何其浪漫！“搔首踟蹰”，男主人公何其憨厚，何其淳朴，何其可爱！

新台

新台有泚（cǐ）①，河水弥弥（mí）②。	新台华美，河水浩渺。
燕婉之求③，籧篨（qú chú）不鲜④。	期待相敬如宾，男人不善真懊恼。
新台有洒⑤，河水浼浼（měi）⑥。	新台高峻，河水汤汤。
燕婉之求，籧（qú）篨不殄（tiǎn）⑦。	祈望融融泄泄，男人不善真悲伤。
鱼网之设，鸿则离之⑧。	用心撒下渔网，捞起却是蟾蜍。
燕婉之求，得此戚施⑨。	渴望两情相悦，男人驼背好痛苦。

《新台》是有据可查的讽刺诗。卫宣公得知太子伋即将完婚的新娘非常漂亮，就在淇河边修建新台，拦截了齐国的送亲队伍，直接把儿媳妇据为己有。天下之大，荒唐恐怕无过于此。唐明皇喜欢自己的儿媳妇杨玉环，还要让杨玉环出家为尼，转换身份，再回来“明媒正娶”，且唐明皇与杨玉环属于你情我愿，两情相悦。卫宣公强纳儿媳妇为妃子，除了强抢，就是强迫。卫国百姓实在看不过眼，就创作了这首脍炙人口的诗歌强烈谴责。

诗歌比兴手法用得很成功。“新台有泚，河水弥弥”属于反向起兴，以

---

①新台：卫宣公强纳儿媳妇而修建在淇河边的建筑。泚：鲜明。 ②弥弥：水势盛大。 ③燕：安然，安静。婉：和顺，温顺。燕婉：形容夫妻相爱，相敬如宾的生活状态。 ④籧篨：本指粗糙的竹凉席，因不能折叠，类似患有鸡胸的人；一说是蟾蜍的谐音，俗称癞蛤蟆。 ⑤洒：高峻。 ⑥浼浼：水势盛大。 ⑦殄：同“腆”，善。 ⑧鸿：蛤蟆。离：同“罹”，遭受。 ⑨戚施：蟾蜍，比喻驼背。

新台亮丽与河水茫茫，反衬卫宣公内心世界的卑鄙与肮脏；“新台有洒，河水浼浼”也属于反向起兴，以新台高峻与河水汤汤，反衬卫宣公形象的矮小和行为的荒唐；“鱼网之设，鸿则离之”依然反向起兴，女主人公渴望一个如意郎君，翩翩美少年，可偏偏来了个癞蛤蟆。诗中“燕婉之求”属于叠句，都是反向起兴之后的抒情：女主人公追求的只不过是与真心相爱的人过一种平淡、平静、和谐、幸福的夫妻生活，追求很美好，现实却很残酷，强纳自己的只不过是一个内心卑鄙、形象丑陋如蛤蟆般的人。

二子乘舟

二子乘舟[1]，泛泛其景[2]。	伋与寿乘舟远行，小舟随波漂荡。
愿言思子[3]，中心养养[4]。	很想念，很想念，心中忧思无限。
二子乘舟，泛泛其逝[5]。	伋与寿乘舟远行，身影渐行渐远。
愿言思子，不瑕有害[6]。	很牵挂，很牵挂，祈祷一路平安。

孔子成《春秋》，乱臣贼子惧，修订编撰《春秋》的贡献在于建立人伦价值，让人有廉耻之心。孔子所为，显然是针对春秋自上而下礼乐崩坏的社会困局。孔子行诗教，编撰修订《诗经》，目的在于“兴观群怨”，其中“怨”就是表达心中的愤怒与不满，就是批评社会丑恶。讽刺诗是《诗经》中很重要的一部分，也因此，讽喻成为中国古代诗歌的重要传统。中国士人不能直接批评朝政和社会的时候，往往就会发挥《诗经》开创的讽喻传统，含蓄而执着地批评政治、批评社会。

诗的二子系卫宣公的世子伋及其同父异母的弟弟寿。寿就是由卫宣公与原本要嫁给伋的齐国女人宣姜所生，寿珍惜与伋的兄弟之情，不忍心父亲杀死自己的哥哥，愿意亲自护送哥哥远行。据说，此行因为有寿的护送，利用

---

①二子：卫宣公的世子伋和寿两个儿子，其中寿由《新台》中卫宣公抢夺世子伋的新娘所生，因此世子伋和寿是同父异母的两兄弟。 ②泛泛：形容小舟随波漂荡之态。景：同“憬”，渐行渐远之状。 ③愿：思，与“思子”的“思”同义，二字叠用强烈渲染思念之情。子：世子伋与寿。④养养：同“恙”，重叠使用，表达极度担忧之情。 ⑤逝：由近及远，逐渐消逝。 ⑥瑕：同“胡”，无。害：凶险。

船夫制造翻船事件谋杀世子伋的阴谋没有得逞，才有了下一轮的边境谋杀计划。此次，送行的肯定不是卫宣公，也不是寿的母亲宣姜，依史学家刘向的说法，送行的人是世子伋的生母，或许还有世子伋和寿的朋友，或许还有卫国的乡亲父老。

整首诗歌的伦理取向非常鲜明。在世子伋和寿眼中，血浓于水，兄弟情深，难能可贵。在世人看来，尽管卫宣公乱伦逆理，道德败坏，但是卫国百姓心中依然向往淳朴，向往健康的人伦。在母亲看来，一切都可以不计较，唯有平安最重要！世子伋的母亲及其他送行人的伦理追求，寄托了卫国人民的质朴情怀，也寄托了《诗经》选编者孔子的伦理取向。

鄘风

柏舟

泛彼柏舟[①]，在彼中河[②]。	柏舟随流漂荡，在河中央。
髧(dàn)彼两髦(máo)[③]，实维我仪[④]。	两边垂发的少年，就是我心爱的情郎。
之死矢靡它[⑤]。	到死也不改衷肠。
母也天只[⑥]！	母亲啊，老天啊！
不谅人只[⑦]！	为什么就不体谅！
泛彼柏舟，在彼河侧[⑧]。	柏舟随波漂荡，不在河中央。
髧彼两髦，实维我特[⑨]。	两边垂发的少年，就是未来的新郎。
之死矢靡慝(tè)[⑩]。	是我至死不悔的梦想。
母也天只！	母亲啊，上苍啊！
不谅人只！	为什么就不帮忙！

读本诗，深深为女主人公追求爱情的炽烈奔放而感动。《诗经》中的爱，充满了原始野性，也充溢着淳朴善良，对爱情自由的呼唤，对爱情忠贞的歌唱，此诗恐怕是滥觞。后世汉乐府《上邪》“我欲与君相知，长命无绝衰。山无陵，江水为竭，冬雷震震，夏雨雪，天地合，乃敢与君绝”的山盟海誓，源头却在《柏舟》。艺术上最鲜明的特征就是重章的运用，诗歌的第二章，几乎只是转换了韵脚，再唱一遍，再说一遍，再喊一遍。一咏三叹，感情何其强烈，追求何其执着！

---

①泛：随流漂荡。柏舟：柏树做的小船。 ②中河：河中央。 ③髧：头发下垂之状。髦：春秋时期未成年男子头发向两边垂下，称为“两髦”。 ④维：为，是。仪：心仪，心仪之人。 ⑤之：去，到。矢：同“誓”，决心坚定。靡：没有。 ⑥只：语气助词。⑦谅：体谅，理解，尊重。 ⑧侧：边。 ⑨特：配偶。 ⑩慝：更改，变心。

墙有茨

墙有茨(cí)①，不可扫也。	高墙长蒺藜，不可以扫除啊。
中冓(gòu)之言②，不可道也③。	内室的秘闻，不可以说啊。
所可道也④，言之丑也。	如果可以说，那真是丢丑啊。
墙有茨，不可襄也⑤。	高墙长蒺藜，不可以除去啊。
中冓之言，不可详也⑥。	内室的秘密，不可以细说啊。
所可详也，言之长也⑦。	如果可以细说，真是说来话长啊。
墙有茨，不可束也⑧。	高墙长蒺藜，不可以捆走啊。
中冓之言，不可读也⑨。	内室的秘史，不可以宣扬啊。
所可读也，言之辱也⑩。	如果真的宣扬出去，那可真是耻辱啊。

本诗与《新台》算是姊妹篇，《新台》讽刺卫宣公强纳儿媳妇的卑鄙；《墙有茨》讽刺卫宣公强纳的儿媳妇宣姜，在卫宣公死后又与庶出的大儿子顽乱伦，且生了五个孩子。宫墙之内，秽乱不堪，百姓忍无可忍，作诗讽刺。

本诗虽短，但是赋、比、兴全用上。一是比兴合一。“墙有茨”是起兴，同时也是比喻，高墙挡不住宫闱秘史，蒺藜遮不住宫廷丑闻；统治者如

---

①茨：蒺藜，农村用以防盗防野兽的带刺的植物。 ②中冓：内室。 ③道：说。 ④所：如果。 ⑤襄：除去。 ⑥详：认真思考。 ⑦长：指说来话长。 ⑧束：捆起来拿走。 ⑨读：宣扬，张扬。 ⑩辱：耻辱。

果不是“为政以德”，而是反其道而行之，百姓心生怨恨，必然以诗歌形式表达不满和谴责。二是重章铺陈。这当然是“赋”的手法，同样的意思，换个韵脚，再唱一遍；再换个韵脚，再唱一遍。是重章，也是铺陈。把卫国宫闱丑事剥得体无完肤，把百姓的怨怒表现得酣畅淋漓。

《礼记·乐记》有言：“乱世之音怨以怒，其政乖；亡国之音哀以思，其民困。”从《墙有茨》中读出了百姓的“怨以怒”，读出了怒不可遏的“民困”，自然读出了“其政乖”。宫廷如此，上位者如此，政治腐败可想而知，政权颠覆为期不远。

君子偕老

君子偕老，副笄(jī)六珈(jiā)①。	祈愿白头偕老，梳着发髻戴玉簪。
委委佗(tuó)佗②，如山如河，	大方而从容，像山像河稳重。
象服是宜③。	华丽的服装很得体。
子之不淑④，云如之何⑤？	如果内心不善良，宣扬能有用吗？
玼(cǐ)兮玼兮⑥，其之翟(dí)也⑦。	绚丽啊绚丽，穿上漂亮的礼服。
鬒(zhěn)发如云⑧，不屑髢(dì)也⑨；	黑发如云，不用头饰。
玉之瑱(tiàn)也⑩，象之揥(tì)也⑪，	玉坠垂挂耳两旁，象牙发钗在发髻，
扬且之皙也⑫。	天庭饱满肤白皙。
胡然而天也⑬？胡然而帝也⑭？	怎么那么像天仙？怎么那么像天帝？
瑳(cuō)兮瑳兮⑮，其之展也⑯。	艳丽啊艳丽，穿上夏天的礼服。
蒙彼绉(zhòu)絺(chī)⑰，是绁(xiè)袢(pàn)也⑱。	罩上褶皱的葛布衣，夏天的白色内衣，
子之清扬⑲，扬且之颜也⑳。	你穿上更显得眉清目秀，面色圆润真美丽。
展如之人兮，邦之媛也！	诚如你这样的人啊，真是倾城倾国绝世佳人！

---

①副：一种发饰。笄：插在发髻上的簪子叫作“笄”。珈：笄上面的玉器叫作“珈”，“六珈”即六颗玉坠子之类。 ②委委佗佗：从容得体。 ③象服：袆（yī）衣，镶有珠宝绘有花纹的礼服。 ④淑：贤淑，善良。 ⑤云如之何：宣扬能有效果吗？ ⑥玼：绚丽。 ⑦其：他。之：作动词，穿上。翟：翟衣，绣有花纹的礼服。 ⑧鬒：黑发。 ⑨屑：用。髢：假发。 ⑩瑱：帽子上垂到耳旁的玉坠。 ⑪象：大象。揥：发钗。 ⑫扬：额前饱满红润。皙：皮肤白皙。 ⑬胡然而天也：为何像天仙。 ⑭胡然而帝也：为何像天帝。 ⑮瑳：玉色泽鲜艳。 ⑯其：他。之：动词，穿上。展：夏天的礼服。 ⑰蒙：罩上。绉：同“皱”，褶皱。絺：细葛布。 ⑱绁袢：夏天穿的白内衣。 ⑲清扬：形容眉目清秀。 ⑳颜：美丽。

笔者认为，这是典型的婚礼祝词，而不是卫宣公强纳儿媳妇为妻的讽刺诗。诗歌采用“直陈其事”的手法，反复铺排，把婚礼的场面描写得极为富丽堂皇，把婚礼的女主人公描写得雍容华贵。诗歌第一章，以祝福语开场：“君子偕老”。接着女主人公从容大方地闪亮登场，如山稳重，如河静婉。写到关键处，祝词者说“如果内心不善良，所有的祝福又有什么用呢？”这样的婚礼祝词，如今我的故乡湖北黄冈依然传承，如果仅仅以“子之不淑，云如之何？”判断此诗是讽刺卫宣公荒淫，恐怕证据苍白。第二章，继续铺排，采取近乎特写的镜头，写女主人的礼服的绚丽，发髻的奇异，耳坠和发钗的精美，额头的圆润，皮肤的白皙；水到渠成叹为天仙，惊为天帝。第三章，继续发力，侧重描写礼服和肤色，经过三章的铺排、积累、渲染，由衷赞美女主人公乃倾国倾城的绝世佳人。

桑中

爰采唐矣[1]？沬(mèi)之乡矣[2]。	何处采女萝？沬乡郊外。
云谁之思[3]？美孟姜矣[4]。	问我想念谁？姑娘美孟姜。
期我乎桑中[5]，要(yāo)我乎上宫[6]，	在桑林中等我，邀我到楼上，
送我乎淇之上矣[7]。	送我淇河上！
爰采麦矣[8]？沬之北矣。	何处采麦？在那沬乡北。
云谁之思？美孟弋矣[9]。	问我想念谁？姑娘美孟弋。
期我乎桑中，要我乎上宫，	等我于桑林中，邀我到楼上，
送我乎淇之上矣。	送我淇河上！
爰采葑(fēng)矣[10]？沬之东矣。	何处挖蔓菁？在那沬乡东。
云谁之思？美孟庸矣[11]。	问我想念谁？姑娘美孟庸。
期我乎桑中，要我乎上宫，	等我于桑林中，邀我到楼上，
送我乎淇之上矣。	送我淇河上！

这首诗结构非常成熟，节奏非常明快，语言非常唯美。首先是结构非常成熟。全诗三章，每一章分两层，第一层两问两答，由起兴到点明题旨。第

①爰：何处。唐：寄生蔓草，菟丝子，又名女萝。 ②沬：卫国的城市名称。乡：郊外。 ③云：语气词，无实义。 ④美：美女。孟：排行第一称为“孟”。姜：贵族姓氏，姜尚后裔。 ⑤期：等待。乎：于。桑中：桑树林中。 ⑥要：同“邀”，邀请。上宫：楼上。 ⑦淇：淇河。 ⑧麦：麦子。 ⑨弋：贵族姓氏。 ⑩葑：草本植物，根茎可食用，味道近乎萝卜。 ⑪庸：贵族姓氏。

二层，采取含蓄的表现手法，把男女青年期待、幽会、相爱、缠绵、送别的过程，表达得十分酣畅。其次是节奏非常明快。何处采女萝？在那沫乡外。一问一答，跌宕起伏。问我想念谁？姑娘美孟姜。再问再答，简洁明快。接下去，等我于桑林中，邀我去楼上，送我到淇河上，完全相同的三句，三章叠唱，令人遐想。最后是语言非常唯美。作者把自己心爱的姑娘分别表述为美孟姜、美孟弋、美孟庸，看似三人，其实都是那一位心上人，姜、弋、庸是以贵族姓氏虚指心中的爱人，为了避免过多重复，三章分三种说法，这是对语言唯美的追求。

男女青年因为春心萌动，充满了对异性的渴望，但是全诗关于情爱表现得非常含蓄和唯美。以采植物起兴，引入爱情，这已经是诗经的传统；等我于桑林中，邀我去楼上，送我到淇河上，所有的过程留给读者去想象，含蓄唯美，耐人寻味！

鹑之奔奔

鹑(chún)之奔奔[①]，鹊之彊(jiāng)彊[②]。	鹌鹑相依相伴，喜鹊不离不弃。
人之无良，我以为兄[③]？	人若没有良心，怎能作为兄弟？
鹊之彊彊，鹑之奔奔。	喜鹊不离不弃，鹌鹑相依相伴。
人之无良，我以为君[④]？	人若没有良心，怎能作为君上？

这又是一首讽刺诗。卫宣公夫妇也算是中国历史上的一对奇葩。首先是卫宣公强纳儿媳妇宣姜为妻。卫宣公一命呜呼之后，宣姜更是奇葩，居然与卫宣公的长子顽乱伦且生育三男两女。一般人乱伦或许只在萧墙之内，只在宫闱之中，而卫宣公夫妇乱伦可是跨越国界，闹得沸沸扬扬，臭名远扬。只是不知道，如果卫宣公夫妇懂得珍惜生命的价值，懂得名节的意义，他们是否还愿意如此荒唐。

历史是人民写的，即使贵为国君，如果道德沦丧，丧失的不仅仅是天下，也不仅仅是生命，丧失的是千古尊严，丧失的是生命的永恒。历史也是自己写的，即使一介平民，如果道德缺失，良知缺失，失败的不仅仅是自己，失败的是整个家庭，更失败的是输掉了全部的人生。康德说，读诗可以增长智慧。诚哉斯言！

---

①鹑：鹌鹑。奔奔：鸟类相依相伴不离不弃之状。 ②鹊：喜鹊。彊彊：与“奔奔”同义，形容鸟雌雄相依相伴不离不弃之状。 ③我以为兄：反诘。我会把他当兄弟？ ④我以为君：反诘。我会把他当君上？

定之方中

定之方中①，作于楚宫②。	定星在正南，利于修建楚宫。
揆之以日③，作于楚室④。	测量日影，正好修建宫室。
树之榛栗⑤，椅桐梓漆⑥，	栽上榛树和板栗，梧桐、桐油、梓树、漆树，
爰(yuán)伐琴瑟⑦。	都可以砍伐做琴瑟。
升彼虚矣⑧，以望楚矣⑨。	登上土丘，瞭望魏国的故都。
望楚与堂⑩，景山与京⑪。	遥望故都与堂邑，遥望大山与京丘。
降观于桑⑫，卜云其吉⑬，	下来查勘桑树林，占卜的结果说吉利，
终然允臧⑭。	最终选择此理想之地。
灵雨既零⑮，命彼倌(guān)人⑯，	祥瑞的雨水飘零，命令驾车的小臣，
星言夙驾⑰，说于桑田⑱。	星夜早早出发，轻松愉快地巡查桑田。
匪直也人⑲，秉心塞渊⑳，	卫文公并非普通人，他内心宽厚深谋远虑，
骕牝(lái pìn)三千㉑。	会养出数千战马。

---

①定：星宿名，即营室星。方中：刚好正中。十月前后，营室星位于正南方的天空，适于定方位，建宫室。 ②楚宫：楚丘的宫殿，楚丘位于濮阳西。 ③揆：测量。日：日影。 ④楚室："楚宫"。 ⑤树：种植。榛：榛树。栗：板栗树。 ⑥椅：山梧桐树。桐：油桐树。梓：梓树。漆：漆树。 ⑦爰：语气助词。伐：砍伐。琴瑟：意为上述的椅桐梓漆四种树都可以用来做琴瑟。 ⑧升：登上，攀上。彼：那。虚：同"墟"，土丘。 ⑨楚：楚丘。 ⑩堂：楚丘旁边的小城堂邑。 ⑪景：同"憬"，远行。山：楚丘附近的山。京：楚丘附近的山丘，或称之为京丘。 ⑫降：从山丘下来。观：查勘。桑：桑林。 ⑬卜：占卜。云：说。 ⑭终：最终。允：确认。臧：善、好、妥。 ⑮灵雨：神灵洒下的代表吉祥的雨水。既：已经。零：飘零。 ⑯倌：主管驾车的工作人员，相当于今天的司机。 ⑰星：天空尚有星星的时光。此句有披星戴月之意。言：语气词，无实义。夙驾：早早发车。 ⑱说：同"悦"。说于桑田：很高兴地视察桑田。 ⑲匪：同"非"。直：特。 ⑳秉：秉持。秉心塞渊：意为秉性包容宽厚且深谋远虑。 ㉑骕：身高七尺以上的大马。牝：母马。

《定之方中》虽然属《国风》，但却是颂词。人在做，天在看。同样是卫国，卫懿公荒淫无度，以至于遭遇灭国之灾，若非齐桓公及时相救，卫国到此已为陈迹。幸运的是齐桓公扶持的卫文公，励精图治，重修宫室，重振农业、林业和畜牧业，使卫国呈现中兴气象。老百姓的眼睛是雪亮的，卫国人对文公之前的卫懿公或卫宣公深恶痛绝，百般讽刺；但是对于一切为了国家，一切为了人民的卫文公却给予高度评价和讴歌。先秦儒家，也许正是在诸如此类的历史事实中，逐步归纳出“水则载舟，水则覆舟”的民本思想。

本诗最大的艺术特点是铺排，通过敷陈其事，渲染卫文公的励精图治，宣传其一心为国、宅心仁厚且深谋远虑。历史是人民创造的，最终也是人民书写的，无论是贵为国君，还是平民，生命的价值都是自己创造的；无论生命是唯一的，还是轮回的，都应该追求生命价值的永恒！

蝃蝀

蝃蝀（dì dōng）在东①，莫之敢指②。	彩虹出现在东方，没有人敢用手指。
女子有行③，远父母兄弟。	少女出走了，远离父母兄弟。
朝隮（jī）于西④，崇朝其雨⑤。	彩虹在西方，整个早晨都在下雨。
女子有行，远父母兄弟。	少女出走了，远离父母兄弟。
乃如之人也⑥！怀昏姻也⑦！	像她这样的少女啊！执着追求婚姻啊！
大无信也⑧，不知命也⑨！	太久没有她的消息啊！不知道她的命运！

古今中外，几乎所有的解读者都认为，作者在这首诗中对女主人公不遵守“父母之命，媒妁之言”的婚姻礼教提出强烈的谴责；我的研究得出恰恰相反的结论，作者为女主人公追求婚姻自由和生活幸福的执着所感动，对女主人公的命运寄予了深深的同情和钦佩。

彩虹出现在东方，人们连用手指一下都不敢。这是起兴，是反衬起兴，在这种背景下，少女出走，远离父母兄弟，该需要多么大的勇气啊！彩虹出现在西方，整个早晨都阴雨连绵。是起兴，当然是反衬起兴，在凄风苦雨中，少女出走了，为了自己的爱情，远离父母之乡，这是何等的勇敢啊！诗歌的最后，作者连续用四个感叹句：像她这样的少女啊！如此执着追求婚姻啊！太久没有她的消息啊！不知道她的命运啊！感叹之中有关心，有同情，有钦佩，有羡慕！这又何尝不是一种充满反抗的呐喊呢？

---

①蝃蝀：彩虹。 ②莫之敢指：莫敢指之，没有人敢用手指着它。 ③有：语气助词，无实义。行：先奔后嫁。 ④隮：彩虹。 ⑤崇朝：终朝，整个早晨，即日出到早餐前的时段。 ⑥乃：像。 ⑦怀：追求。 ⑧大：同“太”。信：消息。 ⑨命：命运，生活。

相鼠

相鼠有皮[1]，人而无仪[2]。	看看老鼠都有皮，有的人却无仪态。
人而无仪，不死何为[3]？！	人如果没有仪态，不死还等什么？！
相鼠有齿[4]，人而无止[5]。	老鼠有牙齿，人却没有廉耻。
人而无止，不死何俟（sì）[6]？！	人如果没有廉耻，不死还等什么？！
相鼠有体[7]，人而无礼[8]。	老鼠有身体，人却无礼义。
人而无礼，胡不遄（chuán）死[9]？！	人如果没有礼义，为什么不速死？！

这首民歌的主旨是讽刺卫国几代国君荒淫无耻。全诗三章，第一章以“相鼠有皮”起兴，把国君看作连老鼠都不如的丑类。老鼠都有皮，人怎么没有个人样呢？既然没有人样，不死还做什么？讽刺卫国缺德的国君连个人样都没有。第二章以“相鼠有齿”起兴，已经由表入里，讽刺卫国国君没有廉耻。第三章以“相鼠有体”起兴，更进一步讽刺卫国国君的所作所为，连人的起码礼义都不尊重和遵守。三章由表及里，由行及心，层层深入，感情也逐步强烈，表达了人民对于荒淫无耻的国君的鄙视和讽刺！

读这首诗，再次体悟到孔子诗教的良苦用心。《诗经》不仅是春秋之后国人必读之书，也是历代帝王必学的蒙学教材。《诗经》涵养国人，也教育了历代帝王和国君，历代帝师都把《诗经》作为储君和王子的必读书，用心良苦！

---

①相：看。 ②仪：仪态。 ③何为：“为何”的倒装，为什么，有什么价值。 ④齿：牙齿，为谐音起兴，为下文“廉耻”做铺垫。 ⑤止：同“耻”，羞耻，羞耻之心。 ⑥何俟：“俟何”的倒装，等什么。 ⑦体：身体。 ⑧礼：泛指礼义廉耻。 ⑨遄：速。

干旄

孑孑(jié)干旄(máo)①，在浚(xùn)之郊②。	那么突出的牦牛尾装饰的旗帜，飘扬在浚邑的郊外。
素丝纰(pí)之③，良马四之④。	远远望去白色丝绸镶着旗帜，四匹千里马紧随其后。
彼姝者子⑤，何以畀(bì)之⑥？	那位温厚贤德的君子，我将什么给予你呢？
孑孑干旟(yú)⑦，在浚之都⑧，	鲜艳的鸟图装饰的旗帜，飘扬在浚邑的外城。
素丝组之⑨，良马五之。	白丝镶边的旗帜随风鼓舞，五匹千里马在后紧跟。
彼姝者子，何以予之⑩？	那位温厚贤德的君子，我拿什么来馈赠？
孑孑干旌⑪，在浚之城⑫。	牦牛尾和鸟图案装饰的旗帜，飘扬在浚邑城中。
素丝祝之⑬，良马六之。	白色的丝绸编连旗帜，准备六匹千里马相送。
彼姝者子，何以告之⑭？	那位温厚贤德的君子啊，我用什么理由说服你呢？

---

①孑孑：突出，显眼。干：同“竿”“杆”，竹竿，旗杆；旄：牦牛尾巴。干旄：牦牛尾装饰的旗杆。 ②浚：浚邑，地名。 ③纰：连接；这里指在旗帜上镶边。 ④良马四之：跟着良马四匹。“之”，做动词用，跟从。 ⑤姝：温厚贤德。子：对男子的尊称。 ⑥畀：给予。 ⑦干旟：用鸟的图案装饰的旗帜。 ⑧都：相对于上文“郊”而言，已进入城区地界。 ⑨组：缝合。 ⑩予：馈赠。 ⑪旌：旗帜的一种，相对于单纯用牦牛尾装饰或单纯用鸟的图案装饰，旌则是用牦牛尾装饰旗杆同时用鸟的图案装饰旗帜，旗帜更精美，意味着规格更高，礼节更隆重。 ⑫城：相对于第一章的“郊”和第二章的“都”，表明已经进入内城，离贤德者的家更近了。 ⑬祝：编连。 ⑭告：说服。

儒家有“贤人政治”的理想，上古尧舜时代，部落或部落联盟都遵守着“天下为公”的理念，部落首领的位置通过和平过渡的办法，移交给道德高尚能力强的人。为什么上古三皇五帝被称为圣贤呢？不是儒家杜撰，而是历史事实。不论是伏羲氏、神农氏、炎帝、皇帝、尧、舜、禹，都产生在氏族部落时期，这一时期的部落首领都是通过民主方式选举出来的，如果没有高尚的人格，没有超卓的能力，没有出色的功绩，根本不可能当选。部落首领时期，实行禅让制度，保证政治权力的和平交接。

破坏了民主和禅让，人类社会才进入了一个新时期。到了夏禹，破了此规矩，将江山交给自己的儿子启，从此“家天下”成了王朝更替的唯一模式。“贤人政治”的理想，在“家天下”的封建时代，贤明的君主虽然舍不得将天下让给别人，但是却懂得用贤能的英才辅佐自己。周文王开“礼贤下士”风气之先，在渭水之滨拜请高人姜尚姜子牙，然后成就了“武王灭纣”的大业，建立了周朝八百年基业。辅政大臣周公姬旦，也秉承遗风，所谓“一沐三握发，一饭三吐哺”：因为有贤能之人来了，洗一次头三次握着头发见客人，吃一顿饭三次吐掉口中的食物见客人。如此尊重、爱惜、善待天下英才，才有西周王朝的鼎盛与辉煌。卫宣公继承卫国政权，呈现“中兴气象”，根本原因就是卫宣公一如其先祖周文王和周武王的辅政大臣周公，尊重人才，求贤若渴。

这首诗用铺排的手法，层层渲染，将卫宣公的大夫拜访贤人的过程和心理描写得十分精彩。“孑孑干旄”“孑孑干旟”“孑孑干旌”，这是起兴，也是递进，旗帜装饰的变化，意味着礼节越来越重，渲染的是卫宣公的大夫越来越持重；“在浚之郊”“在浚之都”“在浚之城”，这是地点转换，以离贤德之人的距离变化，表现其心理变化；“良马四之”“良马五之”“良马六之”，礼品在逐步增加，大夫对于即将拜见的贤德之人的礼节越来越隆重；“何以畀之”“何以予之”“何以告之”也是递进，这是心理描写的递进，大夫一直在反问：我用什么来给予他呢？四匹马可能不够吧？我用什么来馈赠他呢？五匹马不够吧？我用什么来说服他呢？六匹马可能不够吧？关键是我必须用谦恭的态度、充足的理由、巧妙的说辞，才能说服他。重章叠句，递进铺排，惟妙惟肖，生动深刻。

孔子诗教的意蕴，非常隽永。数千年过去，读之依然让人掩卷沉思。国之兴亡，根本在于民，关键在于人才。古今亦然。今天，中华民族的伟大复兴，需要尊重知识，需要尊重人才，需要传承和发扬尊贤尚能的传统。

载驰

载驰载驱[1]，归唁卫侯[2]。	策马奔驰，回国看望卫侯。
驱马悠悠[3]，言至于漕[4]。	一路虽然遥远，很快就要到达祖国国都。
大夫跋涉[5]，我心则忧。	许国大夫跋涉来劝阻，我内心深感忧愁。
既不我嘉[6]，不能旋反[7]。	虽然大臣不认同我的做法，但是我不能马上返回许国。
视尔不臧[8]，我思不远[9]？	看你们如此不通情理，难道我不够深谋远虑？
既不我嘉，不能旋济[10]？	既然你们不认同我的选择，我也不能马上渡河返回许国。
视尔不臧，我思不閟(bì)[11]？	看看你们如此无礼，难道我此行不够缜密？
陟彼阿丘[12]，言采其蝱(méng)[13]。	登上那山丘，采摘那贝母。
女子善怀[14]，亦各有行(háng)[15]。	女子虽然多愁善感，但也有她的长处。
许人尤之[16]，众稚且狂[17]。	诸位大夫的责备，幼稚又猖狂。

---

①载……载……：既……又……。驰：信马由缰，任其自然奔驰。驱：策马奔跑。 ②归：回国省亲。唁：吊唁遭遇丧事的人，或者吊唁失去国家的人。卫侯：卫戴公。 ③悠悠：辽远之状。 ④言：语气词，无实义。漕：漕邑，卫戴公时做卫国国都。 ⑤大夫：许国的大夫。跋：山地行走；涉：水上行走。"跋山涉水"即由此演化而来。 ⑥嘉：认同，赞扬。 ⑦旋：掉转头。反：同"返"，返回。 ⑧视：看看。尔：你们。臧：善。 ⑨思：思考，思虑。远：深谋远虑。 ⑩济：渡河，即渡过黄河。漕邑在黄河以北，许国国都许昌在黄河以南，所以需要渡过黄河。 ⑪閟：周密，审慎。 ⑫陟：攀登。阿丘：一边偏高的山丘。 ⑬蝱：同"莔"，中草药，即贝母，此处借喻，以贝母比喻救国之策。 ⑭善怀：善感，感情丰富。 ⑮行：道路，引申为办法和策略。 ⑯许人：许国的臣子。尤：责备。 ⑰稚：幼稚。狂：狂妄。

我行其野，芃芃(péng)其麦[①]。	踏上祖国的大地，遍地是茂盛的麦子。
控于大邦[②]，谁因谁极[③]？	呼吁大国援手，谁能依靠，谁能救急？
大夫君子，无我有尤[④]。	你们枉为大夫，不是我有什么值得你们责备。
百尔所思[⑤]，不如我所之[⑥]。	你们想了很多办法，还不如让我回到祖国。

许穆夫人是卫国公主，嫁到许国。卫国遭受狄国侵犯，遭遇灭国之灾。许穆夫人不顾个人安危，也不愿屈从礼法约束，执意归国，共赴国难。在归国途中，写下了这首悲愤难当的爱国诗篇。

第一章开篇“载驰载驱”，写女诗人共赴国难忧心如焚，策马狂奔，很快将到达卫国，但是许国大夫们或许拘于礼节，或许出于安全考虑，或许出于避免殃及池鱼的小气，极力劝阻女诗人，这令女诗人内心十分忧伤。第二章“不能旋反”“不能旋济”表达了女诗人面对劝阻刁难丝毫不动摇赴国难的意志。诗人还一再申明，自己深谋远虑，此行审慎周密。第三章“女子善怀，亦各有行”，面对一帮昏庸平庸的大夫，女主人公发出了振聋发聩的强音：女人虽然多愁善感，但是也有她的思维和策略；一帮男人只知道唯命是从，且自以为是，其实幼稚至极，狂妄至极。第四章“我行其野”，女诗人终于踏上了祖国的土地，不只是兴奋，更多的是自觉承担救亡的责任，她提出向大国求救，看看谁可以依靠，谁可以救急。

---

①芃芃：形容草茂盛之状。 ②控：求告，求救，求援。大邦：指齐国，时齐桓公在位。 ③因：依靠。极：同“急”，救急，救国于危难。 ④无我有尤：不是我有什么值得责备的。 ⑤百：形容很多。尔：你们。 ⑥之：到，去。

她也再次批评许国大夫枉为男子，枉为君子，面对卫国的亡国败局，束手无策，讲了很多想法，却百无一用，还不如自己此行亲自回来看看，不如自己“向齐国求救”的主张。

卫风

淇奥

瞻彼淇奥(yù)①，绿竹猗猗②。	看那淇河弯弯，绿竹青翠婀娜。
有匪君子③，如切如磋④，	有文采的君子，如兽骨经过切割，如象牙经过雕刻，
如琢如磨⑤。	如玉器经过抛光，如石头经过打磨。
瑟兮僩(xiàn)兮⑥，赫兮咺(xuān)兮⑦。	庄重啊，仁厚啊，威严啊，磊落啊。
有匪君子，终不可谖(xuān)兮⑧。	才华横溢的君子，永远不会忘记！
瞻彼淇奥，绿竹青青⑨。	看那淇河弯弯，绿竹一片碧绿。
有匪君子，充耳琇(xiù)莹⑩，	有位文雅君子，耳边宝石晶莹剔透，
会弁(biàn)如星⑪。	帽子上的美玉灿若星辰。
瑟兮僩兮，赫兮咺兮。	庄重啊，仁厚啊，威严啊，磊落啊。
有匪君子，终不可谖兮。	才华横溢的君子，终身不能忘记啊！
瞻彼淇奥，绿竹如箦(zé)⑫。	看那淇河弯弯，绿竹如此茂密。
有匪君子，如金如锡⑬，	有位文雅君子，如金锡久经淬炼，
如圭如璧⑭。	如圭璧雅致温润。
宽兮绰兮⑮，猗重较兮⑯。	开朗啊，旷达啊，潇洒地斜依在车上。
善戏谑兮⑰，不为虐兮⑱。	他那么幽默风趣，从无粗俗之举。

---

①淇：淇河。奥：河曲处，拐弯处。 ②猗猗：婀娜柔嫩。 ③匪：同“斐”，才华横溢。 ④切：切割骨头。磋：打磨象牙。 ⑤琢：打磨玉石。磨：打磨石头。 ⑥瑟：庄重。僩：宅心仁厚，心胸开阔。 ⑦赫：赫然威严之状。咺：光明磊落。 ⑧谖：忘记。 ⑨青青：青翠欲滴。 ⑩琇：宝石。莹：晶莹剔透。 ⑪会：帽子的缝合处。弁：古代贵族穿礼服时佩戴的皮帽子。 ⑫箦：同“积”，茂密之状。 ⑬如金如锡：仿佛金和锡两种金属的品质。 ⑭圭：方形的美玉。璧：圆形而中间有孔的美玉。 ⑮宽：心胸开朗。绰：性情旷达。 ⑯猗：同“依”，依靠。重较：车厢上有两条横木的车子。 ⑰戏谑：幽默诙谐。 ⑱虐：粗暴，粗俗。

这是一首少女献给心中的白马王子的恋歌。全诗分三章。第一章，以“瞻彼淇奥，绿竹猗猗”起兴，以优美的自然景观，衬托心中的文雅君子。文雅君子内美无比，如兽骨经过切割、如象牙经过雕刻、如玉器经过抛光、如石头经过打磨，所以如此庄重，如此仁厚，如此威严，如此磊落。叫我怎么能忘记他呢？第二章，以“瞻彼淇奥，绿竹青青”起兴，接着描写服饰，耳边宝石晶莹剔透，帽子上美玉灿若星辰；很快又直抒胸臆赞美白马王子的内美：庄重仁厚，威严磊落，才华横溢，终身不忘。第三章依然以“瞻彼淇奥，绿竹如箦”起兴，再度赞扬白马王子的内美，如金如锡的久经淬炼，如圭如璧的高雅温润，用博喻手法，形象描绘了白马王子刚强、温厚、开朗、旷达、风趣、高雅的人格特征。面对如此出类拔萃的男子，哪个少女不怀春，哪个少女不动心？

《毛诗序》说此诗“美武公之德”，并非全无道理；如果以卫武公为代表的国君及大夫等公职人员，能够像诗中描写的君子一样：庄重、仁厚、威严、磊落、刚强、温润、开朗、旷达、风趣、高雅，且才华横溢，那真是国家中兴的希望。儒家推崇德治，推崇贤人政治，周代及以前以帝为师，后来以吏为师，这个传统绝非糟粕，否则，无法创造中华民族数千年领先于世界的辉煌文明。只是接下来发展的线索，应该是以士人为师，最终实现自我人格的全员觉醒和独立，每个人以老师对学生的要求要求自己。今天，拿《淇奥》中君子的形象、气质、性格、态度、品位、品质、道德、才学等来要求每个公务员，绝不迂腐，也不过时。

考槃

考槃（pán）在涧[1]，硕人之宽[2]。	在溪涧中逍遥，高人心宽体胖。
独寐寤言[3]，永矢弗谖（xuān）[4]。	独睡独醒独言，潇洒是永远的梦想。
考槃在阿（ē）[5]，硕人之薖（kē）[6]。	在山坳里逍遥，高人温润平和。
独寐寤歌，永矢弗过[7]。	独睡独醒独歌，潇洒是永远的执着。
考槃在陆[8]，硕人之轴[9]。	在平地上逍遥，高人与江湖相忘。
独寐寤宿，永矢弗告[10]。	独睡独醒独相处，潇洒却永不张扬。

诗无达诂。一千个读者眼中就有一千个哈姆雷特，一首小诗，不同读者，理解当然不同，也无须相同。笔者认为，这首诗歌颂隐逸生活。世人如此浮躁，如此烦躁，太多的人因此而狂躁而烦恼；世界如此不安，如此焦灼，很多很多的人不堪孤独，不堪寂寞，因此而忧郁而抑郁。我却选择孤独，选择独处，选择宁静。在溪涧潇洒，独睡独醒独言语；在山坳里自在，独睡独醒独自歌唱；在高平的草地上潇洒，独睡独醒独停留。“虽不能至，心向往之”，身心疲惫时，读一读《考槃》，饮一杯老茶，过滤掉心中的烦恼，是一种不错的选择！

---

①考槃：盘桓，徘徊，逍遥。涧：溪涧。 ②硕人：贤人，高人。宽：宽厚，心宽。 ③寐：睡着。寤：睡醒。言：说话。 ④矢：同“誓”。谖：忘。 ⑤阿：山曲，山坳。 ⑥薖：平和。 ⑦过：过从，交往。永矢弗过，发誓永远不会放弃这种隐逸的生活。 ⑧陆：高且平的陆地。 ⑨轴：本意车轴，引申旋转，比喻自在潇洒的生命状态。 ⑩告：张扬，宣扬。

硕人

硕人其颀[1]，衣锦褧(jiǒng)衣[2]。	新娘丰满修长，衣着华丽，披风飘洒。
齐侯之子[3]，卫侯之妻[4]，	她是齐侯的女儿，卫侯的新娘，
东宫之妹[5]，邢侯之姨[6]，	齐太子的妹妹，刑侯的姨妹，
谭公维私[7]。	谭侯的姨姐。
手如柔荑(tí)[8]，肤如凝脂[9]，	手指宛如柔嫩的白茅芽，皮肤宛如凝固了的脂膏，
领如蝤蛴(qiú qí)[10]，齿如瓠犀(hù xī)[11]，	脖子宛如长又白的天牛，牙齿宛如齐又白的葫芦籽，
螓(qín)首蛾(é)眉[12]。巧笑倩兮[13]，	额头丰满眉毛弯弯。曼妙微笑泛起小酒窝，
美目盼兮[14]。	美丽眼睛充满期盼。
硕人敖敖[15]，说(shuì)于农郊[16]。	伊人无比俊俏，愉快地巡视农郊。
四牡有骄[17]，朱幩镳镳(fén biāo)[18]，	四匹公马仰天长啸，马嚼子上红绸飘飘，
翟茀(dí fú)以朝(cháo)[19]。	帷幔车子近朝堂。

---

①硕人：丰满的女人。颀：修长。 ②锦：锦衣。褧：妇女出嫁抵御风尘的披风。 ③齐侯：齐庄公，公元前794—前731年在位。子：女儿。 ④卫侯：卫庄公，公元前757—前735年在位。 ⑤东宫：太子。 ⑥刑：古国名，位于今天河北邢台市，曾蒙国难，齐桓公救援，后被卫国灭掉。 ⑦谭：古国名。公：谭国国君。私：女子称自己姐妹的丈夫为“私”。 ⑧荑：白茅的嫩芽。 ⑨凝脂：凝固的脂肪，洁白而柔滑。 ⑩领：脖子。蝤蛴：天牛的幼虫，洁白而近乎透明。 ⑪瓠犀：葫芦籽，因其洁白常用来形容女子牙齿。 ⑫螓：一种形似蝉的昆虫，头部宽广，鸣声凄婉。蛾：蝉蛹，形容眉毛弯曲柔美。 ⑬倩：形容笑的时候出现小酒窝的状态。 ⑭盼：眼珠黑白分明，顾盼生情之状。 ⑮敖敖：高大的样子。 ⑯说：同“悦”，和颜悦色之状。农郊：近郊。 ⑰牡：公马。骄：马健壮称之为骄。 ⑱朱：红色。幩：系在马口衔铁两旁的布料或丝织品。镳镳：马嚼子。 ⑲翟：野鸡尾巴上的羽毛。茀：遮蔽车子的帷幔。以：连词，而。朝：朝见。

大夫夙(sù)退[1]，无使君劳[2]。	提醒大夫们早退朝，不想让夫君太操劳。
河水洋洋[3]，北流活活[4]。	河水浩浩汤汤，向北奔流不息。
施罛(gū)濊(huò)濊[5]，鳣(zhān)鲔(wěi)发(bō)发[6]。	渔网呼呼撒，鳇鱼鲟鱼蹦蹦跳。
葭(jiā)菼(tǎn)揭揭[7]，庶姜孽(niè)孽[8]，	芦苇荻草多窈窕，陪嫁女们多妖娆，
庶士有朅(qiè)[9]。	众多武士器宇轩昂。

欣赏美女，赞美美女，恐怕是人类共同的审美传统，无所谓东方西方，无所谓古代当代。《硕人》兼用赋比兴的手法，多层次多角度，以电影镜头的手法，把一个绝色美女、绝世贤女、绝代佳人展示给读者。

首章起笔，抓住齐国美女体态特征总写——丰满修长——放在今天，男人恐怕也都喜欢这种类型。接着宕开一笔，多角度写了美女的家庭背景，她不仅体态优美，而且血统高贵。

第二章开始详细描写女人的审美点。手如嫩草芽，柔美也；肤如凝脂滑，质美也；脖如天牛幼虫，态美也；齿如葫芦籽，色美也；额如幼蝉，眉如蚕宝，形美也；巧笑倩兮，美目盼兮，神美也！谁不想看到？谁不想拥有？谁不爱恋？

第三章侧重描写齐国美女的贤惠。其贤在于提前等候在朝堂外，提醒众位大夫早点退朝，不让夫君太过操劳。这种做法，于国家未必有益，但是于

---

①夙：早。 ②君：君主。 ③洋洋：水势浩渺之状。 ④活活：拟声词，模拟水流声。 ⑤施：设。罛：比较大的渔网。濊濊：拟声词，撒网入水瞬间的声音。 ⑥鳣：鳇鱼。鲔：鲟鱼。发发：拟声词，模拟鱼尾在水中摆动发出的声音。 ⑦葭：芦苇。菼：荻草。揭揭：窈窕之状。 ⑧庶：众多。庶姜：陪嫁的姜姓众女。孽孽：貌美如花。 ⑨士：陪嫁的男仆和护卫。朅：器宇轩昂之貌。

夫君当然必要，某种意义上也推动卫国统治阶级提高效率。

第四章笔锋一转，用比兴描写婚后夫妻的幸福欢乐。“河水洋洋，北流活活”，这是水流动的声音；“施罛涉涉，鳣鲔发发”，这是鱼儿欢乐的声音。合起来是鱼水之欢，是夫妻相爱的天伦之乐。最后三句“芦苇荻草多窈窕，陪嫁女们多妖娆，护卫武士多轩昂”，则是兴之所至，暗示这位齐国美女将与夫君儿孙满堂，福泽绵绵。

血统高，肤色美，性情柔，内心善，福泽绵，其美也如是，其贤也如是，其淑也如是！

氓

氓(méng)之蚩蚩①，抱布贸丝②。	小伙子憨憨的，抱着布匹来换丝。
匪来贸丝③，来即我谋④。	不是来换丝，来打我的主意。
送子涉淇⑤，至于顿丘⑥。	送你涉水蹚过淇河，到达你的家乡顿丘。
匪我愆(qiān)期⑦，子无良媒。	并非我拖延时间，而是你没有找到适合的媒人。
将(qiāng)子无怒⑧，秋以为期。	希望你不要生气，婚期大约在秋季。
乘彼垝(guǐ)垣(yuán)⑨，以望复关⑩。	攀上那断垣残壁，朝着你来的方向遥望。
不见复关，泣涕(tì)涟涟⑪。	见不到你，我泪流满面。
既见复关，载笑载言⑫。	见到了亲爱的，我又笑又说。
尔卜(bǔ)尔筮(shì)⑬，体无咎言⑭。	你以蓍草占卜，卦象没有不吉。
以尔车来，以我贿迁⑮。	那就用你的车，把嫁妆搬到那儿。
桑之未落，其叶沃若⑯。	桑叶未落，其叶茂密。
于嗟鸠(jiū)兮⑰，无食桑葚！	可叹斑鸠，不要吃桑葚！

---

①氓：民。蚩蚩：年轻人憨厚之状。 ②布：布匹。贸：交换。 ③匪：同“非”。 ④即：接近我。谋：商量，谋划婚姻。 ⑤子：对“氓”的尊称。淇：淇水，淇河。 ⑥顿丘：淇河流经之地的地名。 ⑦愆：错过。 ⑧将：但愿，希望。 ⑨乘：登。垝：破败，毁坏。垣：墙。 ⑩复关：代指“氓”。 ⑪泣：抽泣，低声哭，无声有泪哭。涕：眼泪。涟涟：流泪不止的样子。 ⑫载……载……：又……又……。 ⑬卜：卜卦。筮：用蓍草排列算卦。 ⑭体：卦象，卦体。咎言：不吉利的提示。 ⑮贿：财物，嫁妆。迁：将娘家的嫁妆搬迁到婆家。 ⑯沃若：茂盛状，比喻少女青春之年貌美如花。 ⑰于嗟：感词，表叹息。鸠：斑鸠。

于嗟女兮，无与士耽(dān)[①]！	可叹女孩，不要沉迷于爱情。
士之耽兮，犹可说也[②]。	男人沉迷于爱情，可以轻易脱身，
女之耽兮，不可说也。	女人沉迷于爱情，那就说也说不清。
桑之落矣，其黄而陨[③]。	桑叶落下了，叶子枯黄坠落。
自我徂(cú)尔[④]，三岁食贫[⑤]。	自从我来你这儿，多年守着清贫。
淇水汤汤[⑥]，渐车帷裳[⑦]。	淇水浩浩汤汤，沾湿车的帷幔。
女也不爽[⑧]，士贰其行[⑨]。	我并未犯什么错误，你却改变了你的德行。
士也罔极[⑩]，二三其德。	你的确没有定力，三心二意捉摸不定。
三岁为妇，靡(mǐ)室劳矣[⑪]；	做你的妻子多年，没有什么家务不做的。
夙兴夜寐[⑫]，靡有朝矣[⑬]。	起早贪黑勤俭持家，并非一夕一朝。
言既遂矣[⑭]，至于暴矣[⑮]。	一切都已经顺利了，你开始对我粗暴。
兄弟不知，咥(xì)其笑矣[⑯]。	兄弟们不知实情，还暗地里嘲笑。
静言思之，躬自悼矣[⑰]。	静下心来想一想，为自己的命运深感忧伤。
及尔偕老[⑱]，老使我怨。	本来期待与你一起老去，想不到老来却心生怨恨。

---

①耽：沉迷，陶醉。 ②说：同“脱”，指从困境中摆脱。 ③陨：坠落。 ④徂：来到。 ⑤三岁：多年。食贫：过着清贫的日子。 ⑥汤汤：水势浩渺之状。 ⑦渐：沾湿。帷裳：车子的帷幔。 ⑧爽：差错。 ⑨贰：改变。行：品行，德行。 ⑩罔：无；极：标准。罔极：没有定数，没有定力。 ⑪靡：没有，无不。靡室劳矣：没有不操持的家务。 ⑫夙：早。 ⑬靡：无不，没有。 ⑭言：语气助词，无实义。既：已经。遂：顺利。 ⑮暴：家暴。 ⑯咥：嘲笑的样子，讪笑的样子。 ⑰躬：自身。悼：忧伤。 ⑱及：同，与，等到。偕老：夫妻一同老去。

淇则有岸[1]，隰（xí）则有泮[2]。	淇水虽深尚有岸，湿地虽广尚有畔。
总角之宴[3]，言笑晏晏[4]。	童年的欢乐，天真无邪而浪漫。
信誓旦旦[5]，不思其反[6]。	你曾经信誓旦旦，想不到如今都背叛。
反是不思[7]，亦已焉哉[8]！	既然违背当初的誓言，那也就算了吧！

朱熹说这是一首弃妇诗，也同时确认这首诗是讽刺“淫奔”的。所谓“淫奔”无非就是因为爱而结婚：一种自己先爱上了男人并请了媒人，一种就是私奔。我不认同朱熹的说法，并非人人都如孔子，有识人之明。春秋时期，虽然婚姻也有媒妁之言，但是很多人还是自由恋爱的，也有很多人是先自由恋爱再请媒人作保，这种风俗依然保持到现在，我的老家很多地方依然盛行此风。明明是自由恋爱，却抬出一个声望比较高的人做媒人，仿佛如此，婚姻的诚信度、牢固度就高了许多。比较遗憾的是诗中的女主人公显然年轻懵懂，择偶看走眼了，幸福一阵子，后悔一辈子。本诗只不过如实描写了自己的婚姻和人生，诗的结尾理性的结论已经告诉读者：该放手就放手吧！女主人公算不上是弃妇，也无所谓怨妇。

第一章恋爱。带着某种预见性的描写，当初爱上的那个人，表面上憨憨，其实肠子弯弯。装着卖布，其实是来“谋我”；只是姑娘太善良，被表象迷惑，爱上了小伙子，还送他过淇河到顿丘。因为约定的婚期推迟，女主人公诚惶诚恐，忙不迭地解释：不是我拖延婚期，而是你没有请媒人，仿佛

①淇则有岸：淇水有岸，意味着事情有尽头或者盼头。 ②隰：低湿之地。泮：同“畔”。 ③总角：童年发髻如双角，故名。宴：快乐。 ④晏晏：平和而快乐。 ⑤信誓：守信的誓言。旦旦：诚恳之貌。 ⑥不思：没想到。反：违反誓言。 ⑦反：违反。是：当初的誓言。 ⑧已：罢了，算了。焉哉：双音节句末语气词，加重感叹语气。

有先见之明，有媒人作保也没有实现爱情的保鲜。

第二章结婚。跟许多年轻美好的少女一样，首先是昏了，然后是晕了，接着就婚了。见不到，泪流不止；见到了，欢天喜地。男女双方对结婚也颇为认真，占卜蓍草，全都吉利，女主人公终于把自己嫁出去了。是祸是福，只有天知道。

第三章回忆。“桑之未落，其叶沃若”，既是起兴，也是比喻，女主人公曾经年少，曾经青春，曾经如花似玉！“于嗟鸠兮，无食桑葚”是起兴也是比喻，斑鸠吃桑葚容易醉，少女见到那种“蚩蚩”的少男也容易醉。反思结论：男人沉湎于爱情，随时可以脱身，女人沉湎于爱情，那就是一本糊涂账，说也说不清。

第四章婚闹。“桑之落矣，其黄而陨。”比喻兼起兴，桑叶因为枯黄而坠落，我则因为人老而遭遇冷漠。自从来到这个家，甘于清贫，勤俭持家；淇河汤汤，曾经打湿了送我出嫁的车帷幔，一切仿佛昨天；不想稍微有点积蓄，丈夫就见异思迁，喜新厌旧，有了别的女人，想不到“蚩蚩”者人品居然变了。始料不及，后悔不迭。

第五章家暴。持家多年，没有什么家务不做；起早贪黑，永不知疲倦。一切都顺了，开始暴躁，开始家暴。兄弟不知原委，暗地里嘲笑。静下心来想一想，怨不得别人，自己酿的苦酒自己喝，独自伤心，独自流泪。

第六章思考。面对变心，面对家暴，作为女人，持何态度，作何选择？在那个年代，当然是难事。原本希望与夫君白头偕老，想不到老了让我痛苦万分。想想儿时的天真烂漫，家庭主妇的煎熬真不是滋味。淇河有岸，湿地有界；我的煎熬，何时是尽头？不敢想象，不抱希望。既然誓言都可以背叛，那就由他去吧！

其实女主人公的故事只是个开头，几千年来由于生理差异，女人的人生轨迹大同小异，无论是父母之命、媒妁之言，还是两情相悦、自由恋爱，很多女人都逃不脱这种“桑之落矣，其黄而陨”的悲剧。“执子之手，与子偕老”对于很多人来说，或许是爱的梦想，但是，现实却很骨感。中国当代有些男人，当个小老板就要找小老婆，当个包工头就要找小三，“执子之手，与之偕老”的誓言，在世俗欲望的冲击下早已抛到九霄云外了。即便到了今天，女人的命运也只能靠自己把握！读书是女人最好的护肤品——于漪老师八十高龄风采奕奕，叶嘉莹老师耄耋之年依然优雅飘逸。女人，如果有“携子之手，与子偕老”的梦想，最好的护肤方式还是读书！男人，如果有“执子之手，与子偕老”的执着，第一要务也是读书！

竹竿

籊(tì)籊竹竿①，以钓于淇。	竹竿又长又尖，垂钓淇河岸边。
岂不尔思②？远莫致之③。	怎能不想你？你远嫁他乡我只能想念。
泉源在左④，淇水在右。	百泉在左，淇河在右。
女子有行⑤，远兄弟父母⑥。	姑娘你出嫁了，远离兄弟父母。
淇水在右，泉源在左。	淇河在右，百泉在左。
巧笑之瑳(cuō)⑦，佩玉之傩(nuó)⑧。	忘不了你轻启朱唇的微笑，忘不了你曼妙身影的婀娜。
淇水滺(yōu)滺⑨，桧(guì)楫松舟⑩。	淇水荡漾，荡起一叶扁舟。
驾言出游⑪，以写(xiè)我忧⑫。	随波逐流，向绵绵淇水抛下忧愁。

很多注者认为这首诗写的是“卫女思归”，我不认同。从男人的角度去读，这首诗恰恰是写一位痴情男子对已经成为别人新娘的少妇无以复加的眷恋。显然，这位少妇，在少女时代曾经是这位男子的暗恋对象，或许曾经心心相印，或许曾经山盟海誓，但是最终她还是远嫁他乡了。

---

①籊籊：形容竹竿细长而尖。 ②尔思：“思尔”的倒装，想你。 ③致：到达。 ④泉源：百泉，在卫国都城西北方向，东南流入淇水。 ⑤有行：出嫁。 ⑥远：远离。 ⑦瑳：玉洁白无瑕的样子，借此形容牙齿洁白。 ⑧傩：同“娜”，婀娜，形容少妇身形婀娜多姿。 ⑨滺滺：水波荡漾。⑩桧：一种乔木，俗名刺柏。楫：船桨。 ⑪驾言：语气助词，无实义。 ⑫写：同“泄”，发泄排遣。

第一章以“籊籊竹竿，以钓于淇”起兴，引出作者对于曾经的相恋无穷无尽的思念。中国古诗有以鱼暗喻男女鱼水之欢或两情相悦的传统，此处用得恰到好处。第二章以“百泉在左，淇河在右”起兴，描写曾经相会相知相恋的地方，引出姑娘出嫁。我们在淇岸钓鱼，在淇水嬉戏，在淇河相会，如今，你却成了别人的新娘，本想把你寻找，无奈道路漫长，只剩下无尽的忧伤。第三章以“淇水在右，泉源在左”起兴，引出曾经在此相遇相爱相恋的少女的微笑和曼妙，虽然是幻想，但依然很美丽，依然刻在心里，依然留在记忆里，依然是我最美好的记忆。第四章以“淇水滺滺”起兴，把对曾经深爱的女人的无限眷恋和思念表达得酣畅淋漓。虽然你远嫁了，虽然成为别人的新娘，虽然此生或许不再相见，但是我依然爱你，依然想你，依然深深眷恋着你，一如淇河碧波荡漾，绵绵远流。相思已极，不能自已，只能驾起扁舟，随波漂荡，就算不能实现与你相遇、相望的梦想，也能排遣我心中挥之不去的忧伤！

有情人未能终成眷属，当然遗憾。相望，向往，思念，眷恋，无可指责，因为这是一种唯美的情感寄托。这种寄托，到了唐代，就成了诗人崔护的绝句：“去年今日此门中，人面桃花相映红。人面不知何处去，桃花依旧笑春风。”这种寄托，到了民国时期，就是金岳霖教授对心中的女神林徽因一生没有放弃的相思相恋！唉，相比于爱情之美，语言总是那么苍白，呜呼，一切都在不言之中！

芄兰

芄兰之支①，童子佩觿(xī)②。	萝藦枝条柔弱无力，少年却配上骨锥。
虽则佩觿③，能不我知④。	虽然佩戴了骨锥，才智比我差很多。
容兮遂兮⑤，垂带悸兮⑥。	衣着雍容华贵，步履得意忘形，衣服垂带飘飘然。
芄兰之叶，童子佩韘(shè)⑦。	萝藦叶子翠嫩，年轻轻佩戴了玉扳指。
虽则佩韘，能不我甲⑧。	虽然佩戴玉扳指，力量离我差得远。
容兮遂兮，垂带悸兮。	衣着雍容华贵，步履得意忘形，衣服垂带飘飘然。

这首诗也有很多种解释，我认为这是一首讽刺诗，讽刺那些装腔作势、强不知以为知、自以为是的官僚。诗的结构很简单，只有两章，而且是重章叠唱，第二章仅仅换了三个字。首章以萝藦枝条柔弱无力起兴，讽刺官员明明浅薄，却装模作样，看上去雍容华贵，却掩藏不了小人得志的轻狂，仿佛身上那“飘飘然”的垂带，没有分量而不够沉稳。第二章以萝藦叶子翠嫩起兴，讽刺官员虽然身居高位，虽然戴上玉扳指，但依然无法掩盖其无能和懦弱，即便看上去雍容华贵，但是本质上依然轻佻。这首诗透露了儒家重视

①芄兰：蔓生植物，萝藦。支：同“枝”。 ②觿：古人用来解开绳结的骨制锥子。 ③虽则：虽然。 ④知：同“智”。 ⑤容：雍容华贵之状。遂：得意忘形之状。 ⑥悸：衣带飘飘之状。 ⑦韘：成年男子拇指上佩戴的玉扳指，用以辅助射箭等，既能装饰，也能保护手指。 ⑧甲：位居首位，第一。

内美、内圣的审美价值取向。一个成熟的官员，不应装腔作势，不应好高骛远，不应轻浮轻飘，而应该脚踏实地“学而时习之”，知行合一，增长智慧，提升能力。孔子诗教的良苦用心，此诗可管窥全豹！

河广

谁谓河广[①]？	谁说黄河宽广？
一苇杭之[②]。	乘一根芦苇可航。
谁谓宋远[③]？	谁说宋国遥远？
跂予望之[④]。	踮起脚尖可以遥望。
谁谓河广？	谁说黄河宽广？
曾不容刀[⑤]。	其实放不下小船。
谁谓宋远？	谁说宋国遥远？
曾不崇朝[⑥]。	其实路程不过一早。

这是客居卫国的宋人所作的乡愁诗。诗歌以四对设问和跌宕的结构、强烈的夸张，非常鲜明地告诉读者：人在异乡，归思难当。以至于面对黄河天险，发出了石破天惊的疑问："谁说黄河宽广？"抛出了自己的心，抓住了读者的心！夸张作答："一根芦苇可航。"这种夸张，折射出诗作者内心无可压抑的乡愁与痛楚——这种夸张后来被禅宗故事所传承，相传达摩禅师一苇渡江，北上河南嵩山，创立了禅宗祖庭，从此开创禅宗一脉，普度众生。紧接着继续设问："谁说宋国遥远？"夸张作答："踮起脚尖就可以遥望到。"第二个夸张，建立在丰富的想象基础之上，把相去千百里的空间缩

①河：黄河。 ②苇：芦苇。杭：通"航"。之：代词，黄河。 ③宋：宋国。 ④跂：踮起脚；予：我。跂予望之：踮起脚就可以遥望宋国。 ⑤曾：其实，竟然。刀：同"舠"，小船。 ⑥崇：同"终"。朝：早晨。

小到目视距离之内。诗歌的第二章，属于重章叠唱，换几个词，再问再答再夸张："谁说黄河宽广？连一条小船都容不下。"也是缩小夸张，夸张的回答，无非是表达主人公想渡河回家。最后设问："谁说宋国遥远？"夸张作答："我一个早晨就可以回家。"这是时间缩小的夸张，透过夸张能够真切体会到主人公乡愁之浓、思乡之切、归心之迫。

短短八句，四问四答，否定设问，夸张作答，一波三折，跌宕起伏，把无比沉重的思乡思国之情表达得酣畅浓郁。初民虽然没有修辞的自觉，但是有一颗淳朴而执着的心！今天欣赏《诗经》，或许重点在后者吧。

伯兮

伯兮朅(qiè)兮①，邦之桀(jié)兮②。	夫君啊英俊，国家的英雄。
伯也执殳(shū)③，为王前驱。	手执蛇矛，国王的先锋。
自伯之东④，首如飞蓬⑤。	夫君东征去，我发如飞蓬。
岂无膏沐⑥？谁适为容⑦！	岂无润发品？只因不知道为谁美容！
其雨其雨⑧，杲(gǎo)杲出日⑨。	下雨吧下雨吧，太阳如火盆。
愿言思伯⑩，甘心首疾⑪。	真的思念夫君，想你想得好心痛。
焉得谖(xuān)草⑫？言树之背⑬。	如何弄到忘忧草？栽在北堂。
愿言思伯，使我心痗(mèi)⑭。	真的想念夫君，相思成疾。

本诗书写妻子对丈夫的深爱。第一章以赞美表达爱。丈夫英俊，国家英雄，手执武器，为国战斗。虽然不言情，但是字字含情。情在赞美之中。第二章写丈夫东去，自己蓬头垢面，不是没有润发品，而是没心情。女为悦己者容，那个深爱的人不在自己身边，打扮显得毫无意义。爱在疏懒之中。第

---

①伯：古代女子对丈夫的称呼。朅：魁梧英俊。 ②邦：国家。桀：同“杰”，才智能力出类拔萃者。③殳：长一丈二的无刃兵器，类似于矛。 ④之：去，到。 ⑤蓬：草本植物，容易随风飞扬。飞蓬：形容头发蓬松散乱。 ⑥膏沐：古人滋润头发的洗护用品。 ⑦适：悦。为容：美化面容。⑧其雨其雨：叠词表达对雨水的渴望。 ⑨杲杲：形容强烈阳光长久照射后的自然景况。 ⑩言：语气助词，无实义。 ⑪疾：痛。 ⑫谖：忘。谖草：忘忧草。 ⑬言：乃。背：同“北”，直接解释为背面亦通。 ⑭痗：相思成疾。

三章“其雨其雨，杲杲出日”起兴且比喻自己对丈夫的思念犹如久旱之渴望甘霖。紧接着，直抒胸臆——想你想得心痛。想念已然不堪。第四章因为无法忍受相思的煎熬，渴望得到一棵忘忧草，栽在厅堂北面，希望可以治疗自己的相思之病。相思已然成疾。

从整体上讲，成功运用赋的手法，反复铺排，状相爱相恋相思之烈与苦。四章层层递进，宛如波涛一浪高过一浪，到了第四章相思无以复加，不能承受，期望能够用忘忧草暂时缓解对丈夫的相思之苦。

有狐

有狐绥绥[①]，在彼淇梁[②]。	狐狸孤独行走，在那淇河石梁。
心之忧矣，之子无裳[③]。	心里好担忧啊，那个人没有裙裳。
有狐绥绥，在彼淇厉[④]。	狐狸孤独行走，在那淇河浅水。
心之忧矣，之子无带[⑤]。	心里担忧啊，那个人没有衣带。
有狐绥绥，在彼淇侧[⑥]。	狐狸孤独行走，在那淇河岸边。
心之忧矣，之子无服。	心里担忧啊，那个人没有衣服。

这是一首兴味盎然的情歌。以狐狸的孤独行走起兴，狐狸孤独走在石桥，走在浅水，走在岸边，让女主人公触景生情，想起心中的情郎，也许他也像狐狸那样孤独地行走，孤独地徘徊，孤独地奔波，也许他没有下衣，也许他忘了衣带，也许他没有带上足够的衣服。诗歌三章，每一章只换掉两个字，重章叠唱，渲染孤独彷徨，抒发了姑娘的刻骨牵挂和忧伤。诗短情长，韵味悠扬。

---

①狐：狐狸。绥绥：孤独行走之状。 ②淇：淇河。梁：河里的石桥。 ③裳：裙子一类的下衣。
④厉：同“濑”，水边浅滩。 ⑤带：衣带。 ⑥侧：河边。

木瓜

投我以木瓜[①]，报之以琼琚(jū)[②]。	赠我以木瓜，我以佩玉报答。
匪报也[③]，永以为好也！	不仅仅报答，我想永远爱她。
投我以木桃[④]，报之以琼瑶[⑤]。	赠我以木桃，我以美玉回报。
匪报也，永以为好也！	不仅仅是回报，渴望永远相好！
投我以木李[⑥]，报之以琼玖(jiǔ)[⑦]。	赠我以木李，我以美石回礼。
匪报也，永以为好也！	不仅仅是回礼，此生永远爱你！

朱熹对于《诗经》爱情主题篇目的解读，大部分我不认同，这一首例外。《诗集传》称："疑亦男女相赠答之辞。"显然，这首诗是民歌，是恋歌，是情歌。这首诗，明白如话，时至今日，不用注释，基本都能读懂。

美学特征：一是起兴。"投我以木瓜""投我以木桃""投我以木李"这里并非简单写实，作为诗歌的物象，蕴含着爱情的甜蜜。"报之以琼琚""报之以琼瑶""报之以琼玖"，这里的"琼琚""琼瑶""琼玖"都是玉，都象征着爱情的高洁，爱情的高雅，爱情的忠贞。二是反复。每一章前两句是局部反复，后面两句完全是一字不差的反复，这种民

①投：赠送。 ②琼：赤色的玉。琚：佩玉。 ③匪：同"非"。 ④桃：桃子。 ⑤瑶：泛指美玉。 ⑥木李：李子。 ⑦玖：似玉的黑色石头。

歌的反复渲染，充分表现爱的浪漫、纯洁、永恒。三是重章。从整体上看，三章结构相似，部分语句完全相同，是典型的重章叠唱，通过反复铺排，把少男少女的那种超越物质的爱表现得热烈而唯美！

王风

黍离

彼黍离离[1]，彼稷之苗[2]。	黍子成行成列，谷苗郁郁葱葱。
行迈靡靡[3]，中心摇摇[4]。	孤独徘徊，心神不宁。
知我者，谓我心忧；	懂我的人，说我心有所忧；
不知我者，谓我何求。	不懂我的人，说我有祈求。
悠悠苍天，此何人哉？	高远的苍天，为何斯人独憔悴？
彼黍离离，彼稷之穗[5]。	黍子成行成列，谷子已经结穗。
行迈靡靡，中心如醉。	孤独彷徨，心如酒醉。
知我者，谓我心忧；	懂我的人，说我心有所忧；
不知我者，谓我何求。	不懂我的人，说我有所祈求。
悠悠苍天，此何人哉？	高远的苍天，为何斯人独憔悴？
彼黍离离，彼稷之实[6]。	黍子成行成列，谷子已经结实。
行迈靡靡，中心如噎(yē)[7]。	孤独徘徊，心中哭泣。
知我者，谓我心忧；	懂我的人，说我心有所忧；
不知我者，谓我何求。	不懂我的人，说我有所祈求。
悠悠苍天，此何人哉？	高远的苍天，为何斯人独憔悴？

---

①黍：黍子，去皮后叫黄米。离离：成行成列，意为连绵不绝。 ②稷：谷子，粟米。苗：青苗，此处为某种幻觉——青葱一片。 ③行迈：行走。靡靡：步履犹豫徘徊之状。 ④摇摇：心神不宁，精神恍惚。 ⑤穗：谷穗。 ⑥实：果实。 ⑦噎：抽泣之状。

这首诗是周朝的大夫路过故都，面对故都人事已非、昔日宫殿已变成农田所发出的故国忧思。年少初读此诗，笃信此说，也深深为诗作的士大夫忧国情怀所感动，读到南宋词人姜夔的《扬州慢·淮左名都》，尤其是“过春风十里，尽荠麦青青”一句，自然联想到《黍离》。时至今日，每读《黍离》必诵姜夔《扬州慢》，每读姜夔《扬州慢》必诵《黍离》，相互印证，互为补充，忧在其中，悲在其中，美在其中。

路过故都，昔日宗庙，今日黍离，悲从中来。孤独徘徊，踟蹰彷徨，无限忧伤，不能自持。懂我的人，说我心有所忧；不懂我的人，说我有所祈求。其实，谁懂我呢？也许只有高远的苍天吧。这首诗美学特征依然是赋比兴综合运用：三章叠唱，这是赋的铺排渲染。“彼黍离离”是起兴，也是比喻，那青葱无际的又何尝不是诗人心中无穷无尽的忧思呢？正是“彼黍离离”引出“行迈靡靡”，引出后面的抒情——谁知我心？诗的三章并非平行，而是递进，虽然都是以“彼黍离离”起兴，但是“彼稷之苗”“彼稷之穗”“彼稷之实”的比喻烘托了作者心中的忧思越来越浓，越来越沉，越来越重，无以承受，以至于仰天长叹问苍天：又高又远的苍天啊，为什么斯人独憔悴？

最后一句：“悠悠苍天，此何人哉？”这一句是诗人的哲学思考，不是一般的感叹。仅仅是忧虑自己的位置吗？仅仅是忧虑故国吗？仅仅是忧虑兴亡更替吗？这种忧虑内涵丰富：不仅仅是忧虑自己，不仅仅是忧虑故国故都，更多的是忧虑黎民百姓，忧虑国家长盛不衰的规律何在。作者也许在思考一种避免兴亡更替的社会规律，而这个规律是什么？诗人茫然了，他不知道，说不清楚，只好发出了哲学家的感叹，向宇宙发问：苍天，为何斯人独憔悴？

君子于役

君子于役①，不知其期，	夫君服役，不知归期，
曷至哉②？鸡栖于埘(shí)③，	何时归来？鸡归鸡窝，
日之夕矣④，羊牛下来⑤。	夕阳西下，羊牛回家。
君子于役，如之何勿思⑥？	君子服役，教我如何不想他？
君子于役，不日不月⑦，	君子服役，没日没月，
曷其有佸(yòu huó)⑧？鸡栖于桀⑨，	何时再会？鸡回木桩，
日之夕矣，羊牛下括⑩。	夕阳西下，羊牛下来。
君子于役，苟无饥渴⑪？	夫君服役，大概不会饥渴吧？

这是一首妻子思念戍边丈夫的诗歌。共分两章，每一章以独白开始，直抒胸臆，表达对戍边的丈夫的无限思念、眷恋、期盼。接着描写夕阳西下，炊烟袅袅，鸡鸭回窝，牛羊回家的傍晚风景，这既是风景描写，也是一种成功的比兴手法，只不过这种比兴不是用在开头，而是用在中间，鸟儿倦飞也知回，何况是人呢？“鸡栖于埘，日之夕矣，羊牛下来”“鸡栖于桀，日之夕矣，羊牛下括”以动物傍晚回家的物象，把女主人公对丈夫的强烈思念和对其回家的期盼表现得十分生动，十分形象，十分感人。诗歌以物象引发读

---

①君子：丈夫。役：戍边，服役。 ②曷：何时。至：归来。 ③埘：墙壁上挖洞做的鸡舍。④夕：傍晚。 ⑤下来：从山上、山坡上下来回家。 ⑥如之何：怎么能。 ⑦不日不月：没日没月。⑧有：同“又”。佸：相会。 ⑨桀：鸡栖息的小木桩。 ⑩括：来。 ⑪苟：语气词，表猜测，相当于或许、也许、大概。

者联想，这夕阳、这回家的鸡、这西山坡的牛羊，哪一样不让女主人公想到久别的夫君？多么盼望心心念念的夫君，也能够在夕阳西下该回家的时候回家啊！每一章最后两句，又以独白作结：夫君服役，教我如何不想他？夫君服役，想他无用，只期望他能够不受饥渴的煎熬！本诗语言如此质朴，独白如此直接，抒情如此坦白，读来如此感人！

君子阳阳

君子阳阳①，	公子帅气阳光。
左执簧②，	左手拿簧，
右招我由房③，	右手邀我唱《由房》，
其乐只且④！	快乐无忧伤！
君子陶陶⑤，	公子风度翩翩，
左执翿（dào）⑥，	左手拿着羽毛翿，
右招我由敖⑦，	右手邀我跳《由敖》，
其乐只且！	快乐又逍遥！

这首诗描写了民间婚俗的画面。风和日丽，天朗气清，男女青年，相会相亲。女主人公与风度翩翩的美少年一见钟情，情人眼里出西施，公子那么帅气，那么阳光，那么优雅，而且多才多艺，一手拿笙簧，一手牵着我一起唱《由房》，虽然什么都没有说，但是两颗驿动的心碰到一起，快乐无比。唱完之后，这位风度翩翩的少年邀请少女一起跳舞，其乐也融融！以白描点染出淳朴的民间相亲风俗画，没有山盟海誓，没有花前月下，质朴的语言，传递出朴素、真诚、浪漫的爱情。诗短心真，诗短情真！

---

①君子：公子，对青年男子的尊称。阳阳：同“扬扬”，帅气阳光。 ②簧：古代管乐一种。③由房：周代的歌曲名。 ④只且：均为感叹语气词，无实义。 ⑤陶陶：风度翩翩貌。 ⑥翿：同“纛”，粘上羽毛的舞具。 ⑦由敖：也是周代舞曲名。

扬之水

扬之水①，不流束薪②。	激流之水，漂不起成捆的柴火。
彼其之子，不与我戍申③。	远方的妻子，不能伴我戍守申国。
怀哉怀哉，曷月予还归哉④？	想你啊想你，不知何月能回国？
扬之水，不流束楚⑤。	奔腾的水，浮不起成捆的荆条。
彼其之子，不与我戍甫(fǔ)⑥。	远方的妻子，不能伴我戍守甫国。
怀哉怀哉，曷月予还归哉？	怀念你啊怀念你，不知何月可归国？
扬之水，不流束蒲(pǔ)⑦。	奔流的水，浮不起成捆的蒲柳。
彼其之子，不与我戍许⑧。	远方的妻子啊，不能伴我戍守许国。
怀哉怀哉，曷月予还归哉？	想念你啊想念你，不知何月能见你？

周平王时代的军旅诗歌，描写戍卒对妻子的思念以及对戍边的厌倦。全诗三章，结构相同，大部分词句相同，重章吟唱，把思乡之情、恋妻之情表现得浓烈炽热。

奔腾的水，浮不起成捆的柴火，浮不起成捆的荆条，浮不起成捆的蒲柳，这是起兴，也是比喻，让人联想到妻子在后方的等候如何坚定、坚贞，

---

①扬之水：激流之水，奔腾之水。 ②束薪：成捆的柴火。 ③彼：远方。其：那个。子：女子，特指在家守候的妻子。戍：戍守。申：古国名，是周平王母亲的母国，姜姓国家，在现在的河南南阳唐河县南。 ④曷：何。 ⑤束楚：一捆荆条。 ⑥甫：古国名，吕国，在今天的河南南阳，也属于姜姓国，与周平王有姻亲。 ⑦蒲：蒲柳。 ⑧许：许国，姜姓国家，与周平王有姻亲关联，在现在的河南许昌。

联想到自己的思乡之情和恋妻之情何等沉重而无法传达。紧接着，只能直抒胸臆：我王命在身，身不由己，妻子又不能伴我同时戍守，只能相互思念。所以，“怀哉怀哉，曷月予还归哉？”既可以理解为戍卒的心理，也可以理解为妻子的期盼。字里行间也似乎浸润着征人和妻子对戍边生活的无奈和厌倦！这种无奈和厌倦与征人妻子相互之间的相思相恋是相互烘托的，无奈与厌倦越重，相思相恋越浓。

中谷有蓷

中谷有蓷(tuī)[1]，暵(hàn)其干矣[2]。	山谷中有益母草，曾经滋润现在晒干了。
有女仳(pǐ)离[3]，嘅(kǎi)其叹矣[4]。	女子被抛弃，感慨且叹息。
嘅其叹矣，遇人之艰难矣[5]。	感慨且叹息，遇到好男人不容易！
中谷有蓷，暵其脩(xiū)矣[6]。	山谷中有益母草，曾经滋润现在枯萎了。
有女仳离，条其啸矣[7]。	女子被抛弃，长时间悲号排遣忧伤。
条其啸矣，遇人之不淑矣[8]。	长时间悲号排遣忧伤，遇到的男人不善良。
中谷有蓷，暵其湿(qī)矣[9]。	山谷中有益母草，曾经滋润现在枯干了。
有女仳离，啜(chuò)其泣矣[10]。	女子被遗弃，抽噎且哭泣。
啜其泣矣，何嗟及矣[11]！	抽噎且哭泣，感叹但是追悔莫及！

在中国诗歌史上，这是第一次以诗歌的方式思考如何选择爱人，如何选择男人。全诗三章，比喻起兴。山谷有益母草，有水的时候益母草青嫩，没水的时候枯干。仿佛嫁错郎的女人的命运：青春年少，尚能两情相悦；岁月太阳晒走了女人的青春，有的男人会移情别恋，命运好的女人得以维系家庭，命运差的被抛弃。诗中的主人公属于后者，不幸被抛弃，于是感慨，于

①蓷：草药名，益母草。 ②暵：滋润而后晾干。干：干枯。 ③仳：别。仳离：别离，特指妇女遭离弃后离开夫家。 ④嘅：同“慨”。 ⑤人：此处指男人，丈夫。艰难：选择男友艰难，选择丈夫艰难。 ⑥脩：本指肉干，此处指晾干，晒干。 ⑦条：形容声音很长。啸：撮口发出啸声。 ⑧淑：善良。 ⑨湿：同“曝”，将干未干之状。 ⑩啜：抽噎。泣：无声哭泣。 ⑪何嗟：“嗟何”的倒装。及：赶上。

是叹息，于是得出“遇人之艰难矣”的结论！第二章几乎重章，继续渲染，继续感慨，继续叹息，之所以女主人公悲号长啸，“遇人之不淑矣”是根源。第三章继续重章叠唱，依然是感慨叹息，以至于抽噎和啜泣，结局是，哀叹无济于事。

这一问题，时至今日，仍无标准答案。俗话说：男怕入错行，女怕嫁错郎。有人依然感慨，有人依然叹息，有人依然抽噎，有人依然啜泣，答案在哪里？关键还是自强不息。无论男人女人。

兔爰

有兔爰爰①，雉离于罗②。	野兔逍遥自在，野鸡挣扎于罗网。
我生之初，尚无为；	小时候，尚无感觉；
我生之后，逢此百罹(lí)③。	成年之后，遭逢各种灾难。
尚寐无吪(é)④！	也许睡着了什么都不做最好！
有兔爰爰，雉离于罦(fú)⑤。	野兔逍遥自在，野鸡挣扎于罗网。
我生之初，尚无造⑥；	小时候，尚无作为；
我生之后，逢此百忧⑦。	记事之后，平添这么多忧愁。
尚寐无觉⑧！	也许睡着了不再醒来最好！
有兔爰爰，雉离于罿(chōng)⑨。	野兔逍遥自在，野鸡挣扎于大网。
我生之初，尚无庸(yòng)⑩；	小时候，尚不用劳役；
我生之后，逢此百凶⑪。	懂事之后，遭遇这么多凶险。
尚寐无聪⑫！	也许睡着什么也听不到最好！

这首诗的主旨历来争议颇大：一说是悲悯周王室。《毛诗序》持此说："《兔爰》，闵周也。桓王失信，诸侯背叛，构怨连祸，王师伤败，君子不

①爰爰：逍遥自在。 ②雉：野鸡。离：忧愁。罗：捕鸟的网。 ③逢：遭遇。百：概数，极言其多。罹：经历灾难。 ④尚：也许，但愿。寐：睡着。吪：动。 ⑤罦：一种安装机关的捕鸟网，能够自动捕获鸟兽。 ⑥造：作为。 ⑦忧：忧愁，忧虑。 ⑧觉：知觉。 ⑨罿：捕鸟的网。 ⑩庸：同"用"，指劳役。 ⑪凶：凶险。 ⑫聪：听。

乐其生焉。”此说最传统。二说是贵族感叹家族命运的衰落，揭露了贵族面对社会变革的恐惧。三说是普通百姓哀叹于劳役的无奈和痛苦。我认为，这首诗是先民最早的人生哲学思考，题目——《成长的烦恼》！

野兔逍遥自在，野鸡罗网挣扎。这是起兴，也是比喻，有些人天生钟鸣鼎食，有些人命途多舛，拼搏无用。小时候尚不明显，记事之后，才知道人生要经历那么多的苦难，那么多的忧愁，那么多的凶险，但是依然不能改变命运。既然如此，真的希望睡着而不作为，真的希望睡着而不知觉，真的希望睡着了什么也听不到。诗作者心中拥有无限的迷茫，无限的困惑，无限的感慨，但是不知厄运如何摆脱，不知人生如何度过，不知人生价值是什么。《诗经》是孔门的教材，孔子选择这样的诗歌，很大程度上是想引导读者从成长的烦恼中思考：如何看待命运，如何挑战天命。妥协，消极，放弃，从来都不是儒家的选项！儒家的选择：苟日新，日日新！自强不息，只争朝夕！

葛藟

绵绵葛藟(lěi)[1]，在河之浒(hǔ)[2]。	野葡萄绵绵，在河岸边。
终远兄弟[3]，谓他人父。	离别兄弟，称他人为父。
谓他人父，亦莫我顾[4]。	就算称他人为父，也得不到眷顾。
绵绵葛藟，在河之涘(sì)[5]。	野葡萄绵绵，在河水边。
终远兄弟，谓他人母。	远离兄弟，称他人为母。
谓他人母，亦莫我有(yòu)[6]。	就算称他人为母，也得不到呵护。
绵绵葛藟，在河之漘(chún)[7]。	野葡萄绵绵，在河水旁边。
终远兄弟，谓他人昆[8]。	远离兄弟，称他人为兄。
谓他人昆，亦莫我闻(wèn)[9]。	就算称他人为兄，也得不到他人的关心。

本诗主旨也颇多悬案。一说是讽刺周平王东迁，远离兄弟，远离根本，将得不到支持。二说是流离失所劳动人民的感叹。三说是感叹穷苦人民的无依无靠。我却说，这是伦理哲学的思考：人生到底依靠什么？

本诗主人公的思考，至今也没有准确的答案。人生能依靠什么呢？模糊的答案倒是有，就像河边的野葡萄，之所以茂盛，之所以绵长，之所以生命力顽强，那是因为它植根于大地。这种起兴，蕴含象征，意味深长，

①葛藟：野生植物，即野葡萄。 ②浒：水边。 ③终：既然。 ④莫我顾："莫顾我"的倒装，也不会眷顾我。 ⑤涘：水边。 ⑥有：同"佑"，保佑，呵护。莫我有："莫有我"的倒装。⑦漘：水边。 ⑧昆：兄。 ⑨闻：同"问"。莫我闻："莫闻我"的倒装，无人问津。

发人深省。

远离兄弟，称别人为父，却得不到眷顾；称别人为母，却得不到呵护；称别人为兄，却得不到关心。为什么？根本上讲，“德不孤，必有邻”，或许自己很多地方做得不够，如果你德行高尚，自然有朋友，不至于如此孤苦。“四海之内皆兄弟”是有前提的，那就是你的行为忠信，你的能力强大，你能助人为乐，而且你勇于拼搏！在于内心的强大！在于自身能力的提升！在于自己如野葡萄一样植根于大地！——孔子诗教意在斯乎！

采葛

彼采葛兮[①]，	姑娘在采葛啊，
一日不见，	一天不见，
如三月兮！	仿佛相隔三月！
彼采萧兮[②]，	姑娘在采萧啊，
一日不见，	一日不见，
如三秋兮！	仿佛等待三秋！
彼采艾兮[③]，	姑娘在采艾啊，
一日不见，	一日不见，
如三岁兮！	仿佛苦盼三年！

封建时代的文人士大夫解读此诗，多数定义为“刺淫奔”；大谬不然。爱情是人类最重要的伦理，爱情也是人类最高尚的追求。

这首诗歌虽短，但几乎说绝了爱的滋味。“一日不见，如三月兮！”“一日不见，如三秋兮！”“一日不见，如三岁兮！”古往今来，东方西方，人世间除了爱情，还能找到第二种这样的感觉吗？如此渴望，如此爱恋，如此焦灼，如此期盼，如此等待，如此忍耐；个中滋味，只有深爱、真爱、珍爱过的人才知道，世间仿佛没有文字可以表达爱的美好和爱的味道！

---

①葛：草本植物，茎蔓生，作为织布的原材料。②萧：又名香蒿，主要用于祭祀。③艾：艾蒿，可用来驱蚊治病祭祀。

大车

大车槛槛[1]，毳(cuì)衣如菼(tǎn)[2]。	牛车滚滚，嫩绿的帷幔。
岂不尔思[3]？畏子不敢。	谁说不爱你？担心你不敢。
大车哼(tūn)哼[4]，毳衣如璊(mén)[5]。	牛车坎坎，赤色的帷幔。
岂不尔思？畏子不奔[6]！	谁说不喜欢你？担心你不敢私奔！
穀(gǔ)则异室[7]，死则同穴[8]。	活着不能同衾，死了埋在一处。
谓予不信？有如皦(jiǎo)日[9]。	说我的话不可靠？有如太阳当空照。

这是一首爱情誓言诗，短短三章，塑造了两个鲜明的形象：少女大胆率性，男子腼腆矜持。牛车滚滚，帷幔嫩绿；牛车坎坎，帷幔赤色。这是起兴，也是隐喻，从车子沉重而缓慢的轮声中，能够体会到车夫的矜持和犹豫；并以此反衬少女的火辣、泼辣，一个不折不扣的辣妹子。一连两次自问自答：难道是我不爱你？不，就是怕你不敢！难道是我不爱你，不，就是怕你不愿意私奔！此时，这位辣妹子觉得还不能说服犹豫不决的情郎，于是豁出去了："生不同衾，死则同穴。谓予不信？有如皦日。"姑娘的这份爱，实在太重太重，以至于情郎的牛车也载不动！姑娘这份情，实在太辣太辣，以至于情郎自始至终沉默不言！姑娘这份爱，实在太真太真，吓坏了情郎还要搬出太阳作证！在父母之命、媒妁之言已经逐渐成为婚俗和礼节的年代，少女的爱如此率真，如此率性，可佩可钦！

---

①大车：牛车。槛槛：车轮的响声。 ②毳衣：羽毛做的毡子，用于车上遮蔽风雨。菼：初生的荻，嫩绿色。 ③尔思："思尔"的倒装。 ④哼哼：形容车载重缓慢前行的样子。 ⑤璊：赤色的玉。⑥奔：私奔。 ⑦穀：生，活。 ⑧穴：墓穴。 ⑨皦：同"皎"，明亮。

丘中有麻

丘中有麻①，彼留子嗟②。	山丘苎麻下，等待留地的情郎。
彼留子嗟，将其来施施③！	那位留地的情郎，期待一同入梦乡！
丘中有麦④，彼留子国⑤。	山丘的麦田里，等待留地的情郎。
彼留子国，将其来食⑥！	那位留地的情郎，美食期待你分享！
丘中有李⑦，彼留之子。	山丘的李树下，等待留地的情郎。
彼留之子，贻我佩玖⑧！	那位留地的情郎，送我佩玉留念想！

这是一首淳朴炽热的情歌。诗中的女主人公爱得如此大胆，爱得如此大方，爱得如此疯狂。有解读者说，这位姑娘，三个地方，换了三个情郎，当然属于胡说！细读，方知是用了铺排手法，把姑娘那种大胆、泼辣、近乎疯狂的野性爱情，表达得酣畅淋漓，忘乎所以，忘了这个世界，只剩下我你。他们相约在麻地中，相约在麦田里，相约在李树下，三章三个地方，三章三个场景，变的是地方，不变的是情郎！可歌可泣，激情之后留下了永久的念想！

①麻：苎麻，草本植物，皮可绩为布，子可食。 ②彼：那个。留：地名。子嗟：人名。 ③将：期待，期望。施施：高高兴兴。 ④麦：大麦。 ⑤子国：人名，与第一章的“子嗟”为同一人。⑥食：吃东西，隐喻相爱合欢。 ⑦李：李树。 ⑧贻：赠送。玖：黑色的玉。

郑风

缁衣

缁衣之宜兮①！　　官服非常适宜啊！
敝，予又改为兮②。　　破了，我就帮你缝补啊。
适子之馆兮③！　　刚好你去官署啊！
还，予授子之粲兮④。　　回来，我就给你备好美食。

缁衣之好兮⑤！　　官服非常得体啊！
敝，予又改造兮⑥。　　破了，我就帮你翻做啊。
适子之馆兮！　　适逢你去官署啊！
还，予授子之粲兮。　　回来，我将给你备好美食！

缁衣之席兮⑦！　　官服真的很舒适啊！
敝，予又改作兮⑧。　　破了，我就帮你重做。
适子之馆兮！　　恰好你去官署啊！
还，予授子之粲兮。　　回来，我给你备好美食。

这首诗属于爱情诗，不过两个相爱的对象不是农民，不是牧民，不是商人，而是少妇和做官的丈夫。爱情并没有严格的阶级色彩或等级差异，但是，不同文化、不同风俗、不同地域、不同职业，爱的方式和爱的表达不一

---

①缁衣：黑色的官服。宜：适宜。②敝：破了。改为：缝补。③适：适逢。之：去。馆：房子。④还：回来。授：给你。粲：同“餐”，备好美食。⑤好：恰到好处。⑥改造：翻做。⑦席：舒适。⑧改作：新做。

样。诗中的女主人公与已经为官的丈夫，他们的爱当然不在田野，不在山间，不在河中，不在远方。少妇在家，在闺房中守望，在闺房中念想，在闺房中想象。官服适宜，破了帮你缝补，帮你翻做，帮你重做；你在忙公务，我做好美食等你！平淡是爱，平淡是真，平淡永恒。三章诗歌，重章叠唱，把平淡的夫妻之爱表现得如此真实，如此平实，如此热烈！

将仲子

将仲子兮[①]，	恳求二公子啊，
无逾我里[②]，无折我树杞[③]。	不要翻越邻里，不要折断我家的杞柳。
岂敢爱之？畏我父母。	哪里是爱惜这杞柳啊？是害怕我父母。
仲可怀也[④]，父母之言亦可畏也。	可想二公子啊，只是父母的责骂让我害怕。

将仲子兮，	恳求二公子啊，
无逾我墙，无折我树桑[⑤]。	不要翻越我家墙，不要折断我家的桑。
岂敢爱之？畏我诸兄。	哪里是爱惜这桑树啊？是害怕我的诸位兄长。
仲可怀也，诸兄之言亦可畏也。	我可想你啊，只是诸位兄长的责骂让我害臊。

将仲子兮，	恳求二公子啊，
无逾我园，无折我树檀[⑥]。	不要跨越我家后园，不要折断我家的檀树。
岂敢爱之？畏人之多言[⑦]。	哪里是爱惜这檀树啊？是害怕别人风言风语，
仲可怀也，人之多言亦可畏也。	可想念二公子啊，只是风言风语令我恐惧。

这首诗歌表达的爱情不同于《采葛》的哀怨悠长，不同于《大车》的火辣奔放，不同于《缁衣》的平淡雍容，女主人公的爱显得如此的矜持而炽

---

①将：请，恳请。仲：排行第二。 ②逾：跨越。里：邻里。 ③杞：杞柳，枝条可以用来编器皿。④怀：想念。 ⑤树桑：桑树。 ⑥檀：檀树，名贵树种，木质坚硬。 ⑦多言：风言风语。

烈！而作者通过一种矛盾的心理描写和细节描写，把这种矜持和炽烈的爱情表达得恰到好处！首章恳求二公子，不要越邻里，不要折杞柳，不是爱惜杞柳，不是不想你，是父母之言可畏；二章恳求二公子，不要翻院墙，不要折桑树，不是爱惜桑树，不是不想你，而是诸兄之言可畏也；三章继续渲染，恳求二公子，不要翻后园，不要折檀树，不是爱惜檀树，不是不想你，而是人言可畏啊。柔肠百转，一咏三叹，将一个温婉含蓄但炽烈渴望爱和被爱的少女形象刻画得活灵活现！

叔于田

叔于田①，巷无居人②。	三公子在打猎，巷子里空无一人。
岂无居人？	难道真的巷子里无人？
不如叔也。	自叹不如看三公子打猎了。
洵美且仁③！	三公子俊美且和蔼可亲！
叔于狩④，巷无饮酒。	三公子冬季打猎，巷子里居然无人饮酒。
岂无饮酒？	难道真的无人饮酒？
不如叔也。	自叹不如观赏公子打猎。
洵美且好⑤！	公子俊美且豪爽！
叔适野⑥，巷无服马⑦。	三公子去郊外，巷子里没有人驾车。
岂无服马？	难道真的没人驾车？
不如叔也。	自叹不如去学公子驾车了。
洵美且武⑧！	公子俊美且勇武！

这是一首单相思的恋歌，是一位清纯少女写给心中偶像的恋歌。她不知道三公子心中是否有自己，只知道自己已经为他着迷。正如今天有些少女

---

①叔：古代兄弟以“伯仲叔季”排行，叔排行老三。田：打猎。 ②巷无居人：万人空巷，言下之意，人们都去看三公子打猎。 ③洵：诚然，实在。仁：内心仁厚，引申为和蔼可亲。 ④狩：冬季打猎。周代四季打猎称呼不同，有所谓 “春蒐、夏苗、秋狝、冬狩”之说。 ⑤好：豪爽。 ⑥适：去。野：郊外。 ⑦服马：驾车，古时驾车位于车辕之间的两匹马称为服马。 ⑧武：勇武。

的爱情观念：我爱你却与你无关。只是今天这类少女表现为疯狂迷恋、疯狂追逐，不计后果。相比之下，诗中的少女却很含蓄，用一种夸张的手法，把自己的男神描绘得天上没有，地上无双：他打猎引来万人空巷，他冬猎让人们放弃喝酒（也要来观看），他驾车引来无数车迷，他俊美，他善良，他豪爽，他勇武；这样的好儿郎，哪个少女不念想？少女想得很美，想得很矜持，想得有些淡淡的忧伤！因为，她不能确定，三公子是否有一天能够成为自己的新郎！

大叔于田

叔于田①，乘乘马②。（chéng shèng）	三公子在田里打猎，驾着四匹马的战车。
执辔如组③，两骖如舞④。	手提缰绳如织锦，骖马并驾飞舞。
叔在薮⑤，火烈具举⑥。（sǒu）	三公子在沼泽地带，烈火全场焚烧起来了。
袒裼暴虎⑦，献于公所⑧。（tǎn xī）	三公子赤膊斗老虎，丰盛猎物献给王室。
将叔无狃⑨，戒其伤女⑩。（niǔ）	祈祷三公子别大意，警惕老虎伤着你。
叔于田，乘乘黄⑪。	三公子在打猎，驾驭着四匹黄马。
两服上襄⑫，两骖雁行⑬。	两匹服马并驾齐驱，两匹骖马如雁飞奔。
叔在薮，火烈具扬⑭。	三公子在沼泽地带，沼泽都烧起了烈火。
叔善射忌⑮，又良御忌⑯。	三公子百发百中，潇洒驾驭，
抑磬控忌⑰，抑纵送忌⑱。	时而勒马停止，时而纵马快跑。

---

①田：打猎。 ②乘乘马：前面一个乘是动词，驾驭。乘马：四匹马拉的车。 ③辔：马缰绳。组：并列成组。执辔如组：形容驾车技术高明。 ④骖：车辕外的两匹马称之为骖。如舞：步伐优美如同舞蹈。 ⑤薮：沼泽地带。 ⑥火烈：火烧草木以围猎。具：同“俱”。举：点燃。 ⑦裼：赤膊。暴虎：空手搏斗老虎。 ⑧公所：王室。 ⑨将：期望，恳请。狃：迷惑，掉以轻心。 ⑩戒：担心。其：老虎。女：同“汝”。 ⑪黄：黄色的马。 ⑫服：车辕里面的两匹马称之为“服”。襄：同“骧”，驾。 ⑬骖：车辕外的两匹马。 ⑭扬：火烧起来。 ⑮忌：句末语气祝词，无实义。 ⑯良御：善于驾车。 ⑰抑：句首语气词，无实义。磬控：弯腰勒马停止。 ⑱纵送：纵马快跑。

叔于田，乘乘鸨(bǎo)[①]。	三公子在打猎，驾驭着四匹黑白杂色的马。
两服齐首[②]，两骖如手[③]。	两匹服马齐头并进，两匹骖马配合如左右手。
叔在薮，火烈具阜(fù)[④]。	三公子在沼泽，烈火都旺盛起来，
叔马慢忌[⑤]，叔发罕忌[⑥]。	公子的马蹄渐渐慢下来，公子的箭渐渐少射出。
抑释掤(bīng)忌[⑦]，抑鬯(chàng)弓忌[⑧]。	打开箭筒收起箭，又把长弓放箭袋。

《大叔于田》是《叔于田》的姊妹篇，两首诗的作者应该是同一个少女。《叔于田》侧重于赞美三公子的外貌和人品，他俊美、仁厚、善良、豪爽、勇武。《大叔于田》赞美的是三公子的技能，分三章来写三公子的神技：第一章写三公子拉起缰绳如织锦般美丽，驾驭骖马如舞蹈般优美，他一心为公；少女只是牵挂他的安全，担心他为老虎所伤，此乃情之所至也。第二章继续赞美三公子驾车的技术出神入化，服马昂首，骖马如雁，射箭百步穿杨，驾车娴熟自如。第三章进一步铺排，驾车不择马的好坏，服马并驾齐驱，骖马如臂使指，打猎张弛有度，弓箭回囊潇洒帅气。女主人公把“赋”的手法运用到很高的境界，把心中的如意情郎描写得惊为天神。通篇没有说一个爱字，但是姑娘的爱却洋溢其中！

①鸨：黑白杂色的马。②齐首：齐头并进。③两骖如手：形容两匹服马像两只手一样，配合协调。④阜：旺盛。⑤马慢：马渐渐慢下来。⑥发罕：射出的箭渐渐少了。⑦释：解开，打开。掤：箭筒盖。⑧鬯：同“韔”，装弓的袋子，用作动词，指用袋子装。

清人

清人在彭[①]，驷介旁旁[②]。	清邑士兵在彭地，战马披甲纵横奔驰。
二矛重英[③]，河上乎翱翔[④]。	酋矛夷矛红缨相对，士兵们沿着河岸巡防。
清人在消[⑤]，驷介麃(biāo)麃[⑥]。	清邑士兵在消地，四匹战马颇威武。
二矛重乔[⑦]，河上乎逍遥[⑧]。	酋矛夷矛长缨飘飘，战士巡河任逍遥。
清人在轴[⑨]，驷介陶陶[⑩]。	清邑士兵在轴地，战马奔驰不停息。
左旋右抽[⑪]，中军作好[⑫]。	车马回旋勇士猛，中军主帅好帅气。

这是一首出名的讽刺诗，讽刺郑文公和大夫高克君臣不和而自毁长城的荒唐之举。清邑之兵在郑文公的命令下，由大夫高克率领，移师驻防卫国，名义上帮助卫国抵抗狄人进攻。狄人退后，久久不召回高克及其所率领的清邑之兵，最后导致这支军队溃散。全诗三章，以赋的手法，铺陈高克率领的清邑之兵客居卫国边境小镇，由彭地而消地，由消地而轴地，在河边巡河，在河边逍遥，在河边作秀；最终，因为郑文公没有召回高克，导致军队溃散。国之利器，居然如此自毁，实在不可理喻。郑国的衰落，当然不可避免。读史明智，读诗明心。

---

①清：郑国的清邑。彭：卫国边境小镇，位于黄河边。 ②驷：驾同一车的四匹马。介：铠甲，战马一般都要披上铠甲。旁旁：奔驰的动态。 ③二矛：酋矛和夷矛，插在车子两侧的装饰性的矛。重：指酋矛和夷矛上均有羽毛装饰，称之为“重”。英：缨。 ④翱翔：鸟飞翔，此处形容战车飞驰如鸟飞翔。 ⑤消：卫国边境小镇。 ⑥麃麃：英武、威武。 ⑦乔：野鸡尾部羽毛做的矛缨。 ⑧逍遥：形容战车驱驰姿态悠闲。 ⑨轴：卫国边境小镇。 ⑩陶陶：奔驰状态。 ⑪旋：调转车头；抽：拔刀。左旋右抽：驾车者在车子左侧，负责驾驭战马；勇士在右侧，负责战斗。 ⑫中军：为主帅所在，代指主帅。作好：做出好姿态、样子。

羔裘

羔裘如濡[①]，洵直且侯[②]。	羊羔皮袄色泽润，非常平滑且美好。
彼其之子，舍命不渝。	那位君子啊，至死不渝为国家效劳。
羔裘豹饰[③]，孔武有力[④]。	羊羔皮袄豹皮镶边，穿在身上很有力。
彼其之子，邦之司直[⑤]。	那位君子啊，是正人过失的好官吏。
羔裘晏兮[⑥]，三英粲兮[⑦]。	羊羔皮袄好光鲜，三道花边泛光芒。
彼其之子，邦之彦兮[⑧]。	那位君子啊，是德才兼备的栋梁。

这是一首赞美诗，赞美国家最优秀的公职人员。历朝历代都有这种典型，史书未必是人民写的，但是艺术多数时候却是为人民所创造的，艺术形象也通过民间的力量而流传千古，没有读者，这些艺术形象就没有生命力。孔子儒家认为，诗歌教育的核心价值，就是教化，教化的重点在于价值引导。三章以赋的手法，铺排描写这位国家栋梁的服饰、品行，把一个忠贞不贰、至死不渝、孔武有力的国家栋梁的形象，展现给读者，流传给后世。这样的诗歌，对于公职人员，是一种警策，也是一种勉励！

---

①羔裘：羔羊做的皮袄。濡：皮色润泽。 ②洵：诚然，的确。直：羔皮平展。侯：美。 ③豹饰：用豹皮做装饰。 ④孔：很。武：英武。 ⑤邦：国家。司直：负责正人过失的官吏。 ⑥晏：鲜艳、光鲜。 ⑦三英：三道花边。粲：灿烂。 ⑧彦：德才兼备的杰出人才。

遵大路

遵大路兮①，	沿着大路走，
掺(shǎn)执子之袪(qū)兮②！	拉住你的衣袖！
无我恶兮③，	不要厌倦我，
不寁(zǎn)故也④！	不要离开故旧！
遵大路兮，	沿着大路走，
掺执子之手兮！	抓住你的手！
无我䰢(chóu)兮⑤，	不要认为我很丑，
不寁好也⑥！	新人一定不如旧！

这是恋歌，也是情歌，也可能是绝情歌。一千个读者眼中有一千个哈姆雷特。你读懂了，第一感觉是怎么样的，就是怎么样的。当然，前提是《诗经》的年代有此风俗。该诗用了赋的手法，把女主人公“离不开你”的情感表达得悲伤而凄切。在《诗经》的年代，虽然有一定程度相爱的自由、恋爱的自由，但大多数时候还是会通过父母之命、媒妁之言以求婚姻的合礼和牢固。显然女主人公与她舍不得的“他”属于自由恋爱，曾经耳鬓厮磨，曾经巫山云雨，曾经朝夕相伴，曾经如胶似漆，曾经山盟海誓，曾经海枯石烂，如今却要决然离去，对于男人来说，或许还有事业，或许还有新人，或许还

---

①遵：沿着。 ②掺执：拉住。袪：袖口。 ③无我恶：“无恶我”的倒装，不要厌恶我，不要讨厌我。 ④寁：迅速离去。故：故人。 ⑤䰢：今作“丑”，认为……丑。 ⑥好：相好，旧爱。

有世界，但对于一个重情重义的春秋时代的女子来说，心爱的男人就是她的一切！

这首诗不是弃妇诗，而是绝恋诗！女主人公只不过是想挽留自己的爱人，挽回一段真情，无奈缘分太浅，纵然深情似海，对方不珍惜又有什么用？拉住衣袖，拉不回爱人；拽住双手，拽不住人心。既然如此，由他吧！松开衣袖，松开双手，给他自由，也给自己自由！

女曰鸡鸣

女曰鸡鸣，士曰昧旦[①]。	妻说：鸡叫了。夫说：天未亮。
子兴视夜[②]，明星有烂[③]。	你起来看看夜空。只有启明星依然明亮。
将翱将翔[④]，弋凫与雁[⑤]。	我驾起小船荡起双桨，你射箭打野鸭和大雁。
弋言加之[⑥]，与子宜之[⑦]。	射了野鸭和大雁，我给你做美味佳肴。
宜言饮酒，与子偕老。	享受佳肴小酌美酒，就这样一起到老。
琴瑟在御[⑧]，莫不静好[⑨]。	我弹琴你鼓瑟，时光静静多美好！
知子之来之[⑩]，杂佩以赠之[⑪]。	珍惜你的抚慰，赠你以玉佩。
知子之顺之[⑫]，杂佩以问之[⑬]。	珍惜你的温柔，送你以玉佩。
知子之好之[⑭]，杂佩以报之[⑮]。	珍惜你的真爱，报你以玉佩。

这首诗开启了东方农耕文明的爱情体验和爱情价值观。回答了人们至今还在追寻的一个简单而又复杂的问题：真爱是什么？真爱是轰轰烈烈？真爱是山崩地裂？真爱是山盟海誓和海枯石烂？真爱是开豪车吃大餐？数千年

---

①昧旦：黎明时分，天将明未明之际。　②兴：起来。视夜：观看夜晚的天空。　③烂：明亮。　④将翱将翔：这是极富想象力的句子，驾船如翱如翔。　⑤弋：带有绳子的箭，此处用作动词，用带有绳子的箭射。凫：野鸭。　⑥弋：此处作名词，带有绳子的箭。言：语气助词，无实义。加：射中。之：上文提到的野鸭和大雁。　⑦子：你，男主人公对女主人公的称呼。宜：烹饪。　⑧御：演奏，弹奏。　⑨静好：宁静美好。　⑩知：懂得，体会。子：你，妻称呼其夫。来：抚慰。之：语气助词，无实义。　⑪杂佩：玉佩，由多种玉石做成的配饰。　⑫顺：温柔。　⑬问：赠送。　⑭好：喜欢，真爱。　⑮报：报答。

前的女子回答：不是的，是平淡；今天的读者冷静下来思考：不是的，是平淡。这首诗，正是以赋的手法，描写了平淡的夫妻生活，平凡的夫妻之爱，平和的家庭幸福。平淡、平凡、平和才是爱的真谛和永恒！

很多人不懂得什么是真爱，很多人不懂得如何去真爱，很多人不懂得珍惜真爱。为了追求爱，太多的人选择激情，选择疯狂，但是，激情之后真爱不在，真情不再。为了追求爱，很多人选择豪车，很多人选择豪宅，很多人选择豪门，但是选择后才知道，什么是无爱的味道。为了追求爱，很多人放弃平淡，放弃家庭，尝试猎艳，尝试猎奇，之后才知道还是平常好，平凡好，平淡好。

真爱到底是什么？真爱是两情相悦，真爱是相敬如宾，真爱是相濡以沫，真爱是粗茶淡饭，真爱是平平淡淡。真爱就是懂你的深情、懂你的温柔、懂你的真诚。真爱就是“琴瑟在御，莫不静好”。

有女同车

有女同车[①]，颜如舜华[②]，	美女同车，貌美如花。
将翱将翔[③]，佩玉琼琚[④]。	体态轻盈，佩玉珍贵。
彼美孟姜[⑤]，洵美且都[⑥]。	她是姜家大姑娘，美丽娴静又大方。
有女同行(háng)[⑦]，颜如舜英[⑧]，	美女同行，颜如木槿。
将翱将翔，佩玉将将[⑨]。	体态婀娜，佩玉叮当。
彼美孟姜，德音不忘[⑩]。	她是姜家大姑娘，言谈优雅永难忘。

异性的美丽，始终是古今中外诗歌的重要题材，这类题材的诗歌灿若繁星。一位颇有修养的男子，碰巧与一位美丽的少女同车同路同行，男子一见倾心，顿生仰慕。读这首诗，我们能够通过男诗人的视角，欣赏一位貌美如花、体态轻盈、配饰得体、优雅大方，名声悠扬的绝色佳人的外美和内秀；同时，我们也分明感受到，欣赏少女的男生，他的审美情趣，他的庄重矜持、君子风度等都让人仰慕，让少女着迷。虽然真心仰慕，却无半点轻薄，在那个年代，少男少女同车同路，如此持重优雅，本身就是一种高贵的美。

时光如果可以倒流，我愿意祝愿这一对同车同路同行的少男少女有一个好的开始，更期待他们有情人终成眷属！

---

①同车：同坐一辆车子。说“同车”是迎亲，缺乏足够的证据。 ②舜华：木槿花，华同“花”。③将翱将翔：此处形容姑娘体态轻盈，漫步如鸟之飞翔。 ④琼琚：玉佩。 ⑤彼：那，那是。孟：古人兄弟姐妹排序采取伯（孟）、仲、叔、季。孟姜：姜家大姑娘。 ⑥洵：诚然，实在。都：贤淑文雅。 ⑦行：路。 ⑧舜英：木槿花。 ⑨将将：同“锵锵”，形容佩玉碰撞发出的清脆声音。⑩德音：形容说话优雅得体，符合礼数。也可以理解为女性对男性具有吸引力的悦耳声音。也有人认为这指少女的名声很好，流传很远。

山有扶苏

山有扶苏①，	山中有桑树，
隰有荷华②。	洼地有荷花。
不见子都③，	没见到美少年子都。
乃见狂且④。	竟然见到你这个狂徒。
山有乔松⑤，	山中有高松，
隰有游龙⑥。	洼地有游龙。
不见子充⑦，	不见美少年子充，
乃见狡童⑧。	竟然见到你这狡猾的小子。

在《诗经》的爱情诗中，这一首比较特别，正话反说，充满戏谑色彩，把少女与少男见面后那种调皮与心跳表现得惟妙惟肖。第一章，先说山中有桑树，洼地有荷花，这是起兴，要么很高，要么很美；以桑树比喻少男，以荷花比喻少女，一个能干，一个好看，郎才女貌，好不般配！结果少女却正话反说：美男子子都没来，来了个放荡不羁的狂小子。嘴上骂他狂放不羁，心里喜欢得甜如蜜。第二章，山上有高松，洼地有荭草，高松比喻少男，荭草比喻少女，何其般配。可是少女再次选择正话反说：美

①扶苏：桑树。 ②隰：洼地。荷华：荷花。 ③子都：郑国美男子的通称。 ④乃：竟然。狂：狂妄。且：同“狙”，狡猾，用作名词，狡猾的少年。 ⑤乔松：高大的松树。 ⑥游龙：荭草，草本植物。 ⑦子充：郑国美男子的通称。 ⑧狡童：狡猾的小子。

男子子充没来，见到了嬉皮狡猾的小子。嘴上说他嬉皮狡猾，心中高兴乐开花。恋爱中的女人通常用这种反语，明明是心里喜欢，嘴上却说讨厌。明明心里认为对方聪明，嘴上却说他狡猾！明明心里认为对方有理想有抱负，嘴上却说他狂妄！

萚兮

萚(tuò)兮萚兮①，风其吹女②。	枯叶啊枯叶，随风吹落。
叔兮伯兮③，倡予和(hè)女(rǔ)④。	心中的恋人，我唱你和！
萚兮萚兮，风其漂女⑤。	枯叶啊枯叶，随风飘扬。
叔兮伯兮，倡予要女⑥。	心中的恋人，我唱你也唱。

这是诗经中最精美的情诗之一。篇幅虽然短小，却趣味盎然，情趣横生。第一章，枯叶啊枯叶，随风吹落；这是起兴，兴在何处？兴在让人感受到生命的短暂和青春的飞逝！既然生命如此短暂，既然青春如此宝贵，你我何不一起引吭高歌，何不牵手一起往前走！第二章，枯叶啊枯叶，随风飘扬。依然是起兴，慨叹生命短暂的韵味却更加浓郁，生命除了短暂，还有某些难以捉摸的无奈，还有某些不能自已的落寞，还有某些不能言说的悲凉。既然如此，那就珍惜当下，珍惜你我，珍惜此刻，牵你的手，一起欢唱，一起飞扬，一起疯狂！

伪儒学者，把这样明白的短诗也解读歪了。《毛诗序》说："《萚兮》，刺忽（郑昭公忽）也。"太牵强，太牵强。朱熹老人家在《诗集传》中说："此淫女之词。"太荒唐，太荒唐。这些说法都脱离了作者的创作意图，也背离了孔子选编《国风》的旨趣。殊不知，爱情是人类的重要伦理，为什么就不能想得美好一些呢？

---

①萚：枯叶。 ②女：同"汝"。 ③叔、伯：均是对心爱男子的称呼。 ④倡：同"唱"。和：跟着唱。 ⑤漂：同"飘"。 ⑥要：同"邀"，相约，其实也是相约跟着唱。

狡童

彼狡童兮[1]，不与我言兮。	那位狡猾的男孩呀，你不跟我说话啊。
维子之故[2]，使我不能餐兮。	只因为你的缘故，我茶饭不思啊。
彼狡童兮，不与我食兮[3]。	那位狡猾的家伙啊，你不陪我吃饭啊。
维子之故，使我不能息兮[4]。	只因为你的缘故，我心不安宁啊。

虽然《毛诗序》之后，伪儒学家解读《诗经》者，多数沿袭“讽刺郑昭公忽”的传统；但我却坚持认为，这是典型的失恋之歌，当然也是爱情之歌。少女也许是初次遭遇失恋，茶饭不思，心神不宁，再发展下去可能痛不欲生。

孔子选编《诗经》的目的在于伦理，在于情感，在于教育。这首诗，两章递进，把少女失恋后的心理和情态刻画得入木三分。也许孔子的意图在于告诉读者，什么是少女的失恋，怎样对待少女的失恋。如何面对爱情，如何面对失恋，如何面对人生，如何谱写人生，不正是原始儒家最关心的问题吗？一位诗人说：爱情对于男人来说，只是生活的一段插曲，而对于女人来说，则是生命的全部。对于女人来说，是否意味着全部，我没有发言权；对于男人来说，的确可能只是一部分，因为人生除了爱，还有责任，除了对爱人的责任，还有对良知的责任，对家庭的责任，对社会的责任，对国家

①狡：狡猾。 ②维：同“唯”。子：你，少女心中的恋人。故：缘故。 ③与我食：和我一起进餐，陪我吃饭。 ④息：安宁。

的责任。

古老的情歌，传递着人性的美好和光辉，今天的家长读到这样的诗歌，如果孩子是女儿，应该教她明白什么？如果孩子是男孩，应该教他做点什么？如果亲子共读不能找到答案，那么请阅读下一首《褰裳》，答案就在其中。

褰裳

子惠思我[1]，褰(qiān)裳涉溱(zhēn)[2]。	你爱我，你想我，就提起衣裳蹚过溱河。
子不我思[3]，岂无他人？	你不想我，难道就没有别人想我？
狂童之狂也且[4]！	轻狂的小子你也太轻狂吧！
子惠思我，褰裳涉洧(wěi)[5]。	你爱我，你想我，就撩起衣裳蹚过洧河。
子不我思，岂无他士？	你不想我，难道就没有别的好男人想我？
狂童之狂也且！	轻狂的小子你也太轻狂吧！

《诗经》的选编可谓别具匠心，上一首《狡童》写了少女失恋后那种几近痴狂乃至疯狂的心态和情态，着实令天下父母忧心忡忡。少女如何面对失恋？或许有很多答案。孔老夫子通过选编《褰裳》似乎给出了更为积极的答案：天涯何处无芳草？天涯何处无知音？《褰裳》的答案，也许寄托了孔老夫子的爱情价值观。

这首诗歌的风格，一反常态。诗中的女主人公，如此自信，如此大胆，如此泼辣，典型的现代辣妹子。你爱我想我，你就蹚过溱河；你不想我，难道就没有别的男人想我？轻狂小子你太轻狂了吧！第二章属于重章叠唱，只换了河流“洧”，换了一个称呼“士”，但是两章并非并列，而是递

---

①惠：爱。思：想念，牵挂。 ②褰：揭起，撩起。裳：下身的衣服。涉：走过。溱：郑国河流，与洧河汇合后流入贾鲁河。 ③不我思：“不思我”的倒装。 ④狂：痴狂，痴迷。也且：句末语气词，表示加重语气。 ⑤洧：郑国河流，今天河南的双洎河。

进。从溱河到洧河或许看不出递进，但是，从“人”到“士”则是质的飞跃。这种挑战式的爱，真是火辣而让人肃然起敬！——谁说孔子是男尊女卑的始作俑者？他选入这首诗，分明是告诉天下女孩子：我的爱情我做主！

丰

子之丰兮①，俟(sì)我乎巷兮，
悔予不送兮②！

公子好丰润啊，就在巷口等我吧，
真后悔没有送你一程啊！

子之昌兮③，俟我乎堂兮④，
悔予不将兮⑤！

公子好健壮啊，就在堂外等我吧，
真后悔没有跟你一起走啊！

衣锦褧(jiǒng)衣⑥，裳锦褧裳⑦。

希望穿上华丽的衣服和披风，希望穿上华丽的裙子和罩衣。

叔兮伯兮，驾予与行(háng)⑧！

公子啊，公子，多么希望跟着你的车一起走啊！

裳锦褧裳，衣锦褧衣。

渴望穿上华丽裙子和罩衣，渴望穿上华丽上衣和披风。

叔兮伯兮，驾予与归⑨！

亲爱的啊，亲爱的，多么渴望坐上车一起去你家！

这首诗的女主人公性格比较内向，比较矜持，比较优柔，所以错过良机，后来又心急如焚。前面两章是第一部分，写少女曾经因为犹豫而错过了机会。公子你如此丰润，公子你在巷口等我，可是最终自己因为种种原因爽约，后悔没有送你一程；公子你健壮，你已经到了外堂等我，可是最终因为

---

①丰：丰润，好福相。 ②送：相伴而行。迎接某人叫作“逆”。 ③昌：健壮，好身板。 ④堂：大堂。 ⑤将：顺从，跟随。 ⑥锦：锦衣。褧衣：披风、罩衣之类。 ⑦裳（前一个）：穿。锦：丝织品做的裙子。 ⑧与行：一起走。 ⑨与归：与你一起回家。

自己的优柔寡断，遗憾没有跟你走。如果不是姑娘的犹豫，也许美梦能成真，嫁得好郎君。这该是多少少女的悲剧啊，该爱的时候没敢爱，该说的时候不敢说，该送的时候未能送，该走的时候不敢走！三、四两章是第二部分，采取赋的手法，反复渲染姑娘错过机会后的痴狂。因为依然爱着那个男人，所以女主人公想穿着锦衣和披风，穿着裙子和罩衣，跟着心爱的男人一起私奔，一起回家，从此相伴走天涯。真爱珍惜，诚哉斯言。

东门之墠

东门之墠(shàn)①，茹藘(lú)在阪②。	东门之地很平坦，茜草铺满小山坡。
其室则迩③，其人甚远！	你家近在咫尺，感觉远在天边！
东门之栗④，有践家室⑤。	东门之栗很茂密，那里有个好人家。
岂不尔思⑥？子不我即⑦！	难道是我不想你？是你从来都不接近我！

这首诗写的是单相思，少女的单相思。第一章先写东门外之地很平坦，茜草满山坡，这是起兴，也有着某种隐喻：地很平坦但是需要人走，满山都是茜草意味着少女对心中恋人的感情颇为浓烈。接下来就质问：为什么两家近在咫尺，而我们之间仿佛银河横亘，远在天边？具体的原因，作者把无限的空间留给了读者，这种写法类似于中国山水画的"留白"，颇耐人寻味。第二章前两句依然是起兴，东门之外栗子树茂密，我知道那里有个好人家。起兴之后，再次引出质问：哪里是我不想你？是你从来都不理我。到此，谜底解开。接着继续"留白"，把爱情的结局留给读者去想象，去回味。如此，方能体现诗歌的含蓄之美，留白之味。

---

①墠：平地。 ②茹藘：茜草，可以染红色。阪：山坡。 ③迩：近。 ④栗：栗子树。 ⑤践：同"靖"，好，善良。 ⑥岂不尔思：岂不思尔。 ⑦即：接近。

风雨

风雨凄凄[①]，鸡鸣喈(jiē)喈[②]。	风雨凄凄，鸡鸣亲昵。
既见君子[③]，云胡不夷[④]？	已见夫君，说什么心中不宁？
风雨潇潇[⑤]，鸡鸣胶胶[⑥]。	风雨潇潇，鸡鸣欢叫。
既见君子，云胡不瘳(chōu)[⑦]？	已见夫君，说什么病没好？
风雨如晦[⑧]，鸡鸣不已。	风雨如晦，鸡鸣不止。
既见君子，云胡不喜？	已见夫君，说什么不高兴？

相爱需要相拥，相爱需要依偎，相爱需要相惜。单相思幽美，两相思优美，风雨之夜，相爱的人相融唯美。诗歌贵含蓄，诗歌的语言典雅，诗歌的韵味悠长，如此才会余音绕梁。相信很多人读这首诗，都会有会心的喜悦、会心的甜蜜、会心的羡慕。

这首诗的起兴非常唯美。“风雨凄凄，鸡鸣喈喈”，此时此刻，叫她如何不想夫？“风雨潇潇，鸡鸣胶胶”，此情此景，叫她如何不想夫？“风雨如晦，鸡鸣不已”，风雨黄昏，叫她如何不想夫？剩下的“留白”，一切的缠绵悱恻、一切的柔情蜜意、一切的如胶似漆，都留给读者去体味。诗经爱情之唯美如此，怎能叫读者不喜欢？

---

①凄凄：凄清寒凉。 ②喈喈：鸡在寒冷中相互依偎发出的轻微鸣声。 ③既：已经。君子：丈夫，恋人。 ④云：说。胡：什么。夷：平静。 ⑤潇潇：风雨交加。 ⑥胶胶：鸡在暴风雨之中相互依靠依偎时那种亲昵叫声。 ⑦瘳：病愈。 ⑧晦：暴雨中黄昏的幽暗。

子衿

青青子衿[①]，悠悠我心[②]。 你那青色的衣襟，一直萦绕在我心。
纵我不往[③]，子宁不嗣音[④]？ 纵然我不去看你，你难道就不能给我音讯？

青青子佩[⑤]，悠悠我思。 你青青的玉佩，是我绵长的思念。
纵我不往，子宁不来[⑥]？ 就算我不来看你，难道你就不能主动来找我？

挑(tāo)兮达(tà)兮[⑦]，在城阙兮[⑧]。 我徘徊焦急，在城门楼上守候。
一日不见，如三月兮。 一天不见，仿佛三月。

这是一首抒情诗，抒发了一位少女对书生的爱恋之情。艺术上比较突出的特点是借代手法的运用。青青子衿，本指青色的衣领，以此借代穿着青色衣服的读书人，不说人在我心，而说子衿在我心，含蓄蕴藉。青青子佩，也是借代，以书生的玉佩代替书生，你的那块青色的玉佩，寄托着我的情思。第一、二章构成递进，第一章说你不给我音讯，第二章则说你不来找我，要求越来越高，其实是思念越来越深。既然你不给消息，也不来找我，那就只好我去找你。天下之大，书生你在何处呢？我只好在城墙上徘徊，在城楼上等待。那种煎熬，一日如三月！那种煎熬，只有深爱过的人才知道！

---

①子：男子的美称，这里即指“你”，少女的恋人；衿：衣领。青青子衿：读书人的服装。 ②悠悠：情意绵长。 ③纵：纵然。往：去看望你。 ④宁：难道。嗣：同“贻”。音：音信，信息。 ⑤佩：玉佩。 ⑥来：来看望我。 ⑦挑、达：来回快走的样子。 ⑧阙：城门两侧台上供瞭望的楼。

扬之水

扬之水[1]，不流束楚[2]。	奔腾的河水，浮不起一捆荆条。
终鲜兄弟[3]，维予与女(rǔ)[4]。	毕竟没有兄弟，只有我和你。
无信人之言，人实迋女(rǔ)[5]。	不要相信别人的话，他们其实在诓骗你。
扬之水，不流束薪[6]。	悠扬的水，漂不起一捆柴草。
终鲜兄弟，维予二人。	我们没有兄弟，只有你我二人。
无信人之言，人实不信[7]。	不要相信别人的话，他们其实缺乏诚信。

朱熹的《诗集传》认为该诗是夫妻二人相互勉励，不听谗言。朱老夫子此说我倒持赞成态度。谗言止于智者。奔腾的河水，浮不起整捆的荆条，这是起兴也是比喻。为何浮不起？因为整捆的荆条有分量，不会随波逐流；整捆的荆条以及第二章的整捆的柴火，都是比喻夫妻同心、相互信任的力量，犹如激流中的整捆的荆条和柴火，不会在湍急的河流中漂起，这也算是天才的比喻。这种比兴一体的手法，把夫妻间的相互信任、相互尊重、相互珍惜，表现得形象而生动，很容易为读者所接受。这首诗，写出了夫妻之间相爱的原则和艺术！后世读者，当掩卷沉思，夫妻如何相濡以沫，如何白头偕老？

---

①扬：奔腾。②束楚：整束的荆条。③终：毕竟。鲜：少。④维：同"唯"。女：同"汝"。⑤迋：欺骗。⑥束薪：一捆柴。⑦信：诚信。

出其东门

出其东门[①]，有女如云。	走出东城门，美女如云。
虽则如云，匪我思存[②]。	虽然美女如云，但都不在我心中。
缟衣綦(qí)巾[③]，聊乐我员(yún)[④]。	那位戴着青色佩巾的白衣少女，才是我心中的女神。
出其闉阇(yīn dū)[⑤]，有女如荼(tú)[⑥]。	走出外城门，美女如芦花。
虽则如荼，匪我思且[⑦]。	虽然美女如芦花，但都不是我思念的。
缟衣茹藘[⑧]，聊可与娱[⑨]。	那位红佩巾的白衣少女，才能给我带来无限的欢愉。

弱水三千，只饮一瓢。谁说古代的男子三妻四妾，谁说古代男子见异思迁？由古而今，钟情专一的男人还是不乏其人，《出其东门》中的男主人公就是典型。

暮春之初，都城郊外，男女青年，纷至踏青。人海茫茫，人与人的相遇，或者是天安排，或者是缘相聚。无缘，见面不相识；有缘，则一见钟情；这缘分或许是眼缘，蓦然回首，怦然心动，就选定了自己一生的真爱！尽管东门外美女如云，但都不是我的女神，唯独那位白衣红佩巾的少女，才是我的心上人。两章既是赋的铺排，又是重章叠唱，把那种心有所归、心有所依、情有所钟的爱情之美表现得形象而浓烈。

---

①东门：东城门。 ②思存：思恋的存在，犹如保留在记忆深处。 ③缟衣：白色的上衣。綦巾：青色的围巾。 ④聊：且。员：句末语气词。 ⑤闉：城门外的护城，又称“瓮城”。阇：瓮城的门。 ⑥荼：白茅花，一说芦花。 ⑦且：句末语气词。 ⑧茹藘：茜草，可以染红色，此处属于借代手法，指代红色的佩巾。 ⑨娱：欢愉。

野有蔓草

野有蔓草[1]，零露漙(tuán)兮[2]。	野外草色青青，草上露水晶莹。
有美一人，清扬婉兮[3]。	有位美丽姑娘，眉清目秀漂亮。
邂逅相遇[4]，适我愿兮[5]！	我俩不期而遇，适合做我新娘！
野有蔓草，零露瀼(ráng)瀼[6]。	野外草色绵绵，草上浓露沾衣。
有美一人，婉如清扬。	有位美丽姑娘，眼睛如水清亮。
邂逅相遇，与子偕臧[7]！	虽然不期而遇，一起在草丛躲藏！

这是一首优美的恋歌。本诗爱情之美在于一见倾心，一见钟情。两章成功运用赋和兴的手法，描写了少年与少女的青春邂逅。草色青青，露珠晶莹。这是起兴，寓意着青春，寓意着姑娘那会说话的眸子的清扬闪亮，眼睛是心灵的窗户，少年一见钟情，一见倾心，那是因为读到了姑娘的眼睛，那是因为读懂了姑娘的心灵！草色绵绵之地，露重沾衣之际，就这么不期而遇的一瞥，两颗年轻的心怦然冒出爱情的火焰。他们手拉着手，走进了草丛，躲开了人们的视线。爱情不可以用时间来量度，真爱也许不期而遇，相爱也许就在一瞬！

---

①蔓草：形容草色绵绵无边际。 ②零：落。漙：露重成团之状。 ③清扬：眉目清秀。婉：美好。④邂逅：不期而遇，偶然相遇。 ⑤适：适合，符合，满足。 ⑥瀼瀼：形容露水浓厚之状。⑦臧：同“藏”，躲藏。

溱洧

溱(zhēn)与洧(wěi)，方涣涣兮[1]。	溱河与洧河，正好水漫啊。
士与女[2]，方秉蕑(jiān)兮[3]。	少男和少女，拿着兰花啊。
女曰观乎？士曰既且[4]。	少女说："去看看？"少男说："已看过。"
且往观乎。	"那你权当是陪我嘛。"
洧之外[5]，洵訏(xū)且乐[6]。	洧水岸边，场面盛大而且快乐。
维士与女，伊其相谑[7]，	只有少男和少女，他们相互追逐嬉闹，
赠之以芍药[8]。	相互赠送芍药。
溱与洧，浏其清矣[9]。	溱河与洧河，水深而清澈啊。
士与女，殷其盈矣[10]。	少男和少女，人山人海满河滩。
女曰观乎？士曰既且。	少女说："去看看？"少男说："已看过。"
且往观乎。	"那你权当是陪我嘛。"
洧之外，洵訏且乐。	洧河岸边，场面盛大气氛欢乐。
维士与女，伊其将谑[11]，	只有少男和少女，他们相互嬉戏玩笑，
赠之以芍药。	他们彼此赠送芍药。

---

①方：正。涣涣：春天水漫之状。 ②士：少男。女：少女。 ③秉：执。蕑：大泽兰，一种兰花。 ④既：已经。且：同"徂"，往，去。 ⑤外：岸边。 ⑥洵：诚然，的确。訏：大。且：又。乐：快乐。 ⑦伊：语气词。其：他们。相谑：相互调笑嬉闹。 ⑧芍药：一种香草，古时男女郊外见面相互赠送的爱情信物。 ⑨浏：水深而清。 ⑩殷：众多。盈：满。 ⑪将谑：相谑，相互挑逗嬉闹。

朱熹对这首诗的定位是“淫奔者自叙之词”，我不敢苟同。孔子说：“郑声淫。”讲的是郑国的音乐过分了，过分夸张、过分疯狂、过分浪漫等，缺乏某种厚度和稳重。这里的“淫”无论如何不能解释为淫乱。

暮春三月，草长莺飞，江水涣涣，青春四溢。正是一年中男女青年最佳的踏青踏春的日子，正是少男少女怀春的时节，正是男男女女追求真爱的时机。这首诗采用了类似电影镜头移动的手法，一层一层，由远而近，由宏观而微观，由场面而细节，描写浪漫而现实：先写地点——溱河洧河，江水涣涣；次写远景——少男少女，手拿兰花，人山人海，充满河滩；再写对话——去看看，已去过，就当陪我；再次写近景，少男少女，在洧河岸宽敞的地方嬉闹玩笑；最后是特写镜头：几乎每个少男少女，都拿到了心爱的人儿赠送的定情信物：芍药。这是特写，这一束束芍药，见证了溱河和洧河边曾经上演的中国最古老的情人节的盛况。如果时光可以倒流，相信很多读者，很想去凑个热闹！

齐风

鸡鸣

“鸡既鸣矣，朝(cháo)既盈矣[1]。”	“公鸡已打鸣，上朝的人都到了。”
“匪鸡则鸣[2]，苍蝇之声。”	“哪里是公鸡打鸣？明明是苍蝇的声音。”
“东方明矣，朝既昌矣[3]。”	“东方出了太阳，候朝会的人很热闹。”
“匪东方则明，月出之光。”	“哪里是东方出太阳，明明是淡淡的月光。”
“虫飞薨(hōng)薨[4]，甘与子同梦。”	“好像飞虫轰轰，好想与你甜美入梦。”
“会且归矣[5]，无庶予子憎[6]！”	“早朝结束夫君快回，真的不希望你憎恨我。”

成功的男人背后必然有位贤惠的女人，齐国为春秋五霸之一，鼎盛时期的君王大多勤政爱民，国君和后妃当然有值得诗人歌颂和世人称颂的事迹。齐国诸侯是开国功臣姜尚之后，遗传基因非常优秀；但是能否创造霸业，一半取决于齐侯，一半取决于后妃。

诗中的后妃，真的很贤惠。公鸡打鸣，后妃先醒，提醒国君上朝，而国君想赖床，说：“哪里是公鸡打鸣，分明是苍蝇的声音。”后妃没有硬来，毕竟夫君主持一国政务也很辛苦。等到天蒙蒙亮，再次催促夫君上朝，说是太阳出来了；而夫君依然想多睡会儿，就推托说：“哪里是太阳，分明是月光。”诗歌最后一章是夫君惰性与贤妃德性的较量，国君依然沉迷温柔之乡，还想继续与后妃同入美梦。后面的过程是留白，只是结果比较圆满，国

①朝：早朝。既：已经。盈：人满。 ②匪：同“非”。 ③昌：热闹。 ④薨薨：拟声词，犹如轰轰之声。 ⑤会：早朝。且：都。归：回家。 ⑥无庶：不希望。子憎：“憎子”的倒装。

君终于在贤妃的提醒下，顺利主持完朝政，回到寝宫，后妃终于松了一口气：“真的不希望你憎恨我。”

《诗经》作为儒家的教材，这首诗的入选当然有孔子的用意。本诗通过国君与后妃的对话，表现了后妃的贤惠，揭示了齐国曾经辉煌的一个秘密。同时，也在提醒后世的每一个读者：国家兴亡，后妃有责；政事兴旺，夫人有责；家庭兴盛，妻子有责。

还

子之还（xuán）兮①，	您那么矫健啊，
遭我乎猺（náo）之间兮②。	我们相遇在猺山间。
并驱从两肩兮③，	并驾齐驱追两只野兽，
揖我谓我儇（xuān）兮④。	你还作揖夸我敏捷。
子之茂兮⑤，	您的技术那么高超啊，
遭我乎猺之道兮⑥。	我们相遇在猺山道。
并驱从两牡兮⑦，	并驾齐驱追两只雄野兽，
揖我谓我好兮⑧。	你谦虚作揖夸我本领好。
子之昌兮⑨，	您是那样的彪悍啊，
遭我乎猺之阳兮。	我们相遇在猺山南。
并驱从两狼兮，	并驾齐驱追两匹狼，
揖我谓我臧兮。	你却谦虚夸我善良。

这首诗是两个男人间的惺惺相惜，英雄惜英雄，英雄赞英雄。两位年轻的猎人，邂逅在猺山间，在我眼里，你是那么矫健；在你眼里，我是那么敏捷！奔驰在山道，在我眼里，你的本领那么高；在你眼里，我的技术那么

①还：矫健。 ②遭：遭遇，邂逅。乎：在。猺：山名，在今山东淄博境内。 ③从：追赶。肩：同“豜”，三岁的野兽。 ④揖：作揖，见面时的普通礼节，相当于今天的握手。儇：敏捷。 ⑤茂：美，善猎，技术娴熟。 ⑥道：山道。 ⑦牡：雄性的野兽。 ⑧好：本领好。 ⑨昌：彪悍。

好！共同在猛山南逐狼，在我眼里，你是那么彪悍；在你眼里，我是那么善良。齐国男人有如此情怀，难怪齐国有机会成为春秋五霸。读《诗经》也需要传承英雄惺惺相惜的精神。

著

俟我于著乎而①，	在大门与屏风间等我，
充耳以素乎而②，	以白色的丝线悬挂耳坠，
尚之以琼华乎而③！	耳坠就用那美丽的玉石！
俟我于庭乎而④，	在庭院等我，
充耳以青乎而⑤，	以青丝线悬挂耳坠，
尚之以琼莹乎而⑥！	耳坠就用那晶莹的美玉！
俟我于堂乎而⑦，	在厅堂等我，
充耳以黄乎而⑧，	用黄丝线悬挂耳坠，
尚之以琼英乎而⑨！	耳坠就用那如玉的美石！

这是婚礼上的情歌。全诗用赋的手法，层层递进，仿佛电影镜头，由远而近，把新郎逐步凸显出来。从距离判断，三章地点分别是宁、庭、堂。堂在何处？在家庭拜祖宗的地方，在神龛前面，在拜父母和夫妻对拜的地方。三章并不直接描写人物，而是采取以物写人的方式，把新娘心中的新郎逐步展现给读者。三章采取互文手法，白丝线悬耳坠、青丝线悬耳坠、黄丝线悬

①著：同“宁”，大门与屏风之间的地方。乎而：句末语气词，表示感叹。 ②充耳：帽子上悬于两耳旁的玉饰，俗称耳坠子。以：用。素：白色丝线。 ③尚之：缀之，连接。琼华：美玉。 ④庭：庭院。 ⑤青：青丝。 ⑥琼莹：晶莹剔透的美玉。 ⑦堂：厅堂，夫妻拜天地的地方。 ⑧黄：黄丝线。 ⑨琼英：如玉的美石。

耳坠；耳坠的材质，漂亮的美玉可以，晶莹的美玉可以，如果没有，就是那种像玉一样美丽的石头也可以。没有写情，却字字含情。那种见到心上人的迫切之情，溢于言表；那种对于未来生活充满憧憬的幸福，溢于言表。读此诗，我们分明能感觉到西周时期婚姻的相对自由和爱情的相对淳朴。

东方之日

东方之日兮，	日出东方，
彼姝者子①，	有位美丽的姑娘，
在我室兮。	就在我的卧房。
在我室兮，	在我的卧房，
履我即兮②。	轻轻地走近我的身旁。
东方之月兮，	月沉东方，
彼姝者子，	那位美丽姑娘。
在我闼兮③。	在我的小屋。
在我闼兮，	在我的小屋，
履我发(fèi)兮④。	轻轻地走到了卧床。

这首诗描写了少男少女大胆相恋、相爱、相融的画面。在《诗经》的年代，父母之命、媒妁之言和自由恋爱是并行不悖的，有些诸侯国因为战乱人口锐减，还采取类似于今天官方举办男女青年联谊会的方式，为青年男女提供自由恋爱的场地和机会，以促进人口增长。读到《日出东方》这样的诗歌，在伪儒学家们眼里只有一个字——“淫”，在正常人眼里却是另外一个字——“美”。

---

①姝：美。子：女子。 ②履：同“蹑”，步履轻柔。即：接近。 ③闼：寝室旁边的小屋。
④发：同“箧”，竹席。

诗歌第一章以日出东方为背景：在一个阳光明媚的早晨，美丽的姑娘，来到了我的卧房，她轻轻地走近我的身旁。到此为止，作者采取留白的手法，如何倾诉，如何倾听，如何脉脉含情，全都留给读者去想象。日出东方既是起兴，也是背景设置，姑娘就是在朝阳中，来到我的身旁，爱得阳光，爱得自然，爱得坦荡。

第二章月出东方是起兴，也是背景，同时还是时间和感情的递进。相恋了，相爱了，感情进一步深了，彼此渴望耳鬓厮磨，渴望长相厮守。于是在月出东方之际，来到我的小房。甚至，温柔而风情万种地走近了小床。作者到此为止，又是留白，一切都交给读者去想象。这一章，以月亮的清辉作为少女出场的背景，更渲染出这一份自由选择的爱多么朦胧，多么纯洁，多么唯美！

读之，为那种超然物外的唯美爱情，怦然心动！

东方未明

东方未明，颠倒衣裳。	东方未明，颠倒衣服和裙子。
颠之倒之，自公召之[①]。	之所以穿反了衣裳，是因为官家召唤太急。
东方未晞（xī）[②]，颠倒裳衣。	东方未破晓，上衣下衣被颠倒。
倒之颠之，自公令之[③]。	之所以穿反了衣裳，是因为官家命令太急。
折柳樊圃[④]，狂夫瞿瞿（qú）[⑤]。	折柳枝修篱笆，监工怒目圆睁。
不能辰夜[⑥]，不夙（sù）则莫[⑦]。	不分昼夜加班，早晚已分不清。

这首诗描写普通百姓服徭役的劳苦状态，抒发了劳动人民对统治者不尊重人权的愤慨和无奈。前面两章运用赋的手法，描写了戏剧性的起床场面：东方尚未破晓，苦役工就被迫起床；衣服裙子反着穿，那是因为官家的召唤太急，官家的命令太急。第三章则先写劳役的内容和监工的粗暴，接着直抒胸臆，抒发了劳动者对于统治者不尊重人权的奴役管理的强烈愤懑和谴责。

---

①自：因为。公：公家。召：召唤。 ②晞：破晓。 ③令：命令。 ④樊：藩篱，篱笆。圃：菜园。 ⑤狂夫：监工。瞿瞿：怒目圆睁之状。 ⑥不能辰夜：不分昼夜。 ⑦莫：同“暮”，夜晚。

南山

南山崔崔[①]，雄狐绥绥[②]。	南山高峻，雄狐逡巡。
鲁道有荡[③]，齐子由归[④]。	去鲁国的路平坦顺利，文姜嫁给鲁桓公。
既曰归止[⑤]，曷又怀止[⑥]？	既然已经嫁人了，为何还惦记她呢？
葛屦(jù)五两[⑦]，冠緌(ruí)双止[⑧]。	麻做鞋子配一双，系帽带子垂两旁。
鲁道有荡，齐子庸止[⑨]。	去鲁国的道路很平坦，文姜嫁给鲁桓公。
既曰庸止，曷又从止[⑩]？	既然已经嫁给鲁桓公，为何还要放纵自己？
艺麻如之何[⑪]？衡从其亩[⑫]。	种麻该怎么做？纵横翻土耕种。
取妻如之何？必告父母。	娶妻该怎么做？必须告诉父母。
既曰告止[⑬]，曷又鞠止[⑭]？	既然已经告诉父母，为何还要随心所欲？
析薪如之何[⑮]？匪斧不克[⑯]。	砍柴该怎么做？没有斧头不可行。
取妻如之何？匪媒不得[⑰]。	娶妻该怎么做？没有媒人可不行。
既曰得止[⑱]，曷又极止[⑲]？	既然已经明媒正娶，为何还要放纵自己？

---

①南山：齐国山名。崔崔：状山之高峻。 ②绥绥：状狐狸之孤独蹒跚。 ③鲁道：去鲁国的大道。有：句中语气词，无实义。荡：平坦。 ④齐子：指齐襄公的同父异母妹妹文姜。由：从此（鲁道）。归：归宿，引申为出嫁。 ⑤既：已经。止：句末语气助词，无实义。 ⑥曷：为何。怀：思。 ⑦葛屦：用葛麻做的鞋子。五：同“伍”，并列为伍。两：同“緉”，经俩鞋子一双称之为“緉”。⑧冠：帽子。緌：帽子两旁下垂的带子，用来固定帽子。 ⑨庸：用，指嫁给鲁桓公。⑩从：同“纵”，指跟同父异母哥哥有恋情。 ⑪艺麻：种麻。 ⑫衡：同“横”。亩：田垄。⑬告：告诉父母，指通过父母之命、媒妁之言成婚。 ⑭鞠：纵欲。 ⑮析薪：砍柴。 ⑯克：能，可以。 ⑰媒：媒人做媒。 ⑱得：明媒正娶。 ⑲极：放纵。

《毛诗序》说："《南山》，刺襄公也。鸟兽之行，淫乎其妹；大夫遇是恶，作诗而去之。"古今注者基本都同意此说，笔者也认同，笔者不认同的是齐襄公与其同父异母妹妹的关系被简单认定为"淫"。齐襄公与文姜同父异母，并且曾经相爱，后来通过父母之命、媒妁之言，嫁给了鲁桓公，做成了一桩政治婚姻。可是，没有想到，在鲁桓公携妻到齐国省亲之际，却发生了齐襄公与文姜"偷情"的故事。鲁桓公大怒，责怪文姜不守妇道，齐襄公居然将鲁桓公灌醉，并派公子彭生在鲁桓公回国的路上将之扼死。此事传开后，齐国上下深感耻辱，有人作此诗以讽刺齐襄公。为什么说不能简单定义为"淫"呢？我的解释是，襄公和文姜的感情是一段孽缘，是一段孽恋，是一段孽情。这段感情曾经或许可以得到人们的谅解，但是既然已经翻过了这一页，既然文姜已经远嫁鲁国，贵为国君夫人，为何还要一再任感情的潮水汪洋恣肆，为何还要纵容长兄因情杀人，而且杀的是鲁国国君？这才是齐襄公和文姜的错误所在。

诗贵含蓄。这么一件惊天动地的事情，用诗的语言表达，却含蓄而内蕴。"南山崔崔，雄狐绥绥"这是比兴手法的兼用，引出齐襄公与其同父异母妹妹的不伦恋情。"鲁道有荡"，一语双关，言下之意，尽管很多人知道兄妹恋情，但是这个妹妹还是顺利嫁到了鲁国，成为国君夫人。这个结局不错啊，齐襄公，你为何还要惦记你的妹妹呢？

第二章的"葛屦五两，冠緌双止"也是比兴手法，寓意正常的夫妻关系正如一双鞋的左右，系帽带子的两根，拿掉一双鞋的任意一只或拿掉帽带子的任一根都无法正常穿戴。文姜已经嫁人了，乱穿乱扯不出乱子才怪！以比兴手法，把要讲的话讲得形象直白。

第三章和第四章以相同的结构，相似的比兴，引出强烈的谴责，一浪高过一浪。诗人其实并未指责齐襄公与文姜婚前的恋情，只是强烈谴责齐襄公在妹妹嫁人后依然不放手，文姜在嫁人后对哥哥依旧浓情，甚至放纵自己。

甫田

无田甫(diàn)田①，维莠骄骄②。	不要去耕耘太大的田，那里只有丛生的野草。
无思远人③，劳心忉(dāo)忉④。	不要思念远方的人，那会让你茫然失意。
无田甫田，维莠桀(yǒu)桀⑤。	不要去耕种太大的田，那里只有长势凶猛的野草。
无思远人，劳心怛(dá)怛⑥。	不要思念远方的人，会让你内心忧思难当。
婉兮娈兮⑦，总角丱(guàn)兮⑧。	曾经豆蔻年华，曾经束发分丫。
未几见兮⑨，突而弁(biàn)兮⑩。	相隔不久重见，仿佛突然长大。

这是一首少妇思念征人的诗歌。前面两章运用比兴手法，描写了思妇与征人的相思之苦。第一章“无田甫田，维莠骄骄”是起兴，也带有比喻的色彩，形象地告诉读者，男人戍守边疆，家里田地荒芜。田里野草丛生之状何尝不是少妇心情的写照？丈夫远征，妻子独守空房，心乱如麻仿佛田中的野草。自然引出抒情：不要思念远方的人，会让你心中茫然失意。这是正话反说，少年夫妇，情深似海，天各一方，怎能不思念呢？第二章差不多是重章，先起兴且比喻，田中的野草长势凶猛，何尝不是心中的思念日益浓厚？不要思念远方的人，那会让你忧思难当，做得到吗？正话反说情更切、更浓

1. 无：不要。田：同“佃”，治理，耕种。甫田：大田。 ②维：同“唯”。莠：狗尾草，泛指野草。骄骄：状野草丛生。 ③思：怀念。远人：远方的人。 ④忉忉：茫然失意。 ⑤桀桀：野草长势凶猛。 ⑥怛怛：悲伤难当。 ⑦婉、娈：年少美貌。 ⑧总角：古代男孩子头发梳成两个丫髻，称为“总角”。丱：总角两边翘起如树杈状。 ⑨未几：不久。 ⑩弁：古时成人戴的帽子。

烈。最后一章是梦想，是幻想，也可能是事实。古时候，男女成婚年龄比较小，十三岁以上就有可能成婚，离别之时，或许双方都只是大孩子，所以才有“婉兮娈兮，总角丱兮”的感慨，几年不见，忽而都已成人。小别胜新婚，何况征人和思妇经历了生死别离，如今丈夫突然回来，突然从美少年变成俊小伙，其中的幸福与兴奋，当然难以言状。作者采用了留白手法，让读者自己体会和想象。

卢令

卢令令①，其人美且仁②。　　黑犬铃铛响，主人俊美又善良。
卢重环③，其人美且鬈（quán）④。　　黑犬套两环，主人俊美且勇敢。
卢重镅（méi）⑤，其人美且偲（cāi）⑥。　　黑犬大环套小环，主人俊美且多才。

这是一首赞美猎人的诗歌。打猎是古代农耕文明非常重要的生产和生活方式，相对于耕读，打猎更有尚武的作风。齐国是姜尚（姜子牙）的封地，齐人富有尚武精神，那是很自然的事情。这首诗对猎人的歌颂，骨子里透出齐国的尚武之风。这首猎人之歌虽然很短，但是形象生动，气韵活泼，把一个民族的尚武风貌表现得十分活脱；客观上，也折射出原始儒家曾经有文武并重的教育人才目标。中华民族走到今天，十分需要传承和发扬这种尚武精神；民族复兴，没有强大的人民军队，庞大的经济体量，充其量不过是任人宰割的肥硕羔羊。

---

①卢：褐色猎犬。令令：同"铃铃"，拟声词，模拟铃铛的声音。　②人：猎人。　③重环：子母环。　④鬈：勇敢。　⑤重镅：一个大环扣上两个小环。　⑥偲：多才多艺。

敝笱

敝笱在梁[1]，其鱼鲂鳏(guān)[2]。	残破鱼篓在鱼梁，鳊鱼鲲鱼不心惊。
齐子归止[3]，其从如云。	齐国的文姜回家了，随从男女多如云。
敝笱在梁，其鱼鲂鱮(xù)[4]。	残破鱼篓在鱼梁，鲂鱼鲢鱼不心虚。
齐子归止，其从如雨。	齐国的文姜回娘家，随从男女密如雨。
敝笱在梁，其鱼唯唯[5]。	残破鱼篓在鱼梁，大小鱼儿紧相随。
齐子归止，其从如水。	齐国的文姜回娘家，随从男女多如水。

这首诗还是讽刺齐襄公与同父异母妹妹文姜有违伦理的另类爱情，当然讽刺的对象还应该包括文姜的丈夫鲁桓公。全诗三章，结构相似，只换了几个字，这是《诗经》典型的重章叠唱。其实重章叠唱也是赋的一种铺排手法，富有音韵之美，表达感情更加充沛激荡。

三章前两句都是起兴，后两句都是讽刺。“敝笱在梁，其鱼鲂鳏”“敝笱在梁，其鱼鲂鱮”“敝笱在梁，其鱼唯唯”是起兴，也是比喻，鱼篓置于鱼梁本来是捕鱼的，可是因为鱼篓残破，根本没法捕鱼，所以，才任鳊鱼鲲鱼自由通过，鲂鱼鲢鱼自由来往，大鱼小鱼自由进出，如入无人之境。残破的鱼篓犹如不能约束齐襄公和文姜的礼法，形同虚设，他们依然大胆相爱。

---

①敝：残破。笱：竹制的鱼篓。梁：鱼梁，捕鱼的水坝。 ②鳏：鲲鱼。 ③齐子：文姜。归：多指出嫁，此处指归省娘家，即回娘家探亲。止：句末语气词。 ④鱮：鲢鱼。 ⑤唯唯：形容鱼密集首尾接续状。

后面两句颇具讽刺意味：文姜省亲，从者如云；从者如云之中，竟然包括文姜的丈夫鲁桓公，如此“敝笱在梁”是否也暗喻管不住妻子的鲁桓公呢？上下文联系起来，这样理解也不是没有道理。

本诗“意象”创造别具一格。首先，鱼在《诗经》的语境中多有男女之爱的象征意味。其次，三章中相同的位置出现相同的句子，相同的句子的最后一个字组合起来，又是一个奇特的“意象”，“其从如云”“其从如雨”“其从如水”三句最后一字云、雨、水抽出来，加上前面的鱼，很容易让读者连线到云雨之事和鱼水之欢。其意象何其鲜明，却又尽在不言之中，含蓄而韵味悠长。

载驱

载驱薄薄①，簟（diàn）茀（fú）朱鞹（kuò）②。	车马奔驰如飞，竹席竹帘红车盖。
鲁道有荡③，齐子发夕④。	鲁国官道笔直平坦，文姜黄昏就要离开。
四骊（lí）济济⑤，垂辔沵（mǐ）沵⑥。	四匹黑马齐刷刷，马缰垂下软塌塌。
鲁道有荡，齐子岂弟⑦。	鲁国官道直且平，文姜心里乐开花。
汶水汤汤⑧，行人彭彭⑨。	汶水浩浩汤汤，行人熙熙攘攘。
鲁道有荡，齐子翱翔⑩。	鲁国官道平平坦坦，文姜归国如鸟飞翔。
汶水滔滔⑪，行人儦（biāo）儦⑫。	汶水滚滚东流，行人络绎逶迤。
鲁道有荡，齐子游敖⑬。	鲁国官道平直坦荡，文姜马不停蹄。

《齐风》共计十一首，而讽刺齐襄公和文姜这一对冤家情侣的就多达三首——《南山》《敝笱》《载驱》，足见齐国百姓对兄妹不伦之恋深以为痛、深以为耻的心态。孔子严格把关后仍留三首，足见孔子用心之良苦：孔子内心深处恐怕更多的是为鲁桓公深感惋惜和痛心。

---

①载：语气助词。驱：疾走。薄薄：车子疾驰发出的声音。 ②簟：方纹竹席。茀：竹制车帘。朱鞹：用红色皮革制成的车盖。 ③鲁道：通往鲁国的道路。荡：平坦。 ④齐子：齐襄公同父异母妹妹文姜。发：出发。夕：黄昏。 ⑤骊：黑马。济济：整齐而美观。 ⑥沵沵：众多的马缰绳垂下时的松弛状态。 ⑦岂弟：同“恺悌”，快乐。 ⑧汶水：汶河。汤汤：水势浩大。 ⑨彭彭：众多。 ⑩翱翔：本指鸟自由飞翔，此处借指文姜自由进出齐国。 ⑪滔滔：水流疾速的状态。 ⑫儦儦：行人众多。 ⑬游敖：随性漫游。

全诗四章，赋比兴综合运用，极尽渲染文姜的大胆、任性和疯狂之能事。反复铺排，“汶水汤汤，行人彭彭”“汶水滔滔，行人儦儦”是起兴，也有类比的意蕴，暗示着文姜与齐襄公的爱情一如汤汤汶水那么放荡，又如滔滔汶水那么绵长，事实上鲁桓公被杀之后，文姜经常奔驰于鲁齐两国的官道，几近疯狂地追求和享受爱情，对于络绎不绝、熙熙攘攘的行路之人，全无忌惮，全无恐惧，有的只是归心似箭，有的只是勇敢追求，有的只是爱的欢乐。

猗嗟

猗嗟昌兮①，颀而长兮②！	小子茁壮成长啊，身材高挑修长啊！
抑若扬兮③，美目扬兮④！	身形美丽肤柔润啊，双目传神勾魂魄啊！
巧趋跄兮⑤，射则臧兮⑥！	快步轻走有节奏啊，射箭百步可穿杨啊！
猗嗟名兮⑦，美目清兮！	这小子自带气场啊，目光清澈貌清扬啊！
仪既成兮⑧，终日射侯⑨！	身形已经很完美啊，终日射箭在靶场啊！
不出正兮⑩，展我甥兮⑪！	箭无虚发中靶心啊，外甥不愧好儿郎啊！
猗嗟娈（luán）兮⑫，清扬婉兮⑬！	这小子容貌俊俏啊，眉清目秀多妩媚啊！
舞则选兮⑭，射则贯兮⑮！	跳舞都能出其类啊，射箭常把靶心透啊！
四矢反兮⑯，以御乱兮⑰！	四箭齐射同一点啊，箭术高超御敌寇啊！

很多学者说这首诗是讽刺诗，明写齐襄公的外甥鲁庄公相貌堂堂，武艺高超，暗地里讽刺其母亲不守妇道，与同父异母的哥哥同坠爱河。我不以为然，不能把汉代的三纲五常的伦理要求前移到《诗经》的年代，在齐襄公的年代，没有理由让儿子为母亲的爱情负责任。

---

①猗嗟：感叹词。昌：描写少年身体迅速成长之动态。 ②颀：身材高俊。 ③抑：同“懿”，美貌。扬：形容肤色具有弹性之状。 ④美目扬：眼睛传神，勾魂摄魄。 ⑤巧趋：快步轻走。跄：疾走之状。 ⑥臧：善，好，形容射箭技艺高超。 ⑦名：同“明”，光彩照人之状，形容人自带气场。 ⑧仪：仪容，仪态。既：已经。成：完备，完美。 ⑨侯：箭靶子。 ⑩正：靶心。 ⑪展：不愧，诚然。甥：妹妹之子。 ⑫娈：俊俏。 ⑬清扬：眉清目秀。婉：妩媚。 ⑭选：出众。⑮贯：射中且穿透靶心。 ⑯四矢：四支箭。反：反复，指四支箭重叠射中靶心。 ⑰御：抵御。乱：国之动乱。

诗歌的作者也不是齐襄公，而是一个贵族身份的舅父。在舅父眼里，外甥永远是最优秀的。这首诗，成功运用赋的手法，多侧面、多角度、多层次把贵族青年的外美和内秀以及武功表现得光彩照人，令人羡慕。全诗共三章，每一章先写外貌，后写本领。外貌描写呈现动态美：第一章茁壮成长，第二章光彩照人，第三章容貌俊俏。作者眼中的外甥不断成长，越来越俊美，越来越成熟。对眼睛描写十分传神：第一章目光传神，第二章目光清澈，第三章目光妩媚；这正如画家顾恺之的手法："传神写照，正在阿堵中。""阿堵"即是眼睛。德国美学家康德说："眼睛是最能充分流露灵魂的器官，是内心生活和情感的主动性的集中点。"没想到，《诗经》的年代，作者描写眼睛的美学光芒如此强烈，三千年后依然能够投射到每个读者的心田，产生强烈的审美效果，把一个气质绝佳的贵族少年的内心世界，以最美的方式展现给读者。当然，贵族青年的美，不仅仅在于身形，不仅仅在于眼睛，不仅仅在于内心，还在于本领，他不仅步履矫健、舞蹈出色，而且箭术高明，关键时候将挺身而出抗击敌人。

站在孔子诗教的角度，从《齐风》对贵族青年的歌颂和赞美，窥测孔子的教育价值取向，他是提倡贵族教育和追求贵族精神的。孔子自身的成长轨迹就是由平民到贵族的成长，由读书人到士的成功，由士到大夫的飞跃。孔子毕生的教育目标就是把学生培养成君子，培养成士和大夫，培养成为具有贵族精神的人。

魏风

葛屦

纠纠葛屦(jǔ)[1]，可以履霜[2]？	简单缠绕的葛麻鞋，可以踏冰霜？
掺掺女手[3]，可以缝裳[4]？	纤纤素手，可以缝制衣裳？
要之襋(jí)之[5]，好人服之[6]。	缝好衣腰缝好衣领，美人穿上我缝制的衣裳。
好人提提[7]，宛然左辟[8]，	美人悠闲又安适，婀娜转身向左避，
佩其象揥(tì)[9]。	佩戴着象牙头簪。
维是褊(biǎn)心[10]，是以为刺[11]。	只是因为她心地不好，作此诗以讽刺她的傲慢。

这首诗为衣女即兴之作，意在讽刺心地不善且傲慢的贵妇人。诗歌中描写了两个女性，都是用近乎白描手法进行对比描写。第一章对衣女的白描，刻画其在寒冬岁月，衣着单薄。那双简单缠绕的葛麻鞋，可以踏上冰霜？那营养不良而弱不禁风的纤纤之手，可以没日没夜地缝制衣裳？以反问的形式，加强了肯定的语气：做一件贵妇人过冬的衣服，可能是皮革貂裘一类，该是多么艰难啊！第二章对贵妇人的白描——其姿态何其雍容，其身形何其婀娜，其动作何其曼妙，其佩饰何其华贵——这些都与衣女的贫苦、瘦弱、朴素、勤俭形成了鲜明的对比。但是，贵妇人的这一切都是外表。其真实的

---

①纠纠：缠绕之状。葛屦：葛麻鞋。 ②履：踩踏。 ③掺掺：同“纤纤”，形容女性的手纤弱而灵巧。 ④裳：衣服。 ⑤要：同“腰”，衣腰。襋：衣领。 ⑥好人：美人。服：穿。 ⑦提提：安适之状态。 ⑧宛然：曼妙转身之状。辟：同“避”，仿佛避开什么似的。 ⑨佩：佩戴。象：象牙。揥：搔头的工具。 ⑩维：语气词。褊：心地狭窄。 ⑪是以：以是，以这首诗。刺：讽刺，批评。

内心世界，却非常狭窄，缺乏对人的尊重，缺乏对弱者的怜悯，缺乏人之为人的慈悲。因此，第二章最后两句卒章点题：因为她心地不善，所以（我）作诗讽刺她。

从衣女的视角，以白描手法，在对比中将贵妇人的体态、身形、动作、佩饰表现得雍容华贵，却又在卒章豁然指出她心地不善。到底如何不善？作者采取了留白手法，留给读者去想象。今天的读者依然可以想象，现实生活中，的确有很多金玉其外、败絮其中的妇人，无论其如何装扮，如何伪装，如何掩饰，都无法掩盖内心世界的苍白，内心世界的狭窄，内心世界的阴暗，内心世界的不仁，一个不经意的曼妙转身，就把其内心世界的这一切暴露无遗！以笔者的眼光看，女人最美的是慈悲！

汾沮洳

彼汾沮洳(jù rù)①，言采其莫②。	在那汾水的湿地，采摘野菜牛舌头。
彼其之子，美无度③。	心心念念的公子，气质没法描述。
美无度，殊异乎公路④。	气质没法描述，远远胜过管理公车的“公路”。
彼汾一方⑤，言采其桑。	汾水岸边，采摘桑叶。
彼其之子，美如英⑥。	心心念念的公子，俊美如花开放。
美如英，殊异乎公行⑦。	俊美如花，远胜于掌管军车的“公行”。
彼汾一曲⑧，言采其蕢(xù)⑨。	汾水拐弯处，采择泽泻草。
彼其之子，美如玉⑩。	心心念念的公子，品质如同美玉。
美如玉，殊异乎公族⑪。	品质美如玉，远胜于掌管国君车队的“公族”。

这首诗让人很自然联想到汉乐府《陌上桑》，也很自然想到《陌上桑》借鉴了《汾沮洳》的赋比兴的写法。全诗三章，每一章开头的两句都是起兴，同时也勾画了少女思念情郎的背景，意味着少女曾经在汾河的湿地徘徊，曾经在河岸边逡巡，曾经在河流的拐弯处等待，等待一个或许并没有确认爱她的男人。这三章也含有精美的比喻：“美无度”比喻其气质，“美如

①汾：汾水河，黄河最大的支流。沮洳：河边的低湿地带。 ②莫：野菜，牛舌头，又名酸模。 ③美无度：气质气度美得无法形容。 ④公路：掌管普通公共车辆的官员。 ⑤一方：一边。 ⑥英：花，形容仪容。 ⑦公行：掌管戎车（军车）的官员。 ⑧曲：拐角处。 ⑨蕢：草名，泽泻草。 ⑩美如玉：品质如玉纯美无瑕。 ⑪公族：掌管国君车队的官员。

英”比喻其容貌，“美如玉”比喻其品质。气质、容貌、人品三方面都优秀。三章又构成了互文，所以最终的结论是“我”的公子超过公路、超过公行、超过公族。三章整体上看，反复铺排，是典型的赋的手法，把少女对心上人的爱慕之情表现得酣畅淋漓。在少女眼里，他美无度，远胜于公路；他美如英，远胜于公行；他美如玉，远胜于公族。天上没有，地上无双。

园有桃

园有桃[1]，其实之殽（yáo）[2]。	园中有桃，可做佳肴。
心之忧矣，我歌且谣[3]。	心中郁闷，唱歌又颂民谣。
不知我者，谓我士也骄[4]。	不懂我的人，说我骄狂。
彼人是哉？子曰何其[5]？	他说的对吗？你说我怎么办？
心之忧矣，其谁知之？	内心忧虑，有谁能懂我？
其谁知之，盖亦勿思[6]！	谁能懂我，为何想这么多！
园有棘[7]，其实之食[8]。	园中有枣，果实可吃。
心之忧矣，聊以行国[9]。	内心忧闷，姑且离开都邑。
不知我者，谓我士也罔极[10]。	不懂我的人，说我不可捉摸。
彼人是哉？子曰何其？	那人说的对吗？你说该如何应对？
心之忧矣，其谁知之？	内心颇为焦虑，谁能懂我？
其谁知之，盖亦勿思！	谁能懂我，不管那么多！

这首诗和《黍离》是《诗经》中最早的忧国忧民忧时势的诗歌，是中国最早的由士创作的充满哲学智慧的诗歌。《诗经》语境中的“士”与《论语》语境中的“士”，内涵是一致的，所不同的仅仅是《论语》是孔子弟子

---

①桃：桃子。 ②殽：同“肴”，作动词，当佳肴享用。 ③谣：无伴奏清唱。 ④骄：骄狂。
⑤何其：怎么办？ ⑥盖：同“盍”，何不。盖亦勿思：何不不想这些呢？双重否定表示肯定。
⑦棘：酸枣。 ⑧食：吃，享用。 ⑨聊：姑且。行国：离开都城。 ⑩罔极：捉摸不定。

及其再传弟子辑录的孔门师生的谈话录，而《诗经》是孔子为教学编审定稿的经典教材。“士”是什么？是读书人，是有情怀的读书人，是有使命感和责任感的读书人，是有理想信仰并恪守人生价值追求的读书人。正因为如此，他们不可能完全同俗自媚，混同于世俗，他们希望改变世俗。当不被世俗理解、容纳、选择的时候，他们自然就会像屈原一样忧愁，像司马迁一样忧愤。《园有桃》成功地刻画了具有忧患意识和历史使命感的士的形象。

“园有桃，其实之殽”是起兴，同时释放了这样的潜台词：如果选择随波逐流，那么园中有桃，可以作为美味佳肴；别人能混，我也能得过且过。但是，我不能安于现状，必须改变现状。不懂我的人，说我狂妄。他们说得对吗？你说我该如何选择？我内心的忧愁，谁能懂得？我为什么要在乎别人懂不懂我呢？言下之意，必须坚守自己的价值，坚定自己的信仰，坚持走自己的路。这就是不肯随波逐流，不肯被世俗同化的士的生命状态！第二章“园有棘，其实之食”也是起兴，所不同的是第二章诗人决定出走，“聊以行国”。在很多人看来，这行为令人捉摸不定，甚至称得上疯狂。或许，更多的人不理解，但是在士看来，没有人懂自己的忧愁、疯狂，自己也不应该把这些放在心上，必须去追求自己的理想！这就是具有历史使命感和责任感的士的精神追求，这堪称中国最早的士人精神觉醒！

读《黍离》“悠悠苍天，此何人哉”时，我读出来的不仅仅是对故国的思念，也有对时空的迷茫，对历史的困惑，其已经表现出了士大夫阶层那种给予宇宙终极关怀的慈悲情怀；《园有桃》相比《黍离》，悲悯情怀有过之而无不及。

陟岵

陟(zhì)彼岵(hù)兮①，瞻望父兮②。	登上青山，遥望父亲。
父曰："嗟！	父亲仿佛说："唉！
予子行役，夙夜无已。	我儿子在服役，早晚都没有休息。
上慎旃(zhān)哉③！犹来无止④！"	希望你保重身体！早回不要停留在外地！"
陟彼屺(qǐ)兮⑤，瞻望母兮。	登上荒山，遥望母亲。
母曰："嗟！	母亲仿佛说："唉！
予季行役⑥，夙夜无寐。	我小儿子在服役，早晚都很少休息。
上慎旃哉！犹来无弃⑦！"	希望你爱惜身体！不要把老母抛弃！"
陟彼冈兮⑧，瞻望兄兮。	登上山脊，遥望兄弟。
兄曰："嗟！	兄长仿佛说："唉！
予弟行役，夙夜必偕⑨。	我弟弟在服役，早晚与同伴在一起。
上慎旃哉！犹来无死！"	希望你保重身体！千万别死在外地！"

这是一首亲情之歌。服役，在周代是责任，简单定义为该诗是反对徭役或兵役，批评统治者，证据不足。无论是兵役还是徭役，都必须远赴他乡，

---

①陟：登上。岵：有草木的山。 ②瞻：向远处看。 ③上：同"尚"，希望，祈愿。慎：谨慎。旃：之，助词，与"哉"连用加重语气。 ④犹来：还可以归来。无：同"毋"，不要。止：停留在外地，死在外地的含蓄说法。 ⑤屺：无草木的山。 ⑥季：少子，小儿子。 ⑦弃：抛弃，引申为"弃世"，因为不爱惜身体可能造成事故，离开人世。 ⑧冈：较低矮的山脊。 ⑨偕：一起。

都必须远离故土，都有可能出现伤亡，都有可能给家庭留下永远的悲伤。因此，服役者想念父亲，想念母亲，想念兄长，这很正常。作为父母希望儿子健康，作为兄长渴望弟弟不要死亡，这是最正常的伦理。这首诗，以重章叠句的方式反复铺排，发挥想象，借父母兄长之口，把服役者思念故乡、父母，以及父母兄长希望服役者安康的感情，表达得非常阳光，没有怨言，没有讽刺，没有指责。今天读来，真切领会到周代普通家庭对于国事和责任的担当！

十亩之间

十亩之间兮①，	十亩之间啊，
桑者闲闲兮②。	采桑者怡然自乐啊，
行与子还兮③！	我与你一起回到故乡吧！
十亩之外兮④，	十亩之外啊，
桑者泄（yì）泄兮⑤。	采桑者悠闲自在啊，
行与子逝兮⑥！	我与你一起去往桑林吧！

这是陶渊明《归去来兮》的“先秦版”，表达了公职人员对官场的厌倦和对大自然生活的向往之情，这是中国士人最早的独立人格觉醒。其实，从古而今，官场犹如围城，外面的想进来，里面的想出去，陶渊明只不过是第一个留下姓名的归隐者；相比之下，本诗的作者，没有留下姓名，但是字里行间，分明能够感受到他对于桑田生活的强烈向往。也许作者看不惯官场的腐败，也许作者预测到政治动乱即将到来，也许作者真的希望能够活出生命的自我价值，他面对“桑者闲闲兮”“桑者泄泄兮”的诱惑，终于发出了与你一起回故乡，与你一起话桑麻的心声！最终作者有没有选择归隐，与谁归隐，与志同者还是与妻子，这些都不重要，重要的是作者居然在《诗经》的

---

①十亩：概数，表明桑田很大。 ②桑者：采桑的人。闲闲：怡然自乐的样子。 ③行：将要。还：回，到。 ④十亩之外：言下之意，桑田之外依然是桑林。 ⑤泄泄：悠闲自在的样子。 ⑥逝：往，去。

年代就发出了回到故乡、回到自然、回到自我的呐喊。

诗无达诂，这首诗自古以来解读旨趣大相径庭；但是，“作者未必然，读者未必不然”。既然作者的真实取向已经无法考证，那么，我们应该尊重读者的选择权利和选择能力。

伐檀

坎坎伐檀兮[1]，置之河之干兮[2]。	砍伐檀木啊，放在河堤岸。
河水清且涟猗[3]。	河水清澈碧波荡漾。
不稼不穑[4]，胡取禾三百廛(chán)兮[5]？	不播种不收割，怎么可能获得很多束稻谷呢？
不狩不猎[6]，胡瞻尔庭有县貆(huán)兮[7]？	白天晚上不狩猎，怎会有猪獾悬在你厅堂呢？
彼君子兮，不素餐兮[8]！	那些君子啊，他们从来都不会白吃！
坎坎伐辐兮[9]，置之河之侧兮[10]。	砍伐檀树做车辐，檀木放在河岸侧。
河水清且直猗[11]。	河水清澈水波笔直。
不稼不穑，胡取禾三百亿兮[12]？	不播种不收割，怎么可能收获很多稻谷呢？
不狩不猎，胡瞻尔庭有县特兮[13]？	白天晚上不狩猎，怎会有三岁的兽悬在厅堂呢？
彼君子兮，不素食兮！	那些真正的君子啊，他们从来都不会白吃！

---

①坎坎：伐木声。檀：檀树，檀木。②干：河岸。③涟：波纹。猗：语气词，无实义。④稼：播种。穑：收割。⑤胡：怎么。廛：束。⑥狩：冬季捕野兽。猎：夜间捕野兽。⑦尔庭：你的庭院。貆：猪獾。⑧素餐：白吃。⑨辐：车轮中连接车轮与车轴的直木。⑩侧：河岸旁边。⑪直：直线的波纹。⑫亿：万万为亿，极言其多。⑬县：同“悬”。特：三岁的兽。

坎坎伐轮兮[14]，置之河之漘(chún)兮[15]。	砍伐檀树做车轮啊，放在河岸水旁边啊。
河水清且沦猗[16]。	河水清澈水波偶尔有漩涡。
不稼不穑，胡取禾三百囷(qūn)兮[17]？	不播种不收获，怎会获得满仓的粮食呢？
不狩不猎，胡瞻尔庭有县鹑兮[18]？	白天晚上不狩猎，怎会有鹌鹑悬挂在厅堂呢？
彼君子兮，不素飧兮[19]！	那些真正的君子啊，他们从来不会白吃熟食！

这是中国流传下来的最早的励志诗歌。儒家伦理哲学重要的人格范畴就是君子，孔子儒家认为圣人高不可攀，贤人也比较少见，能够见到君子很满意，能做君子是追求。这首诗入选《诗经》成为经典，其实有孔子教育人格理想的追求——鼓励后世读者做君子，而不做不劳而获的小人。

三章每一章的前三句，都以砍伐檀树放在河边，河水清澈起兴，别有寓意。檀树质地坚硬，砍伐不容易，一分辛劳一分收获；君子做事当如伐檀，不可以投机取巧，没有捷径可走。“河水清且涟猗”“河水清且直猗”“河水清且沦猗”，都是起兴的一部分，同时也寓意着，君子对此应该心清如水，心明如镜。接下去的内容就很好理解了：不播种不收割，怎么可能获得那么多粮食？白天晚上不狩猎，怎么可能获得那么多猎物？真正的君子从来都不白吃！

本诗艺术特色也是赋比兴的综合运用，三章结构相似，重章叠唱，意在渲染和强化；“不稼不穑”“不狩不猎”“彼君子兮”等叠句复沓，形成了强大的逻辑征服力，让读者除了坚信作者的启发别无选择。

---

⑭轮：车轮。⑮漘：河岸靠近水的地方。⑯沦：漩涡式的波纹。⑰囷：圆形谷仓。⑱鹑：鹌鹑。⑲飧：熟食。

硕鼠

硕鼠硕鼠[1]，无食我黍[2]！	硕鼠硕鼠，不要吃我的黍！
三岁贯女[3]，莫我肯顾[4]。	多年来侍奉你，从来都不眷顾我。
逝将去女，适彼乐土[5]。	我发誓要离开你，去到那乐土，
乐土乐土，爰得我所[6]。	乐土啊乐土，那里是我的归宿。
硕鼠硕鼠，无食我麦！	硕鼠啊硕鼠，不要吃我的麦。
三岁贯女，莫我肯德[7]。	多年侍奉你，从来都不肯对我好。
逝将去女，适彼乐国[8]。	发誓离开你，去到那乐国。
乐国乐国，爰得我直[9]。	乐国啊乐国，那里是我追求的国度。
硕鼠硕鼠，无食我苗[10]！	硕鼠啊硕鼠，不要吃我的苗！
三岁贯女，莫我肯劳[11]。	多年侍奉你，你从不表示慰劳。
逝将去女，适彼乐郊。	发誓离开你，去到那乐郊，
乐郊乐郊，谁之永号[12]？	乐郊啊乐郊，在那里谁还会悲戚地呼号？

这首诗的主旨古今没有大的分歧，《毛诗序》说："国人刺其君重敛，蚕食于民，不修其政，贪而畏人，若大鼠也。"后世学者、读者基本上都沿

①硕鼠：大老鼠。 ②黍：黄米。 ③三岁：多年。贯：侍奉；女：同"汝"。 ④顾：眷顾。莫我肯顾："莫肯顾我"的倒装。 ⑤适：去。 ⑥爰：那里。所：地方。 ⑦德：以……为德，以……为恩德。 ⑧乐国：快乐的国度。 ⑨直：同"值"，值得我去的国度。

着这个方向去解读和欣赏。我也认同这种解读，《诗经》是周天子采风制度的产物，站在天子的角度，通过民歌了解各个诸侯国的政治得失，当然比关起门来听汇报要直观得多，可信得多。站在《诗经》选编者孔子的角度，他推崇周文王、周武王、周公的王道，君主修仁德，行仁政，“则四方之民襁负其子而至矣”，而不是走向反面，老百姓如诗中所描绘的那样都发誓要逃离这个国家。

这首诗艺术上突出的特点也是赋比兴综合运用。“硕鼠硕鼠，无食我黍”，是起兴，那是因为触景生情；是比喻，那是因为贪吃肥胖的老鼠和贪婪成性的统治者有着本质的相似。我侍奉你多年，你却不肯对我有所眷顾。因为统治者的无情无义，所以，百姓才发誓要逃离；可是，逃离只是一种理想，只是一种向往，“普天之下，莫非王土；率土之滨，莫非王臣”，现实是去无可去，逃无可逃，最后就只有殊死一搏。全诗三章，结构相似，只换了少数字词，整体上既是赋的手法，也是重章叠唱，通过层层铺排，表达了对统治者贪得无厌的强烈谴责和无限愤慨。

唐风

蟋蟀

蟋蟀在堂，岁聿其莫[1]。	蟋蟀在厅堂，又到一年终。
今我不乐，日月其除[2]。	不可及时寻乐，日月不等我。
无已大康[3]，职思其居[4]。	不要太享受，常思职责所在。
好乐无荒[5]，良士瞿(jù)瞿[6]。	享乐不过头，君子勤勉上进。
蟋蟀在堂，岁聿其逝。	蟋蟀在厅堂，又到年终了。
今我不乐，日月其迈[7]。	不可及时行乐，岁月从不待人。
无已大康，职思其外。	不要太过分，常想可能的意外。
好乐无荒，良士蹶蹶[8]。	享乐不要过分，君子要干练敏捷。
蟋蟀在堂，役车其休[9]。	蟋蟀在厅堂，役车回修整。
今我不乐，日月其慆(tāo)[10]。	不可及时行乐，岁月匆匆逝去。
无已大康，职思其忧。	不要太过分，常有忧患心。
好乐无荒，良士休休[11]。	享乐不过度，君子燕处超然。

这首诗的作者既不是君王，也不是普通老百姓，而是士大夫。周代早期的士大夫阶层，很多人传承周公的遗风，以民为本，自律自觉。这首诗既是士大夫人生的觉悟和觉醒，也是士大夫对年轻人的勉励。

---

[1]聿：语气词。莫：同“暮”，晚，年终。 [2]除：流逝。 [3]无：毋。已：过分。大：同“太”。康：享乐。 [4]职：常。居：处境。 [5]无荒：不能荒废。 [6]瞿瞿：勤勉。 [7]迈：走了。 [8]蹶蹶：干练敏捷。 [9]役车：服役的车子。休：停下来。 [10]慆：逝去。 [11]休休：安闲自在。

“蟋蟀在堂，岁聿其莫”“蟋蟀在堂，岁聿其逝”“蟋蟀在堂，役车其休”，是起兴，也是氛围创设：冬季，大自然进入休眠，靠天吃饭的人们自然也进入了冬休和娱乐的状态。这种农耕文明的生活方式一直延续到现在。问题是，有识之士如何度过这漫长的冬季呢？周代士大夫阶层，已经意识到不可以及时行乐，时光如流水飞逝，不可以过分安逸，而是要想想自己职责所在，不要忘记自己的追求，保持警惕，保持勤奋，保持恬静，不要在快乐享乐中忘记了责任和理想。读这首诗，对每一个读者都是一种警醒：人生最强大的敌人不是别人，也不是大自然，而是自己。先民于周代已经有了这种战胜自我的自觉和超越自我的追求，难能可贵。

自从有长假以来，我足不出户，读书著述从无例外；若非如此，哪里有《论语心读》畅销？哪里有《诗经心读》面世？动物可以选择冬眠度过漫长的冬天，植物可以选择休息度过漫长的冬天，但是，人类却不可以在冬天过分享乐而荒废生命，这正是人类与动物的一个显著区别。

山有枢

山有枢(ōu)①，隰有榆②。	山上有刺榆，洼地有白榆。
子有衣裳，弗曳弗娄③。	你有衣裳，不肯穿戴。
子有车马，弗驰弗驱④。	你有车马，不肯驰驱。
宛其死矣⑤，他人是愉⑥。	等你死了，他人享受。
山有栲(kǎo)⑦，隰有杻(niǔ)⑧。	山上有山樗，洼地有檍树。
子有廷内⑨，弗洒弗扫。	你有庭院和房子，不肯洒扫。
子有钟鼓，弗鼓弗考⑩。	你有钟鼓，不肯敲击。
宛其死矣，他人是保⑪。	等你死了，他人占有。
山有漆⑫，隰有栗⑬。	山上有漆树，洼地有栗树。
子有酒食，何不日鼓瑟⑭？	你有酒食，为何不终日击鼓弹瑟？
且以喜乐，且以永日⑮。	姑且快乐，姑且终日。
宛其死矣，他人入室⑯。	假如你死了，他人将入住你的房子。

本诗算是人生哲理诗，并非传统解读者定位的讽刺诗。诗歌根本不是讽刺那种吝啬鬼，而是以诗歌的方式，倡导一种积极的处世态度：物尽其用，

---

①枢：刺榆。 ②隰：低洼地。榆：白榆。 ③曳：拖着。娄：提着。 ④驰、驱：都是赶着马前进。 ⑤宛：宛如。 ⑥愉：快乐。 ⑦栲：山樗（chū），即臭椿树。 ⑧杻：檍树。 ⑨廷：庭院。内：内室。 ⑩考：敲击。 ⑪保：占有。 ⑫漆：漆树。 ⑬栗：栗树。 ⑭日：天天，每日。鼓瑟：均作动词，击鼓弹瑟。 ⑮且：姑且。永日：终日。 ⑯入室：入住房子。

人尽其才，死得其所。全诗三章，开始两句都是起兴且蕴含某种讽喻意味。“山有枢，隰有榆”“山有栲，隰有杻”“山有漆，隰有栗”都是起兴，并非与后文的内容丝毫没有关联，而是有很深的寓意，有存在主义的哲学取向，存在具有客观性，存在具有自身的价值；而且刺榆、白榆、山樗、檍树、漆树、栗树的选择都取其共性——坚硬，这种共性用以比喻人性的执着。有衣服就要穿戴，有车马就要驱驰，否则你死了，别人享受。有庭院就要打扫，有钟鼓就要击打，否则你死了，这些都是别人的。有酒食，为何不终日鼓瑟而歌？人生在世就要快乐地活着，在快乐中永生，否则你死了，别人就会搬进你的屋子——你此生岂不是白活了？每一章最后一句，似乎都很悲催，其实是以这种人所共知的悲催启发人们，人生颇短，不可以及时行乐，需要执着追求，需要积极作为，需要热爱事业，需要热爱生活；否则死不得其所，一世白活！诗歌作者倡导的，恰恰不是字面上的及时行乐，而是人尽其才，物尽其用，活出生命的真实与精彩！

扬之水

扬之水[1]，白石凿凿[2]。	河水悠扬，白石闪亮。
素衣朱襮(bó)[3]，从子于沃[4]。	白衣朱纹，相约小河旁。
既见君子，云何不乐？	终于见到公子，说什么不心花怒放？
扬之水，白石皓皓[5]。	河水悠扬，白石光亮。
素衣朱绣[6]，从子于鹄(hú)[7]。	白衣红纹，相会小河旁。
既见君子，云何其忧？	终于见到公子，说什么还有忧伤？
扬之水，白石粼粼[8]。	河水悠扬，白石晶晶亮。
我闻有命[9]，不敢以告人！	我听你的吩咐，偷偷幽会不敢张扬！

这首诗赋比兴综合运用，把少男少女春心萌动，初次相遇的美丽爱情，描写得生动形象。扬之水，白石凿凿、白石皓皓、白石粼粼，是起兴，同时也是比喻，以河水的清澈悠扬和河底白石的洁白闪亮，比喻这一对少男少女洁白无瑕、纯洁美丽的爱情，再形象不过，再唯美不过。三章在整体上又是赋的手法，反复铺陈，反复咏叹，把如水清纯、如石洁白的爱情，表现得十分淳厚而唯美！

①扬之水：悠扬缓慢的流水。 ②凿凿：鲜明。 ③素：白。襮：绣有装饰花纹的衣领，诸侯服饰。 ④子：你，此处指情郎。沃：曲沃，此处泛指小河小溪。 ⑤皓皓：洁白。 ⑥朱绣：红边衣领上的花纹。 ⑦鹄：同“沃”，泛指小河小溪。 ⑧粼粼：波光闪烁。 ⑨命：嘱咐。

椒聊

椒聊之实[1]，蕃衍盈升[2]。	花椒结子，繁盛满升。
彼其之子，硕大无朋[3]。	那位少妇，丰满无双。
椒聊且[4]，远条且[5]。	花椒串串，永远芬芳。
椒聊之实，蕃衍盈匊（jū）[6]。	花椒结子，繁盛合捧。
彼其之子，硕大且笃[7]。	那位少妇，丰润稳重。
椒聊且，远条且。	花椒串串，永远芬芳。

这是一首赞美妇女丰满之美的诗歌，当然有祝福妇女多子多福的意蕴。《诗经》的年代，人们的审美，包括爱情审美观，带有很强的实用理性色彩。也许先民有经验：弱不禁风、身姿袅娜的女人往往子孙稀少，而身材厚实丰满的女人往往子孙繁盛，时至今日中国农村依然普遍认同这种观点。

第一章“椒聊之实，蕃衍盈升”是起兴也是比喻，以花椒的结子繁多，比喻少妇多子多福的命运。“彼其之子，硕大无朋”，直观描绘这位少妇的丰满无双，预示着她好生养。最后两句“椒聊且，远条且”，是比的手法，以花椒串串，清香悠扬，比喻少妇子孙满堂，福泽永远。第二章是重章叠唱，只换了三个字，但是“硕大且笃”中的“笃”字已经与第一章的“朋”产生了递进，“硕大无朋”强调的只是外形的丰满无双，而第二章已经是对

①椒：花椒，以花椒比喻妇人多子。聊：聚合成串。实：结子。　②蕃衍：繁盛。盈：满。升：容器，容量比斗小。　③硕：大。朋：比。　④且：语气助词，无实义。　⑤远条：香气持续飘溢。⑥匊：同“掬”，双手合捧。　⑦笃：笃实。

少妇品性的赞美，不仅丰满，不仅丰润，而且笃实，而且稳重。这么有福相的少妇，自然会儿孙满堂，幸福永远！

在生产力尚不发达的《诗经》年代，人当然是绝对重要的生产力因素；人们的审美离不开人类的繁衍，儿孙满堂是家族发展的期望，“硕大且笃”自然成为对少妇的审美理想。我以为，中国男人审美取向的变化，与中国文化的盛衰似乎有某种神秘的关联：《诗经》年代以丰满为美，所以才有温柔敦厚的周代文明；《乐府》年代以丰满为美，所以才有光芒四射的大汉文明；《唐诗》年代以丰满为美，所以才有辉煌灿烂的盛唐文明。

绸缪

绸缪(móu)束薪[①]，三星在天[②]。	缠绵柴薪束，参星当空明。
今夕何夕，见此良人[③]。	今夜是何日，见到心上人。
子兮子兮，如此良人何？	你呀你呀，我将怎样爱你呢？
绸缪束刍[④]，三星在隅[⑤]。	缠绵青草束，参星在角隅。
今夕何夕，见此邂逅。	今夜是何日，你我邂逅好幸福。
子兮子兮，如此邂逅何？	你呀你呀，柔情似水如何度？
绸缪束楚[⑥]，三星在户[⑦]。	缠绵荆条束，参星在门户。
今夕何夕，见此粲者[⑧]。	今夜是何日，相拥美少女。
子兮子兮，如此粲者何？	你呀你呀，春宵千金如何度？

这是描写夫妻生活的爱情诗。在《诗经》的年代尚不见一夫多妻的痕迹，也不见妻妾成群的踪迹，夫妻之间如何相爱，自然成了先民的伦理问题。

全诗三章，反复咏唱，是赋的手法。第一章头两句“绸缪束薪，三星在天”缠绵捆柴，是借物起兴，其实讲的就是黄昏之后，夜深人静，夫妻爱意顿生，相互拥抱，缠绵不已。妻子感觉无限幸福，开始诉说：今天是哪一天

---

①绸缪：缠绕。束薪：原意为捆柴，比喻夫妻情意缠绵之状。 ②三星：参宿三星。 ③良人：好人，古代女子称丈夫为良人。 ④束刍：捆青草，寓意夫妻恩爱缠绵。 ⑤隅：角落。 ⑥束楚：捆荆条，寓意夫妻恩爱缠绵。 ⑦户：门。 ⑧粲者：美丽动人的人。

啊，此时此刻这么幸福的拥抱着你！你呀你呀，叫我如何爱你才好呢？这是情到浓时的说法：爱你爱得不得了，爱你爱得不知怎么办。相知相爱，柔情似水，当然忘了这个世界！

第二章开头两句“绸缪束刍，三星在隅”也是起兴，参星已经到了天空的角落，暗示时光飞逝，已进入深夜了，夫妻依然相拥，依然相融，彼此忘了时间，彼此忘了世界，心中只有对方，于是夫妻二人同时感慨：“你呀你呀，这场邂逅如何结束？”这当然是夫妻生活的情话，久别胜新婚，他们只是一种设想的“邂逅”，由此而调出爱的激情，让彼此更加陶醉！

第三章“绸缪束楚，三星在户”依然是起兴，缠绵捆荆条，参星在门户，斗转星移，夜深露重，万籁俱静，两个相爱的人真的忘了全世界，或许脉脉含情，或许情意绵绵，但最终丈夫主动一些，感慨万分：今夜是何日？让我温柔怜惜拥你入怀。你呀你呀，我真的不知道怎么爱你才让你满意！

平淡夫妻，如胶似漆。人间至爱，莫过于此。

杕杜

有杕(dì)之杜[1]，其叶湑湑(xǔ)[2]。	甘棠独立于原野，远望是浓密的树叶。
独行踽踽(jǔ)[3]，岂无他人？	孤独徘徊于旷野，难道是没有同行者？
不如我同父[4]。	不如同父兄弟那么知已。
嗟行之人[5]，胡不比焉[6]？	唉，孤独的远行人，为何没有人亲近？
人无兄弟，胡不佽(cì)焉[7]？	虽然没有兄弟，为何没有人帮助你？
有杕之杜，其叶菁菁(jīng)[8]。	甘棠独立于原野，远眺是浓郁的树叶。
独行茕茕(qióng)[9]，岂无他人？	孤独无依地行走，难道是没有同伴？
不如我同姓。	只是不如同姓知已。
嗟行之人，胡不比焉？	唉，孤独的行者，为什么没有人亲近呢？
人无兄弟，胡不佽(cì)焉？	虽然没有兄弟，怎么会没有人帮助你？

这首诗的旨趣在于探索人类如何面对孤独，如何评价孤独。作者应该是士大夫之流，应该是士人，应该是读书人，应该是一个有个性、有追求的读书人。“有杕之杜，其叶湑湑”“有杕之杜，其叶菁菁”都是起兴，也都是比喻。甘棠独立于旷野，何其孤独，其叶茂盛，生命力又何其旺盛。目睹甘棠的孤独，自然联想到自己的孤独。自己孤独远行，难道是没有朋友？不

---

①有：语气词。杕：独立，孤独。杜：棠梨树，即甘棠。 ②湑湑：形容草木茂盛之状。 ③踽踽：孤独行走之状。 ④同父：未出五服的同族男丁，均可称之为“同父”。狭义就是指同父兄弟。 ⑤嗟：感叹词。行：大路。 ⑥比：亲近。 ⑦佽：帮助。 ⑧菁菁：茂盛之状。 ⑨茕茕：孤独无依无靠。

是的，只是因为没有兄弟一样的知己而已。在古代，交通不便，沟通不畅，人与人之间的交流往往局限于家族和近邻；再远一些，相互了解的并不多。孤独的远行人，为何没有人亲近？虽然没有兄弟，为什么没有人帮助？“德不孤，必有邻。”如果德行完美，助人为乐，自然会有朋友，所谓“四海之内，皆兄弟也”，如果按照儒家向内求的道德原则，没有人亲近，没有人帮助，无非是两个原因：一个是德行不够，没有人格凝聚力；一个是孤傲所致，自绝于世俗，不肯同流合污，不肯同俗自媚。到底作者属于哪一种呢？答案只能读者自己选择。战国时期的屈原，面对孤独，选择了高洁高雅，选择了洁身自好，选择了不同俗自媚。陈天华虽有心报国，但是面对自己的呐喊没人响应，自己的痛苦无人理解，国人沉睡在铁屋子里敲都敲不醒，他选择自绝于世俗和世界，用死亡这种特殊的“孤独远行”唤醒四万万同胞。英雄常常孤独，哲人常常孤独，普通人也常常孤独。如果让我选择，我的答案是：宁可孤独，也不媚俗！

羔裘

羔裘豹祛（qū）[1]，自我人居居[2]！　　羔皮衣豹纹袖，对我傲慢无礼！
岂无他人？维子之故[3]。　　难道没人喜欢我？只因深深爱着你。

羔裘豹褎（xiù）[4]，自我人究究[5]！　　羔皮衣豹纹袖，对我如此厌倦！
岂无他人？维子之好[6]。　　难道没人爱上我，只因我们曾共患难。

这是一首爱情独白诗。恋爱往往分为四个阶段：初恋、热恋、平淡、结婚。初恋，往往来得不知不觉，静悄悄地，莫名其妙地，爱就来了；热恋，往往如痴如醉，如胶似漆，一刻也不能分离，天天发誓不离不弃；平淡，恋爱必经之路，往往来得非常理智，是热恋之后的冷却。或许对于女人来说，爱是生活甚至生命的全部，而对于男人来说却是生活甚至生命的动力，男人除了爱之外还有责任。爱情能否走进婚姻的殿堂，关键是在平淡期的感觉和判断，此时此刻，如果缺少理解，这爱的故事将基本没有下文。诗中的女主人公，也许是在爱的平淡期，对自己爱恋的对象没有了信心，于是唱出了内心的独白：难道没有人喜欢我？只因为我深深爱着你！难道没有人喜欢我？只因为我们曾经共患难。这是批评？是指责？其实，都不是，是独白，是迷茫，是彷徨。就像现代人恋爱，女方往往要重复一万遍：你到底爱不爱我？这种自己不厌其烦，对男人而言不胜其烦的问题，与诗中的女主人公的问题如出一辙。

---

①羔裘：羔羊皮衣。祛：袖口。　②自：对。我人：我本人。居居：同“倨倨”，傲慢无礼。
③维：同“唯”。　④褎：同“袖”。　⑤究究：厌恶，厌倦。　⑥好：爱恋。

鸨羽

肃肃鸨(bǎo)羽[1]，集于苞栩[2]。	野雁飞翔，栖止在浓密的柞树林。
王事靡盬(gǔ)[3]，不能蓺稷黍[4]。	王事繁忙，不能种植谷粮。
父母何怙(hù)[5]？	父母靠谁来赡养？
悠悠苍天！曷其有所[6]？	苍天啊苍天！何时才能重返故乡？
肃肃鸨翼[7]，集于苞棘。	野雁飞翔，栖止浓密的酸枣林。
王事靡盬，不能蓺黍稷。	王事繁忙，不能种植谷粮。
父母何食？	父母哪有口粮？
悠悠苍天！曷其有极[8]？	高远的苍天啊！这种徭役何时才能收场？
肃肃鸨行(háng)[9]，集于苞桑。	野雁飞翔，栖于浓密的桑林。
王事靡盬，不能蓺稻粱。	王事繁忙，不能种植稻粱。
父母何尝[10]？	拿什么给父母品尝？
悠悠苍天？曷其有常[11]？	高远的苍天啊，生活何时才能正常？

该诗是典型的时事讽刺诗，讽刺当时晋国政治昏暗，徭役繁重，民不聊生，民怨沸腾。全诗三章，整体上属于赋的铺排，每一章又先比兴开头，

①肃肃：鸟起飞扇动翅膀的声音。鸨：野雁。 ②集：栖止。苞：浓密。栩：柞树。 ③王事：国家的事情，诸侯国的事情。靡：没有。盬：闲暇。 ④蓺：种植。稷：谷类植物。 ⑤怙：依靠，依赖。 ⑥所：安生的处所。 ⑦翼：翅膀。 ⑧极：终点。 ⑨行：同“航”，飞行。 ⑩尝：鉴别滋味，吃。 ⑪常：正常的生活。

然后抒情。野雁飞翔，栖于柞树林、栖于酸枣林、栖于桑树林，这是作者的匠心独运，既是比喻，又是起兴。野雁本性是栖于沼泽、栖于湖泊、栖于江河，而本诗却说他们栖于树林；农民本职是种田，可是王事繁忙，让他们远离农村，远离故土，服着无穷无尽的繁重徭役。这种比喻何其富有新意而深刻。每一章，在比兴之后，都发出了振聋发聩的质问：王事繁忙，不能种粮，如何赡养父母？悠悠苍天，这样的徭役何时才能结束？何时才能回故乡？何时才能收场？何时才能正常？王事与家事如此对立，忠与孝如此矛盾，不可兼顾，不可调和。诗歌的背后是统治阶级的穷奢极欲，是晋国政治的昏庸无能，是社会孕育新的变革。《诗经》是采风的产物，虽然是文学作品，但是政治始终是文学的基本范畴，人民始终是文学作品的主角。读诗，也可以知兴替！

无衣

岂曰无衣？七兮[1]。
不如子之衣，安且吉兮[2]！

怎能说没有衣服？不可胜数。
不如你亲手做的，又舒适又有风度！

岂曰无衣？六兮[3]。
不如子之衣，安且燠(yù)兮[4]！

怎能说没有衣服？不可胜数。
不如你亲手做的，舒适又暖和！

这是一首怀念亡妻的诗。全诗两章，重章叠唱，荡气回肠，表达了作者的忧伤。后世太多作品指责男人喜新厌旧，其实未必皆如此。俗话说，衣服是新的好，人是旧的好。衣服不可谓不多，不可胜数又怎么样？但是，却不是已故的爱人亲手所缝制，自然感觉不到那种爱的温馨，爱的味道。认真想一想，不是新衣服不如旧衣服，或许是新人不如旧人；再深入想一想，不是新人不如旧人，而是因为夫妻相知，夫妻情真！虽是小诗，感人至深！

---

①七：概数，言其多。 ②安：适合，舒适。吉：美，有风度。 ③六：概数，言其多。 ④燠：暖和。

有杕之杜

有杕之杜[①]，生于道左[②]。	孤独的甘棠，独立于道旁。
彼君子兮，噬肯适我[③]？	心上人啊，你为什么不来看望？
中心好之[④]，曷饮食之[⑤]？	你既然喜欢我，为何不轰轰烈烈爱一场？
有杕之杜，生于道周[⑥]。	孤独的甘棠，独立于道旁。
彼君子兮，噬肯来游[⑦]？	心上人啊，为何不来交流？
中心好之，曷饮食之？	既然心中喜欢我，为何不敢长相守？

这是一首相思恋歌。全诗两章，整体属于赋的铺排手法，同时兼容比兴，以少女的口吻，把对爱的渴望，表现得生动形象，含蓄蕴藉，回味无穷。“有杕之杜，生于道左”是起兴，也是比喻，这孤独的甘棠，又何尝不是道边等待情郎的姑娘？因为爱“过尽千帆皆不是”，因为爱“拣尽寒枝不肯栖”，因为爱而孤独地等待和盼望。比兴之后，是少女深情呼唤：情郎啊情郎，为何不来看望？既然喜欢我，为何不轰轰烈烈爱一场？情郎啊情郎，为何不来交流？既然真心爱我，为何不敢与我长相厮守？就算是放在现代，姑娘敢讲出来的情话，也不过如此。西周时期，爱情何等奔放！

①杕：孤独之状。杜：甘棠树，一说棠梨树。 ②左：泛指道旁。 ③噬：句首发语词，表示反诘语气。适：到。 ④中心：心中。 ⑤饮食：招待，引申为相爱相融。 ⑥周：同“右”。 ⑦噬：同“逝”，语气助词，无实义。游：交往，交游，交流。

葛生

葛生蒙楚[1]，蔹(liǎn)蔓于野[2]。	葛藤覆盖荆条，白蔹蔓延原野。
予美亡此[3]，谁与独处！	丈夫不在了，我与谁单独相处！
葛生蒙棘[4]，蔹蔓于域[5]。	葛藤覆盖酸枣，白蔹蔓延坟地。
予美亡此，谁与独息！	丈夫不在了，我与谁单独休息！
角枕粲兮[6]，锦衾烂兮[7]。	兽角枕头好灿烂，绸缎被子好鲜明。
予美亡此，谁与独旦[8]！	丈夫不在了，我与谁相守到天明！
夏之日，冬之夜。	夏天的白昼很难熬，冬天的夜晚很漫长。
百岁之后，归于其居[9]！	我离开世界之后，就回到丈夫的墓穴。
冬之夜，夏之日。	冬天的夜晚好漫长，夏天的白昼好难熬。
百岁之后，归于其室[10]！	我离开这个世界后，就回到丈夫的墓穴！

这是一首悼亡诗，是中国诗歌史上流传下来的最早的悼亡诗，也是一首歌颂忠贞的爱情诗。此诗，标示着中国女性对于爱情忠贞的伦理自觉。

---

①葛：葛藤。蒙：覆盖。楚：荆条。 ②蔹：白蔹，类似爬山虎的草本植物。蔓：蔓延。 ③美：美好的人，心爱的丈夫。亡：不在。 ④棘：酸枣树。 ⑤域：坟地。 ⑥角枕：用兽角做的枕头。粲：灿烂。 ⑦锦衾：绸缎做的被子。烂：鲜明。 ⑧旦：天明。 ⑨其居：亡夫的墓穴。 ⑩其室：亡夫的墓穴。

这首诗歌除了传统的赋比兴手法的综合运用，更大特点就是结构上有突破。全诗共五章，前两章是一种类似结构；中间一章有变化，是一种过渡结构；后面两章是迥然不同于前的结构：产生了一波三折的审美效果。从内容上看，总体又呈现递进效果，凄凉越来越重，思念越来越深，爱情越来越浓。第一章“葛生蒙楚，蔹蔓于野”是起兴兼比拟，对丈夫的思念如同葛藤覆盖荆条，如同白蔹蔓延旷野，境界孤寂。笔锋一转：丈夫不在，我与谁独处？地点在野外，这是妻子在寻找！第二章“葛生蒙棘，蔹蔓于域”比兴兼用，地点转移到坟地，意境更加凄清。笔锋又转：丈夫不在，我与谁独自休息？地点在坟地，这是妻子在拜祭。第三章“角枕粲兮，锦衾烂兮”是起兴，枕头虽然灿烂，被子虽然光鲜；同枕共被的爱人不在了，我与谁一起到天明？地点在床前，这是妻子在哭泣。第四章和第五章只是变换了“居”和“室”两个字，属于重章叠唱，反复咏叹。从第四章“夏之日，冬之夜”到第五章“冬之夜，夏之日”以回环的修辞手法，以时间为载体，把妻子对亡夫的刻骨思念和煎熬表现得感人至深。“百岁之后，归于其居”，“百岁之后，归于其室”，以反复的修辞手法，表达了妻子对丈夫的无限爱恋和忠贞！

采苓

采苓（líng）采苓①，首阳之巅②。	采甘草采甘草，去那首阳山顶。
人之为言，苟亦无信③。	人的伪言谗言，姑且不要相信。
舍旃舍旃④，苟亦无然⑤。	别信他别信他，姑且不以为然。
人之为言，胡得焉⑥？	人的伪言谗言，能得到什么呢？
采苦采苦⑦，首阳之下。	采苦菜采苦菜，去那首阳山下。
人之为言，苟亦无与⑧。	人的伪言谗言，姑且不去理会。
舍旃舍旃，苟亦无然。	别信他别信他，姑且不以为然。
人之为言，胡得焉？	人的伪言谗言，能得到什么呢？
采葑（fēng）采葑⑨，首阳之东。	挖蔓菁挖蔓菁，去那首阳之东。
人之为言，苟亦无从⑩。	人的伪言谗言，姑且不要盲从。
舍旃舍旃，苟亦无然。	别信他别信他，姑且不以为然。
人之为言，胡得焉？	人的伪言谗言，能得到什么呢？

这是一首劝诫诗，告诫读者不要相信谣言、谎言、谗言之类。读这首诗，既感叹诗作者劝喻的别出心裁，也感慨孔子选编的匠心独具。谣言、谎言、谗言在西周时代，已经是民众与民众之间、士人与士人之间、上级与下

①苓：甘草。 ②首阳：首阳山，位于今山西永济市。 ③为：同“伪”。苟：同“姑”，姑且。④舍：舍弃。旃：之，谗言。 ⑤无然：没有正确的。 ⑥胡得焉：怎么能够得到呢？ ⑦苦：苦菜。 ⑧无与：无用，不用理会。 ⑨葑：蔓菁。 ⑩无从：不要跟从，不要盲从。

级之间、君主与臣子之间、国与国之间必须面对的“毒药”。如何面对谣言、谎言、谗言，《采苓》以艺术的方式给出了答案：“采苓采苓，首阳之巅。”甘草生在相对低洼的地方，山顶肯定没有，到首阳山采甘草就如同到树上捕鱼。这两句比兴兼用，何其深刻！后面两章的开头：“采苦采苦，首阳之下”“采葑采葑，首阳之东”，按照逻辑推理，应该都是缘木求鱼的比兴，非常形象直观地告诉读者，首阳之下采苦菜是缘木求鱼，首阳之东采摘芜菁是缘木求鱼，因为那是骗人的伪言。比兴之后的诗句，三章只有一个字不同，最典型的重章叠唱，强调了对谣言、谎言、谗言的最好方法就是不相信，不认同，不盲从。

“谣言止于智者。”遗憾的是，很多人，很多时候，很多情况下，不是智者。袁崇焕是大明最后的顶梁柱，崇祯皇帝却听信谣言，将其凌迟处死，自毁长城，最终落得个煤山自缢的结局。我有读历史的习惯，应对谣言、谎言、谗言当然有自己的办法：不理不睬不信不动摇，认定的方向继续走，认准的事情继续干。谣言、谎言、谗言也曾经对我造成深深伤害，因为自信天赋使命，在人生相对落寞的岁月，选择以退为进，以学术追求充实精神、强大内心，当谣言、谎言、谗言如晨雾般消散的时候，自己再次朝着既定的目标前进了很远，反观制造谣言、谎言、谗言者，却依然在原地制造他的伪言，正如《采苓》三章的结句所言：“人之为言，胡得焉？”

读《采苓》，不仅不要相信谗言，更重要的是不要制造谗言！因为谗言如同清晨的迷雾，见不得阳光，太阳一照，什么都没有了！

秦风

车邻

有车邻邻[①]，有马白颠[②]。	车声辚辚，名马戴星。
未见君子，寺人之令[③]。	访问君子，等待传令。
阪有漆[④]，隰(xí)有栗[⑤]。	山坡有漆，湿地有栗。
既见君子，并坐鼓瑟[⑥]。	见到君子，一起弹瑟。
今者不乐，逝者其耋(dié)[⑦]。	现在不乐，转瞬耄耋。
阪有桑，隰有杨。	山坡有桑，湿地有杨。
既见君子，并坐鼓簧[⑧]。	已见君子，一起吹簧。
今者不乐，逝者其亡。	现在不乐，转瞬死亡。

这首诗的主旨是表现乐观的人生态度和健康的生活方式。人生百年，只争朝夕当然是对的，但是健康高雅的艺术生活不可或缺。全诗三章，第一章“有车邻邻，有马白颠”是铺垫，表明自己的身份不同一般，有名车，有名马。紧接着“未见君子，寺人之令”，表明此行是拜访好友，正在等待家臣传递口信。这是访友的礼节，得到主人许可，才能进入主人的客厅。二、三章整体属于赋的手法：二章先起兴，高山有漆，湿地有栗，紧接着描绘主客

①邻邻：同“辚辚”，模拟车行的声音。 ②白颠：马额头上正中有一块白毛，白颠马是名马，又称“戴星马”“玉顶马”。 ③寺人：宫中小臣，类似于宦官。令：使。 ④阪：山坡。漆：漆树。 ⑤隰：湿地。 ⑥鼓：弹奏。 ⑦逝者：将来，等到将来。耋：八十岁。后世称八十岁及以上老人为耄耋老者。 ⑧鼓：吹奏。簧：管乐器名，类似于笙。

并坐，一边弹瑟，一边感慨人生，何不趁年轻一起陶醉于艺术，转瞬之间已是耄耋老人。第三章属于第二章的重章叠唱，意在强调，知己难觅，何不一起享受艺术，或许转眼之间人已老去。这里没有消极，没有颓废，有的是追求高雅、享受高雅的健康人生态度。在人类的童年时期，先民拥有如此艺术的生活方式，拥有如此的健康生活观念，难能可贵。数千年后的今天，工作之余，生活将如何度过？有人选择喝酒，有人选择阅读，有人选择访友，有人选择下围棋，有人选择文艺，无所谓对错，无所谓消极积极，关键是同乐者是知己。鼓瑟相和，吹簧共鸣，知己相伴，足慰平生。

驷驖

驷驖(tiě)孔阜①，六辔在手②。	四匹马膘肥健壮，缰绳紧紧抓在手。
公之媚子③，从公于狩④。	襄公的亲信嫡系，跟随长官去冬狩。
奉时辰牡⑤，辰牡孔硕⑥。	驱赶应时公兽，公兽丰硕健壮。
公曰左之⑦，舍拔则获⑧。	襄公命令从左射杀，公兽应声而亡。
游于北园，四马既闲⑨。	狩猎归来游北园，驷马自在慢悠悠。
𬨎(yóu)车鸾镳(luánbiāo)⑩，载猃(xiǎn)歇骄⑪。	轻车简从铃铛响，随车歇息有猎狗。

这首诗描写秦襄公冬狩的全过程。秦人尚武，周孝王时期，秦人首领非子因为养马有功，分封到甘肃天水一带，那时秦国是一个边陲小国；到了秦襄公时期，适逢褒姒烽火戏诸侯，幽王死了，秦襄公勤王有功，被拥立的周平王说："戎无道，侵夺我岐丰之地，秦能攻逐戎，即有其地。"想不到秦襄公硬是将犬戎逐出千里之外，于是秦国不仅获得诸侯国的地位，而且获得关中千里沃野。因为养马而获得诸侯附庸国地位，因为勤王获得诸侯国地位，因为驱逐犬戎而获得沃野千里，奠定了秦国作为大国的政治基础和土地

---

①驷：同驾一车的四匹马。驖：毛色如铁的良马。孔：大。阜：肥硕。 ②辔：马缰绳。六辔：一车四马，内二马各一辔，外二马各两辔，总共六辔。 ③媚子：献媚奉承的人，亲信，嫡系。 ④从：跟从。狩：冬天打猎。 ⑤奉：猎人驱赶野兽。时：是。辰：适应时令。牡：公兽，古代祭祀用公兽。 ⑥硕：肥大。 ⑦左之：从左面射杀。 ⑧舍：放。拔：箭尾。 ⑨北园：秦君休息的园子。闲：同"娴"，安静之状。 ⑩𬨎：轻车。鸾：同"銮"，铃。镳：马衔铁。 ⑪猃：长嘴的猎狗。歇骄：猲獢（gě xiāo），短嘴的猎狗。

基础。因此尚武遂成为秦国传统，这个传统一直保持到秦灭亡。

秦国人尊敬开国领袖，歌颂开国领袖，再自然不过。全诗三章，整体上依然是赋的铺排手法。第一章写猎前，一写马的强壮丰硕，二写驾车技术娴熟，三写随从如云。朴实的描写，洋溢着尚武精神。第二章写猎中，一写驱逐公兽以备射猎，二写公兽肥美，三写箭术高超。寥寥数笔，尚武风采，跃然纸上。第三章写猎后，一写猎后游园，二写战马休息，三写猎犬随车。文武之道，一张一弛，即便是放松的状态，依然不失尚武风貌。

后世帝王，虽然也有不少人打猎，但多将打猎变成了作秀，并非秦襄公时实战式的打猎。大凡作秀者，王朝必然处于危险之中；大凡贴近实战打猎的，王朝多是兴盛之时。国家倘若没有强大的武备，再大的经济体量充其量不过是待宰的肥羊；“无事袖手谈心性，临危一死报君王”的宋明理学，让中华民族彻底丢掉了尚武传统，彻底褪尽阳刚，导致1840年中国虽然GDP世界第一，却不得不与英国在南京签订城下之盟。1894年GDP是日本的数倍之多，如此“强大”的中国却输掉了整个北洋舰队，辽东半岛的本土作战也一败涂地，仅赔偿的白银就相当于当时日本GDP的七倍。呜呼，国之不幸，何至于此？读此诗，也震撼于孔夫子选编《诗经》匠心苦深。

小戎

小戎俴(jiàn)收①，五楘(mù)梁辀(zhōu)②。	轻型战车，浅浅车厢；五条皮革，系在车辕。
游环胁驱③，阴靷(yǐn)鋈(wù)续④。	马背铜环，套上皮条；辕前横木，铜环扣条。
文茵畅毂(gǔ)⑤，驾我骐异(zhù)⑥。	虎皮坐垫，车毂突出；驾上青骢马，驾上白腿马。
言念君子⑦，温其如玉⑧。	想念夫君，其性情温和如玉。
在其板屋⑨，乱我心曲⑩。	他住在木板的小屋，他扰乱我的心绪。
四牡孔阜⑪，六辔在手。	四匹公马，剽悍肥硕；六根缰绳，紧握在手。
骐骝是中⑫，騧(guā)骊(lí)是骖(cān)⑬。	青骢马在中，黑鬣马在中；黄马在骖，黑马在骖。
龙盾之合⑭，鋈以觼(jué)纳(nà)⑮。	龙纹盾牌，两块合一；饰以有舌的白铜环。
言念君子，温其在邑⑯。	想念我的丈夫，性情温和的他在遥远的小镇。
方何为期⑰？胡然我念之⑱。	不知将来何时归？我不知道为什么这样想念他。

---

①小戎：士兵所乘的车厢较小的兵车。俴：浅。收：轸，车厢四面竖起作支撑的木条。 ②五楘：用皮革缠在车辕上呈X状。梁辀：弯曲的车辕。 ③游环：马背上活动的环。胁驱：用来稳固驾车马的皮条。 ④阴：车轼前的横木。靷：马拉车的皮条。鋈：白铜；续：环。鋈续：以白铜的环紧扣皮带。 ⑤文茵：虎皮坐垫。畅毂：长毂，毂是车轴伸出轮外的部分。 ⑥骐：有黑色花纹的马，即青骢马。异：四条腿全白的马。 ⑦言：语气词，无实义。君子：指女子的丈夫。 ⑧温：温和安静。其：助词，无实义。 ⑨板屋：小板房。 ⑩心曲：心灵深处。 ⑪牡：雄马。孔：大，巨大。阜：肥硕。 ⑫骝：赤色黑鬣的马。 ⑬騧：黑嘴黄马。骊：黑马。骖：辕木外的两匹马。 ⑭龙盾：画着龙的盾牌。 ⑮觼：有舌的环。 ⑯邑：西戎的县邑。 ⑰方：将。期：归来的期限，归来的日子。 ⑰胡然：为什么这样。

俴驷孔群①，厹（qiú）矛鋈錞（duì）②。	四马协调，共披薄甲；三棱长矛，白铜戟套。
蒙伐有苑③，虎韔（chàng）镂（lòu）膺（yīng）④。	羽绘花纹，布满盾牌；虎皮弓囊，正面雕花。
交韔二弓⑤，竹闭绲（gǔn）縢⑥。	交错放置，两只长弓；竹制弓架，紧紧缠绕。
言念君子，载寝载兴⑦。	想念我的丈夫，长夜漫漫，时睡时醒。
厌厌良人⑧，秩秩德音⑨。	性格安静的丈夫，彬彬有礼流传美好名声。

这也是歌颂秦国尚武精神的诗歌，《驷驖》是从国人的视角看国君的尚武风姿风貌，而《小戎》则是从妻子的角度看军队和丈夫。全诗三章，整体上属于赋的铺排手法。每章十句，前面六句一层。三章分别铺写秦军阵容雄壮（第一章侧重写车制），军容威武（第二章侧重驾车），军械精良（第三章侧重军械）。后面四句均写丈夫的人品和对丈夫的思念。或许丈夫就是从这种阵容中开赴前线，或许丈夫就是这样驾车奔赴前方，或许丈夫就是拿着这样的装备奔向战场，或许妻子亲自在这样的场面为丈夫送行；于是，才有了妻子对丈夫的赞美和思念。明知道上前线会有牺牲，妻子却支持、赞美，可见秦国民间尚武之风何其浓厚，这样的军队不可战胜，这样的国家不可战胜。抗日战争时期，中国多少百姓送子参军，中国军队战胜了武器装备占绝对优势的日本侵略者；抗美援朝时期，多少妻子送丈夫上前线，中国军队战胜了强大的“联合国军”。诗教，并非只有温柔敦厚，也有尚武精神，尚武追求！

---

①俴驷：披着薄金甲的四匹马。孔群：指四匹马很协调。 ②厹：三棱形的矛。錞：戟套。③蒙：杂鸟的羽毛花纹。伐：盾。苑：盾牌。 ④虎韔：虎皮做的弓囊。镂膺：在虎皮弓囊的前面雕刻花纹。 ⑤交：交错；韔：用作动词，用弓囊装。交韔二弓：在弓囊里装了两张弓。 ⑥闭：同“柲”，矫正弓弩的工具。绲：绳。縢：缠绕，捆绑。 ⑦兴：醒来。 ⑧厌厌：安静。良人：君子，指女子的丈夫。 ⑨秩秩：有礼貌。德音：美好的名声。

蒹葭

蒹葭苍苍[1]，白露为霜[2]。	芦苇苍苍，白露成霜。
所谓伊人[3]，在水一方[4]。	有位佳人，在水一方。
溯洄从之[5]，道阻且长[6]。	逆流而上去追寻，道路险峻且漫长。
溯游从之[7]，宛在水中央[8]。	顺流而下去寻找，仿佛就在水的中央。
蒹葭萋(qī)萋[9]，白露未晞(xī)[10]。	芦苇茂繁，白露未干。
所谓伊人，在水之湄(méi)[11]。	那位佳人，在水近岸。
溯洄从之，道阻且跻(jī)[12]。	逆流而上去追寻，道路往上延伸。
溯游从之，宛在水中坻(chí)[13]。	顺流而下去追寻，仿佛就在水中小洲。
蒹葭采采[14]，白露未已[15]。	芦苇稠密，露水未干。
所谓伊人，在水之涘(sì)[16]。	有位佳人，在河水旁。
溯洄从之，道阻且右[17]。	逆流而上去追寻，道路险峻且曲折。
溯游从之，宛在水中沚(zhǐ)[18]。	顺流而下去寻找，仿佛就在水中小岛。

①蒹葭：芦苇。苍苍：苍茫连片之状，秋天的芦苇呈现的是肃杀气象。 ②为：凝结成。 ③所谓：所说，所描绘。伊人：佳人，美人。 ④一方：那一边，另一边。 ⑤溯洄：逆流而上。从：追求，寻找。之：佳人。 ⑥阻：险阻。 ⑦溯游：顺流而下。 ⑧宛：仿佛。 ⑨萋萋：湿润而连片之状。 ⑩晞：干，干燥。 ⑪湄：岸边水与草的连接处。 ⑫跻：升，往高处延伸。 ⑬坻：水中小洲。 ⑭采采：鲜明而连片之状。 ⑮已：止，干。 ⑯涘：水边。 ⑰右：绕弯，迂回曲折。 ⑱沚：水中小洲。

这是一首唯美的爱情诗歌。王国维认为《蒹葭》最得风人深致，代表《诗经》最高的境界。《蒹葭》之美在意境。此诗作者巧妙地借物起兴，描绘了一幅芦苇、白露、河水、少年、少女构成的画面，形成了一种唯美的爱情意境。读着读着，读者仿佛进入其中，仿佛就是那位河边痴情的白衣少年，仿佛就是那位在水一方的纯洁少女，仿佛就在溯洄寻找，仿佛就在溯游追寻，佳人仿佛在水边，仿佛在水中央，仿佛在水中小岛，其实就在梦里，就在心中，就在灵魂深处。《蒹葭》之美在于距离。举案齐眉固然很美，相濡以沫固然很美，但是，还有一种美仿佛很近却很遥远，她在水一方，她在水中央，她在水之旁，她在水中洲，总之她在看得见却看不清的地方，仿佛在心尖，其实在天边！这种唯美的爱，足以让痴情者守候一生而无怨无悔！《蒹葭》之美在执着。虽然逆流而上道路险峻漫长，虽然顺流而下道路迂回曲折，但是，为了她和远方，不放弃寻找，不放弃真爱，不放弃梦想！就算一世的忧伤，也不放弃爱的理想！

终南

终南何有[①]？有条有梅[②]。	终南山有什么？有柚木有楠树。
君子至止[③]，锦衣狐裘。	国君到此休息，锦缎下衣狐皮上衣。
颜如渥(wò)丹[④]，其君也哉[⑤]。	面色红润如丹砂，真是君主风度啊！
终南何有？有纪有堂[⑥]。	终南山有什么？有杞柳有棠梨。
君子至止，黻(fú)衣绣裳[⑦]。	君主到此休息，穿着礼服和美丽的衣裳。
佩玉将将[⑧]，寿考不忘[⑨]。	佩玉锵锵响，青春常驻万寿无疆。

这首诗是秦国先民歌颂秦襄公的赞美诗。中国古代人民有相面的传统，孟子曾经给梁襄王相面，得出的结论是："望之不似人君，就之而不见所畏焉。"于是，坚决不为他所用。秦国人对于从犬戎手里夺取立国根据地的秦襄公，充满深深的感激和敬意，也发自内心歌颂他，祝福他。诗歌第一节，前两句起兴："终南何有？有条有梅。"同时，这两句带有比喻的味道，暗示读者，秦襄公就是柚木、楠树一样的有用之才。接下来四句，写秦襄公的衣着和君王气度。第二章，前两句也是起兴："终南何有？有纪有堂。"这两句一样有比喻的意味，暗示着秦襄公就像杞柳和棠梨一样杰出。接下来，

①终南：终南山，位于陕西省西安市。②条：柚木，落叶乔木，树干高直，材质细密。梅：楠木。③君子：德高望重者，此处指国君。至：到。止：休息，停留。④渥：湿润。丹：丹砂，红色。⑤君：作形容词，君子风度。也哉：句末感叹词。⑥纪：同"杞"，杞柳，材质细密，属于优质木材。堂：同"棠"，棠梨，材质坚韧。⑦黻：黑青相间的礼服。绣：五彩兼备。裳：下衣。⑧将将：同"锵锵"，佩玉撞击的声响。⑨寿考：长寿。忘：同"亡"，终止。

再次描写其服饰，最后自然引出秦国人民的祝福，祝愿君王青春永驻，万寿无疆。

人民的感情是朴素的，对于能够给他们带来福祉的君王，自然会投以仰慕的眼光，自然会觉得他器宇轩昂，自然会祝愿其青春永驻、万寿无疆。这个传统，一方面寄托了国人对领袖的期待，一方面也让领袖时时提醒自己不要忘记使命。数千年来，当人民对领袖不认同，甚至寄予相反的愿望和期待的时候，也就是某个时代即将结束的时候，从无例外。历代注解《诗经》的，多数认为该诗是劝勉秦襄公的，我认同！

黄鸟

交交黄鸟①，止于棘②。	黄雀悲鸣，栖于酸枣林。
谁从穆公③？子车奄息④。	谁跟随穆公西去？子车奄息。
维此奄息，百夫之特⑤。	唯有这个奄息，真是百里挑一。
临其穴⑥，惴惴其栗⑦。	走近墓穴，谁都会恐惧战栗。
彼苍者天⑧，歼我良人⑨。	苍天啊苍天，残杀好人。
如可赎兮⑩，人百其身⑪！	如果可以赎身，愿用百人性命换他一人。
交交黄鸟，止于桑。	黄雀悲鸣，栖于桑林。
谁从穆公？子车仲行⑫。	谁跟随穆公西去？子车仲行。
维此仲行，百夫之防⑬。	就是这个子车仲行，真的以一当百。
临其穴，惴惴其栗。	走近墓穴，谁都恐惧战栗。
彼苍者天，歼我良人。	苍天啊苍天，残杀好人。
如可赎兮，人百其身！	如果可以赎身，宁用百人性命换他一人。

①交交：鸟的悲鸣声。黄鸟；黄雀。 ②棘：酸枣树。 ③从：跟从，跟随，这里指殉葬。穆公：秦穆公，姓嬴名任好。 ④子车：姓。奄息：殉葬良臣的名字。 ⑤特：杰出。 ⑥穴：墓穴。临其穴，走近秦穆公的墓穴。 ⑦惴惴：心里恐惧。栗：战栗。 ⑧苍：青色。 ⑨歼：消灭，杀害。良人：好人，善良的人。 ⑩赎：抵换，交换。 ⑪人百其身：愿意用百人去替他死。 ⑫仲行：人名，子车奄息的弟弟，子车鍼虎的哥哥。 ⑬防：匹敌。

交交黄鸟，止于楚[①]。	黄雀悲鸣，栖止荆棘。
谁从穆公？子车鍼（qián）虎[②]。	谁跟随穆公西去？子车鍼虎。
维此鍼虎，百夫之御[③]。	就是这个子车鍼虎，有百夫莫当之勇。
临其穴，惴惴其栗。	走近墓穴，谁都恐惧战栗。
彼苍者天，歼我良人。	苍天啊苍天，残杀忠良。
如可赎兮，人百其身！	如果可以赎身，宁用百人性命换他一人！

这首诗是讽刺秦穆公以活人殉葬的挽歌。《左传·文公六年》记载："秦伯任好卒，以子车奄息、中行、鍼虎为殉，皆秦之良也。国人哀之，为之赋《黄鸟》。"《左传》的记载可信。《黄鸟》三章，整体上属于典型的赋的铺排手法，每一章头两句都是起兴，通过黄鸟悲鸣，栖于枣林，栖于桑林，栖于荆棘，营造一种悲凉的气氛，为下文子车奄息、子车仲行、子车鍼虎出场做好铺垫。后面的部分，内容几乎相同，只是换了人名，这是赋的手法，也是重章叠唱，强化对殉葬制度的控诉，强化对忠良殉葬的悲痛和惋惜。

很多中国人误以为孔子不尊重人权，其实，正好相反，孔子是中国人权、民权最早的自觉者。《论语》中有记载，马厩失火，适逢孔子退朝回家，孔子问："有人受伤吗？"在五张羊皮换一个奴隶、五个奴隶换一匹马的价值体系中，孔子关心人，不关心马。对生命的尊重如此，怎么可能不尊重人权呢？孔子活着的时候，听说有人用陶俑陪葬，怒不可遏地骂道："始

---

①楚：荆棘丛生。 ②鍼虎：子车奄息、子车仲行的弟弟。 ③御：抵御，抵挡。

作俑者，其无后乎？”这是对用陶俑陪葬的最严厉甚至最恶毒的诅咒，陶俑陪葬尚且不可饶恕，何况是真人陪葬呢?《黄鸟》编入《诗经》，旨在控诉殉葬制度，旨在对学生进行人本主义启蒙教育！不止一次听说，当代不少暴发户，用塑料制成的美女给自已故去的父亲陪葬，假如孔子活在当世，一定会怒不可遏再骂一次：“仍作俑者，其无后乎？”

晨风

鴥（yù）彼晨风[①]，郁彼北林[②]。	速速急飞的鹯鸟，藏入茂密的北林。
未见君子，忧心钦钦[③]。	没有见到心上人，心中焦灼难安定。
如何如何？忘我实多[④]！	为什么为什么？你把我忘得差不多！
山有苞栎[⑤]，隰有六驳[⑥]。	山上有茂盛的柞树，湿地有连片的梓榆。
未见君子，忧心靡乐[⑦]。	没有见到君子，心烦意乱不快乐。
如何如何？忘我实多！	为什么为什么？你把我忘得差不多！
山有苞棣[⑧]，隰有树檖（suì）[⑨]。	山上棠棣苍苍，湿地满是山梨。
未见君子，忧心如醉。	没见到心上人，心中如醉如痴。
如何如何？忘我实多！	为什么为什么？你把我忘得差不多！

这是痴情女子怀念爱人的情诗。全诗三章，整体铺排，层层递进，把对恋人的思念表现得震撼人心。在《诗经》的年代，交通和通信极为不便，每一次相聚都值得珍惜，每一次分别都有可能是死别生离。三章结构颇为相似，前两句都是起兴，同时创设氛围。“鴥彼晨风，郁彼北林。”这是全诗总的起兴，渲染鸟儿倦飞也知还的悲凉色彩，以此反衬心上人却一去而杳无消息。后面两章起兴，将鹯鸟和北林换为柞树和梓榆、棠棣和山梨只是为了

---

①鴥：疾风。晨风：鹯（zhān）鸟，外形似鹞子。 ②郁：茂盛状。北林：北边的山林。 ③钦钦：忧愁之状。 ④实多：实在有很大的可能性。 ⑤苞：茂盛。栎：柞树。 ⑥六：概数，表示很多。驳：梓榆树林。 ⑦靡：不。 ⑧棣：唐棣。 ⑨檖：赤罗，又名山梨。

押韵的需要。每一章后面的四句，几乎相同，玄机就在变化的那一句："忧心钦钦"程度相对比较轻，虽然想念心上人，但是依然还清醒；"忧心靡乐"程度进一步加重，少女的精神世界已经没有欢乐；"忧心如醉"程度最深，已经如痴如醉，忘了这个世界，甚至可能放弃这个世界！珍爱如此，真叫人心痛！可惜，那个没有消息的心上人，到底是负心，还是不在人间，一切都只是未知，一切都只有天知道，一切都由读者想象。

无衣

岂曰无衣①？与子同袍②。 怎能说我没有战衣？我与你同穿战袍。
王于兴师③，修我戈矛④， 国王说发兵，我们就修缮戈矛，
与子同仇⑤！ 共同杀敌是目标！

岂曰无衣？与子同泽⑥。 怎能说我没有战衣？与你同穿内衣。
王于兴师，修我矛戟⑦， 国王说发兵，我们就修缮矛戟，
与子偕作！ 与你行军作战在一起！

岂曰无衣？与子同裳⑧。 怎能说我没有战衣？我与你同穿战裙。
王于兴师，修我甲兵⑨， 国王说发兵，我们就修缮铠甲和兵器，
与子偕行！ 与你同步前进。

这是一首古老的军歌，充满了强烈的爱国主义色彩和国家至上的高尚情怀。连老夫子朱熹也在《诗集传》中称赞："秦人之俗，大抵尚气概，先勇力，忘生轻死，故见于诗如此。"这首诗三章，以赋的铺排，重章叠唱，反复咏叹，把普通士兵国家至上的尚武精神，视死如归的英雄气概，同仇敌忾的袍泽深情，表现得有深度，有温度，有力度。今天读来，依然让人血脉偾

①岂：怎能。②袍：长衣服的统称。③于：曰。兴师：出兵。④修：修理。⑤同仇：一致对敌。⑥泽：同"襗"，穿在里面的衣服。⑦戟：一种集戈矛优势于一体的兵器。⑧裳：下衣，战裙，士兵围在腰间保护腰部及下身的铠甲。⑨甲：铠甲。兵：兵器。

张，焕发出无穷的力量。一个国家、一个民族，缺少尚武精神，是危险的；五代时期蜀国的花蕊夫人的《述国亡诗》：“君王城上竖降旗，妾在深宫那得知？十四万人齐解甲，更无一个是男儿！”不用翻译，谁都能够看得懂。我希望中国人能够永远坚守勇敢这一品质！

渭阳

我送舅氏[1]，曰至渭阳[2]。	我送舅父回家乡，一直送到渭水阳。
何以赠之？路车乘黄[3]。	以何礼物赠舅父？豪车一辆四马黄。
我送舅氏，悠悠我思[4]。	我送舅父回家乡，深深思念我亲娘。
何以赠之？琼瑰玉佩[5]。	何以赠送我舅父？美玉美石叮当响。

这是一首送别诗。诗歌的作者是秦康公，秦康公做太子时送舅父晋国公子重耳（晋文公）返回晋国，有感而发。《诗经》之送别，不仅有男女送别，也有朋友送别、亲人送别。外甥送舅父，只有这一首，质朴而感人至深。此诗没有用起兴手法，直接铺排。第一章写送舅父的地点，送到渭水之阳。从秦国都城出发，送到渭阳，何止十八里，足见舅甥情深。送什么礼物？路途遥远，国事艰难。当然送既能走过漫长回国之路又能体现诸侯身份的辂车，礼物的选择意味深长。第二章写送舅父，自然想到了母亲，母亲生前最大的愿望是看到弟弟重耳顺利回国，重掌晋国重器，执牛耳，以图晋国的复兴。眼看这个愿望即将实现，除了车子以外，还赠送什么礼物呢？聪明的外甥想到了各种各样的美玉。以玉喻人，以美玉赞美舅父高尚高洁的品德，以美玉寄托外甥对舅父的某种期许和祝福：重耳曾经也有流连富贵，不想回国的时候；外甥赠送美玉，有鼓励舅父心如此玉，宁碎不变节，重振晋国雄风的含蓄意蕴！

---

①曰：虚词，无实义。 ②渭：渭水。阳：山南水北为阳。 ③路车：辂车，诸侯所乘之车。乘：一车四马。黄：黄马。 ④悠悠：一种浸润心灵的漫长而深沉的思念。 ⑤琼：美玉。瑰：次于玉的精美石头。

权舆

於，我乎[1]！	唉，我呀！
夏屋渠渠[2]，今也每食无余。	往日深居大屋，如今每顿饭都没有剩余。
于嗟乎[3]，不承权舆[4]。	哎——，丢掉了当初好传统。
於，我乎！	唉，我呀！
每食四簋（guǐ）[5]，今也每食不饱。	往日每餐用四簋，今天每顿吃不饱。
于嗟乎，不承权舆。	哎——，丢掉了当初好传统。

这是一首讽刺诗，讽刺秦康公没有继承其父亲秦穆公礼贤下士的优良传统。秦国地处边陲，文化相对贫瘠，人才大多靠不拘一格的发掘和引进。秦穆公是秦国贤明且具雄图大略的君主，为秦国的强盛做好了人才储备。有史可查的：五羊大夫百里奚，是秦穆公用五张黑色公羊皮从楚国买回来的，七十岁高龄被重用；由余本为西戎之臣，因为有才能，被秦穆公发掘重用；蹇叔本为宋国人，因其贤能被引为智囊；丕豹、公孙支均为晋国人，秦穆公引以为国师……正因为广纳贤才，实施“人才强国战略”，秦国才迅速走向强盛。秦康公主政，礼贤下士之风转弱，于是有贤能之才作此诗以讽刺。诗歌的结构异常简单，诗歌的语言异常质朴，诗歌的感叹异常强烈，诗歌的对比异常鲜明，而且两章形成互文。作者感叹的其实不是自己的命

---

①於：叹词，唉。 ②夏：大。渠渠：深深。 ③于：同“吁”。 ④承：传承，继承。权舆：草木萌芽状态，引申为起始。 ⑤簋：商周时期的饮食器具，圆口，圈足，方座，有耳。

运，而是国家的命运，眼看秦穆公开创的“人才强国战略”的传统丢失了，他对国家前途忧心忡忡：不能简单理解为作者对生活现状不满。历史不能假设，假如秦康公主政时间很长，秦国历史将改写，中华历史将改写；幸运的是秦康公在位时间较短，没有根本改变秦国走向强盛的历史轨迹。如果秦康公不能礼贤下士，时间长了，“人才强国战略”中断了，也就不会有后来的李斯入秦，当然不会有商鞅变法，当然不会有郑国渠的诞生，当然就不会有秦统一六国的机会。

陈风

宛丘

子之汤兮[①]，宛丘之上兮[②]。	少女青春洋溢，起舞宛丘上。
洵有情兮[③]，而无望兮。	的确爱上她，娶她没指望！
坎其击鼓[④]，宛丘之下。	打鼓咚咚响，起舞宛丘下。
无冬无夏，值其鹭羽[⑤]。	寒冬和炎夏，执鹭羽轻纱。
坎其击缶(fǒu)[⑥]，宛丘之道。	击缶当当响，起舞宛丘道。
无冬无夏，值其鹭翿(dào)[⑦]。	寒冬和炎夏，鹭羽如大纛。

陈国地处楚国、郑国交界之地，受楚国文化影响，盛行巫术，在众多宗教和娱乐场所，巫女均作为衣着华丽的主角出现。本诗中的少年男子，就是在巫女载歌载舞之际，对巫女一见钟情，一往情深。陈国少年爱上巫女，当然无可厚非，无所谓对错。这是古老先民追星的感人故事，作者巧妙运用赋的铺排，反复渲染，把对巫女兼舞女的爱描写得如梦如幻，如痴如醉，不论她在宛丘之上，还是在宛丘之下，还是在宛丘之道，无论是在寒冬还是在炎夏，爱你没有商量，爱你永不能忘，哪怕娶你永远没有希望！

---

①子：跳舞的少女。汤：同“荡”，青春洋溢。 ②宛丘：四周高中间略低且平的土山。 ③洵：的确。 ④坎：击鼓声。 ⑤值：拿着。鹭羽：鹭鸶的羽毛，作为舞蹈用的道具。 ⑥缶：陶制的打击乐器。 ⑦鹭翿：鹭鸶的羽毛做成的道具。

东门之枌

东门之枌(fén)①，宛丘之栩②。	东门白榆，宛丘柞树。
子仲之子③，婆娑其下④。	子仲姑娘，翩翩起舞。
穀(gǔ)旦于差⑤，南方之原⑥。	阳光明媚，到城南郊。
不绩其麻⑦，市也婆娑⑧。	停下织麻，跳起舞蹈。
穀旦于逝⑨，越以鬷(zōng)迈⑩。	韶光易逝，相约市郊。
视尔如荍(qiáo)⑪，贻我握椒⑫。	美如锦葵，赠我花椒。

这是一首爱情诗。陈国独特的地理区位使其受楚国文化辐射的影响，男女恋爱相对自由，相对自主，相对泼辣。诗中少年，或许是相约，或许是慕名，或许是偶遇，在东门的白榆下，在宛丘的柞树下，看到子仲家的美丽姑娘翩翩起舞，让少年心生爱恋而不能自持：这是恋爱的开始。紧接着，他们相约在阳光明媚的日子，相约在城南的郊外，相约停下手中正在织的麻，相约到市场上婆娑起舞：这是恋爱的发展。最后一章，双方都觉得韶光易逝，青春易老，于是心心相印，于是频繁相约，于是进入热恋。

---

①东门：都城东门。枌：白榆树。　②栩：柞树。　③子仲：陈国的姓氏。子：女儿。　④婆娑：形容舞姿优美。其下：在上文所说的白榆树下、柞树下跳舞。　⑤穀：美好，吉利。旦：白天。于差：同“吁嗟”义，表示感叹。　⑥原：原野，郊外。　⑦绩：织。　⑧市也婆娑：到集市上婆娑起舞吧。　⑨逝：消失，消逝。　⑩越以：语气助词，无实义。鬷：众，多。迈：行走。　⑪如荍：锦葵。　⑫贻：赠送。握椒：一把花椒。

在小伙子眼里，姑娘美如锦葵；在姑娘眼里，小伙子是自己终身的托付，于是赠他一把花椒。这花椒象征着多子多福，暗示着姑娘不仅同意嫁给小伙子，而且还会跟小伙子生很多孩子。这是恋爱的高潮。到此，戛然而止，妙不可言！

衡门

衡门之下[①]，可以栖迟[②]。 简陋木门内好时光，可以让人流连徜徉。
泌之洋洋[③]，可以乐饥[④]。 泌泉水清澈甘甜，让人忘却辘辘饥肠。

岂其食鱼[⑤]，必河之鲂(fáng)[⑥]？ 难道吃鱼，必须吃河中鲜鲂？
岂其取妻，必齐之姜[⑦]？ 难道娶妻，必须娶齐国孟姜？

岂其食鱼，必河之鲤？ 难道吃鱼，必须是河里鲤鱼？
岂其取妻，必宋之子[⑧]？ 难道娶妻，必须是宋国美女？

这首爱情诗歌传递的爱情价值观，颇值得玩味。全诗三章，赋比兴兼用，形象而深刻地表达了自己的爱情价值取向。第一章前两句起兴，一根横木，简陋的木门，相爱的人儿，就可以流连忘返。爱情的物质条件，如此容易满足，只因为两个年轻人深深爱着对方。后面两句，则是比喻，泌泉清澈甘甜，可以让人忘掉饥渴。正如粤语俗话：“有情饮水饱。”两千五百多年前农耕文明时代，有如此健康高雅超越物质的爱情价值观，匪夷所思。不知何故，今天国人的爱情似乎太多建立在物质之上，没房子不爱，没车子不爱，没票子不爱。第二章和第三章前两句都是比兴手法：吃鱼难道一定要吃名贵的鲂鱼？娶妻难道一定要娶齐国的美女？吃鱼难道一定要吃名贵的鲤

---

①衡门：横木为门，简陋的木门。 ②栖迟：栖息，安息，流连。 ③泌：泉水名。洋洋：水之奔流状。 ④乐：同“疗”，治疗，缓解。饥：饥饿。 ⑤岂：难道。 ⑥鲂：鲂鱼，即武昌鱼。 ⑦姜：齐国姓氏，因为齐国多美女，所以“姜”已成为美女的代称。 ⑧子：女儿。

鱼？娶妻难道一定要娶宋国的美女？后面两章，把爱情的价值观再提升一个级别：娶妻子不能看门第，不能看外表，重要的是她是自己心爱的姑娘，重要的是他是自己真爱的情郎。或许我即将要娶的只是小家碧玉，只是普通人家的姑娘，虽然没有齐国孟姜那么高挑，虽然没有宋国美女那么妖娆，但是我们心心相印，心心相恋，心心相爱！真正的爱情，与房子无关，与车子无关，与票子无关，与门阀无关，与等级无关，贵在两颗心相信相惜，贵在两个人相伴相依！

东门之池

东门之池[1]，可以沤(òu)麻[2]。	东门之外护城河，可以浸泡白麻。
彼美淑姬[3]，可与晤歌[4]。	那位美丽善良的姑娘，可以与她相互对唱。
东门之池，可以沤纻(zhù)[5]。	东门之外护城河，可以浸泡苎麻。
彼美淑姬，可与晤语。	那位美丽善良的姑娘，可以与她相互对话！
东门之池，可以沤菅(jiān)[6]。	东门之外护城河，可以浸泡菅草。
彼美淑姬，可与晤言。	那位美丽善良的姑娘，可以与她互诉衷肠！

这是一首劳动者的爱情诗歌。运用赋的手法，层层递进，将小伙子对姑娘的爱慕之心逐步袒露，将爱慕之情逐步表达。“东门之池，可以沤麻”是起兴，写劳动的背景：小伙子看到对面那位美丽善良的姑娘，就可与她一起对歌对唱。紧接着，“东门之池，可以沤纻”依然起兴，依然描写劳动背景：由黄麻换成了苎麻，时间在推移，爱情在发展，对面那位美丽善良的姑娘，与小伙子一起见面聊天对话。最后，“东门之池，可以沤菅”，既是起兴，也是表明时令在变化，当然小伙子与姑娘的感情也在升华：这个时候，那位美丽善良的姑娘，已经可以与小伙子互诉衷肠！诗歌到此戛然而止，后面的故事以留白的形式交给了读者。

---

①池：护城河。 ②沤：浸泡。麻：黄麻，可以织布。 ③淑：善良。姬：美女。 ④晤歌：相互对唱。 ⑤纻：苎麻，可以做绳索，可以织布。 ⑥菅：菅草，草本植物，叶子细长，富有韧性，可以做绳索。

东门之杨

东门之杨，其叶牂（zāng）牂①。	东门外，多白杨，风吹树叶簌簌响。
昏以为期②，明星煌煌③。	相约相见在黄昏，只见金星亮煌煌。
东门之杨，其叶肺（pèi）肺④。	东门外，多白杨，风吹树叶沙沙响。
昏以为期，明星晢（zhé）晢⑤。	相约相见在黄昏，唯有金星晶晶亮。

这首诗描写男女青年自由恋爱，自由约会。诗贵含蓄，诗的主人公有期待，有等待，有焦灼，有忧伤，有怅惘，全诗却达到“不着一字，尽得风流”的妙境。东门外，多白杨；晚风吹来，树叶沙沙响。起兴，渲染出一种淡淡的忧伤：独立树下，静听风声，等待爱人，直到启明星高挂，不见情人赴约。挺拔的树影，孤独的身影，淡淡的星光，憧憧的迷茫！水墨画，好唯美！

①牂牂：风吹树叶的响声。 ②昏：黄昏。期：约定。 ③明星：金星，早晨出现在东方为启明星，傍晚出现在西方为太白星。煌煌：鲜明的样子。 ④肺肺：风吹树叶的响声。 ⑤晢晢：明亮的样子。

墓门

墓门有棘[1]，斧以斯之[2]。 墓门有酸枣，可用斧子砍。
夫也不良[3]，国人知之。 那人不善良，国人都知道。
知而不已，谁昔然矣[4]。 自己不改正，竟一如既往。

墓门有梅[5]，有鸮（xiāo）萃止[6]。 墓门有梅林，猫头鹰栖止。
夫也不良，歌以讯之[7]。 那人不善良，唱歌劝诫他。
讯予不顾[8]，颠倒思予[9]。 好心全不顾，竟然妒恨我。

这是一首政治讽刺诗，讽刺的对象是陈国公子陈佗。他趁着陈桓公重病，杀害太子并自立为君。陈佗道德才能与国君地位严重不匹配，结果导致陈国大乱，人民流离失所，从庶民到大夫少有不痛恨陈佗的。这就是这首讽刺诗的历史背景。诗歌艺术形式颇奇特。第一章前两句是起兴，也兼比喻和反衬手法：墓门的酸枣树尚且可以用斧头修饰，而那个坏人就算负了天下人，也依然我行我素。第二章前两句也是起兴兼比喻：墓门的猫头鹰，让人不由自主产生坏人必然不得善终的联想；我作诗讽刺，他不会醒悟，还颠倒黑白嫉恨我。诗人没有明说，但是诗人的诅咒却蕴含其中。

陈佗杀太子获取继承权的做法，严重违背了周代以来建立的政治制度和政治规矩，且给国家和人民带来了深重灾难；隋朝杨广弑父继位，同样给国

①墓门：墓道的门。棘：酸枣树。 ②斯：砍。 ③夫：那人。 ④谁：谁人。昔：过去。然：这样。 ⑤梅：梅树。 ⑥鸮：猫头鹰。萃：聚集。止：句末语气词，无实义。 ⑦讯：责备，批评。⑧讯予不顾："予讯不顾"的倒装，我劝解他不理睬。 ⑨颠倒：相反。思：评价。

家和人民带来深重灾难；也有例外的，唐太宗李世民，玄武门之变，杀死太子李建成，提着太子的脑袋逼迫父亲唐高祖李渊退位，自己继承王权，却开创盛唐，名垂青史。既然“六经皆史”，今天读《诗经》，还是应当观古而知今！

防有鹊巢

防有鹊巢[1]？邛(qióng)有旨苕[2]？
谁侜(zhōu)予美[3]？心焉忉(dāo)忉[4]！

堤坝上会有鹊巢？山坡上会有苕草？
谁欺骗了我的爱人？让我心里痛苦不堪！

中唐有甓(pì)[5]？邛有旨鷊(yì)[6]？
谁侜予美？心焉惕(tì)惕[7]！

庙堂朝堂路上会有瓦砖？山坡上会有绶草？
谁欺骗了我的爱人？让我心里恐惧忧愁！

这首情诗颇为别致。第一章前两句以反问起兴：堤坝上会有鹊巢？不可能。山坡上会有苕草？不可能。后面以设问抒情：我的情郎会冷淡我？笑话，除非小人挑拨离间欺骗了他。尽管如此，我心里却是痛苦不堪。第二章前两句再反问起兴：庙堂朝堂路上会有瓦砖？不可能。山丘上会有绶草？不可能。接着设问抒情：我的心上人会不要我？笑话，除非小人挑拨离间，欺骗了他。尽管如此，我却非常恐惧忧愁。

---

①防：堤坝。 ②邛：土丘。旨：美味。苕：苕草，像芦苇一样，生长在水边或湿地。 ③侜：欺骗，蒙蔽。予美：我爱的人。 ④焉：里面。忉忉：痛苦不堪的情状。 ⑤唐：宗庙、朝堂内的大路。甓：古代用来做瓦沟的一种砖，不能用来铺路。 ⑥鷊：绶草，多生于湿地。 ⑦惕惕：忧愁恐惧之情状。

月出

月出皎兮①，佼人僚兮②。	月光皎洁啊，少女美丽啊。
舒窈纠兮③，劳心悄兮④。	步履徐徐啊，我心忧戚啊。
月出皓兮⑤，佼人懰(liú)兮⑥。	月光明亮啊，少女妩媚啊。
舒忧受兮⑦，劳心慅(cǎo)兮⑧。	步履犹豫啊，我心不宁啊。
月出照兮⑨，佼人燎兮⑩。	月光朗照啊，少女亮丽啊。
舒夭绍兮⑪，劳心惨兮⑫。	体态柔美啊，我心戚戚啊。

这是一首情诗，以男人的视角审视月下少女步履、情态、体态之美，抒发了主人公面对心仪的女子可望而不可即的孤独忧伤，是一首唯美主义的小诗。

美在景色凄清：月光皎洁，月光明亮，月光朗照，但相对于阳光，月光的清辉依然是朦胧的，心中的美少女就在这种朦胧的月光中徐徐出场，缓缓漫步，婀娜柔美，让人心生怜惜而有一种淡淡的凄清！美在意境凄迷：作者布置了清辉，看到了月光下徐徐漫步的少女，仿佛看到了少女的徘徊犹豫，仿佛看到了少女的忧思与孤独。这种唯美的描写，一下子把读者也带入其

①皎：明亮而洁白。 ②佼：同“姣”，貌美。僚：美丽。 ③舒：舒缓。窈纠：妇女徐徐漫步之状。 ④劳心：思念之苦。悄：深深的忧思。 ⑤皓：明亮。 ⑥懰：妩媚动人。 ⑦忧受：犹豫之情态。 ⑧慅：忧愁，心神不宁之状。 ⑨照：朗照。 ⑩燎：亮丽。 ⑪夭绍：体态柔美。 ⑫惨：懆，忧郁而烦躁。

中，仿佛读者就是那位少女，或仿佛读者就是那位痴情的少年！美在感情凄婉：正如月光下少女形象的朦胧，少女倩影的缥缈，少女体态的袅娜，似乎很近又似乎很远，似乎真实又似乎虚幻，似乎对自己有意又似乎毫无把握，似乎含情脉脉又似乎有些陌生，一切都是那么不可捉摸！怎么不叫人忧伤，怎么不叫人焦躁，怎么不叫人烦恼？看不清的是最美的，得不到的是最美的，相爱而不能相守的才是最凄婉的！

株林

胡为乎株林[①]？从夏南[②]。	为何去株林？去找夏子南。
匪适株林[③]，从夏南！	不是去株林，去找夏子南！
驾我乘(shèng)马[④]，说于株野[⑤]。	驾上四匹马，株林去寻欢。
乘(chéng)我乘驹[⑥]，朝食于株[⑦]。	乘上四匹马，株林去早餐。

这是一首讽刺诗，讽刺的是陈灵公与陈国大夫夏御叔妻子夏姬淫乱。说实话，这是典型的打油诗，创作者一定不是士大夫，十之八九是给陈灵公驾车的马夫。这首诗最突出的特点是隐语的运用。第一章的四句全是隐语：为什么去株林？去找夏子南？当然不是，去找夏子南的母亲。不是去株林，去找夏子南；明明是借口，找的是夏子南的母亲。这是典型的儿歌或童谣的手法。第二章继续使用隐语，驾上我的车去干什么？去株林寻找快乐。株林有什么快乐？打猎？游戏？都不是，是因为与夏姬相会于株林。骑上我的马去干什么？去株林吃早餐？当然不是，“朝食”是古人借喻男欢女爱的暗语。

商纣王抢夺大臣的妻子，乃国家不祥之兆，不久国破而于鹿台自焚；陈灵公与大夫之妻淫乱，亦乃国之不祥，不久陈灵公被夏姬的儿子夏子南，也

---

①胡为：干什么。乎：去，到。株林：陈国大夫夏御叔的封地。 ②从：追寻，寻找。夏南：夏御叔的儿子，夏徵舒，字子南。这里用了隐喻，陈灵公名义上去找夏子南，实质上是去找夏子南的母亲夏姬。 ③匪：同“非”。适：去。 ④我：陈灵公。乘马：同拉一车的四匹马。 ⑤说：同“税”。株野：株林郊外。 ⑥乘我乘驹：第一个“乘”是动词，骑马、驾车。

就是夏徵舒所杀。不是诗歌本身写得好，而是孔子作为编者选得好！孔子通过这首诗，劝诫贵为人君者，对待女色，不可不慎！编者用心良苦，读者不可不知！

泽陂

彼泽之陂①，有蒲与荷②。	池塘四周围堤坝，池中蒲草与荷叶。
有美一人，伤如之何③？	爱上翩翩美少年，伤感不知怎表达？
寤寐无为④，涕泗滂沱⑤。	什么事都做不了，想他经常泪涟涟。
彼泽之陂，有蒲与蕑（jiān）⑥。	池塘四周是堤坝，池中蒲草大泽兰。
有美一人，硕大且卷⑦。	爱上翩翩美少年，身材高大有风度。
寤寐无为，中心悁（yuān）悁⑧。	醒来睡着都想他，心中抑郁不快乐。
彼泽之陂，有蒲菡萏（hàn dàn）⑨。	池塘四周有堤坝，满池蒲草与荷花。
有美一人，硕大且俨⑩。	爱上翩翩美少年，身材魁梧貌端庄。
寤寐无为，辗转伏枕⑪。	六神无主无所事，辗转反侧不能忘。

《月出》是男子恋上了月下少女，那位少女朦胧而遥远；《泽陂》是少女恋上了英俊少年，这位少年清晰而朦胧，虽然少女深深爱上了这位少年，但是她却真的无法确认对方是否也同样爱着自己，所以忧伤，所以忧愁，所以焦虑，所以焦灼。于是，就有了这首唯美的爱情诗歌。

诗歌综合运用赋比兴三种手法，整体三章属于赋的铺排：每一章开头两

---

①泽：池塘。陂：堤岸。 ②蒲：蒲草。荷：荷叶。 ③伤：忧虑，忧伤。如之何：怎么能够获得芳心。 ④寤：醒。寐：睡着。无为：什么事也做不成，什么事也不会做。 ⑤涕：眼泪。泗：鼻涕。滂沱：奔涌。 ⑥蕑：大泽兰。 ⑦硕大：身材高大。卷：同“婘”，美貌。 ⑧悁悁：抑郁不乐。 ⑨菡萏：荷花的学名。 ⑩俨：端庄。 ⑫辗转：翻来覆去。

句都是起兴兼比喻，以蒲草比喻少年，以荷叶、兰花、荷花比喻少年，至于三章起兴的物象由“荷”而“蕑”再而“菡萏”共同的品质是高雅高洁，为下文孤芳自赏式的忧伤做好了铺垫。三章的起兴比喻之后直抒胸臆。那位英俊的少年，我忧伤的是不知如何向他表达我的爱，以至于寝食难安，以至于孤独时泪流满面，以至于心中充满忧郁，甚至于辗转反侧彻夜不眠。心理描写非常成功：因为爱无法传达，所以哭泣！因为爱而无法确认，所以忧郁！因为爱无法相守，所以焦虑！三章的心理描写，堪称描写少女心理的典型，惟妙惟肖，入木三分。

在原始儒家的爱情伦理中，男女之爱何其平等，何其自由，何其自主。诗中描写的是西周的风俗，当然也渗透着原始儒家的伦理追求。读《诗经》，也能明白原始儒家的爱情伦理观、爱情价值观与后世伪儒学的“夫为妻纲”“夫阳妻阴”“男尊女卑”简直就是风马牛不相及也。

桧风

羔裘

羔裘逍遥①，狐裘以朝②。	穿羔皮大衣去逍遥，穿狐皮礼服去上朝。
岂不尔思③？劳心忉忉④！	怎能不想你？想你心里很烦躁！
羔裘翱翔⑤，狐裘在堂⑥。	穿羔皮大衣多潇洒，穿狐皮礼服上朝堂。
岂不尔思？我心忧伤！	怎能不想你，爱而不见很忧伤！
羔裘如膏⑦，日出有曜⑧。	羔皮大衣如脂膏，太阳出来光闪耀。
岂不尔思？中心是悼⑨！	怎能不想你？内心悲伤怕你不知道！

这首诗也是爱情诗。女诗人爱上了一个风度翩翩的贵族少年，阶层差异，交流不畅，给少女带来了无穷无尽的烦恼。全诗主要用赋的手法，反复铺排贵族少年的衣着华丽，出身高贵，职业高尚，而自己只不过是一个小家碧玉。阶层的差异，导致爱可能是单向的，怎能不忧郁烦躁？对方是那么潇洒，对方忙着上朝堂，也许根本不知道自己的存在，甚至在公务繁忙之中，来不及看少女一眼，怎能不令少女忧伤？太阳底下，少女能够天天看到自己的心上人；可是心上人或许根本不知道有一位痴情的少女每天都在深情守望，少女怎能不觉得凄凉？——当今之世，有多少少男少女，为了“爱而不见”的男神女神，心神不宁，茶饭不思，生无可恋？由是观之，诗中少女之心多么可怜，诗中少女之情多么凄清！天下最不容易说清楚，最令人痴迷，最令人陶醉，也最令人忧伤的就是爱情。

---

①羔裘：羊羔皮衣。逍遥：悠闲悠然。 ②狐裘：狐皮衣。朝：上朝。 ③岂不尔思：“岂不思尔”的倒装。 ④忉忉：忧愁而烦躁貌。 ⑤翱翔：潇洒自由之状。 ⑥堂：朝堂。 ⑦如膏：光亮如油脂。 ⑧曜：日光，光芒。 ⑨悼：哀痛，悲伤。

素冠

庶见素冠兮①？	有幸见你，但为何戴白帽？
棘人栾(luán)栾兮②，	骨瘦如柴那么憔悴啊，
劳心慱(tuán)慱兮③。	由此可知你该多么悲伤啊。
庶见素衣兮④？	有幸相见，你为何穿白衣？
我心伤悲兮，	我内心深感悲痛啊，
聊与子同归兮⑤。	我愿意与你分担悲痛。
庶见素韠(bì)兮⑥？	有幸相见，为何戴白蔽膝？
我心蕴结兮⑦，	我内心深感郁结啊，
聊与子如一兮⑧。	我愿意与你同心如一啊。

这是一首爱情诗，患难见真情。少女深深爱恋着自己的心上人，不期而遇，却见到对方戴着白帽子，想必心上人因家庭遭遇不幸而形销骨立，少女内心多么悲伤啊！不期而遇，却见对方穿着白色的衣服，知道心上人长辈过世，不禁悲从中来，最好的安慰就是告诉心上人：我将与你分担悲痛！这样的爱情当然值得珍惜！不期而遇，却见到心上人围着白色的蔽膝，郁结之情油然而生，真心相爱，当然愿意与爱人同心如一！这样的爱情怎能不珍惜？

---

①庶：幸，有幸。素：白色。冠：帽子。 ②棘：同“瘠”，瘦弱。栾栾：憔悴貌。 ③慱慱：心中忧戚状。 ④衣：上衣。 ⑤归：同道，共度时艰。 ⑥韠：古代朝服的蔽膝。 ⑦蕴结：郁结。 ⑧如一：同心同德如一人。

有在自己最艰难的岁月被抛弃经历的人，才知道少女这颗心是多么善良，才知道少女这份情是多么坚贞，才知道少女这份愿望是多么值得一辈子相守珍惜。

隰有苌楚

隰(xí)有苌(cháng)楚①，猗傩(ē nuó)其枝②。	湿地里长着羊桃，婀娜多姿美枝条。
夭之沃沃③，乐子之无知④。	羊桃叶茂盛呈光泽，无知无识好逍遥。
隰有苌楚，猗傩其华。	湿地里长着羊桃，婀娜多姿花儿俏。
夭之沃沃，乐子之无家⑤。	羊桃叶茂盛多鲜艳，没有家庭多逍遥。
隰有苌楚，猗傩其实⑥。	湿地里长着羊桃，婀娜多姿羊桃摇。
夭之沃沃，乐子之无室⑦。	羊桃叶茂盛真润泽，没有家人自逍遥。

这首诗的题旨，清代方玉润讲得比较到位：“此必桧破民逃，自公族子姓以及小民之有室有家者，莫不扶老携幼，携妻抱子，相与号泣于歧路，故有家不如无家之好，有知不如无知之安也。而公族子姓之为室家累者尤甚。”中国自古相传的俗语：“乱离人不如太平犬。”诗作者如何表达国破家亡的痛苦呢？呼天抢地？自怨自艾？自暴自弃？作者选择了赋比兴的手法，描写了自己对于无知无识的羊桃的羡慕，借以抒发内心的愤懑与无奈。全诗三章，以羊桃枝之美、羊桃花之俏、羊桃实之惠起兴，也是反衬手法，羊桃树如此之美，而人的命运如此之糟。三章后半段的两句，均以羊桃叶之茂盛，反衬命运的凄惨，自然引发了作者羡慕羊桃树的无知无识，羡慕羊桃

①隰：低洼地。苌楚：羊桃。 ②猗傩：同“婀娜”，柔美轻盈之态。 ③夭：繁盛之状。沃沃：光泽。 ④乐：喜欢。无知：不能感受人情冷暖。 ⑤家：家庭。 ⑥实：果实。 ⑦室：家人。

树的没有家庭，羡慕羊桃树的没有家人。这种羡慕本身又是一种整体的反衬法，反衬了国破家亡的不幸和悲伤。全诗无一字言悲，而悲伤发自内心且溢于言表；全诗无一字言怒，而怒气犹如地火而不可遏！覆巢之下，焉有完卵？小国颠覆，国民尚且如此遭殃；大国颠覆，程度将不知严重多少倍。国民当思进取，担当匹夫之责，为中华民族的复兴而不懈奋斗！

此诗作爱情诗解读也无不妥，读者可以试着理解。

匪风

匪风发兮[①]，匪车偈(jié)兮[②]。	不是风吹响啊，不是车跑得快啊。
顾瞻周道[③]，中心怛(dá)兮[④]！	回头远望通往王室的路，心中充满无限悲伤啊！
匪风飘兮[⑤]，匪车嘌(piāo)兮[⑥]。	不是风吹得疾啊，不是车跑得快啊。
顾瞻周道，中心吊兮[⑦]！	回头眺望王室的官道，心中充满无限的悲伤啊！
谁能亨鱼[⑧]？溉之釜鬵(xín)[⑨]。	谁能够烹饪鱼啊？把大锅小锅洗净。
谁将归西？怀之好音[⑩]。	谁向西回故乡啊？托他传递平安信。

这首诗是批评时政的讽刺诗，只不过与《隰有苌楚》写法不一样，通过缅怀西周初年的礼乐文明盛世而表达对现实的强烈不满。《毛诗序》说："《匪风》，思周道也。国小政乱，忧及祸难而思周道焉。"这个定位是准确的，桧国作为小国，如果励精图治，上可以无愧于天，下可以无愧于民，但是偏偏国君骄奢淫逸，不思进取，国破山河碎，最苦是百姓。作者应该是桧国士大夫阶层，属于有车一族；出于为尊者讳的缘故，没有直接点名批评桧国国君，而是以怀念先王之政表达对现实的愤慨和谴责。

前两章借风和车起兴，然后直抒胸臆，回望通往周朝的大道，心中忧伤，心中凭吊。的确，西周王朝早期，以周公姬旦为代表的最高当局，发现

---

①匪：同"非"，不是。发：模拟风声之词。②偈：疾驰的样子。③顾瞻：回头远望。周道：通往周朝的官道。④怛：悲伤。⑤飘：飘动，旋转。⑥嘌：迅捷之状。⑦吊：悲伤。⑧亨：同"烹"，烹饪。⑨溉：洗刷。釜：锅。鬵：大锅。⑩好音：报平安的消息。

决定帝王存在的不是上天而是民意之后，开创了以民为本的礼治路径，创造了同时期人类历史上最辉煌的文明。诗歌的最后一章则回到现实，自己虽然正在远离故土，但是，依然怀念故乡，依然怀念故国，依然怀念西边的王朝，依然渴望能够回到一个令人羡慕且值得羡慕的文明时代。先民和哲人，此时就已经开始探讨如何跳出王朝更替的历史周期率，这首诗可以管窥古人思想深处的渴望和期盼。

曹风

蜉蝣

蜉蝣（fú yóu）之羽①，衣裳楚楚②。	蜉蝣翅膀，整洁鲜明。
心之忧矣，于我归处③？	我心忧伤，何处归宿？
蜉蝣之翼④，采采衣服⑤。	蜉蝣翅膀，光鲜亮丽。
心之忧矣，于我归息⑥？	我心忧郁，何处栖止？
蜉蝣掘阅⑦，麻衣如雪⑧。	蜉蝣破土，翅膀如雪。
心之忧矣，于我归说⑨？	我心忧虑，何处乐土？

这首诗属于政治哲理诗。既有政治批判，也有人生感叹；既有国运忧虑，也有个人忧伤。全诗三章，赋比兴兼容，艺术效果强烈。每一章都以蜉蝣的翅膀起兴，也蕴含比喻，比喻曹国国君犹如蜉蝣，命短而不自知，只追求穷奢极欲的物质生活，全然不顾百姓的悲苦。同时，本诗也取蜉蝣生命的短暂，慨叹曹国国运短暂，国民朝不保夕，一如蜉蝣。很多注者，特意强调“我”与“何”同音同义，其实不然，这里的“我”就是作者本人，“我”只是士大夫中的一个代表，只是曹国人中的一个，“我”只是懂得人生无常生命短暂的士人，“我”之追问，正是当时曹国上下的迷茫、迷惘、彷徨所在。国运犹如蜉蝣，何况国人？物犹如此，小国之民何以堪？强烈的忧国忧民忧人生的悲愤震撼人心。

---

①蜉蝣：一种水中小虫，幼虫阶段在水中，成虫寿命极短，朝生暮死。羽：翅膀。 ②楚楚：整洁而鲜明。 ③于：句首语气词，无实义。归处：归宿。 ④翼：翅膀。 ⑤采采：灿灿，光鲜亮丽。 ⑥归息：最终的归宿，栖止之地。 ⑦掘：穿；阅：同“穴”。掘阅：从泥泞中破土而出，完成从幼虫到成虫的蜕变过程。 ⑧麻衣：指蜉蝣透明而有薄纹的翅膀。 ⑨归说：归宿的乐土。“说”同“悦”，喜悦。

候人

彼候人兮①，何戈与祋(duì)②。	那位边境小吏啊，扛着戈和殳。
彼其之子，三百赤芾③。	那些平庸的官僚啊，蔽膝就有三百套。
维鹈(tí)在梁④，不濡其翼⑤。	鹈鹕在鱼梁，水不沾翅膀。
彼其之子，不称其服⑥。	那平庸的官僚啊，与官服配不上。
维鹈在梁，不濡其咮(zhòu)⑦。	鹈鹕在鱼梁，水都沾不上嘴。
彼其之子，不遂其媾⑧。	那平庸的官僚啊，与皮质袖套不配。
荟兮蔚兮⑨，南山朝隮(jī)⑩。	云雾弥漫啊，南山早晨出彩虹。
婉兮娈兮⑪，季女斯饥⑫。	温婉又俊俏啊，小女儿却在饥渴中。

这首诗歌颂的是基层公务人员，讽刺的是那些平庸的高位者。全诗赋比兴兼用。首章先写边境小公务人员的辛苦劳累，接着写那些与官服根本不相配的平庸官僚数量之多，官气十足。恐怕这是最早揭露官僚人数庞大，人浮

---

①候人：边境上送往迎来的小官，“道宾于朝，出送之于境也”。 ②何：同“荷”，扛着。祋：亦作“殳”，春秋时代用来攻击的竹制兵器，长一丈二尺，有棱无刃。 ③赤芾：冕服，即蔽膝，用来遮蔽膝盖的配件。 ④维：仅仅。鹈：鹈鹕，一种有喉囊的鱼鹰，以捕鱼为生。梁：河中的石坝。 ⑤濡：沾湿。翼：翅膀。 ⑥不称：不配，配不上。 ⑦咮：鸟嘴。 ⑧遂：遂心，合心意，满足心愿。媾：同“褠”，类似于今天的袖套，穿在手臂上保护肘部。 ⑨荟：聚集。蔚：云彩弥漫上升的状态。 ⑩朝隮：早上的彩虹。 ⑪婉：美好。娈：貌俊。 ⑫季女：最小的女儿。斯：语助词。饥：饥渴。

于事，德不配位的诗歌。二、三两章，写法一致，都是先描写鹈鹕起兴，言下之意，鹈鹕虽然几乎翅膀不用沾水，几乎嘴巴不用沾水，但是它们却能自食其力；而相反，那些平庸的官僚，却连鹈鹕都不如，与他们华丽的朝服不相配。物与人的对比，表达了作者的不满和愤怒。最后一章，以自然风景起兴，在南山彩虹中，一位豆蔻年华的少女登场了，她是候人的小女儿，她温婉而俊俏，却承受着饥饿的煎熬。第四章是物与人的对比，寄托了对基层公务人员的同情和对平庸者的谴责。

作为讽刺诗，批评了官僚体系臃肿、人民负担过重的问题；批评了庸者上而能者勤者没有机会的选人用人机制，也就是把批评的矛头直接指向了选人用人和制定选拔人才机制的上层统治者。今天的深化改革，依然面临机构臃肿、人浮于事和人才逆淘汰的问题。

鸤鸠

鸤鸠在桑[1]，其子七兮[2]。	布谷鸟在桑林，小布谷鸟很多。
淑人君子[3]，其仪一兮[4]。	善良的君子啊，仪态从来温和。
其仪一兮，心如结兮[5]。	仪态从来温和，心志坚如磐石。
鸤鸠在桑，其子在梅。	布谷鸟在桑林，小布谷鸟在梅林。
淑人君子，其带伊丝[6]。	善良的君子啊，你的腰带是真丝。
其带伊丝，其弁(biàn)伊骐[7]。	你的腰带是真丝，你的帽子青黑色。
鸤鸠在桑，其子在棘[8]。	布谷鸟在桑林，小布谷鸟在酸枣林。
淑人君子，其仪不忒(tè)[9]。	善良的君子啊，表里如一无偏差。
其仪不忒，正是四国[10]。	表里如一无偏差，四方各国做榜样。
鸤鸠在桑，其子在榛。	布谷鸟在桑林，小布谷鸟在榛林。
淑人君子，正是国人。	善良的君子啊，你是国人的榜样。
正是国人，胡不万年[11]？	你是国人的榜样，为何不万寿无疆！

---

①鸤鸠：布谷鸟。 ②七：概数，极言其多。 ③淑：善良。 ④仪：仪态。一：始终如一。 ⑤结：形容心意坚决。 ⑥带：腰带。伊：维，是。 ⑦弁：皮帽。伊：是。骐：青黑色的马，这里借代指青黑色。 ⑧棘：酸枣树。 ⑨忒：始终如一。 ⑩正：法则，示范。四国：全国范围内。 ⑪万年：长久，永恒。

这是一首赞美诗，赞美了曹国始封国君姬振铎的贤能。曹国虽小，但是始封国君却是武王的弟弟振铎，由于振铎人品好、性情温、恤民情，曹国曾有过一段平静而富足的日子。全诗四章，整体运用赋的手法。每一章头两句均用布谷鸟和众多小布谷鸟起兴，创造的是一种父慈子众多的氛围，为下文歌颂姬振铎的高尚人格做好了铺垫。四章于起兴之后，都是直抒胸臆：第一章侧重赞美其仪容，第二章侧重赞美其服饰，第三章赞美其国际影响，第四章赞美其堪称国人楷模，并祝福他万寿无疆。老百姓心里最明亮，自然会怀念和赞美温文尔雅且体恤民生的君王。这首诗揭示了儒家的政治价值观：为政一方，造福一方。为民谋福祉，就能得到人民的敬仰，生命虽然不能如百姓期待那样万寿无疆，但是却能永放光芒！

下泉

冽彼下泉[1]，浸彼苞稂(láng)[2]。	冷冽泉水汩汩流，浸泡丛生狼尾草。
忾(kài)我寤叹[3]，念彼周京[4]。	我自醒来长叹息，怀念京城睡不着。
冽彼下泉，浸彼苞萧[5]。	泉水冷冽汩汩流，浸泡丛生的青蒿。
忾我寤叹，念彼京周[6]。	我自醒来长叹息，怀念都城睡不着。
冽彼下泉，浸彼苞蓍(shī)[7]。	泉水冷冽汩汩流，浸泡丛生的蓍草。
忾我寤叹，念彼京师[8]。	我自醒来长叹息，怀念京城睡不着。
芃(péng)芃黍苗[9]，阴雨膏之[10]。	青葱茂盛黍米苗，连绵阴雨滋润好。
四国有王[11]，郇伯劳之[12]。	四方诸侯卫王朝，郇国荀伯多辛劳。

这是一首厚古薄今的讽刺诗。为什么怀念王城，为什么怀念周京，那是因为曹国国君无能，民不聊生。全诗赋比兴融合用之，前面三章均以泉水冷冽汩汩流起兴，也是比喻，泉水浸泡狼尾草，泉水浸泡青蒿，泉水浸泡蓍草，这些草还能生长吗？泉水因为冰冷，所以，虽然在上位，带给近处生物的却是衰亡甚至死亡。借这种比兴，含蓄而生动地谴责曹国国君的奢侈无

①冽：寒冷。下泉：奔流而下的山泉。 ②苞：丛生。稂：狼尾草。 ③忾：叹息。寤：睡不着。 ④周京：周朝都城镐京。 ⑤萧：青蒿。 ⑥京周：周京。 ⑦蓍：锯齿草，古人占卜的工具。 ⑧京师：天子居住的都城，即镐京。 ⑨芃芃：茂盛。黍：黄米。 ⑩膏：滋润。 ⑪四国：周边的诸侯国。 ⑫郇伯：荀伯，周文王之子。劳：辛苦。

能，犹如冰冷的泉水，只能给百姓带来灾难，与第四章的阴雨滋润万物，形成了强烈的反差。一、二、三章后面两句，完全叠句重唱，梦醒时分，感慨万分，深深怀念强盛时期的镐京。第四章另辟蹊径，以阴雨滋润黍苗起兴，热情洋溢歌颂了同是小国国君的荀伯，以民为本，励精图治，百姓和乐。

很多上位者不能给周遭以阳光，不能给周遭以温暖，能够给予的只是阴冷和萧条，这样的上位者往往在位则作威作福，不在位则晚景凄凉。读史明智，读《诗》又何尝不能明智呢？

豳风

七月

七月流火①，九月授衣②。	七月大火星西降，九月官府发寒衣。
一之日觱发(bì bō)③，二之日栗烈④。	一月寒风萧萧，二月北风凛冽。
无衣无褐⑤，何以卒岁⑥？	没有衣服没有短袄，用什么度过年终？
三之日于耜(sì)⑦，四之日举趾⑧。	三月修缮农具，四月踩着耒耜翻土。
同我妇子⑨，馌(yè)彼南亩⑩。	妻子儿女一起，送饭到向阳的田地。
田畯(jùn)至喜⑪！	农官看了非常高兴！
七月流火，九月授衣。	七月流火星西降，九月官府发寒衣。
春日载阳⑫，有鸣仓庚⑬。	阳春三月，黄莺鸣叫。
女执懿筐⑭，遵彼微行⑮，	姑娘拿着深箩筐，沿着那小道而行，
爰求柔桑⑯。	寻找和采摘嫩桑叶。
春日迟迟⑰，采蘩祁祁⑱。	春日步履蹒跚，采摘白蒿如山。
女心伤悲，殆及公子同归⑲。	姑娘内心忧伤，期待与公子回归。

---

①七月：夏历七月，相当于公历八九月，初秋时节。流火：大火星向西流动，天气转凉。火：星宿（天蝎座星），又名大火。 ②授衣：分发寒衣。 ③一之日：周历一月，相当于夏历十一月。觱发：风吹物发出的声音。 ④二之日：周历二月，夏历十二月。栗烈：寒气逼人。 ⑤衣：上身的衣服。褐：粗麻兽毛织成的短衣，贫穷者的衣服。 ⑥卒岁：终岁，度过年终。 ⑦三之日：周历三月，夏历一月。于：作动词用，修理，修缮。耜：翻土用的犁头。 ⑧四之日：周历四月，夏历二月。举趾：抬脚，即用脚踩耒耜翻土。 ⑨同：协同。妇子：妻子和儿女。 ⑩馌：送饭。南亩：向阳的田地。 ⑪田畯：农官。至：很，非常。 ⑫春日：周历的春，相当于农历的三月；载：则；阳：享受阳光，天气变得暖和。春日载阳：阳春三月，万物苏醒。 ⑬有：句首语气词，无实义。鸣：叫。仓庚：黄莺。 ⑭懿：深。 ⑮遵：沿着。微行：小路。 ⑯爰：句首发语词，无实义。求：寻求，采摘。柔桑：嫩桑叶。 ⑰春日：相当于农历冬至日。迟迟：太阳行走缓慢，因为白天变长，故有此主观感觉。 ⑱蘩：白蒿。祁祁：众多之貌。 ⑲殆：等到。及：与。公子：心仪的男人。同归：一起回家。

七月流火，八月萑(huán)苇①。	七月流火星西降，八月收割荻芦。
蚕月条桑②，取彼斧斨(qiāng)③，	三月修整桑枝，用那斧斨，
以伐远扬④，猗彼女桑⑤。	砍伐高长的枝条，拉着短枝采嫩桑。
七月鸣鵙(jú)⑥，八月载绩⑦。	七月伯劳鸟叫，八月开始织麻。
载玄载黄⑧，我朱孔阳⑨，	有黑色也有黄色，我织麻又红又鲜艳，
为公子裳。	给公子做衣裳。
四月秀葽(yāo)⑩，五月鸣蜩(tiáo)⑪。	四月师姑草抽穗，五月鸣蝉歌唱。
八月其获⑫，十月陨萚(tuò)⑬。	八月收割庄稼，十月枯叶飞扬。
一之日于貉(hé)⑭，取彼狐狸⑮，	一月去捕获狗獾，也捕获狐狸，
为公子裘。	为公子做皮袄。
二之日其同⑯，载缵(zuǎn)武功⑰。	二月聚集，继续打猎。
言私其豵(zōng)⑱，献豜(jiān)于公⑲。	小野猪自己留下，大野猪献给公家。

---

①萑：荻，芦类植物。苇：芦苇。 ②蚕月：周历春月，即农历三月。条桑：修剪桑枝。 ③斧斨：二者都是斧子，装柄圆孔叫作斧，装柄方孔叫作斨。 ④远扬：又长又高的桑枝条。 ⑤猗：同“掎”，拉着。女桑：嫩桑。 ⑥鵙：伯劳鸟，体态华美，声音洪亮。 ⑦载：虚词，无实义。绩：织麻。 ⑧载……载……：又……又……。玄：黑色。黄：黄色。 ⑨朱：大红色。孔：很，非常。阳：鲜艳。 ⑩秀：抽穗开花。葽：葽草，师姑草。 ⑪蜩：蝉。 ⑫获：收获庄稼。 ⑬陨：坠落。萚：枯树皮、枯草叶等。 ⑭于：动词，捕。貉：狗獾。 ⑮取：猎取。 ⑯同：会同，聚合。 ⑰载：于是。缵：继续。武功：战事，此处指打猎。 ⑱言：发语词，无实义。私：自己拥有，捕猎者自己可以按照制度享有小猎物。豵：小野猪。 ⑲献：上交。豜：三岁的野猪，指大野猪。公：公家。

五月斯螽(zhōng)动股[1]，六月莎鸡振羽[2]。	五月蝈蝈抖动双股，六月纺织娘震动翅膀。
七月在野[3]，八月在宇[4]。	蟋蟀七月在野外，八月在屋檐。
九月在户[5]，十月蟋蟀入我床下。	蟋蟀九月在室内，十月到我床下。
穹窒熏鼠[6]，塞向墐(jìn)户[7]。	用烟熏老鼠，塞住窗和门户。
嗟我妇子，曰为改岁[8]，	叹我妻子儿女，这就叫除夕，
入此室处[9]。	躲进简陋的房屋。
六月食郁及薁(yù)[10]，七月亨葵及菽(shū)[11]。	六月吃郁李和野葡萄，七月烹冬葵和大豆。
八月剥枣[12]，十月获稻。	八月扑枣，十月收获稻谷。
为此春酒[13]，以介眉寿[14]。	酿造春酒，以祈祷长寿。
七月食瓜，八月断壶[15]，九月叔苴(jū)[16]。	七月吃瓜果，八月摘瓠子，九月摘苴麻。
采荼(chū)薪樗(sì)[17]，食我农夫[18]。	采苦菜砍臭椿，就这样养活农夫。

---

①斯螽：蝈蝈。动股：抖动大腿。 ②莎鸡：纺织娘。振羽：震动翅膀。 ③野：野外。 ④宇：屋檐。 ⑤户：屋内。 ⑥穹：穷尽。窒：堵塞。 ⑦向：北窗。墐：用泥涂抹。户：门户，单扇门。 ⑧曰为：叫作。改岁：除夕。 ⑨入此室处：到室内来居住。 ⑩郁：郁李。薁：野葡萄。 ⑪葵：冬葵。古代是很重要的主菜。菽：大豆，泛指豆类。 ⑫剥：同“扑”，打落。 ⑬为：酿造。春酒：冬日酿制春日乃成，所以称为春酒。 ⑭以介：祈求。眉寿：长寿，古人认为长出长长的眉毛意味着长寿。 ⑮断：摘取。壶：同“瓠”，葫芦科，又称瓠子，味道清甜。 ⑯叔：拾取。苴：苴麻，可食用。 ⑰荼：苦菜。薪：以……为薪。樗：臭椿树。 ⑱食：养活。食我农夫：养活我们这些农夫。

九月筑场圃①，十月纳禾稼②。	九月修筑稻场菜园，十月收藏稻谷。
黍稷重穋(lù)③，禾麻菽麦④。	黄米小米晚熟早熟，稻谷苴麻黄豆小麦。
嗟我农夫，我稼既同⑤，	可叹农夫，收拾完全部农活，
上入执宫功⑥。	还要进入官廷服役。
昼尔于茅⑦，宵尔索绹(táo)⑧。	白天割茅草，晚上搓草绳。
亟(jí)其乘屋⑨，其始播百谷(gǔ)⑩。	快些修葺房屋，春来就得播种百谷。
二之日凿冰冲冲⑪，三之日纳于凌阴⑫。	二月凿冰冲冲，三月藏冰地窖。
四之日其蚤⑬，献羔祭韭⑭。	四月取冰祭祀早，献上韭菜和羊羔。
九月肃霜⑮，十月涤(dí)场⑯。	九月降下冷霜，十月洗涤稻场。
朋酒斯飨⑰，曰杀羔羊。	两壶酒可以自飨，再杀了羔羊。
跻(jī)彼公堂⑱，称彼兕觥(sì gōng)⑲，	登上祠堂，举起犀牛角做的酒器，
万寿无疆⑳！	相互道一声万寿无疆。

①筑：夯土构筑。场：打谷场。圃：菜园子。　②纳：收拾。　③黍：黄米。稷：小米。重：同“穜”，晚熟植物。穋：晚种早熟的谷物。　④禾：谷子。麻：苴麻。菽：大豆。麦：麦子。　⑤稼：庄稼。既：已经。同：聚拢。　⑥上：同“尚”，尚且，还需要。执：做。宫功：宫里分派的劳役。　⑦昼：白昼。尔：虚词无实义。于茅：割茅草。　⑧宵：夜晚。索：搓、绞。绹：绳索。　⑨亟：赶紧，赶快。其：语气词，无实义。乘：爬上。　⑩其：指代春天。　⑪冲冲：拟声词，模拟凿冰的声音。　⑫凌：冰；阴：同“窨”，地窖。凌阴：冰窖。　⑬蚤：同“早”。　⑭献羔祭韭：献上羔羊，祭上韭菜。　⑮肃：降下。　⑯涤场：洗涤打谷场。　⑰朋酒：两壶酒。　⑱跻：登上。公堂：乡间祠堂一类的公共场所。　⑲兕觥：用犀牛角做的酒器。　⑳万寿无疆：农人自己相互敬酒的祝词，相当于“长命百岁”。

这是一首古老的田园诗，作者显然不是陶渊明式的士大夫，所以没有陶渊明式的唯美主义的田园风光和自然风趣，更多的是现实主义的农村生活真实写照。从诗歌所描绘的生活画面看，最迟应当是西周初年的作品，诗中统治者与劳动者的矛盾尚不是很尖锐，农民的生活虽然很苦，但是也有快乐，也有期盼。该诗是国风中最长的一首，把《诗经》最常用的赋比兴三种手法融合使用到了最高境界，反复铺排，逐月叙事，每章起兴，间或比拟，把一年四季的田园生活真实而完整地铺叙下来，即便是今天，读者都能够从字里行间领会到周初的天象、天气、自然、物产、男耕、女织、祭祀、除夕等完整的农村生活场景。

全诗八章分三部分。第一部分是第一章，从天象、气象入手，概写全年的生活，粗览农家一年的生活，也提出了衣食住行的问题。第二章侧重写采桑采蘩，第三章侧重写织麻制衣，第四章侧重写打猎，第五章侧重写换季，第六章侧重写冬藏，第七章侧重写服役。第八章为第三部分，写祭祀和祝福。这首诗奠定了田园诗歌的基础，其艺术成就正如清代学者方玉润在《诗经原始》中所言："今玩其辞，有朴拙处，有疏落处，有风华处，有典核处，有萧散处，有精致处，有凄婉处，有山野处，有真诚处，有华贵处，有悠扬处，有庄重处。无体不备，有美必臻。晋唐后，陶谢王孟韦柳田家诸诗，从未见臻此境界。"《七月》与晋唐后陶谢王孟韦柳田家诸诗的最大差别，是前者具有雄厚的农业生活基础，采用现实主义色彩和写实主义手法，而后者则采用浪漫主义色彩和理想主义写法；前者写生活之艰辛和苦中之乐，后者写逃离现实的潇洒和逍遥之乐。

有注家认为，这首诗主旨是控诉奴隶社会剥削阶级残酷性，我不敢苟同。我在农村生活了将近二十年，即便是到了20世纪70年代，中国农村生活依然与三千年前的豳风《七月》描写的相差无几。二者都有“人民公社”的色彩，《七月》中官府可以分发衣服，官府允许小的野兽自己留着，大的交公；而20世纪70年代的人民公社，种公家地，交公粮，留下一点做口粮，自留地里种蔬菜，那是自己食用的。农村中的生产队长之类，就是《七月》中的农官，看到男的耕田、女的送饭、小孩帮忙，他们也像《七月》中的农官一样非常高兴，看到勤奋的小孩子还要勉励一番；傍晚时分，妇女们心头涌上淡淡的忧伤，因为她们想家了，盼望着公家的人（生产队长、小组组长）一声呼哨，妇女们先回家做饭，然后人们享受农家晚餐的短暂快乐。苦，是农村生活的主旋律；甜，是农村生活的主观追求和感受！即便现在回农村种田，哪有不苦的道理。

此外，理解这首诗的时令，需注意夏历与周历的混合使用，凡是写“×月”的都是夏历，与我们今天的农历月份相吻合；凡是写“×之日”的都是周历，比夏历早两个月，比如“一之日”就是十一月，“二之日”就是十二月。

鸱鸮

鸱鸮鸱鸮(chī xiāo)①，	鸱鸮啊鸱鸮，
既取我子②，	已经抓了小鸟，
无毁我室③。	不要毁坏我的巢。
恩斯勤斯④，	如此恩爱如此勤劳，
鬻(yù)子之闵斯⑤！	养育孩子我已病倒。
迨(dài)天之未阴雨⑥，	等到天晴，
彻彼桑土⑦，	剥离那桑根，
绸缪牖(chóu móu yǒu)户⑧。	修好窗户。
今女下民⑨，	现在树下的人，
或敢侮予⑩？	还有谁敢欺负？
予手拮据⑪，	我的手已疲劳，
予所捋(luō)荼⑫，	还要采摘苦菜，
予所蓄租⑬。	还要收集枯草。
予口卒瘏(zú tú)⑭，	我嘴已经累坏，
曰予未有室家！	尚未修好鸟巢。

①鸱鸮：猫头鹰。 ②既：既然，已经。 ③室：鸟巢。 ④恩：恩爱。勤：勤劳。斯：语气词。 ⑤鬻：养育。闵：生病。 ⑥迨：趁着。 ⑦彻：剥。桑土：桑根，土同“杜”，即“根”。 ⑧绸缪：缠绕。牖：窗。户：门。 ⑨女：同“汝”。下：树下，即鸟巢那棵树的下面。 ⑩或：有人，谁人。 ⑪拮据：操作不能自如，引申为困难。 ⑫捋：采摘。荼：苦菜。 ⑬蓄：收集。租：同“苴”，苴麻，泛指枯草。 ⑭瘏：贫病交加。

予羽谯（qiáo）谯[1]，	我羽毛逐渐枯黄，
予尾翛（xiāo）翛[2]，予室翘翘[3]。	我尾巴逐渐敝凋，我的巢仍然不牢。
风雨所漂摇[4]，予维音哓（xiāo）哓[5]！	在风雨中飘摇，只剩下我凄厉的鸣叫。

这是一首寓言诗。以鸟的口吻、鸟的处境、鸟的遭遇、鸟的鸣叫，比赋人的命运、遭遇、苦难、悲伤和愤怒。既然是寓言诗，赋比兴当然已经熔铸到全诗中，形成了一个象征整体，以物喻人，感人至深。

寓言写得非常精彩。第一章：飞来横祸。母鸟原本有一个幸福的家庭，想不到猫头鹰偷袭，攫取孩子，母鸟恳求不要毁坏鸟巢；母鸟在呼叫，母鸟在呼号，母鸟在求告。这种求告有用吗？第二章：再做打算。母鸟等待天晴，再剥桑根，再修窗户。给树下的人们以警告，看看谁还敢破坏我的巢？这种警告有用吗？第三章：劫后重建。手已疲劳，采摘苦菜，积攒枯草，嘴已累坏，家没修好。对于母鸟来说，劫后重建，谈何容易？第四章：绝望呐喊。羽毛枯黄，尾巴凋敝，巢仍不牢，风雨飘摇，只能凄厉鸣叫。在历经苦难之后，依然不能一劳永逸，依然无法抵御强敌，发出凄厉的叫声；在弱肉强食的丛林，谁会同情？谁会怜悯？

很多学者牵强附会地认为这首诗是奴隶对奴隶主阶级残酷的控诉，我实在不敢苟同。倒是《毛诗序》的说法比较可靠："《鸱鸮》，周公就乱也。成王未知周公之志，公乃为诗以遗王，名之曰《鸱鸮》。"近代学者却认为《毛诗序》也牵强。我仍不敢苟同。还原历史，周公东征，奸佞之臣就散播

---

①谯谯：枯黄。 ②翛翛：凋敝。 ③翘翘：危险脆弱。 ④漂摇：摇摆不定。 ⑤哓哓：因恐惧而发出的凄厉叫声。

谣言，挑拨周公和成王的关系，周公于是作了这首寓言诗，派快马送给成王，成王读了这首诗，豁然释然，相信了周公的谋国之忠。诗歌第一章，鸟的处境难道不是周公作为成王慈父的处境吗？第二章鸟的愿望难道不是周公面对国家百废待兴的局面勤勉工作的心愿吗？第三章劫后重建不正是周公已经开始的事业吗？第四章鸟的衰老不正是周公的归宿吗？到此为止，明明白白告诉成王：孩子啊，我老了，做完这些事情，后面的一切都靠你自己了。聪明的成王读到这首诗，怎能不懂周公的苦衷和委屈呢？

东山

我徂(cú)东山①，慆(tāo)慆不归②。	我到东山去，长久不能回。
我来自东，零雨其濛③。	我从东方回，蒙蒙细雨飞。
我东曰归④，我心西悲⑤。	我从东方归，我心向西悲。
制彼裳衣⑥，勿士行(háng)枚⑦。	缝制新衣裳，不再从军忙。
蜎(yuān)蜎者蠋(zhú)⑧，烝(zhēng)在桑野⑨。	缓慢蠕动的毛虫，相亲相爱在桑野。
敦彼独宿⑩，亦在车下。	我却蜷缩身体独自成眠，就在战车下。
我徂东山，慆慆不归。	我到东山去，长久不能回。
我来自东，零雨其濛。	我从东方回，蒙蒙细雨飞。
果赢之实⑪，亦施(yì)于宇⑫。	瓜蒌的果实，挂在屋檐下。
伊威在室⑬，蠨(xiāo)蛸(shāo)在户⑭。	潮虫在内室，蜘蛛在门口。
町(tīng)畽(tuǎn)鹿场⑮，熠耀宵行⑯。	野鹿奔跑在空场，萤火虫闪耀着亮光。
不可畏也，伊可怀也⑰。	故乡荒凉不可怕，日里梦里都想家！
我徂东山，慆慆不归。	我到东山去，久久不能回。
我来自东，零雨其濛。	我从东方归，蒙蒙细雨飞。

---

①徂：往。 ②慆慆：长久。 ③零雨：细雨。濛：迷蒙，弥漫。 ④东：离开东方。 ⑤西悲：遥望西方而悲从中来。 ⑥裳衣：衣裳。 ⑦士：从事。行枚：同“衔枚”，行军防止喧哗，士兵口中都衔枚。 ⑧蜎蜎：蠕动貌。蠋：一种大如手指的蚕状毛虫。 ⑨烝：同“蒸”，毛虫交配。⑩敦：身体蜷缩如胎儿状。 ⑪果赢：栝楼，又称瓜蒌，蔓生葫芦科植物，可食用。 ⑫施：蔓延，挂。 ⑬伊威：潮虫，又名地鳖虫。 ⑭蠨蛸：长脚蜘蛛。 ⑮町畽：田舍旁边的空地。 ⑯熠耀：闪亮。宵行：萤火虫。 ⑰伊：是。

鹳(guàn)鸣于垤(dié)[①]，妇叹于室[②]。	鹳鸟鸣叫蚁土堆，妻子叹息在房内。
洒扫穹窒[③]，我征聿(yù)至[④]。	洒扫屋子塞鼠洞，我将步行回到家。
有敦瓜苦[⑤]，烝在栗薪[⑥]。	圆圆的苦瓜，放置在柴堆。
自我不见，于今三年。	自从我离家，如今已三年。
我徂东山，慆慆不归。	我到东山去，长久不能回。
我来自东，零雨其濛。	我从东方回，蒙蒙细雨飞。
仓庚于飞[⑦]，熠耀其羽[⑧]。	黄莺到处飞，羽毛闪光辉。
之子于归，皇驳其马[⑨]。	这个姑娘出嫁了，黄白相间有良马。
亲结其缡(lí)[⑩]，九十其仪[⑪]。	亲娘结佩巾，礼仪真繁多。
其新孔嘉[⑫]，其旧如之何[⑬]？	新婚很快乐，久别会如何?

这首诗描写士兵卸甲归田的快乐，而蕴藏其间的是以身许国的豪迈。《毛诗序》说：“《东山》，周公东征也。周公东征，三年而归。归劳士。大夫美之，故作是诗。”《尚书大传》说：“周公摄政，一年救乱，二年东征，三年践息。”两相印证，非常可信。需要重新商榷的是，本诗的作者未必真的是大夫，从诗歌语言风格看，不像文人，倒像士兵。

全诗四章，每一章开头四句都是“我徂东山，慆慆不归。我来自东，零

---

①鹳：大型涉禽，外形似鹤也似鹭鸶，主要以捕鱼、吃蚂蚁和蛇为生。垤：蚂蚁洞口的土堆。②妇：妻子。 ③穹：穷尽。窒：堵塞。 ④征：行。聿：语助词。 ⑤敦：同“团”，圆形，球形。瓜苦：苦瓜。 ⑥烝：同“卺”，古时婚礼将一个葫芦剖成两半，新郎新娘各拿一半饮酒，称为“合卺”。栗薪：柴堆。 ⑦仓庚：黄莺。 ⑧熠耀：闪亮。 ⑨皇：黄白相间。驳：红白相间。⑩缡：古代女子的佩巾，出嫁时母亲亲自为女儿系上佩巾。 ⑪九十：极言其多。 ⑫其：发语词，无实义。新：新婚。孔嘉：很好。 ⑬旧：久别之后。

雨其濛。”这是重章叠唱，反复咏叹，其是赋的铺排，也是起兴，同时也烘托气氛。把士兵卸甲归田，归心似箭的情景放在这样的细雨迷蒙的场景中去写，读来虽然豪情满怀，但也难以掩盖淡淡的乡愁。

全诗想象奇特，意象丰富，形象生动，且感人至深。第一章：卸甲归田。在起兴之后，直抒胸臆，听到即将离开东方，想想一别三年的西方，不禁涌上阵阵忧伤：因为那里是我的故乡，那里有我的亲娘，那里还有我曾经的新娘。于是缝补衣裳，日夜兼程，夜深露重，毛虫在桑林蠕动，我却在车上蜷缩独眠，此情此景，虽苦犹甜。第二章：梦回故乡。这一章纯属一种梦幻般的想象。瓜蒌果实，挂在屋檐；潮虫在内室，蜘蛛在门口；野鹿奔跑，萤火闪亮；梦里一片荒凉，却无法阻挡我思念家乡。第三章：归途思妇。思念的对象由家乡到家人，然后聚焦在自己的妻子身上。当然，也是想象的情景。或许阴雨连绵，鹳鸟长鸣土堆，妻子叹息房内；妻子或许知道前方打了胜仗，丈夫即将回乡。于是忙着打扫，忙着收拾，忙着熏鼠，忙着找出曾经合卺的两半葫芦瓢，等待着归心似箭的丈夫。尤其是选择了典型的物象——合卺葫芦。三年不见，何其想念；当然不是想念葫芦，而是想念温柔的妻子。第四章：久别新婚。叠唱“我徂东山，慆慆不归。我来自东，零雨其濛”之后，二度起兴，“仓庚于飞，熠耀其羽”，色彩变暖，接着转入妻子当初出嫁情形的描写，多么温馨，多么幸福。最后两句，可谓卒章显志，以反问作结——想当年新婚何其幸福啊，看今日久别怎能不胜新婚？

征人思乡，难免悲凉；征人思妇，难免忧伤。可是，此诗虽然每章铺垫了“零雨其濛”的冷色彩，但是我们能够读到的是战士心中火一样的想象，火一样的思乡，火一样的豪迈，分明可以感受西周初年华夏民族复兴的气象。

破斧

既破我斧[1]，又缺我斨(qiāng)[2]。	圆孔斧破了，方孔斧残缺了。
周公东征，四国是皇[3]。	周公东征，诸侯一匡。
哀我人斯[4]，亦孔之将[5]。	悲悯我等将士，深深感觉豪壮。
既破我斧，又缺我锜(qí)[6]。	圆孔斧破了，长柄锜残缺了。
周公东征，四国是吪[7]。	周公东征，天下感化。
哀我人斯，亦孔之嘉[8]。	悲悯我等将士，忠勇之气可嘉。
既破我斧，又缺我銶(qiú)[9]。	圆孔斧头破了，三刃酋矛残缺了。
周公东征，四国是遒(qiú)[10]。	周公东征，天下臣服。
哀我人斯，亦孔之休[11]。	悲悯我等将士，可放心离开军旅。

这是首赞美周公东征的颂歌。作者从士兵的视角，以士兵的口吻、士兵的心理、士兵的感慨，把周公东征深远的政治意义表现得非常深刻，同时也歌颂了士兵出生入死的豪迈气概和家国情怀。全诗三章，前两句都是起兴，圆孔斧破了，方孔斧残缺了，长柄锜残缺了，三刃酋矛残缺了，可见战争多么残酷！每一章起兴之后，都表达两层意思：一层是周公东征，诸侯一匡，

①斧：圆孔柄的斧子。 ②缺：缺口。斨：方孔的斧子。 ③四国：四方诸侯国。皇：同“匡”，匡正。 ④斯：语气助词，无实义。 ⑤孔：很。将：豪壮。 ⑥锜：一种形如铁锹、双面刃的长柄兵器。 ⑦吪：感化。 ⑧嘉：赞许，表彰。 ⑨銶：兵器，酋矛，三面刃。 ⑩遒：驯服，引申为臣服。 ⑪孔：很。休：离开岗位。

诸侯感化，诸侯臣服；另一层意思是我等将士，有幸生还，气势何等豪壮，勇气何等可嘉，未来何等美好！我读这首诗，真看不到很多人说的“厌战情绪”！身为男儿，面对内部分裂，能厌战吗？面对诸侯叛乱，能厌战吗？面对强敌入侵，能厌战吗？

伐柯

伐柯如何[1]？　　　　如何砍树做斧柄？
匪斧不克[2]。　　　　缺了斧头可不行。
取妻如何？　　　　如何顺利娶妻子？
匪媒不得[3]。　　　　缺了媒人可不成。

伐柯伐柯，　　　　砍树砍树做斧柄，
其则不远[4]。　　　　规则就在我眼前。
我觏之子[5]，　　　　与我相爱好姑娘，
笾豆有践[6]。　　　　装着礼品把媒请。

这是一首哲理诗。短小精悍，哲理深刻。很多人说是一首婚俗的诗，未必没有道理。但我不同意，因为在《诗经》的年代，自由恋爱和托媒相亲二者并行不悖，再说托媒说亲，也没有什么值得歌颂的。“伐柯如何？匪斧不克。”自问自答，仿佛起兴，实则说理：要做斧柄，离不开斧子。“取妻如何？匪媒不得。”似乎是主题，其实也不是，依然是在说理：要办成事情，就要注意前置条件。当然，从婚嫁而论，自由恋爱也未尝不可，但至多是必要条件，还需要托媒人撮合，最终才能百年好合，成就一桩姻缘。“伐柯伐

---

①伐：砍。柯：斧柄。　②匪：同“非”。克：能够。　③不得：不能成功。　④则：法则。不远：就在眼前。　⑤觏：相爱结合。之子：那个女子。　⑥笾：祭祀或宴会上装食物的竹制器皿。豆：古代装肉用的木制器皿。践：陈列整齐有序。

柯，其则不远。”似乎起兴，仍是说理：从伐柯做斧柄看就能看到做人做事的规则往往就在事物发展过程之中。后面两句“我觏之子，笾豆有践”只是“伐柯伐柯，其则不远”的证据而已，做事情遵守规则，按套路出牌，往往事半功倍，就像遇到自己心爱的人，马上拿着礼品请媒人这么简单。

当然，一定要作为一首婚姻风俗的诗歌来理解，也无可厚非，只是怎么读，都难以读出其中的味道。所以，我还是坚持：“取妻如何？匪媒不得”只是“伐柯如何？匪斧不克”的类比证据；“我觏之子，笾豆有践”只是“伐柯伐柯，其则不远”的类比证据。做人讲规矩，做事讲规则，自古皆然。

九罭

九罭(yù)之鱼[1]，鳟鲂(zūn fáng)[2]。	撒下细密渔网，捕获鳟与鲂。
我觏之子[3]，衮(gǔn)衣绣裳[4]。	我深深爱恋的公子，身着礼服绣衣裳。
鸿飞遵渚[5]，公归无所， 于女信处[6]。	鸿雁孤飞沿江渚，公子回去无住所， 相依相偎继续住。
鸿飞遵陆[7]，公归不复， 于女信宿[8]。	鸿雁孤飞沿陆路，公子归去再不回， 相依相偎再小住。
是以有衮衣兮[9]，无以我公归兮， 无使我心悲兮。	留下公子的礼服，不想公子就此归， 不要让我太伤悲。

这是一首凄婉的恋歌。少女爱上了一位公子，一位穿着华贵礼服的意中人；但是，她不知道公子为什么如鸿雁一样飞去，于是就苦苦挽留，苦苦哀求。但是有用吗？没有。或许公子有家，或许公子有事业，或许公子另有所爱。最后的办法，人留不住，就留下公子的衣服，留下一份念想，留下一份

---

①九：极言其多。罭：细密的渔网。 ②鳟：赤眼鳟鱼。鲂：鲂鱼，鳊鱼。 ③觏：相爱结合。④衮衣：大人、君王的礼服。绣裳：绣有花纹的下衣。 ⑤鸿：天鹅，鸿雁。遵：沿着。渚：水中沙滩。 ⑥于：与、跟。女：同“汝”。信处：再住，继续住。信，同“申”，重复。 ⑦陆：水边、河岸。 ⑧复：回来。信宿：住两晚。 ⑨是以：因此。有：收藏。

希望；否则，少女将永远悲伤！这种爱多么炽热，这种爱多么真诚，这种爱多么值得珍惜，无奈是一场错爱，爱上了一个不该爱的情郎。

诗歌四章整体属于赋的写法，起兴兼比喻用得更出色。“九罭之鱼，鳟鲂”，以尊贵的鳟鲂比喻真心爱恋的情郎；“鸿飞遵渚”“鸿飞遵陆”，以鸿雁孤飞比喻情郎的颠沛，也暗示自己的孤独和忧伤，忧伤情郎飞去，忧伤自己因情郎飞去而孤独。第四章直抒胸臆：我藏起你的衣裳，我不想放你回归，我不想一生悲伤！何其无奈？何其悲催？欲哭无泪。

狼跋

狼跋其胡[①]，	老狼前进踩赘肉，
载疐(zhì)其尾[②]。	老狼后退踩其尾。
公孙硕肤[③]，	周公高大有风度，
赤舄(xì)几几[④]。	红色鞋子步履稳。
狼疐其尾，	老狼后退踩其尾，
载跋其胡。	老狼前进踩赘肉。
公孙硕肤，	周公高大风度美，
德音不瑕(xiá)[⑤]！	美名传扬无瑕疵。

这是一首赞美诗。周公名姬旦，是周文王的儿子，周武王的弟弟，周成王的叔叔。由于武王盛年驾崩，成王幼年即位，面对天下初定的诸多变数，周公姬旦不顾流言蜚语，果断摄政。在这个过程中，包括周公的弟弟管叔、蔡叔、霍叔等一批王室宗亲均不服，甚至担心周公篡位，于是散布谣言，攻击周公。周公以大局为重，忍辱负重，率军东征，平复叛乱，还政于成王，成就了周代八百年王朝。这就是本诗的时代背景。

“狼跋其胡，载疐其尾”“狼疐其尾，载跋其胡”是起兴，也是比喻，

①跋：践踏。胡：兽颔下的垂肉。 ②载：又。疐：踩。 ③公孙：公子王孙，此处特指周公姬旦。硕肤：身材丰硕而肤色健美，即指有风度。 ④舄：木屐一类的鞋子。几几：步履稳重之状。 ⑤德音：美好的名声。瑕：瑕疵。

形象描绘了周公姬旦面临的进退两难的处境。政治环境如此险恶，周公却能高瞻远瞩，敢于担当，善于担当，恩泽四方，美名远扬。无论哪个朝代，每个公职人员，都面临着诸多政治、经济和社会困难，都应当有周公姬旦的政治胆略、政治品质、政治担当，为人民谋幸福，为民族谋复兴。何罪之有？何所畏惧？

雅

诗/经/心/读

小雅 鹿鸣之什

鹿鸣

呦(yōu)呦鹿鸣[1]，食野之苹[2]。	鹿鸣呦呦，呼朋吃艾蒿。
我有嘉宾，鼓瑟吹笙[3]。	我有嘉宾，弹瑟吹笙。
吹笙鼓簧[4]，承筐是将[5]。	吹笙震簧，奉上币帛满筐。
人之好我，示我周行(háng)[6]。	人们喜欢我，献上复兴之道。
呦呦鹿鸣，食野之蒿[7]。	鹿鸣呦呦，呼朋吃青蒿。
我有嘉宾，德音孔昭[8]。	我有嘉宾，美名远扬。
视民不恌(tiāo)[9]，君子是则是效[10]。	以身作则不轻佻，君子准则争仿效。
我有旨酒[11]，嘉宾式燕以敖[12]。	我有美酒，嘉宾宴饮好逍遥。
呦呦鹿鸣，食野之芩(qín)[13]。	鹿鸣呦呦，呼朋吃野蒿。
我有嘉宾，鼓瑟鼓琴。	我有嘉宾，鼓瑟鼓琴。
鼓瑟鼓琴，和乐且湛[14]。	鼓瑟鼓琴，和谐快乐尽兴。
我有旨酒，以燕乐嘉宾之心[15]。	我有美酒，宴乐让嘉宾开心。

---

①呦呦：鹿鸣声。 ②苹：皤蒿，艾蒿。 ③鼓：弹奏。瑟：弹拨乐器。笙：古代簧管乐器。 ④簧：乐器中振动发声的有弹性的薄片。 ⑤承：奉上。筐：盛币帛的竹制器皿。将：赠送。 ⑥示：指导。周行：周的复兴之道，引申为国家发展的良策。 ⑦蒿：青蒿。 ⑧德音：美好的名声。孔：很。昭：昭示，彰显，传扬。 ⑨恌：同“佻”，轻薄，轻佻。 ⑩君子：道德高尚者，或指贵族。则：准则。 ⑪旨：美味。 ⑫式：语气词，无实义。燕：同“宴”，宴会。敖：同“遨”，游乐，游逛。 ⑬芩：蒿一类的植物。 ⑭湛：同“耽”，沉迷，沉醉，陶醉。 ⑮燕乐：宴乐，使……欢乐。

这首诗描写了周王宴饮群臣的盛况，传达了“君使臣以礼，臣事君以忠”的开明君臣关系。全诗三章，赋比兴综合运用，不留痕迹。第一章“呦呦鹿鸣，食野之苹”是起兴也是比喻，鹿在发现了好的食物时，会呼朋引伴，让同伴分享；这不正是孔子儒家所提倡的君臣之间的关系吗？接下去，写周王宴请“嘉宾”的场面。周王善待臣子，视同上宾，又是奏乐，又是赏赐，众位臣子深为感动，并更加爱戴周王，于是给周王献上了复兴周朝的策略。第二章依然以“呦呦鹿鸣”起兴，然后侧重渲染“嘉宾”出类拔萃的德才，美名远扬，以身作则，百姓争相仿效。这是典型的礼治和德治，上位者德才兼备，下位者争相学习，国家自然能得到很好的治理。周王因为善待嘉宾（臣子），所以自己“垂拱而治”，何等逍遥。第三章继续以“呦呦鹿鸣”起兴兼比喻，接下来侧重宣扬“鼓瑟鼓琴”的场面和氛围，这是乐教，这是熏陶，这是交流，这是君臣的融洽与信任。

这三章分别写君臣之礼、君臣之德、君臣之乐，有这样善待臣子如嘉宾的王者，国家何愁不兴旺？大业何愁不成？礼治、德治、乐教三要素正是西周王朝鼎盛的奥秘所在。这对今天的国家治理、实业经营、企业管理等，依然有着深刻的启发。

四牡

四牡𬴂(fēi)𬴂[1]，周道倭(wēi)迟[2]。	驷马奔腾，大道崎岖。
岂不怀归？	岂不想回故里？
王事靡盬(gǔ)[3]，我心伤悲。	王事无闲暇，心中伤悲。
四牡𬴂𬴂，啴啴骆马[4]。	驷马奔腾，喘息不停。
岂不怀归？	岂不想回家？
王事靡盬，不遑启处[5]。	王事没闲暇，顾不上休假。
翩翩者𫛶(zhuī)[6]，载飞载下[7]，	鹁鸪飞翔，忽上忽下，
集于苞栩[8]。	栖止在茂盛的栎树。
王事靡盬，不遑将父[9]。	王事无闲暇，顾不上赡养老父。
翩翩者𫛶，载飞载止，	鹁鸪飞翔，飞飞停停，
集于苞杞[10]。	栖止枸杞林。
王事靡盬，不遑将母。	王事无闲暇，顾不上赡养母亲。
驾彼四骆[11]，载骤骎(qīn)骎[12]，	驾起黑鬃马，飞速奔跑，
岂不怀归？	岂不想回家乡？
是用作歌[13]，将母来谂(shěn)[14]。	写了这首诗歌，思念母亲诉衷肠。

---

①四牡：驾车的四匹公马。𬴂𬴂：马不停蹄。 ②周道：大道。倭迟：逶迤，道路迂回曲折。 ③王事：公事。靡：无。盬：停止，停息。 ④啴啴：不停喘息之状。骆马：白毛黑鬣的马。 ⑤遑：顾得上。启处：安居休息。 ⑥翩翩：动作轻快敏捷。𫛶：鹁鸪，鸽子的一种。 ⑦载……载……：又……又……。 ⑧集：栖止。苞：草木丛生之状。栩：栎树。 ⑨将：赡养。 ⑩杞：枸杞树。 ⑪骆：黑鬃马。 ⑫骤：马飞奔之状。骎骎："骤"的形容词后缀，形容马不停息疾速行使。 ⑬是用：所以。 ⑭将：倾诉。谂：思念。

这是一首歌颂公职人员的诗歌。全诗五章，第一章奠定了全诗的感情基础：伤悲。作者以马的疲惫和路的遥远，起兴且反衬归心的强烈。因为公务缠身，不能回故乡，不能回家，所以悲伤。第二章以四匹公马的疲惫和骆马的喘息起兴，表达自己无暇休息的劳累、疲惫、伤悲。第三章以鹁鸪的潇洒飞翔起兴，反衬自己忙于王事而无法陪伴老父亲的伤悲。第四章以鹁鸪的自由栖止起兴，反衬自己忙于公事而无法陪伴父母的伤悲。第五章卒章显志，以骆马的欢快飞驰起兴，反衬自己思念母亲却无法尽孝，忠孝难能两全的痛苦和无奈。

这首诗算是流传下来的诗歌中最早的忠孝伦理体裁作品，最早提出了忠孝难两全的问题，也最早在忠孝二者之中做出选择。诗歌的主人公显然是基层公务人员，他们面对着日复一日、年复一年，永无休止的“王事”，只能做出“王事”优先的选择，为国家尽忠，就必须放弃休息，放弃陪伴家人，只能用诗歌表达对亲人的思念、对家乡的怀念，以及不能返乡陪伴家人的忧伤。现代的公务员又何尝不是如此呢？国家优先、公务优先、命令优先、民生优先；唯独不能优先考虑自己、家人、家庭。就算是战乱时期，或遇上重大灾害，同样应恪尽职守。无论是古代还是现代，公职人员理当义无反顾投身公共事业。但是，如果是因为上位者平庸、昏庸而造成的劳民伤财，则需要进行自上而下的改革，否则，将导致自下而上的革命。历史，从来如此！所幸，周代的采诗制度，能够让上级管理者乃至最高统治者，直接了解基层公职人员的疾苦和无奈。当这种通道变窄或者被堵塞了，国家或政权就处在危险之中！

皇皇者华

皇皇者华①，于彼原隰（xí）②。	鲜花灿烂，开遍原野。
駪駪（shēn）征夫③，每怀靡及④。	众多远行人，时刻担心有负王命。
我马维驹⑤，六辔如濡⑥。	马儿身高六尺，缰绳润泽发光。
载驰载驱，周爰咨诹⑦。	疾驰在大道，广泛征求意见。
我马维骐⑧，六辔如丝⑨。	马儿青黑色，缰绳像丝带。
载驰载驱，周爰咨谋。	奔驰在大道，广泛咨询谋略。
我马维骆⑩，六辔沃若⑪。	马儿白毛黑鬣，缰绳光鲜润泽。
载驰载驱，周爰咨度。	奔波在大道，广泛咨询策略。
我马维骃（yīn）⑫，六辔既均⑬。	马色黑白相间，缰绳均匀协调。
载驰载驱，周爰咨询。	奔驰在大道，广泛咨诹善道。

---

①皇皇：光彩耀眼。②原：高而平为"原"。隰：低而平谓之"隰"。③駪駪：同"莘莘"，众多貌。征夫：背负使命的远行人，此处指肩负周王室使命的官员。④每怀：时常担心。靡及：未完成。⑤维：是。驹：应为"骄"的笔误，马高六尺曰"骄"。⑥辔：马缰绳。濡：润泽，柔软。⑦周：广泛。爰：于。咨诹：征求意见。下文"咨谋""咨度""咨询"同义。⑧骐：青骢马。⑨如丝：像丝带。⑩骆：白毛黑鬣的马。⑪沃若：润泽。⑫骃：毛色黑白相间的马。⑬既：已经。均：协调。

这首诗，塑造了周王朝恪尽职守的公职人员的形象。鲜明特色是赋比兴融为一体，集中渲染了肩负王命者的忠诚勤勉。在百花烂漫的时节，公职人员风驰电掣奔驰在去各诸侯国的路上，代表周王朝就国家大政方针，征求各位诸侯国君及贤良者的意见。周王朝成为我国历史上最长的王朝，根本上是因为周王朝确立的人本理念，也得益于两个制度：一是采诗制度，派遣官员到各地采集民间歌谣，通过民间歌谣，了解人民疾苦，了解施政得失，这是周王朝一个了不起的创举；二是咨询制度，国家重大的决策，会派出干练的大臣，分别到各诸侯国听取国君们的意见，也到民间征求贤良者的意见。正是人本理念、民本政治和采诗制度、咨询制度，成就了辉煌灿烂的周代文明，至今仍值得我们回望和借鉴！

常棣

常棣(dì)之华①，鄂不韡(wěi)韡②。	棠棣的花朵，花萼花蒂鲜艳。
凡今之人③，莫如兄弟。	当今人们，不如兄弟。
死丧之威④，兄弟孔怀⑤。	面对死亡威胁，兄弟最为挂怀。
原隰(xí)裒(póu)矣⑥，兄弟求矣。	在荒原聚土成坟，兄弟依然会找来。
鹡(jí)鸰(líng)在原⑦，兄弟急难。	水鸟在原野，兄弟会救援。
每有良朋⑧，况也永叹⑨。	虽然有朋友，面对困境徒然长叹。
兄弟阋(xì)于墙⑩，外御其侮⑪。	兄弟虽在家里争斗，面对外敌共同防御。
每有良朋，烝(zhēng)也无戎⑫。	虽然有朋友，遇到难题也难以帮助。
丧乱既平，既安且宁。	丧乱已平息，安静且安宁。
虽有兄弟，不如友生⑬。	虽然有兄弟，不如朋友亲。
傧(bīn)尔笾(biān)豆⑭，饮酒之饫(yù)⑮。	果脯满笾豆，开怀且畅饮。
兄弟既具⑯，和乐且孺(rú)⑰。	兄弟已相聚，和乐且亲近。

---

①常棣：棠梨树。 ②鄂：同“萼”，花萼。不：同“柎”，花蒂。韡韡：鲜艳。 ③凡今：当今。 ④威：同“畏”。 ⑤孔怀：很是挂怀。 ⑥原：高而平。隰：低而平。裒：聚土成坟。⑦鹡鸰：水鸟。 ⑧每：虽。 ⑨况：境况，境遇，遭遇。永叹：长叹，深叹。 ⑩阋：争斗，争讼。 ⑪御：抵御。 ⑫烝：众多。戎：帮助。 ⑬友生：朋友。 ⑭傧：陈设，陈列。笾：古代祭祀或宴会时使用的装果脯的竹器。豆：装肉类的木制器皿，高脚的盘子。 ⑮饫：家宴，私宴。 ⑯具：同“俱”，聚集。 ⑰孺：亲近，快乐。

妻子好合，如鼓瑟琴。	夫妻和谐，鼓瑟弹琴。
兄弟既翕（xī）①，和乐且湛②。	兄弟团聚，和乐尽兴。
宜尔室家，乐尔妻帑（nú）③。	安顿好家庭，妻儿都高兴。
是究是图，亶（dǎn）其然乎④。	深思又熟虑，此理天下真。

这首诗是周王宴请诸侯的乐歌，歌颂的是兄弟情深、兄弟情真。作者用赋比兴的手法，唤醒诸侯珍惜兄弟情义，珍惜手足情分。兴的手法运用成熟，“常棣之华，鄂不韡韡”，以花萼和花蒂的绚丽，比喻兄弟团结，相互帮衬，相互依靠，才能共同繁荣。周王室的天下不正是如此吗？分封制的封建王朝，不正是依靠兄弟相互信任、相互支持、相互帮助，共同拱卫王室江山的吗？

兄弟之情，在什么时候最容易体现呢？当然是面对死亡威胁时。在死亡面前，世人或许形同陌路，但是如果是亲兄弟，即便埋骨荒原，也会来寻找！诗歌的第二章，把兄弟伦理的位置明确放在朋友之上。第三章继续用比喻的方法，设喻水鸟不幸落难于缺水的高原，只有兄弟才会来救急；纵然有很多朋友，也真的不如自己的亲兄弟。形象而真切！

第四章“兄弟阋于墙，外御其侮”是这首诗的诗眼，数千年来沉淀到中国人的血液和灵魂中了，成为中华民族面对灾难时凝聚力的伦理源泉。第五章宕开一笔，当灾难消除的时候，人们都过上平静和安宁的日子；此时此刻，仿佛兄弟至亲，不如朋友更亲近。但，第五章用的是反衬的方法，意在

---

①翕：相聚，团聚。 ②湛：尽情快乐，尽兴。 ③帑：儿女。 ④亶：诚然，确实。

提醒诸侯，别看平时朋友多，关键时候还是血浓于水。

诗歌的第六、第七、第八三章，集中描写家宴的融洽融合，夫妻的和乐和谐，兄弟的相聚欢乐，家庭的和睦幸福；意在以诗歌的方式，提醒诸侯共同努力，维护今天的局面，追求永远的幸福！

儒家伦理的涵养逻辑是修己、齐家、安人、治国、平天下。强调兄弟伦理之血浓于水，强调兄弟发展之共生共荣，强调兄弟逆境之共御外侮，强调兄弟感情之弥足珍贵，既是“宜尔家室”的现实需要，也是维护王朝的大局需要。以诗歌的方式，渲染这种价值观，可谓用心良苦！

伐木

伐木丁丁(zhēng)①，鸟鸣嘤嘤②。	伐木丁丁，鸟鸣嘤嘤。
出自幽谷，迁于乔木。	飞出幽谷，栖于乔木。
嘤其鸣矣，求其友声。	鸟儿鸣叫，呼唤同伴。
相彼鸟矣，犹求友声。	观察那些鸟儿，尚且呼唤同伴，
矧(shěn)伊人矣③，不求友生④？	何况人类啊，怎能不与亲朋为伴。
神之听之⑤，终和且平⑥。	遵从天性顺从本性，既温和又平静。
伐木许许(hǔ)⑦，酾(shī)酒有藇(xù)⑧。	伐木声呼呼，滤酒多醇美。
既有肥羜(zhù)⑨，以速诸父⑩。	宰了小羊羔，邀请诸伯叔。
宁适不来⑪？微我弗顾⑫？	难道恰巧不能来？莫非不肯垂顾我？
於(wū)粲洒扫⑬，陈馈八簋(guǐ)⑭。	把房子打扫整洁，把佳肴陈列整齐。
既有肥牡⑮，以速诸舅⑯。	有了肥美的公羊，用它来邀请长辈。
宁适不来？微我有咎⑰。	难道正好来不了？不要责备我无礼。

---

①丁丁：伐木声。 ②嘤嘤：鸟相互和鸣的声音。 ③矧：况且，何况。伊：是，这。 ④友：相爱或相知的人。生：一起生活。 ⑤神：谨慎。听：听从。 ⑥终……且……：既……又……。和：温和。平：平静。 ⑦许许：劳动发出的协调动作的号子声。 ⑧酾：滤酒。藇：美好貌。 ⑨羜：五个月大的小羊。 ⑩速：邀请。诸父：父辈的兄弟。 ⑪宁：难道。适：正好，恰好。 ⑫微：莫非。顾：垂顾，关怀。 ⑬於：叹词。粲：洁净。 ⑭陈：摆放，陈设。馈：食物。簋：盛食物的器皿。 ⑮牡：雄性动物，此处指公羊。 ⑯诸舅：对异姓长辈的通称。 ⑰咎：因过失而受责备。

伐木于阪[1]，酾酒有衍[2]。	伐木在山坡，滤酒清香四溢。
笾豆有践[3]，兄弟无远[4]。	食物整齐陈列，兄弟之间不能疏远。
民之失德[5]，干糇(hóu)以愆(qiān)[6]。	有些人丧失美德，为点干粮闹矛盾。
有酒湑(xǔ)我[7]，无酒酤我[8]。	有酒我滤清，无酒我去买。
坎坎鼓我[9]，蹲(cún)蹲舞我[10]。	敲起鼓来响咚咚，舞蹈起来美滋滋。
迨(dài)我暇矣[11]，饮此湑(xǔ)矣[12]。	终于我有闲暇，如此美酒喝几盅。

《毛诗序》说："《伐木》，燕朋友故旧也。……亲亲以睦，友贤不弃，不遗故旧，则民德归厚矣。"这个定位没有错，宴乐的主题就是呼唤亲情，呼唤友情，呼唤人伦。春秋之乱，源头在于伦理和价值体系的坍塌，尤以王室和诸侯为盛，他们为了权力，父子相伐，手足相残，无计其数。

第一章"鸟鸣嘤嘤。出自幽谷，迁于乔木。嘤其鸣矣，求其友声"是起兴，也是反衬，鸟儿面对孤独，面对困难，他们会选择飞出幽谷，栖止乔木，何况是人呢？鸟尚且如此重视朋友，人怎能不顺从天性珍惜亲情友情呢？

第二章承前省略，起兴只写了一句话"伐木许许"，但是诗脉接续，写宴会郑重邀请诸位长辈，至于诸位长辈最终是否来了，不重要，重要的是诗人明确表达了自己的伦理取向：尊重诸位长辈，也渴望得到诸位长辈的垂顾

---

①阪：山坡。 ②衍：溢出。 ③笾：竹制的盛食物的器皿。豆：木制的盛食物的器皿。有：虚词。践：整齐排列。 ④无远：不要疏远，不要疏离。 ⑤失德：失去美德。 ⑥干糇：干粮。愆：过失，过错。 ⑦湑：过滤使……清。有酒湑我："有酒我湑"的倒装，我把酒滤清。 ⑧酤：买酒。无酒酤我："无酒我酤"的倒装。 ⑨坎坎：鼓声。鼓我："我鼓"的倒装。 ⑩蹲蹲：舞蹈。舞我："我舞"的倒装。 ⑪迨：等到。暇：闲暇。 ⑫湑：此处为名词，过滤好的清酒。

和厚爱！第三章开头承前省略，起兴仅有一句“伐木于阪”，但是让读者能够联想到第一章“相彼鸟矣，犹求友声，矧伊人矣”的呼唤。紧接着以赋的手法，浓墨重彩，描写精心设宴，表达对兄弟之情、朋友之情的珍惜。

全诗三章，第一章是对人伦的呼唤，第二章、第三章是对人伦的实践追求。《诗经》被作为孔子的文学教材，其伦理教育旨趣十分明显。很多当代学者不以为然，而我却认为诗教正是中国教育，尤其是语文教育最宝贵的传统。这个传统不能践踏，更不能抛弃！

天保

天保定尔[1]，亦孔之固[2]。	上天保佑你，江山很牢固。
俾尔单厚[3]，何福不除[4]。	使你很富有，赐你许多福。
俾尔多益[5]，以莫不庶[6]。	使你获利良多，让你全民富裕。
天保定尔，俾尔戬(jiǎn)穀[7]。	上天保佑你，使你有福禄。
罄无不宜[8]，受天百禄[9]。	没什么不宜，接受上苍赐福。
降尔遐福[10]，维日不足[11]。	赐给你永久幸福，唯恐赐予不足。
天保定尔，以莫不兴[12]。	上苍保佑你，事业非常兴旺。
如山如阜[13]，如冈如陵[14]。	像山也像土坡，像山脊也像土山。
如川之方至[15]，以莫不增[16]。	仿佛河水初至，事业蒸蒸日上。
吉蠲(juān)为饎(chì)[17]，是用孝享[18]。	择吉日备好祭品，用这些来献祭。
禴(yuè)祠烝(zhēng)尝[19]，于公先王[20]。	夏春冬秋勤祭祀，祭奠先王先祖。
君曰卜尔[21]，万寿无疆[22]。	先祖赐你福泽，永远健康长寿。

---

①天保：上天保佑。 ②孔：很。固：稳定，牢固。 ③俾：使。单厚：丰厚。 ④除：同“余”。 ⑤益：好处。 ⑥莫不：定然。庶：众多。 ⑦戬：福。穀（gǔ）：禄。 ⑧罄：尽。 ⑨禄：待遇。 ⑩遐福：永久的福泽。 ⑪维：唯恐。 ⑫兴：盛大。 ⑬阜：土山。 ⑭冈：山脊。陵：大土山。 ⑮川：大河。方至：奔流而至。 ⑯莫：同“谋”。不：同“丕”。增：增加。 ⑰吉：吉日。蠲：清洁。饎：酒食。 ⑱是用：“用是”的倒装。孝享：献祭。 ⑲禴：夏祭。祠：春祭。烝：冬祭。尝：秋祭。 ⑳于公先王：对于先公先王。 ㉑君：先公先王。曰：托言。卜：给予。 ㉒万寿：长寿。疆：界限，尽头。

神之吊（dì）矣[①]，诒尔多福[②]。　众神感动降临，赐你很多福泽。
民之质矣[③]，日用饮食。　百姓何其质朴，安居乐业无忧。
群黎百姓[④]，遍为尔德[⑤]。　众多黎民百姓，普遍享您恩泽。

如月之恒[⑥]，如日之升。　如月越来越亮，如日越来越高。
如南山之寿[⑦]，不骞不崩[⑧]。　像南山般永远，永不亏缺毁坏。
如松柏之茂，无不尔或承[⑨]。　像松柏那样茂盛，国运永远有传承。

这首诗是周宣王的抚养人、老师、贤臣召伯在宣王登基典礼上的贺诗。贺诗表达了老师对年轻的周宣王的热切期待：敬天保民。

首先是敬天。敬天，出于两种政治需要。一是保持对天的敬畏，希望周王保持敬畏之心。二是借天命来形成威慑力，“君权神授”，老百姓会相信天命，相信君王的权力来源于天，断绝了臣子的非分之想，增强了臣子乃至黎民百姓的服从意识；显然，有利于巩固统治基础。诗中敬天的“天”，包括两个内涵：一个是上苍，是超自然的主宰，他们赐给宣王权力，他们赐给宣王福禄，他们赐给宣王财富；另一个是先王先祖，他们出于对宗族政权的维护，出于伦理的血缘亲情，保佑子孙江山万代。

其次保民。保民源于周朝开国之君，他们在牧野之战中，目睹了号称“天命在身”的商纣王败亡的过程，目睹了奴隶阵前倒戈的壮举，深深体会到君权神授是假的，黎民百姓的拥护才是政权巩固的坚实基础。中国的民本思想就是这样诞生的，西周初年的政治统治是民本政治的自觉。诗中的保民，其实是通过“保民”，让百姓富足，质朴醇厚，天下自然稳固。“保民”是手段，保江山才是目的。

---

①吊：至。　②诒：遗。　③质：质朴。　④群黎：民众。　⑤遍：普遍。为：感化。　⑥恒：月上弦之貌。　⑦寿：长久。　⑧骞：亏。崩：毁坏。　⑨或：有。承：传承。

采薇

采薇采薇[1]，薇亦作止[2]。	采薇啊采薇，薇已破土。
曰归曰归[3]，岁亦莫止[4]。	回家吧回家，一年快到头了。
靡室靡家[5]，𤞤狁（xiǎn yǔn）之故[6]。	有室不能聚，有家不能回，只因猃狁侵我疆土。
不遑启居[7]，𤞤狁之故。	没有闲暇长跪闲坐，只因猃狁侵犯祖国。

采薇采薇，薇亦柔止[8]。	采薇啊采薇，薇也柔嫩。
曰归曰归，心亦忧止。	想回啊想回，忧心如酒醉。
忧心烈烈[9]，载饥载渴[10]。	忧心如焚，又饥又渴。
我戍未定[11]，靡使归聘[12]。	戍边无定所，没法回家问候家人。

采薇采薇，薇亦刚止[13]。	采薇呀采薇，薇也成熟了。
曰归曰归，岁亦阳止[14]。	回去吧回去吧，已经到了年终。
王事靡盬[15]，不遑启处[16]。	国事尚无止息，哪里有闲暇休息。
忧心孔疚[17]，我行不来[18]。	内心十分愧疚，无法回家探亲。

---

①薇：豆科植物，俗称野豌豆。 ②止：句末语气词，无实义。 ③曰：语气助词，无实义。 ④莫：同“暮”，年终将近。止：句末语气词，无实义。 ⑤靡：没有。室：小家。家：大家庭。 ⑥𤞤狁：游牧民族，商周之际称为“猃狁”，春秋之际称为“戎狄”，秦汉之际称为“匈奴”。 ⑦遑：闲暇。启：跪。居：坐。 ⑧柔：柔嫩之状。 ⑨烈烈：忧心如焚之状。 ⑩载……载……：又……又……。 ⑪戍：戍守。 ⑫靡：不。使：能。归：归家。聘：问候。 ⑬刚：坚硬，成熟。 ⑭阳：周历十月。 ⑮王事：国事。盬：止境，尽头。 ⑯启处：与“启居”同义。 ⑰孔：很。疚：痛苦内疚。 ⑱行：在征程。来：回家与亲人团聚。

彼尔维何[1]？维常之华[2]。	什么花那么鲜艳？那是棠棣之花。
彼路斯何[3]，君子之车。	那辆大车是谁的？那是主帅的车驾。
戎车既驾[4]，四牡业业[5]。	战车已经启动，战马矫健飞奔。
岂敢定居？一月三捷[6]。	哪里敢停留？一月多次战胜敌人。
驾彼四牡[7]，四牡骙骙[8]。	驾起那四匹战马，四马矫健如飞。
君子所依[9]，小人所腓[10]。	将帅坐在车上，士兵们以车掩护。
四牡翼翼[11]，象弭鱼服[12]。	战马娴熟老练，弓弦强硬箭袋美。
岂不日戒[13]，猃狁孔棘[14]。	哪能不天天警戒，猃狁实在难缠。
昔我往矣，杨柳依依。	当年我远离故乡，杨柳依依相送。
今我来思[15]，雨雪霏霏。	如今我返回故乡，大雪纷纷扬扬。
行道迟迟[16]，载渴载饥。	回家的路多么漫长，疲惫且饥渴难当。
我心伤悲，莫知我哀。	无限悲伤，却无处诉衷肠。

这是周代的边塞诗，甚至可能是边塞诗的鼻祖。全诗共六章，可以分三个部分。第一至第三章为第一部分。“采薇采薇，薇亦作止”“采薇采薇，

①尔：同“薾”，花盛开之状。维：语气词，无实义。何：多么。 ②常：棠棣。 ③路：同“辂”，大车。斯：语气词，无实义。何：何人，谁。 ④戎：军。既：已经。驾：启动，出发。 ⑤牡：公马。业业：强健如飞之状。 ⑥捷：战胜。 ⑦彼：那。 ⑧骙骙：战马强壮之状。 ⑨君子：主帅。依：依靠。 ⑩小人：与“君子”相对，兵士。腓：庇护，隐蔽。 ⑪翼翼：行动整齐熟练的样子。 ⑫象：象牙。弭：弓箭两端装弦的地方称为“弭”。鱼服：鱼皮做的箭袋。服：箭袋，后作“箙”。 ⑬日戒：每天戒备，每天警戒。 ⑭棘：同“亟”，急，吃紧。 ⑮思：句末语气词，无实义。 ⑯行：步行。迟迟：步履艰难之状。

薇亦柔止”“采薇采薇，薇亦刚止”。每章前两句反复咏唱，渲染了戍边的凄苦、哀怨、悲伤，作为战士的诗人巧妙地把怨怒的对象锁定为侵犯疆土的猃狁，对“王事靡盬”并没有直接表示不满。

第四、第五两章为第二部分。追述戍边过程中艰苦紧张的战争生活。诗人描写了战地盛开的花朵、战场风度翩翩的主帅、飞驰的战车、飞奔的战马、一月三捷的战斗、以车为掩体的战术等，栩栩如生，犹如目前。把残酷的战争描写得雄壮而豪迈。

第六章为第三部分。一番豪迈高亢的情调，苍凉之感、悲伤之情油然而生。“昔我往矣，杨柳依依。今我来思，雨雪霏霏”是全诗的诗眼，是《诗经》中的名句，是诗歌史上耀眼的明珠。这句诗，划破了时间长河，将永远留在宇宙之中。少年时候，杨柳依依，我为国出征；白发苍苍，雨雪霏霏，我蹒跚归来。时间何等无情，最美的青春献给了边防，最美的岁月不再回还，等待我的是什么呢？是曲解、是非议、是嘲笑、是无助、是孤独。我的痛苦，我的孤独，我的悲伤，有谁能懂呢？除了自己，恐怕犹如河中的小石子一般，逐步远去，渐渐淡出人们的视野，更不会在人们心中留下痕迹。又有多少朝代，多少当权者，用心关注过？真心关怀过？写到此处，希望令忠臣义士负戟而长叹的悲剧从此不再！

出车

我出我车，于彼牧矣①。	踏上战车，奔向原野。
自天子所②，谓我来矣。	奉王命出征，来此抵御强敌。
召彼仆夫③，谓之载矣④。	召唤马夫，装载好辎重。
王事多难，维其棘矣⑤。	国事多艰险，仿佛行走在荆棘中。
我出我车，于彼郊矣⑥。	踏上战车，奔驰郊外。
设此旐(zhào)矣⑦，建彼旄(máo)矣⑧。	展开龟蛇旗，竖起牛尾旗。
彼旟(yú)旐斯⑨，胡不旆旆(pèi)⑩。	各色旗帜，迎风飞扬。
忧心悄悄⑪，仆夫况瘁(cuì)⑫。	内心忧虑，仆役憔悴。
王命南仲⑬，往城于方⑭。	天子任命南仲，筑城戍守北方。
出车彭彭⑮，旂(qí)旐央央⑯。	战车浩浩荡荡，战旗猎猎。
天子命我，城彼朔方。	天子命我，戍守北方。
赫赫南仲⑰，猃狁(xiǎnyǔn)于襄⑱。	威风凛凛的南仲，已将猃狁扫荡。

---

①牧：旷野。 ②所：天子所居。 ③仆夫：军中后勤保障人员。 ④载：装载。 ⑤维：句首发语词。棘：急，紧急。 ⑥郊：郊外。 ⑦设：排列。旐：画着龟蛇的旗帜。 ⑧建：树立。旄：牦牛尾巴装饰的旗帜。 ⑨彼：那些。旟：画着鸟隼的旗帜。斯：句末叹词。 ⑩旆旆：旌旗飞扬之状。 ⑪悄悄：忧愁的样子。 ⑫况瘁：憔悴。 ⑬南仲：周宣王时期的著名将领。 ⑭往城：去筑城。方：北方。 ⑮彭彭：军马众多的阵势。 ⑯旂：绘有龙且挂着铃铛的旗帜。央央：旌旗猎猎之状。 ⑰赫赫：威风凛凛。 ⑱猃狁：游牧民族，商周之际称为“猃狁”，春秋之际称为“戎狄”，秦汉之际称为“匈奴”。襄：同“攘”，除。

昔我往矣，黍稷方华①。	我离开故乡，黍稷刚刚开花。
今我来思，雨雪载涂②。	如今我凯旋，大雪飘飘洒洒。
王事多难，不遑启居③。	国事如此多难，无暇休息片刻。
岂不怀归？畏此简书④。	难道不想回家？竹筒上军令如山。
喓（yāo）喓草虫⑤，趯（tì）趯阜（fù）螽（zhōng）⑥。	草虫婉转歌唱，蚱蜢欢快蹦跳。
未见君子，忧心忡忡。	未见丈夫，忧心忡忡。
既见君子，我心则降⑦。	见到丈夫，心才平静。
赫赫南仲，薄伐西戎⑧。	威风凛凛的南仲，成功讨伐西戎。
春日迟迟⑨，卉木萋萋⑩。	春日姗姗，卉木萋萋。
仓庚喈喈⑪，采蘩（fán）祁祁⑫。	黄莺歌唱，采蘩密密。
执讯获（guó）丑⑬，薄言还归。	忙着审讯俘虏，想着早日回归。
赫赫南仲，猃狁于夷⑭。	威风凛凛的南仲，终于把猃狁平定。

这首诗最典型的手法是“赋”，多视角极尽能事地铺排战前准备，军队士气，战中阵容，我军气势，战后凯旋，亲人团聚等，由于这首歌未见血腥而成功铺写了战争的胜利和将士的慷慨英武，被周宣王及之后的周王室作为

①方：正，刚。②涂：同“途”。③不遑：无暇。启居：休息。④畏：担心。简书：竹筒上的命令。⑤喓喓：草虫鸣叫声。⑥趯趯：蹦跳。阜螽：蚱蜢。⑦则：就。降：趋于平静，放下心。⑧薄：句首发语词。西戎：猃狁。⑨迟迟：姗姗之状。⑩卉：花卉。萋萋：茂盛的样子。⑪仓庚：黄莺。喈喈：拟声词，模拟鸟叫声。⑫蘩：白蒿，野菜。祁祁：繁密。⑬执：抓住。讯：审问。获：同“馘”，割掉战俘的左耳朵记功。丑：对敌俘的蔑称。⑭夷：平定。

慰劳凯旋将帅的宴乐歌词。

全诗根据视角的转换，可以分为三部分。第一部分是前两章，以主帅南仲的视角，写了将士奉王命出征，虽然王事艰难，但是将士不惜生命，慷慨赴戎机。第二部分为第三章、第四章，从士兵的视角，写自己跟随主帅南仲出征过程中，耳闻目睹的军容、阵容以及战争的艰辛，诗人既写出了战胜猃狁的豪迈，又以“昔我往矣，黍稷方华；今我来思，雨雪载涂”的时间转换，含蓄写出了战争的长期性和艰苦性以及赢得胜利的艰巨性。第三部分是第五、第六两章，以妻子的视角，写出了对征夫的期盼和重逢后的幸福；同时，也以妻子或家人的视角，从旁观者的角度，赞美主帅南仲的英明。战争能够胜利，离不开主帅的英明；丈夫能够回归，也离不开主帅的英明。这种赞美，含蓄有力。

杕杜

有杕(dì)之杜①，有睆(huàn)其实②。	棠梨孤独地站立，果实累累挂满树枝。
王事靡盬(gǔ)③，继嗣我日④。	国事没有停息，我的日子多么漫长啊。
日月阳止⑤，女心伤止，	光阴荏苒，我的心多么忧伤，
征夫遑止⑥？	丈夫难道就没有休息的时光？
有杕之杜，其叶萋萋⑦。	棠梨孤独而安静地站立，它的叶子多么茂盛啊！
王事靡盬，我心伤悲。	国事忙无止境，我真的因为想念而伤悲。
卉木萋止⑧，女心悲止，	百草又青青，万木又葱葱，我的内心更加伤悲，
征夫归止？	丈夫啊，你何时才能回归？
陟(zhì)彼北山⑨，言采其杞⑩。	登上北山，遥望家乡，怀念采摘枸杞的日子。
王事靡盬，忧我父母。	国事永远繁忙，不能在父母膝下尽孝深感忧伤。
檀车幝幝(chǎn)⑪，四牡痯痯(guǎn)⑫，	檀木车子已破敝不堪，四匹骏马也疲惫不堪，
征夫不远？	丈夫回家的日子应该不远了吧？

---

①杕：孤独而独立之状。杜：棠梨，又名白棠，其果实可食，亦可入药。　②睆：果实丰满而累累之状。　③靡：没有。盬：闲暇。　④继嗣：同义反复，继续，延长。我日：属于我的时光。　⑤日月：两字连用，表示光阴荏苒，日月如梭，时序更替。阳：小阳春，相当于夏历十月，公历十一月。止：句末语气词，无实义。　⑥遑：闲暇。　⑦萋萋：此处形容树叶茂盛之状。　⑧卉：草的总称。　⑨陟：登上。　⑩言：语气助词。　⑪檀车：檀木制作的车子。幝幝：破敝不堪。　⑫痯痯：疲惫不堪。

匪载匪来[1]，忧心孔疚[2]。	没见车子也没见人，内心非常忧虑。
期逝不至[3]，	约定的日子都过了，却不见丈夫。
而多为恤[4]。	让我深感不安异常焦虑。
卜筮(shì)偕止[5]，会言近止[6]，	蓍草占卜都吉利，都说他归期已近，
征夫迩止[7]。	心灵感应觉得丈夫就在附近。

全诗四章，综合运用赋比兴，把对丈夫的牵挂、思恋以及自己的忧伤、焦虑，表现得形象真实，感人至深。

第一章开篇“有杕之杜，有睆其实”是比兴兼用。孤独的甘棠，那是妻子内心孤独和生活孤独的具象，甘棠果实累累，暗喻了时光飞逝，意味着夫妻爱的结晶已然在妻子的身体里逐渐长大。“王事靡盬，继嗣我日”是直抒胸臆，丈夫忙于国事，我觉得岁月如此漫长。“日月阳止，女心伤止，征夫遑止”是赋的手法，表现了岁月流逝中妻子的孤独忧伤，以及对丈夫的深切怀念和无限的牵挂。

第二章开篇“有杕之杜，其叶萋萋”依然是比兴兼用，孤独的甘棠又何尝不是夫妻天各一方的形象，其叶萋萋，暗示着秋天已逝，春天又来了。王事无休无止，妻子内心何其忧伤。草木又一次繁茂，我心更加伤悲，丈夫为何这么长时间还没有归故乡？

第三章开篇“陟彼北山，言采其杞”有写实的成分：登上北山，当然是

---

①匪：不。载：战车。来：回来。 ②孔：很。疚：忧郁。 ③期：约定的日期。逝：过了。 ④而：句首发语词。多：深。恤：忧虑、焦虑。 ⑤卜：用龟甲占卜。筮：用蓍草占卜。偕：好，吉利。⑥会：合。近：迫近。 ⑦迩：近，指征夫即将回家，离家很近。

望郎归；采摘枸杞，也许是为即将归来的丈夫准备的，也许是为治疗相思之苦而落下的气血两虚。王事繁忙，丈夫不归，但丈夫一定担心父母年事已高。“檀车幝幝，四牡痯痯，征夫不远”这是妻子的想象，丈夫的檀车已经破敝不堪，丈夫的四匹骏马已经劳累不堪，他应该离家乡不算遥远。

第四章“匪载匪来，忧心孔疚。期逝不至，而多为恤”是白描和抒情、叙事相结合的手法，见不到车子见不到人，叫我如何不心忧如焚。约定的日子都已经过去，叫我如何不焦虑。最后，能够安慰自己的是，龟甲占卜显示吉利、蓍草占卜显示吉利，由此相信夫妻相会的日子快到了，丈夫应该已经走近了故乡。但是，这一切都只是占卜，都只是想象，都只是等待，夫君到底回来没有，夫妻到底何时相遇相会？留给读者去体会。

这首诗通篇赋比兴综合运用，或写景、或比喻、或白描、或叙事、或抒情，把对丈夫戍守边疆导致夫妻两地分居的忧伤表现得凄婉哀怨，却又颇有分寸；“哀而不伤”也许就是这种境界吧。

鱼丽

鱼丽于罶(liǔ)①，鲿(cháng)鲨②。　　鱼儿落入罶中，黄颡鱼和吹鲨。
君子有酒，旨且多③。　　君子开会畅饮，佳肴味道奇葩。

鱼丽于罶，鲂鳢(fáng lǐ)④。　　鱼儿落入竹罶，鲂鱼和黑鱼。
君子有酒，多且旨。　　君子开怀畅饮，鱼儿多样且味美。

鱼丽于罶，鰋鲤(yǎn lǐ)⑤。　　鱼儿落入竹罶，鲇鱼和鲤鱼。
君子有酒，旨且有⑥。　　君子开怀畅饮，美味佳肴真齐备。

物其多矣⑦，维其嘉矣⑧。　　佳肴品种多啊，重在鲜美。
物其旨矣，维其偕矣⑨。　　佳肴味道好啊，妙在搭配。
物其有矣，维其时矣⑩。　　佳肴美味，在于时令。

这首诗描写的是贵族宴饮之乐。此诗主要运用赋的手法，反复铺排，表现宴会佳肴丰富且厨艺精湛，令客人回味，也令主人自豪。全诗六章，前三章为第一部分，后三章为第二部分。前三章均由“鱼丽于罶”起兴，由鱼的

---

①丽：同“罹”，遭遇，落入。罶：竹制的捕鱼工具。在小河或小溪中，累石而放置罶，鱼只能进不能出。 ②鲿：黄颡鱼。鲨：吹鲨鱼，个头比鲫鱼小，一种鲜美的河鱼。 ③旨：美味。多：丰富，多样。 ④鲂：银灰色的鳊鱼类的淡水鱼。鳢：淡水鱼类，青黄色。 ⑤鰋：鲇鱼。 ⑥有：富有。 ⑦物：物种，此处指各种菜肴。其：语气词。多：繁多完美。 ⑧维其：正因为如此。嘉：美好。 ⑨偕：搭配齐备。 ⑩时：符合时令，类似于今天吃当季菜。

名贵稀罕新鲜，而引出君子宴会的无穷趣味。其实，周代与现在社会伦理一样，不在乎吃什么，而在乎跟什么人吃。只因为“君子有酒”，才觉得味道如此新奇、如此味美、如此令人回味。后面三章总体上照应前面三章，只是句法上有变化，两句一章，逻辑简明：佳肴繁多，只因为鲜美；佳肴味好，只因为甜美；佳肴存在的价值，在于符合时令。

物犹如此，而况人哉！此诗虽为宴饮之乐，也不失华美靡丽之风，但是蕴含其中的哲理，却更令人深思。除此之外，诗中也蕴含了“朱门酒肉臭”的现实主义批判，儒家并不崇尚奢华，除了祭祀外，其余的场合均提倡简朴。

南有嘉鱼之什

南有嘉鱼

南有嘉鱼①，烝(zhēng)然罩罩②。	南方有鲜美的鱼类，多得只能用罩子捕捞。
君子有酒，嘉宾式燕以乐③。	君子有美酒，嘉宾们超然又快乐。
南有嘉鱼，烝然汕汕④。	南方有佳鱼，众多抄网捕。
君子有酒，嘉宾式燕以衎(kàn)⑤。	君子有美酒，宾客超然又快乐。
南有樛(jiū)木⑥，甘瓠累之⑦。	南方有樛木，超绕着葫芦。
君子有酒，嘉宾式燕绥之⑧。	君子有好酒，嘉宾超然又安乐。
翩翩者鵻(zhuī)⑨，烝然来思⑩。	斑鸠翩然飞，成群结队归。
君子有酒，嘉宾式燕又思⑪。	君子有美酒，宾客均已醉。

《诗序》说：“《南有嘉鱼》，乐与贤也。”从音乐的角度看，配乐应该相对典雅；从内容上看，重感觉而追求一种超然闲适的生命状态。

全诗四章，每一章开头两句都是起兴，第三句写实兼抒情。本诗起兴的背景特别，前面两章起兴“南有嘉鱼，烝然罩罩”“南有嘉鱼，烝然汕

①南：江汉之间的地域。嘉鱼：美味的鱼类，湖北嘉鱼县即因鱼多且鲜美而得名。 ②烝：众多，形容鱼类品种繁多。罩：捕鱼的工具，四周竹篾，下面开口大，上面开口小，浅水地带直接用这种渔具将鱼罩在其中，再用手捉。 ③式：语助词。燕：宴饮。 ④汕汕：鱼在水中游动的样子。 ⑤衎：快乐。 ⑥樛木：树枝向下弯曲的树。 ⑦甘：甜美。瓠：葫芦。累：缠绕。 ⑧绥：安好，安乐，和美。 ⑨翩翩：姿态轻盈优美。鵻：斑鸠鸟，又名鹁鸪。 ⑩来：归来，归巢。思：句末语气词，无实义。 ⑪又：同“侑”，劝酒，形容似醉非醉时相互劝酒的动态。

汕”，这是水乡风景，也是宴会的社会背景，在原始生产力不算发达的江汉平原地区，山珍海味没有，但是淡水鱼类丰富。这种起兴，已经为后面写君子宴请宾客，宾客超然快乐，做了很好的铺垫。第三章以葫芦缠绕樛木起兴，也是某种心情的铺垫，乡间气息，农家风味，君子宴请，宾客何等超然而又安乐。第四章以鹁鸪归巢起兴，直接寓意了“天下没有不散的筵席”，既然微醉了，也就该归了。客去主人安，这是多么美妙的诗歌设计啊，该享受的美味享受了，该看的风景看了，该喝的酒喝了，该走的时候也到了。读着读着，觉得这首诗，依然有国风的味道。

南山有台

南山有台①，北山有莱②。	南山有苔草，北山有灰菜。
乐只君子③，邦家之基。	快乐的君子，国家的根基。
乐只君子，万寿无期④。	快乐的君子，万寿无期。
南山有桑⑤，北山有杨⑥。	南山有桑，北山有杨。
乐只君子，邦家之光⑦。	快乐君子，国家荣光。
乐只君子，万寿无疆。	快乐君子，万寿无疆。
南山有杞⑧，北山有李。	南山有杞，北山有李。
乐只君子，民之父母。	快乐君子，民之父母。
乐只君子，德音不已⑨。	快乐君子，美名传扬。
南山有栲(kǎo)⑩，北山有杻(niǔ)⑪。	南山有栲，北山有杻。
乐只君子，遐不眉寿⑫。	快乐君子，何不长寿。
乐只君子，德音是茂⑬。	快乐君子，美名盛传。

①台：同“薹”，薹草、苔草，茎叶可以制作蓑笠。 ②莱：藜，灰菜。 ③乐：快乐。只：语气助词。君子：道德高尚且学问高深者，《诗经》中的君子多指贵族。 ④万寿无期：与下文“万寿无疆”意义相近，福寿绵绵无止境。 ⑤桑：桑树。 ⑥杨：杨树。 ⑦光：荣光，荣耀。 ⑧杞：枸杞。 ⑨德音：美好的名声。已：停息。 ⑩栲：山樗，漆树中的一种，材质细密坚硬，可做家具。 ⑪杻：檍树。 ⑫遐不：何不。眉寿：人老后眉上长出长毛，叫作“长寿眉毛”。 ⑬茂：盛大。

南山有枸(jǔ)[①]，北山有楰(yǔ)[②]。 南山有枸，北山有楰。
乐只君子，遐不黄耇(gǒu)[③]。 快乐君子，何不长寿。
乐只君子，保艾尔后[④]。 快乐君子，子孙福厚。

本诗为西周初年天子晏飨贤臣的歌诗。《诗序》说："《南山有台》，乐得贤也。得贤，则能为邦家立太平之基。"东西方历史都证明了这一点，国家得贤能之臣，则社稷之幸、百姓之福。

大禹，贤者，以疏导的方式治水，消除了华夏大地的水患，为中华文明的成长成熟，做了可贵的铺垫，《尚书·禹贡》做了精彩记载；姜尚，贤者，让西周文明灿然于世，奠定了周代八百年的文明基业；孔子，贤者，曾经让鲁国走上振兴之道，更让中华文明以其独特的价值体系独立于世界；萧何，贤者，为大汉强盛做出了坚实的铺垫。如此等等，不一而足。

本诗五章。前面两章以起兴开头，热情歌颂了贤能的君子是国家的根基，是国家的荣光，并祝福其长寿无疆。第三章和第四章，运用比兴手法，集中描写贤能君子宅心仁厚，为民之父母，道德高尚，美名传扬。卒章依然以比兴起句，祝福贤能君子自身长寿，子孙福泽绵绵。

其实，对贤者的歌颂祝福，不仅是王室的期待，也是百姓的心声。中国老百姓在社会极其黑暗的时候，总是希望有贤者出现。这意味着，法治不成熟，仍需不懈努力。

---

①枸：枳椇，俗称"拐枣"。 ②楰：虎梓树，材质优美，纹理整齐。 ③黄：黄发者。耇：老。
④保：安。艾：养。尔：你。后：后人，后代。

蓼萧

蓼(lù)彼萧斯[1]，零露湑(xǔ)兮[2]。	野草青蒿，夜深露重。
既见君子，我心写兮[3]。	既见君子，快乐无比。
燕笑语兮[4]，是以有誉处兮[5]！	相谈甚欢，悠然超然。
蓼彼萧斯，零露瀼(ráng)瀼[6]。	野草青蒿，夜深露重。
既见君子，为龙为光[7]。	已见君子，受宠荣光。
其德不爽[8]，寿考不忘[9]！	道德完美，福寿无疆。
蓼彼萧斯，零露泥泥。	野草青蒿，夜深露重。
既见君子，孔燕岂弟[10]。	已见君子，快乐亲近。
宜兄宜弟，令德寿岂[11]！	如兄如弟，德馨寿长。
蓼彼萧斯，零露浓浓。	野草青蒿，夜深露重。
既见君子，鞗(tiáo)革忡忡[12]。	既见君子，缰绳垂委。
和鸾雝(yōng)雝[13]，万福攸同[14]！	铃铛和鸣，万福所同。

---

①蓼：草名。萧：青蒿。斯：语气词，无实义。 ② 零：降落。露：露水。湑：露水厚重。③写：同“泻”，宣泄。 ④燕：同“宴”，快乐。 ⑤是以：“以是”的倒装。有：同“又”。誉：同“豫”，快乐。处：燕处超然之状态。 ⑥瀼瀼：草深露重之状。下文“泥泥”“浓浓”同义。 ⑦龙：同“宠”，受宠若惊。光：增添荣光。 ⑧爽：差。 ⑨寿考：长寿。忘：同“亡”。⑩孔：很。岂：同“恺”，快乐。弟：同“悌”，以兄弟之礼相待。 ⑪令德：美德。 ⑫鞗革：皮革制的马缰绳。忡忡：马头上装饰物下垂之貌。 ⑬和鸾：古代车马上用来装饰兼提醒路人的铃铛。挂在轼上的称为“和”，挂在镳上的称为“鸾”。雝雝：铃铛和鸣声。 ⑭攸：所。

《诗序》说："《蓼萧》，泽及四海也。"此说可信。在人类历史从莽荒走向文明的过程中，周代文明是一个成功的典型案例。按照儒家的逻辑，人最终的成熟必然"成于乐"。审美对于人类进步的熏陶，人类到20世纪才逐步弄明白。但是中国先民早在西周初年，周公辅佐成王的时候，就能够制礼作乐，教化天下百姓，成就了辉煌灿烂的文明。

周公以仁治天下，以礼治天下，兼以法治天下，如此成熟的社会治理体制机制，当然能够国势强大，当然能够泽被四海，当然能够让天下归心。那么，相对落后的诸侯，见到宗主周成王或者辅政大臣，自然有一种如沐春风的幸福、发乎本心的忠诚、发自内心的祝福。

全诗四章。每一章都以比兴手法起句，诸侯把自己比作野草，比作青蒿，享受甘露犹如沐浴周王室的温暖。见到周王室的宗主和辅政大臣周公等，能够冰释前嫌，能够笑语欢唱，能够无限荣光，能够如兄弟般融洽，能够琴瑟和鸣，自然而然发自内心祝福周王室的宗主万寿无疆，万福攸同。

君臣和谐，君臣和睦，君臣融洽，君臣一心，国家复兴，人民幸福。在古代文明中，这种相对健康的君臣伦理，这种建立在真诚和忠心之上的君臣伦理，自然值得歌颂！今天又何尝不是如此呢？层级管理体制中，上下级相互信任，彼此融洽，事业必然兴旺！

湛露

湛湛露斯[①]，匪阳不晞(xī)[②]。	夜深露重，日不出露不散。
厌厌夜饮[③]，不醉无归。	安安静静一起饮酒，不醉不归。
湛湛露斯，在彼丰草[④]。	晶莹露珠，洒落在肥美的野草。
厌厌夜饮，在宗载考[⑤]。	安安静静饮酒，同姓小酌真美好。
湛湛露斯，在彼杞棘[⑥]。	沉沉夜露，洒落枸杞酸枣。
显允君子[⑦]，莫不令德[⑧]。	英明诚信的君子，道德名声多美好。
其桐其椅[⑨]，其实离离[⑩]。	油桐树，山桐树，果实累累压弯了树枝。
岂弟君子[⑪]，莫不令仪[⑫]。	平易近人的君子，举止端庄合礼仪。

按照《毛诗序》的说法，这首诗属于周天子宴请诸侯的诗歌。西周初年，周公制礼作乐，音乐和诗歌普遍运用于教化、宗教、朝政的场合，这是一种非常好的传统。从这首诗歌，我们可以读出西周初年，周天子与诸侯的关系是何等融洽、何等亲密、何等一心。如此，宴饮的诗歌才如此具有真情实感。

---

①湛湛：夜深露重之状。斯：句末语气词，无实义。 ②匪：同“非”。阳：同“旸”，日出。晞：干。 ③厌厌：舒适安乐。夜饮：祭祀后的消夜。 ④丰：肥美。 ⑤宗：同宗，同姓。载：则。考：成。 ⑥棘：酸枣树。 ⑦显：英明。允：诚实，诚信。 ⑧令德：美德。 ⑨桐：油桐树。椅：山桐树。 ⑩离离：果实累累下垂的样子。 ⑪岂弟：同“恺悌”，平易近人。 ⑫令仪：举止端庄大方。

全诗四章。每一章前两句都是起兴，“湛湛露斯”，夜深露重的起兴之后，也似乎蕴含了血浓于水的伦理亲情。既然是夜间小酌，为何不能一醉方休？名为君臣，实为亲人；不醉不归，何其乐也。第二章“湛湛露斯，在彼丰草”给人以唯美的想象，晶莹的露珠，趁着皎洁的月光，洒落在丰美的小草上，安静的夜宴，就在肃穆的宗庙里。第三章，露珠挂在枸杞上，挂在酸枣上，参加夜宴的天子诸侯，他们的品德就像树梢的露珠，高洁美好！最后一章，没有写露珠，转换了一个视角，写了油桐和山桐，累累的果实压弯了树枝，这是起兴，也是比喻；引出后来对天子和诸侯品德的赞美，他们也像这累累果实，那么真实，那么丰满，那么谦恭，那么完美。

以起兴的方式，描写了夜宴的环境，夜宴的气氛，借以赞美西周初年天子与诸侯的君子人格，君子风度，君子品德。这个赞美，是恰当的，并非虚美；因为西周初年，天子刚刚取得天下，不敢懈怠，依然传承周公之风，礼贤下士，礼乐教化；诸侯绝大多数多是功勋卓著者，相对而言其综合素质、道德品质、行为能力都是出类拔萃的；且天子与藩属的诸侯，处于相对和睦的和平阶段。这种礼乐教化，是增强政治凝聚力的重要措施。

彤弓

彤弓弨(chāo)兮①，受言藏之②。	朱红的弓，弦已放松，接受它吧，藏在家中。
我有嘉宾，中心贶(kuàng)之③。	诸位是最珍贵的客人，心中无限的珍惜尊重。
钟鼓既设④，一朝飨(xiǎng)之⑤。	钟敲起来，鼓擂起来，满朝文武，一并宴请。
彤弓弨兮，受言载之⑥。	朱红色的弓，闲逸放松，用你的车子，把弓运回。
我有嘉宾，中心喜之。	诸位是我最尊贵的客人，我今天好不兴奋。
钟鼓既设，一朝右之⑦。	钟响起来，鼓响起来，满朝臣工，举杯畅饮。
彤弓弨兮，受言櫜(gāo)之⑧。	朱红的弓，弦已放松，接受了吧，放在囊中。
我有嘉宾，中心好之。	诸位都是国之贤能，我内心非常欣赏。
钟鼓既设，一朝酬之⑨。	钟鸣起来，鼓敲起来，王侯情义，都在酒中。

《毛诗序》认为，《彤弓》是天子赏赐和犒劳有功诸侯的乐歌。西周时期，周王室与诸侯之间的关系实际上是君臣关系，诸侯或者为王室血脉，或者为社稷有功之臣，无论是否有血缘关系，大体上仍然维持对中央政府的尊重和服从。本诗没有比兴，只有赋的手法，反复铺陈，把国王赏赐弓箭、犒

---

①彤弓：朱红色的弓。弨：松弛，放松。 ②受：接受馈赠。言：语气词，无实义。藏：收藏。 ③贶：善待，珍惜。 ④既：已经。 ⑤一朝：满朝。飨：以酒食犒赏下属。 ⑥载：运载。 ⑦右：同“侑”，劝酒。 ⑧櫜：收藏弓箭的器具，即弓囊。 ⑨酬：宾主相互敬酒，以表答谢。

赏诸侯的场面表现得真诚而热烈，字里行间流露着君臣之间的相互信任、相互认同、相互尊重的伦理情怀。如果君王与诸侯，或者君王与封疆大吏各怀心思，势必出现八国联军进攻北京而封疆大吏“东南互保”的咄咄怪事。中国“和”文化的精髓，首先体现在政治的“中和”之中，把所有人都团结起来，该是多么美好的局面啊！

菁菁者莪

菁菁者莪(é)①，在彼中阿②。	郁郁葱葱的莪蒿，生长在那山坳。
既见君子，乐且有仪③。	已经见到心上人，快乐且有好仪表。
菁菁者莪，在彼中沚(zhǐ)④。	郁郁葱葱的莪蒿，生长在水中小洲。
既见君子，我心则喜。	已经见到心上人，我的内心乐悠悠。
菁菁者莪，在彼中陵⑤。	郁郁葱葱的莪蒿，生长在那大土丘。
既见君子，锡我百朋⑥。	已经见到心上人，赐我礼物爱永久。
泛泛杨舟⑦，载沉载浮⑧。	杨木小船波中荡，或沉或浮任自由。
既见君子，我心则休⑨。	已经见到心上人，我的内心喜悠悠。

这是一首情诗。恋爱的对象不是淳朴的农村少年，而是有学问、知礼仪的青年才俊，仿佛今天的重点大学学生或者硕士、博士之类的优秀青年。在《诗经》的年代，干脆理解为“贵族青年”也未尝不可，这个时候的贵族青年，都是崇尚礼仪的精神贵族。贵族暴戾之气日盛，那是东周以后的事情，再往后一发而不可收，王公贵族成为民歌中调侃和批判的对象。

首章“菁菁者莪”起兴且有比喻的韵味，这是环境描写，也是环境衬

---

①菁菁：茂盛之状；莪：莪蒿。菁菁者莪：比喻莘莘学子。 ②阿：山坳。中阿：“阿中”的倒装。 ③仪：礼仪，礼节。 ④沚：水中小洲。中沚：“沚中”的倒装。 ⑤陵：大土丘。中陵：“陵中”的倒装。 ⑥锡：同“赐”。朋：古人以贝壳作为货币，十个贝壳为一朋。 ⑦泛泛：在水中摇荡。杨舟：杨木做的舟。 ⑧载沉载浮：或沉或浮，沉浮不定。 ⑨休：喜。

托，也是姑娘心中白马王子形象的借喻。姑娘与书生相遇在山坳，书生如此青春，如此阳光，如此大方，姑娘一见钟情，从此不敢相忘。第二章相约在水中的小洲，菁菁青葱，少年青春，少女清纯，“我心则喜”中的一个“喜”字，把少女怀春的幸福、喜悦、羞涩表现得活灵活现。第三章相聚在丘陵，依然是菁菁起兴，依然是菁菁衬托，少男少女已然忘记了这个世界，书生给了少女贝壳作为定情信物；从此，少女心中有了幸福的坚守。第四章感情进一步升华，少男少女加上杨木小舟，或沉或浮任自由，既然同在一条船上，便可忘了世界和忧愁。

诗歌仿佛电影蒙太奇镜头，通过地点转换，呈现相遇、相约、相爱、相守的恋爱过程，十分婉转动人。郁郁葱葱的菁菁，阳光明媚的山坳，幽静无人的水中小岛，遮蔽无遗的丘陵，都见证了少男少女的爱情浪漫，而“随波逐流”的小舟，成了风雨同舟的人生归宿。我们仿佛看到了，有情人终成眷属，他们相遇，他们相知，他们相爱，他们相依，他们相守，读来如此美好，读来让人如痴如醉。

六月

六月栖栖①，戎车既饬(chì)②。	六月战火骤起，战车已经装备。
四牡骙(kuí)骙③，载是常服④。	战马雄健强壮，车载大旗戎衣。
猃狁孔炽⑤，我是用急⑥。	猃狁气焰嚣张，我方边境告急。
王于出征⑦，以匡王国⑧。	周王命我挂帅，匡扶社稷不辞。
比物四骊⑨，闲之维则⑩。	配好四匹黑马，进退训练有素。
维此六月⑪，既成我服⑫。	适逢盛夏六月，做成我军戎衣。
我服既成，于三十里⑬。	戎衣既然做成，急行军三十里。
王于出征，以佐天子。	我奉王命出征，辅佐天子功成。
四牡修广⑭，其大有颙(yóng)⑮。	战马高大健壮，高高昂起马头。
薄伐猃狁⑯，以奏肤公⑰。	英勇讨伐猃狁，以此成就大功。
有严有翼⑱，共武之服⑲。	如履薄冰严谨，对敌众志成城。
共武之服，以定王国。	同仇敌忾克敌，保卫国土安定。

---

①栖栖：繁忙之状。 ②戎车：战车。既：已经。饬：整顿。 ③牡：公马。骙骙：马匹雄健强壮。 ④载：装载。是：这些。常：绘有日月并有垂饰的大旗。服：戎服，即今日的戎装，军装。 ⑤猃狁：游牧民族，商周之际称为“猃狁”，春秋之际称为“戎狄”，秦汉之际称为“匈奴”。孔：很。炽：炽热，炽烈。 ⑥是用：用是，因此。急：紧急，焦急。 ⑦王：周宣王。于：虚词，无实义。 ⑧匡：匡扶。 ⑨比：选配；物：指马。比物：同色的马配在一起。骊：纯黑色的马。 ⑩闲：同“娴”，娴熟。之：指马。维：同“唯”，唯一。则：法度。 ⑪维：在。 ⑫既成：已经装备好。服：戎装。 ⑬于：往。于三十里：行军三十里。 ⑭修：长；广：大，宽。修广：形容马匹高大健壮。 ⑮颙：大头。 ⑯薄：句首语气词，无实义。伐：征伐。 ⑰奏：为。肤：大。公：同“功”，功劳。 ⑱严：威严。翼：谨肃，恭敬状。 ⑲共武：协同作战。之服：使……服。

猃狁匪茹①，整居焦获②。　　猃狁并不软弱，占据整个焦获。
侵镐及方③，至于泾阳④。　　兵锋掠过镐方，竟然直抵泾阳。
织文鸟章⑤，白旆(pèi)央央⑥。　　军旗织有鸟图，旗下飘带高扬。
元戎十乘⑦，以先启行⑧。　　大型兵车数乘，逢山开路前进。

戎车既安⑨，如轾(zhì)如轩⑩。　　帅车如此平稳，时高时低疾驰。
四牡既佶(jí)⑪，既佶且闲⑫。　　战马高大健壮，雄健而且娴熟。
薄伐猃狁，至于大原⑬。　　征伐强敌猃狁，到达战场大原。
文武吉甫⑭，万邦为宪⑮。　　文韬武略吉甫，堪称诸侯榜样。

吉甫燕喜⑯，既多受祉(zhǐ)⑰。　　吉甫宴饮开心，接受许多赏赐。
来归自镐，我行永久。　　凯旋来自镐京，一路颠簸不易。
饮御诸友⑱，炰(páo)鳖脍鲤⑲。　　设宴招待战友，鳖鲤都是佳肴。
侯谁在矣⑳？张仲孝友㉑。　　座中还有谁在？孝悌友善张仲。

---

①匪：不。茹：弱。　②整居：占据。焦获：周代地名。　③镐、方：周代的两个地名。　④泾阳：古邑名，在今陕西泾阳县。　⑤织：同“帜”，旗帜。文：绘。鸟章：鸟的图案。　⑥白：同“帛”，织锦。旆：旗帜末端的飘带。央央：旌旗耀眼之状。　⑦元戎：大型兵车。　⑧启行：开路。　⑨戎车：此处指主帅乘坐的戎车。安：安稳。　⑩轾：车子前低后高。轩：车子前高后低。　⑪佶：健壮，强壮。　⑫闲：同“娴”，训练有素。　⑬大原：周代地名。　⑭文武：文韬武略。吉甫：周代大将尹吉甫。　⑮万邦：诸多诸侯国。宪：法，引申为榜样。　⑯燕：同“宴”，宴乐。喜：欢喜。　⑰祉：福祉。　⑱饮御：宴请。诸友：一同出征的战友。　⑲炰：烹煮。脍：名词作动词用，把鲤鱼切成小片。　⑳侯：句首发语词。　㉑张仲：尹吉甫的朋友张仲。孝友：孝敬父母，友善朋友。

这是一首英雄史诗，主要运用赋的手法，多角度多层次铺排，书写战争的时间、起因、武备、战斗、凯旋、庆功的场面，生动记述宣王时期北征猃狁的战争进程，热情歌颂了文韬武略的中兴名将尹吉甫。表现出某种朴素的英雄主义情结。

描写一场非常残酷的战争，但是作者却采取了"兵不血刃"的写法。第一章侧重写战火骤起，军情紧急，奉命出征，匡扶社稷。第二章回过头来，回顾戎马、戎车、戎装的准备过程，侧面描写，既然戎马强壮、戎车威武、戎装充足，且军队训练有素，战争胜负似乎已经揭晓。第三章描写将士们严明纪律，严阵以待，同仇敌忾，慎重对敌，可以预见胜利。第四章以反衬手法，描写猃狁的猖狂强悍，占据焦获，侵略镐、方，直抵泾阳。而我军兵车数辆，以为先锋，旌旗浩浩，彩带飘飘，似乎胜券在握。第五章侧重描写主帅尹吉甫的英勇沉稳，帅车轩轾，如履平地，靠前指挥，至于大原。其文韬武略，足以作为诸侯的榜样。最后一章描写主帅尹吉甫接受周王封赏，并陪同周王犒劳战友，章末点出了主帅尹吉甫之外的一个重要将领，孝悌友善的大将张仲。

军队是国家安全的保障，主帅或大将的品德、智慧、韬略往往能够决定军队的凝聚力和战斗力。二战初期，德法军事实力相当，但是法国主帅贝当无能，仅仅39天就跟希特勒签订城下之盟。中国解放战争，如果没有毛泽东的"运筹帷幄，决胜千里"，如果不是朱德、彭德怀、粟裕、贺龙、刘伯承等一批杰出的军事将领的"攻无不克，战无不胜"，胜负恐怕是另外一种结局。

采芑

薄言采芑(qǐ)①，于彼新田②。	采苦菜，在那旧年开垦的田里。
于此菑(zī)亩③，方叔莅止④。	在这今年新开的田里，方叔曾经莅临。
其车三千⑤，师干之试⑥。	他的兵车三千，军队就是国家长城。
方叔率止⑦，乘其四骐⑧。	方叔率领这些士兵，自己乘坐在四马战车上。
四骐翼翼⑨，路车有奭(shì)⑩。	四马整齐有序，方叔战车披红套。
簟(diàn)茀(fú)鱼服⑪，钩膺鞗(tiáo)革⑫。	竹席车帘，鲨鱼皮箭囊；结实的马护胸，皮革的马缰绳。
薄言采芑，于彼新田。	采苦菜，在那新田。
于此中乡⑬，方叔莅止。	在这乡中，方叔莅临。
其车三千，旂(qí)旐(zhào)央央⑭。	战车三千，军旗猎猎。
方叔率止，约軧(qí)错衡⑮。	方叔率军，车毂包皮革，横木绘花纹。
八鸾玱(qiāng)玱⑯，服其命服⑰。	战马飞奔铃铛响，将军身着战衣。

---

①薄：句首语气词，无实义。芑：野苦菜。 ②新田：开垦两年的田地。 ③菑：开垦一年的田地。 ④方叔：周宣王时期的大臣，奉命征伐荆蛮的主帅。莅：到来。止：句末语气词。 ⑤其车三千：周代军队编制，兵车一乘甲士三人，步兵七十二人，辎重车后勤士兵二十五人，共一百人。“其车三千”，意味着总兵力三十万人。 ⑥师：士兵。干：防御。试：用途。 ⑦率：统帅。 ⑧骐：青黑色的马。 ⑨翼翼：整齐有序。 ⑩路车：元戎，主帅的战车。奭：红色。 ⑪簟：竹席。茀：原义为遮蔽物，此处指车帘。鱼服：鲨鱼皮做的箭囊。 ⑫钩膺：马胸腹上的装饰兼保护的设备。鞗：马缰绳上的装饰物，兼有增加阻力、防滑功能。革：皮革缰绳。 ⑬中乡：“乡中”的倒装，周代二十五家为一里，五百家为一党，二十五党为一乡，即一乡有一万二千五百家。 ⑭旂：绘有龙形且旗杆上有铃铛的旗帜。旐：绘有龟蛇的旗帜。央央：鲜明耀眼。 ⑮约軧：以皮革缠绕包装的车毂。错衡：有花纹的车前横木。 ⑯八鸾：铃在镳上叫作鸾，每匹马两鸾，四匹马就是八鸾。玱玱：金银铜玉器等相互撞击发出的声音。 ⑰服其命服：前面一个“服”动词，穿。后面的“服”名词，官服。周代的官服分为九等，从第一命服到第九命服。

朱芾(fú)斯皇①，有玱葱珩(héng)②。	朱红蔽膝多耀眼，青色佩玉相撞击。
鴥(yù)彼飞隼③，其飞戾天④。	鹞鹰迅速飞翔，飞到辽远天际。
亦集爰止⑤，方叔莅止。	鸟儿成群栖止，方叔莅临。
其车三千，师干之试。	战车三千，国家长城。
方叔率止，钲(zhēng)人伐鼓⑥。	方叔统帅三军，鼓手击鼓进军。
陈师鞠旅⑦，显允方叔⑧。	集合军队，战前训诫，方叔何等英明诚信。
伐鼓渊渊⑨，振旅阗(tián)阗⑩。	战鼓响彻云霄，军队疾行悄悄。
蠢尔蛮荆⑪，大邦为雠⑫。	愚蠢的南方蛮荆，竟然与中央为敌。
方叔元老⑬，克壮其犹⑭。	方叔乃国家元老，能够展示其谋略。
方叔率止，执讯获丑⑮。	方叔统帅三军，审讯俘虏，割其左耳。
戎车啴(tān)啴⑯，啴啴焞(tūn)焞⑰。	帅车风驰电掣，拼杀声势浩大。
如霆如雷⑱，显允方叔。	如迅雷，如闷雷，方叔英明诚信。
征伐猃狁，蛮荆来威⑲。	曾经战胜猃狁，如今威震蛮荆。

---

①朱：红色。芾：蔽膝。皇：同“煌”，鲜艳、辉煌。 ②珩：佩玉顶端的横玉。葱珩：青色的佩玉。 ③鴥：疾飞的样子。隼：鹞鹰。 ④戾：到，至。 ⑤亦：句首语气词。集：群鸟栖止。爰：而。 ⑥钲：古时号令军队进退的乐器。伐鼓：击鼓。 ⑦陈师：集合军队。鞠：训诫。旅：军队，借指士兵。 ⑧显：英明。允：诚信。 ⑨渊渊：鼓声。 ⑩振旅：进军。阗阗：衔枚疾走之无声状态。 ⑪蠢：愚蠢。蛮：对南方少数民族的蔑称。荆：楚国旧都在荆州古城，习惯把楚国简称“荆”。 ⑫大邦：相对蛮荆而言，周朝当然是大邦。雠：同“仇”。 ⑬元：脑袋，引申为中枢。 ⑭克：能够。壮：展示。犹：同“猷”，谋略。 ⑮执讯：审讯俘虏。获丑：杀敌并割下其左耳朵计军功。 ⑯啴啴：兵车行进的声音。 ⑰焞焞：声势浩大状。 ⑱霆：霹雳，与闪电相伴的迅雷。雷：感觉就在近处的雷。 ⑲来：归顺，来朝。威：同“畏”，心存畏惧。

“厉王止谤”是西周衰弱的一个标志性事件，但是厉王的儿子周宣王却励精图治，富国强兵，出现了“中兴气象”，宣王在军事上比较著名的作为就是派秦仲攻西戎、尹吉甫伐猃狁、方叔征蛮荆、召虎平淮夷等，有效维护了中央政权的威信和存在。本诗描写的主角就是征讨蛮荆的主帅方叔。

全诗分两部分，第一章至第三章是第一部分：备战。第一章、第二章开头“薄言采芑，于彼新田”是起兴，蕴含着这样诗意：周王室兵源充足，就像苦菜一样，漫山遍野。接下来，就用赋的手法，多侧面、多角度、多焦点表现将士的训练有素、军容整齐、士气高昂。第三章开头聚焦到方叔，开头的“鴥彼飞隼，其飞戾天”的起兴也另有深意，借助鹞鹰的形象比兴方叔的思维敏捷、武艺高强、志向高远。比兴之后，集中精力描写了方叔的治军方略，想不到数千年前，周宣王的将领方叔，就善于在训练士兵的过程中使用思想政治教育手段。懂得为何而战的士兵，战力往往十倍于不知为何而战的士兵。第二部分是第四章：征讨。第四章写法依然可圈可点，开始批评蛮荆的愚蠢，接着写方叔的谋略，再写方叔决战，差不多也是以迅雷不及掩耳之势，将蛮荆征服。从诗歌的最后两句，可以推断，在尹吉甫征伐猃狁的战阵中，方叔应该也在军中，而且担任的不是普通的职务。

为什么歌颂主帅？其实没有不行的士兵，只有不行的将军。尤其在冷兵器时代，面对面的军事斗争，拼人数、拼刀剑，拼战车，但是更需要拼谋略、拼士气。谋略的深浅远近，决定于主帅；士气的强弱高低，也决定于主帅。高明的主帅，如后世的韩信，居然能够以少对多，且违反常规背水列阵，结果死里求生，大获全胜。显然，这场战争的胜利，韩信是决定性的因素。同样的道理，征讨蛮荆，一举获胜，方叔是决定性的因素。“主帅无能，累死三军”讲的就是这个道理，基层治理，国家治理，除了民主法治之外，关键是选好人用好人，尤其是选好主帅、主将、主要负责人。

车攻

我车既攻①，我马既同②。	修好猎车，战马汇聚。
四牡庞庞③，驾言徂东④。	四马强壮，驾车往东。
田车既好⑤，四牡孔阜⑥。	猎车修缮完毕，四马非常肥硕。
东有甫草⑦，驾言行狩⑧。	东边野草肥美，驾车东边打猎。
之子于苗⑨，选(suàn)徒嚣嚣⑩。	周王外出打猎，清点步卒喧嚣。
建旐(zhào)设旄(máo)⑪，搏兽于敖⑫。	竖起各色军旗，开赴敖山搏兽。
驾彼四牡，四牡奕奕⑬。	驾上四匹战马，如此从容闲适。
赤芾(fú)金舄(xì)⑭，会同有绎⑮。	红蔽膝金木屐，诸侯不绝络绎。
决拾既佽(cì)⑯，弓矢既调⑰。	扳指护臂齐备，弓箭弓弦匹配。
射夫既同⑱，助我举柴(zì)⑲。	射手已经汇聚，帮王堆积禽类。

---

①攻：同“工”，修理。 ②同：齐聚。 ③庞庞：强壮。 ④驾：驾车。言：语气助词，无实义。徂：往。 ⑤田：同“畋”，打猎。好：修缮完毕。 ②孔：很。阜：肥硕。 ③甫：大。甫草：肥美的草。 ⑧狩：冬季打猎称为“狩”，此处泛指打猎。 ⑨苗：夏季打猎，此处泛指打猎。⑩选：清点。徒：步卒。嚣嚣：喧哗声。 ⑪建：竖立。旐：画着龟蛇的旗帜。设：陈设。旄：旗杆顶端装饰着牦牛尾的旗帜。 ⑫搏兽：后世训诂者多数认为“博兽”同“薄狩”，我不敢苟同，两字字形相去甚远，假借得勉强，且古时打猎，本来就有与野兽搏斗的成分，甚至搏兽成为打猎的主旋律或高潮。敖：敖山，在今陕西省荥阳市北。 ⑬奕奕：从容闲适状。 ⑭赤芾：红色的蔽膝。舄：一种复底鞋，类似木屐。金舄：镶金的木屐。 ⑮会同：相约会合，一起行动。有绎：连续不断。 ⑯决：同“抉”，扳指，套在手指上作为射箭拉弦的辅助工具。拾：射箭时候套在左臂上的护臂。佽：齐备。 ⑰调：仿佛弦乐调弦，弓箭的弓和弦也有调适的过程，使之更加匹配。 ⑱射夫：射手。同：协同。 ⑲举：堆放。柴：禽类。

四黄既驾[①]，两骖不猗[②]。	四匹黄马起驾，两匹骖马整齐。
不失其驰[③]，舍矢如破[④]。	驾驭战马娴熟，弓箭出手中的。
萧萧马鸣[⑤]，悠悠旆旌[⑥]。	战马嘶鸣萧萧，一路战旗飘飘。
徒御不警[⑦]，大庖不盈[⑧]。	步卒骑兵机警，各式野味盈庖。
之子于征[⑨]，有闻无声[⑩]。	周王打猎凯旋，听说却无喧嚣。
允矣君子[⑪]，展也大成[⑫]。	如此圣明天子，展示实力高超。

《车攻》是一首写周宣王会诸侯狩猎的诗歌。狩猎行为，到了农业文明时代，已经不再以解决衣食之忧为目的，更多的是军事目的，借助狩猎进行军事训练，保持战力，更高的目的在于政治威慑，告诉参观者：王权巩固，天威不可侵犯。就像今天的阅兵，增强自信，威慑敌人。

周代文明是封建文明的典型，也是农业文明的奇迹，同时还是中华文明的源头之一。孔子儒家是实践理性的结晶，其社会实践基础建立在西周文明的基础之上。武王继承文王遗志，经过牧野之战，建立周朝，成王、康王两朝为盛世，昭王、穆王以后国势渐弱，到了周厉王时期则颓败不可收拾，已然崩溃；厉王的儿子宣王继位，内修政治，外用武力，出现了西周中兴

①黄：黄色的马。 ②骖：车辕两侧的两匹马。猗：同“倚”，偏斜，倾斜。 ③不失其驰：驾驭者不失其驰驱的方法。 ④舍矢：放箭。如破：击中目标。 ⑤萧萧：马鸣声。 ⑥悠悠：旌旗随风飘扬的样子。 ⑦御：骑兵或驾车的士兵。不：同“丕”，很，甚。警：机警。 ⑧大庖：周宣王的厨房。盈：丰盛，丰富。 ⑨征：行，狩猎归来行进之中。 ⑩有闻无声：听说打猎的队伍回来了，没有听到喧嚣声。这句话形容军纪严明。 ⑪允：信，实。君子：周宣王及诸侯。 ⑫展：诚然，的确。大成：成就伟大的功业。

气象。这首诗写的就是周宣王号令诸侯参加打猎，借此检阅军队，训练士兵，震慑诸侯。

全诗的主要艺术特征是赋。以铺排的方式，渲染战车，渲染战马，渲染射手，渲染军容，渲染军纪，渲染军力，最终渲染了军事威慑力，达到了预期的效果。全诗八章，第一章是出猎，第二章写车马，第三章写旌旗，第四章写装备，第五章写战力，第六章写技术，第七章写成果，第八章写猎归。诗歌篇幅虽长，但是逻辑严谨，笔力雄厚，感染力强，征服力强。后世读者读此诗，往往有身临其境之感。

吉日

吉日维戊①，既伯既祷②。	戊辰日最好，祭祀马神且祈祷。
田车既好③，四牡孔阜(fù)④。	猎车已修好，四匹公马有肥膘。
升彼大阜⑤，从其群丑⑥。	登上大土山，追逐野兽去猎场。
吉日庚午⑦，既差我马⑧。	庚午也是吉日，选择好骏马。
兽之所同⑨，麀(yōu)鹿麌(yǔ)麌⑩。	群兽聚集，鹿群也不断聚合。
漆沮之从⑪，天子之所⑫。	追到漆河沮河，那是天子围猎的场所。
瞻彼中原⑬，其祁孔有⑭。	远眺原野，旷远且富有野兽。
儦(biāo)儦俟(sì)俟⑮，或群或友⑯。	野兽或疾驰或行走，或麇集一群如朋友。
悉率左右⑰，以燕天子⑱。	都驱赶到天子左右，以让天子大显身手。

---

①戊：戊辰日，农历每月初五。 ②伯：马神。祷：祷告。 ③田：同“畋”。好：修缮好，准备好，仿佛今天开车远行的“检修”。 ④孔：很。阜：肥硕，健壮。 ⑤升：登。大阜：大土山。 ⑥从：追逐。群：三兽为群。丑：类，指代各种野兽。 ⑦庚午：庚午日，农历每月初七。 ⑧差：选择。 ⑨同：聚集。 ⑩麀鹿：母鹿。麌麌：群鹿聚集状。 ⑪漆沮：漆河和沮河，位于周的发祥地岐山附近。 ⑫天子之所：天子居住之所，这里指猎场，古时围猎，有一个环节就是士兵将野兽驱赶到猎场，供天子射杀，以彰显天子的神勇。 ⑬瞻：向前向远向高眺望。中原：“原中”的倒装，原野之中。 ⑭祁：原野广大。孔有：非常富有。 ⑮儦儦：疾驰状。俟俟：行走状。 ⑯群：群聚。友：亲近。或群或友：形容野兽成群聚集，相互亲近。 ⑰悉：都。率：驱赶。左右：天子左右。 ⑱以燕天子：让野兽进入天子射杀的最佳位置，让天子打猎能够享受到快乐。燕：使动用法，使……快乐。

既张我弓，既挟我矢[①]。	张开我的弓，搭上我的箭。
发彼小豝(bā)[②]，殪(yì)此大兕(sì)[③]。	射中小野猪，射死大犀牛。
以御宾客[④]，且以酌醴(lǐ)[⑤]。	宴飨诸宾客，加上那甜酒。

本诗属于叙事诗，有史料价值。记述了群臣配合周天子打猎的过程。如果说《采芑》《车攻》是中兴时代对外用兵的史诗，那么这首诗则是对内修明政治的叙事诗。全诗以赋作为主要手法，叙述了君臣畋猎的全过程。第一章吉日祭祀马神。第二章吉日挑选骏马。第三章驱逐群兽。第四章君臣同乐。如果说前面三章是画龙，第四章就是点睛。内政清明的关键是君臣一心、君臣一体、君臣和谐、君臣团结；如此，才能百姓和乐、人民幸福。中兴气象，关键在此。

①挟：弯弓搭箭、将射未射的瞬间动作形象。②发：放箭。豝：母猪。③殪：射死。兕：犀牛。④御：款待，宴饮。⑤以：用来。酌：饮。醴：甜酒。

鸿雁之什

鸿雁

鸿雁于飞[1]，肃肃其羽[2]。	大雁飞向远方，沙沙拍动翅膀。
之子于征[3]，劬劳于野[4]。	这人踏上征程，辛勤劳作原野上。
爰及矜人[5]，哀此鳏寡[6]。	想想这个苦命的可怜人，鳏寡者更令人觉得悲伤。
鸿雁于飞，集于中泽[7]。	鸿雁飞向远方，累了停息在大泽中。
之子于垣(yuán)[8]，百堵皆作[9]。	这个人在修筑矮墙，筑起长长的矮墙。
虽则劬劳[10]，其究安宅[11]。	虽然他们都很辛劳，毕竟还有窝棚歇息。
鸿雁于飞，哀鸣嗷嗷[12]。	鸿雁飞向远方，哀鸣何等凄凉。
维此哲人[13]，谓我劬劳[14]。	那些宅心仁厚的智者，说我劳苦繁忙。
维彼愚人[15]，谓我宣骄[16]。	那些愚蠢的当权者，却说我太过逞强。

这是一首充满现实主义的抒情诗。比兴兼用，把劳动者的悲伤、苦闷、无奈表现得深刻且生动。起兴之诗句，别出心裁，寄意深远，引发联想，把劳动的辛苦、劳动者的悲伤以及对当局的强烈不满，表现得令人难忘。第一

---

①鸿雁：大雁。于：语气助词，无实义。 ②肃肃：鸿雁振翅飞行发出的声音。 ③之子：这人。征：征途，作动词用，赶路。 ④劬：辛劳，辛苦。劳：与“劬”同义复用。野：旷野。 ⑤爰：语气助词。及：连及，说到。矜人：可怜的人。 ⑥哀：同情，怜悯。此：这些。鳏：老而无妻曰鳏。寡：老而无夫曰寡。 ⑦中泽：“泽中”的倒装。 ⑧垣：矮墙，此处作动词用，构筑矮墙。 ⑨堵：墙的单位，周代一丈为板，五板为堵。百堵：形容墙体很长。作：开工。 ⑩虽：虽然。 ⑪其：指示代词，指代筑墙者。究：终究。宅：安顿，安生。 ⑫嗷嗷：鸟悲鸣声。 ⑬哲人：智者。 ⑭谓：说。 ⑮愚人：对当权者的鄙称。 ⑯宣：宣示。骄：同“矫”，逞强。

章以“鸿雁于飞，肃肃其羽”起兴，烘托出“流民”远离故土被迫服役，无一幸免的命运。第二章以“鸿雁于飞，集于中泽”起兴，这种起兴兼有比喻的意蕴，形象地烘托出修筑城墙的流民无家可归的命运，二者之间具有高度的相关性和相似性。第三章以“鸿雁于飞，哀鸣嗷嗷”起兴，以鸿雁哀鸣，寄托了流民心声；他们面对统治者的不理解或者冷嘲热讽，何尝不充满“鸿雁哀鸣”般的悲伤和无奈。

今天读来，依然有现实意义。当代中国，囿于户籍制度，成千上万的农民工，也如鸿雁一般，过着候鸟般的生活，为中国的改革开放，付出了青春、付出了爱情、付出了幸福，把痛苦留给了自己，把财富献给了社会。他们何尝没有远离故土的痛苦？他们何尝没有远离亲人的孤独？他们何尝没有享受天伦之乐的幸福追求？

庭燎

夜如何其[1]？	现在是夜晚什么时光？
夜未央[2]，庭燎之光[3]。	尚未到中央，那是火炬的光芒。
君子至止[4]，鸾声将将[5]。	诸侯应该快到了，仿佛已经听到了铃铛响。
夜如何其？	现在是夜晚什么时分？
夜未艾[6]，庭燎晣(zhé)晣[7]。	已经过了子时，那是火炬的光明。
君子至止，鸾声哕(huì)哕[8]。	诸侯的车子快到了，铃铛声节奏鲜明。
夜如何其？	现在是夜晚什么时候？
夜乡晨[9]，庭燎有辉[10]。	即将破晓，那是火炬的光亮。
君子至止，言观其旂(qí)[11]。	诸侯的车子快到了，已看到他们的旌旗飘扬。

这首诗的主旨从来没有什么争议：赞美周宣王青壮年时期的勤政。全诗构思巧妙，自问自答，使诗歌跌宕起伏，引人入胜。三章结构相似，又形成了重章叠唱的感染力。同时，充分利用赋的优势，描写了“夜未央”“夜未艾”“夜乡晨”三个时间节点，描绘周宣王夙夜在公的明君形象。显然，作者对于这种一心为公，通宵达旦的工作态度、方式、方法持赞美态度。本人

---

①其：语气词，表示疑问。 ②央：尽。 ③庭燎：火炬。 ④君子：诸侯。止：句末语气词，无实义。 ⑤鸾：銮铃。将将：同“锵锵”，形容铃声响亮。 ⑥艾：深，过了子时方为“夜艾”。 ⑦晣晣：形容火炬光明。 ⑧哕哕：形容铃声节奏鲜明。 ⑨乡：同“向”。夜乡晨：夜晚即将结束，走向破晓。 ⑩辉：形容火炬光芒依旧。 ⑪旂：绘有龙纹且系有铃铛的旗帜。

则持保留意见，对于一个由几个人或几十个人组成的团队，事必躬亲，事事勤勉，或许还可以应付；但是，对于一个庞大的组织，未必有效，更不值得提倡。无论团队大小，管理起来，原理相同，让团队成员各在其位，各司其职。上位者的任务：一是前瞻思考，顶层设计；二是明确职责，明确任务；三是思路策划，方法指导；四是过程监控，过程激励。事必躬亲，绝对不是最高效的管理。

沔水

沔彼流水[1]，朝宗于海[2]。	河水滔滔，百川归海。
鴥(yù)彼飞隼(sǔn)[3]，载飞载止[4]。	鹞鹰飞翔，时飞时歇。
嗟我兄弟[5]，邦人诸友[6]。	叹我同宗，他姓诸侯。
莫肯念乱[7]，谁无父母？	冷漠国事，谁无父母？
沔彼流水，其流汤汤[8]。	滔滔河水，浩浩汤汤。
鴥彼飞隼，载飞载扬。	鹞鹰飞翔，高高飞扬。
念彼不迹[9]，载起载行。	不遵正道，我心彷徨。
心之忧矣，不可弭忘[10]。	心忧国事，念念不忘。
鴥彼飞隼，率彼中陵[11]。	鹞鹰飞翔，沿着土山。
民之讹言[12]，宁莫之惩[13]。	世俗谣言，无人惩戒。
我友敬矣[14]，谗言其兴[15]。	提醒朋友，谣言兴起。

由古而今，诸多注家认为此诗最为隐晦，加上有阙遗——比如第三章就缺少起兴的句子“沔彼流水”。但是，我却认为此诗很容易理解。这是一首

①沔：水流湍急状。 ②朝宗于海：归往大海。 ③鴥：鸟迅疾飞翔状。隼：鹞鹰。 ④载……载……：时而……时而……。 ⑤嗟：感叹。兄弟：同胞兄弟或同姓兄弟。 ⑥邦人：国人。 ⑦念：顾念。乱：动乱。 ⑧汤汤：水势浩渺状。 ⑨迹：正常的轨迹。 ⑩弭：止，息。 ⑪率：沿着。中陵：“陵中”的倒装，大土山中。 ⑫讹言：谣言。 ⑬宁：竟然。莫：没有人。惩：惩戒。 ⑭敬：警觉。 ⑮兴：兴起。

规谏诗歌。作者显然是宣王时期一个忠臣。

诗歌第一章开头两句起兴，隐喻如果君王如大海一样博大而包容，则诸侯必然如流水向东一样“归于大海”。第三、第四两句，继续起兴且兼比喻，宣王何尝不像或飞或止、迷茫自失的鹞鹰。接下去叹息，同宗兄弟有人不忠诚，异姓诸侯怀有异心，他们不关心国事，他们不会顾念自己的父母之邦。诗歌第二章前面四句与第一章基本相同，意象也基本相同，只是程度有所加重，迷失的宣王如同高飞的鹞鹰，显然忘却了高处的寒冷和危险。接着诗作者继续规劝周宣王，有些人图谋不轨，令忠臣们坐立不安，忧心如焚，念念不忘。第三章前面四句应该如第一章、第二章，显然遗漏了两句。“鴥彼飞隼，率彼中陵”的起兴兼比喻，已经预示着宣王走入中陵的迷茫和危险之中。面对宣王在政治上，尤其是晚年的一再失误，而且日益严重的刚愎自用，诗作者只能含蓄的规劝道：“民之讹言，宁莫之惩。我友敬矣，谗言其兴。”

耿耿忠心，苍天可鉴！

鹤鸣

鹤鸣于九皋[1]，声闻于野。	鹤鸣悠远，回荡原野。
鱼潜在渊[2]，或在于渚[3]。	鱼在深渊，或绕小洲。
乐彼之园，爰有树檀[4]，	留恋小园，中有楮树，
其下维萚[5]。	下有树皮。
他山之石，可以为错[6]。	他山石头，可作磨石。
鹤鸣于九皋，声闻于天。	鹤鸣悠远，传响天边。
鱼在于渚，或潜在渊。	鱼绕小洲，或在深渊。
乐彼之园，爰有树檀，	流连小园，种上檀树，
其下维榖(gǔ)[7]。	下有楮树。
他山之石，可以攻玉[8]。	他山之石，可以攻玉。

这首诗是周宣王时代的大臣劝喻周宣王广纳贤才的规谏诗歌。“高手在民间”是中国自古而今的文化现象。西周初年，政权更迭依然是以世袭为主，如果没有军功，普通农民、市民、读书人等很难有入仕的机会，很难有施展抱负的平台。这既是贤者的不幸，也是国家的不幸。有责任感的大臣，看在眼里，想在心里，宣王中年以后日趋刚愎自用，这首诗的规谏自然就显

①皋：沼泽。九皋：九曲之泽，形容声响传播悠远。 ②渊：深池，深潭。 ③渚：水中小洲。 ④爰：发语词，无实义。树檀：“檀树”的倒装。 ⑤萚：脱落的树叶或皮。 ⑥错：磨玉的粗石，类似磨刀石。 ⑦榖：楮树，皮可以造纸，纸的重要原材料。 ⑧攻：雕刻，加工。

得有些含蓄。两章前面都是起兴兼比喻，贤者如鹤，声音悠远，传扬于野，甚至声震天际；贤者如鱼，或者在深渊，或者在小洲，想想办法还是可以得到他们。如果在园子里栽上楮树，自然就会得到落下的树皮，自然就有落下的树枝。诗歌两章最后两句，采取了递进式的点题方法："他山之石，可以攻错"，"他山之石，可以攻玉"。无论人才在贵族、在山林、在民间，既然是人才，那么或者可以成为磨刀石，或者可以制玉器。苦心孤诣，用意颇深。

祈父

祈父[1]，予王之爪牙[2]。	司马，我是守卫王室的武将。
胡转予于恤[3]？	为什么调我到艰难之地？
靡所止居[4]。	让我居无定所。
祈父，予王之爪士。	司马，我是守卫王城的武士。
胡转予于恤？	为何调遣我到前线？
靡所厎(dǐ)止[5]。	让我行无定址。
祈父，亶(dǎn)不聪[6]。	司马，确实不聪明。
胡转予于恤？	为何调遣我赴战场？
有母之尸饔(yōng)[7]。	家中娘亲无人侍奉。

这是一首讽刺诗。讽刺是《诗经》的传统，诗人可能是士兵，可能是朝臣，目睹了宣王晚年穷兵黩武，民不聊生的社会现实，萌生了讽喻宣王的念头，又不敢直接把矛头指向宣王，于是假借士兵的口吻，把司马当作宣王的替身，予以抨击。全诗三章，前面两章属于重章叠唱，也是用赋的铺排，以反诘的口吻，质问司马，为何将戍守京畿的士兵调往远方，调往战场？仅仅是因为我居无定所，行止无着吗？当然不是，最重要的是我家中还有孤苦无

---

①祈：同“圻”。祈父：掌管京畿兵马的人，即司马。 ②爪牙：比喻武将。 ③胡：为什么。转：调动。恤：忧，指艰苦的前线。 ④靡：没有。所：处所。止居：居住。 ⑤厎：至，终，到达。⑥亶：确实，诚然。 ⑦尸：同“失”，缺少，缺失。饔：熟食。

依的老娘！前两章的抨击是铺垫，第三章才是高潮，既是感情的高潮，也是理性的高点。古时抽壮丁，男有三丁点一丁，或有两丁点一丁，独子入伍往往留守地方而不上前线；而本诗揭露的是独子也要上前线，即便是母亲孤苦无依也不能例外。战争之残酷，兵源之枯竭，由此可见一斑。

白驹

皎皎白驹①，食我场苗②。	洁白的马驹，吃我场圃的豆苗。
絷之维之③，以永今朝④。	绊住它拴住它，延续今朝。
所谓伊人，于焉逍遥⑤。	那位君子，在此可以逍遥。
皎皎白驹，食我场藿⑥。	洁白的马驹，吃我场圃的豆叶。
絷之维之，以永今夕⑦。	绊住它拴住它，延续今夕。
所谓伊人，于焉嘉客⑧。	那位君子，在此可是尊贵的客人。
皎皎白驹，贲然来思⑨。	洁白的马驹，飞奔而来。
尔公尔侯⑩，逸豫无期⑪。	或者公爵或者侯爵，安逸快乐无期限。
慎尔优游⑫，勉尔遁思⑬。	谨慎地快活，抑制隐逸的心念。
皎皎白驹，在彼空谷⑭。	洁白的马驹，在那无人的山谷。
生刍一束⑮，其人如玉。	抱来一束青草，那人如玉美好。
毋金玉尔音⑯，而有遐心⑰。	不要吝啬你的音讯，不要有疏远之心。

①皎皎：洁白。驹：原指不足两岁的小马驹，这里指骏马。 ②场：园圃。苗：豆苗。 ③絷：用绳子绊住马脚。维：拴住马缰绳。 ④永：延长。 ⑤于焉：在这里。 ⑥藿：豆叶。 ⑦今夕：今晚。 ⑧嘉：尊贵。 ⑨贲：同“奔”，奔跑，奔走。 ⑩尔：你。 ⑪逸豫：安逸快乐。 ⑫慎：小心。尔：你。优游：悠闲自得。 ⑬勉：同“免”，打消。遁：隐逸，逃遁。思：语气词。 ⑭空谷：无人的山谷。 ⑮生刍：喂牲口的青草。 ⑯毋：不要。金玉：如金玉般珍惜。音：音讯。 ⑰遐心：疏远之心。

宣王末年，朝政懈怠，战事频仍，民生凋敝。贤者因为宣王刚愎而逐渐离去，有心者担忧且挽留，于是创作了这首诗歌。如何留住这珍贵的贤能？留住他的白驹。让它吃我的豆苗，绊住它拴住它，让今朝成为永久；如此，可以留住它的主人，在这里逍遥。第二章继续。让白驹吃我的豆叶，绊住它拴住它，让今夜成为永久；如此，它的主人就可以在这里成为尊贵的客人。第三章想象。如果主人走了，希望他骑着白马飘然而至，我待你如公侯，希望你永远在这里快乐生活。我谨慎地让你过着优裕的生活，我努力规劝你放弃隐逸的念头。第四章怅惘。既然留不住，既然你已经到了空谷，既然只能欣赏你颜如玉；那么，此去经年，希望你能够不吝啬你的语言，放弃你疏远我的心，时不时给我音讯。

本诗赋比兴兼用，“皎皎白驹”是起兴，也是比喻，把才俊比作骏马，是中国文化的一个传统，到了韩愈就把人才称之为“千里马”。其实，诗歌把马和马的主人融为一体来写，对于骏马的挽留也是对贤者的挽留。如此，诗作者应该是宣王时代的“伯乐”！

黄鸟

黄鸟黄鸟[1]，无集于榖（gǔ）[2]，	黄雀啊黄雀，不要栖止在楮树，
无啄我粟。	不要啄食我的粟。
此邦之人，不我肯穀（gǔ）[3]。	这个国家的人，不肯善待我。
言旋言归[4]，复我邦族[5]。	回去吧，回去吧，回到我的故国。
黄鸟黄鸟，无集于桑，	黄雀啊黄雀，不要栖止在柔桑，
无啄我粱[6]。	不要啄食我的黄粱。
此邦之人，不可与明[7]。	这个国家的人，不可以签订同盟。
言旋言归，复我诸兄[8]。	回去吧，回去吧，回去见我的弟兄。
黄鸟黄鸟，无集于栩[9]，	黄雀啊黄雀，不要栖止在柞树，
无啄我黍。	不要啄食我的黍。
此邦之人，不可与处。	这个国家的人，不可以真心相处。
言旋言归，复我诸父[10]。	回去吧，回去吧，回去见我的伯父叔父。

本诗以重章叠唱的方式浓墨重彩地表达了流离失所的人对故国的眷恋。全诗三章，均以黄鸟起兴，同时以黄鸟比喻异邦之统治者，含蓄表达了对

---

①黄鸟：黄雀。 ②榖：楮树，纸的原料。 ③穀：养，善待。 ④言：语气词，无实义。旋、归：都是回归、回乡的意思。 ⑤复：回，返回。邦族：故国，故乡。 ⑥粱：黄粱。 ⑦明：同"盟"，信，守信。 ⑧诸兄：同胞兄弟、堂兄弟及族兄弟。 ⑨栩：柞树。 ⑩诸父：同姓长辈，同族叔伯。

异邦统治者的反感与排斥。每一章的后半部分直抒胸臆：这个国家的人，不肯善待我们；回去吧，回去吧，回到故国。这个国家的人，不可信任；回去吧，回去吧，去找同族弟兄。这个国家的人，不可以相处；回去吧，回去吧，去找我们的同族伯叔。虽然三章只是换了几个字，但是这种重章叠唱，层层递进，把故国之思、兄弟之宜、亲族之伦表现得浓郁而真诚，感人至深。

我行其野

我行其野[1]，蔽芾(fèi)其樗(chū)[2]。	默默行走在原野，椿树嫩叶充满生机。
昏姻之故[3]，言就尔居[4]。	因为婚姻缘故，我与你同住。
尔不我畜(xù)[5]，复我邦家[6]。	你不能善待我，我应该回到故乡。
我行其野，言采其蓫(zhú)[7]。	孤独地走在原野，采摘羊蹄菜。
昏姻之故，言就尔宿[8]。	因为婚姻缘故，我才与你同居。
尔不我畜，言归斯复。	既然你不善待我，我就回娘家去。
我行其野，言采其葍(fú)[9]。	走在原野，采摘灵草。
不思旧姻[10]，求尔新特[11]。	你不恋旧情，去追求新人。
成不以富[12]，亦祇以异[13]。	不是因为富裕，而是因为新鲜。

此诗题旨历来争议颇大，《毛诗序》认为其讽刺周宣王，牵强；朱熹《诗集传》认为，老百姓流落异乡，即使有婚姻约束，也难有安全感，勉强。简单说，这就是首怨妇诗。

全诗三章。每一章前两句，都是起兴，仿佛电影蒙太奇手法，把主人公

①行：行走。 ②蔽芾：树叶初生之充满生机的状态。樗：臭椿树。 ③昏姻：婚姻，婚的本字是“昏”。旧时夫家为姻，妇家为婚。 ④言：语气词，无实义。就：从，靠。尔：你。居：男女同居，共同生活。 ⑤畜：善待。我畜：“畜我”的倒装。 ⑥复：返回。邦家：故园，故居，故乡。 ⑦蓫：羊蹄菜，可入药，治疗抑郁症。 ⑧宿：居住。 ⑨葍：蔓茅，又名灵草，俗称旋花。 ⑩旧姻：结发夫妻关系。 ⑪特：匹配，配偶。新特：礼聘婚姻之外的配偶。 ⑫成：同“诚”，确实。以：因为。 ⑬祇：同“只”。异：新异。

置身于一个冷清、寂寥的旷野，一个被抛弃的少妇，茕茕独行，由此，所思，所想，所悲，所恨。每一章起兴后面的句子比较容易理解，因为婚姻缘故，我勇敢地选择了你，你却不能善待我，我只想归故乡；因为婚姻的缘故，我勇敢与你同居，你不能善待我，我只能回娘家；你不恋旧情，只寻新欢；我知道并非新欢富裕，你只不过是图个新鲜。现代社会，又何尝没有这样的悲伤和无奈呢？

斯干

秩秩斯干①，幽幽南山②。	山涧顺流，南山悠远。
如竹苞矣③，如松茂矣。	翠竹青葱，松柏茂盛。
兄及弟矣，式相好矣④，	兄弟之间，相互友爱，
无相犹矣⑤。	不能欺骗。
似续妣(bǐ)祖⑥，筑室百堵⑦。	接续香火，修墙百堵。
西南其户⑧，爰居爰处⑨，	门开西南，兄弟居处，
爰笑爰语。	欢歌笑语。
约之阁阁⑩，椓(zhuó)之橐(tuó)橐⑪。	夹板清晰，夯土雷雷。
风雨攸除⑫，鸟鼠攸去，	风雨免除，鸟鼠都去，
君子攸芋(yǔ)⑬。	君子之屋。
如跂(qǐ)斯翼⑭，如矢斯棘⑮，	像高飞的翅膀，像离弦的飞箭，
如鸟斯革⑯，如翚(huī)斯飞⑰，	像飞鸟的两翼，像野鸡的疾飞，
君子攸跻(jī)⑱。	君子登堂入住。

---

①秩秩：顺流而下状。斯：指示代词，这。干：同“涧”，山涧。 ②幽幽：幽深而绵延。南山：终南山。 ③如：有。苞：草木茂盛。 ④式：发语词，无实义。 ⑤犹：通“猷”，谋略，计谋，用作动词，使用计谋，引申为欺诈。 ⑥似续：嗣续，接续香火。妣：死去的母亲。祖：远祖。⑦筑：修筑。室：宫室。堵：长高一丈为一板墙，五板为一堵。百堵：概数，极言其多。 ⑧户：门。 ⑨爰：于是。 ⑩约：装束，困束。之：筑墙用的夹板。阁阁：历历，清晰可数。 ⑪椓：夯土，即往筑墙的夹板中夯土。橐橐：夯土的声音。 ⑫攸：所，都。除：避免。 ⑬芋：同“宇”，屋宇，房屋。 ⑭跂：登高而望。斯：之。翼：翅膀。 ⑮如：像。矢：离弦的箭。斯：之，的。棘：同“急”，迅疾。 ⑯革：鸟翼。 ⑰翚：野鸡。 ⑱跻：登，升。

殖殖其庭①，有觉其楹②。	庭院平正，廊柱端庄。
哙(kuài)哙其正③，哕(huì)哕其冥④，	正房宽敞，偏房幽静，
君子攸宁⑤。	君子宁静。
下莞上簟(diàn)⑥，乃安斯寝⑦。	草席竹席，安心就寝。
乃寝乃兴⑧，乃占我梦。	一觉醒来，占卜旧梦。
吉梦维何⑨？	是何吉兆？
维熊维罴(pí)⑩，维虺(huǐ)维蛇⑪。	狗熊马熊，毒蛇小蛇。
大人占之⑫：	太仆占卜：
维熊维罴，男子之祥⑬。	狗熊马熊，男孩吉兆。
维虺维蛇，女子之祥。	毒蛇小蛇，女孩吉兆。
乃生男子，载寝之床⑭，	喜添贵子，睡在大床，
载衣之裳，载弄之璋⑮。	穿上衣裳，玩耍玉璋。
其泣喤(huáng)喤⑯，朱芾(fèi)斯皇⑰，	哭声洪亮，蔽膝鲜光，
室家君王。	家国君王。

---

①殖殖：平正。庭：庭院。 ②觉：同“梏”，高而端正。楹：厅堂前的柱子。 ③哙哙：宽敞明亮。正：正房，朝阳的房间。 ④哕哕：光明幽静。冥：相对于“正”而言，背光的房间。 ⑤宁：内心宁静。 ⑥莞：席子草，指草席。簟：竹席。 ⑦乃：于是。安：安心。寝：睡觉。 ⑧兴：醒来，起床。 ⑨吉：美好，充满吉兆。维：是。 ⑩熊：狗熊。罴：马熊。 ⑪虺：毒蛇。蛇：小蛇。 ⑫大人：太仆，负责占卜的官员。 ⑬祥：吉祥征兆。 ⑭载：本章中的“载”，都作就、即解。寝：使……寝。之：到。床：大床。 ⑮弄：玩耍。璋：古代官员上朝时手上拿着的玉板。 ⑯喤喤：声音洪亮。 ⑰芾：蔽膝。皇：同“煌”，光明鲜艳。

乃生女子，载寝之地，	喜添淑女，睡在地上。
载衣之裼[1]，载弄之瓦[2]。	放在襁褓，玩耍纺锤。
无非无仪[3]，唯酒食是议[4]，	温顺贤淑，操心酒食，
无父母诒罹[5]。	父母无忧。

本诗是贵族宫室落成的祝颂之辞。全诗分为两部分，第一章至第四章为第一部分，描写宫室修造的过程和宫室的辉煌。第二部分为第五章至第八章，是宫室落成时给主人的颂词。整首诗虽说是宫室落成祝颂之词，但落脚点却在于对主人幸福安康和福泽绵绵的祝福，蕴含了人本主义的伦理倾向。

第一部分对于宫室的描写，采用了电影蒙太奇的手法：由远而近，由大而小，由外而内，由物而人，层层推进，逻辑分明。首章四句是环境描写：涧水潺潺，南山幽幽，翠竹青葱，松涛如聚。起笔不凡，立意高远。如此佳境，宫室主人地位，不言而喻。在这样的环境之中，兄弟一起，快乐无比，诚心相待，永不相欺。第一章一锤定音，奠定了全诗的基调。第二章写主人在这里嗣续祖业，修筑宫室，欢歌笑语，无比幸福。第三章回头写当年修筑的过程，先写修筑场面的盛大和热闹，后写宫室的华美造型，作者连用了四个比喻句构成排比，气势一贯地将宫室的华美外形展现在读者面前。第四章开始用特写镜头，近距离写了庭院、廊柱、正房、偏房，无处不在突出“君子”内心宁静。前面四章虽然大部分都在写景、写物，但是几乎每一章的最后都回归到宫室的主人，他们的生活，他们的幸福，他们的内心，才是诗作

①裼：襁褓之被。 ②弄：玩耍。瓦：织布用的纺锤。 ③无非：无违。仪：同“议”，议论。
④唯：只有。议：思考，筹措。 ⑤无父母：无使父母。诒：同“贻”，留给。罹：忧患，祸乱。

者重点关注的。

第二部分属于颂词。颂词如何写呢？直接说出一些恭维话，恐怕就不会成为流传至今的诗歌了。第五章诗人仍然立足于宫室，在这适合君子居住的美丽舒适的房子里，主人安然入睡，梦见了熊罴，梦见了虺蛇，吉梦呈祥。熊罴主阳，意味着即将喜添贵子；虺蛇主阴，意味着即将喜添淑女。第六章写占卜，比较难得，在作者眼里和心里，无论生男还是生女，都是吉祥的征兆。有学者说，此诗反映出严重的男尊女卑，第六章足以说明这是偏见。第七章写生男则睡在大床，穿上衣裳，玩耍玉璋。哭声洪亮，蔽膝光鲜，家国君王，第八章写生女则睡在地上，放在褓褓，玩耍纺锤，温顺贤淑，操持酒食，父母无忧，两相对比，似乎“男尊女卑”的倾向证据确凿，其实不然。西周高度发达的文明体系中，男女有别，角色不同，分工不同，责任不同，使命不同；尚不足以说明诗作者有男尊女卑的思想。

描写别具匠心，祝颂构思奇妙，全诗如自然天成，不露雕琢痕迹。今天读来，依然唯美。

无羊

谁谓尔无羊[1]，三百维群[2]。	谁说没有羊？一群三百只。
谁谓尔无牛，九十其犉(rún)[3]。	谁说没有牛？七尺九十头。
尔羊来思[4]，其角濈(jí)濈[5]。	羊群到来时，羊角齐攒动。
尔牛来思，其耳湿湿[6]。	牛群到来时，耳朵密麻麻。
或降于阿[7]，或饮于池，	有的跑到坡下，有的池中饮水，
或寝或讹[8]。尔牧来思[9]，	有的休息有的活动。牧人来放牧，
何蓑何笠[10]，或负其糇(hóu)[11]。	披着蓑衣戴着斗笠，有时还带着干粮。
三十维物[12]，尔牲则具[13]。	牛羊毛色三十种，祭祀牲口已足够。
尔牧来思，以薪以蒸[14]，	牧人你来放牧，一边砍树一边捡树枝，
以雌以雄[15]。尔羊来思，	一边射杀雌一边捕杀雄。羊群来了，
矜(jīng)矜兢兢[16]，不骞(qiān)不崩[17]。	好像谨慎步步紧跟，没丢失也没溃散。
麾(huī)之以肱(gōng)[18]，毕来既升[19]。	用你的臂膀扬起鞭子，羊群全部进羊圈。

---

①谓：说。尔：你。 ②维：是，算是。 ③犉：牛七尺为犉。 ④思：句末语气词。 ⑤濈濈：羊角攒动貌。 ⑥湿湿：耳朵摇动扇动之状。 ⑦降：下。于：到。阿：山坡。 ⑧讹：同“吪”，动。 ⑨牧：牧人。 ⑩何：同“荷”，戴着。蓑：蓑衣。笠：斗笠。 ⑪糇：干粮。 ⑫三十：虚指，形容很多。物：动物的毛色。 ⑬牲：祭祀用的牲畜。具：具备，准备充足。 ⑭以：连词，无实义。薪：粗木。蒸：细木。 ⑮雌：雌性动物。雄：雄性动物。 ⑯矜矜：谨慎持重。兢兢：诚惶诚恐。 ⑰骞：亏，损。崩：溃散，失败。 ⑱麾：指挥。肱：臂。 ⑲毕：全部。升：进。

牧人乃梦[①]，众维鱼矣[②]，	牧人于是进入梦乡，梦见蝗虫化作鱼，
旐(zhào)维旟(yú)矣[③]。大人占之[④]，	龟蛇旗变成鹰隼旗。太仆占卜，
众维鱼矣，实维丰年[⑤]。	梦见蝗虫变成鱼，确实是丰年的征兆。
旐维旟矣，室家溱(zhēn)溱[⑥]。	龟蛇旗变成鹰隼旗，看来未来人丁兴旺。

本诗是牧歌，以赋铺陈，表现牧人生活、放牧技巧、牛羊繁茂，从一个侧面展示了宣王中兴时期的社会繁荣景象。字里行间洋溢着经济繁荣时期劳动者和贵族的和平安详生活情调。

第一章以设问起句，自问自答，概数牛羊数量之多。接着以夸张手法，以"其角濈濈""其耳湿湿"分别渲染羊和牛的数量丰足。第二章是一幅充满诗意的放牧图。牛羊或奔跑于山下，或畅饮于水池，或睡或醒。而牧人惬意地披蓑戴笠，背着干粮。祭祀的牛羊数量、质量都足够多、足够好。第三章写牧人娴熟的放牧技术。一边放牧，一边砍柴折枝，一边打猎，好不逍遥；最后牛羊归圈，一只不少，好不高超。第四章是全诗的高潮，牧人进入梦乡，梦见蝗虫变成鱼，龟蛇旗变成鹰隼旗，这是大吉之象，意味着今年五谷丰登，意味着未来人丁兴旺。

孔子说："民可，使由之。"老百姓过得很好，就顺其自然。孔子说："太上，不知有之。"最高的管理境界，就是老百姓不知道管理者的存在。这首牧歌中的牧人，应该不知道或者感受不到统治者的存在。社会治理的最高境界，不是无所不用其极，而是有所为有所不为；如果老百姓过得不好，再想办法教化他们，提升他们，帮助他们。当今管理者读这首诗，应该要读懂儒家的管理智慧。

---

①乃：于是。梦：入梦。 ②众：同"螽"，蝗虫。维：是，都是。 ③旐：绘有龟蛇的旗帜。旟：绘有鹰隼的旗帜。 ④大人：太仆，负责占卜的官员。 ⑤实：确实。维：是。 ⑥溱溱：众多的样子。

节南山之什

节南山

节彼南山[1]，维石岩岩[2]。	南山高峻，岩石累累。
赫赫师尹[3]，民具尔瞻[4]。	赫赫声威的尹太师，老百姓远远地看着你。
忧心如惔(tán)[5]，不敢戏谈[6]。	忧心如焚，却不敢随意妄议。
国既卒斩[7]，何用不监[8]？	国家因诸侯杀伐而近乎灭绝，为什么你不能监察？
节彼南山，有实其猗[9]。	南山高峻，山坡广阔。
赫赫师尹，不平谓何[10]？	声势显赫的尹太师，为什么世道不太平？
天方荐瘥(cuó)[11]，丧乱弘多[12]？	上天近来频降瘟疫，丧乱为何如此之多？
民言无嘉[13]，憯(cǎn)莫惩嗟[14]。	民怨沸腾没好话，悲痛的是你没有受到惩戒啊。
尹氏大师，维周之氐[15]。	尹太师啊尹太师，你本应该是周王室的砥柱。
秉国之均[16]，四方是维[17]。	你掌握国家政权，维系着四方安宁。
天子是毗(pí)[18]，俾(bǐ)民不迷[19]。	本应是天子的辅佐，不让百姓迷茫。
不吊昊(hào)天[20]，不宜空我师[21]。	上天不关怀，不应使军队缺乏战斗力。

---

①节：山势高峻。南山：终南山。　②维：发语词。岩岩：山石堆叠状。　③赫赫：显赫。师：太师，周王的三公之一，军权的实际掌握者。尹：周幽王时代的太师尹氏。　④民：百姓，民众。具：同“俱”，都。尔瞻：“瞻尔”的倒装，远远地看着你。　⑤惔：同“炎”，火烧。　⑥戏谈：随意谈论。　⑦卒：尽。斩：灭绝。　⑧何用：用何，以何，为什么。监：察觉。　⑨有：语气词。实：广大，宽广。猗：同“阿”，山坡。　⑩不平：不太平。谓何：何谓，为什么。　⑪天：上天，上苍。方：近来。荐：屡次。瘥：瘟疫。　⑫弘：大，此处形容丧乱连续不断。　⑬嘉：好，美。　⑭憯：惨痛、悲痛。莫：不能够。惩：警戒，惩戒。嗟：句末叹词。　⑮维：系，是。氐：同“柢”，树根，引申为根基，基础，台柱。　⑯秉：执掌。均：同“钧”，古代制造陶器的转轮，比喻国家政权。　⑰四方：国家。维：维系，支撑。　⑱毗：辅弼，辅佐。　⑲俾：使。迷：迷茫。⑳吊：关怀。昊天：上天。　㉑空：形容词使动用法，使……空乏。

弗躬弗亲[1]，庶民弗信[2]。
弗问弗仕[3]，勿罔君子[4]。
式夷式已[5]，无小人殆[6]。
琐琐姻亚[7]，则无膴(wǔ)仕[8]。

不躬身处理政事，老百姓不信任。
不亲自过问和处理国事，不要欺骗周天子。
应该停止你的职权，不能让百姓遭殃。
姻亲皆卑微之人，没有能担当重任的英才。

昊天不佣(chōng)[9]，降此鞠讻[10]。
昊天不惠[11]，降此大戾(lì)[12]。
君子如届[13]，俾民心阕[14]。
君子如夷[15]，恶怒是违[16]。

上苍不公平，降此大祸乱。
上天不仁慈，降此大灾难。
君子莅临高位，不要让百姓失望。
君子只有公正，憎恨和愤怒才会被摒弃。

不吊昊天，乱靡有定[17]。
式月斯生[18]，俾民不宁。

上苍不善良，祸乱没有消停。
每月都在发生，使百姓不得安宁。

忧心如酲(chéng)[19]，谁秉国成[20]？
不自为政，卒劳百姓[21]。

忧心忡忡如酒醉，谁能够主持国政？
你不亲临政事，终究会拖累百姓。

---

①弗：不能。躬：身体，躬行实践。亲：亲自。 ②庶民：黎民百姓。信：信任。 ③问：亲自过问。仕：同“事”，亲自处理重大事件。 ④勿：不要。罔：欺骗。君子：指代周天子。 ⑤式：语气词，无实义。夷：平，铲平。已：停止。 ⑥无：不使。小人：百姓。殆：危害，遭殃。 ⑦琐琐：卑微。姻：女婿的父亲；亚：同“娅”，姐妹的连襟之间的互称。姻亚：泛指亲戚。 ⑧则：就。膴仕：高官厚禄。 ⑨昊天：上苍，上天。佣：中正，恰到好处。 ⑩鞠：极端。讻：同“凶”，灾祸，灾难。 ⑪惠：仁爱，慈悲。 ⑫戾：罪。 ⑬届：至、到，意为走上执政岗位。 ⑭阕：息。 ⑮夷：平正、公正。 ⑯恶：憎恨，憎恶。怒：愤怒。违：抛弃。 ⑰乱：祸乱。靡：没有。定：止。 ⑱月：每月。斯：就。生：发生。 ⑲酲：酒醉时的痛苦感受。 ⑳秉：执掌。国成：国家的规范，政治的传统。 ㉑卒：终究。劳：劳累，拖累。

驾彼四牡[1]，四牡项领[2]。	驾上那四匹公马，公马脖子肥厚。
我瞻四方[3]，蹙蹙靡所骋[4]。	我举目四望，居然没有地方可以驰骋。
方茂尔恶[5]，相尔矛矣[6]。	刚好你肆意作恶，看你就像杀人的戈矛。
既夷既怿(yì)[7]，如相酬矣[8]。	你内心不觉醒而若无其事，依然觥筹交错而相互酬劳。
昊天不平[9]，我王不宁。	上苍以灾乱显示不平，天子内心不得安宁。
不惩其心[10]，覆怨其正[11]。	太师不能自我惩戒内心，还埋怨别人给他指正。
家父作诵[12]，以究其讻[13]。	嘉甫创作诗篇，探究灾难的原因。
式讹尔心[14]，以畜万邦[15]。	试图改变你的内心，让天下最终得以安宁。

这是一首讽刺周幽王昏庸颓废的诗歌。《毛诗序》说：“《节南山》，家父刺幽王也。”表面上声讨的是太师尹氏，其实矛头直指周幽王。在周厉王的时代，曾经实行“防民之口，甚于防川”的言论禁锢，短暂的效果是国人不敢批评朝政，最终厉王为国人驱逐。对待舆论问题，周厉王是个反面典型。其实厉王祖上有办法，西周初年有采诗传统，最高统治者通过收集民歌，了解民情，体察国情，主动矫正政治偏差，于是才有了光辉灿烂的西周文明。汉代文明之所以闻名于世，也是因为汉代统治者传承了此传统，通过

①牡：公马。 ②项：肥大。领：脖子。 ③瞻：看得深远，超出目力范围，带有谋划的意思。 ④蹙蹙：局促不安。靡：不能。骋：驰骋。 ⑤方：刚好。茂：盛。恶：罪恶。 ⑥相：观察。 ⑦怿：悦。 ⑧如：仿佛。酬：劝酒。 ⑨平：显示公平。 ⑩惩：惩戒。其：指天子。 ⑪覆：反而。怨：怨恨。正：劝人改邪归正。 ⑫家父：一作“嘉甫”，周大夫的名字。诵：诗篇。 ⑬究：追究。 ⑭讹：改变。 ⑮畜：安定。万邦：周天子治下的诸侯国。

采集乐府诗歌，了解风俗人情，推动政治改革，实现社会治理组织的自我更新。周大夫应该正是抱着这样的善良愿望，声讨太师尹氏，目的恐怕也是让周天子能够了解真实的民怨、民情、民意，诗歌最后一章寄托了老臣的一片忠心：嘉甫作此诗探索王朝祸因，天子回心转意，天下万邦安宁。

如今读这首诗，更重要的是学会反躬自省。无论是当家长，还是做企业家，都离不开这种向内看、从主观找原因的分析问题、解决问题的方法。《诗经》的教化旨趣十分鲜明。

正月

正月繁霜[1]，我心忧伤。	正月降霜，我心忧伤。
民之讹言[2]，亦孔之将[3]。	坊间谣言，沸沸扬扬。
念我独兮，忧心京京[4]。	想我孤独，黯然神伤。
哀我小心，癙（shǔ）忧以痒[5]。	可怜我谨慎持重，长期忧郁而失去健康。

正月降霜，是起兴也是比喻，暗喻内心之沉重忧伤。坊间谣言，沸沸扬扬，我却只能黯然神伤。作为忠臣，面对此情，无能为力；只能小心谨慎，以致忧郁而不再健康。

父母生我，胡俾我瘉[6]？	父母生我，为何使我生病？
不自我先[7]，不自我后。	不在我出生前，不在我出生后。
好言自口，莠言自口[8]。	好话自口出，恶言自口出。
忧心愈愈[9]，是以有侮[10]。	忧心恐惧，担心因此受辱。

作者表示自己生不逢时，小人乱政，动辄得咎，忧心忡忡，不知所终。

---

①正月：指夏历正月。繁：多，重。 ②讹：欺诈。 ③亦：语气助词。孔：很，甚。将：大。 ④京京：郁闷忧虑。 ⑤癙忧：同义复指，忧。痒：病。 ⑥胡：为什么。俾：使。瘉：病。 ⑦不自我先：不在我出生之前。 ⑧莠言：恶言。 ⑨愈愈：忧惧。 ⑩是以：因此。有：被。侮：被侮辱。

忧心惸惸(qióng)①，念我无禄。	内心忧伤孤独，想想自己并无爵禄。
民之无辜，并其臣仆②。	百姓本来无罪，蒙受牵连成奴仆。
哀我人斯，于何从禄③？	可怜我这个人啊，从什么地方获得俸禄？
瞻乌爰止④，于谁之屋？	看看乌鸦栖止在谁家的房屋？

本章表现了作者民本主义的情怀，自己没有爵位，深感忧虑，更忧虑人民生活没有着落。本章最后一句大有深意：以乌鸦借喻，乌鸦都没有栖身之所，何况是人民呢？

瞻彼中林⑤，侯薪侯蒸⑥。	看那树林，粗枝细条交错。
民今方殆⑦，视天梦梦⑧。	老百姓还在受难，老天爷何其昏聩。
既克有定⑨，靡人弗胜⑩。	既然上苍能够主宰，没有人不能胜任。
有皇上帝⑪，伊谁云憎⑫？	光明正大的上苍，谁才是你憎恨的人？

“瞻彼中林”，是起兴，也是比喻，暗示树林之中无非是粗枝细条交错，并无二致。与其说作者是责备上苍不公，还不如说是指责周幽王之不行仁政，疏远贤臣，重用奸佞，宠爱褒姒，使人民处于水深火热之中。本章最后的反诘，其实是一种呼唤和渴望。

---

①惸惸：同“茕茕”，孤独忧伤貌。 ②并：皆，都。 ③于何：在何处。从：追求。禄：俸禄。④瞻：仰望。乌：乌鸦。爰：语气词。止：栖止。 ⑤中林：“林中”的倒装。 ⑥侯：维，是。薪：粗柴。蒸：细柴。 ⑦殆：危险。 ⑧视天：看着老天。梦梦：昏聩。 ⑨克：能够。定：主宰。⑩靡：没有。 ⑪有：句首语气词，加强某种语气。皇：光明正大。 ⑫伊：语气词。云：说。

谓山盖卑[1]，为冈为陵[2]。　　说山这么低，分明是高山大陵。
民之讹言，宁莫之惩[3]？　　民间的谣言，竟然不能惩戒？
召彼故老[4]，讯之占梦[5]，　　召集那些故旧老臣，询问梦境的征兆，
具曰予圣[6]，谁知乌之雌雄[7]。　　都说自己圣明，谁知道乌鸦的雌雄？

第五章写周幽王不念苍生念鬼神，也写了满朝昏庸，是非莫辨，乌烟瘴气，令人窒息。

谓天盖高？不敢不局[8]。　　说天这么高，却不能不弯腰。
谓地盖厚？不敢不蹐(jí)[9]。　　说地这么厚，却不能不低头快走。
维号斯言[10]，有伦有脊[11]。　　这些呐喊之言，都有根有据。
哀今之人，胡为虺蜴(huǐ yì)[12]？　　可怜现在的人，为什么把呐喊者当虺蜴？

第六章写是非颠倒，环境险恶。对艰难时势发出了哲人的疑问：为什么上天那么高，人却要弯腰生活？为什么大地那么厚，人却要小心谨慎低头快走？这样的呐喊，有根有据。而可悲的是，当时之人，把这些清醒的哲人当作毒蛇猛兽。哪个时代又不一样呢？

---

①盖：同“盍”，何。卑：低下。　②为：是。冈：高的山岗。陵：高的大土山。　③宁：竟。莫之惩：“莫惩之”的倒装。　④故老：老臣。　⑤讯：询问。　⑥具：同“俱”。予：自己。圣：准确。　⑦谁知乌之雌雄：意思是他们连乌鸦的雌雄都不能分辨，怎么能预测国家大事呢。　⑧局：同“跼”，曲，弯着身子。　⑨蹐：小步快走。　⑩维：语气词。号斯言：发出这种呐喊声。　⑪伦：道理。脊：与“伦”同义复指，道理。　⑫虺：毒蛇；蜴：蜥蜴，俗称“四脚蛇”。

瞻彼阪田[1]，有菀其特[2]。	看那山坡上的田，也有茂盛的禾苗。
天之扤(wù)我[3]，如不我克。	上苍摧折我，唯恐不能让我屈服。
彼求我则[4]，如不我得。	当年他们需要我，唯恐找不到我。
执我仇仇[5]，亦不我力[6]。	找到我却又十分傲慢，无法让我充分发挥。

第七章，坂田之上也有茁壮的禾苗。首句起兴兼比喻，比喻作者在举世混浊中独清，独醒，保持本色本心本性。上苍摧折，想令他屈服。讲的是上苍，影射的是周王朝。需要“我”的时候到处找，找到了却不珍惜。自古以来，这都是贤才的尴尬，善始善终的恐怕仅有魏征。作者有此感叹，不足为奇。

心之忧矣，如或结之[7]。	心中有愁啊，犹如乱麻一团。
今兹之正[8]，胡然厉矣[9]？	看看当今的政治，为何如此暴虐？
燎之方扬[10]，宁或灭之[11]？	野火刚刚烧起，难道有人可以灭它？
赫赫宗周[12]，褒姒灭之[13]。	显赫的西周王朝，褒姒就能灭掉它。

第八章，首句表示心中之乱犹如一团打结的麻绳，理不出头绪。这个比喻形象精彩深刻。政治如此暴虐，一如干柴：一旦野火烧起来了，人力岂能

①阪：同“坂”，山坡。阪田：山坡田，相对薄瘠，亩产量不是很高。 ②菀：茂盛。特：独生之苗。 ③扤：动、摇，摧折。 ④彼：他们。则：句末语气词，无实义。 ⑤执：用。仇仇：傲慢的神态。 ⑥亦：也。不我力：不发挥我的能力。 ⑦如：而。或：就像。结之：绳子打结的状态，形容愁肠百结。 ⑧兹：这些。正：同“政”，政治。 ⑨胡：为什么。然：如此，这样。厉：暴虐，暴戾。 ⑩燎：放火烧。方：才。扬：旺盛。 ⑪宁：乃。或：曾经。 ⑫赫赫：权势显赫状。宗周：依靠宗族力量维护的西周王朝。 ⑬褒姒：周幽王的宠妃，褒国人。因为“烽火戏诸侯”而恶名青史。

扑灭？周王朝不可谓不显赫，但是褒姒烽火台一笑，就被烧得灰飞烟灭。作者感慨荒淫无耻的暴政非个人能力所能扭转。

终其永怀[①]，又窘阴雨[②]。	永久深沉的忧虑，恰逢阴雨连绵。
其车既载[③]，乃弃尔辅[④]。	车子已经装载好，竟然丢弃栏板。
载输尔载[⑤]，“将伯助予”[⑥]。	装载的货物掉落满地，才请求长者帮助。

本来已经忧思成疾，屋漏偏逢连夜雨，岂不悲哉！装好车子，就毁弃栏板，这何尝不是当朝的政治写照？这是比喻手法。等到车上货物坠地，才呼唤长者帮忙。来得及吗？做得了吗？做得好吗？这些疑问留给了读者。

无弃尔辅，员于尔辐[⑦]。	不要抛弃你的车栏板，加固你的车辐。
屡顾尔仆[⑧]，不输尔载。	多回头看看你的车夫，不要再让物品坠落。
终逾绝险[⑨]，曾是不意[⑩]。	终于跨过绝险之地，竟然不把曾经的危险放在心上。

第十章表达老臣的心何其忠诚，即使被抛弃也不放弃，依然希望君王不要放弃辅政贤臣，如同对车子继续加固支撑，并且不断眷顾车夫，如此才不致车上的物品坠地，才能走出绝险之境。但是，想不到如今君王竟不把曾经

①终：既。永怀：长久而深沉的忧虑。 ②窘：窘迫。 ③载：装载好。 ④辅：车子两旁的栏板，比喻辅助国君的栋梁之材。 ⑤载：语气助词。输：坠落，卸下。尔载：你车上装载的东西。⑥将：请求。伯：长者。助：帮助，辅佐。予：我。 ⑦员：增加、加固。辐：车轴与车轮之间的辐射状的支撑木条。 ⑧顾：回头看。仆：驾车人。 ⑨终：终于，终究。逾：跨越。 ⑩曾：竟然。是：代词，上述情况。不意：不以之为意，不把曾经的绝险放在心上。

的危险放在心上。

鱼在于沼[1]，亦匪克乐[2]。	鱼在弯曲的水塘，也不能够快乐。
潜虽伏矣[3]，亦孔之炤[4]。	虽然潜水隐匿自己，也却清晰可见。
忧心惨惨[5]，念国之为虐[6]。	内心忧郁，国家如此浑浊不堪。

第十一章以鱼在水塘并不快乐的起兴兼比喻，表明自己无所作为，但并不超脱，更不洒脱。即便是把自己隐藏起来，但是他内心的责任依然清晰，依然忠心耿耿。面对如此浑浊的国家政治，怎能不忧心忡忡？

彼有旨酒[7]，又有嘉肴。	他有美酒，还有佳肴。
洽比其邻[8]，昏姻孔云[9]。	邻里融洽，亲戚和睦。
念我独兮，忧心殷（yīn）殷[10]。	我却孤独，忧愁心痛。

他有美酒，还有佳肴；邻里融洽，亲戚和睦。他是谁？国君？显然不是。贤臣？显然不是。百姓？显然不是。他是奸佞之徒，或许不是一人而是一群，他们享受，他们纸醉金迷，而“我”却更加孤独，忧伤更重。以此对比，彰显作者忧国忧民情怀之强烈！

①沼：曲折的水塘（与之相对，圆形的水塘称为“池”）。 ②匪：不。克：能。 ③潜虽伏：虽潜伏。 ④炤：同“昭”，明显。 ⑤惨惨：忧郁貌。 ⑥念：顾念，担心。为虐：被虐。 ⑦旨：美味。 ⑧洽：融洽、和谐。比：亲近。 ⑨昏姻：同“婚姻”。云：周旋，和睦。 ⑩殷殷：心痛貌。

佌佌（cǐ）彼有屋[①]，蔌蔌方有谷[②]。	卑微的人有房子，鄙陋的人有俸禄。
民今之无禄，天夭是椓（zhuó）[③]。	百姓没有福禄，上苍如此摧残他们。
哿（gě）矣富人[④]，哀此惸独[⑤]！	那些尊贵的富人啊，应当怜悯这些孤苦无依的人！

第十三章写出了作者的期待。“卑鄙是卑鄙者的通行证”，当代诗人顾城的诗句，跟这首诗有某种传统的关联。卑微的小人有房子，鄙陋的小人有俸禄；百姓不仅没有生活保障，上苍还要摧残折磨他们。那些尊贵的当权者，你们应当怜悯这些无依无靠孤苦伶仃的人！诗写到了这里，作者依然不放弃希望。其内心何等高尚！

全诗赋、比、兴兼用，逻辑雄辩，结构清晰，气势磅礴，强烈谴责了政治的混乱、是非的颠倒、奸佞的猖狂，并对黎民百姓的悲惨遭遇寄予了深切同情，对未来依然怀有希望。

十三章可以分为三个部分：第一部分为第一至第六章，侧重描写社会混乱，环境险恶，百姓水深火热；第二部分为第七至第十一章，侧重表现奸佞当道、小人得志，忠臣被边缘化的政治生态，并含蓄指出这是整个社会混乱的根源；第三部分为第十二、第十三章，侧重写出了作者对当代社会政治的判断，也写了作者的孤独及其最后的一丝希望。

本诗最大的特点就是作者悲天悯人的情怀十分强烈：一方面忧国忧民、

---

①佌佌：指地位低微的人。 ②蔌蔌：鄙陋的人。谷：古人俸禄以谷的重量计算，所以“谷”指俸禄。 ③夭：摧残。椓。以斧劈柴，比喻打击。 ④哿：表示程度的形容词。 ⑤惸：同“茕”，没有兄弟；独：老而无子。惸独：孤苦无依者。

忧心忡忡；另一方面，不放弃希望，甚至指出从黑暗走向光明的道路！有人说，此诗开屈原《离骚》的先声，不无道理。这首诗，今天读来依然振聋发聩。翻开中国数千年历史长卷，一个时代，如果奸臣当道，如果忠臣被谤，如果贤臣被流放，如果视说真话为毒蛇猛兽，这个时代基本上是一个即将结束的时代，或者是由盛而转衰的时代。是否尊重人、尊重士人、尊重读书人，是一个时代是否文明的最基本的标准。做不到这点，就意味社会正在走向衰亡。

十月之交

十月之交[1]，朔月辛卯[2]。	十月日月相遇，正好在初一。
日有食之[3]，亦孔之丑[4]。	太阳有可能被吃掉，也是非常大的坏事。
彼月而微[5]，此日而微。	月亮逐渐暗淡，太阳微弱无光。
今此下民，亦孔之哀。	天下黎民，深觉哀伤。

开篇第一章，点明了日食的时间，周幽王六年十月初一。太阳与月亮交会，这种交会显然是指月亮走到太阳和地球之间，形成了日食现象。先民认为太阳象征君王，月亮象征大臣。发生日食，是国家的大凶之兆。作者是一位贵族，是一位读书人，是一个懂天象的大臣，是一个有情怀的国之栋梁，在异象面前，担心的是黎民百姓的苦难，原始儒家人本情怀何其深厚！

日月告凶[6]，不用其行[7]。	日月显示凶兆，没有运行在自己的轨道。
四国无政[8]，不用其良[9]。	天下没有善政，国家不用贤良。
彼月而食，则维其常[10]。	出现月食，这很正常。
此日而食，于何不臧[11]。	出现日食，某些国策很荒唐。

第二章承上启下，继续写日月“交凶”的天象，作者认为，月食常见，

①交：相遇。 ②朔：日光复苏。辛卯：辛卯日，诗中为十月初一。 ③有：同“又”，再次，又一次。食：日食。 ④亦：语气词，无实义。孔：很。之：语气词，无实义。丑：不吉利，不祥。 ⑤微：昏暗模糊。 ⑥告：显示。凶：凶兆。 ⑦不用：摆脱，脱轨。其：它的。行：轨道。 ⑧四国：四方，天下。政：善政。 ⑨良：形容词作名词，栋梁，贤良之臣。 ⑩维：语气词，无实义。常：常道，必然的结果。 ⑪臧：善良。

日食不常见；逢月食，国家会有小的动荡，有可能只是奸臣当道；若逢日食，国家会有大的灾难，意味着不仅奸臣当道，国君也昏庸无道。作者创作此诗，或许意在提醒国君，意在提醒当局，意在做某种程度的唤醒。想想中国古代贤臣也够可怜，只能借助于天象来启发君王，而不能直接指出君王的缺点缺陷。

烨烨震电①，**不宁不令**②。	大地震动，地火如电，不安宁，不祥和。
百川沸腾，山冢（zhǒng）崒（zú）崩③。	河流沸腾，山顶崩落。
高岸为谷④，**深谷为陵**⑤。	山崖变成山谷，山谷变成山坡。
哀今之人，胡憯（cǎn）莫惩⑥？	可怜当今的人，谁曾经被惩戒？

第三章承第二章，不祥的征兆不仅在天象，而且落到大地，作者对中国有文字记载的最早地震的描述，让我们认识了一场比当代汶川地震更大的地质灾害：大地颤抖，地火奔突；河流沸腾，山脊崩塌；高山跌落成深谷，深谷隆起为山梁。作者认为，这些地质灾害是上天对国君不行仁政的惩罚。

皇父卿士⑦，**番（fān）维司徒**⑧。	皇甫为六卿之首，番氏为司徒。
家伯维宰⑨，**仲允膳夫**⑩。	家伯氏管理内务，仲允氏掌管饮食。

---

① 烨烨：强烈的闪电，此处指地震时出现的地光。震电：地震时由于地壳挤压发出的隆隆声和强烈的地火地光。 ② 令：美，善。 ③ 山冢：山顶。崒：碎。崩：分崩离析之状。 ④ 岸：山崖。为：变成。谷：深谷。 ⑤ 陵：山陵。 ⑥ 憯：曾。惩：惩罚，惩戒，自警。 ⑦ 皇父：皇甫，贵族姓氏，周幽王的首辅虢石父。卿士：六卿之首位。 ⑧ 番：姓氏。维：是。司徒：主管土地、人口的官员。 ⑨ 家伯：贵族姓氏。宰：掌管内务的官员。 ⑩ 仲允：贵族姓氏。膳夫：掌管王室饮食的官员。

棸(zǒu)子内史①，蹶维趣(qū)马②。	棸子氏管理典籍，蹶氏掌管战马。
楀(yǔ)维师氏③，艳妻煽方处④。	楀氏管理教化，褒姒此时正得宠。

第四章由天灾而人祸。为何出现日食，为何日月交会，为何山崩地裂，都是因为人祸。本章以赋的手法，叙物而言情，列举了八种人祸：皇甫为六卿之首，首辅德才低劣，岂能无祸？番氏为司徒，不能替人君分忧，岂能无祸？家伯氏管理内务，贪得无厌，岂能无祸？仲允氏掌管饮食，让人君骄奢淫逸，岂能无祸？棸子氏管理典籍，经常选择性地误导，岂能无祸？蹶氏掌管战马，时不时误判军事，岂能无祸？楀氏管理教化，不能教化贵族也不能教化万民，岂能无祸？褒姒此时正得宠，迷惑人君，岂能无祸？潜台词：地震虽曰天灾，其实是人祸所致。

抑此皇父⑤，岂曰不时⑥？	唉，这个皇甫，难道会说自己不对？
胡为我作⑦？不即我谋⑧？	你为何让我劳役？你为何不提前商量？
彻我墙屋⑨，田卒污(wū)莱⑩。	毁掉了我的屋房，使田地荒芜池塘壅塞。
曰："予不戕(qiāng)⑪，礼则然矣⑫。"	说什么："不是我伤害你，制度本来就如此。"

第五章继续写人祸。假借普通百姓的视角和口吻：一帮品德败坏的官

---

①棸子：姓氏。内史：掌管王室典籍的官员。 ②蹶：姓氏。趣马：掌管战马的官员。 ③楀：姓氏。师氏：掌管教化的官员。 ④艳妻：美艳的妻子，特指褒姒。煽：煽情，炽热，热烈。方：正。处：恰逢其时。 ⑤抑：同"噫"，感叹词。此：这个。皇父：指上一章的皇甫氏。 ⑥不时：不合时宜，不对。 ⑦为：让。作：服劳役。 ⑧即：靠近。谋：商量。 ⑨彻：同"撤"，毁坏，毁掉。 ⑩田：天地。卒：尽。污：水池壅塞不通。莱：草名，泛指杂草。 ⑪戕：残害。 ⑫礼：制度。则：本来。然：如此。

僚，只会鱼肉百姓，哪里会为民担当？从来都不会反躬自省，从来都只会折腾百姓。大兴徭役，从不预告；房屋毁弃，田地荒芜，池塘壅塞！作者选取了典型片段，足以管窥全豹，让读者深知，暴政之下岂有百姓安宁。

皇父孔圣①，作都于向②。	皇甫自以为很圣明，修筑新都于向邑。
择三有事③，亶侯多藏④。	挑选了三个同党，他们都收藏很多宝藏。
不慭(yìn)遗一老⑤，俾守我王⑥。	没有留下一个元老，使他能守护周王。
择有车马，以居徂(cú)向⑦。	选择那些有车马的贵族，把他们迁往新都。

第六章依然写人祸。岂止是暴政，简直是恶政。恶在不知悔改，且自我感觉良好；恶在旧都乌烟瘴气，忽悠国君迁往新都；恶在不选择忠臣，而选择清一色的贪官污吏；恶在不留一个元老，在新都辅佐王朝；恶在迁往新都的，只要贵族，抛弃贫民！如此恶政，国必将亡！

黾(mǐn)勉从事⑧，不敢告劳。	我勤勉工作，不敢埋怨。
无罪无辜，谗口嚣嚣⑨。	无罪无辜，诽谤重重。
下民之孽(niè)⑩，匪降自天⑪。	很多人遭受祸殃，并非来自上天。
噂(zūn)沓背憎⑫，职竞由人⑬。	有人当面忽悠背后下毒手，全都因为别人恶意中伤。

---

①圣：圣明。 ②作：修。都：都城。于：在。向：古邑名。 ③择：选择。有事：有司，主管的官员。 ④亶：诚然，的确。侯：语气助词，无实义。多藏：多有收藏，形容敛财颇多。 ⑤慭：愿意。老：元老。 ⑥俾：使。守：守护，辅佐。 ⑦居：迁徙。徂：往。向：都城。 ⑧黾勉：勤勉。从事：做事，工作。 ⑨谗口：谗言。嚣嚣：众口诋毁，百口莫辩之状。 ⑩孽：受罪。 ⑪匪：不是。 ⑫噂沓：当面忽悠，言辞闪烁。背憎：背后憎恨下毒手。 ⑬职：只。竞：竞相追逐。由人：由于别人。

第七章写作者自己勤勉从政，无怨无悔，从无过失，从不谋私，却屡次遭受嚣嚣众口的诽谤。并由此推断，当今百姓遭受如此祸殃，并非来自上天，而是由于奸臣当道，朝纲混乱。即便如“我”这样的廉洁从政者，依然不免遭到奸佞之徒的恶言和毒手。

悠悠我里①，亦孔之痗(mèi)②。	无穷无尽的忧伤，日趋忧思成疾。
四方有羡③，我独居忧。	就算很多人都很开心，我却孤独忧虑。
民莫不逸，我独不敢休。	百姓自得安逸，我却不敢稍事休息。
天命不彻④，	上天很多时候深不可测，
我不敢效我友自逸⑤。	我不敢像同僚那样自求安逸。

第八章写作者面对时局和黎民的困厄，无法释怀的痛苦与坚持。悠悠我心，有谁能知？这里再次强烈感受到知识分子的责任与担当！为谁忧伤？为谁生病？不为自己，只为苍生！或许大灾之后，所有的人好了伤疤忘了痛，我却不可以；四方之人都可以暂时的忘记痛苦而欢乐，我却孤独且忧愁。因为天命难测，人祸难除，我如何能够像同僚一样自求安逸呢？不知道什么时候，天灾人祸再次降临，而且是更加深重的天灾人祸！

这是一首叙事诗，叙述了西周史上最严重的地震事件。这也是一首讽刺诗，作者以辛辣、坦荡、无畏的笔法，深刻讽刺了周幽王及其朝臣的荒淫无

①悠悠：无穷尽。里：同“悝”，忧伤。 ②痗：忧思成疾。 ③羡：欢乐。 ④不彻：不遵道。彻：道，符合规律。 ⑤友：同僚。

耻！这又是一首抒情诗，叙事与议论中，寄托了作者悲天悯人的伦理情怀和“举世皆浊我独清”的痛苦与坚持！这还是一首文人哲理诗，作者开始非常成熟地思考天灾与人祸的相关性，并且得出非常成熟的政治结论：当今百姓惨遭横祸，绝非来自上天，而是来自昏君，来自奸佞。在希腊文明依然困扰于神至高无上的迷茫的时期，中国文人开始摆脱天象，摆脱超自然力，进入了人文精神自觉阶段。这首诗，足以唤醒中华文明的自信和中国优秀传统文化的自尊，足以告诉读者封建专制是何等的罪恶和腐败，也足以告诉每个中国人，封建专制曾经如何深深毒害中华民族，如何不可理喻地阻止了中国人本精神的发扬光大！

雨无正

浩浩昊天[1]，不骏其德[2]。	浩浩苍天，德性无常。
降丧饥馑[3]，斩伐四国[4]。	降下死亡和饥馑，残害天下诸侯王。
旻(mín)天疾威[5]，弗虑弗图[6]。	苍天暴虐，没有思虑没有谋略，
舍彼有罪，既伏其辜[7]。	放弃有罪的不追究，尽是隐匿他们的罪行。
若此无罪，沦胥以铺[8]。	这些无罪的人，却陷入相互牵连的困境。

对天的谴责，其实是对周幽王的谴责。既然天都可以谴责，何况周幽王呢？苍天不公，德性无常；百姓饥馑，诸侯国也被攻击；有罪的人不追究，无罪的人却遭殃。

周宗既灭[9]，靡所止戾[10]。	周王宗庙已经毁灭，百姓没有地方休憩和安息。
正大夫离居[11]，莫知我勚(yì)[12]。	正大夫离开居所，没有人知道我的辛苦。
三事大夫[13]，莫肯夙夜。	三公大夫，不肯夙夜为公。
邦君诸侯，莫肯朝夕。	邦君诸侯，不肯只争朝夕。
庶曰式臧[14]，覆出为恶[15]。	人们说周王有向善的迹象，谁知道又来作恶。

---

① 浩浩：广大。昊天：皇天。 ②骏：常，常态。 ③饥：谷不熟为饥。馑：菜不熟为馑。 ④斩伐：攻打，残害。四国：全部诸侯国。 ⑤旻天：同“昊天”义。疾：病人；威：罪人。疾威：暴虐。 ⑥弗：不，不能够。 ⑦既：尽。伏：藏匿。 ⑧沦：陷。胥：相率，相从。铺：同“痡”，病苦。 ⑨周宗：周王室的宗庙。既灭：指烽火戏诸侯后，周幽王被犬戎所灭。 ⑩靡所：无处。止：休息，停息。戾：安定。 ⑪正大夫：大夫之首。离居：逃离镐京。 ⑫勚：劳苦。 ⑬三事：三司，即太师、太傅、太保。大夫：官阶中的一种。 ⑭庶：众人。曰：评价。式：样子，外表。臧：善，贤。 ⑮覆：又，反复。

进一步揭露乱世中政治的黑暗。宗庙毁灭，百姓流离，正大夫逃亡，三公逃避责任，诸侯也不肯只争朝夕。常阅读史书的人会发现，这种状况似曾相识，反复出现。这一章所描写的是周王室的结构性混乱、整体性颓废，揭示西周王朝走向灭亡是必然的。作者敏锐的政治眼光和忧国忧民的情怀，可歌可泣。

如何昊天？辟言不信①。	为何上苍如此？良言不被信任。
如彼行迈②，则靡所臻③。	仿佛走远路，往往漫无目的。
凡百君子④，各敬尔身⑤。	那些朝中官僚，各自爱惜自己。
胡不相畏？不畏于天⑥？	为什么不相互敬畏？为什么对天不敬畏？

深深谴责“凡百君子”的自私与堕落。由质问苍天开始，谴责苍天，谴责天子，谴责朝中百官，没有远见，对国家前程不能前瞻预判，只知道爱惜自己，维护自己的私利，既不相互敬畏，又不敬天，也意味着这帮人既无道德，也无底线，国事寄托在他们身上，那是活见鬼。

戎成不退⑦，饥成不遂⑧。	战乱连年，饥荒不断。
曾我暬(xiè)御⑨，憯憯日瘁(cuì)⑩。	我等近臣，日益憔悴。
凡百君子，莫肯用讯⑪。	朝廷百官，没人被采纳。
听言则答⑫，谮(zèn)言则退⑬。	顺耳之言则回答，逆耳之言则回避。

①辟言：法度之言，正言，良言。不信：不被信任。 ②行迈：走远路。 ③靡：无。臻：目的地，到达地。 ④凡百君子：泛指朝廷肉食者。 ⑤各：各自。敬：爱惜，珍惜。尔身：自身。 ⑥天：苍天，天帝，天神。 ⑦戎：战争。成：发生。不退：不停，不止。 ⑧饥：饥荒。 ⑨曾：乃。暬御：侍御，左右近臣。 ⑩憯憯：忧愁。日瘁：日益憔悴。 ⑪用讯：被采纳。讯：咨询，作为咨询。 ⑫听言：好听的话。答：回答，一说重用。 ⑬谮：毁。谮言：诤言。退：回避，一说辞退。

表达作者对军事、国事的深深忧虑。作者所面对的现实是：兵祸连年，饥荒不断；忠义之臣，日益憔悴；当权重臣，无人纳谏；顺耳之言，尚可谈论；逆耳忠言，谁都回避。悲哉悲哉！

哀哉不能言，匪舌是出①，	可悲啊我不能说，不是舌头笨拙，
维躬是瘁②。哿（gě）矣能言③，	而是身体憔悴。那些恭维称许的话，
巧言如流，俾躬处休④。	当然可以如行云流水，使自己身处安适快乐。

用对比手法谴责巧言令色者。作者悲愤莫名，自己甚至连说话的机会都没有了，局势恶化，从说了没有人听，到不愿意说，到最后不能说；那些巧言令色者，不仅其言语如行云流水般顺畅，而且能够凭这种甜言蜜语获得爵位和幸福。字里行间流露出作者的无奈和绝望。一个时代，如果只有一种声音，那是非常危险的。

维曰于仕⑤，孔棘且殆⑥。	说起自己在朝为官，处境异常焦虑危险。
云不可使，得罪于天子。	阻止君王说不可以，得罪的是天子。
亦云可使，怨及朋友。	如果顺从天子说可以，必然结怨于朋友。

描写了诗人进退维谷的艰难处境。他虽然贵为大夫，但是处境异常危险。说真话阻止幽王，得罪天子；如果顺幽王之意说昧良心的话，势必得罪天下人。忠臣良心话！

---

①匪：同“非”。出：同“拙”。 ②维：语气助词。瘁：病。 ③哿：表示赞许的词。 ④俾：使。处：处于。休：休闲、安适状态。 ⑤于：往，去。仕：做官。 ⑥孔：很。棘：急，紧迫。殆：危险。

谓尔迁于王都[①]，	劝你们迁回故都，
曰予未有室家。	你们推说没房屋。
鼠思泣血[②]，无言不疾[③]。	我忧思成疾流血泪，每次忠言都遭嫉妒。
昔尔出居[④]，谁从作尔室[⑤]？	想想当初你们迁居，是谁为你们修房屋？

强烈谴责大臣私心误国。劝说他们回到故都，他们都推说自己没有房屋。自己不受幽王信任，既不能说服幽王，也无法说服大臣，忧思成疾。虽然无法说服，但是创作这首诗，正是为了努力劝说幽王和大臣回归故都，重振朝纲，实现国家正常化。忠臣之心，历历可见。

这是一首政治抒情诗。令人深思的是，在那半奴隶半封建的体制机制中，作为朝臣居然可以批判上苍，可以批判周天子，可以批判百官，可以批评时政。虽然不是民主社会，但是言论自由如此。也许，这是西周灭亡之后，东周能够延续周王室的政治血脉的根本原因。周王朝的诗歌，原本就是采诗制度的产物，士大夫痛感政治昏暗腐败，有感而发，大义凛然的谴责和批判，实在难得。在艺术成就上，这首诗主要是用赋的手法，反复铺陈，把忧国、忧民、忧君的沉重情思表达得厚重而愁肠百转，今天读来，依然能够感受到老臣的铮铮铁骨和耿耿忠心。

①谓：劝。 ②鼠：同“癙”，抑郁症一类的疾病。泣血：哭泣导致泪流干而流血。 ③疾：同“嫉”。 ④出居：离开居所，即逃离国都。 ⑤从：跟从。作：修筑。室：房屋。

小旻

旻(mín)天疾威①，敷于下土②。	上苍暴虐，遍及苍生。
谋犹回遹(yù)③，何日斯沮(jǔ)④？	谋略邪僻，何时才停？
谋臧不从⑤，不臧覆用⑥。	好谋略不被采用，坏主意却容易采纳。
我视谋犹⑦，亦孔之邛(qióng)⑧。	我看这些谋略，也有很多毛病。

中国先民何其善良，即便是全国性的灾难，也往往怪罪于小人作祟。上位者从善如流，国家兴旺。纵观历代，莫不如此。善哉善哉！

潝(xī)潝訿(zǐ)訿⑨，亦孔之哀⑩。	当面奉承背后诋毁，实在非常悲哀。
谋之其臧，则具是违⑪。	谋略如果很好，就必然事与愿违。
谋之不臧，则具是依⑫。	谋略如果奸邪，就都能够被采纳。
我视谋犹，伊于胡厎(dǐ)⑬。	我看这些谋划，真不知道何时终止。

体制如此坏，好谋略必然不被采用，坏主意必然采纳。不知道这样的局面，何时是尽头？叹息中有作者顾念苍生的情怀和无力回天的无奈！

---

①旻天：苍天，上天。疾威：暴虐。 ②敷：布，施。下土：天下。 ③犹：同“猷”，谋略。回遹：邪僻。 ④斯：语气助词。沮：止，终止。 ⑤臧：善，好。 ⑥覆：反而。 ⑦视：看。 ⑧邛：病。 ⑨潝潝：附和，奉承。訿訿：诋毁。 ⑩哀：悲哀伤恸。 ⑪具：同“俱”。违：违反。 ⑫依：依从。 ⑬伊：语气词。于：往。胡：何，哪里。厎：至，止。

我龟既厌[①]，不我告犹。	占卜的龟甲不灵验了，也不告诉我该怎么做。
谋夫孔多[②]，是用不集[③]。	出谋划策的人很多，因此不能做出正确的判断。
发言盈庭[④]，谁敢执其咎[⑤]？	高谈阔论充斥朝廷，但是谁会为失误负责任？
如匪行迈谋[⑥]，	就像临时停下来问遥远的目标，
是用不得于道[⑦]。	因此得不到正确的指导。

一个企业，一个组织，一个国家，群策群力很重要，但是最重要的是主事者必须有鉴别力、判断力、决策力，谋臣太多，观点太多，意见太多，无所适从，于事无补，反受其害，古今皆然。

哀哉为犹[⑧]，匪先民是程[⑨]，	可悲啊这些谋略，不符合先民的标准。
匪大犹是经[⑩]。	不以大略为最终的决策。
维迩言是听[⑪]，	只愿意听那些鼠目寸光的意见，
维迩言是争[⑫]。	只选择那些目光短浅的建议。
如彼筑室于道谋[⑬]，	就像建房子的时候去向路人讨教，
是用不溃于成[⑭]。	因此无法获得好的方案。

每个时代都有郁郁不得志者，而仁人志士不得志，往往是国家之不幸。

---

①龟：占卜用的龟壳。 ②谋夫：谋士。孔：很。 ③是用：因此。集：就，成就。 ④发言：高谈阔论。庭：朝中。 ⑤执：承担，担当。咎：责任，失误的责任。 ⑥匪：同“非”，停止。行迈：行远道。谋：临时问路。 ⑦是用：因此。不得于道：不得于成功之道。 ⑧哀哉：可悲啊。⑨是：为。程：效法，标准。 ⑩经：经略，正确的方略。 ⑪维：同“唯”。迩言：缺乏远见的言论。是听：被采纳。 ⑫争：同“竫”，善。 ⑬道：道路。谋：询问方案。 ⑭溃：遂，达到。成：成功。

楚怀王如果不是抛弃屈原，楚国不会亡；秦二世不是信任赵高、胡亥之流，秦朝不会十五年而亡；相反，唐太宗从谏如流，则有贞观之治。国家如此，组织如此，企业如此，家族如此。

国虽靡止[1]，或圣或否[2]。	国家即使没有足够的居所，但是也有聪明圣哲或糊涂蛋。
民虽靡膴（wǔ）[3]，或哲或谋[4]，	老百姓即使数量不是很多，但是也有哲人和谋士，
或肃或艾[5]。	他们或者认真或者干练。
如彼泉流，	就像那汩汩清泉那么清楚明白，
无沦胥以败[6]。	关键是不可以沉溺而导致败亡。

这一章委婉地奉劝国君，国家再小也有圣人，人民再少也有哲人，人尽其才，物尽其用。这个道理非常明白，关键是为君者能够正确选择自己的态度和国家发展的方向。

不敢暴虎[7]，不敢冯河[8]。	不敢徒手搏虎，不敢徒步过河。
人知其一，莫知其他。	只知道人的一面，其他了解不多。
战战兢兢，如临深渊，	恐惧而持重，就像面临深渊，
如履薄冰。	就像踩着薄冰。

①靡：没有。止：居所。 ②圣：智慧如同神圣。否：不聪明。 ③膴：多。 ④哲：哲人。谋：谋士。 ⑤肃：认真。艾：干练的青年才俊。 ⑥沦：沉溺。胥：相。以：而。 ⑦暴虎：徒手与老虎搏斗。 ⑧冯河：徒步渡过深水河流。

前两句起兴，暴虎冯河讲的是“先验的理性”，是人所共知的道理。人们都应该知道，但是很多人并不知道治理国家比避免“暴虎冯河”要复杂得多、困难得多。这就需要“如临深渊，如履薄冰”的谨慎持重。因为，每一个选择、每一项决策，都事关黎民百姓，都事关国家兴亡。

这是一首政治讽刺诗。这首诗讽刺的对象是周幽王，讽刺的内容是忠奸不辨、善恶不分、良莠不识、正邪不知。一国之君，忠奸不辨，正邪不知，国家就处在危险之中。专制统治的国家，兴盛往往由于国君综合素质高，有远见卓识且虚心纳谏；衰败往往由于国君综合素质低，既不能前瞻性看问题，也不能系统思考问题，更可怕的是不辨忠奸正邪，不辨好坏善恶，不听逆耳忠言，不采纳高瞻远瞩的意见和建议，于是，奸臣当道，贤者压抑，圣者避世，国将不国：数百个王朝，几乎没有例外。孔子编《诗经》，其政治教育的良苦用心，从此诗可见一斑。

小宛

宛彼鸣鸠[1]，翰飞戾(lì)天[2]。　　小小斑鸠，高飞冲天。
我心忧伤，念昔先人[3]。　　内心忧伤，怀念先贤。
明发不寐[4]，有怀二人[5]。　　彻夜不眠，尤想父母。

作者以斑鸠冲天起兴，激励自己：斑鸠尚且如此，自己怎能甘于平庸呢？缅怀先人，想到父母，更是辗转反侧。如果不能振作，将愧对先人，尤其愧对父母。

人之齐圣[6]，饮酒温克[7]。　　人如果聪明睿智，喝酒能适可而止。
彼昏不知[8]，壹醉日富[9]。　　那些昏庸的人，酗酒越来越甚。
各敬尔仪[10]，天命不又[11]。　　保持自己的仪态，上天眷顾不重复。

人能够有追求圣哲的理想，喝酒自然能够自控。不要像那些平庸之辈，呼酒买醉，长醉不醒。必须保持良好的精神状态，努力追求更高的目标，因为上苍赐予的机会往往不会重来。

中原有菽(shū)[12]，庶民采之。　　原野大豆，百姓采摘。

---

①宛：小巧可爱之状。鸠：斑鸠。 ②翰：高。戾：至，到达。 ③念：怀念。 ④明发：天亮。 ⑤二人：指父母。 ⑥齐圣：接近圣哲，形容聪明睿智。 ⑦温：同“蕴”，含蓄。克：克制。 ⑧彼：那个人。昏：昏庸。知：聪明。 ⑨壹：语气助词，无实义。日：日益。富：同“畐”，甚。 ⑩敬：恭敬。仪：仪态。 ⑪天命：国运。又：再。 ⑫中原：原中，田野中。菽：大豆。

螟蛉有子①，蜾(luǒ)蠃负之②。　　　　螟蛾幼虫，蜾蠃背负。
教诲尔子，式榖(gǔ)似之③。　　　　教诲孩子，延续善良。

这一章先起兴，原野有大豆，众人自然就会采摘食用以延续生命；接着利用比喻手法，蜾蠃抚养螟蛉的善良，正是人类应当传承的伦理。每个人都有责任和义务教育自己的孩子，把善良的秉性代代传承。

题彼脊令④，载飞载鸣⑤。　　　　看那鹡鸰，又飞又叫。
我日斯迈⑥，而月斯征⑦。　　　　每天奔波，每月远行。
夙兴夜寐，毋忝(tiǎn)尔所生⑧。　　　　早起晚睡，不辱双亲。

本章以鹡鸰鸟起兴兼比喻，暗示人生就是要奔波的，人生就是要拼搏的。你每日忙碌，我每月远行。晚睡早起，只争朝夕，才能不负双亲。

交交桑扈⑨，率场啄粟⑩。　　　　青雀鸣叫，谷场啄食。
哀我填寡⑪，宜岸宜狱⑫。　　　　哀伤穷苦，想进监狱。
握粟出卜⑬，自何能榖？　　　　粟米祭神，哪有好辞？

以青雀食粟起兴兼比喻，暗示生不逢时：像我这样的人缺钱少物，为了

---

①螟蛉：螟蛾的幼虫。　②蜾蠃：细腰蜂。　③式：语气词，无实义。榖：善。似：同“嗣”，继续。　④题：同“谛”，视。彼：那。脊令：鹡鸰鸟。　⑤载……载……：又……又……。　⑥日：每日。斯：这样。迈：行。　⑦而：同“尔”，你。月：每月。征：远行。　⑧忝：辱没。所生：指父母亲。　⑨交交：鸟鸣声。桑扈：青雀。　⑩率：顺着。场：打谷场。　⑪填：同“殄”，尽，穷苦。寡：缺少。　⑫宜……宜……：且……且……，不但……而且……。岸：同“犴”：牢房，引申为诉讼。狱：监狱。　⑬握：拿着。出：求取。卜：卜辞。

生活甚至想进监狱；要改变命运，拿着粟米祭祀神灵，怎么可能有好的卜辞出现呢？这一章写出了诗人内心深处的迷茫。哎，想想如今城市里的边缘人，又何尝不是如此呢？

温温恭人①，如集于木②。	温和柔顺，鸟栖在树。
惴惴小心③，如临于谷④。	心中忧惧，如临深谷。
战战兢兢，如履薄冰。	战战兢兢，如踏薄冰。

“温温恭人，如集于木。”这又是起兴兼比喻。人逢乱世，善良而温和的人缺乏安全感，仿佛小鸟休憩于高树。内心常常不安，仿佛面临深谷。但是，要生存，却只能以如临深渊、如履薄冰的谨慎和持重，去走过人生每一次的困境！

这首诗既不是传统的讽刺诗，也不是朱熹强调的鼓励弟弟的劝勉诗，而是作者“反求诸己”的内省诗歌，勉励自己，必须比斑鸠更有追求，必须向圣哲看齐，必须传承“蜾蠃负之”的善良，必须如鹡鸰鸟那样只争朝夕，必须像桑扈那样面对无肉食粟的困苦，必须如临深渊、如临深谷般走好人生的每一步。既是自省的诗歌，也是哲学诗歌。作者探讨了存在主义的命题：人，应当怎样存在？怎样的存在才有意义？怎样选择人生的第一步？先民的存在主义哲学自觉，比西方文明更早。

---

①温温：温和柔顺。恭人：谦虚谨慎的人。 ②集：鸟类集体休憩。木：高大的树木。 ③惴惴：恐惧担忧。 ④谷：深谷。

小弁

弁（pán）彼鸒（yù）斯[1]，归飞提提[2]。	寒鸦快乐，翩翩回巢。
民莫不穀[3]，我独于罹（lí）[4]。	百姓都好，我却孤独。
何辜于天[5]？我罪伊何[6]？	岂负上苍？何罪之有？
心之忧矣，云如之何[7]？	内心痛苦，如何摆脱？

本章以寒鸦回巢起兴，以百姓很好反衬，突出作为弃儿的我，如何孤独，如何忧愁！紧接着，作者质问：我到底是怎么得罪了上天，居然无辜获罪？内心愁苦，如何摆脱？

踧（dí）踧周道[8]，鞫（jū）为茂草[9]。	国道平坦，全是丰草。
我心忧伤，惄（nì）焉如捣[10]。	内心忧伤，思如心捣。
假寐永叹[11]，维忧用老[12]。	和衣长叹，愁使人老。
心之忧矣，疢（chèn）如疾首[13]。	心中郁闷，头痛发烧。

前两句反衬起兴，国道平坦，绿草如茵，我心忧愁，苦如捣心，长期失眠，催人苍老，心中煎熬，身体发烧。这一章集中描写弃儿离家出走后的忧愁与苦恼。

---

①弁：快乐。彼：那。鸒：寒鸦。斯：语气词。 ②归飞：飞回巢。提提：群飞的情状。 ③莫：都。穀：善，好。 ④罹：忧愁。 ⑤辜：罪，得罪。 ⑥伊：是。 ⑦如之何：怎么办，如何面对这种现状。 ⑧踧踧：平坦。 ⑨鞫：尽。 ⑩惄：思想，思念。焉：指示代词。 ⑪假寐：和衣而卧。 ⑫用：因此。 ⑬疢：发烧。疾首：头痛。

维桑与梓①，必恭敬止②。　　唯有桑梓，恭敬对待。
靡瞻匪父③，靡依匪母④。　　非父不瞻，非母不恋。
不属于毛⑤，不罹于里⑥。　　无父可靠，无母可依。
天之生我，我辰安在⑦？　　上天生我，时运何在？

集中描写弃儿远离父母，无依无靠的孤苦处境。桑梓为父母所栽，本应尊重爱护；但是，作为弃儿却远离桑梓，没有父母可以依靠和依恋。最后两句反问：上苍既然生了我，我的时运在何时在何处？万千苦闷，在此一问。

菀(wǎn)彼柳斯⑧，鸣蜩(tiáo)嘒(huì)嘒⑨。　　柳树成荫，鸣蝉悠扬。
有漼(cuǐ)者渊⑩，萑(huán)苇淠(pèi)淠⑪。　　水深渊成，芦苇茂盛。
譬彼舟流⑫，不知所届⑬。　　像那小舟，不知所至。
心之忧矣，不遑假寐⑭。　　内心忧虑，难得休息。

前两句反衬起兴，以柳树成荫、蝉鸣悠扬，反衬弃儿内心孤独；接着比兴，以水深渊成、芦苇茂盛，比喻弃儿内心痛苦深重；五、六两句，以随波逐流的小舟作比喻，形象描绘了作为弃儿漫无目的的生活。最后两句，直抒胸臆，因为愁肠百结，所以难得片刻休息。

---

①维：语气词，无实义。桑：桑树。梓：梓树。桑和梓都是中国农村房前屋后栽种比较多的树木。②止：句末语气词，无实义。③靡：不要。瞻：瞻仰。匪：同“非”。④依：依恋。⑤属：附着，依赖。毛：借喻为“父”。⑥罹：同“丽”，附着，依靠，依恋。里：借喻为“母”。⑦辰：时运。⑧菀：茂盛。斯：句末语气词，无实义。⑨蜩：蝉。嘒嘒：拟声词，模拟蝉鸣声。⑩漼：水深状。⑪萑苇：芦苇。淠淠：茂盛。⑫譬：好比，好像。⑬届：到。⑭遑：闲暇。

鹿斯之奔①，维足伎伎（jì）②。	小鹿狂奔，四脚如飞。
雉之朝雊（gòu）③，尚求其雌。	野鸡晨鸣，尚且求偶。
譬彼坏（huì）木④，疾用无枝⑤。	臃肿树木，因病无枝。
心之忧矣，宁莫之知⑥。	内心忧虑，不想人知。

“鹿斯之奔，维足伎伎”反衬起兴，烘托作者身心疲惫，举步维艰。“雉之朝雊，尚求其雌”继续反衬起兴，烘托作者孤苦伶仃，连个诉求的对象都没有。“譬彼坏木，疾用无枝”正是作者长期流浪后身体状况的写照，形象生动。最后两句，表达了作者独特的愿望：虽然痛苦万分，但不愿意别人知道。为何如此？因为作者是至孝之人，如果天下人知道，恐怕会责难父亲的偏听偏信或继母的刻薄寡恩。如此，于父母名声不利。

相（xiàng）彼投兔⑦，尚或先之⑧。	见笼中兔，尚有人放。
行（háng）有死人⑨，尚或墐（jìn）之⑩。	道有死人，尚有人葬。
君子秉心⑪，维其忍之⑫。	君持何心，如此忍心。
心之忧矣，涕既陨之⑬。	内心忧伤，涕泪横流。

开头两句依然是起兴，人们看到笼中的兔子，尚且会放掉，因为恻隐之心；接下来两句过渡，看到路上有死人，有人会埋葬，因为恻隐之心；可

①斯：如此。②维：只。伎伎：极速行走之状。 ③朝：早晨。雊：野鸡鸣声。 ④坏：同“瘣”，树木臃肿多瘤。 ⑤疾：疾病。用：因此。 ⑥宁：宁可。宁莫之知：“宁莫知之”的倒装。 ⑦相：看。投兔：关在笼子里的兔子。 ⑧或：有人。先：打开。之：指笼中之兔。 ⑨行：道路。 ⑩墐：同“殣”，埋葬。 ⑪君子：指贵族统治者。秉：秉持。 ⑫其：他，君子。忍：忍心。 ⑬涕：眼泪。陨：落下。

是，父亲为何如此残忍，让我独自流浪？我心中依然有期待，期待父亲能够觉悟，让流浪的弃儿回到温暖的家中。

君子信谗[①]，如或酬（chóu）之[②]。　君听谗言，像受敬酒。
君子不惠[③]，不舒究之[④]。　不够聪明，没有深究。
伐木掎（jǐ）矣[⑤]，析薪扡（chǐ）矣[⑥]。　伐木逆牵，劈柴顺纹。
舍彼有罪，予之佗（tuó）矣[⑦]。　放弃罪臣，令我担责。

回忆往事，接受谗言，就如接受敬酒；父亲听信谗言，从不从容深究。五、六两句，起兴兼比喻：伐木需要逆向牵引，劈柴需要顺着纹理，为何父亲偏离常理，放弃有罪，却要我承担一切？最后两句是心理描写。

莫高匪山，莫浚匪泉[⑧]。　无山不高，无泉不深。
君子无易由言[⑨]，耳属于垣[⑩]。　君不轻言，隔墙有耳。
无逝我梁[⑪]，无发我笱[⑫]。　不去鱼梁，不动鱼笼。
我躬不阅[⑬]，遑恤我后[⑭]？　我身难保，何暇身后？

本章以起兴开始，没有山不高，没有泉不深；提醒君子要慎言，不应该

①谗：谗言。　②酬：敬酒，以酒表示答谢。　③惠：同“慧”，聪明。　④舒：从容。究：研判。之：指谗言。　⑤掎：伐木的时候，用绳子将树梢往反方向拉。　⑥析：劈。扡：顺着树的纹路劈开。　⑦佗：强加，负荷。　⑧浚：深。　⑨由：于。　⑩属：附着，紧贴。垣：矮墙，泛指墙。　⑪逝：去。梁：池塘中拦水捕鱼的石坝。　⑫发：拨动。笱：捕鱼的竹制器皿，口小肚大，口有倒钩，鱼易进难出。　⑬躬：自身。阅：容，顾得上。　⑭遑：何暇，怎能。恤：顾及。后：身后。

轻易下结论。“无逝我梁，无发我笱。”希望不要动我的鱼梁，希望不要动我的鱼篓，可能吗？自身都难保，如何能够顾念身后？诗中流露出作者的无助无奈！

这首诗相传是周代名相尹吉甫的儿子伯奇所作。尹吉甫娶了后妻，生了小儿子伯邦，后母与小儿子构陷伯奇，导致尹吉甫将伯奇驱逐到野外。伯奇清早踏霜而行，感叹自己无罪却被驱逐，于是鼓琴而歌，唱了这首诗。据说，周宣王出游，尹吉甫陪同，恰巧伯奇再次鼓琴而歌此诗，宣王赞扬：“此孝子之词也。”尹吉甫派人寻回伯奇，父子重归于好。——笔者笃信此说，因为此诗属于文人诗歌，若非贵族子弟，不可能创作出如此深沉典雅的诗歌。

本诗最大的特点是运用反衬起兴，将弃儿的生活、弃儿的孤独、弃儿的愁苦、弃儿的怀念、弃儿的依恋、弃儿的思念、弃儿的信念，层层递进，写得惊天地泣鬼神。听之动容，读之动心。

巧言

悠悠昊天①，曰父母且②。　　苍天深邃遥远，人们敬你如父母。

无罪无辜，乱如此怃（hū）③。　　百姓无罪也无辜，竟遭如此祸乱。

昊天已威④，予慎无罪⑤。　　皇天已经发威，可我的确没有罪过。

昊天泰怃⑥，予慎无辜⑦。　　皇天太过严厉，可我的确无辜。

开篇矛头直指苍天：苍天无眼，苍天不公，苍天不辨忠奸，给国家带来了无穷的暴乱；百姓无辜，却让百姓遭殃至此。我无罪也无辜，我也没有什么对不起你。是骂苍天吗？表面上是，其实呢，是在骂周王。若说骂苍天有道理，那是因为周王是天子，是奉天承运者；周王之错，当然也可以说是苍天之错。

乱之初生，僭始既涵⑧。　　暴乱已经发生，那是因为谗言已被接纳。

乱之又生，君子信谗⑨。　　暴乱再次降临，君王轻信谗言。

君子如怒⑩，乱庶遄（chuán）沮⑪。　　君子如果对谗言发怒，暴乱几乎就能终止。

君子如祉（zhǐ）⑫，乱庶遄已⑬。　　君子如果对贤臣赐福，暴乱自然平定。

毫不客气地指出君王轻信谗言，是暴乱源头所在。暴乱之初，在于谗言被接纳；暴乱再起，在于谗言被采纳。作者甚至理想化地设想，如果君王怒

---

①悠悠：遥远。昊：广大。昊天：皇天，上天。　②且：句末语气词，无实义。　③怃：大。④已：已经，过甚。威：同“畏”，可怕。　⑤慎：诚，的确。　⑥泰：同“太”。　⑦辜：罪，罪过；辜负，对不起。　⑧僭：同“谮”，谗言。涵：包涵，接纳。　⑨君子：贵族或君王。⑩如：如果。怒：怒斥。　⑪庶：几乎。遄：急速，迅速。沮：终止，停止。　⑫祉：福祉，引申为礼遇贤臣，或者赐福给贤者。　⑬已：平定。

斥进谗言者，暴乱将戛然而止；君王如果善待贤臣，暴乱自然平定。诗人很清楚，人治社会暴乱的源头在于“巧言”，当代中国人更应该清楚！

君子屡盟①，乱是用长(zhǎng)②。	君王屡改盟约，暴乱于是滋长。
君子信盗，乱是用暴。	君王相信小人，暴乱于是更狂。
盗言孔甘③，乱是用餤(tán)④。	小人言语很甜，暴乱于是增多。
匪其止共⑤，惟王之邛(qióng)⑥。	小人不会本分，终是君王心病。

君王屡次更改盟约，不守信用，也是暴乱的重要源头。轻信小人，暴乱迭出；小人口蜜腹剑，暴乱日益增多。小人怎么会忠于职守？他们的存在，只是君王的心病。这一章最要紧的是“盗”的含义，引申为骗子。

奕奕寝庙⑦，君子作之。	雄伟宗庙，周王修造。
秩秩大猷(yóu)⑧，圣人莫之⑨。	宏韬伟略，圣人筹谋。
他人有心，予忖度(cǔn duó)之⑩。	他们企图，我能推测。
跃跃毚(chán)兔⑪，遇犬获之。	轻快狡兔，遇狗即获。

这一章讲如何克服巧言。回到宗庙，缅怀先祖，学习先贤。对于“他人有心”，自己要善于推测预判，就像狡兔虽然厉害，最终逃不过猎狗。

---

①君子：特指周天子。屡：屡次更改。盟：签订盟约。②是用：因此。长：滋长，滋生。③孔：很。甘：甜美。④餤：进食，引申为增多。⑤匪：同“非”。其：指代上文提到的“盗”，窃国之小人。止：职守。共：同“供”，供职。⑥邛：病。⑦奕奕：高大雄伟。寝：宗庙中放衣冠的部分。庙：宗庙中放灵位的正堂。⑧秩秩：聪明睿智状。大猷：宏大的谋略。⑨圣人：出类拔萃的君王。莫：同“谟”，谋。⑩忖度：预测，预判。⑪跃跃：跳跃貌。毚兔：狡兔。

荏染柔木[①]，君子树之[②]。　　柔弱之木，周王所树。

往来行言，心焉数之[③]。　　流言蜚语，心中有数。

蛇蛇(yí)硕言[④]，出自口矣。　　娓娓空话，出自人口。

巧言如簧[⑤]，颜之厚矣。　　巧舌如簧，厚颜无耻。

这一章以弱柳起兴，寓意弱柳柔美，都是君王所树。关键是君王自己要有鉴别能力，对流言蜚语，心中有数。巧言如何美妙动听，小人如何厚颜无耻，都无济于事。流言止于智者，谣言止于智者，巧言止于智者。

彼何人斯[⑥]，居河之麋[⑦]。　　那是什么人物，居住在河水边。

无拳无勇，职为乱阶[⑧]。　　没武艺没勇气，只是暴乱因由。

既微且尰(zhǒng)[⑨]，尔勇伊何[⑩]？　　腿生疮脚也肿，你的勇敢在哪？

为犹将多[⑪]，尔居徒几何[⑫]？　　你的阴谋很多，你的党羽几何？

最后一章以设问起句，塑造了中国文学史上最早的小人形象。他何德何能，居然住在河水之滨；他无拳无勇，却是暴乱的根源；他小腿生疮、脚肿，他的勇气何在？就是这样的小人诡计多端，党羽甚众，危害颇深。拿着这一面镜子，照一照当代的各类社会组织，亦大有人在！

---

①荏染：弱媚状。　②树：栽种。　③焉：里面。数：有数。　④蛇蛇：自以为是的样子。硕言：大话，空话。　⑤簧：管乐的一种，比喻美妙的音乐。　⑥彼：那个人。斯：句末语气词，啊。　⑦居：居住。麋：同“湄”，水边。　⑧职：主管。为：是。阶：台阶，引申为因由。　⑨微：同“癓”，小腿生湿疹。尰：脚肿。　⑩伊何：如何。　⑪为犹：为猷，制造阴谋。　⑫居：聚。徒：党徒、党羽。

清代方玉润说："《巧言》，嫉谗致乱也。"我认同。小人文化是中国劣质文化的极致，中国历史数千年一治一乱，如果不从君王自身找原因，而从外部找原因，治世必然是贤臣主政，乱世必然是小人当道。封建帝王的江山，成于人民，成于英雄，成于智者；败于奸佞，败于贪腐，败于小人。因为制度根深蒂固的痼疾，要消除小人文化，消除小人市场，避免小人误国，任重道远。当务之急，就是推进民主、自由、法治等核心价值的实践与沉淀。

何人斯

彼何人斯[1]？其心孔艰[2]。	那是什么人？心那么狠。
胡逝我梁[3]，不入我门？	为何走过鱼梁，不进入我大门？
伊谁云从[4]？维暴之云[5]！	是谁还跟从他？说话那么高声！

本章属于典型的恋人打情骂俏。那个人来了，心那么狠；来了为何不直接到家里看我，却去了鱼梁；跟谁说话那么大声？平淡的生活，如火的激情，村姑般的俏皮，字字句句都是纯情。

二人从行[6]，谁为此祸[7]？	你我曾经形影不离，谁造成今天的局面？
胡逝我梁，不入唁我[8]？	为什么直奔我鱼梁，不到家门来安慰我？
始者不如今[9]，云不我可[10]。	当初并非如此，今天却说我的不是。

相爱不免闹别扭，古今如此。来了为何不直接安慰我，却假惺惺地去看我的鱼梁，当然，那里曾经是我们的相会的地方，是我们倾诉衷肠的所在；但是，你也不想想，你该先来安慰本姑娘！这是什么？这是撒娇。

彼何人斯，胡逝我陈[11]？	那是个什么人，为什么到我前堂？
我闻其声，不见其身。	我听到他的声音，我没见到他的人。
不愧于人，不畏于天。	我无愧于人，我不畏于天。

---

①彼：那个，远指，暗示距离疏远。斯：语气助词，无实义。 ②孔：很。艰：险，不可测。 ③胡：为什么。 ④伊：他。 ⑤维：只有。暴：粗暴，指说话粗声大气。 ⑥从：相从，引申为形影不离，形容两人感情很好。 ⑦为：制造，造成。祸：感情的灾难，或许是恋人吵架。 ⑧唁：安慰。 ⑨始：当初。 ⑩可：认可。 ⑪陈：通往前堂的甬道。

前两句写只闻其声不见其人，但少女之心，怦然而动；最后一句，少女按捺住自己，只是宽慰说，紧张什么呢，我无愧于人，无愧于你小子，也无畏于天。形态描写，惟妙惟肖；心理描写，入木三分。

彼何人斯，其为飘风[1]。	那是个什么人，行为举止如飘风。
胡不自北？胡不自南？	为什么不从北方来？为什么不从南方来？
胡逝我梁？只搅我心。	为什么去我的鱼梁？只搅得我心发慌。

这一章是撒娇式的责备：你为什么飘忽不定？你为什么不从北方来？我在北方等你啊。你为什么不从南方来？我曾经在南方等你啊。你为什么去我的鱼梁，搅得我心儿怦怦跳！这些似乎除了恋人，谁也不懂的话，认真琢磨一下，味道好极了。

尔之安行[2]，亦不遑舍[3]。	你曾经悄悄地来，也曾马不停蹄不休息。
尔之亟行[4]，遑脂尔车[5]。	你曾经急急而去，来不及给车子涂油膏。
壹者之来[6]，云何其盱(xū)[7]！	你的到来，是我多么深切的盼望！

一往情深的往事，多么值得追忆！你曾经悄悄地来，顾不得片刻休息；你曾经匆匆而去，连给车子上油膏都来不及。你可知道，无论我们是否吵过架，你的到来，都是我的期盼！

①飘风：形容行踪不定，来去都像风。 ②安行：来也悄悄。 ③遑：闲暇。舍：停留，休息。 ④亟行：去也匆匆。 ⑤脂：用作动词，用油膏滋润车子。 ⑥壹者：从前，往昔。 ⑦盱：期盼，盼望。

尔还而入[1]，我心易也[2]。	你回来就进家门，我当然无比高兴。
还而不入，否难知也[3]。	回来不入我家门，真是难测你的心。
壹者之来，俾(bǐ)我祇(zhǐ)也[4]。	往昔每次你到来，都能使我很高兴。

感情逐步走向成熟。既然来了，就进我家门。如果来了，不进我家门，我就觉得你已变心，哪怕是片刻的紧张，我都无法承受。要知道，每次你到我家里，我的心才安定高兴！

伯氏吹埙[5]，仲氏吹篪(chí)[6]。	你吹陶埙，我吹横笛。
及尔如贯，谅不我知[7]。	你我二人一线穿，这点难道我不知。
出此三物，以诅尔斯[8]。	摆出祭祖三件套，山盟海誓同你老。

想象着走进婚姻的殿堂。夫唱妇随，山盟海誓，海枯石烂，爱情不老。

为鬼为蜮[9]，则不可得。	为鬼为蜮多变化，本来面目看不清。
有靦(tiǎn)面目[10]，视人罔极[11]。	因为深爱才腼腆，他人哪懂我的心。
作此好歌，以极反侧[12]。	创作这首好诗歌，柔肠百转好伤神。

首句是起兴，以鬼蜮面目难测，来衬托我因为心里深深爱恋而变得喜怒

①还：回来。 ②易：高兴。 ③否：语气词，无实义。 ④俾：使。祇：因心定而高兴。 ⑤伯氏：女方称恋人。埙：陶埙，中国最古老的陶制乐器。 ⑥仲氏：女方自称。篪：横笛。 ⑦谅：的确。不我知：倒装句，即“不知我”。 ⑧诅：誓词，作动词用，发誓。 ⑨鬼：人死为鬼。蜮：水中含沙射人的怪物。 ⑩靦：因羞愧而腼腆。 ⑪视人：表现给人们的印象，留给人的印象。罔：没有。极：标准。 ⑫极：穷形极相的表达。反侧：辗转反侧饱受煎熬。

无常，导致给人的印象不可捉摸。于是创作了这首诗歌，写写胡闹，写写烦恼，写写煎熬！

这首诗歌的创作主旨，有很多说法。传统认为是苏公讽刺暴公而创作，有的说是士大夫之间相互倾轧的书愤诗作，闻一多先生说是弃妇诗……如此总总，不一而足。我却认为，这是一首地道的爱情诗歌。作为抒情诗，其艺术特点不在比也不在兴，而在于用赋的手法，反复铺排，把女主人公的心理描写得生动感人。

巷伯

萋兮斐兮[①]，成是贝锦[②]。	文采多么丰富，绚丽犹如贝锦。
彼谮(zèn)人者[③]，亦已大甚！	那些进谗言者，也实在太过分。

直抒胸臆，以比喻手法，直斥进谗言者善于用美丽如贝锦的谎言中伤他人，实在太过分。

哆(chǐ)兮侈(chǐ)兮[④]，成是南箕[⑤]。	张嘴就夸张，就像南箕星。
彼谮人者，谁适与谋？	那进谗言者，谁是共谋人？

漫画手法，寥寥数语，勾勒出进谗言者的丑恶形象。

缉缉翩翩[⑥]，谋欲谮人[⑦]。	絮絮耳语，想谋害人。
慎尔言也[⑧]，维尔不信[⑨]。	务必慎言，怕你不信。

白描手法，描绘进谗言者令人厌恶的卑劣形象。

---

①萋、斐：文采丰富，多姿多彩。 ②成：成就。是：这。贝锦：贝壳上美丽的花纹。 ③谮：进谗言。 ④哆：张大嘴。侈：夸大、夸张。 ⑤南箕：南箕星，四颗星构成，形如簸箕，位在南方。古人认为，南箕星主口舌，所以用南箕星来比喻进谗言者。 ⑥缉缉：耳语声。翩翩：持续不断。 ⑦谋：阴谋。 ⑧慎：谨慎。 ⑨信：诚实。

捷捷幡幡[①]，谋欲谮言。	喋喋又低语，又在进谗言。
岂不尔受[②]，既其女迁[③]。	当然会接受，不久会迁怒。

继续强化进谗言者的形象，也指出了被中伤者必然的结果——君王接受谗言，必然会迁怒于被中伤者。

骄人好好[④]，劳人草草[⑤]。	进谗言者好得意，被中伤者多伤悲。
苍天！苍天！	苍天啊，苍天！
视彼骄人，矜此劳人[⑥]。	看那进谗言者多骄狂啊，体恤被中伤者的痛苦吧。

以对比手法，描写进谗言者的骄狂与得意，被中伤者的悲伤与无奈；祈求苍天睁开眼睛，看清进谗言者的狰狞面目，怜悯不幸的被中伤者。

彼谮人者，谁适与谋？	那进谗言的人，谁会是你的同谋？
取彼谮人[⑦]，投畀豺虎[⑧]。	捉拿这些进谗言者，投给豺狼虎豹。
豺虎不食，投畀有北。	豺狼虎豹嫌弃而不吃，那就把你们投到遥远苦寒的漠北。
有北不受[⑨]，投畀有昊[⑩]！	漠北的人们也不肯接受，那就交给皇天处理！

这一章很有意思，算是对进谗言者的归宿作一个臆断：进谗言者就是豺狼

①捷捷：同“缉缉”义，低声耳语。幡幡：同“翩翩”义，持续不断。 ②岂不尔受：“岂不受尔”的倒装句，怎么会不接受呢。 ③既：过后。其：指代国君。女迁：“迁女”的倒装，迁怒于你。 ④骄人：骄狂的人，指进谗言者。好好：得意之状。 ⑤劳：忧伤。劳人：被中伤者。草草：忧愁状。 ⑥矜：体恤，怜悯。 ⑦取：捉拿。 ⑧畀：给。 ⑨有：语气助词，无实义。北：漠北苦寒之地。 ⑩昊：皇天，苍天。

虎豹都嫌脏、漠北苦寒之地都不要的渣滓，只能交给皇天。这种人必然遭天谴！

杨园之道[①]，猗于亩丘[②]。	杨园的路不远，就在亩丘附近。
寺人孟子[③]，作为此诗。	我是小吏孟子，忧愤难当作此诗。
凡百君子[④]，敬而听之[⑤]！	君子们啊，请认真听取我的提醒！

为了增强诗歌的可信度，作者公开了自己的住所、姓名、身份，目的就是提醒君子，对进谗言者要格外小心。

进谗言者最为可恨。巧言者往往迷惑主上，以获得私人利益，未必会中伤别人。而进谗言者，必定中伤他人，践踏别人的人格，踩着别人的尊严，踩着别人的身体，甚至踩着别人的尸体，以达到自己不可告人的目的。诗人以其生动的笔触，绘声绘色刻画出进谗言的小人形象，让进谗言者无所遁形，让进谗言者的形象深入人心；我阅读数十年，讽刺性地刻画小人形象的作品，尚没有超过此诗的。阅读此诗，让读者认识小人，同情被谗言中伤者，厌弃小人行径。作者爱憎分明地指出了小人的必然归宿，无论生前多么嚣张，最终逃不过历史的惩罚。

读这首诗，再次深刻领会孔子选编《诗经》的良苦用心。如果说“巧言者”不除，国家往往不得安宁；而进谗言者不除，连生活都不能安定。进谗言者不仅有市场，往往还有不错的前途。这是中国传统文化的糟粕之一，需要根除。

①杨园：诗人住所。 ②猗：靠近。亩丘：地名。 ③寺人：主管皇族内室的小官，地位与后世的宦官相同。孟子：诗人自称。 ④凡：所有。 ⑤敬：认真。

谷风之什

谷风

习习谷风[1]，维风及雨[2]。 山风和煦，只有风雨。
将恐将惧[3]，维予与女[4]。 面临恐惧，只有你我。
将安将乐，女转弃予[5]。 安乐十分，你抛弃我。

开头两句起兴，山风和煦，风雨拂面，暗示着人生总是要面对风雨。在充满恐惧的艰难岁月，你我相依相伴。日子好过了，你把我抛弃。两千五百多年后的今天，又何尝不是如此呢？夫妻之间如此，朋友之间如此，历代帝王也如此。

习习谷风，维风及颓[6]。 山风和煦，只有风和龙卷风。
将恐将惧，置予于怀。 充满恐惧的日子，你拥我入怀。
将安将乐，弃予如遗[7]。 一切都好起来，你弃我如敝屣。

开篇两句依然是起兴，自然的山风和煦，但是有时候会形成龙卷风，会形成一种揉碎一切的恐惧。在朝不保夕的恐惧中，你曾经温柔拥我入怀。在一切都好起来的岁月，你抛弃我就像扔下一件你不要的东西。当代爱情故事，很多依然是这种模式。

---

①习习：春风和煦。谷风：山谷中的风。 ②维：只有。 ③将……将……：又……又……。 ④女：同“汝”，你。 ⑤转：反而。 ⑥颓：龙卷风。 ⑦遗：抛弃某件物品。

习习谷风，维山崔嵬[1]。	山风和煦，山顶高耸。
无草不死，无木不萎。	草都死了，树都枯了。
忘我大德，思我小怨。	忘了我好，记得我错。

山风和煦，山巅高耸，是起兴；无草不死，无木不萎，是比喻，比喻感情不可逆转，哀莫大于心死，心已死情已绝。比兴的目的在于最后两句点题：根源在于忘了我的好，记得我的错。这一章是对爱情真谛的探索，如果想白头偕老，就永远记住对方的好；如果分手，基本上是忘了好记住仇。

有人说这首诗讽刺爱情的背叛，有人说这首诗讽刺友情的淡薄，有人说这首诗讽刺周幽王对臣下的刻薄寡恩。哪一种都对。这种能共患难不能共享太平江山的关系，读者选择哪一种自有道理，正如一千个读者眼中有一千个哈姆雷特，一百个读者对这首诗应该有一百种不完全相同的体验。有爱情挫折的读者，多半认为是讽刺爱情背叛；有友谊挫折的读者，多半体会是讽刺世态炎凉；在团队或者组织中受挫者，往往会认为是讽刺当权者刻薄寡恩。诗无达诂，各取所需。

①崔嵬：高耸状。

蓼莪

蓼（lù）蓼者莪（é）①，匪莪伊蒿②。	抱娘蒿茁壮，这不是青蒿。
哀哀父母③，生我劬（qú）劳④。	悲伤父母亲，养我多辛劳。

以抱娘蒿的茁壮与青蒿的瘦削羸弱对比起兴，类比联想，意味深长。让人联想到父母与年幼子女相依相伴所给予的安全感和幸福感，同时也暗示着养育子女的艰辛。

蓼蓼者莪，匪莪伊蔚⑤。	抱娘蒿茁壮，那不是齐头蒿。
哀哀父母，生我劳瘁（cuì）⑥。	可怜的父母，养我真辛劳。

继续以抱娘蒿起兴，强化父母养育子女的艰辛。

瓶之罄矣⑦，维罍（léi）之耻⑧。	酒瓶空了，酒坛害臊了。
鲜（xiǎn）民之生⑨，不如死之久矣。	孤儿活着，还不如早就死掉。
无父何怙（hù）⑩？无母何恃⑪？	没有父亲谁可依靠？没有母亲谁可信赖？
出则衔恤⑫，入则靡至⑬。	外出劳役满怀忧愁，回到家里举目无亲。

酒瓶空了，酒坛该害臊了。这是起兴，暗示着生活捉襟见肘，入不敷

---

①蓼蓼：高大茁壮。莪：莪蒿，俗称抱娘蒿，新茎怀抱旧茎，形似母子相依。 ②匪：不是。伊：是。蒿：青蒿。 ③哀哀：悲伤之状。 ④生：作使动词，使……生，即养育。劬：劳苦。 ⑤蔚：牡蒿，俗称齐头蒿，可入药，可做茶。 ⑥瘁：劳累而致病。 ⑦罄：空，尽。 ⑧维：句首语气词，无实义。罍：口小腹大的盛酒容器。耻：感到羞耻。 ⑨鲜：少，引申为孤独。鲜民：孤独的人。 ⑩怙：依靠。 ⑪恃：依赖。 ⑫衔：含着。恤：忧愁。 ⑬靡：没有。至：至亲。

出。接着直抒胸臆，写出了孤儿的无依无靠。

父兮生我[①]**，母兮鞠我**[②]**。** 父爱伴我成长，母爱给我温暖。
拊我畜我[③]**，长(zhǎng)我育我**[④]**。** 关怀我养育我，提携我教育我。
顾我复我[⑤]**，出入腹我**[⑥]**。** 照顾我呵护我，出入抱我在怀。
欲报之德，昊天罔极[⑦]**。** 想报答养育深恩，苍天却不给机会。

父爱如山，伴我成长；母爱如海，给我温暖。每个人的生命历程，都经历了这种陪伴，这种呵护，这种提携，这种教育；以至于回报父母的养育深恩，成了一种生命原始的伦理自觉。非常遗憾，子欲养而亲不待，也许是因为劳役，也许是因为天灾。

南山烈烈[⑧]**，飘风发(fā)发**[⑨]**。** 南山陡峭无法攀缘，旋风呼啸无法御寒。
民莫不穀(gǔ)[⑩]**，我独何害**[⑪]**？** 人人都能赡养父母，为何我要承担灾害？

起兴兼比喻，高山陡峭难以攀缘，暗示父母深恩如山，难以表达；旋风呼啸难以御寒，暗示父母曾经的深恩难以报答。后面两句是质问：为何我要独自服徭役承担不能赡养父母的责任？

---

①生：使动用法，使……生，养活。 ②鞠：养育。 ③拊：关怀。畜：养育。 ④长：使动用法，使……成长。育：养育，教育。 ⑤顾：照顾。复：同“覆”，保护。 ⑥腹：抱在怀里。 ⑦昊天：皇天。罔极：没有准则。 ⑧烈烈：山高陡峭难以攀登。 ⑨飘风：旋风。发发：疾风发出的声音。 ⑩穀：养。 ⑪何：同“荷”，承担。害：祸害，灾害。

南山律律[1]，飘风弗弗[2]。	南山陡峭难以攀登，旋风呼啸难以御寒。
民莫不穀，我独不卒[3]。	众人都能赡养父母，我却不能养老送终。

首句依然是起兴兼比喻，让人类比联想父母深恩难报。最后，直抒胸臆，表达无尽的遗憾，自己因为徭役而无法陪伴父母，无法为他们养老送终。

这是一首怀念已故父母的挽歌。清代方玉润称之为“千古孝思绝作”。本诗最大特点，是天然去雕饰。对父母给予儿女的爱，进行了细腻的描写；对儿女的愧疚和思念，作了最直白的呼告！加上赋、比、兴手法的综合运用，把父母之爱、儿女之至孝表达得沉痛悲怆，凄婉动人。孝，是中华民族最基础的伦理，儒家认为百善孝为先，孝是一切善的根源。这既是实践理性的结论，也是先验理性的必然，如果不能孝敬父母，怎么能期待孩子长大了能够善待天下人的父母，善待天下人如父母呢？又怎么能够期待他能够善待万物而达到民胞物与的境界呢？孝的传承不靠说教，而要靠诗教和实践！

①律律：形容山势陡峭难以攀登。 ②弗弗：疾风呼啸之状。 ③卒：终，终养父母。

大东

有饛(méng)簋(guǐ)飧(sūn)①，有捄(qiú)棘匕②。　　陶簋装满饭食，配有弯曲的枣树勺。

周道如砥(dǐ)③，其直如矢④。　　官道平坦如磨石，官道笔直如箭杆。

君子所履⑤，小人所视⑥。　　达官贵人走在道上，黎民百姓都看得到。

眷言顾之⑦，潸焉出涕⑧。　　回望无尽的大道，不禁潸然泪下。

讽刺最高统治者搜刮粮食（即“敛食”）。陶簋里只有黍米饭，旁边还有枣树勺子。这倒不是起兴，而是写实。百姓的生活到了如此贫困的地步。再看官道平坦笔直，贵族往返穿梭。平民回望不知起止的官道，怎能不禁潸然泪下？因为这是掠夺啊。

小东大东⑨，杼(zhù)柚(zhú)其空⑩。　　东方小国或大国，织布机上的布匹搜刮干净。

纠纠葛屦(jù)⑪，可以履霜⑫？　　葛草编制的麻鞋，可以踩踏刺骨的冰霜？

佻(tiāo)佻公子⑬，行彼周行⑭。　　轻佻的贵族公子，奔驰在官道之上。

既往既来，使我心疚⑮。　　来来往往，我心悲伤。

讽刺最高统治者搜刮纺织品（即“敛织”）。东方诸侯国，无论大小，

---

①饛：盛满的状态。簋：商周时代圆口圈足的饮食器具。飧：熟食，黍稷一类的主食。　②捄：同“觩”，长而弯曲貌。棘：酸枣树。匕：汤匙。　③周道：周朝的官道，相当于今天的国道。砥：磨刀石。　④矢：箭。　⑤君子：周朝贵族。履：行走。　⑥小人：此处指劳动者。视：仰望。　⑦眷：关心、怀念。顾：回头看。　⑧潸：流泪的样子。涕：眼泪。　⑨小东大东：东方的小国大国。　⑩杼：织布梭子。柚：挂经线的筘子。　⑪纠纠：绳子交错状。屦：鞋子。　⑫履：踩，踏。　⑬佻佻：轻佻，未经历练不耐劳。　⑭周行：官道。　⑮疚：难受。

民不聊生，织布机上的布匹掠夺干净了，葛草编制的鞋子，如何踩踏刺骨的冰霜？轻佻的公子，依然逍遥在官道之上，看着他们来来往往，“我”心何等悲伤。对时政的批判，具体而生动；这种批判的感染力，寄托在三个具体的物象之上：一是空荡荡的织布机，二是穿着葛草鞋踩冰霜，三是轻佻公子走在官道上。

有冽氿（guǐ）泉①，无浸获薪②。	清冽蜿蜒的泉水，不要浸湿那柴火。
契契寤叹③，哀我惮（dàn）人④。	夜不能寐穷叹息，可怜这些因劳而病者。
薪是获薪⑤，尚可载也。	砍下树枝当柴烧，还有柴火可以运走。
哀我惮人，亦可息也⑥。	可怜我们劳累病倒的人，也总算可以喘息片刻。

讽刺最高统治者搜刮柴火，即“敛柴”。期待泉水不要浸湿柴火，是以写实的手法起兴，让人联想到穷苦人生活之艰难。现在只剩下柴火可以运走了。承上一节对底层人民的生活作进一步描绘。

东人之子⑦，职劳不来⑧。	东方诸侯子民，只有劳累没有抚慰。
西人之子⑨，粲粲衣服⑩。	西方贵族子弟，衣着绚丽华贵。
舟人之子⑪，熊罴（pí）是裘⑫。	周王室的公子们，以熊罴之毛皮做衣服。
私人之子⑬，百僚是试⑭。	私家奴仆，任受百官奴役。

---

①冽：清澈。氿：泉水蜿蜒流出状。 ②无：不要。浸：浸润，浸湿。获：砍伐。薪：柴火。 ③契契：忧愁苦闷状。寤叹：睡不着而叹息。 ④惮：同“瘅”，因劳累而病。 ⑤薪：前一个“薪”是烧的意思。是：这。获薪：砍伐回来的柴火。 ⑥可息：休息。 ⑦东人：相对于周王室，东边诸侯所辖都称为“东人”。 ⑧职：同“只”。来：同“徕”，慰劳。 ⑨西人：周王室的使臣等。 ⑩粲粲：鲜美。 ⑪舟：同“周”。 ⑫罴：熊的一种。裘：皮制的衣服。 ⑬私人：私家奴仆。 ⑭百僚：所有官僚。是：被。试：用。

这一章写统治者搜刮衣服，即“敛衣”。先写东方诸侯子民，接着写西方贵族，再写周朝王族，最后写自己所代表的私家奴仆。四个等级，四种待遇。这是奴隶阶层自我意识的觉醒，也是对缺乏公平正义的社会之无奈和抗争。

或以其酒①，不以其浆②。	有人饮美酒，有人薄酒难。
鞙鞙（juān）佩璲（suì）③，不以其长（cháng）④。	有人佩戴圆润的美玉，有人佩戴粗玉都难。
维天有汉⑤，监亦有光⑥。	上天有银河，仰望也有光。
跂彼织女⑦，终日七襄⑧。	看那织女星，一日挪动七个地方。

这一章写统治者搜刮酒和玉。不同阶级，所饮的酒有天壤之别、所佩戴的首饰有巨大差异，进一步揭露了社会的不公和两极分化。接着写到了仰望银河，目睹织女星徒劳奔忙。这是中间起兴，很容易让人联想到作为私家奴仆的奴隶们一年到头，也如织女星一样白忙。

虽则七襄，不成报章⑨。	虽然每天换七个地方，但是却没有织成华章。
睆（huǎn）彼牵牛⑩，不以服箱⑪。	那耀眼的牛郎星，却没有拉车厢。
东有启明⑫，西有长庚⑬。	东方有启明，西方有长庚。
有捄天毕⑭，载施之行⑮。	长而曲的毕星，只能够斜着运行。

---

①或：有的人。以：用。 ②浆：薄酒。 ③鞙鞙：形容玉圆融润泽。璲：同“瑞”，宝玉。 ④长：长度。 ⑤维：句首发语词，无实义。汉：河汉，银河。 ⑥监：视、看。 ⑦跂：同“歧”，织女星的三颗星呈等边三角形，正视任何一角都仿佛面对“歧”，故有此说。彼：那。 ⑧终日：一天到晚，整日。襄：驾，移动。 ⑨不成报：往复、往返。章：布匹上的花纹。 ⑩睆：明亮、耀眼。牵牛：星宿名，在牛郎织女传说中，此星宿由牛郎所变，在银河东南与织女星隔河相对。 ⑪不以：不用来。服：同“负”。箱：大车的车厢。 ⑫启明：启明星，晨出东方天空。 ⑬长庚：长庚星，又名金星，黄昏出于西方天空。 ⑭有：句首语气词，无实义。毕：星宿名，二十八宿之一，由八颗星组成，状如捕野兽的网。 ⑮载：发语词，无实义。施：斜行。

整章都在运用象征手法，表达了诗人对现实的无奈和对理想的渴望。织女星每天忙碌，却织不出美丽的华章；牵牛星虽然耀眼明亮，但却无法背负车厢。启明依旧，长庚坚守。长而曲的毕星，只能偏着身子运行。苍天浩远，深不可测。这是写现实吗？是。现实太多的无奈。这是写理想吗？是，理想太让人向往。至少星星不会流泪，星星不会悲伤。

维南有箕①，不可以簸扬②。	南天有箕星，但是不能当簸箕扬。
维北有斗③，不可以挹(yì)酒浆④。	北天有斗星，却不可以舀酒浆。
维南有箕，载翕(xī)其舌⑤。	南天有箕星，舌头收缩依然长。
维北有斗，西柄之揭⑥。	北边有斗星，斗柄翘起指西方。

卒章显志。表达对现实的无奈和对未来的绝望。天边有箕星，不能当簸箕；北边有北斗，不可舀酒浆。箕星只有舌头长，斗星一心指北方。作为下民，天上的星星太高太远太玄，虽然美丽，但却无法产生实际的效用，无法解决实际困难。最后一句，实际上明确告诉读者，虽有北斗，我们却不知道生活的路在何方。

这首诗与此前的作品大有不同，虽然也是讽刺诗，除了传统的赋比兴手法之外，还有鲜明的艺术特色。一是结构独特。前面五章以现实主义手法，客观表现了统治者穷奢极欲的生活正是建立在搜刮民脂民膏的基础之上的，

---

①箕：星宿名，由四颗星构成，形如簸箕，位于南方天空。 ②簸扬：像簸箕扬弃秕谷一样。③斗：星宿名，即北斗七星。 ④挹：舀。 ⑤翕：吸，收缩。 ⑥西：西方。柄：北斗七星中第五至七星构成斗柄。揭：高举。

分别写了敛食、敛织、敛薪、敛衣、敛酒和玉，从最基本的饮食，到标志着生活品质的酒和玉，没有一样不搜刮，没有一样不盘剥。后面两章用象征手法，表达了作者对现实的极度愤懑和无奈，也寄托了作者莫可名状的期待和理想。二是对比鲜明。对比手法，几乎是贯穿全诗最重要的方法，通过对比，鲜明展示了统治者和被统治者在物质生活方面的巨大差别，暗示出阶级的对立和矛盾，揭示了社会的严重不公平。三是意象新颖。主要表现在诗歌的后两章，运用了象征手法，表现出极为鲜明的浪漫主义色彩。作者通过天上的星星形态和轨迹，寄托了对现实的抗争与无奈，表达了对未来的模糊憧憬和期待。这在《诗经》当中，属于首创。

四月

四月维夏①，六月徂(cú)暑②。	四月已是夏日，六月遭逢酷暑。
先祖匪人③，胡宁忍予④？	先祖难道不仁，竟让我遭厄运？

诗人横遭贬谪，冒着酷暑远离故都，其内心痛苦可想而知。后面两句反问，答案在反面。遭此厄运，责任不在父母，或在昏君，或在奸臣，但是不能说，不敢说，不便说。

秋日凄凄，百卉具腓(féi)⑤。	秋风凄凄，百草萎枯。
乱离瘼(mò)矣⑥，爰其适归⑦？	乱离人痛苦，何处是归宿？

写诗人在秋日里奔波，秋色凄凄，百草枯萎，这是起兴，是自然环境的描写，又何尝不是作者凄苦心灵的投射？

冬日烈烈⑧，飘风发(fā)发⑨。	冬日严寒，狂风呼啸。
民莫不穀⑩，我独何害？	人们都能过好日子，为何我独遭灾难？

写诗人在冬日里奔波，前两句是环境描写，也是心境的投射。后两句以对比，强调了贬谪旅途的痛苦和无奈。

---

①维：是。 ②徂：往。暑：酷暑。 ③匪：同“非”。人：同“仁”。 ④宁：竟。忍：忍心。忍予：忍心让我遭此厄运。 ⑤百：各种。卉：草的总称。具：都。腓：百草凋敝。 ⑥乱离：因遭遇灾难而流离。瘼：病，疾苦。 ⑦爰：为何。其：语气词，无实义。适：往。归：归宿。 ⑧烈烈：冽冽，形容寒冷之状。 ⑨飘风：骤起的风，暴风。发发：模拟狂风呼啸之声。 ⑩穀：善。何：同“荷”，承担。害：灾害。

山有嘉卉[1]，侯栗侯梅[2]。	山上有好的树木，那是栗和梅。
废为残贼[3]，莫知其尤[4]！	那么深度的残害，都不知道错在何处！

以嘉卉比兴，自己受到深度伤害，却不知道错在何处！

相彼泉水[5]，载清载浊。	看那汩汩泉水，有时清有时浊。
我日构祸[6]，曷云能穀[7]？	我每日遭祸，何时才能好起来？

以泉水比兴，泉水有清有浊，我却背负了永远的灾祸。

滔滔江汉，南国之纪。	滔滔长江汉水，南国江河主流。
尽瘁以仕[8]，宁莫我有[9]。	恪尽职守为国家，可是对我不友好。

以江汉比兴，江汉为南国江河的纲纪，我为朝中栋梁；江汉依旧，我却被放逐。恪尽职守，却不被认同。

匪鹑(chún)匪鸢(yuān)[10]，翰飞戾天[11]。	不是雕也不是鹰，能够高飞到天上。
匪鳣(zhān)匪鲔(wěi)[12]，潜逃于渊。	不是鳇鱼不是鲟鱼，可以潜逃到深渊。

委屈烦恼无边无际，时时刻刻萦绕心间，对诗人是一种折磨。如何摆脱？我不是雕，也不是鹰，不能飞上高天超脱。我不是鳇鱼，也不是鲟鱼，

---

①嘉：善。②侯：同“维”，是。③废：大，程度深。为：是。残贼：被肆无忌惮残害的人。④其：树。尤：罪过。⑤相：观察，看。⑥构：同“遘”，遭遇。⑦曷：何时。云：语气词，无实义。⑧瘁：劳累，困苦。仕：做官。⑨宁：可是。莫：没有。有：同“友”。⑩鹑：大雕。鸢：老鹰。⑪翰飞：高飞。戾：至。⑫鳣：鳇鱼。鲔：大鲟鱼。

没有办法潜水逃避。

山有蕨薇①，隰有杞荑(yí)②。 山上有野菜，湿地有枸杞和赤楝。

君子作歌，维以告哀③。 君子作此歌，仅仅表悲伤。

明确全诗旨趣。“山有蕨薇，隰有杞荑”有某种存在主义的哲学意味，山上有野菜，湿地有枸杞和赤楝，各得其所，各安天命。作者写这首诗，目的无非是排遣心中的悲伤而已。既然被贬谪到穷乡僻壤，那就放弃忧伤，随遇而安吧！

本诗是被贬诗人的自述诗。结构新颖，全诗八章，层第铺开。第一部分为一、二、三章，写作者冒着酷暑，迎着秋风，顶着严寒，奔波在途。第二部分为四、五、六章，分别以嘉卉、泉水、江汉比喻兼起兴，抒发了贬谪后的无限痛苦和无奈。第三部分为七、八章，写了诗人无法摆脱和逃避的痛苦和面对现实的最终选择。司马迁《太史公自序》有言：“《诗》三百篇，大抵贤圣发愤之所为作也。”为政者，如何面对贬谪，如何面对不公，如何面对痛苦，如何面对孤独？忧愤而死，不可！抑郁而终，不可！本诗作者的选择：放下忧愤，放下苦恼，面对现实，活在当下。不错！

---

①蕨薇：野菜。 ②隰：洼地。杞：枸杞树。荑：赤楝（sù），木名，可入药。 ③维：仅仅。告：表达。哀：悲伤。

北山

陟彼北山[①]，言采其杞[②]。 登上城北的山岗，不停地采摘枸杞。
偕偕士子[③]，朝夕从事。 健康士子，朝夕忙碌。
王事靡盬(gǔ)[④]，忧我父母。 王事永无尽头，深深担忧父母。

作者以登上山岗不停采摘枸杞起兴，诉说为了王事而朝夕奔忙的现状，对忠孝不能两全的迷惘。

溥天之下[⑤]，莫非王土。 苍天之下，莫不是王的疆土。
率土之滨[⑥]，莫非王臣。 直至海滨，莫不是王的臣民。
大夫不均[⑦]，我从事独贤[⑧]。 上司不公，只有我十分艰辛。

中国诗歌中首次提出了“家天下”的思想：天下之大，莫不是王的财产；人口之多，莫不是王的臣民。作者发出了“大夫不均，我从事独贤”的感慨，恐怕是中国历史上第一次对上司无能给下级造成苦难的批判。俗话说“主帅无能，累死三军”，讲的就是这个意思。很多单位，因为主帅无能，结果所有的下属都很累很苦。

---

①陟：登上。北山：城北之山。 ②言：发语词，无实在意义。杞：枸杞。 ③偕偕：健康貌。士子：读书而从事公职的人。 ④靡：没有。盬：终结，完结。 ⑤溥：同“普”。 ⑥率：沿着。之：到。 ⑦大夫：指士子的上级。 ⑧贤：艰苦，劳苦。

四牡彭彭[①]，王事傍傍[②]。 四马奔驰不息，王事永无尽头。

嘉我未老[③]，鲜我方将[④]。 夸奖我未老迈，善待只因年壮。

旅力方刚[⑤]，经营四方。 体力正好强壮，为王经略四方。

骏马奔驰是比兴，又何尝不是士子的现状：王事何时才有终结？夸奖我只是快马加鞭，善待我只因我正值年壮、身体健康，为王事经营四方。这里有哀怨，更有自豪。

或燕燕居息[⑥]，或尽瘁事国[⑦]； 有人闲适超脱，有人全力公务。

或息偃在床[⑧]，或不已于行(háng)[⑨]。 有人仰卧在床，有人一直繁忙。

对比手法，强调“大夫不公”造成的官场不公。

或不知叫号[⑩]，或惨惨劬劳[⑪]； 有人不知征召，有人忧愁辛劳。

或栖迟偃仰[⑫]，或王事鞅掌[⑬]。 有人游息仰卧，有人繁忙勤劳。

继续对比，强调官场的不公。这种不公，古今概莫能外。

或湛(dān)乐饮酒[⑭]，或惨惨畏咎[⑮]。 有人享乐无度饮酒，有人担心会出差错。

或出入风议[⑯]，或靡事不为[⑰]。 有人习惯高谈阔论，有人没有事情不做。

---

①牡：公马。彭彭：奔驰不息。 ②傍傍：永无休止。 ③嘉：夸奖。 ④鲜：善，善待。方：正当。将：强壮。 ⑤旅力：体力。刚：强壮。 ⑥燕燕：闲适超然状。居：居住。息：休息。 ⑦瘁：艰苦，艰辛。事国：忙于国事。 ⑧偃：仰卧。 ⑨已：停歇。行：奔走于途。 ⑩叫号：放声大哭。 ⑪惨惨：忧愁状。劬劳：辛劳。 ⑫栖迟：游息。偃仰：仰卧。 ⑬鞅掌：叠韵字，繁忙。 ⑭湛乐：享乐无度。 ⑮畏咎：担心出差错。 ⑯风议：高谈阔论。 ⑰靡：没有。

有享乐无度者，有动辄得咎者，有高谈阔论者，有脚踏实地者。官场写生，妙笔传神。

这首诗讽刺封建官僚体制的弊端。作者是一位士子，是一位普通的公职人员，是一个没有王公背景的公职人员，所以才会遭遇不公正待遇。全诗六章，分两部分。前面三章均以比兴引出自己的不公正遭遇。后面三章，均以对比方法，反复铺排，极力渲染，是宣泄，也是控诉。公平正义是古今中外所追求的核心价值，公平也是当代中国正在追求的核心价值。同一国家内，人与人、族群与族群之间如果在公共资源分配上不公平，最终会导致社会不稳定。同一体制内，没有公平，往往最终会毁掉体制。同一单位内，不公平，也往往是这个单位短命的内因。“人和”是儒家管理追求的目标，公平是实现“人和”的路径，也是目标。

无将大车

无将大车[1]，祇(zhǐ)自尘兮[2]。　　莫推牛车，自惹灰尘。
无思百忧，祇自疧(qí)兮[3]。　　莫想烦恼事，自己徒伤心。

“无将大车”是起兴也是比喻，表达了作者对当局的失望，认为勇挑重担会惹上尘埃。不想那些烦恼事情，那只会让自己忧郁成疾。

无将大车，维尘冥冥[4]。　　莫去推牛车，免得沾灰尘。
无思百忧，不出于颎(jiǒng)[5]。　　莫想忧愁事，以避免见光明。

本章是上一章的递进，“无将大车，维尘冥冥”程度更甚——灰尘让道路昏暗；莫想忧愁事，以免双眼见不到光明。

无将大车，维尘雝兮[6]。　　莫去推牛车，灰尘蔽眼睛。
无思百忧，祇自重兮[7]。　　莫想苦恼事，徒自生重病。

本章更进一步，去推牛车，将导致灰尘蒙蔽双眼，什么也看不见；去想那些苦恼的事情，会导致自己身患重病。

①将：扶，手扶车推着向前。大车：牛车。 ②祇：适，恰巧。 ③疧：忧郁成疾。 ④冥冥：昏暗状。 ⑤颎：光明。 ⑥雝：同“壅”，蔽障。 ⑦重：累，病情加重。

当代社会体制内很多人有这种心态：当上位者不辨是非、不分美丑、不清黑白时，做得多，错得多；不做事，永远不会犯错误。下位者往往秉着多一事不如少一事的态度，这样的公职人员却更容易被提拔。《无将大车》所写的是2500多年前的官场生态，想不到的是今天居然也依然存在类似弊端。站在诗歌编撰者的角度，肯定不是鼓励读者躲避责任，因为孔子从来都是“知其不可而为之”！数十年的事业追求，也让我对诗歌作者的困惑感同身受，这些困惑又何尝不是今天的焦虑呢？但是，如果让我放弃责任，放弃追求，做不到。只是希望读者都能够从这首诗中读出孔子的良苦用心！不能让做事者蒙尘，不能让老实人吃亏，不能让改革者受打击！

小明

明明上天[①]，照临下土。	上苍光明，普照大地。
我征徂西[②]，至于艽（qiú）野[③]。	我在西部边陲服役，到了遥远的荒野之地。
二月初吉[④]，载离寒暑[⑤]。	二月明月初升时离开，经历了寒暑更替。
心之忧矣，其毒大苦[⑥]。	内心充满忧伤，仿佛毒药太苦。
念彼共人[⑦]，涕零如雨[⑧]。	怀念妻子，泪落如雨。
岂不怀归？畏此罪罟（gǔ）[⑨]。	难道不想回家？敬畏这法律。

“明明上天，照临下土”统摄全诗。西周先民，敬天意识浓厚，统治者往往以承接天命自居，自称天子。但是诗歌的作者却提出了含蓄的质疑：既然上天那么聪明睿智，为何对我如此不公？早春服役，寒暑更替，怀念妻子，无由相见。哪里是不想回故乡，只是不想触犯法律。对命运的无奈屈从，包含了对上天的含蓄指责。

昔我往矣，日月方除[⑩]。	当年我离开，恰好去旧迎新。
曷云其还[⑪]，岁聿云莫[⑫]。	何时才能回故乡，可能在岁末。

---

①明明：光明睿智。 ②征：服徭役。徂：到，去到。西：西部边陲。 ③艽野：荒原之地。 ④二月：周历二月，相当于夏历即农历十二月（腊月）。初吉：月初出的日子。 ⑤载：又，更。离：同“历”，经历。 ⑥毒：如同毒药。大：太。 ⑦念：怀念。彼：那个，远方的。共人：指妻子。 ⑧涕：眼泪。零：零落。 ⑨畏：畏惧。此：这。罪：竹制的捕鱼网；罟：网的总称。罪罟：引申为法网。 ⑩方：正，刚刚。除：去旧迎新。 ⑪曷：同“何”。云、其：均为语气助词，无实义。还：回还，回故乡。 ⑫岁：年，周代以前称“年”为“岁”。聿、云：均作语气助词，无实义。莫：同“暮”。

念我独兮，我事孔庶[①]。　　像我天涯孤旅，每天公务很多。
心之忧矣，惮（dān）我不暇[②]。　　内心忧愁，身心疲惫无闲暇。
念彼共人，眷眷怀顾。　　想念妻子，眷恋而辗转反侧。
岂不怀归？畏此谴怒[③]。　　难道不想回故乡？恐惧因此被谴责。

以赋的手法，表达了作者的孤独、繁忙、眷恋、无奈。感情上更进一层，对家乡的眷恋，对妻子的思念更加浓厚！

昔我往矣，日月方奥（yù）[④]。　　那年我离开，气温刚变暖。
曷云其还？政事愈蹙[⑤]。　　何时回故乡？政务更紧迫。
岁聿云莫，采萧获菽[⑥]。　　又到一岁末，采艾收大豆。
心之忧矣，自诒伊戚[⑦]。　　内心深深忧，自找的忧愁。
念彼共人，兴言出宿[⑧]。　　想念我的妻子，披衣室外睡一宿。
岂不怀归？畏此反覆[⑨]。　　哪里不想回？恐惧那反复。

再次递进，天气再次变暖，政事更加繁忙，思乡更加浓厚，思妻更加迫切，以至于辗转不能成眠，披衣露宿。虽然非常渴望回家，渴望与妻子团聚，但是内心深处依然坚守自己的价值：政事为重，王事为重。

---

①孔：很。庶：多。　②惮：劳累。　③谴：谴责。怒：暴怒，暴虐。　④奥：同“燠”，暖。⑤愈：愈加。蹙：急迫。　⑥萧：艾蒿。菽：大豆。　⑦诒：同“贻”，赠送。伊：这个。戚：忧愁，忧伤。　⑧兴：起来。言：语气词。出：外出。宿：住一宿。　⑨反覆：反复无常。

嗟尔君子[①]，无恒安处[②]。	感叹上位者，不要永远享安逸。
靖共尔位[③]，正直是与[④]。	安心履行你的职责，与正直的人交往。
神之听之[⑤]，式榖以女(rǔ)[⑥]。	神明在听，会善待你。

笔锋一转，不仅自己以国事为重，也奉劝上位者，忠于职守，不求安逸，必然得到神灵的善待。

嗟尔君子，无恒安息[⑦]。	感叹上位者，不要永远图安逸。
靖共尔位，好(hào)是正直[⑧]。	安心履行职责，喜欢正直的人和事。
神之听之，介尔景福[⑨]。	神明在听，会赐给你很大的福禄。

这章与上一章属于重章叠唱，强化对上位者的规劝，忠于职守，不图安逸，交游正直，自然会得到神灵赐予的福禄。

本诗主要用赋的手法，前面三章铺排，写了自己远离故土，服役边陲，寒暑交替，思念故乡，眷恋妻子，但是始终以大局为重。后面两章，重章叠唱，复沓回环，强调忠于职守，交游正直，必然得到神灵的善待和赐福。诗中既有含蓄的不满，更充满了无限的忧虑。“家国一体”的情怀和“国事为重”的责任，在诗中表现得生动深刻。

---

①嗟：感叹。尔：你。君子：当权者，当局者。 ②恒：常。安：安逸。处：居。 ③靖：安定。共：同“恭”，尽责。位：职位。 ④正直：正直的人。是：语气词。与：交流，交往。 ⑤之：助词，无实义。 ⑥式：语气词，无实义。榖：善，给予好处。以：给。女：同“汝”。 ⑦安息：安适休息。 ⑧好：喜欢。是：助词，无实义。正直：正直的人。 ⑨介：赐予。景：大。福：福禄。

作者认为，神明在看、在听，恪尽职守，无私奉献者，神明也会保佑。历史的局限，先民只能从神的恩赐的角度去探索人生奉献的价值。其实，无论什么时代，无论什么体制，奉献与获取成正相关，奉献得越多，收获越多。首先，收获能力。做实事，长才干；“事非经过不知难”“成如容易却艰辛”，经历和资历都是无形的财富。其次，收获威望。非权力的影响力来源于多方面，但是，在整个管理体系中，恪尽职守，以身作则，本身就是凝聚力、影响力、推动力所在。再次，收获利益。再昏庸的统治者，他们虽然感受到近臣、宠臣伺候的某种浅层次的快乐，但是，最终这些都需要实实在在的支撑，所以，但凡有人心和人性者，但凡没有失去理智的统治者，还是需要一批能够“撑场子”的杰出人才。有足够的才能，足够的贡献，往往就有自己的位置和收益。只问耕耘不问收获，是一种简单而朴素的生存之道。

鼓钟

鼓钟将将[1]，淮水汤(shāng)汤[2]。
忧心且伤，淑人君子[3]，
怀允不忘[4]。

钟声悠扬，淮水汤汤。
我心忧伤，缅怀先贤，
永志不忘。

钟声悠扬，淮水汤汤。这是起兴，也是比喻。悠扬的钟声，何尝不是先哲美好品德的余韵；浩浩汤汤的淮河，何尝不是历史传统的流觞。由此缅怀先贤，自然唤醒对先贤的敬仰。

钟鼓喈(jiē)喈[5]，淮水湝(jiē)湝[6]。
忧心且悲，淑人君子，
其德不回[7]。

钟声喈喈，淮水湝湝。
我心伤悲，上古先贤，
其德不邪。

“钟鼓喈喈，淮水湝湝。”这是典型的起兴：从悠远的钟声和浩浩汤汤的淮水，作者感慨的是先哲的美好品德。

鼓钟伐鼛(gāo)[8]，淮有三洲[9]。
忧心且妯(chōu)[10]，淑人君子，
其德不犹[11]。

敲钟击大鼓，淮水有三洲。
我心恨悠悠，古代诸君子，
他们德不恶。

---

①鼓：敲打。钟：打击乐器，如曾侯乙编钟。将将：同“锵锵”，钟声悠扬。 ②汤汤：水势浩大且奔涌激流之状。 ③淑：善良。君子：对古代贵族的尊称，此处指德高望重的先王。 ④允：的确，诚然。 ⑤喈喈：犹如“锵锵”。 ⑥湝湝：犹如“汤汤”。 ⑦回：邪，邪僻。 ⑧伐：击打。鼛：大鼓。 ⑨三洲：水中三个小岛。 ⑩且：虚词，无实义。妯：同“怞”，哀悼。 ⑪犹：同“忧”，恶。

开篇两句依然起兴，场面更大，声音更响。由此联想到的依然是先哲高山仰止，无可挑剔的美德。

鼓钟钦钦[①]，鼓瑟鼓琴[②]。	钟声悠扬绵长，鼓瑟鼓琴酣畅。
笙磬同音[③]，以雅以南[④]，以籥（yuè）不僭（jiàn）[⑤]。	排箫玉磬和谐，雅乐《周南》《召南》，管乐演奏不乱。

钟声悠扬，琴瑟酣畅，源远流长，在于和谐，在于典雅，在于淳朴。画龙点睛，完美人格的养成最终需要美育。

本诗是一首渲染审美教育功效的诗歌。前面三章以钟声和淮水起兴，以比赋手法，深刻揭示了优秀传统源远流长，先哲的美德应当像音乐和淮水一样，代有传承，才能成就人的美德。最后一章乃全诗之要，点明题旨：文化精神的传承需要音乐，美好品德的养成需要音乐；儒家认为人格养成“兴于诗，立于礼，成于乐”。

---

①钦钦：钟声悠远。　②瑟、琴：弹拨乐器。　③笙：民族管簧乐器。磬：同“罄”，玉质的打击乐器。同音：音乐和谐。　④以：用。雅：雅乐，即《大雅》《小雅》。南：南方的音乐，特指《周南》《召南》等比较淳朴的伦理音乐。　⑤籥：中国古代管乐，排箫的前身。僭：乱。

楚茨

楚楚者茨①，言抽其棘②。	蒺藜茂密，除掉其刺。
自昔何为？我蓺黍稷③。	自古为何如此？种植小米高粱。
我黍与与④，我稷翼翼⑤。	我的小米茂盛，我的高粱繁茂。
我仓既盈，我庾维亿⑥。	我的谷仓已满，我的谷场很多。
以为酒食，以享以祀⑦。	粮食酿酒食用，用以祭祀祖先。
以妥以侑(yòu)⑧，以介景福⑨。	赶紧安坐劝酒，神灵必将赐福。

写丰收后祭祀的盛况。

济济跄(qiāng)跄⑩，絜尔牛羊⑪。	众人繁忙有节奏，洗净准备的牛羊。
以往烝尝⑫，或剥或亨⑬。	用作秋祭和冬祭，有的剥皮有煮汤。
或肆或将⑭，祝祭于祊(bēng)⑮。	有人陈设有人捧，司仪祭祀在庙堂。
祀事孔明⑯，先祖是皇⑰。	祭祀活动很齐备，先祖纷纷来品尝。
神保是飨⑱，孝孙有庆⑲。	扮演先祖正安享，我等自身福绵长。
报以介福⑳，万寿无疆。	祖先赐我大福报，万寿绵绵永无疆。

刻画祭祀者忙碌的场景。

---

①楚楚：茂密状。茨：蒺藜。 ②言：语气词。抽：除。棘：刺。 ③蓺：种植。黍：小米。稷：高粱。 ④与与：茂盛状。 ⑤翼翼：繁盛貌。 ⑥庾：露天以竹篾围成、上有盖的装谷物的简易设施。维：乃。亿：概数，极言其多。 ⑦享：献。祀：祭祀。 ⑧妥：安，安坐。侑：劝酒。 ⑨介：给予，赐予。景：大。 ⑩济济：众多貌。跄跄：步履舒畅有节奏。 ⑪絜：同“洁”，使洁净。 ⑫往：去，做。烝：冬祭。尝：秋祭。 ⑬或：有的。剥：剥皮。亨：同“烹”，烹熟。 ⑭肆：陈列。将：捧持。 ⑮祊：宗庙内祭祀的地方。 ⑯孔：很。明：齐备，完备。 ⑰是：于是。皇：同“徨”，往。 ⑱神保：对扮演祖先的人的美称。飨：以饮食款待。 ⑲孝孙：主祭者自称。庆：福，福禄。 ⑳报：报答。介：大。

执爨(cuàn)踖(jí)踖[1]，为俎(zǔ)孔硕[2]。	厨工做饭很恭敬，砧板祭祀很宽大。
或燔或炙[3]，君妇莫莫[4]。	有的烧来有的烤，主妇心诚静悄悄。
为豆孔庶[5]，为宾为客[6]。	陶制器皿陈列多，是宾是客人不少。
献酬交错[7]，礼仪卒度[8]，	相互回敬好热闹，礼仪合规态度好，
笑语卒获[9]，神保是格[10]，	欢声笑语不失调，此刻神保已来到，
报以介福，万寿攸酢(zuò)[11]。	告诉祖先赐福禄，长命百岁得福报。

写祭祀过程的热烈。

我孔熯(rǎn)矣[12]，式礼莫愆[13]。	我真的非常恭敬，礼仪无丝毫差错。
工祝致告[14]，徂赉孝孙[15]。	主祭如实而禀报，神灵赐福给子孙。
苾(bì)芬孝祀[16]，神嗜饮食[17]。	馨香食品来献祭，祖先喜欢祭祀品。
卜尔百福[18]，如几如式[19]。	赐给儿孙福泽多，如期如法不走样。
既齐既稷[20]，既匡既敕(chì)[21]。	恭敬严肃又敏捷，匡正时弊整饬乱。
永锡尔极[22]，时万时亿[23]。	永远赐你大福气，数量是万或是亿。

写祭祀的真诚与仪式的完备。

---

①爨：灶。踖踖：敏捷恭敬貌。　②俎：祭祀的礼器。　③燔：烧肉。炙：烤肉。　④君妇：主妇。莫莫：安静虔诚貌。　⑤豆：祭祀用的高足器皿。庶：多。　⑥为：是，作为。　⑦献：敬献。酬：劝酒。交错：交相错杂。　⑧卒：尽。度：有度，合规。　⑨获：得，得其宜，恰到好处。　⑩是：于是。格：至，来。　⑪攸：同“悠”，悠远绵长。酢：回敬，答谢，回报。⑫熯：敬畏恐惧。　⑬式：语气词，无实义。礼：礼节。莫：不。愆：差错，过错。　⑭工祝：主持祭祀的司仪。致告：以美好的成果禀报先祖。　⑮徂：往。赉：赏赐。　⑯苾：馨香。孝祀：祭献。⑰嗜：喜欢。　⑱卜：给予，赐予。百：言其多。　⑲几：期。式：法。　⑳齐：同“斋”，恭敬严肃貌。稷：同“亟”，敏捷。　㉑匡：端正。敕：同“饬”，整饬。　㉒锡：同“赐”。极：大福。㉓时：是。亿：古人以十万为亿。

礼仪既备，钟鼓既戒[1]。　　礼仪已完备，钟鼓也准备。
孝孙徂位[2]，工祝致告[3]。　　子孙已到位，司仪已禀告。
神具醉止[4]，皇尸载起[5]。　　祖先都已醉，扮演者已起。
钟鼓送尸[6]，神保聿归[7]。　　钟鼓相礼送，祖先都回去。
诸宰君妇[8]，废彻不迟[9]。　　厨师和主妇，撤席不迟疑。
诸父兄弟，备言燕私[10]。　　诸父兄弟们，另备好私宴。

写祭祀完毕后礼送祖先和扮演者。

乐具入奏[11]，以绥后禄[12]。　　乐器开始奏，用来享祭品。
尔肴既将[13]，莫怨具庆[14]。　　菜肴已摆上，无怨都欢庆。
既醉既饱，小大稽首[15]。　　已醉或已饱，长幼皆叩首。
神嗜饮食，使君寿考[16]。　　祖先喜佳肴，赐你长寿好。
孔惠孔时[17]，维其尽之[18]。　　实惠时运通，只因尽孝道。
子子孙孙，勿替引之[19]。　　子子又孙孙，不变这孝道。

写祭祀结束后的回报与期待。

---

①戒：齐备。　②孝孙：主祭人。徂位：到位。　③致告：向祖先致辞报告。　④具：都。醉：酒醉，陶醉。止：语气词，无实义。　⑤皇尸：对扮演祖先者的美称。载：语气词，无实义。　⑥送：礼送。　⑦聿：语气词，无实义。　⑧诸宰：诸位厨师。君妇：主妇。　⑨废彻：撤除，撤出。⑩备：齐备。言：语气词，无实义。燕：同“宴”。私：私自，指代祭祀家族的自己人。　⑪乐：乐器。具：同“俱”，都。入奏：开始演奏音乐。　⑫绥：安享。后禄：祭祀后享用的美味佳肴，即祭品。　⑬肴：鱼肉之类的荤菜。将：摆好。　⑭莫：没有。　⑮小大：小孩和成年人。稽首：叩首。⑯使：让。君：指主祭人。寿、考：同义反复，都是长寿的意思。　⑰惠：实惠。时：时运亨通。⑱维：同“唯”，只有，仅仅。其：指主祭人。尽：恪尽。之：忠诚与孝道。　⑲替：更换。引：延长，保持。之：指这种隆重祭祀的传统礼仪。

本诗是周王室祭祀祖先的颂歌。周王室保留了祖先崇拜的传统。武王伐纣，历次占卜都不吉利，但是武王坚信人定胜天，民心能够战胜强暴，最后甚至逆天象行事，终于完成了一场伟大的革命。尤其是商纣王的奴隶军队，阵前倒戈，让武王再次深刻认识到唯有民心才是获得天下的最重要的力量。天心往往就是民心。民本思想就此萌芽。但是，周朝历代君王，并不否认祖先崇拜，他们坚信祖先任何时候都会保佑自己的子孙，而且这种保佑是不讲条件，无怨无悔的。周人认为，祖先赐福，才能获得天下，才有五谷丰登，才有儿孙满堂，才有福泽绵绵，所以，周王室非常重视祭祀。本诗以赋为主，从恢宏的布局，宏大的气象，多角度、多层次描绘了祭祀的盛况、礼仪、态度、期待，表达了对祖先的缅怀和尊敬，对福泽的渴望和执着，对未来的向往和期待。我以为，孔子选此诗，意图不仅仅在于传承祭祀祖先的传统礼仪，更重要的是要传承可能被时间河流淹没的感恩之心和敬畏之心。

信南山

信彼南山①，维禹甸之②。	绵延不断终南山，只有大禹曾治理。
畇(yún)畇原隰③，曾孙田之④。	整齐平坦湿润，成王曾经耕耘。
我疆我理⑤，南东其亩⑥。	我划的疆界我治理，或南或东那些田地。

缅怀先祖，追根溯源。

上天同云⑦，雨雪雰(fēn)雰⑧。	阴云密布，雨雪霏霏。
益之以霡(mài)霂(mù)⑨，既优既渥(wò)⑩。	夹杂小雨，多雨沾湿。
既沾既足⑪，生我百谷。	浸润土地，滋养百谷。

上天眷顾，滋养土地。

疆埸(yì)翼翼⑫，黍稷彧(yù)彧⑬。	疆界整齐，黍稷茂密。
曾孙之穑⑭，以为酒食。	成王收割，做成酒食。
畀(bì)我尸宾⑮，寿考万年⑯。	敬献先祖宾客，渴望万寿无疆。

黍稷祭祀，意在寿考。

---

①信：同“伸”，延长，绵延不断。 ②维：同“唯”。禹：大禹。甸：治理。之：指代南山。③畇畇：整齐平坦貌。原：高原。隰：低洼湿地。 ④曾孙：指成王。田：耕种，经营，治理。⑤疆：划分界限。理：区分田地的沟渠。 ⑥南东：或南或东，此处为借代手法，实际上指的是向四方开辟荒地荒田。亩：田亩。 ⑦同云：乌云密布，阴云密布。 ⑧雰雰：同“纷纷”。 ⑨霡霂：小雨。 ⑩优：多，雨水充足。渥：沾湿。 ⑪沾：浸湿。足：同“浞”（zhuó）义，润湿状。⑫疆埸：田畔。翼翼：整齐貌。 ⑬黍：黄米，黍子。彧彧：茂盛貌。 ⑭穑：收获、收割谷物等。⑮畀：给。尸：祭祀仪式中祖先扮演者。宾：宾客。 ⑯寿考：同义反复，寿命。

中田有庐[①]，疆埸有瓜。　　田中有萝卜，田边有瓜果。
是剥是菹(zū)[②]，献之皇祖[③]。　　剥萝卜或腌瓜果，把它们献给先祖。
曾孙寿考，受天之祜(hù)[④]。　　成王因此获高寿，因此获得天赐福。

蔬果祭祀，意在福祉。

祭以清酒，从以骍(xīng)牡[⑤]，　　祭祀用清酒，外加红公牛，
享于祖考[⑥]。执其鸾刀[⑦]，　　献祭给先祖。手拿那鸾刀，
以启其毛[⑧]，取其血膋(liáo)[⑨]。　　去掉它的毛，取出血和油。

牺牲祭祀，心有所求。

是烝(zhēng)是享[⑩]，苾(bì)苾芬芬[⑪]。　　冬祭先祖来享受，芬芳馥郁好口福。
祀事孔明[⑫]，先祖是皇[⑬]。　　祭祀做得很洁净，先祖都来共分享。
报以介福[⑭]，万寿无疆。　　先祖赐给大福气，万寿无疆福绵绵。

祭祀完备，福泽绵绵。

这首诗是冬祭的颂歌。颂什么？颂祖先，颂苍天。如何感恩？黍稷献祭、瓜果献祭、牺牲献祭，层层递进，贵在真诚。最后一章，点明了冬祭的

---

①中田："田中"的倒装。庐：同"芦"，萝卜。②剥：破开。菹：腌制。③皇祖：先祖。④祜：福。⑤从以：加上。骍：赤色的马。牡：公牛。⑥享：献祭。于：给。祖考：祖先。⑦鸾刀：有铃铛的刀。⑧启：分开，拨开。⑨膋：油脂、脂肪。⑩烝：冬祭。享：献祭。⑪苾苾：浓香。芬芬：芬芳。⑫孔：很。⑬皇：同"徨"，往。⑭介：大。

追求，一在福祉，一在长寿。这首诗写实色彩浓厚，以赋的手法，把冬祭的目的、冬祭的物品、冬祭的福报，写得清晰而真诚，毫不隐晦。先民实用主义宗教信仰的特征在这首诗中表现得非常充分。

甫田之什

甫田

倬(zhuō)彼甫田①，岁取十千②。	绵延无际的大田，每年收取万石。
我取其陈③，食(sì)我农人④，	拿出陈谷，养活农人，
自古有年⑤。今适南亩⑥，	自古有丰年。我到南边田地，
或耘(yún)或耔(zǐ)⑦，黍稷薿(nǐ)薿⑧。	除草又培土，黍稷长势茂盛。
攸介攸止⑨，烝我髦(máo)士⑩。	庄稼长大了成熟了，于是赠给那些出类拔萃的人才。

即便是祭祀的颂歌，也没有忘记人本精神：最好的田地，最好的收成，赐给出类拔萃的人才。一个王朝的兴盛，自然有其秘诀。以陈谷养农人，以新粮赠贤人，这大概是周代文明的贤人政治基础吧。

以我齐明⑪，与我牺羊⑫，	洁净器物盛满粮食，加上我的牛和羊，
以社以方⑬。我田既臧⑭，	祭祀土地和四方。我的田地很好，
农夫之庆⑮。琴瑟击鼓，	农夫自然能分享。弹琴鼓瑟，
以御(yà)田祖⑯，以祈甘雨⑰。	迎接田祖，祈求及时雨。
以介我稷黍⑱，以穀我士女⑲。	催生我的稷黍，善待我的儿女。

---

①倬：广阔。甫：大。 ②岁：每年。取：收获。十千：一万石。 ③陈：陈谷、陈米，即往年的谷或米。 ④食：同“饲”，给养，给予饮食保障。 ⑤有年：有丰年。 ⑥适：去。南亩：南边的田地，回归线以北地方，偏南的田地庄稼获得的日照条件好，所以属于优质田地。 ⑦耘：除草，锄草。耔：作动词用，给植物根部培土。 ⑧薿薿：茂盛。 ⑨攸：乃。介：大。止：至，指庄稼成熟。 ⑩烝：乃，于是。髦：俊，才俊，指出类拔萃者。士：男子。 ⑪以：用。齐：同“粢”，器皿装满为“齐”。明：洁净。 ⑫与：还有。牺：祭祀用的牛。 ⑬社：作动词用，祭祀土地神。方：作动词用，祭祀四方之神。 ⑭臧：善，好。 ⑮庆：庆幸，喜悦。 ⑯御：迎接。田祖：农业文明的始祖，特指后稷。 ⑰甘雨：及时雨。 ⑱介：祈求。 ⑲穀：养育。女：女子。

洁净的器具、满满的粮食，外加牛羊，祭祀土地和四方，祈求及时雨，只为谷满仓。难能可贵的是周王，祈求丰收时惦记的是子民及其儿女。

曾孙来止①，以其妇子②，	曾孙我亲自来了，带着妻子孩子，
馌(yè)彼南亩③，田畯至喜④。	到南亩慰问，田官高兴得不行。
攘其左右⑤，尝其旨否⑥？	揖让左右，品尝慰劳品。
禾易长亩⑦，终善且有⑧。	庄稼长势喜人，最终必有丰年。
曾孙不怒，农夫克敏⑨。	曾孙我心里高兴，农夫能够勤敏。

写周王祭祀后，带着妻子儿子到田野慰问农人，农业文明中，统治者能有如此“深入基层”的作风，实在难能可贵。作为一种文化，值得当代借鉴。

曾孙之稼⑩，如茨(cí)如梁⑪。	曾孙我的庄稼，仿佛屋盖和屋梁。
曾孙之庾(yǔ)⑫，如坻(chí)如京⑬。	曾孙我的露天粮仓，多如土堆高如山岗。
乃求千斯仓⑭，乃求万斯箱⑮。	我渴望有千个谷仓，渴望拥有万个车厢。
黍稷稻粱⑯，农夫之庆。	黍稷稻粱，农夫分享。
报以介福，万寿无疆。	回报大福，万寿无疆。

祭祀后对美好未来的憧憬，作为主祭的周王，始终没有忘记要把所有的福报都与农人分享。

---

①曾孙：主祭人周王自称。来：来到。止：语气词，无实义。 ②以：带着。其：他，指主祭人。妇子：妻子和儿子。 ③馌：送饭到田头。 ④田畯：田官。至：非常。 ⑤攘：揖让，礼让。其：指代田畯。 ⑥其：饭菜。旨：美味。 ⑦易：滋长。长亩：充满田亩。 ⑧善：好，庄稼长势好。有：丰收。 ⑨克：能够。敏：敏于农事。 ⑩稼：庄稼。 ⑪茨：芦苇盖屋。梁：原指车梁，引申为屋梁。 ⑫庾：露天谷囤。 ⑬坻：水中高地。京：山岗。 ⑭乃：于是。求：希望得到。仓：谷仓。 ⑮箱：车厢。 ⑯黍稷稻粱：泛指各类农作物。

这是一首祭祀土地神的颂歌。农业文明的土地崇拜，由此可见一斑。难能可贵的是，周代最高统治者，不仅拜祭土地，拜祭四方，祭祀之后，还能深入田亩，慰问辛勤耕作的农人。无论是庄稼生长，还是粮食满仓，都没有忘记与农人分享。读此诗，可以领略周代统治者以农为本的国家治理思想，以民为本的执政理念。有一个细节，尤其令人难忘：周代统治者居然有到田间慰问农人的习惯。这是什么？这是深入基层，这是脚踏实地，这是农业文明。

大田

大田多稼[1]，既种(zhǒng)既戒[2]，	大田要种很多庄稼，准备种子修好农具。
既备乃事[3]。	做好所有相关准备。
以我覃耜[4]，俶(chù)载南亩[5]，	用我锋利的犁头，开始南亩耕种，
播厥百谷[6]。	播种各种谷物。
既庭且硕[7]，曾孙是若[8]。	禾苗直挺且肥大，我顺天也顺民。

春耕图：一年之计在于春，早做准备，播种百谷。

既方既皂[9]，既坚既好[10]，	抽穗而结实，饱满又成熟，
不稂(láng)不莠(yǒu)[11]。	无瘪谷杂草。
去其螟螣(míng tè)[12]，及其蟊(máo)贼[13]，	除掉螟和螣，灭掉蟊和贼，
无害我田穉[14]。	不损幼禾苗。
田祖有神[15]，秉畀(bì)炎火[16]。	田祖有神通，执火把虫烧。

夏耘图：除草除虫。

---

①大田：甫田，公田。多：多种。稼：庄稼。 ②种：选好种子，备好种子，留好种子。戒：同“械”，修理好农具。 ③备：准备。乃：那些。事：农事。 ④以：用。覃：同“剡”，锋利。耜：犁头。 ⑤俶：开始。载：从事。 ⑥播：播种。厥：那些。百谷：泛指谷类。 ⑦庭：同“挺”，直。硕：大。 ⑧曾孙：主祭者自称。是：如此。若：顺。 ⑨方：同“房”，稻谷刚刚长成但是未到饱满。皂：谷粒刚刚结成之状。 ⑩坚：饱满。好：成熟。 ⑪稂：尚未成熟的高粱。莠：田间的杂草。 ⑫去：除掉。螟：螟蛾幼虫，蛀蚀稻谷芯。螣：专吃禾叶的小青虫。 ⑬蟊：专吃稻谷根部的害虫。贼：专吃稻谷茎部的害虫。 ⑭穉：幼苗。 ⑮田祖：农神后稷。神：神术。⑯秉：拿。畀：给予。炎火：大火。

有渰(yǎn)萋萋①，兴雨祁祁②。	乌云密布，暴雨如注。
雨我公田③，遂及我私。	下在公田，照顾私田。
彼有不获稚④，此有不敛穧(jì)⑤，	那里有没收的嫩谷，这里有没捆的谷物，
彼有遗秉⑥，此有滞穗⑦，	那里有遗漏的禾束，这里有遗落的谷穗，
伊寡妇之利⑧。	这些都是寡妇的福利。

秋收图：秋雨滋润，五谷丰登；满地遗漏，留给寡妇。

曾孙来止，以其妇子。	曾孙我来了，带着妻和子。
馌(yè)彼南亩，田畯至喜。	到南亩慰问，田官很高兴。
来方禋(yīn)祀⑨，以其骍(xīng)黑⑩，	来祭四方神，用赤色马和黑色猪羊，
与其黍稷⑪。	用各种各样的谷物。
以享以祀⑫，以介景福⑬。	献上丰盛祭品，求祖先赐福。

祈福图：农业收成在何处？首先靠农民，所以周王行馌礼，慰问农民。其次靠天，向祖先和四方之神祈求保佑，期待以丰盛的祭祀换得丰硕的回报。

这是一首农事诗，描写了周代农业文明的图景：春耕准备，夏耘除虫，

---

①渰：云起之状。萋萋：云行之状。　②祁祁：形容雨势猛烈之状。　③雨：下雨。公田：王室的田。　④彼：他们，指农人。获：收割。　⑤敛：捆。穧：割倒尚未捆好的庄稼。　⑥秉：谷束。　⑦滞：遗落。　⑧伊：这。利：好处。　⑨方：指四方之神。禋祀：祭祀。　⑩其：那。骍：赤色牛。黑：黑色猪羊。　⑪与：献上。黍稷：泛指谷物蔬果类的祭品。　⑫享：同“飨”，献上。祀：祭祀。　⑬介：求。景：大。

秋收利及寡妇。秋天收割的时候，捡拾那些不完全成熟的和遗漏的稻谷，成了寡妇的专利，直到两千多年后的湖北农村，依然是这种风俗。农村民风之淳厚，可见一斑。这首诗还有一点特别值得一提：虽然统治者的宗教信仰中祖宗崇拜始终占主导地位，但是对于农事的祈祷，统治者却把馌礼放在前面，先去慰问农民，再去拜祭天神，民本意识初步觉醒。至少在作者眼中，人的作用高于神。

瞻彼洛矣

瞻彼洛矣[①]，维水泱泱[②]。	遥望洛水，水势汤汤。
君子至止，福禄如茨[③]。	周王莅临，福禄如芦苇盖房。
韎(mèi)韐(gé)有奭(shì)[④]，以作六师[⑤]。	红色蔽膝很耀眼，天子统帅六军。

“瞻彼洛矣，维水泱泱”是起兴，引出天子所至，福禄如房，统帅六军，威慑四方。

瞻彼洛矣，维水泱泱。	遥望洛水，水势汤汤。
君子至止，鞞琫(bǐngběng)有珌(bì)[⑥]。	周王莅临，刀鞘玉光。
君子万年[⑦]，保其家室。	周王万年，子孙绵绵。

诗眼在于“鞞琫有珌”，刀鞘上下，闪烁着玉光，玉是高贵的象征，也是权力的象征。王权万年，子孙绵绵。这是对皇权的崇拜，也是周王室的期待。

瞻彼洛矣，维水泱泱。	看那洛水，水势汤汤。
君子至止，福禄既同[⑧]。	周王莅临，福禄齐聚。
君子万年，保其家邦。	周王万寿无疆，国运永昌。

周王莅临，给诸侯带来福祉。周王万寿无疆，才能保国运永昌，诸侯的

---

①瞻：看。洛：洛水。 ②维：同“唯”，只。泱泱：水深水阔之貌。 ③茨：芦苇盖房子，极言其多。 ④韎韐：红色蔽膝。奭：红色。 ⑤作：检阅。六师：六军，泛指中央军队。 ⑥鞞：刀鞘。琫：刀鞘上的玉饰。珌：刀鞘下的玉饰。 ⑦万年：极言福寿无边。 ⑧同：聚集。

利益才有保障。

这是一首阅兵诗歌，恐怕是中国历史上最早的阅兵诗歌。阅兵意在强化存在，强化中央集权，强化武力形象；目标在于震慑，在于治国安邦，在于寻求国运永昌。早在西周时期，周代君王就已经意识到国防和军事的重要性，值得后人思考和仿效。如果民国时期，始终把民生和国防同步发展，后来的抗日战争不至于如此匆忙，更不至于有如此惨重的伤亡。

裳裳者华

裳裳者华[①]，其叶湑(xǔ)兮[②]。 花儿明艳，叶儿茂盛。
我觏(gòu)之子[③]，我心写兮[④]。 我遇到心上人，内心忧郁全释放。
我心写兮，是以有誉处兮[⑤]。 内心释放，因此才能安适居处。

以花起兴，少女君子一见倾心，相见定心安心。

裳裳者华，芸其黄矣[⑥]。 花儿鲜艳，叶儿很黄。
我觏之子，维其有章矣[⑦]。 我的心上人，那么有才华。
维其有章矣，是以有庆矣[⑧]。 只因有文采，所以有福来。

继续以花起兴，重点写心上人的文采。

裳裳者华，或黄或白。 花儿鲜艳，有黄有白。
我觏之子，乘其四骆[⑨]。 我的心上人，坐在驷马车上。
乘其四骆，六辔沃若[⑩]。 驷马车驾好威武，缰绳柔软又光亮。

仍旧以花起兴，重点写心上人的车驾，凸显其地位。

---

①裳裳：鲜明状。 ②湑：茂盛。 ③觏：遇见。 ④写：抒发，排遣，发泄。 ⑤是以：因此。誉：同“豫”，安适。处：处所，住所。 ⑥芸：言其黄。 ⑦维其：只因。章：文采，才华。 ⑧庆：福。 ⑨骆：马鬃马鬣黑色的白马。 ⑩辔：缰绳。沃若：光滑润泽状。

左之左之①，君子宜之②。 左转就左转，爱人很自然。
右之右之③，君子有之④。 右转就右转，爱人有才干。
维其有之，是以似之⑤。 因为有才干，所以福不断。

如果说前面是写外美，这里是写内秀：文韬治国，武略安邦，天下情郎，唯此一人。

这是一首少女赞美爱人的恋歌。采取比兴手法，由分而合，由外而内，把少女眼中的心上人描写得真实可爱。在少女眼中，这位心上人不仅如花一样光鲜，如叶一样青春勃发，有着特殊的身份，小能安“我”的心，大能治国安邦。显然，这首诗歌中男女主人公应该都是贵族，少女深情塑造了一个令人神往的男神形象。

①左之：左转，引申为文韬治国。 ②宜：适合。 ③右之：右转，引申为武略安邦。 ④有：有才干。 ⑤是以：以是。似：同“嗣”，继续，延续，持续。

桑扈

交交桑扈①，有莺其羽②。　　青雀娇小玲珑，羽毛遍布文采。
君子乐胥③，受天之祜(hù)④。　　诸侯都很快乐，享受上苍赐福。

赞美诸侯因为有文采而受到上苍的眷顾。

交交桑扈，有莺其领⑤。　　青雀娇小玲珑，脖子长有花纹。
君子乐胥，万邦之屏⑥。　　诸侯都很快乐，都是国家干城。

赞美诸侯因为才能而成为国家的屏障。

之屏之翰⑦，百辟为宪⑧。　　是屏障也是栋梁，所有诸侯是典范。
不戢不难⑨，受福不那⑩。　　那么平和与恭敬，上天赐福不间断。

赞美诸侯因为既作屏障又作典范所以福泽不断。

兕觥(sì gōng)其觩(qiú)⑪，旨酒思柔⑫。　　犀牛酒樽弯弯柄，美味佳酿好绵柔。
彼交匪敖⑬，万福来求⑭。　　不侮慢也不倨傲，不尽洪福来聚头。

提醒诸侯：酒以绵为上品，人以不倨傲为贵。因为不侮慢不倨傲，才能

---

①交交：娇小貌。桑扈：青雀。 ②莺：文采。 ③君子：诸侯。乐：快乐。胥：副词，皆，都。 ④祜：福。 ⑤领：颈，脖子。 ⑥屏：屏障。 ⑦之：是。翰：同“干”，比喻国之栋梁。 ⑧百：概数词，极言其多。辟：诸侯。为：作为。宪：准则，典范。 ⑨不：同“丕”，特别。戢：平和。难：同“戁”，恭敬。 ⑩那：多。 ⑪兕：犀牛的一种。觥：酒樽。觩：弯曲貌。 ⑫旨：美味。思：语气词，无实义。柔：绵柔。 ⑬彼：为“匪”之误。交：同“姣”，侮慢。敖：同“傲”，倨傲。 ⑭求：同“逑”，聚。

享有无尽的福禄。

这是一首周王宴飨诸侯的赞美诗。诗歌以青雀娇小玲珑却才华出众起兴兼有比喻，赞美诸侯因为才华而备受上苍眷顾，因有才能而成为国家屏障，因为德才兼备才能享有不尽的荣华富贵；最后画龙点睛，酒樽以曲为美，好酒以绵为贵，而诸侯以谦逊谦和谦让为永远的生存之道。全诗起兴自然，比喻含蓄，旨趣鲜明。一篇赞美诗，却蕴含如此深刻的玄机。《尚书》说：“诗言志，歌永言。”诚哉斯言！

鸳鸯

鸳鸯于飞[①]，毕之罗之[②]。　　　　鸳鸯在飞翔，大小网已张。
君子万年，福禄宜之。　　　　君子万万岁，福禄永无疆。

以鸳鸯起兴，祝福新婚幸福。大网小网，危机四伏，抵得住诱惑，才能福寿无疆。

鸳鸯在梁[③]，戢其左翼[④]。　　　　鸳鸯栖鱼梁，相依好安详。
君子万年，宜其遐福[⑤]。　　　　君子万万年，福祉绵绵长。

起兴兼比喻，祝福君子婚后生活幸福，福祉绵绵。

乘马在厩[⑥]，摧之秣(mò)之[⑦]。　　　　乘马在马厩，铡草料喂养。
君子万年，福禄艾之[⑧]。　　　　君子万万寿，福禄来滋养。

比兴兼用，告诉君子爱情需要滋养，来日方能久长。

乘马在厩，秣之摧之。　　　　乘马在马厩，铡草来饲养。
君子万年，福禄绥之[⑨]。　　　　君子寿无疆，福禄安抚长。

这一章恐怕是一语双关，爱情需要滋养，事业需要经营，励精图治，方

---

①鸳鸯：因为雌雄偶居不离，所以中国自古以来，多以鸳鸯比喻男女相亲相爱和忠贞不渝。于：语气助词，无实义。　②毕：有长柄的小网，捕鸟工具。罗：一种横截面很宽的大网，用来批量捕鸟。③梁：河中、池塘中用来捕鱼而修建的石坝。　④戢：藏，敛。戢其左翼：把喙藏入左翼之中，是鸳鸯鸟安睡的姿态。　⑤遐：悠远，长久。　⑥乘马：同时拉一车的四匹马。厩：马厩。　⑦摧：同“莝”，铡草。秣：本指饲料，作动词用，喂养。　⑧艾：养育，滋养。　⑨绥：安慰，安抚。

能万寿无疆。

这是一首祝贺婚姻美满的颂歌，歌唱的对象，可以是君王，也可以是贵族，还可以是平民。全诗四章，前两章为一部分，主要是祝福君子新婚恩爱，福寿无疆。后两章是期盼，也是提醒，爱情需要滋养，事业需要经营。这首诗作为新婚颂歌，今天依然不过时。可惜，有机会读到这首诗的人却不多。

頍弁

有頍(kuǐ)者弁(biàn)[1]，实维伊何[2]？	戴着礼帽，这是为何？
尔酒既旨，尔殽既嘉[3]。	酒很爽口，菜也美味。
岂伊异人[4]？兄弟匪他。	岂是外人？兄弟至亲。
茑(niǎo)与女萝[5]，施于松柏[6]。	蔓草女萝，攀附松柏。
未见君子，忧心奕奕[7]。	未见君子，忧心怅惘。
既见君子，庶几说(yuè)怿[8]。	已见君子，心中欢畅。

设问起句，奇崛突兀。一番恭维，入耳贴心：一夸主人酒旨肴嘉，盛情款待；二夸主人如松柏，自己如蔓草；三夸主人德高望重，是自己的精神支柱。

有頍者弁，实维何期[9]？	戴着礼帽，这是何图？
尔酒既旨，尔殽既时[10]。	酒很绵柔，菜很时令。
岂伊异人？兄弟具来。	岂是外人？兄弟一堂。
茑与女萝，施于松上。	茑萝蔓草，攀缘松上。
未见君子，忧心怲(bǐng)怲[11]。	未见君子，心中忧伤。
既见君子，庶几有臧[12]。	已见君子，仿佛或赏。

几乎是第一章的重唱，强调血缘紧密，强调主人盛情，强调主人高尚。

---

①頍：用来固定帽子的饰品。弁：皮帽。 ②实：此。维：语气词。伊何：为何。 ③殽：同“肴”，鱼肉类荤菜。 ④岂：难道。伊：此，是。异人：外姓人，外人。 ⑤茑：一年生蔓草。女萝：又名菟丝，与茑同属于蔓草。 ⑥施：蔓延，攀附。 ⑦奕奕：心神不宁。 ⑧庶几：差不多。说，同“悦”。说怿：愉悦。 ⑨期：期许，期待。 ⑩时：时令。 ⑪怲怲：忧心忡忡。 ⑫臧：善，好。

有頍者弁，实维在首[1]。	戴好礼帽，端庄在首。
尔酒既旨，尔殽既阜[2]。	酒很绵柔，菜很丰富。
岂伊异人？兄弟甥舅[3]。	岂是外人？兄弟甥舅。
如彼雨雪[4]，先集维霰[5]。	就像雨雪，起初是霰。
死丧无日，无几相见[6]。	人生无常，珍惜相见。
乐酒今夕[7]，君子维宴[8]。	今日畅饮，醉在此宴。

前面两句重章叠唱，表明出席宴会的不是兄弟就是舅甥。最后几句，写出了人生迷茫如雨如雪如霰，无定无常，且行且珍惜，有酒且畅饮。

这是亲族宴饮的乐歌。用赋和比的手法，歌颂兄弟舅甥伦理的可贵，表达了对人生无常的探索。在宴饮者们看来，人生像雨雪，没有规律，没有定数，所以对兄弟舅甥，倍加珍惜！这首诗提出了人生迷茫的问题，对人生的价值作了探索，但是诗人的答案未必正确，难道人生的价值除了血缘就只剩下宴饮？

---

①实：实在。 ②阜：丰富，丰盛。 ③兄弟：概指父系亲属。甥舅：概指母系亲属。 ④雨：作动词，降雨。雪：作动词，下雪。 ⑤霰：快速凝聚的冰雹。 ⑥无几：没有太多机会。 ⑦酒：作动词用，饮酒，畅饮。 ⑧维：只、只是、只有。

车舝

间关车之舝兮①，思娈季女逝兮②！	车轴声声，少女出嫁。
匪饥匪渴，德音来括③！	非饥非渴，美名传扬。
虽无好友④，式燕且喜⑤。	虽无好友，喜宴欢畅。

迎亲。以迎亲的车轴声开篇，未见其人，先闻其声。新郎如饥似渴，盼望已久。最后两句谦虚：虽然没有什么好朋友，但是宴饮却是欢畅的。

依彼平林⑥，有集维鷮(jiāo)⑦。	平林茂盛，野鸡聚集。
辰彼硕女⑧，令德来教⑨。	修长美女，美德养成。
式燕且誉⑩，好尔无射⑪！	众人赞美，无人厌弃。

点染。新郎欢喜的情感似乎感染了大自然。身材修长的娇媚的妻子，品德高尚，众人夸奖。这是侧面描写的手法，意在赞美新娘的美丽贤惠。

---

①间关：车轴转动发出的摩擦声。舝：同“辖”，车轴的铁头。 ②思娈：美好。季女：少女。逝：往，出嫁。 ③德音：好的名声，名声美好者。括：会，相会。 ④虽无好友：正话反说，俏皮话，虽说没有好朋友。 ⑤式：语气词，无实义。燕：同“宴”。且：一样，照样。⑥依：同“殷”，茂盛。平林：平原上的树林。 ⑦有：语气词。集：聚集。维：只有。鷮：长尾雉，长尾野鸡。 ⑧辰：善。彼：那。硕：修长，高挑。 ⑨令德：美德。教：教化。 ⑩誉：赞美。 ⑪好：喜欢。尔：你。射：同“斁”，厌弃。

虽无旨酒[①]，式饮庶几[②]。 虽无美酒，喝点算数。
虽无嘉肴，式食庶几。 虽无佳肴，吃点算数。
虽无德与女[③]，式歌且舞[④]！ 虽无美德，载歌载舞。

抒情。以赋的手法直抒胸臆。虽然没有美酒，但是有一颗真心。虽然没有佳肴，但是有一片赤诚。虽然我的品德未必高尚，但是愿与你载歌载舞，同甘共苦。

陟彼高冈[⑤]，析其柞薪[⑥]。 登上高山，劈柞为薪。
析其柞薪，其叶湑(xǔ)兮[⑦]。 劈柞为薪，树叶茂盛。
鲜我觏尔[⑧]，我心写兮[⑨]。 相遇良缘，我心高兴。

期待。比喻兼起兴的手法，赞美新娘如柞薪一样坚实敦厚、枝叶繁茂。如果说前面三章重在刻画新娘的美德和美貌，这一章侧重写新娘的笃实和福祉，暗示着她带来生活的保障和子孙血脉的延续。

高山仰止[⑩]，景行行止(hángxíng)[⑪]。 大德敬仰，大路坦行。
四牡骓(fēi)骓[⑫]，六辔如琴[⑬]。 驷马奔驰，缰绳如琴。
觏尔新昏[⑭]，以慰我心。 遇你新婚，正合我心。

---

①旨：美味。 ②庶几：差不多，算数。 ③与：给予。女：同“汝”。 ④歌且舞：载歌载舞。 ⑤陟：登上，升上。 ⑥析：劈柴。柞：柞树。薪：柴火。 ⑦湑：枝叶茂盛状。 ⑧鲜：善。觏：遇见。尔：你。 ⑨写：发泄，宣泄，释放。 ⑩高山：比喻高尚道德。仰：敬仰，奉为楷模。止：语气词，无实义。 ⑪景：大。行（前一个）：路。行（后一个）：行走，前行。 ⑫四牡：同一辆车的四匹马。骓骓：奔驰状。 ⑬辔：马缰绳。如琴：如琴一样和谐。 ⑭昏：同“婚”。

回程。遇到高山敬仰，遇到道路坦行。骏马奔驰，缰绳和谐。娶到称心姑娘，是此生最大愿望。

这是一首迎亲赞美诗。诗中透露出周代文明独特的审美取向。在男子看来，女人之美首先在外貌，容貌的姣好美丽，始终是《诗经》热情赞美的主旋律；其次在美德，美德看不到，但通过人们的赞美可见一斑；第三是才干，至少在周代还没有“女子无才便是德”的观念，新郎期待新娘如柞薪一样结实而枝叶繁茂，需要温饱保障，也需要血脉绵长。新娘符合这三个条件，才是新郎最美的梦想和最大的愿望。本诗在比兴手法的运用上尤其娴熟，最后一章“高山仰止，景行行止”既是某种特定景物的描写，也是婚后生活方式的象征：既然选择了，从此无怨无悔，一起追求幸福，一起追求美好，一起追求高尚。高山一样的品德，敬仰且学习；大道一样的生活，一往无前，追求幸福，追求梦想。“六辔如琴”，则简直是婚姻生活美满幸福和谐的最形象表达。诗无达诂，作如是说，相信读者也不会反对。

青蝇

营营青蝇[1]，止于樊[2]。	苍蝇嘤嘤，停在藩篱。
岂弟君子[3]，无信谗言。	和善君子，别信谗言。

“营营青蝇，止于樊”这是起兴兼比喻，苍蝇比喻小人，小人的声音嗡嗡作响，证明国家已经处在危险之中。所以，作者用心规劝：和善的君子，千万不要轻信谗言。

营营青蝇，止于棘[4]。	苍蝇嘤嘤，停在枣树。
谗人罔极[5]，交乱四国[6]。	小人太坏，搅乱诸国。

“营营青蝇，止于棘”既是首章叠唱，更是递进，酸枣树上都停有苍蝇，小人充斥朝野。他们无所不用其极，把朝廷和周边诸侯都搅得昏天黑地，不得安宁。

营营青蝇，止于榛[7]。	苍蝇嘤嘤，停在榛树。
谗人罔极，构我二人[8]。	小人太坏，陷害你我。

“营营青蝇，止于榛”叠唱且再次递进，榛树比起酸枣树，在更加荒凉的原野甚至山林，即便是这些隐逸之地，也少不了苍蝇的踪迹和声音，世道

①营营：苍蝇振翅飞的声音。青蝇：苍蝇。 ②樊：篱笆。 ③岂弟：同“恺悌”，和善、温和。 ④棘：酸枣树。 ⑤谗人：谗言者。罔：没有，不顾。极：准则。 ⑥交乱：搅乱。四国：四方诸侯国。 ⑦榛：榛树。 ⑧构：陷害。

可想而知。就算你我知己，也难免被小人离间。

这是一首忧患意识浓厚的讽刺诗。以比兴和叠唱的手法，层层递进，刻画小人嘴脸，表现小人文化的危害，提醒君子和世人，小人及其谗言对国家和社会具有严重的危害性。笔者愚见，小人之所以得志，是因为主事者愚昧，如果主事者不轻信小人言，哪里来的小人？所以，这首诗，与其说是讽刺小人，还不如说是在讽谏国君。一个组织，小人多了，风气坏了，根源在上不在下；一个国家，小人当道，谗言漫天，根源在朝不在野。今天读这首诗，也未尝不如冷水浇背，当头棒喝！

宾之初筵

宾之初筵(yán)①，左右秩秩②。	宾客刚刚入席，左右严肃恭敬。
笾豆有楚③，殽核维旅④。	笾豆整整齐齐，荤素已然陈列。
酒既和旨⑤，饮酒孔偕⑥。	美酒绵绵醇厚，饮酒非常爽口。
钟鼓既设，举酬逸逸⑦。	钟鼓已经响起，敬酒依次而行。
大侯既抗⑧，弓矢斯张⑨。	箭靶已经举起，弓箭已经上弦。
射夫既同⑩，献尔发功⑪。	射箭者已集合，展现各自武功。
发彼有的⑫，以祈尔爵⑬。	射中既定目的，祈祷免受罚酒。

刚刚入席，尚有礼节。

籥(yuè)舞笙鼓⑭，乐既合奏。	钟鼓伴随籥舞，美妙音乐合奏。
烝(kàn)衎烈祖⑮，以洽百礼⑯。	敬献先祖音乐，融合诸多礼数。
百礼既至⑰，有壬有林⑱。	各项礼仪已毕，宏大隆重都有。
锡尔纯嘏(gǔ)⑲，子孙其湛⑳。	赐你纯粹福气，保你子孙安乐。

---

①宾：宾客。初：开始。筵：竹席，坐具。举行宴会的时候先铺上竹席，然后在旁边摆上几桌酒菜。②秩秩：严肃恭敬。 ③笾：竹制器具。豆：木质器具。有：助词，无实义。楚：排列整齐貌。④殽：同"肴"。核：果品。维：语气词，无实义。旅：陈列。 ⑤和：平和，烈度不高。旨：醇美。⑥孔：很。偕：和谐，美好。 ⑦举：举杯。酬：敬酒。逸逸：依次而行。 ⑧侯：箭靶。大侯：供周王射箭用的箭靶。抗：举起，竖起。 ⑨斯：语气词，无实义。张：弓箭上弦且拉开。 ⑩射夫：射箭的人。同：聚合。 ⑪献：献艺。发：射箭。功：武功，武艺。 ⑫发：射中。的：箭靶。⑬以：用来。爵：酒樽，作动词用，用酒樽一饮而尽。 ⑭籥：六孔管乐器。籥舞：执籥而舞。笙：簧管乐器。 ⑮烝：敬献。衎：乐。烈祖：先人。 ⑯洽：融洽。百礼：完备的礼仪。 ⑰至：齐备。⑱有：同"又"。壬：大。林：盛。 ⑲锡：同"赐"。嘏：福。 ⑳湛：同"媅"，乐，持续快乐。

其湛曰乐，各奏尔能。　　酒席持续欢乐，各自显示才干。
宾载手仇[1]，室人入又[2]。　　宾客选取陪伴，主人再次陪同。
酌彼康爵[3]，以奏尔时[4]。　　回敬举起酒樽，恭贺出色成绩。

祭祀祖先，享受宴饮。

宾之初筵，温温其恭[5]。　　宾客刚刚入席，温和而又恭敬。
其未醉止，威仪反反[6]。　　众人尚未酒醉，仪态持重和平。
曰既醉止，威仪幡幡[7]。　　当其酩酊而醉，仪态轻浮不稳。
舍其坐迁[8]，屡舞仙仙[9]。　　离席到处乱窜，跳舞动作轻佻。
其未醉止，威仪抑抑[10]。　　没有醉的时候，仪态本已轻狂。
曰既醉止，威仪怭怭(bì)[11]。　　当其已经醉了，仪态十分轻佻。
是曰既醉，不知其秩[12]。　　说是已经醉了，忘了一切规矩。

渐入佳境，本性显露。

宾既醉止，载号载呶[13]。　　宾客已经醉了，号叫并且喧嚣。
乱我笾豆，屡舞僛僛(qī)[14]。　　各种器皿凌乱，跳舞不能自持。

---

①载：于是。手：取，选择。仇：匹敌，对手。 ②室人：主人。入：加入。又：再次陪同客人射箭。 ③酌：宾客回敬酒。康：大。爵：酒樽。 ④奏：献，进献。时：嘉，指出色的射箭成绩。 ⑤温温：温和貌。恭：恭敬。 ⑥威仪：不怒而威的仪容。反反：持重和善貌。 ⑦幡幡：轻浮不够稳重。 ⑧舍：离开。坐：座位。迁：随意走动。 ⑨屡舞：酒后失态，屡次跳舞。仙仙：同“跹跹”，步履漂浮状。 ⑩抑抑：轻狂状。 ⑪怭怭：举止轻佻状。 ⑫秩：规矩。 ⑬号：号叫。呶：喧哗。 ⑭僛僛：舞蹈歪歪斜斜不能自控状。

是曰既醉，不知其邮①。	说是已经醉了，做错了也不知。
侧弁其俄②，屡舞傞（suō）傞③。	礼帽倾斜人歪，跳舞跌跌撞撞。
既醉而出，并受其福④。	酒醉应该离开，宾主才是有福。
醉而不出，是谓伐德⑤。	酒醉不肯离开，可以说是损德。
饮酒孔嘉⑥，维其令仪⑦。	饮酒的确很好，保持美好礼仪。

集体醉酒，丑态百出。

凡此饮酒⑧，或醉或否。	凡属宴饮酒会，有酒醉有清醒。
既立之监⑨，或佐之史⑩。	应当设立酒监，再辅助以记录。
彼醉不臧⑪，不醉反耻。	喝醉了真不好，不醉反而耻辱。
式勿从谓⑫，无俾大怠⑬。	不要一味劝酒，不要使其失态。
匪言勿言⑭，匪由勿语⑮。	不当说的不说，没有根据不讲。
由醉之言，俾出童羖（gǔ）⑯。	酒醉胡言乱语，公羊无角荒唐。
三爵不识⑰，矧（shěn）敢多又⑱。	忘了三杯祖训，居然敢劝再饮。

举国同醉，唯我独醒。劝君节制，不忘祖训。

---

①邮：同“尤”，过错。 ②侧：倾侧。弁：贵族的礼帽，用兽皮做成。俄：倾斜状，侧重动态。 ③傞傞：兴奋舞蹈而跌跌撞撞，不知道停止。 ④并：主客共同。受：接受。 ⑤是谓：“谓是”倒装，说是。伐德：败坏道德。伐：败坏，损坏。 ⑥孔嘉：很好。 ⑦维：保持。令仪：美好的仪态。 ⑧凡此：所有这些。 ⑨既：既要。立：设立。监：监督，酒风监督员之类。 ⑩佐：辅助。史：记录言行的官，其中记录行为的称为“左史”，记录言论的称为“右史”。 ⑪彼：使。臧：善。 ⑫式：语气助词，无实义。从：从而。谓：说。 ⑬俾：使。怠：怠慢。 ⑭匪言勿言：不当说的不说。匪：同“非”。 ⑮匪由勿语：没有根据的不要乱讲。由：理由，根据。 ⑯童：幼小的。羖：黑色公羊。这句话的意思是拿出没有角的黑色小公羊，显然属于不可能的事情。 ⑰三爵：三大爵酒，按照当时礼节，臣陪同国君，超过三爵即失礼。不识：饮酒醉而忘了礼节。 ⑱矧：况且。又：同“侑”，劝酒。

这是一首宫廷宴饮的叙事诗。全诗五章，按照宴饮的进度，层层递进，把贵族从刚刚入席的彬彬有礼、祭祀先祖后的颇有秩序，到渐入佳境的如痴如醉，甚至酩酊大醉后的歇斯底里写得惟妙惟肖，仿佛纪录片一般精彩传神。最后一章，或许是作者，或许是作者兼酒监的清醒思考：一是喝醉了不好，二是胡言乱语不好，三是忘了祖训不好。我以为，如果作者是卫武公姬和，姬和此刻应该就是酒监。否则如何能够“拍摄”如此精彩的场面，如何能够有如此冷静的思考？一个王朝的堕落，往往是从集体酗酒和沉醉开始的！

鱼藻之什

鱼藻

鱼在在藻①，有颁(fén)其首②。	鱼在何处？在水草中，大大的鱼头在晃动。
王在在镐③，岂乐饮酒④。	王在何处？在宗周，他在快乐地饮酒。

借鱼在水藻起兴，以鱼之大头摇动的安闲，比况王之饮酒作乐。典型比兴手法融合，把王的昏庸描写得惟妙惟肖。

鱼在在藻，有莘其尾⑤。	鱼在何处？在水草中，长长的尾巴欢快摆动。
王在在镐，饮酒乐岂。	王在何处？在宗周，在那里快乐饮酒。

比兴手法兼用，继续描写鱼之自得其乐，比况王之酗酒自乐。王全然没有一点危机感，只知道陶醉于饮酒。

鱼在在藻，依于其蒲⑥。	鱼在何处？在水草中，依偎在蒲草旁边。
王在在镐，有那(nuó)其居⑦。	王在何处？在宗周，在后宫享受安闲。

“有那其居”是诗眼，告诉读者：鱼依偎蒲草，而王享乐于后宫。表面上看，全诗大部分属于重章叠唱，但有这一句，足见周王之荒淫放荡。

本诗属于典型的讽刺诗。采用民歌手法，比兴兼用，以“鱼在在藻”起兴，讽刺“王在在镐”，以鱼之悠然自得，铺垫王之麻木不仁，醉生梦死。篇幅短小，形象生动，鞭辟入里，入木三分，读之不能忘也。

---

①藻：水草。 ②有：语气词，无实义。颁：大头。 ③镐：西周都城镐京，又名宗周。 ④岂：同“恺”，乐。 ⑤莘：长。 ⑥蒲：水生蒲草。 ⑦那：安闲。

采菽

采菽采菽①，筐之筥(jǔ)之②。	采大豆啊采大豆，方筐装啊圆筐装。
君子来朝，何锡予之③？	诸侯来朝拜，用什么来奖赏？
虽无予之，路车乘(shèng)马④。	虽然没什么奖赏，有车也有马。
又何予之？玄衮及黼(fǔ)⑤。	还有什么奖赏？黑白的蜷龙衣裳。

兴赋手法，铺写天子为诸侯准备礼物。

觱(bì)沸槛泉⑥，言采其芹⑦。	泉水如煮沸，我在采芹菜。
君子来朝，言观其旂(qí)⑧。	诸侯来朝拜，看看他旗帜。
其旂淠(pèi)淠⑨，鸾声嘒(huì)嘒⑩。	旌旗迎风飘，铃声好悠扬。
载骖(cān)载驷(sì)⑪，君子所届⑫。	三马或四马，诸侯已到那。

比赋手法，铺排诸侯来朝的壮观场面。

赤芾(fú)在股⑬，邪幅在下⑭。	红蔽膝在大腿，绑腿在小腿。
彼交匪纾⑮，天子所予。	不傲慢不怠慢，车马天子所赐。

---

①菽：大豆。 ②筐：方形竹器。筥：圆形竹器。 ③锡：同“赐”。予：给予。之：指代上文的君子，诸侯。 ④路车：“辂车”，诸侯乘坐的车。乘马：同拉一车的四匹马。 ⑤玄：黑色。衮：绣有蜷龙的礼服。及：和。黼：礼服上半黑半白的刺绣花纹。 ⑥觱：水流发出的声音。沸：形容泉水汩汩如同沸腾。槛：同“滥”，涌出。 ⑦言：语气词，无实义。采：采摘。芹：芹菜，又称旱芹。 ⑧旂：古代绘有蛟龙且配有铃铛的旗帜。 ⑨淠淠：飘动状。 ⑩鸾：同“銮”，车子的铃铛。嘒嘒：形容铃声节奏和谐悦耳。 ⑪骖：同驾一车的三匹马。驷：同驾一车的四匹马。 ⑫届：至，到。 ⑬赤：红色。芾：蔽膝。股：大腿。 ⑭邪：同“斜”。邪幅：绑腿布。 ⑮彼：同“匪”。交：同“绞”，傲慢。匪：同“非”。纾：缓，怠慢。

乐只君子，天子命之。　　和乐诸侯，天子任命他。
乐只君子，福禄申之①。　　和乐诸侯，福禄重赏他。

以赋铺写诸侯朝见天子且获封赏的场面。

维柞之枝②，其叶蓬蓬③。　　柞树枝条繁茂，柞树叶子繁密。
乐只君子，殿天子之邦④。　　和乐诸侯，代天子镇抚国家。
乐只君子，万福攸同⑤。　　和乐君子，多福汇聚。
平平左右⑥，亦是率从⑦。　　左右都很优雅，也是顺从跟随。

赋比兴兼用，赞美诸侯为天子镇抚番邦的功勋。

泛泛杨舟⑧，绋纚(lí)维之⑨。　　杨木舟随波漂荡，用大索来拴住它。
乐只君子，天子葵之⑩。　　和乐诸侯，天子重赏。
乐只君子，福禄膍(pí)之⑪。　　和乐诸侯，福禄厚赐。
优哉游哉，亦是戾矣⑫。　　悠游自在，也是极致。

以兴、赋手法，描写诸侯获得天子赏赐后的自在心态。

本诗展现了春秋时期诸侯朝见天子的历史画卷。以赋的手法为主，兼用比、兴，铺排叙述诸侯朝见前的准备、诸侯朝见时的场面、诸侯朝见时的

①申：重赏。　②维：语气词，无实义。柞：柞树。　③蓬蓬：茂盛状。　④殿：镇抚。邦：诸侯国。　⑤万福：极言福祉之多。攸：副词，都。同：聚集。　⑥平平：闲适文雅之状。　⑦率：遵循。从：顺从。　⑧杨舟：杨木制成的舟。　⑨绋：大索。纚：拴。维之：系住它。　⑩葵：同"揆"，量才录用。　⑪膍：厚赐。　⑫戾：极致。

细节、天子对诸侯功勋的赞美、诸侯获赏后的心态，仿佛电影蒙太奇手法，对这一历史时期的特殊历史事件进行了由远而近、由粗而精、由外而内的描写，揭示了封建时代诸侯对天子的朝拜和天子对诸侯的依赖。

角弓

骍(xīng)骍角弓①，翩其反矣②。	角弓弯曲，松手回弹。
兄弟婚姻③，无胥(xū)远矣④。	兄弟姻亲，不能疏远。

“骍骍角弓，翩其反矣”既是起兴，也是比喻。良弓各部分配置协调，才能发挥出最佳的射击精度和力度。兄弟姻亲，相互帮助，不能疏远，才能爆发团结的力量。

尔之远矣，民胥然矣。	你们相互疏远，百姓六亲不认。
尔之教矣⑤，民胥效(xiào)矣⑥。	你们做出榜样，百姓争相仿效。

以赋的手法，并列对举，强调贵族正反示范所产生的截然相反的统治效果。

此令兄弟⑦，绰绰有裕⑧。	兄弟和美，和谐优裕。
不令兄弟，交相为瘉(yù)⑨。	兄弟不和，彼此为病。

继续以赋的手法，揭示兄弟和睦与兄弟反目截然不同的伦理态度。

---

①骍骍：弯曲而有美感。角弓：牛角装饰的弓。 ②翩：同“偏”。反：回弹。 ③兄弟：父系亲属。婚姻：因婚姻而产生的亲戚关系的相对方，妇家为婚，婿家为姻。 ④胥：相互。远：疏远。 ⑤教：身教，示范。 ⑥效：仿效。 ⑦令：美，善。 ⑧绰绰：宽裕。裕：宽宏，宽厚，包容。 ⑨瘉：病。

民之无良[①]，相怨一方。　　百姓不善良，凡事怨对方。
受爵不让[②]，至于已斯亡[③]。　　接受爵位不谦让，相互怨恨直到死亡。

王室不亲九族，必然上行下效。百姓不善良，遇事就怨对方。贵族不谦让，老死不相往来。

老马反为驹[④]，不顾其后[⑤]。　　老马自以为健壮，不顾以后的衰老。
如食宜饇(yù)[⑥]，如酌孔取[⑦]。　　好像吃饭就吃饱，好像舀物就多捞。

以比兴手法批评周王为老不尊，为老不善，自不量力；也指出了周王贪得无厌的恶劣秉性。

毋教猱(náo)升木[⑧]，如涂涂附[⑨]。　　猿猴生来会上树，泥浆涂抹就附着。
君子有徽猷(yóu)[⑩]，小人与属[⑪]。　　君子如有好修为，平民会攀附跟随。

以猿猴上树、泥浆抹墙起兴兼比喻，揭示人有天赋的本领和善良，如果君子有修养，平民就会攀附跟随。

---

①民：平民，庶人。无良：不善良。　②受：接受。爵：爵位。　③至于：到达。已：自身，自已。斯：语气词，无实义。亡：死亡。　④反：反而。为：以为。驹：马驹，骏马。　⑤顾：顾及。其后：此后能力不能胜任的问题。　⑥饇：饱。　⑦酌：舀。孔取：多取。　⑧毋教：无须教育。猱：猿猴。升木：爬树。　⑨涂涂：涂抹泥浆。附：附着。　⑩君子：对有学问男子的尊称。徽：美。猷：道，谋。　⑪小人：修为不到的人，此处应指平民。与：攀附。属：跟随，跟从。

雨雪瀌瀌(biāo)①，见晛(xiàn)曰消②。　　雨雪纷纷，见到太阳就消释。
莫肯下遗③，式居娄骄④。　　不肯谦和对下，常常傲慢骄横。

反喻起兴，以雨雪纷飞，遇日而消释来讽刺周王不节制，不收敛，最终的结局不妙。

雨雪浮浮⑤，见晛曰流⑥。　　雨雪繁密，太阳出来成流水。
如蛮如髦(máo)⑦，我是用忧⑧。　　南蛮和西夷，令我忧心忡忡。

前两句起兴，雨雪虽然繁密，但是太阳出来就变成流水。南蛮和西夷，国王不重视，太阳不出来，问题积重难返。怎能不让我忧心忡忡？

中华文明有三个时期最灿烂：一是西周初年周公辅政，二是西汉初年的文景之治，三是唐太宗的贞观之治。为什么最灿烂？因为统治者知道民智宝贵，民智可用。西周初年周公姬旦“一饭三吐哺，一沐三握发”，只为不错过任何一个比自己地位低的人才，虚心听取他们的意见，且西周初年也有采诗制度，《诗经》就是统治者为了了解风俗民情和基层治理及贵族、王族状况而设的采诗制度的结晶。汉代采诗制度的结晶就是《乐府诗集》。唐太宗时期，虽然没有采诗制度，但是有宽松的写诗氛围，有鼓励进谏、从谏如流的睿智。历史告诉我们，中华文明走向辉煌，必须激活群体智慧，必须充分

---

①瀌瀌：纷飞状。　②晛：日气，日光。曰：同“聿”，语气词，无实义。消：消融，消释。③莫肯：不肯。下：俯下身子，放低身段。遗：同“随”，谦虚，顺从。　④式：语气词，无实义。居：同“倨”，傲慢。娄：同“屡”，多次。骄：骄横。　⑤浮浮：繁密状。　⑥流：变成流水。　⑦蛮：南蛮。髦：夷髦，西夷的别称。　⑧是用：因此。忧：忧心。

发挥每个人的聪明才智。任何一个人，都不是累赘，而是财富。在世界范围内嫌弃自己国人的做法，实在荒唐可耻!

这首诗的历史背景已经非常不妙了。作为大臣，必须委婉地以诗歌来劝谏周幽王。封建统治的第一根支柱是“亲九族”，王室兄弟都不能团结，如何能够形成强大的凝聚力和影响力？从治理路径看，统治者兄弟关系、婚姻都不和美，对老百姓就起到了反面示范的作用。民风之根本在于上层，上梁正下梁不会歪。西周王朝早期，秉承尧舜禹时代以帝为师、以君为师的传统，以吏为师则初见萌芽。作者以这样的讽喻手法规劝依然荒淫的周幽王，实在是不得已的痛苦选择。

菀柳

有菀者柳[①]，不尚息焉[②]？ 柳树茂密，怎能不期望在树下休息？
上帝甚蹈[③]，无自暱焉[④]。 周王非常多变，不要主动亲近。
俾予靖之[⑤]，后予极焉[⑥]。 我努力安定他，后来我却被迫流放。

作者以茂密的柳树起兴融合比喻，柳树树荫浓密，谁人都想去树下休息；可是，周王这棵“柳树”，你千万不能亲近。我曾努力让多变的他安定，他却放逐我远行。

有菀者柳，不尚愒(qì)焉[⑦]？ 柳树茂密，怎能不期望在树下休憩？
上帝甚蹈，无自瘵(zhài)焉[⑧]。 周王非常多变，不要主动去接近。
俾予靖之，后予迈焉[⑨]。 我努力安定他，后来我被迫远行。

本章差不多是第一章的重唱，开头依然是起兴融合比喻，以柳喻人，反向起兴，强烈揭示了人们本应该如期待柳树下乘凉一样期待接近周王，但是作者却得出相反的结论：我曾经努力改变他多变的性格，他却让我被放逐远行。

①有：语气词，无实义。菀：茂密状。 ②尚：庶几。息：休息。 ③上帝：指周王。甚：非常。蹈：多动，多变，喜怒无常。 ④无：不要。暱：同“昵”或“溺”，亲近。焉：句末语气词，表示加重语气。 ⑤俾：使，让。靖：安定。之：指变化无常的天子和不可控制的政局。 ⑥极：同“殛”义，流放。 ⑦愒：休息。 ⑧瘵：接近。 ⑨迈：行，放逐。

有鸟高飞，亦傅于天[①]**。**	鸟儿高飞，到达天边。
彼人之心，于何其臻[②]**？**	那个人的心，何处是极限？
曷予靖之[③]**，居以凶矜**[④]**。**	为何我安定他，却让我处于凶险。

第三章首两句依然是起兴，接着是忠诚而痛心的控诉：鸟儿高飞，有个止境？君王多变，何处是极限？老臣一片忠心，他却让我置身凶险。

这首诗讽刺周王喜怒无定、暴虐无常的性格，诗作者或许是一位极有情怀的老臣，一方面他不希望别人亲昵、接近周王，另一方面以“我不入地狱谁入地狱”的精神，努力改变周王，安定政治，虽然明知道结局不妙，依然迎难而上，逆险而为，粉身碎骨，在所不惜。拳拳忠心，可鉴古今。

①傅：到，至。 ②何：何处。其：指代上帝。臻：至，止境，极限。 ③曷：为何。予：我。④居：处于。以：因而。凶矜：同义复词，凶险，危险。

都人士

彼都人士[1]，狐裘黄黄[2]。　　京城士人，狐衣光亮。
其容不改[3]，出言有章[4]。　　从容镇定，出口成章。
行归于周[5]，万民所望。　　行为周正，众人敬仰。

以赋的手法，铺写主人公的衣着、容貌、口才、行为和众人的敬仰。恋爱中的男主角就这样出场了。

彼都人士，台笠缁(zī)撮[6]。　　京城士人，薹笠黑帽。
彼君子女[7]，绸直如发[8]。　　贵族少女，头发密直。
我不见兮，我心不说。　　我见不到，心中不快。

以赋的手法，写京都士人对贵族少女的渴求和思念。

彼都人士，充耳琇(xiù)实[9]。　　京都人士，耳坠美实。
彼君子女，谓之尹吉[10]。　　贵族女子，尹吉大姓。
我不见兮，我心苑(yùn)结[11]。　　见不到她，心中郁闷。

从京都士人眼光看贵族少女的出身，及其爱而不见的郁闷。

---

①都：都城。人士：男子。　②狐裘：狐狸皮做的大衣。黄黄：光鲜亮丽。　③其：他的。容：仪容。不改：形容镇定从容。　④章：文采，章法。　⑤行归：行走。于：到。周：周到，成熟，圆融。⑥台：同“薹”，薹草。笠：斗笠。缁：黑色；撮：聚束。缁撮：黑布帽子。　⑦君子女：贵族之女。⑧绸：密。如：语气词，无实义。　⑨充耳：玉石制成的垂于冠两旁的饰物。琇：美石。实：坚实。⑩尹吉：尹、吉是周代两大姓，犹如晋代的王姓和谢姓。　⑪苑，同“蕴”。菀结：郁结。

彼都人士，垂带而厉[①]。	京都人士，腰带下垂。
彼君子女，卷发如虿(chài)[②]。	贵族少女，发如虿尾。
我不见兮，言从之迈[③]。	见不到她，渴望追随。

以赋的手法，写京都士人对贵族少女发髻的赞美和追随贵族少女的渴望。

匪伊垂之[④]，带则有余[⑤]。	不是垂带，腰带很长。
匪伊卷之[⑥]，发则有旟(yú)[⑦]。	无意卷发，自然上翘。
我不见兮，云何盱(xū)矣[⑧]。	见不到她，多么忧愁。

以赋的手法，集中描写京都士人眼中袅娜的少女和相爱却不能相见的忧愁。

这是贵族青年男女的恋歌。爱情是普遍伦理，爱情可以超越阶级，可以超越阶层，可以超越贫富，但是，不同阶级、不同阶层的人们恋爱的方式未必一样。在生产力并不发达的人类社会，恋爱对象往往局限于某些特定的人群。这首诗显然不是劳动者的爱情，没有田园牧歌的农家色彩，恋爱的双方是京都人士和贵族少女。

这首诗运用了拍电影的手法，首章以特写镜头，让男主角出场，服饰、容貌、言谈、举止的背后，是他令众人敬仰的人格魅力。接下来，用四章描写贵族少女的美貌和尊贵：头发稠密、耳坠美丽、发髻有型、身形飘逸。正因为她如此美丽，才令一位众人敬仰的贵族男子神魂颠倒，梦寐以求。

---

①厉：带之垂者。 ②虿：蝎子一类的毒虫，尾巴上翘，宛如卷发。 ③言：语气词，无实义。从：追随。之：指少女。迈：远行。 ④匪：同“非”。伊：指代贵族少女。垂之：腰带下垂。 ⑤带：腰带。则：本来。 ⑥卷之：卷发。 ⑦旟：上翘。 ⑧盱：忧愁。

采绿

终朝采绿[①]，不盈一匊[②]。　　上午采荩草，采不满一捧。
予发曲局[③]，薄言归沐[④]。　　头发很蓬松，洗头等夫君。

“终朝采绿，不盈一匊。”只因为心不在焉，心里惦记着心上人快回来了，于是赶紧洗头等待丈夫归来。

终朝采蓝[⑤]，不盈一襜（chān）[⑥]。　　上午采蓼蓝，竟不满围裙。
五日为期，六日不詹[⑦]。　　说好五天回，六天不见人。

蓼蓝不满围裙兜，也是因为心不在焉。丈夫说好五天回来，六天还不见人。因爱而生怨。

之子于狩[⑧]，言韔（chàng）其弓[⑨]。　　那人去狩猎，我帮他装箭。
之子于钓，言纶之绳[⑩]。　　那人去钓鱼，我帮他整线。

丈夫经常误归期，妻子的爱藏在日常的陪伴中：你去狩猎我装箭，你去钓鱼我拉线。虽然未说爱，但是对丈夫深深的爱恋却浓得化不开了。

---

①终朝：整个上午。绿：同“菉”，荩草，花紫褐色。 ②匊：同“掬”，双手合捧。 ③曲局：同义反复，局即卷。 ④薄言：语气助词。归：回去。沐：洗头。 ⑤蓝：蓼蓝，可以用来染青色的草。 ⑥襜：围裙。 ⑦詹：至。 ⑧之子：那个人。于：往。狩：狩猎。 ⑨韔：弓箭袋，此处作动词用，装进弓箭袋。 ⑩纶：钓鱼的丝线，此处作动词，整理丝线。

其钓维何[①]？维鲂（fáng）及鱮（xù）[②]。　　钓了什么鱼？只有鲂和鱮。

维鲂及鱮？薄言观者[③]。　　只有鲂和鱮？还真的很多。

闻一多先生考证，《诗经》时代“鱼”已有鱼水之欢的隐喻，暗示夫妻生活。此处鲂鱮，当指夫妻生活的美满幸福。

有学者说，这是《国风》的诗误编入《小雅》，也许有道理。作为夫妻之爱的诗歌，完全是民歌语言、民歌风格、民歌手法，甚至连隐喻的手法，也都是民歌特有的。全诗以女主人的视角，通过神态描写、动作描写、心理描写、细节描写，把淳朴、执着、炽烈的爱表现得酣畅淋漓，质朴自然，全无做作，颇有感染力。

①维：是。②鲂：鳊鱼，又名武昌鱼。鱮：鲢鱼，中国主要的淡水鱼类。③观：多。

黍苗

芃芃（péng）黍苗[①]，阴雨膏之[②]。　　黍苗茂盛，春雨滋润。
悠悠南行[③]，召伯劳之[④]。　　率队南行，召伯慰问。

召伯抚慰南行营造谢邑的队伍。

我任我辇[⑤]，我车我牛[⑥]。　　负荷挽车，赶车牵牛。
我行既集[⑦]，盖云归哉[⑧]。　　此行成功，都回故乡。

召伯的队伍功成后的思乡之情。

我徒我御[⑨]，我师我旅[⑩]。　　徒步驾车，率队前行。
我行既集，盖云归处。　　大功告成，都要回去。

召伯的队伍归思之迫切。

肃肃谢功[⑪]，召伯营之[⑫]。　　庄严谢邑，召伯建营。

---

①芃芃：茂盛状。黍：黍子。苗：禾苗。　②阴雨：春雨。膏：作动词，涂上油膏，引申为滋润。③悠悠：遥远。南行：指召伯带领军队南下经营谢邑。　④召伯：召伯虎，召伯奭的后裔，召伯奭为武王之弟，陕西的开国诸侯。劳：慰劳。之：指修筑谢邑的工匠和士兵等。　⑤任：背负，负荷。辇：挽车。　⑥车：作动词，赶车。牛：作动词，牵牛。　⑦行：此行，指南行。集：成功。　⑧盖：都。云：语气词，无实义。哉：句末反问语气词。　⑨徒：徒步。御：驾车。　⑩师：两千五百人为师。旅：五百人为旅。　⑪肃肃：严肃庄严貌。谢：谢邑。功：工程。　⑫营：营造，营建。

烈烈征师[①]，召伯成之[②]。	队伍武威，召伯功成。

召伯的队伍以威武之力成就了庄严的新城。

原隰(xí)既平[③]，泉流既清[④]。	原隰已平，泉流疏浚。
召伯有成，王心则宁。	召伯成功，王心安定。

召伯的谢邑治理造福于民也让君王安心。

召伯虎在西周历史上是有着特殊贡献的人物。《周厉王止谤》的故事就发生在召伯虎的年代，厉王被百姓驱杀，召伯虎以自己的儿子替换了厉王的儿子（周宣王），抚养周宣王长大，扶持周宣王登基，辅佐周宣王实现了西周中兴。国难当头，以自己儿子的死换取太子的生，该是多大的担当；“共和”年代召伯没有私心，不谋私利，该是多么忠诚；辅政时期，忠心耿耿，一心为公，该是多么坦荡。召伯以其光明磊落的人格、坦荡无私的辅政、忠于职守的治理，赢得了周王室的信任和百姓的爱戴，像这样同时赢得王室和百姓景仰的大臣，在中国历史上不多见，西周历史上有两位：一位是周公姬旦，一位是召伯姬虎。读到此诗，感慨良多，如何在忠于国家的大前提下，全心全意为人民谋福祉，召伯至今仍然不失为榜样。

---

①烈烈：威武状。征师：指召伯带领的军队、工匠、服役者。②成：完成。之：指代营造谢邑的工程。③原：地势高的平地。隰：低洼潮湿之地。平：治理。④泉流：山泉。清：疏浚通畅。

隰桑

隰(xí)桑有阿[1]，其叶有难(nuó)[2]。　洼地桑树多柔美，桑树叶子多么茂盛。
既见君子，其乐如何！　已经见到心上人，那快乐一言难尽！

以洼地桑树起兴，诉说如桑叶一样浓厚的爱难以名状。

隰桑有阿，其叶有沃[3]。　湿地桑树多柔美，桑树叶子多润泽。
既见君子，云何不乐？　已经见到心上人，说什么不快乐呢？

重叠起兴，以桑叶的光泽映衬见到心上人的快乐。

隰桑有阿，其叶有幽[4]。　湿地桑树多柔美，桑树叶子绿油油。
既见君子，德音孔胶[5]。　已经见到心上人，情话绵绵说不休。

继续叠唱起兴，以桑树的绿油油象征爱意绵绵。

心乎爱矣[6]，遐不谓矣[7]？　心里啊非常爱他，为何不向他表达？
中心藏之[8]，何日忘之？　还是埋藏在心中，何时才能忘却他？

直抒胸臆，与其表白，不如藏在心里，成为秘密。

---

①隰：低洼湿地。阿：柔美。　②难：同“傩”，茂盛。　③沃：光泽。　④幽：同“黝”，深绿色。　⑤德音：多情的话。孔：很。胶：牢固。　⑥乎：中。　⑦遐不：胡不，何不。谓：说出来。　⑧中心：心中。藏：珍藏。

这是一首带有象征意味的爱情诗歌。前面三章都是以湿地桑树桑叶起兴，以桑树的柔美茂盛、光泽滋润、青翠欲滴来表达少女对于心上人爱得执着、爱得阳光、爱得缠绵，第四章则在前三章叠唱咏叹之后，达到高潮，以设问的方式，给出了少女羞涩的答案：心里爱他口难开，藏在心里永不忘。

白华

白华菅(jiān)兮①，白茅束兮②。　　茅草白花，白茅捆扎。
之子之远③，俾我独兮④。　　那人远行，使我害怕。

以白花起兴，诉说远行给少妇留下的孤独。

英英白云⑤，露彼菅茅⑥。　　白云飘飘，露润白茅。
天步艰难⑦，之子不犹⑧！　　上天艰难，不以为然！

白云飘飘起兴，诉说少妇因为男人轻离别而烦恼。

滮(biāo)池北流⑨，浸彼稻田⑩。　　滮水北流，滋润稻田。
啸歌伤怀⑪，念彼硕人⑫。　　长啸抒怀，怀念那人。

以滮水北流，滋润稻田起兴，这是反兴手法，反衬少妇因离别而得不到爱情滋润，只能长啸歌唱排遣忧愁。

---

①华：同“花”。菅：茅草，又名芦芒。 ②束：捆。 ③之子：那个人。之：去。 ④俾：使。 ⑤英英：白云飘浮状。 ⑥露：露水滋润。彼：那些。 ⑦天：作动词用，上天。步：行走。 ⑧犹：可，以……为然。 ⑨滮池：古代河流名称，位于今陕西省长安区西北。 ⑩ 浸：浸润，灌溉。 ⑪啸歌：长啸歌唱，古人排遣内心愤懑的方式。伤怀：悲伤。 ⑫硕人：美男子。

樵彼桑薪[1]，卬(áng)烘于煁(chén)[2]。	砍桑做樵，烘干在灶。
维彼硕人[3]，实劳我心[4]。	那个坏人，实伤我心。

砍桑做樵，烘干在灶。这是起兴也是比喻，对那个“坏家伙”的思念，又何尝不是一种烘干桑枝般的煎熬？

钟鼓于宫[5]，声闻于外。	敲钟宫室，声响在外。
念子懆(cǎo)懆[6]，视我迈迈[7]。	我在思念，他却冷漠。

“钟鼓于宫，声闻于外”依然是起兴，也有比喻的意味。演奏编钟一类的音乐，音韵悠长，即便是在宫里演奏，宫外也能听得到。如今，“我”的思念，却得不到他的回响，仿佛是那个“坏家伙”太冷漠，无法感知“我”的思念和爱意。

有鹙(qiū)在梁[8]，有鹤在林。	秃鹙在坝，鹤舞于林。
维彼硕人，实劳我心！	只有那人，很伤我心！

“有鹙在梁，有鹤在林”起兴兼比喻，为下文俏皮地埋怨丈夫做铺垫。

①樵：作动词，砍樵。 ②卬：女子的自称。烘：烘烤。煁：可以移动的灶。 ③维：同“唯”。 ④实：实在，非常。劳：忧。 ⑤鼓：奏。于：在。宫：宫室。 ⑥子：指代思念的人。懆懆：忧愁不安。 ⑦视我：看我，对我。迈迈：冷漠无所谓的状态。 ⑧鹙：秃鹙，水鸟的一种，类似鹤。梁：水塘中的渔梁。

鸳鸯在梁[①]，戢其左翼[②]。 鸳鸯在坝，藏嘴左翼。

之子无良，二三其德[③]？ 那人太坏，三心二意？

“鸳鸯在梁，戢其左翼”起兴兼比喻，形象表达了少妇“只羡鸳鸯”的情愫：而那人真的太坏了，莫不是他三心二意，有了新欢？

有扁斯石[④]，履之卑兮[⑤]。 石头扁平，踏上不觉。

之子之远，俾我疧(qí)兮[⑥]。 那人远行，相思成病。

“有扁斯石，履之卑兮”也是比兴兼用，仿佛少妇就是那块扁平的石头，“坏家伙”踩在上面没感觉。他的远行，使她忧思成病。

这是一首非常俏皮且细腻的爱情诗歌，可以确定不是弃妇诗，充其量只能算是怨妇诗。少年夫妇，情深似海。丈夫或许因公远行，少妇相思成疾。字里行间，与其说是恨，不如说是怨；与其说是怨，不如说是爱。爱之真而恨之切、怨之深！全诗用比兴手法，还有成功的心理描写，非常成功地以如怨如怒、如泣如诉的方式表达了妻子对远行丈夫的无限深情。

---

①鸳鸯：中国知名的偶居鸭科动物，因为雌雄偶居不离，人们常常用来比喻夫妻或情侣。 ②戢：收敛，指鸳鸯将嘴插入翅膀里休息。 ③二三：多变，三心二意。德：性情。 ④扁：扁平。斯：这。⑤履：踏。之：上句所言之“石”。卑：低下，卑贱，下贱。 ⑥疧：忧郁成疾。

绵蛮

绵蛮黄鸟[1]，止于丘阿[2]。　　可爱的黄雀，栖息在山坳。
道之云远[3]，我劳如何？　　长途跋涉路遥远，艰辛如何用语言表达？
饮之食之，教之诲之。　　给他水喝，给他饭吃；教授他，劝诫他。
命彼后车[4]，谓之载之[5]。　　命令后面的车子，告诉车夫载上他。

首句起兴，以黄雀的自由，反衬劳役者的艰辛。后二句，表达了诗人对劳役者的同情。

绵蛮黄鸟，止于丘隅[6]。　　可爱的黄雀，栖止在角落。
岂敢惮行[7]，畏不能趋[8]。　　哪敢害怕远行，担心不能快步跑。
饮之食之，教之诲之。　　给他喝水，给他饭吃；教授他，劝诫他。
命彼后车，谓之载之。　　命令后面的车子，告诉车夫捎上他。

以黄雀自由栖止起兴，反衬劳役者不畏艰险的长途跋涉。后二句与第一章后二句一模一样，典型的重章叠唱，强化诗人对于劳役者的怜悯。

绵蛮黄鸟，止于丘侧。　　可爱的黄雀，栖止在山侧。
岂敢惮行？畏不能极[9]。　　哪是害怕远行？担心不能如期而至。

---

①绵蛮：鸟羽毛细密状。黄鸟：黄雀。 ②止：栖止。阿：山丘曲凹处。 ③道：道路，路途。云：语气词，无实义。 ④后车：副车。 ⑤谓：说，吩咐。之（前一个）：驾车者。之（后一个）：服役者。 ⑥隅：角落，拐角处。 ⑦惮：怕。 ⑧趋：疾走。 ⑨极：至，到达。

饮之食之，教之诲之。	给他水喝，给他饭吃；教授他，劝诫他。
命彼后车，谓之载之。	命令后面的车子，告诉车夫带上他。

以黄雀自由行止起兴，反衬劳役者的执着和艰辛。后二句重章叠唱，继续渲染诗人内心深处的悲悯。

这首诗运用起兴和重章叠唱的手法，形象刻画了劳役者服役途中的艰难、困苦、执着，也寄托了诗人对劳役者深深的同情、深深的怜悯、深深的悲悯。显然，诗人是一位贤者、一位仁者，诗人是官僚体系中的慈悲者。不是说封建时代就没有这样的官员，任何朝代，任何时代，都不乏这样对于生活在底层的劳动人民富有同情心者。愚以为，每个人心中都有某种与生俱来的同情心，只是很多人被世俗的各种欲望所遮蔽，没有表现出来。广州黄花岗七十二烈士中，林觉民就是福建富商子弟，因为亲眼看到那些挑夫走卒超出想象的劳苦，心生悲悯，发愿要改变他们的命运。

瓠叶

幡幡瓠(hù)叶①，采之亨之②。	瓠叶翻卷，采来烹饪。
君子有酒，酌言尝之③。	公子有酒，舀来品尝。
有兔斯首④，炮之燔之⑤。	有兔一只，去毛烤熟。
君子有酒，酌言献之⑥。	君子有酒，先敬客人。
有兔斯首，燔之炙之⑦。	有兔一只，烤了又熏。
君子有酒，酌言酢(zuò)之⑧。	公子有酒，回敬主人。
有兔斯首，燔之炮之。	有兔一只，烤熟去毛。
君子有酒，酌言酬之⑨。	君子有酒，酬谢客人。

这是一首充满闲情逸致的宴饮小诗。诗歌语言质朴平实，内容通俗易懂。《瓠叶》没有《国风》那种比兴韵味，也没有宗庙颂歌那种典雅庄重，只是非常直白描写了主人以瓠叶、兔子和美酒，招待自己朋友和知己。宴饮的主人也许是诸侯，也许是大夫，也许是平民，无论何种角色，都应当是铅华褪尽归于平淡者，如果是平民则属于大彻大悟甘于平淡者。

---

①幡幡：反复翻卷之状。瓠：草本植物，果实为葫芦，可以清炒，可以煮汤，味道鲜美。 ②亨：同“烹”。 ③酌：舀。言：语气词，无实义。尝：品尝。之：指代酒。 ④有：语气词，无实义。斯：这。首：量词，头，只。 ⑤炮：给动物裹上一层泥巴放在火上烧，去掉动物毛而不会烧焦动物的一种方法。燔：烤熟。 ⑥献：主人给客人敬酒。 ⑦炙：熏烤。 ⑧酢：客人回敬酒。 ⑨酬：劝酒，主人给客人敬酒。

如此简朴，那么亲切，那么自然，那么惬意。有学者说，这首诗缺少味道，其实味道就在于简单而真实。即便是在今天，朋友之间，知己之间，这样的宴饮，才最有味道。

渐渐之石

渐渐之石①，维其高矣②。	山石高峻，何其高啊。
山川悠远，维其劳矣③。	山川悠远，何其辛劳。
武人东征④，不皇朝矣⑤。	将士东征，难歇一朝。

以赋的手法从将士视角写景，烘托将士出征路途险峻，突出征程艰难。——写出了东征将士对休憩的渴望。

渐渐之石，维其卒矣⑥。	山石高峻，何等险峻。
山川悠远，曷其没矣⑦。	山川悠远，没有尽头。
武人东征，不皇出矣⑧。	将士东征，无暇脱险。

以赋的手法继续渲染景物，所不同的是这一章突出的是路途遥远，因为不知道目标而产生迷茫和担忧。——写出东征将士对前途的迷茫。

有豕(shǐ)白蹢(dí)⑨，烝(zhēng)涉波矣⑩。	猪奋白蹄，争相渡河。
月离于毕⑪，俾(bǐ)滂沱矣⑫。	月依毕星，暴雨滂沱。
武人东征，不皇他矣⑬。	将士东征，无暇顾及。

继续以赋的手法写景，写出了东征将士黑夜遇到的景象：月黑风高，猪

---

①渐渐：同“巉巉”，高峻貌。 ②维其：何其。 ③劳：劳苦。 ④武人：将士。 ⑤皇：同“遑”，闲暇。 ⑥卒：同“崒”，险峻。 ⑦曷：哪里。没：尽头。 ⑧出：脱离险境。 ⑨豕：猪。蹢：同“蹄”。 ⑩烝：众多。涉波：涉水渡河。 ⑪离：同“丽”义，依附。毕：星宿名，由八颗星组成，月亮依附于毕星，意味着即将有暴雨。 ⑫俾：使。滂沱：暴雨如注。 ⑬他：其他。

奋白蹄，争相渡河，而天空中月附毕星，滂沱暴雨即将到来。——写东征将士对脱离险境的渴望。

这是军旅诗歌，以士兵的眼光看待东征，以士兵的视角透视东征，以士兵的心理感受东征。行军不怕山高，但是怕疲劳；行军必须面对的困难，就是突如其来的自然灾害。诗中的东征将士，在第三章中面对的是即将到来的滂沱暴雨，除了不顾一切冲过去，似乎没有第二种选择。诗歌充溢着不知为何而战的恐惧和迷茫，也洋溢着军人排除万难的豪迈。今天重读，依然能够直击心灵，震撼灵魂。

苕之华

苕之华[1]，芸其黄矣[2]。	冰凌花，陨落枯黄。
心之忧矣，维其伤矣[3]！	心中忧愁，何其悲伤！

黄花陨落，起兴并烘托百姓的忧愁和悲伤。

苕之华，其叶青青[4]。	冰凌花，叶儿青青。
知我如此，不如无生[5]！	生活如此不堪，真不如无此残生！

叶儿青青，依然是起兴，但却是反兴手法，反衬百姓因为生活的困苦而感慨死胜于生。

牂(zāng)羊坟首[6]，三星在罶(liǔ)[7]。	母羊仿佛只有大头，参星倒影在鱼篓。
人可以食，鲜可以饱！	勉强糊口，吃饱的时候少有。

母羊因为消瘦，更显头大；鱼篓因为无鱼而平静，参星居然倒映其中。既是起兴，也是渲染，如此境况，人能勉强糊口已经不错，哪敢奢望能够吃饱呢？

本诗是一首哀歌，作者哀叹饥馑之年民不聊生的凄惨状况。全诗三章，

---

①苕：冰凌花，紫葳花。 ②芸：即将陨落。黄：颜色焦黄。 ③维其：何其。 ④青青：叶子碧青。 ⑤无生：无此生。 ⑥牂：母羊。坟首：大头。坟，大。 ⑦三星：参宿三星。罶：捕鱼的竹笼子。

第一章以黄叶飘落映衬人生凄凉；第二章以叶儿青青反衬死胜于生；第三章以“三星在罶”暗示百姓日子的清贫。字里行间，寄托了作者对饥民深深的悲悯和同情。

何草不黄

何草不黄？何日不行（háng）？　　哪种野草不枯黄？哪天不在路上忙？
何人不将①？经营四方②。　　哪个人不去服役？日夜往来走四方。

以草黄起兴，连续三问，末句点题，浑然有力。

何草不玄③？何人不矜④？　　哪种野草不枯黑？哪位征夫不可怜？
哀我征夫⑤，独为匪民⑥！　　可怜啊这些征夫，独独不被当作人！

“何草不玄”，为“何人不矜”蓄势。可怜的征夫，居然没有被统治者当人看。这是人的精神自觉与呐喊。

匪兕（sì）匪虎⑦，率彼旷野⑧。　　不是犀牛不是虎，却常年生活野外。
哀我征夫，朝夕不暇。　　可怜我等征夫们，朝夕忙得不消停。

首句是比喻，犀牛和老虎在野外生活，征夫常年却与犀牛、虎相伴。自然引出下文犀牛虎不如的生活——朝夕不消停。

有芃（péng）者狐⑨，率彼幽草⑩。　　皮毛蓬松的狐狸，悠闲漫步在幽草。
有栈之车⑪，行彼周道⑫。　　竹制车棚的车子，行走在周王官道。

首句起兴兼比喻，皮毛蓬松的狐狸是谁？当然是当权者，当然是官道上

---

①将：行，奔忙。　②经营：往来。　③玄：赤黑色。　④矜：同情。　⑤哀：可怜。　⑥匪：同“非”。　⑦兕：犀牛。　⑧率：沿着。　⑨芃：野兽毛发蓬松状。　⑩幽：深。　⑪栈：竹制的车棚。　⑫周道：官道。

坐于车内疾驰而去的人。

全诗四章整体上用赋的手法，每一章又比兴兼用，层层递进，由怨而怒，强烈谴责了统治者无休止征战的残酷。读这首诗，仿佛看到衰草连天，秋冬之际，一队士兵，疲惫之极，依然奔波，依然征战，不得休息，不得喘息。四章之中，第一章怨恨四方奔忙，第二章怨恨非人待遇，第三章怨恨朝夕不暇，第四章则转而发怒，怒斥征夫非人待遇的来源就是那些穿着狐狸皮毛的贵族，就是那些坐在车里的统治者。经过前三章的铺垫，第四章的愤怒谴责可谓喷薄而出，剑锋所指，如白虹贯日。这是底层劳动者觉醒的呐喊！

中华文明盛世有一个共同的前提就是不与民争利，休养生息；中华文明乱世也有一个共同的前奏，那就是与民争利，且无休止地强征民力，无休止地折腾黎民百姓。不折腾，是一种很高的社会治理智慧。

大雅 文王之什

文王

文王在上，於(wū)昭于天[①]。	文王在上，犹如太阳。
周虽旧邦，其命维新。	周虽旧的国邦，国运却充满活力。
有周不显[②]，帝命不时[③]。	周朝特别光明，上天任命及时。
文王陟降[④]，在帝左右。	文王神灵升或降，陪伴在天帝身旁。

文王修文德而令百姓归心，姬旦视其为神圣，竭诚歌颂文王的英灵犹如太阳，普照天下，泽及百姓。

亹(wěi)亹文王[⑤]，令闻不已[⑥]。	文王勤勉，美名传扬。
陈锡哉周[⑦]，侯文王孙子。	上天重赏周，以文王子孙为君。
文王孙子，本支百世[⑧]。	文王子孙，本宗支脉百世。
凡周之士[⑨]，不显亦世[⑩]。	所有周国士人，都显赫累世。

歌颂文王泽被子孙，福及士人。

世之不显，厥犹翼翼[⑪]。	累世显赫，他们恭敬且忠于职守。

①於：感叹词，啊。昭：昭明。 ②有：语气词。有周：周朝。不：同“丕”，大，非常。显：光明。 ③帝：天帝。命：命令。时：及时。 ④陟：升。 ⑤亹亹：勤勉状。 ⑥令：美好。闻：传闻，名声。已：停息。 ⑦陈锡：重赐，重赏。 ⑧本：本宗。支：支脉。 ⑨凡：但凡。士：仅次于大夫的士人，贵族中的最低位者。 ⑩显：显赫，因成就而显赫。亦：同“奕”，累。 ⑪厥：其。犹：谋。翼翼：恭敬貌。

思皇多士①，生此王国。	众多才俊之士，生在周国。
王国克生，维周之桢②。	周国能生机勃勃，只因为拥有那些栋梁。
济济多士③，文王以宁④。	人才济济，文王因此安宁。

歌颂周王朝善待士人，广纳贤才。

穆穆文王⑤，於缉熙敬止⑥。	文王慈爱和善，啊，他光明温暖又恭敬。
假哉天命⑦，有商孙子。	秉承天帝命令，让商朝子孙归顺。
商之孙子，其丽不亿⑧。	商朝子孙，数目不止一亿。
上帝既命，侯于周服⑨。	上苍已经废除商祚，自然都来称臣。

歌颂文王恩及灭国子孙，这是东方文明的独特风景。

侯服于周，天命靡常⑩。	商臣服于周，天命无规律。
殷士肤敏⑪，祼(guàn)将于京⑫。	殷商遗民健美机敏，在镐京灌祭拜周王。
厥作祼将⑬，常服黼冔(fǔ xǔ)⑭。	以灌祭献给周王，黑白冠冕如往常。
王之荩(jìn)臣⑮，无念尔祖。	殷王的诸位余臣，不再为先祖而忧伤。

①思：语气助词，无实义。皇：美，俊美。多士：众多贤才。 ②维：是。桢：古时筑墙两侧的支柱，引申为国之栋梁。 ③济济：众多状。 ④以：因此。宁：安宁。 ⑤穆穆：容止庄敬和蔼貌。 ⑥缉：同“熠”，光明。熙：温暖。敬：恭敬谨慎。止：语气助词，无实义。 ⑦假：凭借。 ⑧丽：数目。不亿：不止一亿，极言其多。 ⑨侯：称臣。周服：“服周”的倒装，臣服周朝。 ⑩靡：无。常：常规，规律。 ⑪殷士：殷商后人。肤：健美。敏：敏捷。 ⑫祼：祭祀的一种，灌祭，把酒洒在地上祭奠先祖。将：献。京：镐京，西周国都。 ⑬厥：其，指殷士。作：进行。 ⑭黼：黑白相间。冔：冠冕。 ⑮王：此处指商王。荩：余。荩臣：旧臣。

歌颂周王朝接受殷商遗民遗臣的灌祭，劝慰殷商遗臣，不要逆天而动，做痴心妄想之事。可谓恩威并重。

无念尔祖，聿修厥德[①]。	不要怀念故国，努力修养美德。
永言配命[②]，自求多福。	永远适应天命，如此方能多福。
殷之未丧师[③]，克配上帝[④]。	殷未丧失民心时，也能够德配上苍。
宜鉴于殷[⑤]，骏命不易[⑥]。	应该借鉴殷的教训，伟大天命不会轻易变更。

告诫殷的遗民遗臣修为道德，安分守己；汲取殷商教训，不要指望改变天命。——武庚叛乱说明，诗作者的这种谆谆教诲非常有必要。

命之不易，无遏尔躬[⑦]。	天命不能更改，不能断送在你身上。
宣昭义问[⑧]，有虞殷自天[⑨]。	努力使美德传扬，时时思考殷为何被天抛弃。
上天之载[⑩]，无声无臭[⑪]。	上天的事，无声也无味。
仪刑文王[⑫]，万邦作孚[⑬]。	敬仰且效法文王，天下诸侯莫不信服。

这一章应该是周公姬旦提醒成王，不能让上天使命断送在自己身上，要汲取殷商倾覆的教训，向往、敬仰、效法文王，自然天下归心，诸侯信服。

---

①聿：语气词，无实义。修：修身，修为。德：品德。 ②言：语气词，无实义。配：匹配。命：天命。 ③丧师：丧失民心。 ④克：能够。 ⑤鉴：对照，借鉴。 ⑥骏：大。命：天命。易：更改。 ⑦遏：遏止，中断。躬：身上。 ⑧宣昭：宣扬。义：善，美。问：同“闻”，名声。 ⑨虞：思考。殷自天：殷之灭亡来自天命。 ⑩载：事，事情。 ⑪臭：气味。 ⑫仪：心仪，向往。刑：效法。 ⑬万邦：天下诸侯。作：则。孚：信服。

此诗相传为西周初年辅政大臣周公姬旦所作的颂诗。我甚为认同。遍数西周初年的文人士大夫，除了周公姬旦，没有其他人能够用如此口吻来作颂诗。

全诗七章。第一部分为第一至第三章。第一章侧重写文王因为道德高尚，位列仙班，且始终伴随天帝左右；第二章写文王之恩泽子孙和文武大臣；第三章写文王伟大的原因在于他海纳百川，任贤用能，创造了周初的政治奇迹。第二部分为第四至第六章。第四章写文王的恩德，让殷商子民臣服；第五章劝喻殷商遗臣遗民，效忠新主周成王；第六章继续劝喻殷商遗民遗臣，顺应天命，放弃幻想，放弃执着，接受周王室承天命的事实。第三部分为第七章，周公姬旦规谏成王，不要辜负上天的使命，汲取殷商倾覆的教训，效法文王，让天下归心信服。

赋是本诗最重要的艺术手法。充分铺排，既颂扬了文王高山仰止的道德风尚和开国之君的丰功伟绩，也教训了殷商遗臣遗民应遵循天命，放弃执着，效力朝廷；最后提醒成王，认真汲取殷商倾覆的惨痛教训，效法文王的德政和风范，传承天命，永享天命。——作为颂歌，构思细密，布局精巧，旨意宏深，堪为经典。

大明

明明在下①，赫赫在上②。	文王明德在人间，文王神圣在天上。
天难忱斯③，不易维王④。	天意从来高难测，最难做的是君王。
天位殷适⑤，使不挟四方⑥。	天位原本是殷商，使命未能达四方。

“天命靡常，惟德是辅”的观点统摄全诗，歌颂周取代殷系天命所在。天命不是永恒的，关键是道德匹配。放在历史条件下，可谓深谋远虑，高瞻远瞩。

挚仲氏任⑦，自彼殷商。	挚国的二公主，来自殷商旧国。
来嫁于周⑧，曰嫔于京⑨。	出嫁到了周国，在周原为人妻。
乃及王季⑩，维德之行（háng）⑪。	至于嫁给王季，只因道德匹配。
大任有身⑫，生此文王。	太任有了身孕，生育文王姬昌。

圣王的诞生，家庭教育很重要，母亲是孩子的第一位教师，太任是历史上著名的贤妃，这是成就周文王家庭教育的基础。

---

①明明：明察。在下：在天下，在下土。 ②赫赫：显著貌。在上：在天上。 ③天：上天。难：难以。忱：相信。斯：句末语气词，无实义。 ④不易：不容易。维：为，做。王：君王，天子。 ⑤天位：天子之位。殷：殷商。适：适合，匹配。 ⑥使：使命。挟：通达。 ⑦挚：古国名。仲：排行第二。氏任：任姓，即王季的妻子、文王的母亲。 ⑧于：到。 ⑨曰：发语词，无意义。嫔：女人出嫁。京：指周朝开国之都周原。 ⑩及：嫁给。王季：文王的父亲。 ⑪维：只因。行：匹配。 ⑫大任：太任，文王的母亲任氏。有身：有身孕。

维此文王[①]，小心翼翼[②]。	就是这个文王，为政小心谨慎。
昭事上帝[③]，聿怀多福[④]。	遵照上苍旨意，享有众多福祉。
厥德不回[⑤]，以受方国[⑥]。	他的道德不违逆，因此受四方诸侯国信任。

歌颂周文王以德服天下，天下归心，这是儒家社会治理的核心观点。天子之德，譬如北辰，居其所而众星拱之。如是，天下可以垂拱而治。

天监在下[⑦]，有命既集[⑧]。	上天在监督人间，虽然天命已归周。
文王初载[⑨]，天作之合。	文王刚承载大任，婚配乃天作之合。
在洽之阳[⑩]，在渭之涘[⑪]。	在那洽水的北面，在那渭水的旁边。
文王嘉止[⑫]，大邦有子[⑬]。	文王于是订婚，莘国姑娘太姒。

因为文王的妻子也是周代著名的贤妃，周人赋予“天作之合”的美好祝福，文王亲自到洽水北面、渭水之滨隆重迎娶贤妃。

大邦有子，伣（qiàn）天之妹[⑭]。	莘国姑娘太姒，简直是天神女。
文定厥祥[⑮]，亲迎于渭。	彩礼订婚很吉祥，亲自迎亲渭水旁。
造舟为梁[⑯]，不显其光[⑰]。	用小船架起浮桥，特显盛大的排场。

---

①维：就是。 ②翼翼：谨慎持重貌。 ③昭：彰显。事：上天吩咐的事项。 ④聿：语气词，无实义。怀：拥有，享有。 ⑤厥：他的。回：违逆。 ⑥以：因此。受：受到。方国：四方诸侯国。 ⑦监：监督。 ⑧有命：天命。既：已经。集：成功。 ⑨初载：刚刚承载天命。 ⑩洽：洽水。阳：山南水北为阳。 ⑪渭：渭水。涘：涯，水滨。 ⑫嘉：嘉礼，订婚礼。止：语气词，无实义。 ⑬大邦：尊称莘国。子：指代文王妃子太姒。 ⑭伣：譬如。天：天神。妹：少女。 ⑮文：彩礼，此处指送彩礼。定：订婚。 ⑯梁：水中石砌的梁，实指以船架起的浮桥。 ⑰不：同“丕”，特。光：盛大的排场。

本章写太姒的美貌、婚姻的准备、场面的盛大，诗作者用烘云托月的方法，塑造和展示了一个内心贤德且光彩照人的贤妃形象，她正是后来取代殷商的周武王的母亲。

有命自天，命此文王。	天命自天降，降命给姬昌。
于周于京①**，缵(zuǎn)女维莘(shēn)**②**。**	周朝都镐京，续妃来自莘。
长子维行③**，笃生武王**④**。**	长子德仁厚，武王天性笃。
保右命尔⑤**，燮(xiè)伐大商**⑥**。**	上苍佑武王，联合伐殷商。

姬昌受天命为取代殷商做准备，太姒嫁给文王，生了周武王是在为全面颠覆殷商政权做铺垫。太姒的存在，不仅成就了德高望重的文王，也成就了沉稳坚定的武王。一个家庭，女人决定了家族的兴旺，自古而今依然。

殷商之旅⑦**，其会如林**⑧**。**	殷商军队多，锦旗恰如林。
矢于牧野⑨**，维予侯兴**⑩**。**	誓师在牧野，唯我周王兴。
上帝临女⑪**，无贰尔心**⑫**。**	上帝来帮你，你不用分心。

通过殷商军队的规模，反衬周武王的英武担当。武王的自信之中，有承天命的自信。

---

①于周：改国号为周。于京：定国都为镐京。 ②缵：续娶，继娶。莘：莘国，即文王王妃所在之国。 ③长子：文王与太姒的长子伯邑考，纣王拘文王于羑里，伯邑考求情，被纣王烹杀。维行：非常注重道德品行。 ④笃：沉稳坚定。笃生：生笃，即天生沉稳坚定。 ⑤右：同“佑”。命：上天命令。尔：指周武王姬发。 ⑥燮：回合，联合。伐：讨伐，攻打。 ⑦旅：军队。 ⑧会：旗帜的一种。 ⑨矢：同“誓”，誓师。牧野：古地名，位于今河南省淇县西南。 ⑩维：于是。予：我的。侯：周侯。兴：兴起。 ⑪临：莅临，驾临。女：同“汝”。 ⑫无：同“毋”。贰：不专心。

牧野洋洋[1]，檀车煌煌[2]。	牧野很广阔，檀木车明亮。
驷骠（yuán）彭彭[3]，维师尚父[4]。	驷马很强壮，出场是姜尚。
时维鹰扬[5]，凉彼武王[6]。	适逢鹰飞扬，那是帮武王。
肆伐大商[7]，会朝清明[8]。	会合打殷商，一朝天下平。

牧野之战的描写，显然与《尚书·武成》及《孟子·尽心下》“血流漂杵”“血之流杵”的记载不符合，从本诗读出的是武王和姜尚率领大军，以气贯长虹压倒一切的气势，半天时间，传檄而定。

这是周王朝开国史诗。记载了王季结婚生文王，文王结婚生武王、武王牧野誓师灭殷商等史实，结构严谨，内容宏富，规模宏大，波澜壮阔。如果说《文王》强调的是“天命靡常，惟德是辅”的政治道德自觉，那么《大明》则揭示了圣明国王的诞生很大程度上取决于家庭教育，取决于母亲的贤德智慧。这一点，恐怕是重男轻女的汉代儒学家和宋代儒学家不愿意面对、不愿意接受的基本事实。但，这恰恰是读此诗的题外收获，这恰恰是要引起现代人深思的问题。

现代中国人，对优质教育的追求到了无以复加的地步，从怀孕开始，再到幼儿园，然后小学，然后中学，然后大学，步步必争，步步惊心，担心自

①洋洋：盛大广阔貌。 ②檀车：以檀木为车，彰显主人身份高贵。煌煌：明亮。 ③驷：同驾车的四匹马。骠：赤毛白腹的马。彭彭：强壮有力貌。 ④维：语气助词，无实义。师：军师。尚父：武王姬发尊称姜子牙姜尚为义父，即“尚父”。 ⑤时：此时。维：语气词，无实义。扬：飞扬。⑥凉：又作“亮”，辅佐。 ⑦肆：迅疾。伐：讨伐，攻打。 ⑧会朝：会合诸侯一个上午。清明：清正平明。

己的孩子输在起跑线上。这些家长，十之八九并不明白，父母是孩子的第一任老师，这种极端利己主义的“担心输在起跑线上”的执着，已经远远偏离了教育的正常轨道；这些家长往往也不明白，一个宅心仁厚、内心慈悲的母亲，才是孩子最坚实、最可靠、最持久的人生起点。

绵

绵绵瓜瓞(dié)①，民之初生②。	小瓜串串绵绵不绝，百姓当初就是这样。
自土沮漆③，古公亶(dǎn)父④。	从杜河来到漆水，那是古公亶父的功劳。
陶复陶穴⑤，未有家室⑥。	当初挖洞穴居，并没有自己的房舍。

绵绵瓜瓞是起兴兼比喻，比喻周代先民人口繁盛，犹如绵绵小瓜。穴居生活艰辛，但却是古公亶父的起点。以孱弱的部落，对抗强大的游牧部落，避其锋芒是最理性的选择。在某种意义上，这一章揭示了迁徙的原因。作者未明言迁徙源于战争压力，而是将其归因于“陶复陶穴”的贫穷。

古公亶父，来朝(zhāo)走马⑦。	古公亶父，清晨策马扬鞭。
率西水浒⑧，至于岐下⑨。	带领大家沿着漆水东进，终于到达岐山之下。
爰及姜女⑩，聿来胥宇⑪。	于是与妻子太姜一起，视察四周选择适合建筑之地。

古公亶父率领周族先民沿着水向西岸迁徙至周原。迁徙途中，文王与太姜一起视察，选址建城，安顿百姓。

---

①绵绵：相接相续不绝状。瓞：小瓜。 ②民：周朝子民。 ③土：同“杜”，河名，在今陕西省武功县境内。沮：同“徂”，往，去。漆：河名，在豳地。 ④亶父：周太王，古公是其字号。王季的父亲，文王的祖父，后稷的第十三世孙。古公亶父，又被称为“太王”，其称号与文王均为武王伐纣称天子后所封的尊号。 ⑤陶：挖土为穴。复：同“寝”，挖崖洞。 ⑥家室：此处指房舍。 ⑦来朝：清晨，清早。走马：策马驱驰。 ⑧率：沿着。浒：水边，水滨。 ⑨岐：岐山，位于今陕西省岐山县东北部，相传西周初年有凤凰鸣于此山。 ⑩爰：于是。及：交往。姜女：太姜，古公亶父的妻子。 ⑪聿：语气助词，无实义。胥：相，观察。宇：建筑物。

周原膴膴[1]，堇荼如饴[2]。　　周原土肥水美，野菜苦菜如糖甘甜。
爰始爰谋[3]，爰契我龟[4]。　　开始思考，开始谋划；用刀雕刻龟甲占卜。
曰止曰时[5]，筑室于兹。　　卜辞说停下来正当其时，就在这里建造房屋。

描写古公亶父率领先民定居周原，开始占卜选地，规划发展。

乃慰乃止[6]，乃左乃右。　　于是下定决心停下来，向左右拓展。
乃疆乃理[7]，乃宣乃亩[8]。　　划定疆界耕作土地，疏通沟渠治理田畴。
自西徂东[9]，周爰执事[10]。　　自西而东的全部行程，周详谋划每件事情。

写古公亶父下定决心，左右拓展，划定疆界，精耕土地。认真谋划、处理迁徙过程中的每一件事情。

乃召司空[11]，乃召司徒[12]。　　命令司空规划建筑，命令司徒统筹人力。
俾立室家[13]，其绳则直[14]。　　让他们建设家园，测量工作公平准确。
缩版以载[15]，作庙翼翼[16]。　　捆上竹板加载泥土，宗庙建得庄严肃穆。

---

①周原：地域名称，漆水东岸的平原地带，是周王朝的发源地，由此古公亶父开创周国，文王姬昌发扬。膴膴：形容土肥草美树茂。　②堇：野菜。荼：苦菜。饴：麦芽糖。　③始：谋划，“谋”与之同义。　④契：以刀刻龟。　⑤曰：龟甲上的卜辞。止：可以停下来。时：适宜，适合，适时。⑥乃：于是，本诗中的乃均作“于是”讲。慰：心定，心安。止：停下来。　⑦　疆：划定大的疆界。理：土地治理和耕作。　⑧宣：疏通沟渠。亩：治理田畴。　⑨自：从。徂：往。　⑩周：周详。爰：语气词，无实义。执事：做事。　⑪召：命令。司空：管理土地规划和工程施工的官员，相当于现在的自然资源部部长。　⑫司徒：征集劳役和徭役派发等的官员，相当于现在的人力资源部部长。　⑬俾：使。立：建立。室家：住家房舍。　⑭绳：丈量土地。直：此处指土地划线方正。⑮缩：捆。版：筑墙用的竹板。载：装载。　⑯作：修建。庙：宗庙。翼翼：庄严肃穆。

古公亶父责成司空、司徒，集中力量完成建筑工程，房舍优先，宗庙庄严。

捄(jū)之陾(réng)陾①，度之薨(hōng)薨②。	装土进筐陾陾响，填土入板薨薨响。
筑之登登③，削屡冯冯④。	夯土之声响噔噔，削土之声响冯冯。
百堵皆兴⑤，鼛(gāo)鼓弗胜⑥。	众多房舍拔地起，大鼓震天也不及。

描写古公亶父带领周族先民为建设家园热火朝天的劳动场面。

乃立皋门⑦，皋门有伉⑧。	于是建立起皇城皋门，皋门高耸入云。
乃立应门⑨，应门将将⑩。	于是修建皇城应门，应门庄严肃穆。
乃立冢土⑪，戎丑攸行⑫。	于是修建大祭坛，民众如流水般汇聚。

这一章写古公亶父率领先民修建皇城和祭坛，读到此处，方知中华民族的民本精神已然成熟：把皇城和大祭坛放在最后。此后的历史恐怕很难见到这种睿智。

---

①捄：把土装进竹筐中。陾陾：铲土声。 ②度：向筑板内填土。薨薨：填土声。 ③筑：夯土。登登：夯土声。 ④削：打磨，削平。屡：凸起的部分。冯冯：拟声词，模拟削土声。 ⑤百堵：极言其多。皆兴：形容建筑物拔地而起。 ⑥鼛：大。弗胜：不能胜任，不能超过，言下之意，大兴土木所发出的声音为大鼓所不能及。 ⑦立：建设。皋门：皇城五门之中最外面的门。 ⑧有：语气助词，无实义。伉：门高耸貌。 ⑨应门：皇城五门之一，是皇宫正门。 ⑩将将：庄严肃穆。 ⑪冢土：大祭坛，古人有重大行动，往往在祭坛上以神的名义动员民众。 ⑫戎：大。丑：同“俦”，同类。攸：形容水平缓流动，此处指人流如水汇聚状。

肆不殄厥愠[①]，亦不陨厥问[②]。	虽未消除对西戎的怨愤，但是也未丧失文王美名。
柞棫(yù)拔矣[③]，行道兑矣[④]。	柞树棫树都已经拔出，道路都已经畅通。
混夷駾(tuì)矣[⑤]，维其喙(huì)矣[⑥]。	昆夷部落已在视野中消失，只是因为他们困顿无暇顾及。

古公亶父在中国历史上是有名的以退让求和平的典型，所以此章侧重写古公亶父以退为进的政治智慧。很多解读都把这一章的相关事实解读错了，古公亶父回避战争，并不影响他的美名。以退为进，换得一个长治久安的休养生息之地，为后世文王、武王的崛起做铺垫。

虞芮质厥成[⑦]，文王蹶厥生[⑧]。	虞芮和平交好，文王感化他们的本性。
予曰有疏附[⑨]，予曰有先后[⑩]。	因此很多诸侯归附，辅政大臣忠心耿耿。
予曰有奔奏[⑪]，予曰有御侮[⑫]。	文王美名家喻户晓，众志成城抵御外侮。

这一章写文王以和平的方式解决诸侯争端，同时感化了周边诸侯。修文德而远人归附，重教化而复归本性，国内政治平安有序，众志成城共御外侮。

---

①肆：遂，所以。殄：断绝，灭绝。厥：其。愠：怨愤。 ②陨：丧失，废止。厥：其，指代文王。问：同“闻”，美好的名声。 ③柞：柞树，有刺。棫：白桵，丛生的杂树。拔：除，清除。 ④行道：道路。兑：畅通。 ⑤混夷：昆夷，古代西部部落名称。駾：逃遁。 ⑥维：同“唯”，“维其”即唯有。喙：困顿，陷入困境。 ⑦虞：古国名，在今山西省平陆县。芮：古国名，在今山西省芮城县。质：评判，裁定。厥成：交好。 ⑧蹶：感动。厥：其。生：同“性”，本性。 ⑨予：我，诗作者自称。曰：语气助词，无实义。有：使某人或某群体获得存在感。疏附：让疏远的人归附。 ⑩先后：励精图治，国家治理有序。 ⑪奏：同“走”。奔奏：使文王之德奔走相告，家喻户晓。 ⑫御侮：抵抗外侮，抵御外敌。

这是周族的史诗，重点记述古公亶父的远见卓识和历史功勋。作者生于文王时代，最后两章回到现实，写文王接续古公亶父的伟大事业，不负众望，开创了全新局面。古公亶父是周代建国之前部落阶段重要的开创性人物，相传是后稷的第十二世孙，周文王的祖父。古公亶父的开创不在于征战的成功，而在于避战的成功。面对强大的西戎，战争的风险太高，与其玉石俱焚，不如避其锋芒。于是决定东迁。走到周原这个地方后，古公亶父决定不走了。

全诗九章可以分为三个部分。第一部分第一章写东迁的原因。第二部分为第二至第七章，写古公亶父率领部族东迁的全过程：率部启程、决定选址、划分疆界、规划工程、兴建城邦、修建皇城。第三部分为第八、第九章，回到现实，写周文王对外成功规避战争，像拔掉柞和棫一样处理好了各种战争威胁；写周文王以和平方式处理与临邦的纷争，赢得天下归心，众志成城。第三部分，其实放在全诗中看，与第一部分相呼应，写的就是东迁的圆满结果。

本诗艺术上最大的特点是赋的充分运用。铺排叙事，直抒胸臆，与其说是诗歌，不如说是韵文。布局宏大，内容丰富，文辞典雅，是史诗中的经典之作。

棫朴

芃芃(péng)棫(yù)朴[①]，薪之槱(yǒu)之[②]。　　白桵枹木好茂盛，砍它做柴堆起来。
济济辟王[③]，左右趣之[④]。　　庄严恭敬周文王，左右效法好英才。

文王勤政，左右仿效。开头两句以白桵、枹木茂盛，寓意周王开国之初气象万千，国势蒸腾日上。

济济辟王，左右奉璋[⑤]。　　庄严恭敬周文王，左右捧璋皆仿效。
奉璋峨峨[⑥]，髦(máo)士攸宜[⑦]。　　手捧玉璋神肃穆，才俊之士做得好。

文王敬天，才俊仿效。敬天爱人，国之大事。周文王在祭祀上坚持做出表率，以上率下，民本思想才能落实。

淠(pì)彼泾舟[⑧]，烝(zhēng)徒楫之[⑨]。　　顺水漂流在泾河，众人齐心划船桨。
周王于迈[⑩]，六师及之[⑪]。　　周王兴兵去讨伐，六军相随气势强。

文王出征，六军紧随。开头两句也是起兴和比喻兼用，泾河行船那么神速，那是因为众人齐心划桨。自然引申出下文，文王出征必胜，那是因为六

---

①芃芃：茂盛状。棫：白桵。朴：枹木，榆科类落叶乔木。　②薪：作动词用，以……作为薪。之：指上一句所说的“芃芃棫朴”。槱：积累。　③济济：庄严恭敬。辟：同“君”。　④趣：同“趋”，趋附。之：指文王。　⑤奉：捧。璋：玉圭一剖为二即为璋。　⑥峨峨：严肃端庄。　⑦髦士：才俊之士。攸：所。宜：适宜，做事有分寸。　⑧淠：顺水行舟。彼：那。泾：泾河，河水注入渭水。　⑨烝：众。烝徒：众人。楫：船桨，用作动词，用桨划船。　⑩于：往。迈：行，指文王帅师出征。　⑪六师：指朝廷军队，朝廷拥有六军（师），诸侯拥有三军。及：跟随。

军紧紧相随，听从指挥。

倬(zhuō)彼云汉[①]**，为章于天**[②]。	云汉迢迢多广阔，上天绘就花纹来。
周王寿考[③]**，遐不作人**[④]？	文王德高寿也高，何不培育栋梁材？

德高望重，作育英才。开头两句，是起兴也是比喻。银河广且高，众人仰视仰慕；天河的花纹乃是鬼斧神工，也因为位高而被众人仰视。文王之胸怀如云汉宽广，文王之才学如天河高深。

追琢其章[⑤]**，金玉其相**[⑥]。	精雕细刻绘花纹，金玉品质是本相。
勉勉我王[⑦]**，纲纪四方**[⑧]。	勤勤恳恳周文王，正本清源治四方。

金玉品质，纲纪四方。社会治理需要逻辑思维，需要精雕细刻；金玉品质，是实现纲纪四方的关键。这个品质，也许是人品，也许是官品，也许是品质化的管理。社会治理如刻金雕玉一样，勤勉认真！

本诗赋、比、兴兼用，以贵族见证人的视角和口吻，热情歌颂了周朝开国之君周文王独特政治智慧的高卓和政治实践的成功。第一，周文王能够以上率下，凡事做出榜样，上行下效，左右效仿，大业已经成功了一半。第二，重视祭祀，慎终追远，强调政权的合法性，缅怀政权的连续性，自己不

---

①倬：大，广大。云汉：天河，银河。 ②为：作。章：花纹。 ③考：老。寿考：长寿。 ④遐不：何不。作：培养。人：人才。 ⑤追：刻金。琢：刻玉。其：指被雕刻的对象。 ⑥其：是。相：本质。 ⑦勉勉：勤勉。 ⑧纲：网的总绳；纪：头绪。纲纪：引申为治理。四方：天下。

忘天命，不忘祖训。于是，群臣自然也能够笃敬天命，缅怀先哲，拥有感恩之心。第三，加强军队建设，这是立国的保障。第四，自身道德文章的提升，同时加强人才培养，这是国家发展的支柱。第五，品质化的管理，本诗提出了一种雕琢管理模式，金玉品质般的质量追求。做到这五点，国家没有不兴旺的道理！

旱麓

瞻彼旱麓[1]，榛楛(hù)济济[2]。　　遥望旱山脚下，榛树楛树茂密。
岂弟君子[3]，干禄岂弟[4]。　　慈爱平易文王，身在高位平和。

首句起兴，末句特别有味道，身处高位，贵为诸侯，依然慈爱，依然平易，依然平和。这种平和之气，是中国当代很多富贵者都缺乏的宝贵品质。

瑟彼玉瓒[5]，黄流在中[6]。　　洁净光鲜的玉瓒，黄色老酒在其中。
岂弟君子，福禄攸降[7]。　　慈爱平和周文王，福禄自然为天赐。

玉瓒在手，老酒祭祀。心诚如此，心想事成。

鸢(yuān)飞戾天[8]，鱼跃于渊。　　雄鹰展翅上青天，大鱼疾驰在深渊。
岂弟君子，遐不作人[9]？　　慈爱平和周文王，为何不能育英才？

前两句起兴兼比喻，鸢飞戾天者英才也，鱼跃于渊者潜龙也。快乐平易的周文王，自然能够广纳英才，人尽其才。

---

①瞻：望。旱：旱山。麓：山坡。 ②榛：榛树。楛：楛树，赤色，可做箭干。济济：众多貌。 ③岂弟：同“恺悌”，慈爱平和。 ④干：求。 ⑤瑟：洁净光鲜。彼：那。玉瓒：圭瓒，有柄的酒器。 ⑥黄流：黄色的老酒。在中：在玉瓒之中。 ⑦攸：所。降：降临，恩赐。 ⑧鸢：老鹰。戾：到达。天：青天，人因背光仰望而看到的青色天空。 ⑨遐不：何不。作人：培养人。

清酒既载①，骍（xīng）牡既备②。 清酒已备装玉瓒，赤色公牛已准备。

以享以祀③，以介景福④。 用来上供和祭祀，祈求上苍赐大福。

这一章纯用赋的手法，前两句写的清酒和骍牡，都是祭祀用的最珍贵的祭品。文王以此祭祀，旨在为民求大福。

瑟彼柞棫⑤，民所燎矣⑥。 密密麻麻柞树林，百姓火烧祭神灵。

岂弟君子，神所劳矣⑦。 慈爱平和周文王，天神愿意犒劳您。

燃烧柞树、棫树，那是庶民求福，这又何尝不是文王所求？所以，这一章没有写文王的祭祀，只写庶民的行为。

莫莫葛藟（lěi）⑧，施（yì）于条枚⑨。 葛藤藟藤好繁密，发荣滋长上树枝。

岂弟君子，求福不回⑩。 慈爱平和周文王，不违天意求福祉。

首句起兴兼比喻，因为心诚，因为为民请命，所以文王得到的福报一如葛藟发荣滋长，绵绵不绝。

这首诗相对比较简单，就是歌颂周文王。歌颂他什么呢？诸多说法，莫

---

①清酒：与浊酒相对，充分分离酒糟后的酒。载：装入酒樽。 ②骍：本指赤色马，此处借指赤色。牡：雄性动物，此处特指公牛。 ③享：上供。祀：祭祀。 ④介：求。景：大。 ⑤瑟：众多。柞：柞树。棫：棫树。 ⑥民：庶民。燎：放火烧。 ⑦劳：犒劳，慰劳。 ⑧莫莫：繁密貌。葛：藤的一种，纤维含量高，通常用来织葛布。藟：蔓生植物，茎相较于葛要粗一些。 ⑨施：蔓延。条：枝条。枚：树干。 ⑩不回：不违。

衷一是。我认为，歌颂周文王的品质：恺悌。用今天的话说，就是慈爱平易，拥有善良而慈悲的心，用这颗心来善待百姓，用这颗心来为百姓祈福，以百姓之心为心，以百姓之福为福，哪里用得着祈求上天和神明？上苍自然会垂爱，神灵自然会厚爱！慈爱与平和，是中国未来需要重塑的民族性格和价值追求！

思齐

思齐大任[1]，文王之母[2]。	怀念堪为楷模的太任，她是文王的母亲。
思媚周姜[3]，京室之妇[4]。	怀念美丽端庄的太姜，她是太王的贤妻。
大姒嗣徽音[5]，则百斯男[6]。	太姒接续美名，于是多生贵子。

赞扬周族三代贤惠的妻子，古公亶父的妻子太姜，王季的妻子太任，文王的妻子太姒。三代贤妃，是周族立国的血脉根基。首句的“思”训为语气词，不妥；“齐”训为“斋”也不妥，儒家“见贤思齐”的“思齐”源头正在于此句，这是歌颂太任母仪天下的贤淑品德。

惠于宗公[7]，神罔时怨[8]，	对宗族长者孝顺，神灵无所怨，
神罔时恫(tōng)[9]。	神灵无所痛。
刑于寡妻[10]，	礼法由正妻开始做表率，
至于兄弟[11]，以御于家邦[12]。	对兄弟也一视同仁，由此推广到整个国家。

歌颂文王的美德，孝顺宗族长者，神灵无怨无恨；礼法以身作则，正妻开始，兄弟不例外，以此道来治理国家，可谓易如反掌。这是周代礼治思想的实践。

---

①思：怀念。齐：堪为仿效。大任：太任，文王母亲。 ②文王之母：承上一句，明确太姒的身份。 ③思：语气词，无实义。媚：美好。周姜：太姜，文王的祖母，古公亶父的妻子。 ④京室：王室。 ⑤嗣：继承，接续。徽：美。音：声誉。 ⑥百：极言其多。斯男：这些儿子。 ⑦惠：柔顺，孝顺。宗公：宗亲中的长者。 ⑧神：泛指包括祖宗在内的神灵。罔：没有。时：所。怨：怨言。 ⑨恫：痛，哀痛。 ⑩刑：礼法。于：给，为。寡妻：正妻。 ⑪于：到。 ⑫以：从而。御：推广。家邦：整个国家。

雍(yōng)雍在宫[①]，肃肃在庙[②]。	在宫中和颜悦色，在宗庙严肃恭敬。
不显亦临[③]，无射亦保[④]。	不显达的人也看望，讨厌的人也怜悯。

歌颂文王的慈爱和善，宫中和颜悦色，宗庙庄严肃穆，地位低下的人也常常看望，即便是自己不喜欢的人也能够怜悯和保护。为人君，最高境界莫过于此。

肆戎疾不殄[⑤]？烈假不瑕[⑥]？	大灾难不就灭绝了？各种烈性疾病不就停止了？
不闻亦式[⑦]，不谏亦入[⑧]。	还没听完好的方法就采用，还没听完好的谏言就采纳。

因为醇厚至德，所以得到神灵庇护，大的灾难没有了，疾病没有了，好的方法迫不及待采用了，好的谏言迫不及待采纳了。如此，国家不发展才奇怪。

肆成人有德[⑨]，小子有造[⑩]。	故成年人有道德，年轻人有建树。
古之人无斁(yì)[⑪]，誉髦(máo)斯士[⑫]。	过去的贤者不厌其烦，称赞这些人出类拔萃。

周文王治下的善政效果，年长者有道德，年轻者有作为，多少年来，贤人称赞文王时代人才辈出。

---

①雍雍：谐和。 ②肃肃：恭敬。 ③显：显贵，显达。亦：也。临：莅临体恤。 ④无：语气助词，无实义。射：厌。保：怜悯，保护。 ⑤肆：故，所以。戎：大。戎疾：灾难。不：语气词，表强调预期。殄：灭绝，消除。 ⑥烈假：同“疠瘕”，疾病。瑕：终止，停止。 ⑦闻：听说。亦：就。式：采用。 ⑧谏：谏言。亦：就。入：采纳。 ⑨肆：故，因此，所以。成人：成年人。德：道德。 ⑩小子：年幼的人。造：成就，作为。 ⑪古之人：过去的贤者。斁：厌倦，厌烦。无斁：不厌其烦。 ⑫誉：赞誉，称道。髦：俊，才俊，英才。斯士：这些人。

这首诗歌颂的主角有四个：太王古公亶父之妻太姜（文王祖母）、王季之妻太任（文王母亲）、文王之妻太姒、周文王。在周朝开国之初，创造周朝开国气象，太姜、太任、太姒三个伟大的女性的确功不可没。太姜不贤，古公亶父难成气候；太任不贤，王季难以发展；太姒不贤，姬昌难以图强。当然，长久富贵，除了女人的贤惠，还有男人的修为。文王就是积极修为的典型，不因祖上的积累而懈怠或骄傲，依然慈爱，依然谦恭，依然平和，依然礼贤下士，依然保持恭敬之心，克勤克俭，勤勉为民。如此，才有西周文明！

皇矣

皇矣上帝[①]！临下有赫[②]。	伟大的天帝啊！明显感觉您的存在。
监观四方[③]，求民之莫[④]。	监视观察天下，为黎民百姓求安定之策。
维此二国[⑤]，其政不获[⑥]。	只因为那个殷商，他的政治不适当。
维彼四国[⑦]，爰究爰度[⑧]？	您看天下这么多国家，研究判断哪个能承接天命？
上帝耆(qí)之[⑨]，憎其式廓[⑩]。	上帝憎恶殷商，尤其痛恨其庞大的混乱局面。
乃眷西顾[⑪]，此维与宅[⑫]。	于是回头向西看看，文王因教化值得居处。

借上帝之眼观察，借上帝之脑思考，借上帝之口做判断，文王乃天命所归。从社会实践看，与其说文王是天命所归，不如说他以人为本，以民为本。

作之屏之[⑬]，其菑(zì)其翳[⑭]。	砍掉它除掉它，那些枯木那些枯枝。
修之平之[⑮]，其灌其栵(lì)[⑯]。	修剪它治理它，那些灌木和枯枝。
启之辟之[⑰]，其柽(chēng)其椐(jū)[⑱]。	开辟道路，道旁栽上河柳和灵寿木。

---

①皇：大。上帝：天帝，上天，上苍。 ②临：莅临，居高而看低处。赫：明显。 ③监：监视。观：观察。四方：天下。 ④莫：安定。 ⑤二国：上国殷商，“二”在小篆当中写作“上”，隶书中依然保留这种写法；此处“二”同“上”。 ⑥获：适当。 ⑦四国：天下诸国。 ⑧爰：于是。究：谋划。度：思考，研判。 ⑨耆：憎恶。之：指殷商。 ⑩憎：憎恶。其：指代殷商。式：殷商的局面。廓：大。 ⑪眷：眷顾。西顾：向西看。 ⑫此：指文王。维：只。与宅：与之居住，与之居处。 ⑬作：同“斫”，斩。之：杂树枯枝。屏：同“摒”，铲除。 ⑭其：那些。菑：枯木未倒。翳：枯木已倒。 ⑮修：修剪多余的树枝。平：治理。 ⑯灌：丛生灌木。栵：砍伐后树桩上新生的枝条。 ⑰启：开启。辟：开辟。 ⑱柽：又称河柳、柽柳。椐：灵寿木，枝条多节瘤，世人喜欢用它做拐杖。

攘之剔之[①]，其檿(yǎn)其柘(zhè)[②]。	削掉它清除它，那些山桑那些黄桑。
帝迁明德[③]，串夷载路[④]。	上帝支持道德高尚者，混夷只好逃遁。
天立厥配[⑤]，受命既固[⑥]。	上天给太王选配太姜，太王承接天命固若金汤。

本章赋和兴融合使用，形象描绘了太王古公亶父率众人披荆斩棘、开拓疆土的艰难历程。

帝省其山[⑦]，柞棫斯拔[⑧]，	上帝视察岐山，柞树和棫树都拔了，
松柏斯兑[⑨]。	松树柏树都长起来。
帝作邦作对[⑩]，	上帝扶持周邦选配贤妃，
自大伯王季[⑪]。	从太伯考察到王季。
维此王季，因心则友[⑫]，	就是这个王季，继承太王仁心善待他人，
则友其兄，则笃其庆[⑬]；	善待兄弟，善待亲人；
载锡之光[⑭]，受禄无丧[⑮]，	就赐给他无上荣光，他的福禄永远不会丧失，
奄有四方[⑯]。	他的福泽覆盖四方。

以赋的手法写王季传承太王的仁政，继续获得天帝的青睐，国家因此而健康发展。

---

①攘：排除。剔：削掉，削除。 ②檿：山桑。柘：黄桑。 ③迁：移，就，引申为支持。明德：美德。 ④串夷：混夷，西戎一支。载路：奔驰于道路，引申为远遁。 ⑤立：定。厥：他的。配：太姜，古人认为太姜嫁给太王，也是上天的安排。 ⑥受命：接受天命。固：日益稳固。 ⑦省：视察。其山：岐山。 ⑧柞：柞树。棫：棫树，白桵。斯：语气词，无实义。 ⑨兑：直立。 ⑩作邦：兴建国家。作对：派遣国君，安排国君。 ⑪大伯：太伯，古公亶父的长子。王季：古公亶父的三子季历。 ⑫因：因袭，承接。心：太王的仁厚之心。友：善待他人。 ⑬笃：厚待。庆：训作“亲”比较容易理解。 ⑭载：则，就。锡：同“赐”。之：天帝，或指太王。光：荣耀。 ⑮受：承接，承受。丧：丧失。 ⑯奄：覆盖。有：拥有。四方：天下。

维此王季，帝度(duó)其心，	就是这个王季，天帝揣度他的内心，
貊(mò)其德音①。	让他名声清洁无瑕。
其德克明②，克明克类③，	他的道德能够发扬光大，能够明辨是非、区分善恶，
克长克君④，	能够胜任族长和国君，
王此大邦⑤，克顺克比⑥。	能够担当这大国的国君，能够顺应民意、亲近人民。
比于文王，其德靡悔⑦。	至于文王姬昌，他的道德没有什么瑕疵。
既受帝祉⑧，施(yì)于孙子⑨。	既然接受了天帝的福祉，那就延续到文王的子孙。

这一章以赋的手法，歌颂王季和文王的仁心德政。

帝谓文王："无然畔援⑩，	上帝对文王说："不要放纵暴虐行为，
无然歆(xīn)羡⑪，诞先登于岸⑫。"	不要羡慕他人，先抢占高位才能控制局面。"
密人不恭⑬，敢距大邦⑭，	密国人不恭敬，居然敢抗拒周邦，
侵阮徂共⑮。	居然侵入阮国和共国。
王赫斯怒⑯，	文王震怒，

①貊：静，清静。德音：美好的名声。 ②克：能够。明：明察。 ③克类：能区分好坏善恶。 ④克长：能为族长。克君：能为君上。 ⑤王：称王。大邦：大国。 ⑥克顺：能够顺从民意。比：亲近，倾向。克比：能够亲近黎民。 ⑦靡：没有。悔：同"晦"。 ⑧祉：福祉。 ⑨施：延伸。 ⑩然：要。畔援：放纵暴虐。 ⑪歆羡：羡慕。 ⑫诞：发语词，无实义。先登：抓住先机抢占。岸：引申为制高点。 ⑬密：古国名，密国为周文王所灭。恭：恭敬。 ⑭敢：竟敢。距：同"拒"，抗拒，不服从。大邦：周邦。 ⑮侵：侵犯。阮：古国名。徂：到达。共：共国。 ⑯王：周文王。赫：勃然。斯：就。怒：震怒。

爰整其旅[①]，以按徂旅[②]。 整顿军旅，弹压侵入阮国和共国之敌。

以笃于周祜(hù)[③]，以对于天下[④]。 用来强化周邦的国运，用来安抚天下的民心。

歌颂周文王秉承上帝的旨意，平定密国的放纵暴虐，强化国运，安定民心。

依其在京[⑤]，侵自阮疆[⑥]。 凭借着丰京强大的军队，战胜了侵入阮疆的敌人。

陟我高冈[⑦]， 凯旋登上高冈，

无矢我陵[⑧]，我陵我阿[⑨]； 没有人敢侵占我的丘陵，那是我的丘陵、我的山坳；

无饮我泉，我泉我池。 没有人敢来饮我的泉水，那是我的泉水、我的池塘。

度其鲜原[⑩]， 我正在规划我的山岗和平原，

居岐之阳，在渭之将[⑪]。 居住在岐山之南，生活在渭水之滨，

万邦之方[⑫]，下民之王。 文王堪做诸侯的榜样，文王可以做天下之王。

歌颂周文王平定阮疆后，面对周国河山发出的豪迈畅想，认定文王是天下楷模，万民之王。

①整：整肃，统帅。旅：师旅，军队。 ②以：于是。按：镇压。徂旅：先期侵犯阮国和共国的密国军队。 ③笃：增加，加厚，巩固。周祜：周的福祉，即周的国运。 ④对：安定，应对。天下：天下民心和舆论。 ⑤依：凭借。京：文王为诸侯国君时的国都丰京。 ⑥自：从。阮疆：阮国疆域。 ⑦陟：登上。 ⑧矢：陈列。陵：大土山。 ⑨阿：山坳。 ⑩度：估量，计算。鲜：同“巘”，山地。原：平原。 ⑪渭：渭河。将：旁，即渭水边。 ⑫方：榜样，仿效的对象。

帝谓文王："予怀明德①。	天帝对文王说："我非常欣赏你仁厚至德。
不大声以色②，不长夏以革③。"	不崇尚疾言和厉色，不崇尚荆刑和鞭刑。"
不识不知④，顺帝之则⑤。	不知不觉，遵守上天法则。
帝谓文王："询尔仇方⑥。	上帝告诫文王："向你的仇邻学习。
同尔弟兄⑦，以尔钩援⑧，	团结你的兄弟，用你的攻城器械，
与尔临冲⑨，以伐崇墉⑩。"	用你的临车、冲车，去攻打崇国城墙。"

歌颂文王遵从天帝旨意，刚柔相济，内修政治，怀柔于民，外攻叛敌，以绝后患。

临冲闲闲⑪，崇墉言言⑫。	临车和冲车猛烈撞击，崇国城墙高大又厚实。
执讯连连⑬，攸馘(guó)安安⑭。	抓获俘虏一个接一个，割下左耳多又多。
是类是祃⑮，是致是附⑯。	发兵前后都要祭祀，征服交由其自治。
四方以无侮⑰，临冲茀(fú)茀⑱。	天下从此没人敢欺侮，临车、冲车高频率冲击。
崇墉仡(yì)仡⑲，是伐是肆⑳，	崇国城墙那么高峻，攻打加上突袭，
是绝是忽㉑，四方以无拂㉒。	于是灭该国家消灭敌军，从此天下再无违抗。

---

①怀：眷恋，眷顾，厚爱。明德：美德。 ②大：崇尚。以：和。 ③长：崇尚。夏：夏楚，荆条，用荆条抽打的肉刑。革：用皮带抽打的肉刑。 ④不识不知：不知不觉。 ⑤则：准则，法则。 ⑥仇方：邻国，甚至有仇的邻国。 ⑦同：团结。 ⑧以：用。钩援：古代攻城器具，用钩子钩住城墙，攀缘而上。 ⑨临冲：古代两种战车，居高临下而冲击的战车称为"临"，直接平行冲击的战车称为"冲"。 ⑩伐：讨伐。崇：崇侯虎的封国，后为文王所灭。墉：城墙。 ⑪闲闲：强力冲击状。 ⑫言言：高大坚固状。 ⑬执：抓获。讯：俘虏。连连：持续不断。 ⑭攸：所。馘：战争中割掉俘虏左耳朵记功。安安：极言其多。 ⑮是：于是。类：古代出兵前的一种祭祀天神的活动。祃：古代军旅进行之中的一种祭祀天神的活动。 ⑯是：于是。致：攻而不取。附：安抚使之归附。 ⑰侮：欺侮，攻击。 ⑱茀茀：高频率冲击貌。 ⑲仡仡：同"屹屹"，高峻貌。 ⑳肆：快速突袭。 ㉑绝：赶尽杀绝。忽：消灭。 ㉒拂：违抗，违逆。

歌颂周文王率军攻打崇国的大智大勇，塑造了文王对人民和善、对邻友善、对顽敌强硬的君主形象。

这是周民族的创业史诗，《皇矣》侧重歌颂了周文王的辉煌功绩。贯穿全诗的有两条明线：第一条线索是天命。周文王成为一代贤君，乃是天帝所选，天命所归。这种天命有一以贯之的传承，上天的眷顾，从太王古公亶父开始，到王季，再到文王姬昌，因为有天命在身，所以有一种睥睨天下的自信。第二条线索就是人本。西周是中国人本思想自觉的时代。虽然周代统治者以各种方式歌颂天命，以各种方式祭祀天帝，但是最高层统治者非常明白，民心才是最重要的。“皇天无亲，惟德是辅”“天命靡常，惟德是辅”早已成了周朝统治的核心。基于这种思想，周代开国之君悟出了民本思想，实行了民本政治，推行礼治路径，强调道德教化，最终开创了西周盛世文明。另有一条暗线，那就是强军。周代文明的鼎盛，归结于三个重要因素：天命+民本+强军。如果没有强军作为保障，“惟德是辅”毕竟抵挡不住横流的物欲和永不满足的人欲，对待具有杀伤力的反动力量，必须以压倒一切的气势收拾它、征服它或摧毁它。天命是幌子，民本是根基，强军是保障。这是西周文明的核心密码。所以，本诗才集中精力和笔墨，侧重写了这三个内容。读诗如同读史，给人智慧。

灵台

经始灵台[1]，经之营之[2]。 开始筹划灵台，设计它创建它。
庶民攻之[3]，不日成之[4]。 庶民来建设它，不久就能建成。
经始勿亟[5]，庶民子来[6]。 建设欲速不达，庶民招之即来。

以赋的手法，写文王兴建灵台，目的在连接天和人。

王在灵囿[7]，麀（yōu）鹿攸伏[8]。 文王游乐在灵囿，母鹿静静匍匐着。
麀鹿濯濯[9]，白鸟翯（hè）翯[10]。 母鹿肥美，白鸟洁白。
王在灵沼[11]，於（wū）牣（rèn）鱼跃[12]！ 文王在灵沼，灵沼游鱼跳。

写文王游乐灵囿和灵沼，那里有母鹿和鱼儿充满生机。

虡（jù）业维枞（cōng）[13]，贲鼓维镛[14]。 直木大板上有枞，上挂大鼓和大钟。
於论鼓钟[15]，於乐辟（bì）廱（yōng）[16]。 啊，钟声鼓声和谐，啊，周王快乐在离宫。

写周王之乐在离宫，以钟鼓为乐。

---

①经始：同义复词，开始筹划。灵台：古代天象观察台，在今西安市西北方。 ②营：创造。 ③攻：建造。 ④不日：没多少时日。成：建成。 ⑤亟：急。 ⑥子来：如孩子般招之即来。 ⑦王：周文王。灵囿：帝王畜养禽兽的园林。 ⑧麀鹿：母鹿。攸：所。伏：匍匐。 ⑨濯濯：肥美润泽状。 ⑩翯翯：洁白润泽状。 ⑪沼：不规则的水池（圆形的称为池）。 ⑫於：叹词，表赞美。牣：充满。 ⑬虡：悬挂钟磬的直木。业：乐器架子横木中的大板。维：是。枞：乐器架子大板上悬挂钟磬的木挂钩之类。 ⑭贲鼓：大鼓。镛：大钟。 ⑮论：同“伦”，有序。 ⑯辟廱：周王离宫名，后称太学为辟廱。

於论鼓钟，於乐辟廱。	啊，钟鼓和谐，啊，王在离宫。
鼍(tuó)鼓逢逢(péng)[①]，矇瞍(méngsǒu)奏公[②]。	大鼓发出浑厚的声响，矇瞍奏乐祝成功。

离宫击鼓奏乐，祝贺文王的成功。

这首诗写周文王游园之乐和钟鼓之乐，似乎比较平淡，但是，平淡的背后，分明看出祭祀神灵的色彩开始淡下来，人享受自然、享受审美的追求却旺盛起来。从这首诗，可以看到人本主义的自觉。自己才是生活的主角，人生就是直播，没有彩排，走过了，做过了，享受了，就会有自己的收获和体验！此外，从这首诗中隐约体会到，周人重视乐教，显然是自觉，而不是源于神谕！

---

①鼍鼓：以扬子鳄的皮做的大鼓。逢逢：形容鼓声浑厚。 ②矇：有眼眸而不能见。瞍：无眸子。奏：演奏。公：同“功”。奏公：奏乐。

下武

下武维周[①]，世有哲王[②]。	继承祖业唯周邦，世世代代有哲王。
三后在天[③]，王配于京[④]。	三位贤王灵在天，姬发德高配为王。

赞美时代有哲王，赞美武王德配天命。这又何尝不是在提醒武王，如果哪一天德不能配天命，结果如何？

王配于京，世德作求[⑤]。	姬发德高配为王，世代美德相适应。
永言配命[⑥]，成王之孚[⑦]。	永远匹配上天命，成就武王的诚信。

歌颂武王道德高尚，尤其讲诚信，所以，配天命，配王位。反向思考，如果不配呢？歌颂中有劝诫！

成王之孚，下土之式[⑧]。	成就武王诚信，堪为天下榜样。
永言孝思[⑨]，孝思维则[⑩]。	永远孝顺长辈，孝顺即是榜样。

武王诚信是榜样，武王孝顺也是榜样。是赞美，又何尝不是期待呢？

媚兹一人[⑪]，应侯顺德[⑫]。	人民爱戴周武王，接续祖上醇厚德。
永言孝思，昭哉嗣服[⑬]。	永远慈爱又孝顺，发扬光大先祖业。

---

①下：后嗣。武：继承。维：只有。周：周代。 ②哲王：聪明睿智的贤明君主。 ③三后：太王、王季、文王。后：君主。 ④王：武王。配：与……相匹配。京：镐京，周的都城。 ⑤世德：代有传承的美德。求：同“逑”，匹配。 ⑥言：语气词。配：匹配。命：天命。 ⑦成：成就。王：武王。孚：诚信。 ⑧下土：天下。式：范式，榜样。 ⑨孝：孝顺。思：语气助词，无实义。 ⑩维：是。则：法则，榜样。 ⑪媚：热爱。兹：这。一人：周武王。 ⑫侯：乃。顺德：和善的美德。 ⑬昭：光大。哉：语气词。嗣：继承。服：事业。

赞美武王，也期待武王，只能负重前行，不能消极颓废，否则商纣王就是前车之鉴。

昭兹来许[1]**，绳其祖武**[2]**。** 昭告周王后嗣，效法先祖德政。
於(wū)万斯年[3]**，受天之祜(hù)**[4]**。** 如此国运长久，承接上天赐福。

祝福国运长久，同时强调务必效法先王。

受天之祜，四方来贺[5]**。** 承受上天赐福，天下都来祝贺。
於万斯年，不遐有佐[6]**？** 如是国运无疆，为何不来辅佐？

承受上天赐福，前提是德配上天；同时，需要有贤臣辅佐，劝诫武王重视贤臣！

本诗是歌颂武王继承先祖功业的赞美诗。以赋的手法直抒胸臆，表达了对武王继承先祖传统道德治理路径，诚信孝慈，德治天下的期待。无论是西周君王，还是西周辅政大臣，都清楚记得纣王失德而亡天下的历史教训，所以，这首诗的作者巧妙地把歌颂和告诫融为一体，歌颂中有告诫，告诫中有歌颂，让武王和王公贵族听得下去、听得进去，诗歌的目的也就达到了。拳拳赤胆忠肝，天地可鉴。

---

①昭：昭告。兹：语气词，同“哉”义。来许：后继者，后嗣。 ②绳：以……为准绳，效法。祖武：先祖的功绩。 ③於：叹词，啊。斯：语气词，无实义。 ④受：接受。祜：福祉。 ⑤四方：天下诸侯。 ⑥不遐：何不。佐：辅佐。

文王有声

文王有声[①]，遹(yù)骏有声[②]。	文王有美好的名声，他的大名传扬四海。
遹求厥宁[③]，遹观厥成[④]。	但求百姓安宁，开国终于成功。
文王烝哉[⑤]！	文王真伟大啊！

文王受命开国，美名传扬天下。

文王受命[⑥]，有此武功[⑦]。	文王接受天命，建立不世功勋。
既伐于崇[⑧]，作邑于丰[⑨]。	曾经讨伐崇国，接着修建丰京。
文王烝哉！	文王真伟大啊！

歌颂文王受命伐崇，成功迁都丰京。

筑城伊淢(xù)[⑩]，作丰伊匹[⑪]。	筑城修好护城河，丰京规划做示范。
匪棘其欲[⑫]，遹追来孝[⑬]。	并非满足私欲，传承先祖美德。
王后烝哉[⑭]！	文王真伟大啊！

歌颂文王营建丰京，传承先祖美德。

---

①声：声誉。 ②遹：同“聿”，句首发语词，无实义。骏：大。 ③求：祈求。厥：指代民众。宁：安宁。 ④观：看到。厥：指代国家。成：开国成功。 ⑤烝：美。 ⑥受命：接受天命。 ⑦武功：开国往往伴随着武力，所以称为武功。 ⑧伐：讨伐。崇：崇国。 ⑨作：兴建。邑：城。丰：丰京。 ⑩筑城：修建丰京城。伊：语气词，无实义。淢：护城河。 ⑪作丰：修建丰京。匹：相匹配。 ⑫匪：同“非”。棘：同“亟”，急。欲：欲望。 ⑬追：继承，追念。来孝：先祖流传下来的美德。 ⑭王后：国君，后训作“君”。

王公伊濯[①]，维丰之垣[②]。 文王功勋卓著，就像丰京城墙。
四方攸同[③]，王后维翰[④]。 天下诸侯归心，文王是主心骨。
王后烝哉！ 文王真伟大啊！

歌颂文王以德政让天下归心。

丰水东注[⑤]，维禹之绩[⑥]。 沣水东流到渭水，都是大禹治水功。
四方攸同，皇王维辟[⑦]。 天下诸侯都归附，武王堪称楷模。
皇王烝哉！ 武王真伟大啊！

以大禹起兴，以大禹衬托，歌颂武王开创周朝伟业。

镐京辟廱（yōng）[⑧]，自西自东， 镐京教化有辟廱，慕名而来自西东，
自南自北，无思不服[⑨]。 慕名而来自南北，天下无人不服周。
皇王烝哉！ 武王真伟大啊！

歌颂武王开教化风气之先，怀柔而服远人。

---

①公：同“功”，事。伊：语气助词，无实义。濯：大。 ②维：是。垣：矮墙，泛指城墙。 ③四方：天下诸侯。攸：所。同：归附，归心。 ④翰：本义为长而坚硬的鸟翅，引申为骨干、支柱。 ⑤丰水：沣水，渭河支流。东注：向东流而注入渭河。 ⑥禹：大禹，中华民族伟大的治水专家。绩：功绩。 ⑦皇：大。皇王：指周武王。辟：楷模。 ⑧镐京：武王兴建的首都。辟廱：学宫，武王行教化的地方。 ⑨思：语气词，无实义。

考卜维王[①]，宅是镐京[②]。	武王占卜决疑，决定定都镐京。
维龟正之[③]，武王成之[④]。	龟甲再次验证，武王建成镐京。
武王烝哉！	武王真伟大啊！

歌颂武王审时度势，高瞻远瞩迁都镐京。

丰水有芑(qǐ)[⑤]，武王岂不仕[⑥]？	沣水多有水芹菜，武王怎会不作为？
诒厥孙谋[⑦]，以燕翼子[⑧]。	千秋大业馈后世，仿佛燕翼护子孙。
武王烝哉！	武王真伟大啊！

以沣水多水芹菜起兴，歌颂武王福泽子孙后世。

本诗是歌颂文王、武王的颂诗。以赋为主，热情洋溢地歌颂了在建立周王朝中起到重要作用的两位君王的卓越功勋。文王仁厚，擅长教化，本诗侧重点却突出其伐崇迁丰建都的武功；武王以重用姜尚伐纣，推翻商纣王而名垂青史，作者偏偏反其道而行之，侧重写武王建设辟廱，大兴教化，让天下归心的文治。一则让读者对周文王、周武王有一个全面的认识，文中有武，武中有文，文武兼用，方能开创天下；二则寄托了诗人的政治理想，那就是武王灭纣之后必须以礼乐教化治理天下。

---

①考：问。卜：占卜。维：同“唯”。王：武王。②宅：定居。是：这。镐京：武王的都城。③维：用。正之：验证，决定。④成之：建成它。⑤芑：水芹菜。⑥仕：同“事”。⑦诒：馈赠，遗赠。厥：其。孙：后代。谋：谋划。⑧燕翼：如燕翼保护子孙一样护佑。子：子孙。

生民之什

生民

厥初生民[①]，时维姜嫄[②]。	生下周人始祖的，是姜嫄。
生民如何[③]？	始祖如何出生？
克禋(yīn)克祀[④]，以弗无子[⑤]。	祭祀祈求上苍，以解决无子嗣命运。
履帝武敏歆(xīn)[⑥]，攸介攸止[⑦]。	踩上天帝脚印因感而孕，于是自觉独处。
载震载夙[⑧]，载生载育[⑨]，	整晚风雨交加直到天明，姜嫄生下孩子且抚育成人，
时维后稷[⑩]。	他就是周人的始祖后稷。

写后稷不同凡响的出生：母亲姜嫄踩到天帝的足迹感应而怀孕，后稷伴随风雨雷电而降生。

诞弥厥月[⑪]，先生如达[⑫]。	诞生的时候孩子足月，姜嫄初胎如期来到人间。
不坼(chè)不副[⑬]，无菑(zāi)无害[⑭]。	产门不破也无需助产士，无灾无害母子平安。

---

①厥：其，开始。生：诞生。民：周民族始祖后稷。 ②时：是。维：语气词，无实义。姜嫄：传说中有邰氏之女，周的始祖后稷之母。 ③生民如何：如何生下后稷。 ④克：能够。禋：升烟以祭，古代祭天的仪式。祀：祭祀。 ⑤弗：同“祓”，消灾。子：子嗣。 ⑥履：踏。帝：天帝。武：脚印。敏：疾，某种身体的感应状态。歆：飨，感受到某种气场的存在。 ⑦攸：于是。介：同“界”。止：幽静独处。这一句讲原始人类的保胎术。 ⑧载……载……：又……又……。震：风雨交加。夙：清晨、早晨。 ⑨生：诞生，生产。育：养育，抚育。 ⑩后稷：弃，姬姓，周的始祖，相传出生时因为出现胞衣未破之怪状，被遗弃，故得名弃。 ⑪诞：诞生。弥：满，足。厥：那。月：月份。 ⑫先生：初生，初胎。如达：如期来到。 ⑬坼：产门开裂。副：副手，助手，助产士。 ⑭菑：同“灾”。

以赫厥灵①，上帝不宁②。	上苍大显神灵，天帝有心绪不宁的感应。
不康禋祀③，居然生子④。	没能全心全意享受祭祀，天帝想不到这孩子安然出生。

后稷神异的诞生情景：虽然足月而生，如期而至，可是胞衣不破。天帝因此而心神不宁，回应第一章，告诉读者，后稷乃天帝之子。

诞置之隘巷⑤，牛羊腓(fēi)字之⑥。	把他放置在狭小的巷子，牛羊庇护哺育他。
诞置之平林⑦，会伐平林⑧。	把他放置在平原树林，恰巧碰上有人砍伐这些树林。
诞置之寒冰，鸟覆翼之⑨。	把他放置在寒冰之上，大鸟用温暖的双翼覆盖他。
鸟乃去矣，后稷呱矣⑩。	大鸟飞去了，后稷呱呱大哭。
实覃实訏(xū)⑪，厥声载路⑫。	哭声又长又洪亮，那声音充满道路。

既然是天帝之子，自然负有天命，自然不能被伤害，于是出现种种奇迹和神迹：弃在陋巷牛羊喂养，丢在平林遇上樵夫，放在寒冰上巨鸟以翅膀为之取暖，大鸟飞去后自己发出洪亮的声音，充溢着道路。总之，不能死，也不会死。

---

①赫：显赫。灵：灵异。 ②不宁：心神不宁。 ③不康：安乐。 ④生子：平安生子。 ⑤诞：句首发语词，无实义。置：弃置。之：指代后稷。隘巷：狭窄的巷子。 ⑥腓：庇护。字：本义为哺乳。 ⑦平林：平原上的树林。 ⑧会：适逢，碰巧。 ⑨鸟：大鸟。覆：覆盖。翼：用翅膀。⑩呱：婴儿啼哭声。 ⑪实：是。覃：拖长声音啼哭。訏：大。 ⑫声：哭声。载：满。

诞实匍匐[1]，克岐克嶷[2]，	后稷刚刚会爬行，就能站起来也能辨别事物，
以就口食[3]。	就能寻找吃的东西。
蓺之荏菽[4]，荏菽旆旆[5]。	后来就能种植大豆，大豆生长茂盛。
禾役穟穟[6]，麻麦幪幪[7]，	谷类颗粒饱满纷纷下垂，苎麻小麦繁密茂盛，
瓜瓞唪唪[8]。	小瓜一串又一串。

后稷仿佛天生就善于种植，幼儿时期种什么成什么。

诞后稷之穑[9]，有相之道[10]。	后稷真会种庄稼啊，有观察和选择土地的能力。
茀厥丰草[11]，种之黄茂[12]。	清除茂密的杂草，种上好的稻谷长势喜人。
实方实苞[13]，实种实褎[14]，	开始成长而含苞欲放，种什么都能长，
实发实秀[15]，实坚实好[16]，	发育而抽穗，坚实而饱满，
实颖实栗[17]。	稻谷成熟沉甸甸。
即有邰家室[18]。	后稷到有邰氏兴家立业。

成年的后稷更是不得了，播种百谷，百谷丰收。对农业的贡献巨大。

---

①实：是。匍匐：在地上爬行。 ②克：能够。嶷：准确辨别事物。岐：知意。 ③以：且。就：寻找。口食：食物。 ④蓺：栽种，种植。荏：大；菽：豆。荏菽：大豆。 ⑤旆旆：茂盛状。 ⑥禾：谷子，稻谷。役：同“颖”，谷穗。穟穟：谷粒饱满下垂状。 ⑦麻：苎麻。幪幪：茂盛状。 ⑧瓞：嫩瓜，小瓜。唪唪：形容瓜果数量众多。 ⑨穑：种庄稼。 ⑩相：观察选择辨别地块。道：办法，方法。 ⑪茀：清除。厥：那。丰草：茂密的草。 ⑫黄：好的稻谷。茂：长势喜人。 ⑬方：方始。苞：花尚未开放状，此处形容发芽尚未舒展状。 ⑭种：种植。褎：生长，长高。 ⑮发：发育。秀：稻谷扬花抽穗。 ⑯坚：坚实。好：饱满。 ⑰颖：稻谷沉甸甸下垂状。栗：稻谷成熟饱满状。 ⑱即：就，来到。有邰：有邰氏，后稷的封地。家室：成家立业。

诞降嘉种[1]，维秬(jù)维秠(pī)[2]。	上天恩赐好种子，黑黍和双仁黑黍。
维穈(mén)维芑(qǐ)[3]，恒(gèn)之秬秠[4]，	有红高粱和白高粱，广泛种植各种黑黍，
是获是亩[5]。	收获的庄稼按亩计算。
恒之穈芑，是任是负[6]，	普遍种植黄高粱、红高粱，挑回去，背回去，
以归肇祀[7]。	回到稻场开始祭祀。

上天也来帮忙，不仅赐下优良的种子，而且还使他获得了前所未有的丰收。这一章，写的是在“神”的支持下，后稷对原始农业的积极探索，与其说是神助，不如说是后稷的开拓创新。

诞我祀如何[8]？	祭祀如何操作？
或舂或揄[9]，或簸或蹂(róu)[10]。	有人舂米有人舀出，有人扬糠有人手搓。
释之叟叟[11]，烝之浮浮[12]。	淘米水声嗖嗖响，蒸米蒸汽噗噗。
载谋载惟[13]，取萧祭脂[14]，	于是谋划和思考，取些青蒿和肥肉，
取羝(dī)以軷(bá)[15]，载燔载烈[16]，	取些公羊来祭奠路神，于是烤着公羊烧着青蒿，
以兴嗣岁[17]。	祈求明年收成更好。

---

①降：天赐。嘉：好。种：种子。 ②维：是。秬：黑黍。秠：黑黍的一种。 ③穈：红高粱。芑：白高粱。 ④恒：同“亘”，广泛种植。 ⑤是：于是。获：收割，收获。亩：按亩计算产量。 ⑥任：肩挑。负：背扛。 ⑦归：把庄稼运回稻场。肇：开始。祀：祭祀。 ⑧如何：怎么办。 ⑨或……或……：有的……有的……。舂：用杵臼去掉谷壳。揄：舀取。 ⑩簸：以簸箕扬去米糠。蹂：同“揉”，用手搓尚未完全脱去的谷壳。 ⑪释：淘米。叟叟：淘米的声音。 ⑫烝：同“蒸”，用水蒸气将米蒸熟。之：米。浮浮：蒸汽冲出的声音。 ⑬载……载……：于是……于是……。谋：谋划。惟：思考。 ⑭取：取来。萧：青蒿，祭祀用。脂：脂肪，肥肉。 ⑮羝：公羊。軷：祭奠路神，祈求行车平安。 ⑯燔：烤。烈：烧。 ⑰兴：祈求兴旺。嗣：下一个。

写后稷带领周人祭祀的详细过程，祭祀的隆重、祭品的丰盛，侧面反映了当时农业文明高度发达。

áng 卬盛于豆[①]，于豆于登[②]。	妇女用木豆盛祭品，木豆不够用陶登。
其香始升，上帝居歆[③]。	香气开始上升，天帝在上享用。
胡臭亶时[④]，后稷肇祀。	浓烈的香味的确舒服，后稷开始祭祀。
庶无罪悔[⑤]，以迄于今[⑥]。	苍生无罪无错，祭祀大典流传到今天。

写天帝享受香火和后稷为周人祈福。这一章中出现的唯一女性，要么是后稷的母亲，要么是后稷的妻子，后稷对于天帝的祈求，不在个人，不在小家，而在大家。

这是一首赞美后稷的颂歌，也是农业文明的史诗。如此详尽，如此繁复，如此华丽，如此宏大，把农业文明的灿烂表现得生动真实。其艺术成就集中体现在：一是布局独具匠心。全诗八章，前三章侧重写后稷的神奇、神异、神通。中间三章侧重写后稷的聪明、勤劳、务实，而且通过写种植、丰收的过程，歌颂了后稷在推动农业文明发展过程中的丰功伟绩。最后两章则写丰收后的祭祀，祭祀有敬天的动机，有保持敬畏的用心，还有祈求丰收的追求。二是人物形象塑造成功。读史诗，简直有读小说的感受。姜嫄怀孕充满神奇，后稷出生充满神异，后稷成长充满神迹。后稷农业知识仿佛神授，

---

①卬："仰"的古字，上。豆：木制装祭祀食物的器具。 ②登：陶制装肉的祭祀器具。 ③居：语气助词，无实义。 ④胡：大。臭：气味。亶：诚。时：适合，令人感觉舒服。 ⑤庶：众人。罪：罪过。悔：差错。 ⑥迄：流传到。

后稷治下的农业从播种、耕耘、丰收仿佛都有神助。其实，从本质上讲，不是神助，而是自强，是后稷对农业的高水平管理，诗中所描述的农具、农活一直沿用到今天。三是语言丰富华丽。这首诗显然是知识分子与生产劳动相结合的产物，对农村、农业、农民如此熟悉，才可能写得如此真切而又如此丰富多彩，绚丽多姿。对农业的描写，此后的诗歌，很难有超过《生民》的。

行苇

tuán　háng
敦彼行苇①，牛羊勿践履②。　路边芦苇密密生，管住牛羊不践踏。
方苞方体③，维叶泥泥④。　含苞之后会长成，苇叶嫩绿碧青青。
戚戚兄弟⑤，莫远具尔⑥。　兄弟亲密无间隙，不要疏远要亲近。
或肆之筵⑦，或授之几⑧。　年轻相聚设筵席，长者相叙摆矮几。

贵族人家，宴请族人。以道旁芦苇起兴，以嫩绿的芦苇唤起人的仁心，内心深处期待牛羊不要将其踩踏。民胞物与的思想，在此已然萌芽。接下来，自然引出了兄弟亲密，族人和睦，相亲相敬，和乐不胜！这是全诗的总起。

肆筵设席⑨，授几有缉御⑩。　摆上筵席设酒食，安排矮桌侍长者。
jiǎ
或献或酢⑪，洗爵奠斝⑫。　主人敬酒客回敬，清洗酒壶奉上斝。
tǎn hǎi
醓醢以荐⑬，或燔或炙⑭。　肉汁肉酱来敬神，明火烧或暗火烤。
jué　è
嘉肴脾臄⑮，或歌或咢⑯。　佳肴牛胃和牛舌，歌唱有人手击鼓。

正面描写宴饮盛况。先写场面盛大，次写客主欢畅，再写菜肴丰美，最

---

①敦：丛生状。行苇：路边的芦苇。　②践履：踩踏。　③方：刚刚。苞：含苞未开。体：成形。　④维：发语词。泥泥：嫩叶娇嫩欲滴状。　⑤戚戚：亲密无间状。　⑥远：疏远。具：同“俱”，都。尔：同“迩”，近。　⑦肆：陈设。之筵：筵席。　⑧授：安排。之：他们（年长者）。几：矮桌。　⑨设：摆设。席：席子。　⑩缉：续，后续。御：侍者。　⑪献：主人向客人敬酒。酢：客人回敬主人酒。　⑫洗：清洗。爵：酒壶一类的酒器。奠：放置。斝：古时温酒用的酒器。　⑬醓：肉酱的汁。醢：肉酱。荐：敬神。　⑭燔：烤，明火烤肉。炙：暗火烤肉，比如木炭火烤肉。　⑮嘉肴：味道鲜美的荤菜。肴：鱼肉做的荤菜。脾：同“膍”（pí），牛胃，俗称牛百叶。臄：牛舌。　⑯咢：徒手击鼓。

后以鼓声将宴饮之乐推向高潮。

敦(diāo)弓既坚①，四鍭(hóu)既钧②。	雕弓已经很坚固，四支利箭也调匀。
舍矢既均③，序宾以贤④。	拉弓发射都中的，安排座次看成绩。
敦弓既句(gōu)⑤，既挟四鍭⑥。	雕弓已经被拉满，四箭已经上了弦。
四鍭如树⑦，序宾以不侮⑧。	四箭整齐中靶心，招待宾客无重轻。

描写宴会上的射箭游戏。射箭不仅增添了宴会的乐趣，也表达了统治者的价值取向，即便是宴饮，招待宾客，也要看才能，成绩好的座次好，成绩差的座次差，但是相互尊重，彬彬有礼。折射出西周初年礼治思想的成熟。

曾孙维主⑨，酒醴(lǐ)维醹(rú)⑩。	曾孙做主好风度，甜酒不合有醇酒。
酌以大斗⑪，以祈黄耇(gǒu)⑫。	盛酒还需用大杯，祝福老人有长寿。
黄耇台背⑬，以引以翼⑭。	黄发老者要尊重，引导服务不放松。
寿考维祺⑮，以介景福⑯。	诸位长寿俱吉祥，天赐洪福万年长。

本章与首章相照应，回归到另一种伦理取向，那就是尊重长者，为长者

---

①敦：同“雕”，绘画。敦弓：有绘画的弓。坚：坚固。 ②鍭：箭的一种，以金属为箭头，箭尾镶有羽毛。钧：同“均”，均匀。 ③舍：射。矢：箭。均：都（射中）。 ④序：排序，排座位。宾：宾客。以：根据。贤：才干，射箭技艺。 ⑤句：同“彀”义，张弓引满。 ⑥挟：搭箭拉弦。既挟：已经拉弓上弦。 ⑦树：同“竖”。 ⑧不侮：不侮辱，即胜者不骄，败者不馁。 ⑨曾孙：重孙。维：做。主：主持，主人。 ⑩醴：甜酒。醹：醇厚浓烈的酒。 ⑪酌：盛酒。 ⑫祈：祈祷。黄：黄发，年长者。耇：高寿者。 ⑬台：同“鲐”，鱼名，背部青色。台背：借喻老年人。老年人背部皮肤暗黑如鲐鱼之背，故称。 ⑭引：引导。翼：站在两旁服务。 ⑮寿考：长辈。祺：吉祥。 ⑯介：同“丐”，祈求。景福：大福。

祈福，祝长者长寿吉祥。尊重长者是农业文明成熟的重要标志。

虽为对统治者的赞歌，但分明读出了西周草创时期的社会治理智慧和伦理价值取向。一是尊重长者。诗中始终把长者放在重要位置，这一点足见周代文明已经到了一种人性觉醒的高度。二是和睦兄弟。提倡兄弟亲密无间，亲如一家。三是崇尚贤者。宴饮中最难的是座次问题，东西方文化都有这种礼仪安排，想不到周代尚在开国之初，年轻人中安排座次，就以射箭的能力水平来确定。这是尚贤，也是尚武，把尚贤与尚武结合在一起，难能可贵。这个做法被后来的教育家孔子设计到了自己的课程中。此诗在艺术上，赋、兴兼用，浓墨铺排，回环跌宕，韵味横生。

既醉

既醉以酒[1]，既饱以德[2]。	因为美酒醉了，因为恩赐饱了。
君子万年，介尔景福[3]。	祝福万寿无疆，祈求你有洪福。

诸侯醉了、饱了，自然祝福少不了。

既醉以酒，尔肴既将[4]。	因为美酒醉了，你的菜肴美味。
君子万年，介尔昭明[5]。	祝福万寿无疆，祈求永远光明。

诸侯醉了是因为菜肴美味，更因主人盛情，故再次祝福。

昭明有融[6]，高朗令终[7]。	前程永远光明，善终而有美名。
令终有俶（chù）[8]，公尸嘉告[9]。	善终有善始，公尸告佳音。

公尸再次赞美主人善始善终，前途光明。

其告维何[10]？笾豆静嘉[11]。	公尸所言为何？笾豆干净精美。
朋友攸摄[12]，摄以威仪[13]。	朋友帮助祭祀，蓦然感受庄严。

公尸赞美诸侯助祭所产生的肃穆威严。

---

①以：因。 ②德：恩惠，恩宠。 ③介：同“丐”，祈求。景：大。 ④肴：菜肴。将：同“臧”，美好。 ⑤昭明：光明。 ⑥融：长。 ⑦高朗：高明。令：善；终：结局。令终：善终。 ⑧俶：善始。 ⑨公尸：天子诸侯祭祀时代替已故祖先或神灵受祭的人。嘉：美好。告：祷告、祝告。 ⑩维：是。 ⑪笾豆：古代祭祀及宴会时常用的两种礼器，竹制为笾，木制为豆。静：同“净”，洁净。 ⑫朋友：参加祭祀的群臣。攸：语气词，无实义。摄：辅助。 ⑬威仪：庄严的仪态。

威仪孔时[①]，君子有孝子。	庄严很合时宜，主人子孙贤孝。
孝子不匮[②]，永锡尔类[③]。	孝子孝心永恒，祝你前程美好。

赞美周王孝道，上天赐福绵绵。

其类维何？室家之壸(kǔn)[④]。	美好前程是什么？从齐家开始。
君子万年，永锡祚胤(zuò yìn)[⑤]。	祝你万寿无疆，永远赐你子孙福祉。

赞美周王福泽子孙，福禄绵绵。

其胤维何？天被尔禄[⑥]。	子孙后代如何？上天眷顾赐福。
君子万年，景命有仆[⑦]。	祝福万寿无疆，大命自有妻儿。

祝福主人妻贤子孝。

其仆维何？厘尔女士[⑧]。	妻儿状况如何？赐你淑女贤士。
厘尔女士，从以孙子[⑨]。	赐你淑女贤士，子孙永远跟随。

祝福主人后嗣女淑士贤。

这首诗是宫廷祭祀后宴饮时公尸和诸侯群臣在酒宴之上祝福周王的颂歌。全诗八章，前两章是诸侯对周王的祝福，祝福周王万寿无疆，光照大

①孔：很。时：适合。②匮：穷尽。③锡：同“赐”，赐给。类：善。④壸：宫中小巷。⑤祚：福。胤：后嗣，后代子孙。⑥天：上天。被：覆盖。⑦有：同“又”。仆：附。⑧厘：赐予。女士：淑女贤士。⑨从：随。孙子：子孙后代。

周，大福不止。第二部分为第三至第八章，以公尸的口吻，先后赞美周王善始善终，威仪有度，提倡孝道，福泽后世，天恩不断，女淑士贤。修辞上，采取设问和顶真手法，使诗歌气势跌宕，韵味悠长。

凫鹥

凫鹥(fú yī)在泾[1]，公尸来燕来宁[2]。	野鸭鸥鸟在河中，公尸宴飨颇从容。
尔酒既清[3]，尔肴既馨[4]。	你的酒好清，你的菜香馨。
公尸燕饮[5]，福禄来成[6]。	公尸宴饮，福禄已临。

野鸭、鸥鸟在河中，属于起兴。好酒好菜酬谢公尸，意在祈福。

凫鹥在沙[7]，公尸来燕来宜[8]。	野鸭鸥鸟在水边，公尸宴飨觉适宜。
尔酒既多，尔肴既嘉。	酒已经很多，菜已经很好。
公尸燕饮，福禄来为[9]。	公尸宴饮，福禄降临。

酒菜丰盛，宴飨公尸，旨在祈福。

凫鹥在渚[10]，公尸来燕来处[11]。	野鸭鸥鸟在沙洲，公尸宴飨且居处。
尔酒既湑(xǔ)[12]，尔肴伊脯(fǔ)[13]。	酒已经滤清，菜颇多干肉。
公尸燕饮，福禄来下。	公尸宴饮，福禄降临。

美味佳肴宴飨公尸，目的只有一个：祈福。

---

①凫：野鸭。鹥：鸥鸟。泾：河水的中流。　②公尸：祭祀活动中代替已故祖先或神灵受祭的人。燕：同“宴”。宁：从容。　③尔：你的。　④馨：香气四溢。　⑤燕饮：宴饮。　⑥成：降临。　⑦沙：水边，水旁。　⑧宜：适宜。　⑨为：同“成”义，降临。　⑩渚：水中沙洲。　⑪处：居处，栖止。　⑫湑：把酒过滤清。　⑬伊：语气词。脯：干肉。

凫鹥在潨（cóng）[①]，公尸来燕来宗[②]。	野鸭鸥鸟在河水交汇处，公尸赴宴在宗庙。
既燕于宗，福禄攸降[③]。	在宗庙赴宴，福禄同降临。
公尸燕饮，福禄来崇[④]。	公尸宴饮，福禄多重。

宗庙之中宴饮公尸，足见主人盛情，但是目的也在祈求多福。

凫鹥在亹（mén）[⑤]，公尸来止熏熏[⑥]。	野鸭鸥鸟在河峡，公尸宴饮醉醺醺。
旨酒欣欣[⑦]，燔（fán）炙芬芬[⑧]。	好酒喝来好快乐，烤肉吃来香喷喷。
公尸燕饮，无有后艰[⑨]。	公尸宴饮，后无艰辛。

最醇的酒，最好的肉，最热情的招待，所求依然是永绝后患。

这是一首描写周王宴饮公尸的诗歌。全诗采用重章叠唱的手法，从酒清菜香、酒多菜好、酒醇菜美、宗庙宴飨、酒香肉美公尸满意五个层次，描写公尸在接受答谢宴会后对周王的“承诺”。字里行间，读出了周成王对于守成如履薄冰和如临深渊的谨慎持重，反映出周王朝最高统治者对于守成的严肃思考，在没有正确答案之前，还是寄希望于其将信将疑的神。因为周人已经认定，神的意志会体现民的意志。所以，我们能从诗中读到周成王的某种迷茫与彷徨。

---

①潨：河流交汇处。 ②宗：宗庙。 ③攸：同，所。降：降临。 ④崇：重，多，多次，重复。 ⑤亹：河流经过两山对峙的地方。 ⑥止：同“宴”。熏熏：酒酣时的快乐状。 ⑦旨：美。欣欣：喝酒兴奋愉快的样子。 ⑧燔：明火烤肉。炙：暗火烤肉。芬芬：香喷喷。 ⑨后艰：后面的灾难或艰辛。

假乐

假乐君子①，显显令德②。	令人赞美的成王，他有光明的美德。
宜民宜人③，受禄于天④。	百姓贤能都认同，成王受命于苍天。
保佑命之⑤，自天申之⑥。	上天保佑他，上天告诫他。

有德才有民，有民才有江山。如此，上天才会保佑他，上天同时也会告诫他。

干禄百福⑦，子孙千亿。	千禄百福，子孙绵绵。
穆穆皇皇⑧，宜君宜王。	庄严肃穆而光明坦荡，宜做诸侯宜称王。
不愆不忘⑨，率由旧章⑩。	没有过失，没有忘本，一切都遵循典章。

因为敬神爱民，所以福泽子孙，绵绵不绝。因为谨慎持重光明坦荡，所以可为诸侯可为周王。更可贵的是他既不愿意犯错，也不会忘本；一切都遵循旧有的典章。萧规曹随，看样子已经有先例。

---

①假：同“嘉”。君子：在此诗中指周成王。 ②显显：光明显赫状。令德：美德。 ③宜：安抚，使之宜。民：黎民，百姓。人：人才。 ④于：从。 ⑤佑：护佑，辅助。命：命令。之：指周成王。 ⑥申：申明，告诫。 ⑦干：应为“千”之笔误。 ⑧穆穆：庄严肃穆。皇皇：光明坦荡状。 ⑨愆：过失，罪过。忘：忘本。 ⑩率由：同义反复，遵循。旧章：以前的典章。

威仪抑抑[1]，德音秩秩[2]。　　成王仪表庄重，美德不断传扬。
无怨无恶，率由群匹[3]。　　没有怨没有恨，尊重贤能大臣。
受福无疆，四方之纲[4]。　　接受福祉无限，他是天下纲纪。

这一段恐怕写的是诗人对周王的期望，也是对后世君王的期待。如果国君能够仪表端正、道德高尚、心地善良、尊重大臣，那当然福寿无边，堪为天下榜样。

之纲之纪[5]，燕及朋友[6]。　　以身作则纲与纪，宴飨大臣和朋友。
百辟（pì）卿士[7]，媚于天子[8]。　　善待诸侯和卿士，他们爱戴周成王。
不解于位[9]，民之攸塈（xì）[10]。　　他们都忠于职守，与人民休养生息。

以身作则，善待大臣，善待朋友，为诸侯大臣所爱戴，因为“君使臣以礼”，所以大臣忠于职守，与民休养生息。

这是一首劝喻赞美的颂歌。赞美也是期待，又何尝不是一种裹了糖衣的良药呢？这正是这首诗的艺术特点和高明之处。伴君如伴虎，周成王时期，未必就能够完全摆脱这种惯性。如何使成王高高兴兴接受呢？最好的办法是赞美。这正如现代教育所秉持的“正面教育”方法。笔者从教三十多年，深

①抑抑：庄重严肃。　②德音：美好的名声。秩秩：不间断貌。　③率由：同义反复，此处理解为尊重。群匹：群臣。　④四方：天下。纲：法则，纲纪。　⑤纪：伦常。　⑥燕：同“宴”。朋友：指大臣。　⑦辟：诸侯。卿士：众大臣。　⑧媚：爱戴。于：对。　⑨解：同“懈”，懈怠。⑩攸：所。塈：休息。

知正面教育之重要，表扬是引导，赞美是引导，这是成功的教师最常用的手法，这样教出来的学生往往阳光而自信。现在，像带班一样带班子，像带学生一样带普通工作人员，这也是笔者街道工作的成功经验。无论是从政，还是从教，抑或是做家长，读读此诗，想想此法，也许可以了解治国齐家平天下的宏深秘诀。

公刘

笃公刘[1]，匪居匪康[2]。	忠厚诚实的公刘，族人在邰难安康。
乃埸乃疆[3]，乃积乃仓[4]。	划好疆界治理田畴，堆积粮食装满仓。
乃裹糇(hóu)粮[5]，于橐(tuó)于囊(náng)[6]。	装满干粮，小袋装又大袋装。
思辑用光[7]，弓矢斯张[8]，	和睦而发扬，弓箭已在拉满的弦上，
干戈戚扬[9]，爰方启行[10]。	盾戈小斧和大斧，公刘率部走向前方。

公刘不满现状，不屈服于现状，率领族人走向前方。为何要迁徙？只因为邰这个地方不能使族人安定，不能使族人健康。于是，整理现有疆界，留下部分人，率领大部分族人朝着选定的新京师迁徙。

笃公刘，于胥(xū)斯原[11]。	忠厚诚信的公刘，看这个原野。
既庶既繁[12]，既顺乃宣[13]，	百姓众多紧密相随，于是民心归顺，
而无永叹[14]。	而且从来听不到长叹。

---

①笃：忠厚诚信。公：尊号，国人对国君的尊称；公刘：是后稷的曾孙，姓姬名刘。他率领周人部族从邰（现陕西省武功县西）到豳（现陕西省旬邑县西），共十世，直到古公亶父时期都居住在豳地。 ②匪：同“非”。居：安居。康：安康。 ③埸：田界。疆：疆界，范围比“埸”大。 ④积：堆积，露天堆积粮食。仓：粮仓囤积粮食。 ⑤裹：动词，包裹，包装。糇：干粮。 ⑥橐：小口袋，作动词用，用小口袋装。囊：大口袋，作动词，用大口袋装。 ⑦思：语气助词，无实义。辑：和睦。用：以。光：光大。 ⑧弓矢：弓箭。斯：语气词，无实义。张：与“弛”相对，拉弓搭箭准备发射。 ⑨干：盾。戈：古兵器，安装横刃。戚：斧类古兵器。扬：钺（yuè），大斧类古兵器。 ⑩爰：语气词，无实义。方：开始。启行：启程。 ⑪于：于是。胥：相，观看。斯：这个。原：原野。 ⑫既……既……：又……又……。庶：众多。繁：密。 ⑬顺：安定。乃：又。宣：舒畅。 ⑭永叹：长叹。

陟则在巘(yǎn)[1]，复降在原[2]。	登上山岗，下到平原。
何以舟之[3]？	公刘身上佩戴什么？
维玉及瑶[4]，鞞(bǐng)琫(běng)容刀[5]。	只有宝石和美玉，刀鞘刀柄都有装饰。

叙述公刘测量地形，视察平原，三思而后行，因为计划周密，迁徙计划得到了周人部族的广泛认同。

笃公刘，逝彼百泉[6]，	忠厚诚信的公刘，来到众多泉水边。
瞻彼溥(pǔ)原[7]。	看那宽广的平原，
乃陟南冈，乃觏(gòu)于京[8]，	又登上南边的山冈，又察看了京师，
京师之野[9]。	京师的郊野好肥沃。
于时处(chǔ)处[10]，于时庐旅[11]。	于此定居，于此旅居。
于时言言[12]，于时语语[13]。	于此大家认同，于此赞不绝口。

叙述公刘选定沃野千里、河流密布、泉流丰富的地方定居，营建京师，人民安居乐业，赞不绝口。

笃公刘，于京斯依[14]。	忠厚诚实的公刘，定居京师可依靠。
跄(qiāng)跄济济[15]，俾(bǐ)筵俾几[16]。	快步而不失威仪，踏上筵席接近桌几。

---

①陟：登上。则：就。巘：小山。 ②复：又。降：走下。 ③何以：以何，凭什么。舟：佩戴。之：指代公刘。 ④维：只有。瑶：美玉。 ⑤鞞：刀鞘的饰品。琫：刀柄的饰品。容：美化。⑥逝：往。百泉：众多泉水。 ⑦瞻：远看。溥原：辽阔的原野。 ⑧觏：看见。于：到。京：京师，公刘宗族的族长所在地。 ⑨野：郊外。 ⑩于时：于此。处处：居住。 ⑪庐旅：旅居。⑫言言：赞不绝口状。 ⑬语语：同“言言”义。 ⑭斯：语气词，无实义。依：定居。 ⑮跄跄：快而有节奏的步伐。济济：庄重肃穆貌。 ⑯俾：使，使……坐。筵：筵席。几：矮桌。

既登乃依[①]，乃造其曹[②]。	登上筵席依靠桌几，于是告诫你们。
执豕（shǐ）于牢[③]，酌之用匏（páo）[④]。	在猪圈里抓猪，用葫芦瓢舀酒。
食之饮之[⑤]，君之宗之[⑥]。	请大家吃饭喝酒，推选公刘为君主和宗主。

叙述公刘以宴饮之礼，通过“亲亲尊尊”的方式，尊重族人，尊重大臣，最终成为大家公认的宗主。

笃公刘，既溥既长[⑦]，	忠厚诚实的公刘，开垦之地广又长，
既景乃冈[⑧]。	已经测量到山冈。
相其阴阳[⑨]，观其流泉[⑩]。	考察它的阴阳，察看河流泉水。
其军三单[⑪]，度（duó）其隰（xí）原[⑫]，	他们征兵三抽一，测量低洼地和平原，
彻田为粮[⑬]。	开垦荒田种粮食。
度其夕阳[⑭]，豳（bīn）居允荒[⑮]。	又到山西去测量，豳地确实很宽广。

叙述公刘选定“根据地”之后，继续拓展郊野，测量山冈，考察阴阳，观察河流，建设军队，屯垦种粮，大力发展农业生产，共同创造美好生活。“其军三单，度其隰原，彻田为粮”或许是中国历史上最早的军队屯垦制度，足见公刘的国家治理智慧。

---

①登：登上筵席。依：依傍在几旁。 ②造：同“告”，告诫。曹：群，参加宴会者。 ③执：拿，捉。豕：猪。牢：猪圈。 ④酌：斟酒。匏：匏瓜，葫芦，一剖两半可以做瓢用。 ⑤食：请吃饭。之：指宾客。饮：请喝酒。 ⑥君之：做宾客的君主。宗之：做宾客的宗主。 ⑦溥：广阔。长：绵长。 ⑧景：日影，引申为测量。 ⑨相：察看，勘察。阴阳：山水形势。 ⑩观：观察。流：小溪，小河。泉：泉水。 ⑪其军：他的军队，征兵。三单：三丁抽一丁的兵役制度。 ⑫度：测量。隰：低湿地。原：平原。 ⑬彻：治理。彻田：开垦田。为：生产。 ⑭夕阳：山的西面。 ⑮豳居：豳之可居之地。允：确实。荒：大。

笃公刘，于豳斯馆[1]。	忠厚诚恳的公刘，在豳地建筑宫城。
涉渭为乱[2]，取厉取锻[3]。	渡过渭水，获取砺石和砧石。
止基乃理[4]，爰众爰有[5]。	建好宫城治理田畴，人口增多，物产丰富。
夹其皇涧[6]，溯其过涧[7]。	人民住在皇涧两岸，可以向上到过涧。
止旅乃密[8]，芮鞫(jū)之即[9]。	定居的人口日益繁密，一直延伸到汭水河湾。

叙述公刘带领部族横渡渭水，获取丰富的建材，扩大京师规模，依山傍水，继续扩建京师，创造了辉煌成就。

这是一首赞美周族先祖公刘率领族人由邰迁豳的史诗。后稷在邰教民稼穑，开创了令人神往的农业文明，因此被称为神农。到了公刘时期，人口增长快，邰已经不能让周人安康，于是，周人开疆拓土就在意料之中了。读诗如同读史，《公刘》作为史诗，当然可以当作历史来读。这段历史，分六章来叙述：第一章叙述迁徙前整理疆界和土地。囤积余粮，备好干粮，带上兵器，向豳进发。第二章叙述说公刘考察豳地平原和山势，在沃野千里的平原豳定居。第三章叙述公刘选择国都地址。公刘登上高岗，放眼远望，原野广阔，河流密布，莺歌燕舞，适宜建京师，于是营建京师。第四章叙述建成京师之后，宴饮群臣，重建秩序，以达成“食之饮之，君之宗之”的目的，

---

①馆：建造房舍。 ②涉：渡过。渭：渭河。为：而。乱：横渡。 ③取：获取。厉：同“砺”，磨刀石。锻：锻铁用的砧石。 ④止基：修完房舍。理：治理田畴。 ⑤爰：于是。众：人口增加。有：富有，物产丰富起来。 ⑥夹：排列（皇涧）两旁。其：那。皇涧：涧名。 ⑦溯：向，面对。其：这。过涧：涧名。 ⑧止旅：居住。密：繁密。 ⑨芮：同“汭”，汭水。鞫：河湾。即：就，靠近。

确认了公刘的宗主地位，初步建立了和谐社会。第五章叙述公刘开展积极的政治建设，发展经济，观测日影，观察河流，考察山势，组织军队，建设营房，开田种粮。第六章叙述公刘率族横渡渭河，获取石材，修建居室，沿着皇涧和过涧，形成了规模，于是一个新的京师终于建成。

公刘完成了周由部落向诸侯发展的历史性过渡。从邰迁豳，是一种自觉的选择，一种有谋划的迁徙，属于谋定而后动的高瞻远瞩的战略行动。周人的热情赞美，公刘当之无愧。

泂酌

泂(jiǒng)酌彼行潦①，挹(yì)彼注兹②，	远行取泉水，倒入那鼎釜，
可以餴饎(fēn chì)③。	可以蒸饭可以酿酒。
岂弟君子④，民之父母⑤。	善良平易的君子，你爱百姓如父母。

以远水注入鼎釜蒸饭酿酒起兴，引出善良平易君子，善待百姓如同父母爱赤子。水之本性，柔弱平和，滋养万物。以水起兴，寄意深远，令人回味。

泂酌彼行潦，挹彼注兹，	远行去取泉水，注入那鼎釜，
可以濯罍(lěi)⑥。	可以洗涤酒器。
岂弟君子，民之攸归⑦。	善良平易的君子，你真是民望所归。

首句起兴，引出歌颂对象，君子善良平易，乃是民望所归。

泂酌彼行潦，挹彼注兹，	远行取泉水，注入那鼎釜，
可以濯溉⑧。	可以洗涤可以冲洗。
岂弟君子，民之攸塈(xì)⑨。	善良平易的君子，让庶人休养生息。

首句依然起兴，水的用途更加广泛，不仅可以冲洗还可以灌溉，所以，

①泂：远。酌：舀水。行潦：路边的积水，借指远处的泉水或河水。 ②挹：舀。彼：指泉水。注：注入。兹：指代装水的鼎釜之类。 ③餴：蒸饭。饎：酒食。 ④岂弟：同“恺悌”，善良平易。 ⑤民：泛指庶人。 ⑥濯：洗涤。罍：盛酒的漆器。 ⑦攸：所。归：归附。 ⑧溉：清洗。 ⑨塈：休息，休养生息。

善良平易君子，能让民休养生息。

先秦儒学三圣之荀子“水则载舟，水则覆舟”的思想，应该来自《泂酌》。诗人以水的清淡、平和、柔顺、滋润等特性，启发周王思考：善良平易，善待庶民，才有可能是民之父母，民望所归，才能使庶民休养生息，获得发展；有此基础，才能成为庶民的主人，才能成为诸侯和君王。

此诗是中国水哲学和水文化的滥觞。

卷阿

有卷者阿[①]，飘风自南[②]。	曲折丘陵美，暖风来自南方。
岂弟君子[③]，来游来歌[④]，	善良平易的君子，一边游览一边歌唱，
以矢其音[⑤]。	大家都献上乐歌。

成王出游，暖风自南；成王善良平易，犹如暖风。

伴奂尔游矣[⑥]，优游尔休矣[⑦]。	悠闲自在漫游，从容漫游且休息。
岂弟君子，俾尔弥尔性[⑧]，	善良平易的君子，使你舒展性情，
似先公酋矣[⑨]。	继承你先祖的王业。

成王优游，随性行止；舒展性情，继承王业。

尔土宇昄(bǎn)章[⑩]，亦孔之厚矣[⑪]。	你的疆域广大，你的物产丰富。
岂弟君子，俾尔弥尔性，	善良平易的君子，使你舒展性情，
百神尔主矣[⑫]。	你主祭众神。

疆域广大，物产丰富；舒展性情，主祭众神。

---

①有：语气词，无实义。卷：曲。者：语气词，无实义。阿：大土山。 ②飘风：旋风，或为暖风。 ③岂弟：同“恺悌”，善良平易。 ④来……来……：一边……一边……。游：优游。 ⑤矢：陈，献。音：乐歌，配乐诗歌。 ⑥伴奂：安闲自在。 ⑦休：休息，休憩。 ⑧俾：使。弥：尽。性：性情。 ⑨似：同“嗣”，继承。先公：先王。酋：陈酒，引申为历史上沉淀的地位。 ⑩土宇：封疆。昄：大。章：彰明。 ⑪孔：很。厚：丰厚，疆域广大。 ⑫百神：众神。主：主祭。百神尔主：“尔主百神”的倒装。

尔受命长矣，茀禄尔康矣[①]。	你接受天命长久，享受福祉安康。
岂弟君子，俾尔弥尔性，	善良平易的君子，使你舒展任性情，
纯嘏(gǔ)尔常矣[②]。	天赐你洪福永恒。

承受天命，福祉长久；舒展性情，洪福永恒。

有冯有翼[③]，有孝有德，	政权有依托有辅佐，大臣有孝悌有德行，
以引以翼[④]。	匡扶大业辅助你。
岂弟君子，四方为则[⑤]。	善良平易的君子，天下尊你为榜样。

贤能之臣，尽心辅佐；君子平易，堪为榜样。一方面有诗人对君王的道德期望，同时也体现了以君为吏的思想，强调德政是君臣甚至是君民相互的期待和制约。闪耀着礼治政治智慧的光辉。

颙颙(yóng)卬卬(áng)[⑥]，如圭如璋[⑦]，	温和而器宇轩昂，既像圭也像璋，
令闻令望[⑧]。	名声威望都美好。
岂弟君子，四方为纲[⑨]。	善良平易的君子，天下诸侯尊为伦常。

以玉作比，温润如玉，善良平易，天下楷模。

①茀：同“福”。康：安康。 ②纯：大。嘏：赐福。常：长久，永恒。 ③冯：依托。翼：翼蔽，庇护。 ④引：引导，匡扶。 ⑤四方：天下。为：尊为。则：榜样，楷模。 ⑥颙颙：温和平易貌。卬卬：气宇轩昂貌。 ⑦如：像。圭：扁平一端呈锐角的玉。璋：圭剖两半则为璋。 ⑧令闻：美好名声。令望：美好威望。 ⑨纲：纲纪，伦常。

凤皇于飞[①]，翙(huì)翙其羽[②]，	凤凰飞翔，振动翅膀，
亦集爰止[③]。	或栖止或休息。
蔼蔼王多吉士[④]，维君子使[⑤]，	众多的贤士，只有周王能驱使，
媚于天子[⑥]。	这些贤士爱戴天子。

凤凰飞翔，栖止自由；贤士辅政，爱戴成王。

凤皇于飞，翙翙其羽，	凤凰飞翔，振动翅膀，
亦傅于天[⑦]。	高飞近天。
蔼蔼王多吉人[⑧]，维君子命[⑨]，	周王贤人众多，唯周王命令是遵，
媚于庶人[⑩]。	周王热爱着庶人。

揭示了之所以凤凰飞翔，贤人众多，且能人尽其才，那是因为成王尊重贤人，热爱庶人，以仁德的力量凝聚人心。君王身边的，如果不是贤人，而是坏人、小人，局面可想而知。

凤皇鸣矣，于彼高冈。	凤凰鸣叫，飞翔在那高冈。
梧桐生矣，于彼朝阳[⑪]。	梧桐生长，沐浴清晨的阳光。
菶(běng)菶萋萋[⑫]，雝(yōng)雝喈喈[⑬]。	草木茂盛，鸟儿鸣和欢畅。

---

①凤皇：凤凰，传说中的百鸟之王，雄者为凤，雌者为凰。于：语气词。 ②翙翙：鸟飞振动翅膀的声音。 ③亦：语气助词。集：栖止。爰：语气助词。止：止息。 ④蔼蔼：众多。吉士：贤士。 ⑤维：同“唯”，只。君子：指周王。使：驱使。 ⑥媚：爱戴。于：对。 ⑦亦：也。傅：近。于：到。 ⑧吉人：贤人。 ⑨维君子命：只服从周王的命令。 ⑩媚：喜欢。庶人：无官爵的普通人，主要是农业生产者。 ⑪朝阳：早晨的太阳。 ⑫菶菶：草木茂盛状。萋萋：同“菶菶”义。 ⑬雝雝：鸟鸣声。喈喈：鸟的和鸣声。

全章都是比兴，凤凰是贤者，能鸣能言，还能鸣于高冈，居高声自远。梧桐生长，意味着继续招引凤凰，还能沐浴清晨的阳光，这是良好政治生态的比喻，能引得凤凰，且能沐浴阳光。后面两句，既是比喻，也是歌颂，因为成王的善良平易，所以草木茂盛，百鸟争鸣。

君子之车，既庶且多①。	周王的车子，数量庞大。
君子之马，既闲且驰②。	周王的马匹，娴熟且迅疾。
矢诗不多③，维以遂歌④。	献诗不多，仅表达赞美之情。

为什么成王车多，为什么成王马快，在世人看来，一切源于成王的善良平易。最后两句，画龙点睛，点明题旨。

这是一首赞美成王的政治抒情诗，在赞美之中包含了诗人的期待。全诗十章，分四个部分：第一部分为第一章，总起全诗，写群臣随成王歌游，献上颂歌。第二部分为第二章至第六章，歌颂成王因为善良平易，因为道德高尚，所以能够继承祖业，主祭百神，福祉无边，垂范天下，示范四方。这种歌颂当中，充满了老臣对幼君的真诚期待。第三部分为第七章至第九章，以凤凰、百鸟为喻，表现了周初尊重知识、尊重人才、尊重贤者的良好的社会风尚，从侧面揭示了西周文明辉煌的密码。非常精彩的是第九章的纯借喻手法，整章直接把本体当作喻体来描绘，展现了百鸟争鸣、人尽其才的良好社会风尚。以比喻手法，把君主与贤才的关系描绘得如此生动深刻，贴切而

---

①既……且……：既……又……。庶、多：众多。 ②闲：同“娴”，娴熟。驰：疾驰，奔驰。③矢：献，陈。 ④维：仅。遂：配乐完毕。歌：歌唱。

耐人寻味，富有极强的艺术感染力。第四部分为第十章，点明题旨，成王之车如此多，成王之马如此骏，这一切源于成王宅心仁厚、善良平易。最后一章，是全诗的高点所在，也是全诗境界所在。揭示了诗人内心深处的呼唤和期待：施行仁政，利在当代，福泽子孙。

本诗以赋为主，比兴妙用，布局宏伟，结构完整，气势恢宏，题旨宏深，至今读来，依旧让人对中国传统的社会治理智慧感慨良深，掩卷沉思。

民劳

民亦劳止①，汔(qì)可小康②。	庶人劳累，企望小康。
惠此中国③，以绥四方④。	施恩京师，安抚四方。
无纵诡随⑤，以谨无良⑥。	不要跟随诡谲之人，要用心提防无良。
式遏寇虐⑦，憯(cǎn)不畏明⑧。	遏制残暴掠夺之人，这些人竟然不怕光明。
柔远能迩⑨，以定我王⑩。	安抚远人关切近邻，如此能让我王地位安定。

起句讲庶民劳累，只是企望最基本的安康。这样的要求不过分，所以，希望周厉王能够治理好京师，安抚四方，远离诡谲，提防无良，遏制掠夺残暴。如果能够柔远人而亲近邻，国王的地位就能安定。

民亦劳止，汔可小休⑪。	庶人劳累，企望休憩。
惠此中国，以为民逑(qiú)⑫。	施恩京师，凝聚庶民。
无纵诡随，以谨惛怓(hūn náo)⑬。	不要跟随诡谲者，提防盲目逐利。
式遏寇虐，无俾民忧⑭。	遏制残暴掠夺，不要让庶民忧戚。
无弃尔劳⑮，以为王休⑯。	不要前功尽弃，成就我王美名。

---

①民：庶人。亦、止：语气助词，无实义。劳：劳瘁，劳苦。 ②汔：求。可：能。小康：基本安康。 ③惠：施恩。此：这。中国：京师，周天子直接统治的区域。 ④以：用来。绥：安抚。四方：天下，相对于“中国”而言，四方是“中国”以外的区域。 ⑤纵：同“从”，听从。诡：诡谲之人。诡随：不顾事实是非而盲目追随者。 ⑥谨：谨防。无良：不善良的人。 ⑦式：语气词，无实义。遏：遏制，遏止。寇：掠夺，作名词用，掠夺之人。虐：残暴，作名词用，残暴之人。 ⑧憯：竟然。畏：惧怕。明：光明。 ⑨柔：怀柔，安抚政策。远：远方。能：能够。迩：近邻。 ⑩定：安定。 ⑪休：休憩，休息。 ⑫以为：以之为。逑：凝聚，聚集。 ⑬惛怓：因为追名逐利而喧闹。 ⑭俾：使。 ⑮无弃：不要抛弃。劳：此前的功劳，此前的贡献，此前的积累。 ⑯以为：把……当作。王：周王。休：美名。

庶人劳累，渴望小憩。反复强调庶民的艰苦，提醒厉王关注民生。治理好京师，就能凝聚民心。远离诡谲，放弃逐利，拒绝残暴掠夺，让人民的忧愁得以纾缓。不要抛弃前朝的功绩和传统，以此成就我王的美名。

民亦劳止，汔可小息①。	庶民辛苦，企望小憩。
惠此京师，以绥四国。	施恩京师，安抚四国。
无纵诡随，以谨罔极②。	不要跟随诡谲之人，以提防没有底线的人。
式遏寇虐，无俾作慝(tè)③。	遏制残暴的掠夺者，不要使他作恶多端。
敬慎威仪④，以近有德。	敬畏持重不怒而威，亲近贤德之人。

起句反复，意在强化。爱民之心，犹如赤子。接着规劝：治理京师，安抚四方。拒绝诡谲，坚守底线。遏制残暴掠夺，不要作恶多端。敬天爱人，亲近有德之人。结尾两句，诗谏境界拓展，希望厉王继续敬畏天命，善待人民。

民亦劳止，汔可小愒(qì)⑤。	庶民劳累，渴望小憩。
惠此中国，俾民忧泄⑥。	治理好京师，使庶人忧愁解除。
无纵诡随，以谨丑厉⑦。	不要追随诡谲者，以提防阴险可恶者。
式遏寇虐，无俾正败⑧。	遏制残暴掠夺，不要使政治败坏。
戎虽小子⑨，而式弘大⑩。	你虽然年轻，影响力却很大。

起句依然在于强化，只不过程度和要求就此降低，进一步表达了诗人对

①息：休息。②罔极：没有底线，作名词用，做事做人无底线的人。③慝：罪恶。④敬慎：严肃持重。威仪：形成威信。⑤愒：同“憩”，休息。⑥忧：忧伤。泄：排遣。⑦丑厉：丑恶。⑧正：同“政”。败：坏。⑨戎：你。小子：年轻人。⑩而：但。式：作用，影响力。弘大：有深度有力度。

庶民的悲悯之心。诗人认为，治理好京师，可以纾缓民忧；拒绝诡谲，提防丑恶。遏制残暴掠夺，不要让政治颓败。王虽然年轻，但是影响力依然巨大。最后两句，算是正面教育吧，或许心中绝望，但是诗人没有放弃期待。

民亦劳止，汔可小安[①]。	庶民劳累，企望稍微安定。
惠此中国，国无有残[②]。	治理好京师，使京师没有残暴。
无纵诡随，以谨缱（qiǎn）绻（quǎn）[③]。	不要追随诡谲，提防结党纠缠不清。
式遏寇虐，无俾正反[④]。	遏制残暴掠夺，不要让政权被颠覆。
王欲玉女[⑤]，是用大谏[⑥]。	厉王想要如玉美女，于是力谏我王。

起始两句，进一步降低了庶民的诉求，求不到“小康”就只能希望“小安”。还是希望厉王治理好京师，使都城无残暴。拒绝诡谲，提防纷乱；遏制残暴掠夺，不要让政权被颠覆。面对厉王喜欢美女的嗜好，诗人忍无可忍强力直谏。

这是召穆公规劝周厉王的诗歌。周王室从懿王开始，一蹶不振，而到了厉王时期，简直黑暗到极点。厉王最离谱的事情有两件：一是强征山林河川。把属于庶民的自然恩赐土地山林河流收为国有，其实也就是收归国王自己所有。对于庶人来说，这是要命的政策；如果这个政策施行，将有很多庶人因此饿死。政策的实施和接受的双方，可谓到了生死存亡的当口。庶民当然会反抗。召穆公将庶民意见反馈给厉王，厉王不仅不接受，反而变本加厉。

---

①小安：稍稍安定。 ②国无有残：国都无残暴。 ③缱绻：结党营私而纠缠。 ④正：同“政”。反：走向反面，引申为倾覆，颠覆。 ⑤王：成王。欲：想。玉女：如玉一般温润的少女。 ⑥是用：用是，因此。大：力。

于是就有了第二件事情：那就是"防民之口甚于防川"政策的出台——有擅自议论朝政者杀无赦。不幸得很，老百姓虽然是水，但是"水则载舟，水则覆舟"，怒不可遏的百姓直接冲进王宫，驱赶厉王。最后，厉王落得个众叛亲离，死于彘地的可悲下场。——这就是这首诗的创作背景，在国民驱逐周厉王之前，召穆公已经做了苦口婆心的规劝，其规劝的内容就在这首诗中。

这首诗总体上属于政治抒情诗的范畴，以赋的手法，直抒胸臆，表达了老臣拳拳之心。《民劳》总共五章，每章起句基本相同，只换了一个字，但是对庶民悲悯同情之心，却是层层递进。庶民的要求是什么？是小康，小康不行就小休，小休不行就小息，小息不行就小愒，小愒不可就小安。这么低的要求，难道不应该满足吗？每一章的第三个分句，是完全的反复，在召穆公看来，对于厉王来说，只不过就一个要求，治理好京师，所以第三句反复规劝一个基本诉求：治理发展好京师。每一章的第四个分句，都反复强调治理京师的目的和成效。每一章第五个分句和第七个分句，又是反复手法，竭力强调拒绝诡谲，遏制残暴掠夺，而这恰恰是厉王致命错误所在，他喜怒无常，残暴掠夺。全诗五章，每一章最后两句，也都是同样的目的，告诉厉王接受规劝后的效用。

全诗五章，结构精巧，局部反复，情感递进，思想递进，气势递进。第一，庶民的诉求似乎递减，但是作者对庶民的悲悯却递增。第二，反复强调"惠此中国"，看似重复，但是诗人所寄托的期待却是递进，一章比一章迫切。第三，"无纵诡随"虽然在同样的位置完全"反复"，但是作者对于厉王的要求却越来越严厉。第四，对于奸宄的描述从"无良""惛怓""罔极""丑厉"到"缱绻"，程度越来越重，批判越来越严，心情越来越沉重。第五，每一章最后的规劝，越来越直白，越来越坦荡，越来越大义凛然，又是一种思想逻辑的递进。

板

上帝板板①，下民卒瘅(dàn)②。	天帝反复无常，庶民因劳致病。
出话不然，为犹不远③。	说话不能兑现，不谋划没远见。
靡圣管管④，不实于亶(dǎn)⑤。	无圣人可依靠，不能践行诚信。
犹之未远，是用大谏。	谋划缺少远见，因此作诗力谏。

这是全诗的总纲，开篇之句虽然指责天帝，那只是给厉王留下面子，直接指向周厉王治下的种种政治弊端：厉王疯狂，百姓遭殃，言而无信，行为短视，不尊圣训，言行不一，得过且过。如此不堪，如何不谏？

天之方难⑥，无然宪宪⑦。	上天刚刚降灾难，不要这样沾沾自喜。
天之方蹶⑧，无然泄泄⑨。	上天方才降动乱，不要喋喋说不休。
辞之辑矣⑩，民之洽矣⑪。	政令协调而缓和，黎民百姓才和谐。
辞之怿矣⑫，民之莫矣⑬。	政令如果真败坏，黎民百姓遭疾苦。

承第一章，严厉警告，上天只是刚刚降罪，刚刚给予惩戒，希望厉王不要沾沾自喜，局面尚未到最严峻的时候。最后两句，以对比方式，指出了破解难题的招数：政令调和，百姓和谐；政令败坏，百姓遭殃。隐含的旨意：

---

①上帝：天帝。板板：同“反反”义，反复无常。②下民：庶民。卒：同“瘁”，病。瘅：因劳致病。③犹：同“猷”，谋，谋划，筹划。不远：缺乏长远眼光。④靡：没有。圣：圣人。管管：无所依。⑤实：实行。于：在。亶：诚信。⑥天：上天。方：刚。难：降灾难。⑦无：不要。然：如此。宪宪：欣欣，喜悦状。⑧蹶：降下动乱。⑨泄泄：喋喋不休状。⑩辞：政令。辑：和谐，适宜。⑪洽：协和，和谐。⑫怿：败坏。⑬莫：同“瘼”，疾苦，疾病。

百姓遭殃，厉王亡国。

我虽异事[1]，及尔同僚[2]。	我们虽然职务不同，毕竟与你同朝为官。
我即尔谋，听我嚣嚣(áo)[3]。	我来与你谋国事，听我看似傲慢语。
我言维服[4]，勿以为笑。	我在谈国事，请不要以为开玩笑。
先民有言，询于刍荛(chú ráo)[5]。	古人有俗话：有事请教打柴人。

这一章是对同僚的警告：虽然职务不同，毕竟同朝，我在谋国事，你却狂妄，以为我开玩笑。最后两句指出了解决问题的办法："有事请教打柴人。"其实这是诗人反对官僚主义的思路：深入基层，了解民生疾苦，听取人民的意见。厉王时期的黑暗是"官僚主义"暴政所致，厉王耳目闭塞，同僚的官僚主义，都是局面不堪的根源。难能可贵的是诗人对同僚不仅敢于批评，而且能够指出改进的路径。

天之方虐[6]，无然谑谑(xuè)[7]。	上天刚刚降灾难，请不要幸灾乐祸。
老夫灌灌[8]，小子蹻蹻(jiǎo)[9]。	老夫诚恳进忠言，小子傲慢不像话。
匪我言耄(mào)[10]，尔用忧谑[11]。	不是我说话老糊涂，你讲的话属于调笑。
多将熇熇(hè)[12]，不可救药。	坏事太多如火烤，国家将不可救药。

---

①异事：职务不同。 ②及：和，与。同僚：同事，同朝为官者。 ③嚣嚣：傲慢状。 ④服：国家大事。 ⑤询：问。于：向，对。刍：割草，割草人。荛：砍柴，砍柴人。 ⑥虐：暴虐。 ⑦谑谑：喜乐貌。 ⑧老夫：老年人自称。灌灌：诚恳貌。 ⑨小子：年轻人。蹻蹻：骄傲貌。 ⑩匪：同"非"。耄：八九十岁。 ⑪用：用以。忧谑：优谑，调笑。 ⑫多：人众多貌。将：则。熇熇：火势炽烈貌。

第四章简直就是警告厉王，目前只不过是上天刚刚降下灾难，不能有丝毫幸灾乐祸。老夫忠言逆耳，你却傲慢以对。不是我老糊涂，请不要玩笑。最后两句严肃指出，无论是国家，还是厉王本人，都正坐在火上烤，国家处于不可救药的边缘。

天之方懠(qí)[①]，无为夸毗(pí)[②]。	上天刚刚发怒，不要奴颜婢膝。
威仪卒迷[③]，善人载尸[④]。	威仪都丧失了，好人都不说话了。
民之方殿屎(xī)[⑤]，则莫我敢葵[⑥]。	庶民开始呻吟，我不敢妄自揣度。
丧乱蔑资[⑦]，曾莫惠我师[⑧]。	丧乱连连财产无，没人救助我庶人。

第五章写局面失控的严峻现实，再次提醒同僚，上天只是刚刚发怒，希望同僚不要奴颜婢膝，不要人格丧尽，不要保持沉默。人民都开始呻吟了，我虽然不敢妄自揣度，但我知道，现实最重要的工作就是救助庶人。如何帮助庶人，如何进行国家治理，应该就是下文的重点。

天之牖(yǒu)民[⑨]，如埙(xūn)如篪(chí)[⑩]。	老天教导庶民，如吹埙如吹篪。
如璋如圭[⑪]，如取如携[⑫]，	如捧着璋和圭，如拿取如提携，

①懠：怒，发怒。 ②无为：不要。夸毗：委屈自己迁就别人。 ③卒：都。迷：迷失。 ④善人：好人，正派者。载：则。尸：如同代替神灵或鬼神享受祭祀的公尸一样一言不发的人。 ⑤民：庶民。殿屎：呻吟。 ⑥莫我敢：“我莫敢”的倒装。葵：同“揆”，度量，猜度。 ⑦丧乱：死丧等灾难。蔑：无。资：财产。 ⑧曾：竟然。莫：不。惠：施恩。师：民众。我师：我等。 ⑨牖：同“诱”，诱导。民：庶民。 ⑩埙：古时陶制吹奏乐器。篪：中国古代单管横吹的乐器。 ⑪璋、圭：玉器中贵重者，扁平长方形一端成锐角的玉器为圭，把圭平割为两片则为璋。 ⑫取：拿。携：提携。

携无曰益[①]，牖民孔易[②]。	没有携物却如履薄冰，教导庶民很容易。
民之多辟[③]，无自立辟[④]。	庶民不乏进取精神，不要多立法。

第六章承接第五章结尾两句提出的问题，如何救助庶人：如吹埙如吹篪般教化；如捧着璋和圭一样珍惜，如提携时仿佛没有提携物品一样润物细无声。庶民有智慧有进取欲望，并不需要立太多的法。最后两句，彰显了诗人的民本思想。中国人的确如此，天赋勤劳，不需要太多约束，给一分阳光，就有十分灿烂。

价人维藩[⑤]，大师维垣[⑥]。	武人是国之藩篱，大众是国家的城墙。
大邦维屏[⑦]，大宗维翰[⑧]。	大国是国家屏障，大宗族是国家栋梁。
怀德维宁[⑨]，宗子维城[⑩]。	唯有仁德国家安宁，宗族贤者是国家干城。
无俾城坏[⑪]，无独斯畏[⑫]。	不要让干城被破坏，不要因为畏惧而让贤者孤独。

第七章提出了救助庶民之外的措施：从厉王到大臣，各在其位，各司其职，各负其责。具体讲：武人做好藩篱，大众是城墙，诸侯是屏障，宗亲是栋梁；这一切都是次要的，最重要的是仁德仁政，这才是国家安宁的根本。作者最后两句呼吁：不要自毁干城，不要让贤者孤独，如是，国家安宁。读

①曰：语气词，无实义。益：同“隘”，阻碍。 ②孔：很。易：容易。 ③辟：开启，开拓，引申为进取精神。 ④无自：不需要自己。立：制订。辟：法则。 ⑤价人：武人。维：乃。藩：藩篱。 ⑥大师：大众。垣：矮墙。 ⑦大邦：大国，强国。屏：屏障。 ⑧大宗：大族。翰：同“干”，骨干，栋梁。 ⑨怀德：心怀仁德。宁：安宁。 ⑩宗子：嫡系子孙。城：干城，屏障，中流砥柱。 ⑪俾：使。 ⑫无独：不要使其孤独。斯：语气词，无实义。畏：畏惧。

此诗方知诗人的政治智慧至今犹如日月。

敬天之怒，无敢戏豫[①]。	敬畏上天发怒，不敢当作儿戏。
敬天之渝[②]，无敢驰驱。	敬畏上天的变化，不敢纵马奔驰。
昊天曰明[③]，及尔出王[④]。	上天如此明亮，带你一同前往。
昊天曰旦[⑤]，及尔游衍[⑥]。	上天阳光灿烂，带你恣意游逛。

第八章是诗人对厉王最后的忠告甚至是警告：希望他敬畏上天的发怒，不要当作儿戏；希望他重视上天的变化，不要恣意妄为。并且指出了光明的前途：上天明亮，带你前往；上天阳光明媚，任你徜徉。当然，前提是你敬畏上天。

这首诗是所有从政者都应该读的政治谏议诗歌。全诗八章可以分为三个部分：第一部分为第一章，提出问题；第二部分为第二章至第七章，分析问题，提出解决问题的思路；第三部分为第八章，展示解决问题后的光明前景。

厉王的暴政：一是强取豪夺，二是控制言论。二者对于国家来说都是致命的。因为强取豪夺，官逼民反，民不得不反；因为控制言论，官僚主义就会越来越严重，君王不能体察下情，官员不能体察民情，老百姓有冤不能申。但是，这两条恰恰是历代统治者最容易犯的错误。笔者佩服孔子选编《诗经》的良苦用心，佩服周代诗谏的超卓政治智慧。

---

①无敢：不敢。戏豫：儿戏。 ②渝：变。 ③昊天：上天。明：明亮。 ④及尔：和你。王：同“往”。 ⑤旦：天亮。 ⑥游衍：恣意漫游。

艺术上本诗可圈可点处很多：一是布局谋篇独具匠心。开篇点题，算是总起，提出问题；接着用六章的篇幅，从不同角度分析问题，且逐章都给出了解决问题的思路；最后一部分指出了解决问题的光明前景。这是在写诗，也是在写奏章，只不过是诗一样的奏章。或许是周厉王止谤，但是并没有禁止作诗吧，所以作者以诗歌的形式，表达了自己拳拳之心和卓越的见解。二是赋、比手法融合使用。反复铺排，逐步增加文章的气势和力度，同时善用比喻，把抽象的管理形象化，比如救助庶人的方式，诗人不从逻辑上条分缕析，而是指出救助庶人可以如吹埙和吹篪一样优美、像取圭和捧璋一样持重，留下广阔的想象空间，把抽象的说理形象化了，给被建议人更多的发挥余地。三是修辞手法丰富多彩。综合运用对偶、排比、比喻等多种手法，让枯燥的政治谏议诗变得激情四射，柔肠百转，感人至深。

荡之什

荡

荡荡上帝①，下民之辟②。	放荡的天帝，他是民的君王。
疾威上帝③，其命多辟④。	暴戾的天帝，他的政令邪僻。
天生烝民⑤，其命匪谌⑥。	老天降生众生，他的政令不讲诚信。
靡不有初⑦，鲜克有终⑧。	都有好的开头，少有好的结局。

首章统领全诗，剑锋所指，直指天帝。但是，看似责骂天帝，联系下文才知道，实则斥责商纣王；看似斥责商纣王，最终指向的是周厉王。以下各章，都是借文王之口斥责商纣王，实际上是诗人强烈谴责周厉王。典型的诗谏手法。

文王曰咨⑨，咨女殷商⑩。	文王说，哎，可叹你商纣王。
曾是强御⑪，曾是掊(póu)克⑫。	竟然这般强暴，竟然如此聚敛贪婪。
曾是在位⑬，曾是在服⑭。	竟然高居帝位，竟然胡乱独断朝纲。
天降滔德⑮，女兴是力⑯。	上天降生你们这些失德臣，你们却助纣为虐。

从第二章开始，以文王斥责商纣王的口吻，历数厉王的强暴、聚敛、贪

①荡荡：法度败坏貌。上帝：上天，天帝。 ②辟：法则，引申为君王。 ③疾威：暴戾。 ④其命：他的政令。辟：邪僻。 ⑤生：造就。烝民：众民。 ⑥匪：同“非”。谌：诚信。 ⑦靡：无。靡不：无不。有初：有好的开头。 ⑧鲜：少。克：能。有终：有好的结局。 ⑨咨：叹词，可叹，可悲。 ⑩女：同“汝”。殷商：借指商纣王。 ⑪曾：竟然。御：强。强御：强暴。 ⑫掊克：掊刻，聚敛贪婪。 ⑬位：高位。 ⑭服：履职。 ⑮滔德：慢德，害人之德。 ⑯兴：助。是力：这种邪恶的力量。

婪、集权、失德，以及臣下的助纣为虐。句句骂纣王，句句骂厉王。

文王曰咨，咨女殷商。	文王说，哎，可叹你这殷商末代君王。
而秉义类[1]，强御多怼[2]。	你如果用好贤者，不会因强暴而多怨恨。
流言以对[3]，寇攘式内[4]。	外面流言四起，内部巧取豪夺。
侯作侯祝[5]，靡届靡究[6]。	于是遭到诅咒，无尽无穷。

第三章借文王斥责纣王之口，斥责厉王不用贤者、强暴多怨、巧取豪夺，引致漫天谣言、无尽诅咒。

文王曰咨，咨女殷商。	文王说，唉，你这殷商末代君王。
女炰烋于中国[7]，敛怨以为德[8]。	你咆哮在中国，积累怨恨还自以为德。
不明尔德[9]，时无背无侧[10]。	浑噩就是你的品德，以至于不知背后和侧面。
尔德不明，以无陪无卿[11]。	你的品德昏暗不明，所以你没有陪臣和卿相。

第四章历数厉王国中咆哮、自以为德、品德败坏、不辨是非、众叛亲离。

---

①而：如果。秉：用。义类：善类。②怼：怨恨，强烈反对。③流言：流言蜚语。以：于是。对：遂，成就，兴起。④寇：强盗。攘：窃取。式：用。内：朝廷内。⑤侯：于是。作、祝：诅，咒。⑥靡：无。届：极。究：穷。⑦炰烋：同“咆哮”义。中国：天子直辖疆域。⑧敛：聚集。⑨不明：昏暗不明。尔：你的。德：品德，道德。⑩时：以，于是。无背无侧：不知背后和侧面。⑪陪：陪臣。卿：卿相。

文王曰咨，咨女殷商。	文王说，唉，你这殷商末代君王。
天不湎尔以酒[1]，不义从式[2]。	上天不赞成你沉湎于酒色，你不该如此放纵生活。
既愆(qiān)尔止[3]，靡明靡晦[4]。	你的行止已经失当，无论晴明还是阴晦。
式号式呼[5]，俾昼作夜[6]。	你号叫你呼喊，直把白天当夜场。

第五章斥责厉王沉湎酒色、生活放荡、行为失当、日夜颠倒、不顾政事。

文王曰咨，咨女殷商。	文王说，唉，你这殷商末代君王。
如蜩如螗[7]，如沸如羹[8]。	像烦躁的鸣蝉，像沸腾的羹汤。
小大近丧[9]，人尚乎由行[10]。	小事大事都失败，你依然我行我素。
内奰(bì)于中国[11]，覃及鬼方[12]。	在内激怒了国人，在外波及远方。

第六章斥责厉王犹如鸣蝉令人烦躁，犹如羹汤沸腾，大小政事均荒废，依然自以为是，在内激起民怨，在外波及远方。

文王曰咨，咨女殷商。	文王说，唉，你这殷商末代君王。
匪上帝不时[13]，殷不用旧[14]。	不是天帝不合时宜，只因殷王你不用旧章。

①湎：沉迷，沉溺。 ②不义：不宜，不该。从：同“纵”。式：方式，态度。 ③愆：过失。止：行止。 ④明：晴明。晦：阴晦。 ⑤式……式……：又……又……。号：号叫。呼：呼喊。⑥俾：使，把。 ⑦蜩、螗：均为蝉的一种。 ⑧沸：沸腾。羹：羹汤。 ⑨小大：形容词，小事（事务），大事（政务）。近：差不多。丧：失败。 ⑩人：你，纣王。尚：崇尚。乎：那。由行：我行我素。 ⑪奰：激怒。 ⑫覃：及，延。及：到。鬼方：殷商时期称猃狁为鬼方，即远方。⑬不时：不适宜，不合时宜，不善良。 ⑭旧：旧臣旧法度。

虽无老成人[①]，尚有典刑[②]。	虽无德高望重老臣，尚有前朝典章和法度。
曾是莫听[③]，大命以倾[④]。	你竟然完全听不进去，国运就此倾覆。

第七章分析原因，厉王如此荒淫，原因不是天帝不对，而是厉王不用殷商成功的法典。诗人认为，就算是不用老臣，也应该尊崇好的典章制度，加上完全听不进逆耳忠言，终将导致国运倾覆。

文王曰咨，咨女殷商。	文王说，唉，你这殷商末代君王。
人亦有言[⑤]，颠沛之揭[⑥]。	古代有俗语说：大树颠覆根翘起。
枝叶未有害[⑦]，本实先拨[⑧]。	枝叶未必立即枯萎，树根却早已腐败。
殷鉴不远[⑨]，在夏后之世[⑩]。	殷商教训不远，就在夏桀朝代。

第八章以比喻的方式告诉厉王，国家犹如大树，大树颠覆根部暴露，枝叶未必会立即枯萎，但已经伤到根本。殷商的教训离我们并不远，就看夏桀的下场；今天的教训也不远，就看周厉王的下场。

这首诗主要运用赋和比的手法，假借文王之口斥责纣王，以辛辣的笔法，毫不留情地斥责了周厉王跟纣王相去不远的暴虐、聚敛、贪婪、荒淫。全诗八章，分为三个部分：第一部分为第一章，以赋的手法，表面指责天帝，实质上是指责厉王。第二部分，第二章至第六章，主要用赋的手法，以

①虽：即使。无：没有。老成人：德高望重的老臣。 ②典：典章。刑：法度。 ③曾：竟然。是：就是。莫听：听不进去。 ④以：于是。倾：倾覆，结束。 ⑤人：贤人。 ⑥颠沛：颠扑，颠覆。揭：树根露出，引申为根本问题。 ⑦害：伤害。 ⑧本实：树根。拨：拔起。 ⑨殷鉴：殷商的借鉴（教训）。 ⑩后：君王，夏后指夏桀。世：朝代。

文王斥责纣王的口吻，多角度、多层次对厉王的暴虐、贪婪、荒淫的政治行为和生活进行了毫不留情的揭露和讽刺。第三部分为第七章、第八章两章，诗人以无限的忠诚，指出了厉王暴政的根源所在，以比喻的方式，暗示厉王面临的局势比商纣王好不了多少，问题虽然是根本性的，病因虽然是根本性的，但是，尚没有到达绝望之时。“殷鉴不远，在夏后之世”，只是寄托了诗人最后的期待：希望厉王吸取教训，迷途知返，幡然悔悟，改弦更张，回到正途。遗憾，历史的轨迹并没有如诗人所望！

抑

抑抑威仪①，维德之隅②。　缜密的礼节，那是道德端正的体现。
人亦有言③，靡哲不愚④。　古人有言，没有哲人不愚钝。
庶人之愚⑤，亦职维疾⑥。　庶民的愚钝，那是自身有问题。
哲人之愚⑦，亦维斯戾⑧。　哲人的愚钝，那是为了避免灾难。

第一章诗人睿智地指出，缜密礼节的背后是道德纯正的折射。哲人的愚钝是装的，庶人的愚钝是真的。暗示年幼的君王显然不是哲人，而是庶人心态，庶人行为，庶人德行。

无竞维人⑨，四方其训之⑩。　没有什么比人才更重要，四方诸侯都有历史教训。
有觉德行⑪，四国顺之⑫。　光明磊落的德行，才能让诸侯诚心归顺。
訏(xū)谟定命⑬，远犹辰告⑭。　国家大计决定国家命运，长远谋略要及时告诉群臣。
敬慎威仪⑮，维民之则⑯。　恭敬持重威严的仪表，是百姓行为的标准。

第二章强调人才对于国家的重要性，以及德行对于国家的重要性，国君

①抑抑：缜密。威仪：礼节。　②维：是。隅：屋子的四角，引申为方正。　③人：古人。　④靡：无。哲：哲人。　⑤庶人：庶民，平民百姓。　⑥亦：语气词，无实义。职：本身。维：有。疾：疾病，问题。　⑦愚：若愚。　⑧亦：也。斯：躲开；戾：罪。斯戾：避开罪责，避开祸事。　⑨竞：超过。无竞：没有什么比它更强。维人：唯有人才。　⑩四方：指天下诸侯。训：教导，证明。之：指上一句“无竞维人”。　⑪觉：清醒，明白。行：与德相匹配的行为。　⑫顺：归顺。　⑬訏：大。谟：计谋，谋略。定：决定。命：国运。　⑭犹：同“猷”，谋略。远犹：远谋。辰：时辰，按时。告：宣告。　⑮敬：恭敬。慎：持重。威仪：威严的仪态。　⑯则：法则，引申为楷模、标准。

的行为举止，必须成为百姓的楷模。这是以帝为师的古老传统的再现，时至今日，未必过时。

其在于今[①]，兴迷乱于政[②]。	在当今之世，政坛兴起迷茫混乱。
颠覆厥德[③]，荒湛(dān)于酒[④]。	你品德已败坏，沉湎于酗酒。
女虽湛乐从[⑤]，弗念厥绍[⑥]。	你只纵欲无度，不顾念那优良传统。
罔敷求先王[⑦]，克共明刑[⑧]。	不去广泛寻求先王的策略，执行那些明确的法律。

第三章指责国君荒淫误国。政治混乱，源头在于国君。国君沉湎酒色，道德败坏，乃是乱象之源。分析原因：放弃了对传统的坚守，放弃了先王治国的策略和法律。

肆皇天弗尚[⑨]，如彼泉流，	于是上天不再保佑，一如泉水独自流，
无沦胥以亡[⑩]。	君臣无不沉沦而走向灭亡。
夙兴夜寐[⑪]，洒扫庭内，	本应早起晚睡，洒扫房屋，
维民之章[⑫]。	做老百姓的表率。
修尔车马，弓矢戎兵[⑬]。	修理你的车马，以及弓箭等兵器。
用戒戎作[⑭]，用逷(tì)蛮方[⑮]。	以防备战事爆发，用以消除远方的隐患。

①于今：在今天。 ②兴：兴起。迷乱：迷茫混乱。政：朝政。 ③颠覆：败坏。厥：他的。德：德行。 ④湛：纵欲无度。荒湛：沉迷，沉湎。 ⑤女：同“汝”。虽：只。乐从：纵欲。 ⑥弗：不。念：顾及，念及。厥：那。绍：继承，传统。 ⑦罔：枉顾，不顾及。敷：广泛。先王：先王治国的策略。 ⑧克：能够。共：同“拱”，执行。明刑：明确的法律。 ⑨肆：于是。皇天：上天。尚：保佑。 ⑩沦胥：沉沦。以：而。 ⑪夙：早晨。兴：起床。 ⑫维：是。章：法则，准则。 ⑬弓矢：弓箭。戎：古时兵器总称。兵：战事。 ⑭用：以，用来。戒：防备。戎：兵器总称，引申为战事。作：爆发。 ⑮逷：剔，剔除。蛮方：蛮夷地区。

第四章批评周王失德导致上天不再眷顾。命运一如泉水，自然下流，君臣沦丧。本应早起晚睡，洒扫房屋，为民表率。修理车马和弓箭，防备战争爆发，消除远方隐患。

质尔人民①，谨尔侯度②，	善待你的庶民，严守法度，
用戒不虞③。	以防止意外发生。
慎尔出话④，	谨慎说话，
敬尔威仪⑤，无不柔嘉⑥。	敬畏你的威仪，无时无刻都温柔善良。
白圭之玷⑦，尚可磨也⑧。	白玉的污点，可以抹除。
斯言之玷，不可为也⑨。	言语的污点，无法抹掉。

第五章写出了老臣的忠诚建议：善待庶民，严守法度，严防意外；谨慎说话，保持威仪和温柔善良。本章最后两句，已经成为经典名句，教导国人不要轻易口出恶言。

无易由言⑩，无曰苟矣⑪。	不要轻易率性说话，不要认为说话可随性，
莫扪朕舌⑫，言不可逝矣⑬！	没有人摁住我的舌头，说出的话不会消逝啊！
无言不雠⑭，无德不报⑮。	公开说出的话必有印记，好的恩德必有回报。

---

①质：善待。人民：庶民。 ②谨：严守。侯：诸侯。度：法度。 ③戒：防止，预防。不虞：不测。 ④慎：谨慎。出话：说话。 ⑤敬：尊重。威仪：威严的仪表。 ⑥柔：温柔。嘉：善良。⑦圭：长条形一边为锐角的玉器。玷：玉上的瑕疵。 ⑧尚：尚且。磨：打磨掉。 ⑨为：抹掉，抹去。 ⑩无易：不要轻易。由言：随口胡言。 ⑪无曰：不要说。苟：苟且，随便。 ⑫莫：不要。扪：捂，捂住。朕：我，秦始皇之前古人都可以自称“朕”。舌：口舌，说话。 ⑬逝：消逝。⑭无言不：每一句话都。雠：回应。 ⑮德：恩德。报：回报。

惠于朋友，庶民小子。	恩惠施予朋友，以及庶民、后生。
子孙绳绳[①]，万民靡不承[②]。	子孙勤勤恳恳，天下百姓无不归顺。

第六章承上一章，阐述身为国君，谨慎言语是政治安定的重要原因。消除天下混乱，从管住自己的口开始。说出的话不会消逝，必有印记和回应，而好的恩德也必有回报，如果恩德惠及朋友、庶民、后生，天下百姓自然归顺。治理天下有时候也很简单，越是位高，说话应该越少；话必有回应，德必有回报，慎言慎行，庶民归心。说多了，百姓无所适从；提倡多了，百姓不知道做什么好。

视尔友君子[③]，辑柔尔颜[④]，	看看你招待贵族，那么和颜悦色，
不遐有愆[⑤]。	没有片刻的过失。
相在尔室[⑥]，尚不愧于屋漏[⑦]。	看你在内室，尚不至于愧对神明。
无曰不显[⑧]，莫予云觏[⑨]。	不要说屋内阳光不明亮，别人看不到自己。
神之格思[⑩]，不可度思[⑪]，	神明的到来啊，不可以测度，
矧(shěn)可射思[⑫]？	怎么可以厌弃懈怠呢？

第七章建议君王保持敬畏之心，举头三尺有神明，即便独处，也要自律。

①绳绳：谨慎貌。 ②万民：天下百姓。靡：没有。承：归顺。 ③视：看。友：招待。君子：贵族。 ④辑：和。柔：柔和，使……柔和。颜：脸色。 ⑤遐：闲暇，瞬间。愆：过失。 ⑥相：看。室：内室。 ⑦屋漏：屋内西北角，为神之方位，借指神明。 ⑧无曰：不要说。显：明亮。 ⑨莫：不要。予：我。云：语气助词，无实义。觏：看见。莫予云觏："莫云觏予"的倒装。 ⑩格：到来。思：语气词，无实义。 ⑪度：测度。 ⑫矧：如何，怎么。射：厌弃。

辟尔为德[1]，俾臧俾嘉[2]。	修明你的道德情操，使你道德尽善尽美。
淑慎尔止[3]，不愆于仪[4]。	让你的行止善良谨慎，不在仪态仪表犯错误。
不僭(jiàn)不贼[5]，鲜不为则[6]。	不僭越也不做贼，少有不被效仿的。
投我以桃，报之以李。	人家送我桃，我回报人家李。
彼童而角[7]，实虹小子[8]。	给没有角的小羊装上角，实质上是败坏你小子的名声。

第八章提醒周王加强道德修养，以期尽善尽美，让他的行止善良谨慎，成为人民的法则；要懂得投桃报李。要小心那些给小羊装角的荒唐事，那不过是让君王“裸奔”的损招。这些手法，三千年前周王朝的智者就已经看出，并且向周王指出来了。

荏染柔木[9]，言缗(mín)之丝[10]。	温润柔软的好木材，装上琴瑟的丝弦。
温温恭人[11]，维德之基[12]。	温和谨慎谦恭之人，他的道德有根基。
其维哲人[13]，告之话言[14]，	如果你是哲人，告诉你古人格言，
顺德之行[15]；	你的行为符合道德标准；
其维愚人，覆谓我僭[16]，	如果你是愚人，反说我僭越，
民各有心。	庶人各有其心（意味难测）。

第九章以良木加琴弦起兴，说明人如果能听进格言，能成为言行一致

①辟：法，效法，修明。为：语气词。德：道德。 ②俾：使。臧：善。嘉：美。 ③淑：善良。慎：慎重。止：行止，行为。 ④愆：过失。仪：礼节，仪态。 ⑤僭：超越。贼：做贼。 ⑥鲜：少。则：法则。 ⑦童：尚未长角的羊。而：表示先后顺序。角：动词，装角。 ⑧实：同“是”。虹：同“讧”，溃乱，败坏。小子：年轻人。 ⑨荏染：柔软状。柔木：良木，做琴瑟用的稀有木材。 ⑩言：发语词，无实义。缗：装上琴弦。 ⑪温温：温和善良。恭人：谦恭之人。 ⑫维：是。基：根基。 ⑬其：语气词，如果。维：是。 ⑭告之：告诉他。话言：哲人之言。 ⑮顺德：符合道德标准。行：行为。 ⑯覆：反而。

者；如果是愚人，不仅不能理解我的忠贞，反而说我僭越，人心难测。

於(wū)乎小子[1]，未知臧否[2]。	可叹啊年轻人，不知道善恶。
匪手携之[3]，言示之事[4]。	不仅手把手教，而且演示过程。
匪面命之[5]，言提其耳[6]。	不仅面对面教，而且拎着耳朵让你听。
借曰未知[7]，亦既抱子[8]。	不要借口你不懂，你已经为人父。
民之靡盈[9]，谁夙知而莫成[10]？	庶民虽然有不足，谁能早晨懂得晚上就做成？

第十章批评年轻的君王，不知善恶。手把手，面对面，耳提面命。用心何其良苦！希望你能够懂得我的苦衷。

昊天孔昭[11]，我生靡乐[12]。	上天什么都很明白，我这一生不快乐。
视尔梦梦[13]，我心惨惨[14]。	看你浑浑噩噩，我心里很不是滋味。
诲尔谆谆[15]，听我藐藐[16]。	不知疲倦教诲你，而你对我越来越疏远。
匪用为教[17]，覆用为虐[18]。	不仅不懂得教诲是为你好，反而认为是玩笑。
借曰未知，亦聿既耄[19]！	借口你尚未懂事，甚至认为我太过年迈。

第十一章批评周王作为年轻人，不懂得老臣一片忠心。不理解老臣的用心，不接纳老臣的忠心，不顾及老臣的伤心；而这正是老臣一生的苦闷所在。

---

①於乎：同“呜呼”。小子：年轻人。　②臧否：善恶。　③匪：同“非”，不仅。手携之：手把手教诲。　④言：阐述。示：演示。事：事情。　⑤面命之：面对面教诲。　⑥言：阐述。提其耳：拎着耳朵。其：上文的“小子”。　⑦借：假如。曰：说。未知：不懂事。　⑧抱子：抱上儿子，指成长为成年人。　⑨民：庶民。盈：自满。　⑩谁：谁人。莫：同“暮”，晚。成：做成。　⑪昊天：上天。孔：很。昭：光明。　⑫我生：我的生活。靡乐：不快乐。　⑬视尔：看你。梦梦：混乱。　⑭惨惨：同“懆懆”，悲伤。　⑮谆谆：不知疲倦貌。　⑯听我：听我讲话。藐藐：逐渐远去之貌。　⑰匪：不仅。用为：以为。教：教诲。　⑱覆：反而。用为：以为。虐：同“谑”，戏谑。　⑲聿：执笔，引申为认为。既：已经。耄：八九十岁的长者。

於乎小子，告尔旧止[①]，	呜呼，年轻人，告诉你遵循成熟的礼节，
听用我谋[②]，庶无大悔[③]。	听从我的谋划，你大概就不会犯大错。
天方艰难[④]，曰丧厥国[⑤]。	上天正在降灾难，说是要灭亡这个国家。
取譬不远[⑥]，昊天不忒[⑦]。	就近打个譬喻，上天不会出差错。
回遹(yù)其德[⑧]，俾民大棘[⑨]。	邪僻成为你的道德，会使百姓遭受祸殃。

第十二章告诫年轻的周王，出路在于遵循原有礼治，听从老臣忠言和谋划，或许不会出现颠覆性的局面。现在上天只是刚刚降下灾难，如果再不改弦更张，恐怕遭受祸殃的就是黎民百姓。

这是一首周大夫苦谏年幼周王的政治抒情诗。全诗最大的特点，就是采用独白的手法，直抒胸臆，一如黄河长江，一泻千里，形成一种压倒一切的气势，让读者不能不信服，不能不接受。通篇有一条红线贯穿其中，这条红线就是"耿耿忠心"，全诗以赋为主，偶用比兴，以说理为主，辅以抒情，表达了长歌当哭的悲愤和无奈。读此诗，有一种认知，这首诗就算放在今天，作为中学生、大学生、公民的教材，未尝不是一篇高品质的作品。教人敬畏天命，何错之有？教人勤修美德，何错之有？教人慎言慎行，何错之有？教人不欺暗室，何错之有？教人投桃报李，何错之有？教人尊重先贤，何错之有？教人发扬传统，何错之有？岂止无错，简直都是真理！诗人恳请周王做到的这些，何尝不是今人应该做到的呢？

①告：告诉。旧止：成熟的规范。 ②听用：听从采用。 ③庶：差不多，大概。无：没有。 ④方：刚刚。艰难：作动词用，安排艰难的局面，亦即下降灾难。 ⑤曰：发语词。丧：灭亡。厥：这个。 ⑥取譬：造比喻。不远：就近。 ⑦忒：过失，差错。 ⑧回遹：邪僻。 ⑨棘：同"急"，出现紧急状况，即遭受祸殃。

桑柔

菀(wǎn)彼桑柔①，其下侯旬②。	那茂盛桑枝柔桑叶嫩，形成了浓密树荫。
捋(luō)采其刘③，瘼(mò)此下民④。	捋采枝叶让桑树稀疏，暴晒树下的庶民。
不殄(tiǎn)心忧⑤，仓兄填兮⑥。	庶民忧心不断啊，悲悯之心久已存在。
倬(zhuō)彼昊天⑦，宁不我矜⑧？	光明睿智的上天，竟然不怜悯庶民？

第一章总起，以柔桑的茂盛和稀疏起兴兼比喻，暗示残酷的盘剥，导致庶民遭受苦难，导致庶民心忧。最后两句，质问苍天，实属无奈。

四牡骙骙(kuí)⑨，旟旐(yú zhào)有翩⑩。	四匹雄马强健，旌旗猎猎风中飘扬。
乱生不夷⑪，靡国不泯(mǐn)⑫。	祸乱源于不公，没有一个诸侯国不混乱。
民靡有黎⑬，具祸以烬⑭。	百姓没有不遭殃的，遭受灾祸成灰烬。
於(wū)乎有哀⑮，国步斯频⑯。	可叹啊可悲，国家正处在危难中。

第二章驷马奔驰、旌旗猎猎。这是起兴，意味着危险未被察觉。一切祸乱，源于不公。天下无一个诸侯国不乱，百姓无不遭殃，甚至都化作灰烬。

---

①菀：茂盛状。桑柔：桑枝柔嫩。　②其：茂盛的桑树。侯：语气词，无实义。旬：树荫遮蔽。　③捋：用手顺势采摘。采：采摘。其：桑树。刘：剥落稀疏，桑树被捋采之后枝叶疏朗状。　④瘼：病。此：这些。下民：桑树下的人民，借喻周厉王统治下的人民。　⑤殄：断绝，尽。　⑥仓兄：同“怆怳”，悲悯失意状。填：久。　⑦倬：光明。昊天：上天。　⑧宁：竟然。矜：怜悯。不我矜：“不矜我”的倒装。　⑨四牡：同驾车的四匹雄马。骙骙：马强壮貌。　⑩旟旐：画有鹰隼的旗帜和画有龟蛇的旗帜。有：语气词。翩：飘扬。　⑪不夷：不平，不公平。　⑫靡：没有。国：诸侯国。泯：乱，遭殃。　⑬黎：头发黑中带黄，因生活奔波憔悴状。　⑭具：都。祸：遭祸。以：而。烬：成为灰烬。　⑮於乎：叹词。哀：可悲。　⑯国步：国运。斯：如此。频：危急。

可悲可叹，国家正处在危机之中。但是，当局者迷，旁观者清。历朝历代，莫不如此。

国步蔑资①，天不我将②。	国运已无依托，上天不再扶助。
靡所止疑③，云徂(cú)何往④。	人民居无定所，不知去向何处。
君子实维⑤，秉心无竞⑥。	君子所作所为，秉持良心名利无争。
谁生厉阶⑦？至今为梗⑧！	谁制造了这祸端？至今障碍依然存在。

第三章思考了国家存在的根据，国家混乱频仍的根源。这种思考，颇有高度。国运无依，上天不辅；居无定所，无所适从；君子所为，无争名利。谁是祸根？至今仍在。

忧心殷殷⑨，念我土宇⑩。	忧心忡忡，怀念故土。
我生不辰⑪，逢天僤(dàn)怒⑫。	生不逢时，适逢上天大怒。
自西徂东，靡所定处⑬。	从西方到东方，居无定所。
多我觏痻(gòu mín)⑭，孔棘我圉(yǔ)⑮！	遭遇那么多病苦，异常紧急在疆土。

第四章写诗人忧国忧民之心，责备自己生不逢时，其实是讽刺周厉王把局面弄得民不聊生，不可收拾。

---

①蔑：无。资：依托，依靠，可资依靠。 ②将：扶助。天不我将："天不将我"的倒装。 ③靡所：无所。止：定。疑：同"碍"，也是"定"的意思。 ④云：句首发语词，无实义。徂：到。徂何往：到何处。 ⑤君子：此处指士大夫；实：是；维：同"为"。君子实维：君子所作所为。⑥秉心：用心。无竞：与世无争，不与民争利。 ⑦厉：灾祸。阶：根源。 ⑧至今：时至今日。为：是。梗：作梗，借指障碍。 ⑨殷殷：忧伤状。 ⑩念：怀念。土宇：土地房屋，引申为故土。⑪不辰：不逢时。辰：适时。 ⑫逢：碰到。僤：大。 ⑬处：栖止。 ⑭多我："我多"的倒装。觏：遇到。痻：病中昏迷状。 ⑮孔：很。棘：同"急"。圉：边疆。

为谋为毖①，乱况斯削②。	谨慎谋划国是，混乱就能消除。
告尔忧恤③，诲尔序爵④。	告诉你应忧心国事，告诉你官吏各安其位。
谁能执热⑤，逝不以濯⑥？	谁能清除炎热，而不用水冲洗？
其何能淑⑦？载胥及溺⑧！	如何做好这事？弄不好都溺水！

第五章诗人建议如履薄冰地谋划国是，就能够消除混乱；全心全意操心国事，让大小官吏各安其位，各司其职，各负其责。最后两句，用比喻手法，告诉君王，消除炎热，必须依靠河水洗濯；但是洗濯如果做不好，会让人们相继溺水。诗人提出了消除灾难的核心策略：谨慎谋划，布局人事，严密操作。这是宝贵的国家经营智慧。

如彼溯风⑨，亦孔之僾⑩。	就像迎着逆风，也就觉得呼吸不畅。
民有肃心⑪，荓（pīng）云不逮⑫。	庶民本有进取心，却使他们无法发挥。
好（hào）是稼穑⑬，力民代食⑭。	他们喜欢农业耕作，人民勤劳能吃饱。
稼穑维宝⑮，代食维好⑯。	勤劳耕作传家宝，温饱问题解决了。

第六章首句是起兴也是比喻，逆风而行，呼吸困难。对于民意民生，其实也应当因势利导。民本进取，贵在引导。农耕有传统，让庶人劳作解决温饱问题。

---

①为：制定。谋：谋略。为：是。毖：慎重。 ②乱况：混乱状况。斯：乃。削：消除，消逝。 ③恤：忧虑。 ④诲：教诲。序爵：安排官爵。 ⑤执：消除。 ⑥逝：发语词，无实义。以：用。濯：水洗。 ⑦何能：如何能够。淑：善，完善。 ⑧载：则。胥：皆。及：至。溺：落水，溺水。 ⑨溯风：逆风。 ⑩之：指代人。僾：呼吸不畅状。 ⑪肃：进取。 ⑫荓：使。云：语气助词，无实义。逮：达到。 ⑬好：喜欢。是：这。稼穑：农业劳动。 ⑭力民：用力于劳动。代食：自力更生解决吃饭问题。 ⑮维：是。宝：传家宝，引申为好传统。 ⑯好：好的办法。

天降丧乱①，灭我立王②。	上天降此丧乱，意图消灭我王。
降此蟊（máo）贼③，稼穑卒痒（yáng）④。	降下这些害人虫，天下庄稼都病伤。
哀恫中国⑤，具赘卒荒⑥。	可怜中国，接连出现灾荒。
靡有旅力⑦，以念穹苍⑧。	甚至没有体力，来祈求上苍。

第七章写周王失德，失去上苍信任。于是灾难连连，灾荒不断，民不聊生，甚至连祈求上苍的体力都没有。比兴所及，犹如利剑，直指周王。拳拳之心，杜鹃泣血。

维此惠君⑨，民人所瞻⑩！	只有顺从民意的君王，人民才会期待和盼望。
秉心宣犹⑪，考慎其相⑫。	用心谋划周密的策略，慎重选择朝中宰相。
维彼不顺⑬，自独俾臧⑭。	唯有那不顺民心的君王，自以为选用的臣子都善良。
自有肺肠⑮，俾民卒狂⑯！	这些人都有花花肠，让庶民精神错乱疯狂。

第八章诗人指出民心所向才是国运兴旺的关键。善于治理国家的君王，必然顺民心顺民意，必然精心谋划国是，必然慎重选择丞相。顺民心，才能获民智；谋定而后动，国家方能平稳；选好宰相，经济才能健康发展。招招

---

①丧乱：死丧祸乱。 ②立王：所立的国王。 ③蟊：吃禾苗根的害虫。贼：吃禾苗秆的害虫。 ④卒：都。痒：病。 ⑤哀恫：哀痛。中国：指天子直辖区域，即王畿之地。 ⑥具：同“俱”，都。赘：同“缀”，连缀。荒：灾荒。 ⑦旅力：膂力，体力。 ⑧念：感激怀念。穹苍：苍天。 ⑨维此：唯此。惠：顺从民意。惠君：顺从民意的君王。 ⑩民人：庶人。瞻：期待，盼望。 ⑪秉心：用心。宣：普遍。犹：同“猷”，谋略。 ⑫考慎：慎重选择。相：丞相。 ⑬维：同“唯”，唯有。不顺：不顺民心的国君。 ⑭自独：“独自”的倒装。俾：使，引申为主观认为。臧：善良，优秀。 ⑮自有：当然有。肺肠：不当的心思。 ⑯民：平民。卒：同“瘁”，心力交瘁。狂：疯狂，精神失常。

见功夫。

瞻彼中林①，甡（shēn）甡其鹿②。	看那林中，众多野鹿漫步。
朋友已谮③，不胥以穀（gǔ）④。	朋友已然相欺失信，不用善心交往。
人亦有言，进退维谷！	古人有言，进退都是山谷。

第九章开头起兴，接着讲诚信与善良的重要。失掉了诚信与善良，人也好，国也好，都会进退维谷。处理人事，处理国事，都需要诚信与善良。

维此圣人，瞻言百里⑤。	只有这圣人，高瞻远瞩。
维彼愚人，覆狂以喜⑥。	只有那些愚人，反而狂妄而沾沾自喜。
匪言不能⑦，胡斯畏忌⑧。	不是不能说，而是心存太多恐惧。

第十章诗人分析哲人和愚人，指出说真话的不易。提醒周王，善于选择哲人，国家转危为安，舍此不能成功。

维此良人⑨，弗求弗迪⑩。	只有贤人，不贪婪不钻营。
维彼忍心⑪，是顾是复⑫。	那些忍心做坏事的人，反复无常难捉摸。
民之贪乱，宁为荼（tú）毒⑬？	百姓渴望大乱实现大治，难道他们宁愿惨遭荼毒？

---

①瞻：看。中林：林中。 ②甡甡：同“莘莘”，众多。其：语气助词。 ③谮：同“僭”，相欺。 ④胥：皆，相。以：用。穀：善，友好。不胥以穀：“胥不以穀”的倒装，整体上讲，就是不以善心相交往。 ⑤瞻：高瞻远瞩。言：语气词，无实义。 ⑥覆：反而。狂：狂妄。以：而。喜：沾沾自喜。 ⑦匪：同“非”。言不能：不能言。 ⑧胡：何，原因。斯：这是。畏忌：恐惧，畏惧。 ⑨维此：只有那。良人：贤人。 ⑩弗：不。求：贪求。迪：钻营。 ⑪忍心：忍心的人。 ⑫顾：眷顾。复：反复，重复，重叠。 ⑬宁：宁可。为：被。荼：苦菜；毒：蜇人的虫。荼毒：引申为毒害，戕害。

第十一章诗人睿智地指出，百姓到了“箪食壶浆以迎王师”的状态，他们渴望一场巨大的风暴来摧毁现实的一切，以大乱达到大治，不是他们愿遭荼毒，而是一种强烈的无奈。

大风有隧[1]，有空大谷[2]。	大风迅疾，山谷虚空。
维此良人，作为式穀[3]。	只有贤人，为人称颂。
维彼不顺[4]，征以中垢[5]！	只有倒行逆施者，行进中跌入污垢。

第十二章开头两句起兴，风疾谷空，意味着贤人美名传扬，速度快，范围广。后两句，倒行逆施者，必然跌入历史的污垢。这是对君王的含蓄劝诫，望君王重视生前身后名。

大风有隧，贪人败类[6]。	大风迅疾，贪婪的人败坏家族。
听言则对[7]，诵言如醉[8]。	顺耳的话就回应，劝诫的话就装糊涂。
匪用其良[9]，复俾我悖(bèi)[10]！	不采纳那些谏言，反而说我悖逆。

第十三章阐述贪婪的恶果，以及纳谏的重要。

嗟尔朋友[11]，予岂不知而作[12]？	可叹啊朋友，我哪里不知道你的所为？
如彼飞虫[13]，时亦弋获[14]。	就像那些飞鸟，有时也会被射获。
既之阴女[15]，反予来赫[16]。	我已经是一片赤诚维护你，你反而对我暴怒恐吓。

①有：语气助词，无实义。隧：迅疾。 ②空：空间。大谷：大山谷。 ③作为：行为。式：语气助词，无实义。 ④不顺：倒行逆施的人。 ⑤征：征途，行进中。中垢：陷入污垢之中。 ⑥败类：败坏宗族名声。 ⑦听言：顺耳的话。对：答。 ⑧诵言：劝告的话。醉：装醉，装糊涂。 ⑨用：采用。良：忠贞之言。 ⑩复：反。俾：使。悖：悖逆。 ⑪嗟尔：叹词，可叹。 ⑫予：我。而：同“尔”，你。作：所作所为。 ⑬飞虫：飞鸟。 ⑭时：有时。弋：用带绳子的箭射。获：捕获。 ⑮之：语气助词，不适宜。阴：同“荫”，庇护。女：同“汝”，你。 ⑯反：反而。赫：暴怒恐吓。

第十四章警告同僚对自己的行为负责，劝告同僚不要拒绝规谏，多行不义必自毙。

民之罔极[1]，职凉善背[2]。	老百姓往往缺乏标准，很多时候相信那些善骗的人。
为民不利[3]，如云不克[4]。	做那些不利于百姓的事情，好像唯恐不能胜任。
民之回遹[5]，职竞用力[6]！	老百姓走上邪路，根源在君王的暴政。

第十五章一针见血指出百姓暴力的根源，在于政治的反动与暴虐。

民之未戾[7]，职盗为寇[8]。	老百姓尚未安定，只因为贼臣比外寇更甚。
凉曰不可[9]，覆背善詈[10]。	我真诚坚持说这样不行，你反而在背后大骂我。
虽曰匪予，既作尔歌[11]！	即使你不认可我，我依然为你创作此歌。

第十六章点明题旨。百姓尚未安定，原因是内部贼臣的掠夺甚于外部的敌寇。事实就是如此：周厉王用荣夷公推行“专利法”，想搞土地国有化，将公田、公山、公水一律收为国有，最终导致自己被国人驱逐。

《毛诗序》认为：“《桑柔》，芮伯刺厉王也。”芮伯，周厉王时期卿士芮良夫。这首诗的题旨，在《左传》及东汉王符《潜夫论》等作品都有

①民：百姓。罔极：无法则。 ②职：主要。凉：同“谅”，信任。善背：善于背信弃义。 ③为民不利：做无益于老百姓的事情。 ④云：说。不克：不能胜任。 ⑤回遹：邪僻。 ⑥职：主要原因。竞：争。用力：使用暴力。 ⑦戾：安定。 ⑧盗：贼臣。为：成为。寇：外敌。 ⑨凉：同“诚”，诚恳。曰不可：认为不可。 ⑩覆：反而。背：背着。善：大。詈：骂。 ⑪既：还是。作尔歌：因为你而创作这首诗歌。

印证，因此，《毛诗序》的说法基本可以认定是正确的。全诗十六章，共两个部分：前八章侧重讽刺和批判周厉王贪婪荒淫、祸国殃民。在前面八章当中，分两层，第一章为第一层，为前八章的总起。以桑树由茂盛而稀疏，起兴兼比喻，告诉读者，王朝若像桑树被捋走过多的桑叶而导致不能庇护树下的人民，终将导致王朝的倾覆。这种借喻手法，直接告诉读者，问题的根源出在周厉王的贪得无厌。第二章至第八章，从七个方面揭露了周厉王的荒唐导致了政权的颠覆。后部分为后八章，侧重讽刺和批判朝中丑类尔虞我诈，相互倾轧，鱼肉黎民的丑恶罪行。后八章一样分两层，第九章至第十五章为第一层，历数自己同僚种种失德失策，加剧了王朝倾覆的速度。最后一章是第二层，点明题旨，告诉读者创作此诗的目的。

全诗体大虑周，属于《诗经》中的鸿篇巨制。由于构思精巧，逻辑严密，综合运用比喻、对比、排比等多种修辞手法，或赋或比或兴或象征，把诗人心中的焦虑与愤怒和盘托出，形成了强烈的冲击力和感染力。全诗整体上规谏的对象是周厉王，即便是后八章，作者也把一切社会病态的根源都归结于周厉王的暴政。老臣如此忠贞，如此耿介，非常难得。只可惜，中国历史上的忠贞之士往往不得善终！

云汉

倬彼云汉①，昭回于天②。	浩渺的天河，星光回还于天。
王曰於乎，何辜今之人③？	宣王长叹，百姓有什么罪啊？
天降丧乱，饥馑荐臻④。	上天降下如此丧乱，饥荒接踵而来。
靡神不举⑤，靡爱斯牲⑥。	没有神不祭祀，也从不吝惜牺牲。
圭璧既卒⑦，宁莫我听⑧？	各种玉器用完了，上天竟然没有听我的祈祷。

第一章周宣王仰望浩瀚的天空，面对深不可测的天空，感觉到深深的无助和无奈。宣王不懂，百姓无罪，为何上天降罪，而且接踵而来。为什么我所有的神都祭祀、所有的玉器都用完，而神却无动于衷，没有倾听我的祈求，丧乱依旧。字里行间，蕴含着祭祀者的怀疑：神真的存在吗？祭祀真的能感动神吗？诗作者或许怀疑，周王或许怀疑，但是，历史的局限，让他们无法获得准确的答案。

旱既大甚，蕴隆虫虫⑨。	旱情已经非常严重，酷暑让大地如蒸笼。
不殄禋祀⑩，自郊徂宫⑪。	不断祭祀祈求降雨，从郊外到宫廷中。

①倬：大。云汉：天河，银河。 ②昭：光明。回：运转。 ③辜：罪。 ④饥：谷不熟为饥。馑：菜不熟为馑。荐臻：接连而来。 ⑤靡：无。举：祭祀。 ⑥斯：这些。牲：用来祭祀的猪、牛、羊等。 ⑦圭：一端成锐角的长条形的玉器。璧：正中有孔的圆形玉器。卒：用完了。 ⑧宁：竟然。莫我听："莫听我"的倒装，不听我的祈求，听不到我的祈求。 ⑨蕴：郁结。隆：雷声隆隆不绝。虫：同"爞"。虫虫：热气蒸腾。 ⑩殄：断绝。禋祀：祭祀的一种，即升烟祭祀。 ⑪自……徂……：自……到……。郊：郊外。宫：宫廷。

上下奠瘗(yì)①，靡神不宗②。　　上祭天下祭地，没有神没敬奉。
后稷不克③，上帝不临。　　后稷不能帮助我们，天帝恩泽不降临。
耗斁(dù)下土④，宁丁我躬⑤。　　天下遭受灾难，竟然落在我身上。

第二章写旱情异常严重，大地犹如蒸笼。同时，诗人迷惘：为什么从郊外到宫中、从天上到地下没有不祭祀的神，为什么连后稷都不能帮助我们，天帝的恩泽就是不能降临？为什么如此严重的灾难，正好遭逢在我身上？描写灾情的只有一句，满篇皆迷茫。

旱既大甚，则不可推⑥。　　干旱十分严重，竟然不可消除。
兢兢业业，如霆如雷⑦。　　时刻提心吊胆，害怕霹雳炸雷。
周余黎民⑧，靡有孑遗⑨。　　周朝剩余黎民，恐怕难以生存。
昊天上帝，则不我遗⑩。　　苍天啊上帝啊，竟然不肯恩赐我。
胡不相畏？先祖于摧⑪。　　为何祖上不畏惧，先祖祭坛将无人祭祀？

第三章继续写旱情严重到让人提心吊胆，担心周朝黎民不能生存。但是，作者依然迷茫困惑：为何上苍不肯慰问我，不肯恩赐我，难道祖上就不担心，王祚中断，后继无人？

---

①上下：天上和地下；奠：祭天；瘗：祭地。上下奠瘗：上奠下瘗，上祭天下祭地。　②宗：尊敬。　③后稷：周人始祖，姓姬名弃，号称神农氏，农耕文明的人文始祖。克：能；善于祭祀神灵称为克，神特别眷顾关照也称为克。　④耗：损伤。斁：败坏。下土：人间黎民。　⑤丁：遭遇。我躬：我身上。　⑥则：那么。推：清除。　⑦霆：霹雳，霹雷。雷：炸雷。　⑧余：剩下，剩余。黎民：百姓。　⑨孑遗：同义复词，“孑”和“遗”同义，遗留。　⑩遗：恩赐，慰问。则不我遗：“则不遗我”的倒装，不能恩赐给我。　⑪先祖：周的历代祖宗。摧：摧毁。

旱既大甚，则不可沮(jǔ)①。	干旱太严重了，竟然不可阻挡。
赫赫炎炎②，云我无所③。	燥热如同烧灼，我无处可逃。
大命近止④，靡瞻靡顾⑤。	国运大限或许在此，看不到前路也不忍回顾。
群公先正⑥，则不我助。	诸位先祖诸侯和卿士，竟然都不能帮助我。
父母先祖，胡宁忍予⑦？	父母和先祖，为什么竟然忍心如此？

第四章继续描写大旱的持续，势如火烧火燎，以至于我逃无可逃。诗人的迷茫：国运的极限或许在此，我甚至生无可恋。为什么过世的诸侯卿士都不荫护我？为什么先祖父母竟然忍心看着我备受煎熬？

旱既大甚，涤(dí)涤山川⑧。	大旱严重，山川枯干。
旱魃(bá)为虐⑨，如惔(tán)如焚⑩。	旱魔肆虐，如烧如焚，
我心惮暑⑪，忧心如熏⑫。	我怕暑热，心如烟熏。
群公先正，则不我闻。	先祖众卿，不闻不问。
昊天上帝，宁俾我遯(dùn)⑬。	上苍天帝，让我窘迫。

第五章首先以夸张手法“旱既大甚，涤涤山川”，极言旱情异常严峻，接着以比喻“旱魃为虐，如惔如焚”，极言旱情令人恐惧。后两句，写诗人的恐惧和困惑：我心忧如烟熏，我不明白，苍天为何让我如此窘迫？

---

①沮：阻止。 ②赫赫：干旱燥热状。炎炎：火烧灼热状。 ③云：句首发语词，无实义。所：庇护之所，逃避之所。 ④大命：大限，国祚的大限。近：近乎，接近。止：尽头，止境。 ⑤瞻：向前看。顾：向后看。 ⑥群公：诸侯。先正：孔子有言，“政者，正也”。先正，即以往的卿士等执政官。 ⑦胡：为什么。忍予：忍心如此对待我。 ⑧涤涤：山川干枯的样子。 ⑨旱魃：旱魔。为虐：做虐，肆虐。 ⑩惔：火烧。焚：引火烧林为焚。 ⑪惮：害怕。暑：暑热。 ⑫熏：烟熏。⑬宁：竟然。俾：使。遯：同“遁”，困顿，窘迫。

旱既大甚，黾(miǎn)勉畏去①。	干旱十分严重，勤勉职守不肯离去。
胡宁瘨(chēn)我以旱②？	何以竟然以旱灾戕害我？
憯(cǎn)不知其故③。	我竟然不知道真实原因。
祈年孔夙(sù)④，方社不莫⑤。	很早就祈求年成转好，四方之神土地之神都祭祀。
昊天上帝，则不我虞⑥。	苍天上帝，竟然不为我考虑。
敬恭明神⑦，宜无悔怒？	一向恭敬神明，应该不会怨恨愤怒吧？

第六章质问苍天。旱情再重，我也不肯擅离职守。只是不明白，上天为何如此戕害我？而我竟然不知道真实原因。所有的神我都祭祀了，上苍竟然不帮助我渡过难关。最后一句，是一种自我调适，自我安慰：我一向恭敬神明，神明应该不至于怨恨愤怒吧？

旱既大甚，散无友纪⑧。	大旱十分严重，人无信心多散漫。
鞫(jū)哉庶正⑨，疚哉冢宰⑩。	无计可施啊庶民官员，无可奈何啊宰相。
趣马师氏⑪，膳夫左右⑫。	主管车马和教育的官都参与，主管膳食的近臣不例外。
靡人不周⑬，无不能止。	没有人不用力，甚至没有人停下来喘口气。
瞻卬昊天⑭，云如何里⑮？	仰望苍天，为什么让我忧思成疾？

①黾勉：勉励。畏：厌恶。去：离开。 ②瘨：病，害，残害。 ③憯：同“曾”，竟然。 ④祈：祈求，祈祷。年：好年成。孔：很。夙：早。 ⑤方：名词作动词用，祭祀四方之神。社：土神，名词用作动词，祭祀土神。莫：同“暮”，晚。 ⑥虞：度，考虑。 ⑦敬恭：恭敬。明神：神明。 ⑧散：散漫。无：没有。友：同“有”。纪：纲纪，法纪。 ⑨鞫：穷，穷困。哉：感叹词。庶：众人，诸位。正：执政官，长官。 ⑩疚：贫困，穷困。冢宰：太宰，百官之长。 ⑪趣：同“趋”。趣马：主管车马的官。师氏：主管教育的官。 ⑫膳夫：主管帝王膳食并兼顾传递帝王与臣下之间言语的官。左右：比喻近臣。 ⑬周：费尽周章，即全心全力。 ⑭瞻卬：向上仰望。 ⑮云：语气词，无实义。里：同“悝”，忧思成疾。

第七章描写大旱严重到人心散漫，对于抗击灾害已经没有信心了，百官无计可施，宰相无可奈何，趋马、师氏、膳夫无人不尽力，甚至不敢喘口气。即便如此，上苍依然不肯眷顾，诗人不明白为什么如此折腾，让他忧劳成疾。

瞻卬昊天，有嘒其星[①]。	仰望苍天，繁星点点。
大夫君子[②]**，昭假无赢**[③]。	大夫乃至诸侯，召请神灵那么诚心。
大命近止[④]**，无弃尔成**[⑤]。	离成功仅仅一步之遥，不要抛弃你的成就。
何求为我？以戾庶正[⑥]。	怎么是为我求雨？为的是安定庶民和官员。
瞻卬昊天，曷惠其宁[⑦]？	仰望上天，怎么会不惠爱让他们安宁？

第八章，诗人仰望苍天，希望大夫诸侯不要放弃希望，或许离成功只有一步之遥，关键是坚持到最后一刻。最后，周宣王向上苍表白，求雨不是为自己，而是为庶民和臣子。所以，最后宣王坚信：上苍怎么会不惠爱让苍生安宁呢？作为诗作者的宣王，此时此刻，并没有放弃对上天的期待。

这首诗应该是中兴之君周宣王所作的，或者是近臣以周宣王的口吻来写的，表达了作为君王面对特大天灾的虔诚、执着、无奈。全诗共八章，首章总起，写面对天灾，周王叹息百姓无辜，不应该承受如此重灾；为了解除

①嘒：繁星点点貌。 ②君子：诸侯。 ③昭假：召请神灵。无赢：没私心。 ④大命：大限之期。近：接近。止：终点，止境。 ⑤无弃：不要抛弃，不要放弃。尔：你的。成：成就，功业。 ⑥以：用来。戾：安定。庶正：庶民和官员。 ⑦曷：何时。惠：给人实惠，惠爱。宁：安宁。

百姓之苦，他愿意倾其所有。即便如此，为何苍天并不倾听且垂爱呢？第二章至第七章为第二部分，以赋为主，兼用比、兴，并且成功援用夸张等修辞手法，极力铺陈灾情的严重和君王、诸侯、卿士、庶民对于上苍的祷告、祈求，但是，令诗人困惑的是，所有人如此虔诚、如此用心、如此用力，但是为何不能获得苍天的眷顾和垂爱，甚至连周的祖先也没有给予慈悲和惠爱？灾情在加重，诗人的迷惘在加剧，诗人的疑惑也在加重，以至于多次质问苍天。第八章为第三部分，照应第一章，开篇说“倬彼云汉，昭回于天”是仰望苍天的感慨：云汉星河灿烂，但是银河之水，却不能回到人间，河汉慈悲不能惠及下土。“瞻卬昊天，有嘒其星”，再次仰望苍天，繁星点点，诗人在反思：大夫君王，没有一人不诚心；离成功的大限或许越来越近，希望大家不要放弃前期祭祀所付出的努力。浩浩苍天，怎么会不惠爱天下苍生呢？

这首诗有着朴素的唯物主义思想，在史无前例的灾情面前，周宣王一方面为天下苍生负责，祈求上天；另一方面又反思自己，唯恐对神有不敬。作为最高统治者，为民请命的民本情怀，是中华民族文化宝贵的精神财富。这，恐怕是读此诗的最重要收获吧！

崧高

崧高维岳[①]，骏极于天[②]。	高山唯有四岳，高峻达到上天。
维岳降神[③]，生甫及申[④]。	四岳降下神灵，生下尹吉甫和申伯。
维申及甫，维周之翰[⑤]。	申侯和仲山甫，是辅佐国王的栋梁之材。
四国于蕃[⑥]，四方于宣[⑦]。	诸侯以他们为藩篱，天下以他们为屏障。

第一章，开篇比、兴兼用，赞扬尹吉甫和申伯高山仰止的品德。接下来，赞扬仲山甫和申伯乃神圣降生，势必成为国家的藩篱和屏障。这是全诗的总起，赞扬的是两个人。

亹亹（wěi）申伯[⑧]，王缵（zuǎn）之事[⑨]。	申伯很勤勉，辅佐宣王业。
于邑于谢[⑩]，南国是式[⑪]。	建都在谢邑，是南国楷模。
王命召伯[⑫]，定申伯之宅[⑬]。	宣王命召伯，确定申伯私宅。
登是南邦[⑭]，世执其功[⑮]。	登上南边邦国，世代享有爵位。

①崧：山高峻貌。维：只是。岳：此处指东岳泰山、南岳衡山、西岳华山、北岳恒山；这四岳之定义，在《毛诗序》中已经确定。 ②骏：同“峻”，高。极：到。 ③维：那。降神：降生神圣。 ④生：出生了。甫：仲山甫，与申伯齐名的宣王时代的贤臣。申：申侯，周宣王的舅兄，中国开国之君。 ⑤翰：同“幹”，桢干，筑墙的挡板，引申为栋梁。 ⑥四国：四方之诸侯。于：于是。蕃：同“藩”，篱笆，引申为屏障。 ⑦四方：各地。宣：同“垣”，城墙，引申为屏障。 ⑧亹亹：勤勉状。 ⑨缵：继承。事：指周宣王命令建立谢国的过程。 ⑩于：做，兴建。邑：城市。谢：谢地。 ⑪南国：指在国都的南部。是：堪为。式：法，取法。 ⑫召伯：召伯虎，召穆公，西周著名的贤臣，曾经在厉王被驱逐的时候，以自己的儿子换下了厉王的儿子周宣王，才有了西周的“中兴”气象。 ⑬定：确定。 ⑭是：这个。南邦：特指申国。 ⑮世：世代。执：享有。其功：申伯的爵位。

第二章赞扬申伯襄助宣王大业，建都谢邑，成为天下楷模。作为恩赐，宣王命令召伯选址建设申伯的私宅，并且让申伯的子孙享有延嗣的爵位。

王命申伯："式是南邦①。	宣王命令申伯："作为南方诸侯榜样。
因是谢人，以作尔庸②。"	依靠谢邑的人，修筑你的城垣。"
王命召伯，彻申伯土田③。	宣王命令召伯，测算申伯田地。
王命傅御④，迁其私人⑤。	宣王命令冢宰，迁申伯家臣到谢邑。

第三章，宣王命令申伯做好南方诸侯的榜样，凭借谢邑的人，构筑国家的藩篱。同时，作为王的恩赐，命令召伯测算申伯的土地，命令冢宰迁移申伯的家臣到谢邑。

申伯之功，召伯是营⑥。	申伯建都诸事，都由召伯主理。
有俶(chù)其城⑦，寝庙既成⑧。	加厚他的城墙，寝庙已经修成。
既成藐藐⑨，王锡申伯⑩。	寝庙非常盛大，宣王赏赐申伯。
四牡蹻(jiǎo)蹻⑪，钩膺濯濯⑫。	驷马矫健奔驰，饰带光泽闪耀。

第四章，周王命召伯主理申伯建都事业，包括加厚城墙，修建宗庙等，以宗庙的盛大，驷马的矫健，饰物的光鲜，衬托申伯的特殊荣耀。

---

①式：示范。南邦：南边的诸侯。 ②以：依靠。作：修建。尔：你的。庸：同"墉"，城垣，城墙。 ③彻：测算。土田：申伯受封的田地。 ④傅御：冢宰，地位相当于宰相。 ⑤迁：迁移。其：他，指申伯。私人：家臣。 ⑥是：语气词，无实义。营：经营，主办，主理。 ⑦有：语气词。俶：修筑，加厚。其：申伯。城：城墙，城垣。 ⑧寝：宗庙建筑中放置物品的部分。庙：宗庙中祭祀的殿堂。既：已经。 ⑨藐藐：盛大状。 ⑩锡：同"赐"。 ⑪四牡：同驾一车的四匹公马。蹻蹻：强壮貌。 ⑫钩膺：马颈部胸部的装饰物。濯濯：光鲜貌。

王遣申伯，路车乘马。	宣王安排申伯省亲，一路车马。
“我图尔居①，莫如南土②。	“我思考你的居所，没有比南方更好的了。
锡尔介圭③，以作尔宝。	赐给你玉圭，作为你镇宅之宝。
往近[jì]王舅④，南土是保⑤。”	亲自给舅兄送行，拜托你保卫南边国土。”

第五章，根据周王的命令，申伯回到封地。宣王亲自谋划封地，赏赐了玉圭作为申伯的镇宅之宝，期待申伯能够成为周王室的南国栋梁。

申伯信迈⑥，王饯于郿[méi]⑦。	申伯真心启程，宣王在郿邑为他践行。
申伯还南，谢于诚归⑧。	申伯动身回南国，心悦回到了谢邑。
王命召伯，彻申伯土疆⑨。	宣王命令召伯，划定申伯疆界。
以峙[zhāng]其粻⑩，式遄[chuán]其行⑪。	为申伯储备粮食，加快南归行程。

第六章写申伯启程，宣王践行。申伯高高兴兴回到封地，召伯奉命划定疆界，储备粮食，确保申伯快速成行。

申伯番番⑫，既入于谢。	申伯勇武非凡，已经到达谢邑。
徒御啴[tān]啴⑬，周邦咸喜。	徒步驾车都快乐，全城百姓都欢喜。

---

①图：思考，谋划。居：定居之地。 ②莫如南土：没有比南边更好的。 ③介：大。圭：诸侯朝见天子的玉器，整体方形一边成锐角。 ④往：去。近：语气词，略同“矣”。 ⑤南土是保：“保是南土”的倒装。 ⑥信：的确。迈：启程。 ⑦饯：践行。郿：郿邑，今陕西眉县。 ⑧谢于诚归：“诚归于谢”的倒装，诚心地回到了谢邑。 ⑨彻：治理，引申为划定。 ⑩以：用来。峙：储备。粻：粮食。 ⑪式：语气词，无实义。遄：速，加速。行：行程。 ⑫番番：勇武貌。 ⑬徒：徒步者。御：驾车者。啴啴：快乐状。

戎有良翰[①]，不显申伯[②]。 你们从此有栋梁，特别显赫是申伯。
王之元舅[③]，文武是宪[④]。 宣王的大舅，文武都是榜样。

第七章深情赞扬申伯勇武非凡，是黎民之福，是国之栋梁。地位显贵，源自文韬武略。言下之意，堪为楷模并非身份所致，而是申伯内才内美所致。

申伯之德，柔惠且直[⑤]。 申伯的品德，温和慈惠且正直。
揉此万邦[⑥]，闻于四国。 安抚天下诸侯，美名传扬四方。
吉甫作诵[⑦]，其诗孔硕[⑧]。 尹吉甫作此颂歌，题旨宏深规模宏大。
其风肆好[⑨]，以赠申伯。 这首诗格调很好，赠送给申伯做纪念。

第八章赞扬申伯道德高尚，温和慈惠正直，名扬四海。接着写尹吉甫创作这首诗歌的特点和目的。比较有意思的是尹吉甫既是诗歌的作者，也是诗歌顺带赞扬的对象；开篇第一章说了尹吉甫和申伯都是神圣降生，都负有天命。此诗开创了文人作诗赠同僚勉励的先河。

整部《诗经》当中，只有五首诗歌署明了作者身份，其中有两首是尹吉甫所作的，一首是《崧高》，另外一首是《烝民》，从侧面证明尹吉甫不仅

①戎：你们。良：杰出。 ②不：同“丕”，特。 ③元：大。 ④文武：文韬武略。是：为。宪：法则，榜样。 ⑤柔：温和。惠：慈惠。直：正直。 ⑥揉：安抚。此：这。万邦：天下诸侯。 ⑦吉甫：尹吉甫，宣王时期著名贤臣。作：创作。诵：歌。 ⑧孔：很。硕：体大虑周，体制宏大而又题旨宏深。 ⑨风：风韵，诗歌品格。肆：极。

是宣王时代的贤臣名臣，而且是一位伟大的诗人。

这首诗可以说是“封建”过程的政治风俗画。宣王要封自己的舅兄申伯为诸侯国君，于是赞其美德，确定分封，选定封地，测算土地，划定疆界，修筑都城，修建宗庙，择地饯行，归宿封地，安抚百姓，示范四方，做好栋梁。读诗就是读史，尤其是《雅》《颂》部分，蕴含着丰富的历史资料和政治思想。这首诗与众不同的地方，就是赞扬主人公和诗作者的诗句，出现在同一首诗歌里面。第八章一半赞扬申伯的道德高尚，能力高强，一半赞扬诗作者诗歌情词恳切，题旨宏深，规模宏大，格调很高。这种写法，在《诗经》当中首次出现，在中国诗歌史上非常少见。

烝民

天生烝民[①]，有物有则[②]。　上天生下众生，万物皆有规律。
民之秉彝[③]，好是懿德[④]。　庶民掌握规律，爱好这种美德。
天监有周[⑤]，昭假于下[⑥]。　上天监察周朝，传达天下君王。
保兹天子[⑦]，生仲山甫[⑧]。　为了保护天子，降生了仲山甫。

第一章总起全诗，写仲山甫负有使命而降生人间。诗人认为天生万物均有规则；爱好美德，就是人的天性；因为要保护天子，所以才有品德高尚的仲山甫降生。

仲山甫之德，柔嘉维则[⑨]。　仲山甫颇具美德，温和美好有准则。
令仪令色[⑩]，小心翼翼。　仪表气色很美好，办事小心又谨慎。
古训是式[⑪]，威仪是力[⑫]。　先王遗训为榜样，威严仪表应力行。
天子是若[⑬]，明命使赋[⑭]。　周王于是选择他，政令于是就畅达。

第二章写仲山甫的性格、仪表、气质、作风以及周王明智的选择，其结果是政令畅达。

---

①烝：众。　②物：事物。则：规则，法则，规律。　③秉：执。彝：常理。　④好：喜欢，热爱。是：这种。懿：美。　⑤监：监视。有：助词，词头。周：周朝。　⑥昭：明。假：至。　⑦兹：这位。　⑧仲山甫：周宣王大臣，著名贤臣，封地在今天的河南济源。　⑨柔：温和。嘉：美好。维：是。则：楷模。　⑩令：美好，适宜。仪：仪态。色：气色。　⑪古训：先王遗训。是：为。式：榜样。　⑫威仪：礼节法度。是：就。力：勉力而行。　⑬若：择。是若：若是，选择此人（仲山甫）。　⑭明命：政令。赋：同“敷”，颁布。

王命仲山甫，式是百辟[1]。	宣王命令仲山甫，给各诸侯树榜样。
zuǎn 缵戎祖考[2]，王躬是保[3]。	继承你先祖事业，保护周王寿无疆。
出纳王命[4]，王之喉舌[5]。	传达王命到民情，堪称周王好言官。
赋政于外，四方爰发[6]。	政令畅达于天下，天下诸侯来实行。

第三章写仲山甫所承担的国家使命：宣王期待，示范诸侯；继承祖业，保卫周王；上传民情，下达王命。政令畅达，诸侯实行；因此出现了政通人和的清明气象。

肃肃王命[7]，仲山甫将之[8]。	王命庄严肃穆，仲山甫严格实行。
邦国若否[9]，仲山甫明之[10]。	国事好坏，仲山甫辨明。
既明且哲[11]，以保其身。	既明辨又智慧，以此保全身名。
夙夜匪解[12]，以事一人[13]。	早晚奔波不懈怠，忠贞不贰为一人。

第四章写仲山甫忠实执行王命，明辨是非善恶，智慧保全身名；夙兴夜寐，忠诚不贰。

人亦有言，柔则茹之[14]，	古人有言，柔弱被欺凌，

①百辟：诸侯。 ②缵：继承。戎：你。祖考：祖上。 ③躬：身体。是保：保是，保护。 ④出：传达上谕。纳：上达民情。 ⑤喉舌：御史大夫一类的言官。 ⑥四方：天下诸侯。爰：于是。发：实行。 ⑦肃肃：庄严肃穆状。王命：周王的政令。 ⑧将：奉行。 ⑨若否：臧否，即善恶。 ⑩之：善恶。明之：明辨它。 ⑪既……且……：既……又……。明：明辨是非。哲：睿智。 ⑫匪：同“非”。解：同“懈”。 ⑬一人：周宣王。 ⑭茹：吃，引申为欺凌、侮辱。之：指柔者。

刚则吐之[①]，维仲山甫，	刚强就避让，只有仲山甫，
柔亦不茹，刚亦不吐。	柔弱不欺凌，刚强不规避。
不侮矜寡[②]，不畏强御[③]。	不辱鳏夫寡妇，不畏强暴。

第五章歌颂仲山甫性格最为人称道的地方：不欺凌柔弱，不避让刚强，不畏惧强暴。由古而今，做人做事，能够如此，实属难得。恃强凌弱恐怕是人类最劣质的基因，但先民早在三千年前，就有了这种对于刚柔强弱的伦理思辨和选择的取向。

人亦有言，德輶（yóu）如毛[④]，	古人有言，道德仿佛轻如鸿毛，
民鲜克举之[⑤]。	很少有人能举起它。
我仪图之[⑥]，维仲山甫举之[⑦]。	我反复谋划思考，只有仲山甫可以。
爱莫助之！	道德无形捉摸不透啊！
衮职有阙[⑧]，维仲山甫补之[⑨]！	龙袍偶然有破洞，只有仲山甫能够缝补啊！

第六章写道德无形无色无味，仿佛轻如鸿毛，不可捉摸不能举。这是天才的比喻。道德无形，爱莫能助。但是，诗作者坚信仲山甫可以达到这种道德境界。更为可贵的是，仲山甫能够缝补天子的龙袍上偶尔出现的漏洞，这显然又是一个天才的比喻。能够矫正天子的失误，足见仲山甫道德品质和智慧之高。

---

①吐：吐出，引申为规避、回避。 ②矜：同“鳏”，老而无妻。寡：老而无夫。 ③强御：强暴。 ④輶：轻。 ⑤鲜：少。克：能够。举：举起。之：指德。 ⑥仪图：谋划。 ⑦维：语气词，表示充分肯定。举：实行。 ⑧衮：天子的龙袍。职：适逢，碰巧。有：语气词。阙：同“缺”。 ⑨补：缝补，修补。

仲山甫出祖①，四牡业业②。	仲山甫祭祀路神，驷马高大又矫健。
征夫捷捷③，每怀靡及④。	征夫行路也匆匆，常忧王命未完成。
四牡彭彭⑤，八鸾锵锵⑥。	驷马奔驰马蹄疾，八个铃铛清澈响。
王命仲山甫，城彼东方⑦。	宣王命令仲山甫，筑城遥远在东方。

第七章写仲山甫奉王命，高高兴兴奔赴封地，筑城东方，德高望重，示范一方。

四牡骙骙⑧，八鸾喈喈。	驷马强壮，八铃清澈。
仲山甫徂齐⑨，式遄其归⑩。	山甫到齐（国），期待速归。
吉甫作诵，穆如清风⑪。	尹吉甫作此颂歌，听起来如和煦清风。
仲山甫永怀⑫，以慰其心。	仲山甫永远怀念国都，谨以此诗聊以慰问。

第八章点明题旨，诗人送别，充满期待。希望仲山甫早日归来。因为相互钦佩仰慕，所以作了这首诗歌。

《崧高》和《烝民》均为尹吉甫的送别诗歌，《崧高》为申伯而作，《烝民》为仲山甫而作，申伯为皇亲国戚，仲山甫为草根贤臣。两首诗的结

①出：出行。祖：祭祀路神。 ②业业：高大状。 ③捷捷：迅捷状。 ④每：时常。怀：怀念。靡及：达不到目的。 ⑤彭彭：迅疾的马蹄声。 ⑥鸾：同“銮”，马上的铃铛，一匹马两个铃铛，驷马就有八个铃铛。锵锵：形容铃声清澈响亮。下文“喈喈”同此义。 ⑦城：筑城。东方：指齐国。⑧骙骙：强壮貌。 ⑨徂：去。 ⑩式：语气词，务实。遄：速，快。其：指代仲山甫。归：回来。⑪穆：和煦。清风：清爽的风，比喻心怀慈悲者的道德感召力。 ⑫永怀：永远怀恋。

构相似，章法相似，句法相似，感情相似；但字里行间分明能够感觉到《崧高》中多少有些恭维阿谀之词，而《烝民》的情感则显得真诚热烈得多。作者对仲山甫的赞美发自内心，发乎真诚，赞美非常热烈，感情十分炽烈。

宋代诗歌“以文为诗”“以理为诗”“以议论为诗”的鲜明的时代特色，显然有《诗经》中《大雅》尤其是《烝民》的启发。以诗歌探索人性，以诗歌探索道德，以诗歌探索人品，以诗歌探索仁政，以诗歌探索礼治，正是现代人回望遥远的《诗经》旨趣所在。当代人心人性问题，在回望之中，或许不经意就能发现答案其实很简单。

这首诗总体上以赋的手法，浓墨铺陈，让读者对诗歌所探索的人性、人心、仁政、礼治等诸方面问题有深入思考，产生有深度的思想启迪。而一些十分精彩甚至是天才的比喻，则让读者对道德品质这一类无形的抽象理性概念心领神会。

韩奕

奕奕梁山①，维禹甸之②。	巍巍梁山，只有大禹治理过它。
有倬其道③，韩侯受命④。	宽阔的道路直通镐京，韩侯受命经营这里。
王亲命之，缵(zuǎn)戎祖考⑤。	周王册命说，继承你先祖的事业。
无废朕命⑥，夙夜匪解。	不要废弃朕的命令，早晚勤勉不能松懈。
虔共尔位⑦，朕命不易。	虔诚而珍惜你的职位，我的册命不会改变。
干(gàn)不庭方⑧，以佐戎辟⑨。	讨伐不来觐见的诸侯，以辅佐你的君王。

第一章以赋的手法，以巍巍梁山、大禹陈迹、宽阔大路直通镐京、周王册命作为铺垫，强调了韩侯独有的政治优势，并希望韩侯镇守北边，成为政治军事的北方战略支撑点和压舱石。

四牡奕奕⑩，孔修且张⑪。	驷马肥壮，雄壮且修长。
韩侯入觐⑫，以其介圭⑬。	韩侯朝觐天子，拿着他那大玉圭。
入觐于王⑭，王锡韩侯。	恭敬拜见周王，周王赏赐韩侯。

---

①奕奕：高大貌。梁山：在今河北固安境内。 ②维：只有。禹：大禹。甸：治理。之：梁山。 ③有：句首语气词。倬：远大。其：那。 ④韩侯：韩国国君，成王弟弟。受命：接受天子册命。 ⑤缵：继承。戎：你。祖考：祖先。 ⑥废：废弃。朕：我，周王自称。命：命令。 ⑦虔：虔诚。共：恭敬。尔：你。位：职位。 ⑧干：正。不庭：不来朝廷见周王。方：诸侯。 ⑨佐：辅佐。辟：君王。 ⑩奕奕：肥壮貌。 ⑪孔：很。修：长。且：而且。张：大。 ⑫入：入朝。觐：朝见。 ⑬介：大。圭：长条形一边成锐角的玉器。 ⑭于：对，向。

淑旂(qí)绥章①，簟茀(diàn fú)错衡②。	龙旗彩旗很美，车厢盖竹席横木饰彩纹。
玄衮赤舄(xì)③，钩膺镂钖(yáng)④。	黑色龙袍红色鞋，马颈马胸马额饰品上雕花纹。
鞹鞃(kuòhóng)浅幭(miè)⑤，鞗(tiáo)革金厄⑥。	横木车盖有兽皮，笼头辔首装金环。

第二章叙述韩侯觐见周王，获得赏赐。无论是周王的赏赐，还是韩侯的觐见，从形式到内容都符合周代礼治的标准，在这种铺陈的背后，显现出韩侯突出的政治地位。

韩侯出祖⑦，出宿于屠⑧。	韩侯出门祭祀路神，路途遥远宿杜陵。
显父饯之⑨，清酒百壶。	当地贤德来践行，席间清酒很多壶。
其殽维何⑩？炰鳖鲜鱼⑪。	那荤菜如何？烹煮甲鱼和鲜鱼。
其蔌(sù)维何⑫？维笋及蒲⑬。	那素菜如何？有竹笋也有蒲菜。
其赠维何？乘马路车。	那馈赠如何？有大马路车。
笾豆有且(jū)⑭，侯氏燕胥⑮。	席上笾豆礼器多，诸侯都在宴会中。

第三章举行路祭，暮宿杜陵，显父践行，诸侯参加，可见韩侯在诸侯中

---

①淑：美，善。旂：画有龙的旗帜。绥章：以彩色羽毛或牦牛尾装饰旗杆的旗帜。 ②簟：竹席；茀：车厢的遮蔽物。簟茀：车厢上遮蔽的竹席。错：错金，绘有金色花纹；衡：车辕前的横木。错衡：绘有金色花纹的车前横木。 ③玄：黑色。衮：龙袍。赤：红色。舄：鞋子。 ④钩：马颈上的装饰物。膺：马胸前的装饰物。镂：雕刻。钖：马额头上的金属饰品。 ⑤鞹：去毛的兽皮。鞃：车轼中供人倚靠的横木。浅：浅毛的兽皮。幭：车轼上的覆盖物。 ⑥鞗革：马笼头。金厄：金环装饰辔首。 ⑦出：外出。祖：祭祀路神。 ⑧宿：投宿。屠：古地名，即杜陵，在今西安市东部。 ⑨显父：有显德的人。饯：践行。 ⑩殽：同“肴”。 ⑪炰：烹煮。鳖：甲鱼。 ⑫蔌：蔬菜总称。 ⑬维：是。笋：竹笋。蒲：水生植物。 ⑭笾：古代祭祀装干果的竹器。豆：古代祭祀装肉类等的木器皿。有：语气词；且：众多。 ⑮侯氏：诸侯。燕：同“宴”，宴请。胥：都，皆。

德高望重。

韩侯取妻，汾王之甥[1]，	韩侯娶妻，妻子是厉王的外甥女，
蹶父之子[2]，韩侯迎止。	也是蹶父的女儿，韩侯按照礼节迎娶。
于蹶之里[3]，百两彭彭[4]。	迎亲到了蹶父故里，百辆马车声如雷。
八鸾锵锵[5]，不显其光[6]。	銮铃响锵锵，大显韩侯光耀。
诸娣从之[7]，祁祁如云[8]。	诸位陪嫁女紧跟着她，多得像飞动的云彩。
韩侯顾之，烂其盈门[9]。	韩侯不断深情回望，幸福洋溢喜盈门。

第四章叙述韩侯迎亲娶妻。侧重点在于铺叙韩侯妻子特殊的社会地位，她是厉王的外甥女，也是蹶父的女儿，他们的婚礼如此完美，充满阳光和幸福。这些铺叙的背后，彰显了韩侯的政治地位。

蹶父孔武[10]，靡国不到[11]。	蹶父很勇武，没有诸侯不到。
为韩姞相攸[12]，莫如韩乐[13]。	为韩姞察看住所，蹶父故里不如韩土快乐。
孔乐韩土，川泽訏(xū)訏[14]。	韩土很快乐，河流湖泽宽阔。
鲂(fáng)鱮(xù)甫甫[15]，麀(yōu)鹿噳(yǔ)噳[16]。	鲂鱼鲢鱼众多，母鹿群聚一起。

①汾王：周厉王，因为其逃亡到达的彘地在汾河边，故被称为汾王。甥：外甥女。 ②蹶父：周宣王的司马。子：女儿。 ③于：到。蹶：蹶父。里：故里，乡里。 ④两：同“辆”。彭彭：行进中有节奏的马蹄声。 ⑤鸾：同“銮”，銮铃。锵锵：銮铃发出的声音。 ⑥不：同“丕”，特，大。 ⑦诸：多位。娣：与“姊”相对，此处指陪嫁妹子。 ⑧祁祁：众多貌。 ⑨烂：光彩灿烂。 ⑩武：勇武。 ⑪靡：没有。 ⑫为：给，替。韩姞：蹶父之女嫁给韩侯，从夫姓，故称韩姞。相：察看。攸：所，处所。 ⑬莫如：不如。 ⑭川：河流。泽：湖泽。訏訏：广大。 ⑮鲂：鳊鱼，武昌鱼。鱮：鲢鱼。甫甫：众多。 ⑯麀：母鹿。噳噳：聚集貌。

有熊有罴（pí）[1]，有猫有虎[2]。	有熊也有罴，有山猫有老虎。
庆既令居[3]，韩姞燕誉[4]。	既然已经有好的住处，韩姞生活美好安乐。

第五章叙述的是韩国的富庶，韩国的河流湖泽，韩国给予新娘的快乐等。是在写新娘，更是在写新郎，韩侯妻子的尊贵，衬托出的是韩侯的政治优势。这是周王对韩侯寄予厚望的血缘因素。

溥（pǔ）彼韩城[5]，燕师所完[6]。	那广大的韩城，燕国民众修筑。
以先祖受命[7]，因时百蛮[8]。	因为祖先受命，因此统领百蛮。
王锡韩侯[9]，其追其貊[10]。	宣王赏赐土地给韩侯，那是西戎和北狄。
奄受北国[11]，因以其伯[12]。	受命统治北方诸侯，凭借威信而成为诸侯长。
实墉（yōng）实壑[13]，实亩实藉[14]。	修筑城墙和护城河，清算田亩赋税。
献其貔（pí）皮[15]，赤豹黄罴[16]。	韩侯准备献给周王白狐皮，外加赤豹棕熊皮。

第六章叙述韩侯归国，介绍了韩城建设历史、历史渊源，周王的土地赏赐，巩固了韩侯作为北方诸侯长的地位。

因为部分诗句与《崧高》《烝民》相同，由此基本可以断定，《韩奕》

---

①罴：似熊而高足长颈且憨猛。　②猫：山猫。　③庆：善。既：就。令居：好的居处。　④誉：乐。燕誉：安乐。　⑤溥：大。韩城：韩国国都。　⑥燕：周成王时期分封的诸侯国。师：民众。⑦以：因为。受命：受封。　⑧因：凭借。时：适，引申为统领。百蛮：北方少数民族。　⑨锡：同“赐”。　⑩追：西戎，西北方少数民族。貊：北狄，北方少数民族。　⑪奄：包括。受：接受，接纳。北国：北边诸侯。　⑫伯：诸侯之长。　⑬实：同“是”。墉：城墙。壑：护城河，深沟。⑭亩：田亩。藉：确定赋税。　⑮貔：白狐。　⑯黄罴：棕熊。

的作者依然是尹吉甫；从布局谋篇的风格，语言叙事风格，也基本可以判断，《韩奕》出自尹吉甫之手。这首诗，通过韩侯受封、赐婚、赴封地的铺写，展示了封建王朝的治国策略，也歌颂了韩侯作为国之栋梁的丰功伟绩。

全诗六章，可以分为三个部分：第一部分为第一章至第三章。首章叙写韩侯受命被封为诸侯，并接受天子厚重的恩赐以及奉旨赴封地的情况。第二部分为第四章至第五章。叙述韩侯奉旨完婚，并特别叙述了韩侯特殊的婚姻背景，凸显其得天独厚的政治优势。第三部分为第六章，写韩侯恢复祖先之业，总领北国，统摄百蛮。

本诗艺术上最大的特点是以赋的手法质朴地叙述，而少有描写，少有议论，少有抒情，就在平实的叙述之中，塑造了中兴之主宣王和北国栋梁韩侯的形象，把对宣王和韩侯的赞美寄托在朴素的叙述之中。这首诗，算是叙事诗的典范。

江汉

江汉浮浮①，武夫滔滔②。	长江汉江浩浩汤汤，我军将士威武雄壮。
匪安匪游③，淮夷来求④。	不是来安逸或游乐，而是来征讨淮夷。
既出我车，既设我旟(yú)⑤。	战车已经出发，战旗已经插上。
匪安匪舒⑥，淮夷来铺⑦。	不求安逸不求舒适，是为了把淮夷阻挡。

第一章以江汉水势起兴，描写召伯虎受宣王命令出征讨伐淮夷。

江汉汤汤⑧，武夫洸(guāng)洸⑨。	长江汉江浩浩汤汤，我的将士威武雄壮。
经营四方⑩，告成于王⑪。	平定四方，报告胜利给宣王。
四方既平，王国庶定⑫。	四方已然平定，周王天下基本安定。
时靡有争⑬，王心载宁⑭。	天下没有战争，宣王内心安宁。

第二章继续以江汉之水浩浩汤汤起兴，写召伯虎不负王命，传檄而定淮夷，为宣王分忧。

江汉之浒⑮，王命召虎。	长江汉江边上，宣王命令召伯虎。
式辟四方⑯，彻我疆土⑰。	开拓四方，治理疆土。

---

①浮浮：应为“滔滔”，水势浩大貌。②滔滔：实为“浮浮”，人数众多貌。③匪：同“非”。安：安逸。游：游乐。④淮夷：古代少数民族，分布于淮河中下游一带。来：是。求：同“纠”，讨伐。⑤设：竖起。旟：画有鹰隼的旗帜。⑥舒：舒服。⑦来：是。铺：阻挡。⑧汤汤：水势浩大貌。⑨洸洸：威武雄壮。⑩经营：平定。四方：天下。⑪告：报告。成：大功告成，即平叛成功的消息。于：向。王：指宣王。⑫庶：差不多。⑬时：此时。靡：没有。⑭载：则。⑮浒：水边。⑯式：语气助词，无实义。辟：开拓。四方：四方疆土。⑰彻：治，开发。

匪疚匪棘[1]，王国来极[2]。	不是病也不是急，用周的法则治理南方。
于疆于理[3]，至于南海。	划定疆界治理田亩，疆土达到南海。

第三章写召伯虎根据宣王命令，开疆拓土，治理南方。

王命召虎，来旬来宣[4]。	周王命令召伯虎，一边巡察一边宣抚。
文武受命[5]，召公维翰[6]。	文王武王当初受天命，召公奭是支柱。
无曰予小子[7]，召公是似[8]。	“不要把功劳归于我，你要继承先祖的功绩。
肇敏戎公[9]，用锡尔祉[10]。	快去建立自己的功勋，以赐给你福祉。”

第四章写周王追叙先王与召伯奭的历史渊源，赞扬召伯一脉对周代的历史贡献，鼓励召伯虎继承先祖事业，继续建立不世之功。

厘尔圭瓒(zàn)[11]，秬鬯(jū chàng)一卣(yǒu)[12]。	赐给你圭玉勺子一枚，赐给你黑黍酒一杯。
告于文人[13]，锡山土田[14]。	禀告周文王，感激当初赐予山川土地。
于周受命[15]，自召祖命[16]。	从周文王那里受命，沿用召公奭的功业。
虎拜稽首[17]，天子万年。	召伯虎叩头行大礼，祝福宣王万寿无疆。

---

①疚：病。棘：急。 ②王国：周王朝。来：乃。极：法则，准则。 ③于：于是。疆：划定疆界。理：治理田亩。 ④来：于是。旬：同“巡”，巡视。宣：宣示。 ⑤文武：文王武王。受命：接受天命。 ⑥召公：召伯虎的先祖召公奭。维：同“为”，是。翰：桢干，支柱。 ⑦无曰：不要说。予：我。小子：年轻人，周宣王对自己的谦称。 ⑧召公：召公奭。是：这。似：同“嗣”，继承。 ⑨肇敏：勉力，全心全意全力。戎：你，你的。公：同“功”，功业。 ⑩用：以。锡：同“赐”，赐给。尔：你。祉：福祉。 ⑪厘：赐。圭瓒：古代舀酒的玉勺子。 ⑫秬：黑黍。鬯：香草名，郁金香。卣：古代青铜酒杯。 ⑬告：禀告。于：向。文人：此处特指文王。 ⑭土田：田亩。 ⑮于：从。周：周朝。 ⑯自：追随，沿用。召祖：召公奭。命：册封命令。 ⑰虎：召伯虎。拜：拜见宣王。稽首：古代一种头触地的跪拜大礼。

第五章写宣王对召伯虎的特殊赏赐，并共同缅怀先祖，召伯虎行大礼叩谢宣王。

虎拜稽首，对扬王休。[①]	召伯虎跪拜宣王，颂扬宣王美德。
作召公考[②]**，天子万寿。**	沿用祖制铸造簋铭，颂扬天子万寿无疆。
明明天子[③]**，令闻不已。**	勤勉的天子，美名永远传扬。
矢其文德[④]**，洽此四国**[⑤]**。**	实施宣王的教化礼治，以此融洽天下四方。

第六章写召伯虎感激宣王信任，并以簋铭表达对宣王美德的颂扬，铭刻弘扬宣王文治策略的决心和忠心。

《江汉》这首诗，同传世的青铜器簋上的铭文一样，宣扬了召穆公（即召伯虎）平定淮夷的赫赫功绩，同时歌颂了中兴之君周宣王的开明政治风度和策略，表达了对周王室的忠心和祝福。

全诗六章，分为两部分：第一部分为第一章至第三章，以江汉之水浩浩汤汤起兴，描写王室将士威武雄壮，犹如江水奔涌，具有荡涤一切的气势。诗作者并没有刻意描写如何平定淮夷叛乱，似乎只在弹指一挥间，王命所达，淮夷势力很快被平定。第二部分为第四章到第六章，写召伯虎接受册命、恩赐，并借召伯虎的口传颂宣王美德，祝福天子万寿无疆。

读此诗，比较感慨的是宣王作为帝王，没有忘记召伯虎对自己远远胜过

---

①对：遂，于是。扬：颂扬。王休：宣王的美德。 ②作：沿用。召公：此处指召伯虎。考：同“簋（guǐ）”，簋铭，记述宣王的恩赐。 ③明明：勤勉。 ④矢：同“施”，实行，实施。其：他的。文德：文治教化之德。 ⑤洽：和谐，融洽。此：这些。四国：天下诸侯。

亲生父亲的养育、培育、辅佐之功。用自己儿子换了宣王性命的这份恩情比山高比海深，纵观二十四史，刻薄寡恩者大有人在，宣王能与召伯虎一起缅怀先祖，共同开创未来，共患难之后能够共享天下，已经是一个例外了。身为帝王，必须先是一个人，如果连人性都没有了，就不值得歌颂了，更不应该出现在簋铭之中。

常武

赫赫明明[①]，王命卿士[②]。	威严而英明，周王任命卿士。
南仲大祖[③]，大师皇父[④]。	太庙南仲，太师皇父。
整我六师[⑤]，以修我戎[⑥]。	整顿六军，修好兵器。
既敬既戒[⑦]，惠此南国[⑧]。	敬畏天命不扰百姓，天朝惠爱泽及南国。

第一章周王命南仲为卿，皇父为帅，整顿六军，平定南国。

王谓尹氏[⑨]，命程伯休父[⑩]。	周王命令尹吉甫，命令程伯休父。
左右陈行[⑪]，戒我师旅[⑫]。	集合列阵，训诫军队。
率彼淮浦[⑬]，省（xǐng）此徐土[⑭]。	沿着那淮河之滨，巡视着徐国疆土。
不留不处[⑮]，三事就绪[⑯]。	不必停留不必久居，确定三卿就大功告成。

第二章周宣王命令休父为副帅，为前敌统帅，巡视淮河，威慑徐国。

---

①赫赫：威风状。明明：明察秋毫。 ②卿士：商末、西周的第一行政长官，相当于后世的丞相。 ③南仲：周宣王时期的大臣。大祖：后稷的祖庙，即太庙。 ④大师：西周最高军事长官。皇父：宣王时期的大臣。 ⑤整：整顿。六师：六军，按照西周的礼制，天子六军，诸侯三军。 ⑥以：于是。修：修理。戎：兵器。 ⑦既……既……：又……又……。敬：同"儆"，警惕。戒：警戒。 ⑧惠：惠爱。南国：南部各属国。 ⑨王：宣王。尹氏：尹吉甫，宣王时期著名大臣。 ⑩程伯休父：宣王时期大臣，"程"为姓，"伯"为爵位，"休父"为名字。 ⑪左右：左右对齐。陈：排列。行：排列整齐。 ⑫戒：训诫。 ⑬率：沿着。淮：淮河。浦：滨，岸边。 ⑭省：巡视，引申为威慑。徐土：徐国。 ⑮留：停留。处：居处。"不留不处"其他的训诂都有些牵强附会，其实简单说，讨伐的目的不是占领，而是权力的重新分配，"吊民伐罪"，只是诛杀诸侯，并不伤及无辜，甚至还要安抚民众。 ⑯三事：灭掉诸侯后重新选定三卿的大事。

赫赫业业①，有严天子②。	威严稳重啊，周王不怒而威。
王舒保作③，匪绍匪游④。	王师缓缓行进，既不迟缓也非巡游。
徐方绎骚⑤，震惊徐方。	徐国驿站骚动，徐国朝野震惊。
如雷如霆⑥，徐方震惊。	如闪电如雷霆，徐国举国震惊。

第三章写宣王亲临前线，不战而屈人之兵，徐国在强大的军事震慑面前，惊慌失措。

王奋厥武⑦，如震如怒⑧。	王师威武，如雷声如怒涛。
进厥虎臣⑨，阚(hǎn)如虓(xiāo)虎⑩。	虎贲将士前进，如老虎发怒咆哮。
铺敦淮濆(fén)⑪，仍执丑虏⑫。	陈兵屯住淮河之滨，捕获了众多俘虏。
截彼淮浦⑬，王师之所⑭。	截断那淮河两岸，俘虏送达王师驻地。

第四章集中描写王师征服淮夷的过程。

王旅啴(tān)啴⑮，如飞如翰⑯。	王师阵容强大，如飞鸟如猛禽。
如江如汉，如山之苞⑰。	如长江如汉水，稳如山根。

---

①业业：举止稳重状。 ②有：句首语气词。严：威严。 ③王：宣王亲率的军队。舒：缓缓而行。保：安然，不紧不慢，不慌不忙。作：进行。 ④匪：同“非”。绍：迟缓。游：巡游。 ⑤徐方：徐国。绎：同“驿”，驿站传递消息。骚：骚动，王师征讨徐国首先在驿站传开引发骚动。 ⑥雷：炸雷，闷雷。霆：闪电伴随的霹雳。 ⑦奋：发扬。厥：其。武：威武。 ⑧震：雷。怒：怒吼。 ⑨进：前进。厥：那些。虎臣：虎贲之猛将。 ⑩阚如：老虎发怒。虓虎：老虎咆哮。 ⑪铺：陈列。敦：屯住。濆：大堤。 ⑫仍：因，就，于是。执：俘获。丑：众。 ⑬截：截断。淮浦：淮河之滨。 ⑭所：驻地。 ⑮王旅：王师。啴啴：阵容强大貌。 ⑯飞：飞鸟。翰：猛禽。 ⑰苞：本，引申为山脚。如山之苞：如山之根基。

如川之流，绵绵翼翼①。	如大河之流水，绵延而不辨首尾。
不测不克②，濯(zhuó)征徐国③。	无法测度无法攻克，大张旗鼓征讨徐国。

第五章集中笔墨描写王师的雄壮，揭示了传檄而定徐国的第一个原因。王师军威，如猛禽，所向披靡如江汉奔腾，如大山根基稳固，力量不可测度且攻无不克。

王犹允塞④，徐方既来⑤。	宣王谋略周密，徐国已来归顺。
徐方既同⑥，天子之功。	徐国已经归顺，全是天子奇功。
四方既平，徐方来庭。	天下已经平定，徐国归顺王朝。
徐方不回⑦，王曰还归⑧。	徐国不敢违抗，王令班师回朝。

第六章揭示了传檄而定徐国的根本原因：宣王英明。谋略周密，天威所至，徐国归顺，全是天子奇功。

《毛诗序》说："有常德以立武事，因以为戒然。"这句话点明了此诗的题旨：宣王的武事建立在道德的基础上，强调巡视震慑，不到万不得已，是不会直接诉诸武力的，即便是诉诸武力，也往往任命完司徒、司空、司马后，就撤离征服地。而《常武》这个题目本身只是音乐名字，并没有什么特殊的含意。

---

①绵绵：连续不断。翼翼：众多状。 ②不测：不可测度。不克：无法攻克。 ③濯：大，大张旗鼓。征：讨伐。 ④王：宣王。犹：同"猷"，谋略。允：的确。塞：充实，周密。 ⑤徐方：徐国国君。来：归顺。 ⑥同：会同，认罪。 ⑦回：同"违"，违背，背叛。 ⑧王曰：周王命令。还归：班师回朝。

此诗是一首充满抒情色彩的叙事诗。以赋的手法，生动描写，精彩叙事，兼以抒情，使诗歌读起来丝毫没有呆板的感觉。全诗六章可以分为三个部分：第一部分为第一章、第二章，侧重叙述宣王深谋远虑、指挥若定的才能和气度。第二部分为第三章至第五章，写天子亲征，从容进兵，震慑徐方，并以泰山压顶之势，平定徐方。第三部分为第五章、第六章，写平定徐方的原因，一是武备强劲，二是周王英明。

这首诗艺术上最突出的特色就是比的运用。王师阵容强大，如飞鸟如猛禽，如长江如汉水，又如那大山根基稳固，如大河之流水，绵延而不辨首尾。这些比喻，把王师压倒一切、战无不胜的威武之师形象表现得十分生动，增强了诗歌的艺术感染力。

瞻卬

瞻仰昊天①，则不我惠②。	仰望苍天，竟然不能垂爱我。
孔填(chén)不宁③，降此大厉④。	很久不得安宁，上苍降下如此灾祸。
邦靡有定⑤，士民其瘵(zhài)⑥。	国家没有安定，读书人都“病”了。
蟊(máo)贼蟊疾⑦，靡有夷届⑧。	坏人横行，没有止境。
罪罟不收⑨，靡有夷瘳(chōu)⑩。	法网松弛，社会无法被治愈。

第一章，作者提出了问题：是上苍降下了灾祸吗？还是读书人本身的“病”造成了如今的局面？坏人居然横行，法网形同虚设，社会看不到治愈的希望。

人有土田⑪，女(rǔ)反有之⑫	人家要有田地，你反而侵占它。
人有民人⑬，女覆夺之⑭。	人家有奴隶，你反而夺去。
此宜无罪⑮，女反收之⑯。	此人应该无罪，你却要逮捕他。
彼宜有罪，女覆说之⑰。	他应该有罪，你却为他开脱。

第二章写颠倒是非黑白的黑暗的社会生态，揭露统治的黑暗和政治的残暴。

---

①瞻卬：仰望。卬：同“仰”。 ②则：却。不我惠：“不惠我”的倒装。 ③孔：很。填：长久。 ④厉：灾祸。 ⑤邦：国。靡：无，没有。 ⑥士民：中国国民在古代分为四种，即士民、农民、工民、商民，其中士民是指对族群、邦国有责任感的读书人。瘵：病，疾苦。 ⑦蟊：专门吃稻根的虫。贼：专门吃稻茎的虫。蟊疾：害虫吃稻谷根茎的过程和后果。 ⑧夷：语气助词，无实义。届：终，止，终极。 ⑨罪罟：法网。不收：不收网。 ⑩瘳：痊愈。 ⑪土田：田地。 ⑫女：同“汝”。反：反而。 ⑬民人：奴隶或与主人有雇佣关系的平民。 ⑭覆：反而。 ⑮此：此人。宜：应该。 ⑯收：逮捕。 ⑰说：同“脱”，开脱，赦免。

哲夫成城①，哲妇倾城②。	智慧的男人立国，聪明的女人亡国。
懿厥哲妇③，为枭为鸱(chī)④。	可叹这聪明的女人，如枭如鸱太阴毒。
妇有长舌⑤，维厉之阶⑥。	这个女人话太多，她才是灾祸的原因。
乱匪降自天⑦，生自妇人。	祸乱并非从天降，而是出自歹毒妇人。
匪教匪诲⑧，时维妇寺⑨。	不是教诲的结果，正好因为妇人和宦官。

第三章揭示周朝目前的灾祸源于君王对女人的过分宠爱。

鞫(jū)人忮(zhì)忒(tè)⑩，谮(jiàn)始竟背⑪。	整人手段变化多，反复无常不诚信。
岂曰不极⑫，伊胡为慝(tè)⑬？	难道凶残还不够，她为何如此作恶？
如贾三倍⑭，君子是识⑮。	仿佛商家多倍利，君子本应看得清。
妇无公事⑯，休其蚕织⑰。	妇人不该干朝政，放弃女红不本分。

第四章写褒姒不守本分，放弃女红，不择手段整人，蛊惑人君，祸乱朝政。

---

①哲夫：智慧的男人。成城：立国。 ②哲妇：有智慧的女人，聪明的女人，此处特指褒姒。倾城：让国家倾覆。 ③懿：同“噫”，叹词。厥：这个。 ④为：乃，是。枭：一种吃掉母亲的恶鸟。鸱：猫头鹰。 ⑤长舌：谗言饶舌，古人误以为舌头长的人话多。 ⑥维：才是。厉：祸患。阶：阶梯，引申为原因。 ⑦匪：同“非”。自：从。 ⑧教：教育。诲：诱导。 ⑨时：适，正好。维：是。寺：同“侍”，指阉人，太监。妇寺：妇人和宦官。 ⑩鞫：深究，以毒辣手段整人。忮：嫉妒。忒：变。 ⑪谮：不诚信。始：开始。竟：结束。背：背离，背叛。 ⑫岂：难道。极：尽头，终点。 ⑬伊：她。胡：为什么。为：做。慝：邪恶。 ⑭如：仿佛。贾：设铺面做生意。三：极言其多。三倍：多倍的利润。 ⑮君子：上位者。是：应该。识：识别真相，洞察原委。 ⑯妇：指褒姒。公事：朝政。 ⑰休：放弃。其：她的。蚕织：借指女红。

天何以刺①？何神不富②。	苍天为何谴责你？为何神都不帮你。
舍尔介狄③，维予胥忌④。	忘记了强大的戎狄，只是嫉恨我这样的忠臣。
不吊不祥⑤，威仪不类⑥。	不告慰先祖不吉祥，举止仪表不善良。
人之云亡⑦，邦国殄瘁(tiǎn cuì)⑧。	百姓都在想逃亡，国家已病入膏肓。

第五章写周幽王荒淫无度，导致天怒人怨。

天之降罔⑨，维其优矣⑩。	上苍降下法网，法网十分宽松。
人之云亡，心之忧矣。	黎民恐怕会逃光，让我忧心忡忡。
天之降罔，维其几矣。	上苍降下法网，国家几乎败亡。
人之云亡，心之悲矣⑪。	黎民百姓都逃光，我的内心好悲伤。

第六章写法网过度宽容，黎民逃光，国家几乎败亡，依然不见法网收紧，只留下老臣满腔忧伤。

觱(bì)沸槛泉⑫，维其深矣。	泉水奔涌而出，来自那幽深处。
心之忧矣，宁自今矣⑬！	内心多么忧伤，怎么会是今天才有啊！
不自我先⑭，不自我后⑮。	灾难不在我出生前，灾难也不在我死后。

---

①何以：以何，为什么。刺：指责，谴责。 ②何：哪一位。富：同“辅”，辅助。 ③舍：放弃，视而不见。尔：你的。介：大。狄：戎狄，当时戎狄窥视荒淫的幽王的江山。 ④维：只有。予：我。胥：相。忌：恨。 ⑤吊：至。祥：善事。 ⑥威仪：举止仪表。类：善。 ⑦人：黎民。之：语气词。云：谈论。亡：逃离。 ⑧殄：尽，断绝。瘁：病。 ⑨罔：同“网”，法网，罪网。 ⑩维：那。其：它，指法网。优：厚，多。 ⑪悲：悲伤。 ⑫觱沸：泉水奔涌而出状。槛泉：泉眼正面出水。 ⑬宁：竟然，哪里。自今：从今天开始。 ⑭自：在。我先：我生之前。 ⑮我后：我死之后。

藐藐昊天[1]**，无不克巩**[2]**。** 浩渺的苍天啊，天下一切都被你操控。

无忝皇祖[3]**，式救尔后**[4]**。** 切勿辱没你的先祖，先祖能够拯救你的子孙。

第七章以深泉起兴，寓意自己忧愁深重。诗人或许认为，没有权利责备君王，只是质问上苍，这些灾难为什么不在他生之前降生，为什么不在他死之后再降？未来只有天知道。最后，诗人渴望幽王不要辱没祖先，或许祖先可以荫护子孙。

这是一首讽刺周幽王和褒姒的政治讽刺诗，诗人或许是周王室的宗亲，从诗歌的风格判断，不太像尹吉甫。

全诗七章共分三个部分：第一部分为第一章，质问苍天。第二部分为第二章至第五章，多角度描写幽王的荒淫和褒姒的歹毒。第三部分为第六章至第七章，写了诗作者心灵深处的忧伤和无奈以及始终不肯放弃的期待。

本诗在艺术上有三个特点：一是布局求变。第一章、第三章、第七章每章五句，其余每章四句，有参差之美。二是赋、比、兴兼用，多角度铺排。力透纸背，对幽王和褒姒的批评责备，丝毫不留余地，丝毫不留情面。三是对比、对偶、排比等修辞手法的综合运用，使诗歌大气磅礴，有一种不容争辩的征服力量。

---

①藐藐：高远状。 ②克：能够。巩：控制。 ③忝：辱没。皇祖：伟大的先祖。 ④式：用以。救：拯救。尔：你的。后：子孙，后裔。

召旻

旻(mín)天疾威①，天笃降丧②。
瘨(diān)我饥馑③，民卒流亡④，
我居圉(yǔ)卒荒⑤。

秋天猛烈发威，上天接连降下灾难。
饥馑让人疯狂，百姓全都外流逃亡，
灾难由国中蔓延到边疆。

第一章，首句以旻天比喻幽王，接着写苍天严惩降下严重灾难，从国都到边疆，百姓逃亡。

天降罪罟⑥，蟊贼内讧(hòng)⑦。
昏椓(zhuó)靡共⑧，溃溃回遹(yù)⑨，
实靖夷我邦⑩。

上天降下罪网，奸佞小人相互诋毁。
相互诋毁以致无法共事，朝政混乱充满邪僻，
确实有人图谋毁掉国家。

第二章，写天网虽然张开，但是奸佞依然猖狂，相互诋毁，相互诽谤，不能相忍为国，简直就是在毁掉国家。

皋皋訿(zǐ)訿⑪，曾不知其玷⑫。

愚顽奸佞相互诋毁，竟然不知道丑陋至极。

---

①旻天：秋天，借喻幽王。疾：猛烈。威：发威。 ②天：上天，此处指充满神秘宗教色彩的上天。笃：厚重，接连。丧：死亡，灾祸。 ③瘨：同“癫”，疯狂。饥：谷不熟为饥；馑：菜不熟为馑。饥馑：比喻灾难。 ④民：百姓。卒：尽，都。 ⑤居：国中百姓聚集地。圉：边疆地区。卒：全，都。荒：荒芜。 ⑥罪罟：法网。 ⑦蟊：吃稻根的虫。贼：吃稻茎的虫，比喻奸臣。讧：溃，比喻内部争吵和相互陷害。 ⑧昏：昏乱。椓：同“诼”，诋毁，诽谤。靡：不能。共：供职，正常工作。 ⑨溃溃：昏乱状。回遹：邪僻。 ⑩实：确实。靖：图谋。夷：消灭，铲除。 ⑪皋皋：愚顽状。訿訿：同“訾”，毁谤。 ⑫曾：竟然。玷：本为玉上的污点，此处引申为罪恶。

兢兢业业，孔填（chén）不宁[①]，	我谨慎恐惧忠于职守，内心很久不能平静，
我位孔贬[②]！	职位却一降再降。

第三章，以对比手法，写奸佞相互诋毁却不知羞耻，自己谨慎持重，忠于职守，职位却一降再降。

如彼岁旱，草不溃茂[③]。	就像那干旱年成，连草都不丰茂。
如彼栖苴（chá）[④]，我相此邦[⑤]，	仿佛那倒伏的枯草，我认真观察这个国家，
无不溃止[⑥]。	无处不混乱糟糕。

第四章以比喻手法，描写国势如枯草，混乱糟糕。

维昔之富不如时[⑦]！	过去的富裕不像今时！
维今之疚不如兹[⑧]！	今年的乱象不像此地！
彼疏斯粺（bài）[⑨]，胡不自替[⑩]？	该吃粗粮的吃粳米，为什么就不能自己隐退？
职兄斯引[⑪]？	只是他们更加无赖窃据要津。

第五章今昔对比，贤愚易位，发人深省，引出作者对现实的严肃拷问。

---

①孔：很；填：久。孔填：很久。 ②贬：贬责。孔贬：一降再降。 ③不：同“丕”。溃：同“汇”，茂盛。溃茂：同义复词，茂盛。 ④栖：倒伏。苴：枯草。 ⑤相：观察。 ⑥溃：溃乱。止：极点。 ⑦维：语气词，表示强调。时：此时。 ⑧疚：困苦。兹：此刻。 ⑨彼：那个人。疏：同“粗”，粗粮。斯：如今。粺：粳米。 ⑩胡不：为什么不。替：告退。 ⑪职：只。兄：同“况”，滋益，更加。引：延长，指小人在位时间长。

池之竭矣[1]，不云自频[2]。	池水枯竭，因为没有水从外面流入。
泉之竭矣[3]，不云自中[4]。	泉水枯竭，因为没有水从泉眼冒出。
溥斯害矣[5]，职兄斯弘[6]，不灾我躬[7]？	灾害如此广泛啊，只是想不到愈演愈烈，怎能不祸及自身？

第六章诗人以比喻手法，引导读者思考一切祸害的原因。池塘干涸，那是因为没有外来水；泉水干涸，那是因为泉眼没有水。灾难如此广泛，我不得独善其身。

昔先王受命[8]，有如召公[9]。	当初文王武王接受天命，有召公奭等一批贤臣辅佐。
日辟国百里[10]，今也日蹙国百里[11]。	每天拓展国土将近百里，今天啊每天缩小国土百里。
於(wū)乎哀哉！	可悲啊可悲！
维今之人，不尚有旧[12]。	当今这些人，没有崇尚旧制旧礼。

第七章缅怀先王，强烈对比，启发思考，找出解决问题的办法：崇尚先王时期的旧制旧礼，以人为本，以民为本。

①竭：干涸。②云：语气词。自：从。频：同“滨”，边缘，外边。③竭：枯竭。④自：从。中：中间，中心。⑤溥：广，遍。斯：这种。害：灾害。⑥弘：大。⑦不：同“丕”，特，特别。灾：祸及。躬：自身。⑧先王：文王和武王。受命：接受天命。⑨有如：表示列举，不止一人。召公：召公奭。⑩日：每天。辟：开拓，开辟。⑪蹙：缩小。⑫不尚：不崇尚，不尊重。有：语气助词，无实义。旧：旧人旧制旧礼之类。

这是一首政治讽刺诗，跟《瞻卬》可谓姊妹篇，两首诗都是讽刺周幽王的荒淫腐败，只不过《瞻卬》在写法上侧重写褒姒，以褒姒反衬幽王的荒淫无度，而这首诗直接把矛头指向周幽王。

全诗七章，可以分三个部分。第一部分为第一章，质问苍天，提出问题：为什么天下如此不堪，为什么百姓都要逃亡？第二部分为第二章至第四章，分别从三个角度描写了幽王治下乱象丛生的荒淫政治生态。第三部分为第五章至第七章，层层深入分析问题。第五章是今昔对比，思考贤愚易位的原因；第六章以比喻方式，探索国难深重的深层次原因；第七章则最终提出了解决问题的办法，那就是效法先王，崇尚传统，回归传统。

这首诗艺术上除了赋的铺排，最突出的是比的成功运用。周幽王荒淫暴政之下，国家混乱到什么程度呢？诗人创造了天才般的比喻："如彼岁旱，草不溃茂。如彼栖苴，我相此邦，无不溃止。"这是借喻手法，直接把喻体当作本体来说，形象生动，增强了感染力。又如，为了分析朝廷元气枯竭的原因，作者直接用比喻告诉读者："池之竭矣，不云自频。泉之竭矣，不云自中。"这也是借喻手法，朝政混乱不堪，国家元气殆尽，原因无非是外忧和内患，外忧当然是戎狄，内患当然是以幽王为代表的一帮混蛋。此外，对比手法的运用，也增强了本诗的逻辑力量。

颂

诗/经/心/读

周颂 清庙之什

清庙

於(wū)穆清庙①，	啊，庄重肃穆的文王庙，
肃雍(yōng)显相②。	大臣恭敬和睦地辅助祭祀。
济济多士③，	人才众多且才华出众，
秉文之德④。	他们都努力秉承文王的美德。
对越在天⑤，	他们默默颂扬在天的文王，
骏奔走在庙⑥。	他们为祭祀迅速奔走在宗庙。
不显不承⑦，	他们光明磊落，他们努力传承，
无射(yì)于人斯⑧。	对黎民百姓，没有丝毫厌烦。

这是一首祭祀文王的颂歌。颂，一是歌唱，二是配乐，三是伴舞：这三者结合起来就是颂。文王乃周王朝的奠基人，韬光养晦，文治武备，功勋卓著。从何写起呢？诗人选择了侧面描写的手法。开篇两句，描写了周天子祭祀文王，众大臣恭敬地助祭。全诗并没有一句话是直接赞扬文王的，但却字字句句都在颂扬文王。若非文王人格高尚，如何有这么多高质量的人才辅佐他？他们又怎么会秉承文王的美德？他们都在内心深处感激和颂扬在天的文王，他们都在诚心诚意忙着祭祀，他们都光明磊落，他们都在思考如何传承文王的精神，他们都像文王一样热爱庶民。传承美德，继承传统，善待庶民——这恐怕是最好的祭祀，也是最好的颂扬。

---

①於：叹词，啊。穆：庄重貌。清庙：祭祀文王的庙。 ②肃：敬。雍：和，和睦。显：显赫。相：辅助。 ③济济：众多且整齐。 ④秉：秉持，执持。文：文王。 ⑤对：配，相对应。越：颂扬。 ⑥骏：迅速。奔走：勤于操持。庙：宗庙。 ⑦不：同“丕”，特别。显：光明。承：继承，传承。 ⑧射：同“斁”，厌烦。斯：句末语气词，表示感叹。

维天之命

维天之命[1]，於(wū)穆不已[2]。	只有上天托付的使命，啊，庄重而不可停。
於乎不显[3]，文王之德之纯[4]。	啊，多么光明，文王的道德那么纯净。
假以溢我[5]，我其收之[6]。	用这些美德来浸润我，我当然真诚接受。
骏惠我文王[7]，曾孙笃之[8]。	努力遵循文王的美德，子孙们努力笃行。

这首诗的创作背景是周公（姬旦）辅佐成王五年，已平定武庚叛乱，天下太平，于是姬旦与成王叔侄两人率领群臣，向文王报告太平的颂诗。至太平，站在姬旦的立场上，当然会谦逊地认为是文王接受天命之后，奉天承运，以民为本；站在姬旦的立场上，也十分期待成王能够继承先祖的至纯美德，把天命发扬光大。因此，这首颂歌，除了歌颂周文王之美德在于“纯”之外，诗眼在于“曾孙笃之”。祭祀先祖，最好的祭品，莫过于发扬光大祖先的事业，发扬光大祖先的事业最重要的莫过于继承先祖的美德。

①维：同“唯”，只有，唯有。天：上天。命：上天赋予的责任。 ②於：叹词，啊。穆：庄重。不已：不停。 ③於乎：双音节叹词，啊。不：同“丕”，特别。显：光明。 ④之（后一个）：至。纯：真实而纯洁。 ⑤假：借。以：来。溢：帮助。 ⑥其：就。收：接受。 ⑦骏：大，努力。惠：顺，遵循。 ⑧曾孙：孙子的儿子以下都称之为“曾孙”，这里泛指成王及成王子孙。笃之：笃行之，努力去实行。

维清

维清缉熙[1]，	政治清明，乾坤朗朗，
文王之典[2]。	文王为天下做出了榜样。
肇禋(yīn)[3]。	当初祭天接受使命，
迄用有成[4]，	直到拥有天下，
维周之祯(zhēn)[5]。	那是大周朝的吉祥。

这是祭祀文王的颂歌。朱熹认为这首诗“疑有阙文焉”，未必有道理。这首诗的确是《诗经》中最短的诗篇，但是结构很完整，主题很集中，歌颂很得体。开篇之句，赞扬政治清明。第二句则指出了原因：文王的道德高尚，文王的品质纯净，文王的思想——当然包括文王时期制定的法典。第三句开始回首往事，当初祭祀苍天，接受天命，直至后来拥有天下，周代一直拥有似乎昌盛的国运。奥秘何在，尽在不言之中，让读者去想。

①维：同“唯”，只有。清：清明，指政治生态。缉熙：光明。 ②典：法则，法典。 ③肇：开始，初始。禋：升烟祭天的祭礼。 ④迄：直到。用：以。有成：成功，此处指拥有天下。 ⑤维：是。祯：吉祥。

烈文

烈文辟公[①]，锡兹祉福[②]。	丰功伟绩的文王，赐给我们福祉，
惠我无疆[③]，子孙保之。	惠爱我们永无止境，子孙永远保有福祉。
无封靡于尔邦[④]，维王其崇之[⑤]。	不要有大罪于国家，唯有真心尊崇周文王。
念兹戎功[⑥]，继序其皇之[⑦]。	时刻想着他开创的事业，继承他善待人才的辉煌。
无竞维人[⑧]，四方其训之[⑨]。	天下没有比人才更重要的，天下诸侯就愿意归顺他。
不显维德[⑩]，百辟其刑之[⑪]。	他高尚的道德最为人称道，天下人竞相效法。
於乎，前王不忘[⑫]！	啊，先王是不能忘记的！

这首诗是周成王亲临朝政时候的祭祀颂歌。诗人用赋的手法，作了三个层次的歌唱：一是歌颂文王开创周朝的丰功伟绩，提醒成王应该继承这份功业；二是诗谏周成王不要有大罪于国家，要保持对文王的真诚敬意，要想着文王开创事业的秘诀是重用人才，言下之意，希望成王能够选贤任能；三是

①烈：伟大功业。文：文德。辟公：诸侯，文王在世时还是诸侯身份。 ②锡：同“赐”。兹：这。祉：福。祉福：同义复词，福。 ③惠：惠爱。疆：止境。 ④无：毋，不要。封：同“丰”，大。靡：罪。于：对。尔邦：你的国家。 ⑤维：是。王：文王。其：就。崇：推崇。之：句末语气词。 ⑥念：怀念。兹：这。戎功：大功。 ⑦继序：继承。其：语气词，就。皇：辉煌。之：指代文王。 ⑧无：没有。竞：竞争力，重要。维：同“唯”，只有。人：人才。 ⑨四方：天下诸侯。训：顺从。 ⑩不：同“丕”，特别，十分。显：显赫，出类拔萃。德：道德。 ⑪百辟：天下诸侯。刑：同“型”，效法。 ⑫於乎：叹词，啊。前王：先王，文王。

提醒成王，文王治国的根本在于道德高尚，天子以上率下，诸侯以上率下，大夫以上率下，士人以上率下，天下才能长治久安。希望成王时刻不要忘记先祖的高尚道德。此诗艺术上的特点，就是抒情和议论相结合，既表达了对文王的赞美，也表达了对成王的期待。能够以如此口吻歌唱颂词的，恐怕非周公不可。

天作

天作高山①，大王荒之②。	上苍创造了岐山，太王治理它。
彼作矣③，文王康之④。	太王经营岐山，文王让岐山走向安康。
彼徂矣⑤，岐有夷之行⑥。	百姓慕名而归附，通往岐山的大道坦荡。
子孙保之。	子孙保有基业永远繁昌。

这是一首缅怀周代始祖的颂歌。周的始祖是后稷，后稷之孙公刘开始迁居到豳地（今陕西省旬邑县一带）发展农业；太王古公亶父，率族人再次迁徙到条件更好的岐山（今陕西省岐山县）修筑工程，发展农业，初步建立起诸侯国。文王实行仁政，广纳贤才，吸引各诸侯国的人才纷纷归附。全诗很短，但是内涵丰富。起句“天作高山”蕴含了上苍恩赐天命的意味，告诉读者这是上天的垂爱与惠顾。“大王荒之”一句，歌颂了太王古公亶父开疆的丰功。接下来“文王康之”一句，承上一句“彼作矣”，歌颂了文王立国的伟业。“彼徂矣，岐有夷之行”则歌颂了周王仁政的强大凝聚力和生命力，达到了后世孔孟赞扬的“则四方之民襁负其子而至矣”的王道境界。最后一句，劝诫子孙必须传承美德，发扬传统，施行仁政，确保国家永远昌盛。

①天作：上天创造。高山：岐山。 ②大王：太王，文王的祖父古公亶父。荒：治理。之：指代岐山。 ③彼：古公亶父。作：经营，治理。 ④康：康宁，作动词用，使……康宁。 ⑤彼：人们，周代受文王感召而来的先民。徂：往，来。本句指周先民聚集状。 ⑥夷之行：平坦的旅程。

昊天有成命

昊天有成命[①]**，二后受之**[②]。	上苍发布明命，文王武王接受。
成王不敢康[③]**，**	成王不敢安逸享乐，
夙夜基命宥密[④]。	早晚想着诚信、宽厚、安定。
wū **於缉熙**[⑤]**，单厥心**[⑥]**，**	啊，光大，真诚充满内心，
肆其靖之[⑦]。	于是天下太平。

《毛诗序》说："《昊天有成命》，郊祭天地也。"本人认同这种判断，此的确是祭天的颂诗。《毛诗郑笺》说："有成命者，言周自后稷之生而已有王命也。文王武王受其业，施行道德。此成王功，不敢自安逸，早夜始信顺天命，不敢解倦，行宽仁安静之政，以定天下。"《毛诗郑笺》的这段话，已经对本诗的主旨做了明确说明。今天读来，依然颇受启发：仅仅有天命，那还不够，必须兢兢业业，如履薄冰，如临深渊，克勤克俭；还必须想着如何建立与民众的互信，如何以宽仁的政策凝聚人心，如何有所不为保持社会的安稳平静，继承文王和武王的治国方略，以真诚恭敬之心去发展事业。如此，国家才能走向和睦太平。

---

①昊天：上天，苍天。有：语气词，无实义。成命：明命，既成事实的天命。　②二后：文王和武王。之：指代成命。　③康：贪图安逸享乐。　④基：谋，思考。命：信，诚信。宥：宽，宽厚，仁厚。密：安定。　⑤於：叹词，啊。熙：光明，光大。　⑥单：同"亶"，真诚。厥：他的。　⑦肆：于是。其：天下。靖：和，安宁。

我将

我将我享①，维羊维牛②。	我奉献祭祀品，有羊也有牛。
维天其右之③，仪式刑文王之典④，	祈祷上天庇佑，效法文王的法典，
日靖四方⑤。	每天都想着安定天下。
伊嘏文王⑥，既右飨之⑦。	他是伟大的文王，已然庇佑就请安享。
我其夙夜，畏天之威⑧，	我日夜操持，敬畏上苍威严，
于时保之⑨。	永葆江山万年长。

尽管《毛诗序》说这首诗是“祀文王于明堂”的乐歌，但是我认为这是主祭者的祈祷词。前五句为第一层。开篇两句声明“我”用什么来祭祀苍天。接下来第三句感谢上苍的辅佑，第四句讲“我”如何效法文王的法典，日夜努力开创天下的安宁。后面五句为第二层。先歌颂文王的伟大，秉承天命保佑继承者，目的在于表达感恩之心。最后三句，类似于今天的表决心，面对苍天，面对文王，“我”将夙夜在公，敬天爱人，确保江山稳固。

本诗特征：语言质朴，态度真诚。

---

①将：奉。享：献祭，作名词用，意为祭祀品。 ②维：语气词。 ③其：语气词，表示加强语气。右：同“佑”，辅佑。 ④仪、式、刑：均为效法的意思，分别为“以之为仪”“以之为式”“以之为刑”的意思。典：法典。 ⑤日：每天。靖：安，安定，使之安定。四方：天下。 ⑥伊：他，指代文王。嘏（gǔ）：大，伟大。 ⑦既：已经。飨：神享受。之：祭祀品。 ⑧畏：敬畏。威：威严。 ⑨于时：于是。保：保有。之：江山。

时迈

时迈其邦①，昊天其子之②。	武王按时巡视各国，上天把周王当作儿子。
实右序有周③，薄言震之④，	真心实意保佑周朝，用武力威慑天下，
莫不震叠⑤。	天下莫不感到恐惧。
怀柔百神⑥，及河乔岳⑦，	安抚祭祀诸神，遍及河神和山神，
允王维后⑧。	武王确实是天子。
明昭有周⑨，式序在位⑩。	众神鲜明地保佑着周朝，遵照秩序各安其位。
载戢干戈⑪，载櫜(gāo)弓矢⑫。	于是收藏兵器，把弓箭装入袋子。
我求懿德⑬，肆于时夏⑭，	我期望美德，在这华夏示范，
允王保之。	武王确实能让国家安宁。

《毛诗序》对本诗的写作背景做了交代：“《时迈》，巡守告祭柴望也。”“巡守”，就是巡视，视察。武王平定天下，巡视各诸侯国，意在于震慑诸侯，安抚众神。“柴望”为两种祭祀，烧柴祭天和遥望祭祀山川。这

①时：按时。迈：巡守，巡视。其：他，指武王。邦：邦国。 ②其：它，指上苍。子之：以之为子，把周王当作儿子。 ③实：语气助词，无实义。右序：同义复词，保佑。有：助词，无实义。 ④薄言：发语词。震：以武力震慑。 ⑤叠：使之恐惧。 ⑥怀：来。柔：安抚。百神：诸神。 ⑦及：到达。河：黄河。乔岳：高山。 ⑧允：确实。王：指周王。维：乃，是。后：天子。 ⑨明昭：光明显著。有：音节助词。 ⑩式序：遵照顺序。在位：各在其位。 ⑪载：于是。戢：收藏。干：盾牌；戈：横刃且长柄的兵器。干戈：指兵器或军队。 ⑫櫜：弓箭袋，作动词用，把……装进弓箭袋。 ⑬懿：美。 ⑭肆：陈列，示范。于：在。时：同“是”。夏：华夏。

首诗其实就是柴祭和望祭时候的祭词。根据祭词的叙述角度和语气判断，主祭者应该是周公。

全诗分为两章。第一章点明武王以天子身份巡视诸侯国。巡视的目的有两个：一是威慑诸侯，二是安抚诸神。强调的是武王新政府的合法性。第二章承接第一章，写众神对周朝的精心呵护，各级官员各安其位；武王于是刀枪入库，修文德以服远人。武王的江山是通过牧野之战在马上得来的，但是，治理天下却不能依靠武备，只能依靠文德教化。诗人最后得出结论：唯其如此，才能够保持国家的长治久安。

这首诗是颂诗，是政治抒情诗，抒情议论融为一体，能够表达强烈的感情，也能准确表达鲜明的政治主张。

执竞

执竞武王[1]，无竞维烈[2]。	自强不息的周武王，无可比拟灭殷商。
不显成康[3]，上帝是皇[4]。	特别显赫的是成王和康王，上天特别眷顾赞美。
自彼成康[5]，奄有四方[6]，	自从那成王和康王，管辖权力覆盖四方，
斤斤其明[7]。	明察秋毫啊我王。
钟鼓喤（huáng）喤[8]，磬管将将[9]，	钟鼓洪亮，磬管清亮，
降福穰（ráng）穰[10]。	上天赐福很多。
降福简简[11]，威仪反反[12]。	上天降洪福，祭祀庄严持重。
既醉既饱，福禄来反[13]。	三王充分享用，福禄不断降临。

这是周天子祭祀周武王、周成王、周康王的颂诗。祭祀先祖，一则为了缅怀，以保持感恩之心；二则强调王朝的合法性，既然“三王”都是天之子，是天神眷顾的对象，那么天神也应该继续眷顾现在的周王；三则为了祈福，既然能够实现人神沟通，既然先祖能够充分享受祭祀的牺牲，自然能够赐给子孙更多的福禄。本诗两章：第一章侧重歌颂先王的丰功伟绩，武王伐

---

①执：持。竞：自强。 ②无竞：不可比拟。维：语气词，表示强调。烈：指武王伐纣的伟大功绩。 ③不：同“丕”，特。显：显赫，显耀。成康：周成王、周康王。 ④上帝：天帝。是：代词，指代上帝眷顾的武王、成王、康王。皇：赞美。 ⑤自：从。彼：那。 ⑥奄：统辖。 ⑦斤斤：明察秋毫状。 ⑧喤喤：洪亮的钟鼓声。 ⑨磬：玉质的打击乐器，击磬表示音乐结束。管：管乐器。将将：同“锵锵”，金属撞击的清澈声音。 ⑩穰穰：众多貌。 ⑪简简：宏大。 ⑫威仪：庄重貌。反反：持重貌。 ⑬来：降临。反：反复。

纣乃开天辟地之功，但是武王英年早逝；周代文明的鼎盛时期，是成康盛世；成康盛世，统辖四方，天下归心，蒸蒸日上。第二章侧重描写祭祀的过程以及先祖眷顾赐福的盛况。这一章比较突出的特点，就是双声叠韵词的运用，绘声绘色描写了祭祀先祖的盛况，以及先祖充分享受祭祀牺牲后所赐的众多且洪大的福祉。

思文

思文后稷[1]，克配彼天[2]。 想那文德的后稷，德能与天命匹配。
立我烝民[3]，莫匪尔极[4]。 他养育众多庶民，大家效法你的至德。
贻我来牟[5]，帝命率育[6]。 赠送我小麦大麦，天命种植以养活百姓。
无此疆尔界[7]，陈常于时夏[8]。 不分彼此疆界，在华夏推广农业政策。

这是一首祭祀后稷的乐歌。后稷被周王朝尊为始祖，被誉为农神，称“神农氏”。诗的开篇突兀而起，直接把后稷与天命相连接，“克配彼天”的意思不是说后稷与天地具有同等享受祭祀的权利，而是说后稷的道德与天帝下达的天命相匹配，他是能够带领周人开创农业文明的农神。他的功勋何在？在于以农耕文明养育了众多庶民，因此大家都争相仿效他的道德、学习他的农业技术。他留取小麦大麦，根据上苍安排，用它来养活百姓。在后稷的年代，人们彼此不分田地疆界，后稷带领大家把种植技术推广到他足迹所至的地方。

颂歌没有比，没有兴，只有陈述。如果让我重新定义此诗的性质，它应该算是简短的史诗。因为此诗，后稷作为农耕文明的始祖，载入了华夏文明的史册。

---

①思：句首语气助词。文：文德。后稷：周的始祖。 ②克：能。配：匹配。天：天命。 ③立：养育。烝：众。 ④匪：同“非”。尔：你的。极：极点，引申为至德。 ⑤贻：赠送。来：小麦。牟：大麦。 ⑥帝：天帝。命：天命。率：都。育：养活。 ⑦无：没有。尔：你的。 ⑧陈：推广。常：农政。于：在。时：同“是”，这。夏：华夏。

臣工之什

臣工

嗟嗟臣工①，敬尔在公②。	各位臣官，恪尽职守在公事。
王厘(lài)尔成③，来咨来茹④。	王鼓励你们把事情做好，前来咨询和判断。
嗟嗟保介⑤，维莫之春⑥。	各位农官，适逢暮春三月。
亦又何求⑦？如何新畬(yú)⑧？	你们还有什么想法？新田如何？熟田如何？
於(wū)皇来牟⑨，将受厥明⑩。	多么美的小麦和大麦，看样子将有好收成。
明昭上帝⑪，迄用康年⑫。	光明普照的天帝，会给我们以丰年。
命我众人⑬：	我命令大家：
庤乃钱(jiǎn)镈(bó)⑭，奄观铚(zhì)艾(yì)⑮。	准备好铁锹和锄头，我将巡视收割现场。

这是一首周王告诉臣工重视农业的训诫诗。全诗四章。第一章是召集群臣，要求大家各在其位，各司其职，努力把自己的事情办好。第二章要求各辖内的农业官员，抓住农时，分类指导，新田和熟田要区别对待。第三章赞

---

①嗟嗟：叹词，唉。工：官。臣工：臣官。 ②敬：谨慎持重；尔：你们；公：公事。敬尔在公："尔敬在公"的倒装。 ③王：周王。厘：同"赉"，奖赏，鼓励。 ④来：前来。咨：调研，了解。茹：估量，度量，判断。 ⑤保介：保护田界的农官。 ⑥维：正是。莫春：暮春。古人将春季划分为早春、仲春、暮春，暮春即三月。 ⑦亦又：还。求：想法，要求。 ⑧新：新田，开垦不超过两年。畬：开垦超过三年的熟田。 ⑨於：叹词，啊。皇：美，与"於"联系起来，表示强烈的赞美。来：小麦。牟：大麦。 ⑩将：将要。受：得到。厥：那个。明：守成。 ⑪明昭：光芒四射状。⑫迄：致。用：以。康：丰足。 ⑬命：命令。我众人：全国农人。 ⑭庤：储备。乃：你们。钱：类似铁锹的农具。镈：锄头。 ⑮奄：遍及，全面。观：察看。铚：镰刀。艾：同"刈"，割。

美小麦和大麦的长势，感激上苍眷顾，恩赐一个好年成。第四章训令天下，做好准备，天子即将巡视收割现场。

诗的语言质朴，诗的结构简单，诗的内容单一，表达的是周天子对农业生产的高度重视。以农为本的经济思想，在这首诗中可见端倪。

噫嘻

噫嘻成王[1]，既昭假尔[2]。	啊！成王！已经明确命令你们。
率时农夫[3]，播厥百谷[4]。	率领你的农夫，播种百谷。
骏发尔私[5]，终三十里[6]。	开发你的私田，极限方圆三十里。
亦服尔耕[7]，十千维耦[8]。	从事你的农耕吧，全体农夫协作耕种。

这首诗是周成王鼓励农耕的诗歌。西周初年，实行井田制，“井”字中间的是公田，必须优先耕种，剩余的八块田分别由八个农夫耕种。以此类推，每个农耕区域，都以井田制的模式，八户为一个单元，公私兼顾。但西周初年，周朝统治者以农为本，也以人为本，鼓励农人农奴在种好公田的基础上，开发私田。成康盛世，有政策的利好：周成王鼓励开发私田，发展经济，不与民争利，应该是其中的奥秘。作为天子，命令田畯率领农民播种百谷，鼓励农人开发私田，全面协力，全员耕种，足见农耕文明时期，天子对农业生产的高度重视；天子不仅要祭天，祈求保佑丰年，而且还要亲自挂帅，组织生产，鼓励生产。

---

①噫嘻：叹词。 ②昭：明白。假：同“嘏”，告诉，告诫。尔：指农官田畯。 ③时：这。 ④厥：那。 ⑤骏：快速，迅速。发：伐，耕种。私：私田。 ⑥终：尽，方圆。三十里：方圆三十里设置一个农官，三十里也就是其管辖范围。 ⑦亦：语气助词。服：从事，服役。耕：耕作。 ⑧十千：一万，极言其多，并非确数。维：其。耦：两人并肩持耜而耕。

振鹭

振鹭于飞①，	白鹭群飞，
于彼西雍②。	来到那西边水泽。
我客戾止③，	我尊贵的客人来到此地，
亦有斯容④。	他们犹如白鹭般美丽和高洁。
在彼无恶⑤，	在自己的封地没有人憎恶，
在此无斁(yì)⑥。	在我的镐京里没有人厌弃。
庶几夙夜⑦，	早晚都为百姓操持，
以永终誉⑧。	永久保持良好的声誉。

这是周成王祭祀、诸侯助祭时在宴会上歌唱的祝酒词。这首祝酒词非常唯美，作为天子，对诸侯充满期待，心里也明白，未必每个诸侯都忠诚于周王朝。但是，祭祀后的宴飨是一个欢乐祥和的场所，自然不能用训诫的方式教育诸侯。只好用比喻和象征的手法，描写心中理想的诸侯形象，那就是像白鹭一样的高洁，像白鹭一样的高雅，像白鹭群飞一样和谐。写到这里，成王唯恐诸侯不明白，直接说了你们在封地没有人憎恶，在我这里没有人厌弃，这是现实的肯定，也是对诸侯的期待。最后一句，算是天子对诸侯的勉

---

①振：群飞状。鹭：白鹭。 ②于：来，到。雍：水泽，湖泊。 ③我客：我的贵客，指微子启等一批前来参加助祭的诸侯国君。戾：来。止：到。 ④斯容：这样的仪态，指白鹭一样的美丽姿态。 ⑤彼：诸侯的封地。无恶：没有人厌恶。 ⑥此：这里，指镐京。斁：厌弃。无斁：没有人厌弃。 ⑦庶几：差不多。 ⑧以：从而。永：永久。终：自始至终。誉：称誉，美好的名声。

励了：只有夙夜在公，为王事和百姓操心，你们美好的名声才能永久流传。

这首诗艺术上最耀眼的地方，是使用比喻兼象征的手法，把周成王的思想表达得唯美、含蓄而充满诗情画意。以白鹭比喻诸侯，以白鹭群飞，比喻诸侯群体的和谐，以白鹭的高雅比喻诸侯的高洁：这算是天才般的诗歌创作。

丰年

丰年多黍多稌（tú）①，亦有高廪（lǐn）②，	丰年多小米多稻谷，也有高大粮仓，
万亿及秭③。	数量多到数不完。
为酒为醴④，烝畀（bì）祖妣⑤。	酿成美酒和甜酒，进献给诸先祖。
以洽百礼⑥，降福孔皆⑦。	恰好符合祭祀礼，天降洪福很周全。

《丰年》是周天子丰收之年在宗庙祭祀先祖时的颂歌。全诗以赋的手法，描绘了丰收景象，表达了对祖先的感恩之心，寄托了祈求赐福的心愿。艺术上的特色：一是夸张手法的运用，黍米如山，稻谷满地，粮仓座座，不可胜数。二是以平实的语言，表达丰收的喜悦、祭祀的真诚、祈福的期待。

①黍：小米。稌：稻谷。②廪：粮仓。③及：到，为。秭：计量单位，一万亿为“秭”。④醴：甜酒。⑤烝：进，进献。畀：给予。祖：男性祖先。妣：女性祖先。⑥洽：恰切，符合。百礼：各种祭祀礼。⑦孔：很。皆：全，都，引申为周全，丰富。

有瞽

有瞽(gǔ)有瞽[1]，在周之庭[2]。	乐师啊乐师，在周的宗庙。
设业设虡(jù)[3]，崇牙树羽[4]。	立好木板支好架，挂好崇牙粘上羽毛。
应田县(xuán)鼓[5]，鞉(táo)磬柷(zhù)圉(yǔ)[6]。	小鼓、大鼓悬挂，还有摇鼓、玉磬、柷和圉。
既备乃奏[7]，箫管备举[8]。	乐器齐备开始演奏，箫管乐器都用上。
喤(huáng)喤厥声[9]，肃雍和鸣[10]，先祖是听[11]。	那声音洪亮而和谐，肃穆舒缓和谐共鸣，先祖于是来聆听。
我客戾止[12]，永观厥成[13]。	尊贵客人也来到，一直欣赏到乐终。

“先祖是听”这句诗已经告诉我们，这是描写祭祀先祖盛况的诗歌。西周时期祭祀先祖，诸侯都必须作为助祭参加。所以，这首诗的最后一句，也描写了诸侯规规矩矩参加助祭，直到演奏结束。

读这首诗，可以从侧面感受到周人对于乐教的重视及其卓越的成效。在西周文明的结构中，最重要的莫过于礼乐教化，礼是规矩，礼是行为规范，

---

①瞽：盲人。周代乐师均为盲人，所以这里借指盲人乐师。 ②庭：宗庙庭中。 ③业：大板。虡：挂钟鼓的架子。 ④崇牙：设在“业”上形状像牙齿的挂钩，用来悬挂物品。树羽：崇牙上插的羽毛。 ⑤应：小鼓。田：大鼓。县：同“悬”。 ⑥鞉：摇鼓。柷：一种形状似油漆桶的打击乐器。圉：状如伏虎的打击乐，在音乐结束时候用。 ⑦既备：已经准备好了，相当于配齐完备。 ⑧箫：竹制的管乐。管：又名“觱篥”（bì lì），木制的一种簧乐器。备：齐备，都。举：演奏。 ⑨喤喤：形容声音洪亮和谐。厥：那。 ⑩肃：肃穆。雍：舒缓。和鸣：本指鸟叫声相互应答，此处指各种乐器和谐共鸣。 ⑪是：于是。 ⑫戾：来。止：到。 ⑬观：欣赏中等待。厥：那，指演奏的音乐。成：成功，结束，指音乐终了。

礼与乐的结合，创造了一种诗情画意的文明境界。这种传统，的确需要继承。没有礼，就没有规范，就没有规矩，就不成方圆，就形成了没有约束的所谓“自由”，这是对自由的误解。没有乐，伦理、价值、思想等很难融入血液和灵魂。

潜

yī jū 猗与漆沮[1]，	美丽啊，漆沮母亲河，
潜有多鱼[2]。	水中柴堆下的鱼很多。
zhān wěi 有鳣有鲔[3]，	有鳇鱼啊，有鲟鱼，
tiáo cháng yǎn 鲦鲿鰋鲤[4]。	还有白鲦鱼、黄颡鱼、鲇鱼、鲤鱼。
以享以祀[5]，	用它们来上供，用它们来祭祀，
以介景福[6]。	以祈求先祖赐给我们洪福。

这首诗是周代以鱼祭祀先祖的颂歌。诗歌从赞美母亲河开始，赞美母亲河不仅给周民提供了赖以生存的水，让周民能够沿河定居，也给周民提供了丰富的鱼类食品。诗歌很短，感情很真，态度很诚，祈祷很实。在庄重肃穆的祭祀祝词之中，在厚重、淳朴、徐缓的节奏当中，不乏生活气息和自豪之感。

---

①猗与：叹词，伟大啊。漆沮：岐山旁的两条河流，犹如岐山人的母亲河。 ②潜：水中柴堆，供鱼栖息，便于集中捕获。 ③鳣：鳇鱼。鲔：鲟鱼。 ④鲦：白鲦鱼。鲿：黄颡鱼。鰋：鲇鱼。 ⑤享：上供。祀：祭祀。 ⑥介：求。景：大。

雝

有来雝雝①，至止肃肃②。　　来助祭的人温文尔雅，个个都肃敬。
相维辟公③，天子穆穆④。　　来助祭的是诸侯，天子庄重肃穆。

於荐广牡⑤，相予肆祀⑥。　　啊，进献肥硕的牺牲，助祭帮助我布置祭祀。
假哉皇考⑦，绥予孝子⑧。　　伟大啊，尊敬的父王，请安抚你的孝子我吧！

宣哲维人⑨，文武维后⑩。　　睿智的是那些忠臣，文武兼备的是我父王。
燕及皇天⑪，克昌厥后⑫。　　他的影响直达天庭，他能够让后代繁昌。

绥我眉寿⑬，介以繁祉⑭。　　赐予我长寿，赐给我多福。
既右烈考⑮，亦右文母⑯。　　劝飨我父王，劝飨我母后。

本诗是武王祭祀自己父亲及母亲的祝词。全诗可以分为四章。第一章仿佛全剧开幕，人物出场，渲染气氛，宣告主题。谁是主角，谁是配角，一目

---

①有：语气助词，无实义。来：来到。雝雝：和睦和谐状。 ②止：此。肃肃：严肃恭敬。 ③相：助祭。维：是。辟公：诸侯。 ④天子：指周武王。穆穆：庄重肃穆状。 ⑤於：叹词，啊。荐：进献。广牡：大的牺牲，指肥硕的牛羊猪等祭祀牲口。 ⑥肆：陈列，布置。祀：祭祀。 ⑦假：同“嘉”，美。哉：语气词。皇考：对已故父亲的尊称。 ⑧绥：安抚。予：我。孝子：武王自称。⑨宣哲：明哲。人：指忠臣贤臣。 ⑩文武：文治武功。后：指天子。 ⑪燕：安适，超然，指文王仁政与民休息和与民为善的策略。及：达到。皇天：苍天。 ⑫克：能够。昌：昌盛，作动词用，使……昌盛。厥：那。后：后代子孙。 ⑬绥：给，赐予。我：武王自称。眉寿：长寿。 ⑭介：赐给。繁祉：多福。 ⑮右：同“侑”，劝酒，劝先祖享用祭品。烈考：皇考，功勋卓著的周文王。⑯文母：皇妣，对已故母亲的尊称，这里指武王之母、文王之妻太姒。

了然，一清二楚。第二章写武王用最好的牺牲祭祀父王，并祈求父王保佑继承遗志的孝子。第三章是颂歌的高潮，父王培养了睿智的臣子，父王文武兼备贵为天子，父王的仁政感动上苍，父王能够保佑子孙繁昌。第四章则祈祷赐福，并点明题旨：我（即武王）渴望长寿，我渴望多福，同时对父母告以深深的祝福。

这篇祝词舒缓而庄重，字里行间充溢着皇权的神圣，让助祭感到武王的不怒而威，让助祭油然而生敬意。

载见

载见辟王①，曰求厥章②。	诸侯开始觐见成王，想求得那礼乐典章。
龙旂阳阳③，和铃央央④。	交龙旗帜好鲜艳，车轼横木铃声悠扬。
鞗(tiáo)革有鸧(qiāng)⑤，休有烈光⑥。	马辔头金饰闪闪亮，美丽又辉煌。
率见昭考⑦，以孝以享⑧，	率领诸侯拜武王，聊尽孝心请宴飨，
以介眉寿⑨，永言保之⑩，	祈求自己寿命长，祈求保佑江山在，
思皇多祜(hù)⑪。	众多福气惠成王。
烈文辟公⑫，绥以多福⑬，	能文能武的诸侯，赐给你们以多福，
俾缉熙于纯嘏(gǔ)⑭。	洪福恰如光明照。

这首诗创作背景是周公摄政七年后归政于成王，成王率领诸侯祭祀武王庙，属于描写祭祀的颂歌。全诗十四句，可以分为两章：前面六句是第一章，描写诸侯觐见成王的盛况和仪式，侧重礼节描写，以礼节规定人伦，提示诸侯对王朝的尊重和对武王的怀念。后面八句是第二章，侧重写成王率领诸侯拜祭武王，重心放在祈寿祈福上面，诗歌最后表达了在武王的保佑下，诸侯会更好，国家将前程似锦。

《周颂》中，这首诗歌算是用韵比较协调的，诗歌作者应该是文学修养比较深厚的人。

---

①载：开始。见：觐见。辟王：君王，这里指成王。 ②曰：语气助词。求：求取，求得。厥：那。章：礼乐法度。 ③旂：绘有两龙相交的旗帜。阳阳：色彩鲜明。 ④和：挂在车轼上的铃铛。铃：挂在车前横木上的铃铛。央央：铃声悠扬。 ⑤鞗革：马辔头。鸧：金饰闪光貌。 ⑥休：美。烈光：辉煌、光明。 ⑦率：率领。昭考：武王。 ⑧孝：孝敬。享：献祭。 ⑨介：同“丐”，祈求。眉寿：长寿。 ⑩言：语气词，无实义。保：保佑。之：代词，指代福祉。 ⑪思：语气词，无实义。皇：指成王。祜：福气。 ⑫烈：功勋卓著。文：文德。辟公：诸侯。 ⑬绥：安抚。以：用。 ⑭俾：使。缉熙：光明。于：大。纯：大。纯嘏：大福。

有客

有客有客[①]，亦白其马[②]。	有客人来，有客人来，驾车的马是白色的。
有萋有且(jū)[③]，敦琢其旅[④]。	文采华丽而众多，装饰打扮着客人的随从。
有客宿宿[⑤]，有客信信[⑥]。	客人住了一宿又一宿，客人住了两晚再两晚。
言授之絷(zhí)[⑦]，以絷其马[⑧]。	给他拴马索，拴住他的马。
薄言追之[⑨]，左右绥之[⑩]。	他走了又追上去挽留，群臣都安抚他。
既有淫威[⑪]，降福孔夷[⑫]。	既然有很大道德威信，神会给他降下大福祉。

周公辅政平定武庚叛乱，成王命微子取代武庚，作为殷的血脉保留下来。此诗就是描写微子来祖庙时的迎客、留客、送客过程。读这首诗，我内心深处非常震撼。周成王是武王的儿子，微子启是纣王的长兄，武王伐纣，纣王自焚；用后世庸俗的看法，成王与微子有杀弟之仇。武王获得天下后，能够善待殷商的血脉，封了商纣王的长兄微子、叔父箕子、儿子武庚，微子的封地宋国就是殷商皇族血脉聚集地；这种“存灭国，继绝世”的大仁大义，是站在人类历史制高点上的精神文明。非常可贵的是，成王能够善待微子，微子能够在周代享受如此尊贵的待遇，也足见周代礼乐文明所提倡的仁

---

①有：语气助词，无实义。 ②亦白其马：其马亦白。殷人崇尚白色，微子启仍乘白马，表不忘故国之意。 ③萋：原指草木茂盛，引申指文采华丽。且：众多的样子。 ④敦琢：装饰打扮。旅：众。 ⑤宿宿：住两晚为“宿宿”，住一晚叫作“宿”。 ⑥信信：住四个晚上称为“信信”。 ⑦言：语气词，无实义。授之絷：给他拴马的绳索。 ⑧絷：拴住。 ⑨薄言：发语词，无实义。追之：追上并挽留客人。 ⑩左右：群臣。绥：安定，安抚。 ⑪淫：大。威：德。 ⑫孔：很。夷：平稳，平安。

心的慈悲和包容。不可理解的是，为什么周代之后，每逢改朝换代，皇族都被斩尽杀绝；更不可理解的是，周代之后，大多数的专制政权，最高统治者往往对自己曾经的战友和功臣下手最黑最狠。

读这首诗，令人唏嘘！深深为中华文明曾经的慈悲和包容而感动和骄傲，也深深为后继的封建专制统治的黑暗和狠毒而战栗而恐惧！中华民族有幸，孔子以西周文明为基点，构建了中国特殊的伦理精神！这种仁爱精神、人本精神，依然能够给当今的中国和人类带来新的希望。

武

於皇武王[①]，无竞维烈[②]。	啊，伟大的武王，无与伦比的功勋。
允文文王[③]，克开厥后[④]。	真诚讲文德的文王，能够开创后来基业。
嗣武受之[⑤]，胜殷遏刘[⑥]，	继承者武王接受这份基业，战胜殷商遏制残杀，
耆定尔功[⑦]。	至此而确定了你不世之功。

这是为歌颂武王克商大功的乐舞所写的歌词。武王克商，惊天动地的大事，如何着笔呢？作者选择从文王开始，文王确立建国思想，奠定岐山基业，开创礼乐教化，因此而凝聚民心，因此而百业兴旺，因此而诸侯团结。这当然是最重要的“因”，故开篇两句赞扬文王。末句才写武王，武王的贡献在哪里？首先是从文王那里承接天命，其次就是以仁德遏制残杀，建立了一个充满仁爱和友善精神的新时代。正是这位武王，战胜商纣王后，还封了商纣王的儿子武庚、商纣王的叔父箕子、商纣王同父异母的兄长微子，这是常人难以企及的胸襟。“存灭国，继绝世”在西周文明中是真实的历史，而不仅仅是理想。孔子儒家，正是在这种文明基础上提炼出儒家的仁政思想和礼治路径。

---

①於：叹词，啊。皇：伟大。 ②无竞：无与伦比。维：语气词，其。烈：卓著功业。 ③允：真诚。文：文治，文德。文王：姬昌。 ④克：能够。开：开创。厥：他。后：后世的基业。 ⑤嗣：承嗣。武：武王。受：接受。之：代基业。 ⑥胜：战胜。殷：殷商。遏：遏制。刘：同“刈”，如同割韭菜、割麦子一样的残杀行为。 ⑦耆：至，达到。定：确定。功：不世之功。

闵予小子之什

闵予小子

闵予小子[①]，遭家不造[②]，	可怜我这年轻人，遭遇家庭不幸，
嬛嬛在疚[③]。	陷入孤独伤心。
於乎皇考[④]，永世克孝[⑤]。	呜呼，伟大的武王，永远能够尽孝道。
念兹皇祖[⑥]，陟降庭止[⑦]。	想念皇祖父，时常莅临朝廷。
维予小子[⑧]，夙夜敬止[⑨]。	我这年轻人，早晚保持谨慎小心。
於乎皇王[⑩]，继序思不忘[⑪]。	呜呼，伟大的文王，继承王业永远怀想。

这首诗是武王英年早逝，成王治丧完毕后，在武王宗庙所唱的祭祀词。全诗十一句，可以分为三层：首句为第一层，成王表达武王去世后自己的孤独、悲伤、困窘。第二层，中间两句，表达对武王的怀念和对文王的思念，缅怀是一种追忆，是一种思考，是一种自勉。第三层，最后两句，表明继承遗志的决心。本诗属于祭词，不尚修辞，语言质朴，情感真诚，章法严谨，曲折有致，适宜于肃穆庄重场合吟诵。

---

①闵：同“悯”，吊丧之言。小子：成王在丧期间自称。 ②不造：不幸。此指遭周武王之丧。 ③嬛嬛：同“茕茕”，孤独状。疚：伤心致病。 ④於乎：叹词，呜呼。皇考：指周武王。 ⑤永世：终身。克：能够。 ⑥念：怀念。兹：这。皇祖：皇祖父，即周文王。 ⑦陟降：上下。庭：同“廷”，朝廷。止：句末语气词，无实义。 ⑧维：语气助词，表示强调。 ⑨敬：谨慎小心。 ⑩皇王：君王，即武王。 ⑪继：继承。序：同“绪”，王业。思：思念。

访落

访予落止[①]，率时昭考[②]。	初登大位商国是，遵守先父武王的典章。
於(wū)乎悠哉[③]，朕未有艾[④]。	啊，未来的道路遥远，我还没有足够的阅历。
将予就之[⑤]，继犹判涣[⑥]。	扶助我尊崇先王法典，继承韬略准确而鲜明。
维予小子，未堪家多难[⑦]。	我这个年轻人啊，不堪经受家国多难。
绍庭上下[⑧]，陟降厥家[⑨]。	继续直道选人用人，神灵就会降临。
休矣皇考[⑩]，以保明其身[⑪]。	美好啊，我的父王，保佑我拥有一世英名。

本诗也属于宗庙祭祀的颂歌。总体上讲，文风典雅庄重。全诗十二句，分两层。前六句为第一层，塑造了一个深明大义、富有韬略的年幼君主形象：若问初登大位如何作为，答案是遵守先王法度；深知自己任重道远，担心自己阅历不够；希望臣子辅佐自己尊崇先王法典，发扬光大先王的治国韬略。第二层，少不更事的年龄，却经历了武王英年早逝、武庚叛乱、淮夷造反等诸多困难。但是，只要坚持直道，选好人，用好人，神灵依然会保佑王朝。伟大的父王，也是因此保持了他的一世英明。

---

①访：咨询。落：开始。止：句末语气词。 ②率：遵循。时：同“是”。昭考：显赫的先父武王。 ③於乎：呜呼。悠哉：道路悠远。 ④朕：我，君王自称。艾：阅历。 ⑤将：扶助。予：我。就：遵从。之：先王法典。 ⑥继：继承。犹：同“猷”，治国韬略。判：明辨，评定。涣：同“焕”，鲜明，光亮。 ⑦未堪：不堪，无法承受。 ⑧绍：继续。庭：同“廷”，直道而行。上下：提拔或贬谪。 ⑨陟降：莅临，降临。厥家：这个家，这个家族。 ⑩休：美，美好。皇考：先父，周武王。 ⑪以：因此。保：保护。明：美好名声。身：身体，引申为道德品质。

敬之

敬之敬之[①]，天维显思[②]。	警戒啊警戒，上苍那么的高明。
命不易哉[③]，无曰高高在上[④]。	天命不容易改变啊，莫说苍天在上。
陟降厥士[⑤]，日监在兹[⑥]。	升迁贬谪那些人才，每天监督着那些人。
维予小子[⑦]，不聪敬止[⑧]。	我这个年轻人，不是很智慧更应当警惕。
日就月将[⑨]，学有缉熙于光明[⑩]。	日有所成月有进，学着追求光明。
佛(bì)时仔肩[⑪]，示我显德行[⑫]。	我勇敢担当这个重任，以示我美好的德行。

这首诗是祭祀独白。全诗十二句，一气呵成。但也可以分为两层：第一层为第一句至第六句。苍天在鉴，天命不易。开篇两句，提醒自己谨慎持重，举头三尺有神明，何况上苍那么高明呢？紧接着感叹承接天命，延续天命，保持天命真的不容易，何况上苍高高在上呢？上苍有眼，因人而异，量才而用，升迁或贬谪那些人，而上苍每天都监督着这些人。第二层为第七句至第十二句，表明自己必须谦虚谨慎，才能担当大任，展示自己的光明德行。祷告词的艺术风格，直白而坦诚。这首诗，揭示了周代君王治理天下的两个理念：一是敬天，二是明德。这是同时期非常了不起的政治理念，走在时代前列。

---

①敬：谨慎持重。②天：上天，天道。维：乃，是。显：明显。思：句末语气词，无实义。③命：天命。不易：不容易改变。④无曰：不要说。高高在上：高居天上。⑤陟降：升降，提拔和贬谪。厥：那些。士：臣子。⑥日：每日，每天。监：监察，巡察。⑦小子：成王自称、谦称。⑧聪：听觉灵敏，耳有所闻。止：句末语气助词，无实义。⑨就：成就；将：进。日就月将：日有所成就，月有所奉行。⑩有：语气助词，无实义。缉熙：趋向光明的动态。于：向。⑪佛：同“弼”，辅助。时：是。仔肩：所担任的重任。⑫显：光鲜，光明。显德行：光明的美德。

小毖

予其惩[①]，而毖后患[②]。	我必须保持警戒啊，这样才能防止后患。
莫予荓(pīng)蜂[③]，自求辛螫[④]。	不要让我陷入蜂群，自寻那艰难的苦境。
肇允彼桃虫[⑤]，拚(fān)飞维鸟[⑥]。	开始的确不起眼的鹪鹩，翻飞才让人认识它是鸟。
未堪家多难[⑦]，予又集于蓼(liǎo)[⑧]。	我不能承受国家连续祸乱，再次陷入艰难困苦的境地。

这是周成王在周公的辅佐之下，平定了管叔、蔡叔、霍叔的三监之乱，回到宗庙，独白自警的祷告词。这个祷告分为两层：第一层为第一句至第四句，以比喻手法提醒自己必须保持高度警戒，只有谨慎才能避免后患，否则，就会像跌入蜂群，陷入困境。形象而生动。第二层为第五句至第八句，也是比喻手法，以鹪鹩自况，虽然看来不起眼，但是努力才能让人认识真正的自己。幼小的我虽然不能承受连续的家国灾难，但是既然已经面临绝境，那就只好置之死地而后生。成王此诗的表白，使人想起了楚庄王的“三年不飞，一飞冲天；不鸣则已，一鸣惊人”！

透过这个自白式的祷告词，今天我们依然能够感受到一个聪慧而自强不息的少年天子形象。

---

①其：语气助词，表示强调。惩：警戒。 ②而：于是。毖：谨慎。患：祸乱。 ③莫：不要。予：我。荓：一种丛生的草，可以制作扫帚；引申为丛生状。蜂：蜂群。 ④自求：自寻，自找。辛：辛苦。螫：同“事”。 ⑤肇：开始，开启。允：信，的确。彼：那。桃虫：一种小鸟，即鹪鹩。⑥拚：翻。维：只有。 ⑦堪：承受。 ⑧集：至，到达。蓼：苦草名，比喻艰难困苦的境遇。

载芟

载芟载柞①，其耕泽泽②。	除草啊伐木，春耕热火朝天。
千耦其耘③，徂隰徂畛④。	那么多人耦耕除草，他们到田野到田埂。
侯主侯伯⑤，侯亚侯旅⑥。	有家长有长子，有次子有弟子。
侯强侯以⑦，有嗿(tǎn)其馌(yè)⑧。	有强壮者有其他，有吃饭的有送饭的。
思媚其妇⑨，有依其士⑩。	有那美丽的少妇，有那健壮的汉子。
有略其耜(sì)⑪，俶(chù)载南亩⑫。	犁头那么锋利，开始耕种南边的田地。
播厥百谷⑬，实函斯活⑭。	播种那五谷，种子饱满发芽。
驿驿其达⑮，有厌其杰⑯。	庄稼旺盛地破土而出，那些长高的禾苗多美好。
厌厌其苗⑰，绵绵其麃(biāo)⑱。	那禾苗多么美好，那禾苗末梢绵延成片。
载获济济⑲，有实其积⑳。	五谷那么丰收，收割的粮食露天堆放。
万亿及秭㉑，为酒为醴㉒。	囤积粮食千万亿，用它酿清酒酿甜酒。

---

①载：开始。芟：除草。柞：砍伐树木。　②泽泽：耕地的声音。　③千：概数，形容众多。耦：两人并耕。其：语气词。耘：除草。　④徂：往。隰：湿地，田畔。畛：田界，田埂。　⑤侯：语气助词，同“惟”。主：家长。伯：长子。　⑥亚：次子。旅：众弟子，众同族兄弟。　⑦强：强大。⑧有：语气词。嗿：吃饭的声音。馌：送饭。　⑨思：语气词。媚：美丽，美好。妇：妇人。　⑩依：壮盛貌。其士：这个农夫。　⑪略：锋利。耜：犁头。　⑫俶：开始，首先。载：耕种。南亩：南边的田。　⑬播：播种。厥：那。百：概数，极言其多。　⑭实：种子。函：饱满。斯：乃，这。活：生机，萌发，萌芽。　⑮驿驿：旺盛状。达：种子破土而出。　⑯厌：美好。杰：出类拔萃的禾苗。⑰厌厌：茂盛貌。苗：禾苗。　⑱绵绵：连绵不绝。麃：禾苗末梢。　⑲载：语气词，无实义。获：收获。济济：众多。　⑳实：收获的粮食。积：露天堆放。　㉑万亿：数以万计，数以亿计。及：到。秭：万亿。　㉒酒：清酒。醴：甜酒。

烝畀（zhēng bì）祖妣①，以洽百礼②。	把酒献给祖先们，用来谐和诸多礼仪。
有飶（bì）其香③，邦家之光④。	那食物芬芳飘香，那是国家的荣光。
有椒其馨⑤，胡考之宁⑥。	食物的芬芳飘向远方，能够让老人安宁健康。
匪且有且⑦，匪今斯今⑧，	没有期待有这些，没有期待能有今天，
振古如兹⑨！	自古都是这样！

这首诗是春耕时天子祭祀天地的祈福乐歌。诗歌想象丰富，一分耕耘，一分收获。第一章从天子的视角，描写了万民勤劳春耕的盛况。按照周代的礼制，春耕伊始，天子必须下田亲耕，做出表率，表明天子对农事的重视。而诗作者非常巧妙地把视角放到农人身上：或除草，或伐木，或耦耕，家长、长子、次子、弟子都出场，美丽的少妇也来送饭，全民动手，呈现出丰衣足食的画面。农耕文明时代的天子，看到这样的场景，当然高兴。第二章侧重描写播种后，庄稼旺盛的生命力和最终的丰硕成果。比较精彩的是对庄稼破土而出的旺盛生命力的描绘，这种生命力自然就有"万亿及秭"的满满收获。第三章写酿酒、祭祀、尊老的淳朴风俗。粮食多了，自然就酿酒；有了好酒，不忘神祇，不忘祖先，不忘长者。诗歌最后一句颇有深意：不期有此，不期有今，自古如此。作者想表达的既是农业文明的风俗，也是对人类文化的哲学思考。没有期待这样的丰收，没有期待今天的幸福，但一切都如期而至，只因为勤劳，只因为敬老敬祖敬苍天。透过这首诗，再次品味农耕文明的醇厚和淳朴。

---

①烝：进献。畀：给。祖：男性祖先。妣：女性祖先。 ②以：用来。洽：使之谐和，使之符合。百礼：各种礼仪。 ③飶：食物散发的芬芳。香：香气飘逸。 ④邦家：国家。光：荣光。 ⑤椒：本指花椒，引申为食物香味。馨：芳香往远处传播状。 ⑥胡考：寿考，老人。宁：安宁。 ⑦匪：同"非"；且：此，这；有：拥有。匪且有且：不料竟然有这样的生活。 ⑧匪今斯今：不料今天竟然如此。 ⑨振古：自古。如兹：像这样。

良耜

畟(cè)畟良耜(sì)①，俶(chù)载南亩②。	良耜深耕，耕作南亩。
播厥百谷，实函斯活③。	播种那百谷，种子饱满富生机。
或来瞻女④，载筐及筥(jǔ)⑤。	有人来看你，拿着筐和筥。
其饷伊黍⑥，其笠伊纠⑦。	黄米饭款待客人，她系好斗笠。
以镈(bó)斯赵⑧，以薅荼蓼(liǎo)⑨。	用薅锄除草，以除掉苦草和杂草。
荼蓼朽止⑩，黍稷茂止⑪。	苦草水草腐烂做肥料，黍子稷子茂盛了。
获之挃(zhì)挃⑫，积之栗栗⑬。	收割声唰唰响，堆积起众多粮堆。
其崇如墉⑭，其比如栉(zhì)⑮。	它高如城墙，它密排如梳篦。
以开百室⑯，百室盈止⑰，	于是新建粮仓，粮仓也满了，
妇子宁止⑱。	妇女孩子都康宁。
杀时犉(chún)牡⑲，有捄(qiú)其角⑳。	宰杀那七尺高的公牛，公牛角弯弯曲曲。
以似以续㉑，续古之人㉒。	用来祭祀祈求，继续保持古人的传统。

---

①畟畟：形容深耕入地的状态。耜：犁头，耒耜的末端。 ②俶：开始。载：耕作。 ③实：种子。函：种子饱满。斯：就。活：发芽。 ④或：有人。来：前来。女：同“汝”。 ⑤载：装载。筥：圆形的竹器。 ⑥其：指代上文提到的人和物。饷：用食物款待客人。伊：语气词，无实义。黍：黍子，黄米。 ⑦其：上文来看望农夫的少妇。笠：斗笠。纠：戴斗笠时系带子。 ⑧镈：除草农具，薅锄。斯：语气词。赵：除草锄地。 ⑨薅：除草，至今仍然保留的说法如“薅秧”“薅麦”，即给稻谷和麦子除草。荼：苦草，旱田里的草。蓼：水田里的草。 ⑩朽：腐烂。止：句末语气助词。 ⑪稷：稷子。 ⑫获：收割。挃挃：镰刀收割的声音。 ⑬栗栗：堆积众多貌。 ⑭其：粮堆。崇：高。墉：城墙。 ⑮比：比肩，并列。栉：梳篦，形容粮堆密密麻麻，如同梳篦一样。 ⑯以：语气助词，无实义。开：新建。百：概数，言其多。室：粮仓。 ⑰盈：满。 ⑱妇子：妇人和孩子。宁：安宁。 ⑲杀：宰杀。时：同“是”。犉：七尺高的牛。 ⑳有：语气词。捄：同“觓”，形容弯曲貌。 ㉑似：同“嗣”，继承。续：继续。 ㉒古之人：古代人的做法。

本诗属于周成王秋收之际祭祀土地神谷神的乐歌。在农业文明时代，没有什么比五谷丰登更令人喜悦了。周成王也不例外，面对空前的丰收景象，当然深情回忆春耕、夏耘、秋收以及祭祀。第一章写春耕和夏耘的盛况。春耕从农具的锋利和深耕着笔，意味深长。只有深耕，庄稼才能充分吸收土壤中的水分和养料，才能保持旺盛的长势。在春耕之际，有人来送饭，有人来帮忙。接下去写了除草、薅草的过程，精耕细作，庄稼才能茂盛。第二章写秋收的盛况和祭祀传统。秋收是重中之重，诗人先通过拟声词模拟收割的镰刀声表现秋收的繁忙，意味着成果的丰硕。接下来，通过比喻——粮堆如城墙、粮仓如梳篦来描写丰收的情状，以百室丰盈形容粮食丰足，非常形象。最后，诗人笔锋一转，描写祭祀。杀了一头大牛，祭祀神灵，祈求保佑明年丰收，并申明这是古人开创的传统。

这首诗揭示了农业文明的伦理精神：劳动创造财富，精耕创造丰收，神灵保障丰收。很朴素，亦很真实。

丝衣

丝衣其紑(fóu)[1]，载弁(biàn)俅俅[2]。
自堂徂基[3]，自羊徂牛。
鼐(nài)鼎及鼒(zī)[4]，兕觥(sì gōng)其觩[5]，
旨酒思柔[6]，不吴不敖[7]，
胡考之休[8]。

丝织衣服好鲜明，戴着皮帽很恭顺。
从庙堂到门槛，有羊也有牛。
大鼎和小鼎，兕牛角酒杯弯弯翘，
美酒好绵柔，不喧哗不傲慢，
神灵赐福前程美。

这首诗是成王祭祀后饮酒时的乐歌。前两句写祭祀，却从侧面描写，写君王着装的光鲜，写礼帽的华贵，写祭品的丰盛。具体如何祭祀，诗人没有写，也没必要写了。后两句写祭祀后的宴饮。大鼎小鼎，可见肉酱肉汤的丰富；兕牛角酒杯，足见酒具的高雅。饮酒的君王和助祭的臣子，不喧哗不傲慢，因为他们内心深处，都懂得这一切都是先祖和神灵的恩赐。

---

①丝衣：丝织品制的衣服。其：语气词，表示强调。紑：美轮美奂。 ②载：同“戴”。弁：皮帽。俅俅：恭顺貌。 ③自：从。堂：庙堂。徂：去，到。基：门槛。 ④鼐：大鼎。鼒：小鼎。 ⑤兕觥：兕牛角做的酒杯。觩：弯曲貌。 ⑥旨：美，美味。思：语气词，无实义。柔：绵柔。 ⑦吴：喧哗，高声语。敖：同“傲”，傲慢。 ⑧胡考：寿考，长寿，老者。这里指先祖及神灵。休：美，美好。

酌

於（wū）铄王师[①]，	啊，壮美的武王之师，
遵养时晦[②]。	遵循天命韬光养晦。
时纯熙矣[③]，	时机到来大显身手，
是用大介[④]。	因此结果出乎意料的大善。
我龙受之[⑤]，	我受上天恩宠接受天命，
蹻（jiǎo）蹻王之造[⑥]。	威武雄壮做一番开疆的成就。
载用有嗣[⑦]，	如此才有江山相传，
实维尔公允师[⑧]。	实在是能够效法你先公武王。

这首诗是歌颂周武王灭纣的舞蹈史诗《大武》的歌词的一部分。歌颂了武王伐纣取得天下的功绩。武王伐纣是历史上著名的革命，周武王继承文王的遗志，施行仁政，凝聚民心，加强武备，终于在牧野之战诛杀商纣王，建立西周王朝。全诗以赋铺陈，直抒胸臆，揭示了武王取得天下的韬略：条件不成熟时，韬光养晦；时机成熟，一举成功。最后两句，可以独立成章，讲的是武王承接天命，顺天命而建立不世之功，同时提醒江山传承的秘诀，就在于效法武王的章法。武王的章法无非敬天和爱人，而真正的秘诀在于爱人，在于仁政，这是儒家一以贯之的王道思想。

---

①於：叹词，呜呼。铄：辉煌，壮美。王师：武王的军队。 ②遵：循着，顺着。养：取。时：此。晦：昏暗，引申为隐藏。 ③时：时机，时世。纯：大。熙：光明。 ④是用：因此。介：善。 ⑤龙：同“宠”，宠爱，被宠爱。之：天命。 ⑥蹻蹻：威武雄壮貌。造：成就。 ⑦载：则。用：因此。嗣：继承。 ⑧实：实在。维：是。尔公：指先公武王。允：能够。师：效法。

桓

绥万邦[①]，娄丰年[②]。 平定天下，连年获得丰收。
天命匪解[③]。桓桓武王[④]。 接受天命不懈怠。武王威武雄壮。
保有厥士[⑤]，于以四方[⑥]。 他拥有能人异士，于是拥有天下。
克定厥家[⑦]，於昭于天[⑧]， 能够让家家安乐，美德传扬天下，
皇以间之[⑨]。 所以能取代殷商。

这首诗也是乐舞《大武》的一章，歌颂武王奉天命克殷商的秘诀和美德。全诗以赋铺陈，道出了武王拥有天下的另一个秘诀：拥有人才，尊重人才，善待人才。这就是克服殷商的秘诀，这是拥有天下的秘诀，这是连年获得丰收的秘诀。人，是最重要的生产力！武王能够攻克殷商，的确是天下人才归心的结果。直到如今，人才，依然是地区发展的核心竞争力，也是国家发展的核心竞争力。

---

①绥：安定。万邦：天下所有诸侯国。 ②娄：同“屡”，高频率，常常，经常。 ③匪：同“非”。解：同“懈”，松懈，懈怠。 ④桓桓：威武状。 ⑤保有：拥有。厥：那些。士：能人异士。 ⑥于：于是。以：有。四方：天下。 ⑦克：能够。定：安定。厥：那些。 ⑧於：叹词，啊。昭：显赫，传扬，传送。于天：在天之下。 ⑨皇：皇王，君王。以：于是。间：代替。之：指代商纣王及其殷商政权。

赉

文王既勤止①，	文王非常勤政，
我应受之②。	我答应肩负他未竟的天命。
敷时绎思③，	广泛布施仁政不能停步，
我徂维求定④。	我去伐纣只不过求得天下太平。
时周之命⑤，	这是周肩负的天命，
於绎思⑥。	啊，国运绵绵永不停。

这是周武王伐纣成功后祭祀文王的颂辞。全诗很短，主题是告慰。第一、二句称颂文王的德政勤政，我（即周武王）只不过是顺应天命和仰仗父王的根基。第三、四句，武王在继承大业后，不负父王和天下的期待，一举伐纣成功，但是，他非常谦虚，认为自己只不过是诛无道，求得天下太平，绝非为了个人私利和欲望。末两句，表达了武王对待胜利的态度，没有踌躇满志，没有得意忘形，但求国运绵绵。

---

①文王：姬昌，武王姬发的父亲。勤：勤政。止：句末语气词。 ②我：武王自称。应：答应。受：接受，继承。之：文王未竟的伐纣大业。 ③敷：布，布施。时：是。绎：连绵不绝。思：句末语气词。 ④徂：往。维：同“唯”，只不过。求定：求得天下安定。 ⑤周之命：赋予周的天命。⑥於：叹词，啊。

般

於皇时周①，陟其高山②。	啊，伟大的周王，登上那高山。
嶞(duò)山乔岳③，允犹翕河④。	狭长的山和高大的山，诚然像那河流交汇了。
敷天之下⑤，裒(póu)时之对⑥，	普天之下，聚集这儿来配享，
时周之命⑦。	这是周王承天命。

般，音乐名，《大武》舞曲第四章。写周王巡守天下，祭祀山川河海，昭告诸侯的乐歌。全诗七句，可分为两层。前四句为一层，概括写登上高山，俯瞰天下“峰峦如聚”的奇观，这些狭长的、高大的山，犹如河流交汇而奔腾不息。这是视觉链接，也是借喻手法——有学者把“允犹翕河”理解为某两条河在这里汇合一起分享“我”的祭祀。这种训诂，违背常理。最后三句，又回到天命上来。普天之下，山川河流大海，都汇聚到这里，享受周王的祭祀，这是天命所至，天命所归。这首诗的题旨非常明确，尤其是最后三句，再次强调周王是承接了天赋的使命。这句话是说给诸侯听的，也是说给天下百姓听的，宣告了周王朝政权的合法性、合理性、权威性。

---

①於：叹词，啊。皇：君。时：同“是”。周：周王。②陟：登上。③嶞：狭长的山。乔：高。岳：高而大的山。④允：诚然。犹：如同。翕河：河流汇合而向下流。⑤敷：普。⑥裒：聚集。时：这，这里。之：来。对：配对，配享。⑦时：是。周：周朝。命：天命。

鲁颂

𬳶

𬳶(jiōng)𬳶牡马[1]，在坰(jiōng)之野[2]。	肥硕健壮的公马，奔跑在辽阔的原野上。
薄言𬳶者[3]，有驈(yù)有皇[4]，	那些肥硕的马啊，有白股黑马也有黄白色的马，
有骊(lí)有黄[5]，以车彭(bāng)彭[6]。	有黑色的马也有金赤色的马，这些马驾车强壮有力。
思无疆[7]，思马斯臧[8]。	啊，无穷无尽，啊，马儿多好！

写马能够跑远途的品质。马的品质排第一的是致远，能够跑很远的路。

𬳶𬳶牡马，在坰之野。	强壮有力的公马，在那辽远的郊野。
薄言𬳶者，有骓(zhuī)有𬳵(pī)[9]，	那强壮的马，有苍白杂毛的马和黄白杂毛的马，
有骍(xīng)有骐(qí)[10]，以车伾(pī)伾[11]。	有赤黄色的马和青黑色的马，它们驾车多么矫健有力。
思无期[12]，思马斯才[13]！	路途可以没有期限，那是因为马出类拔萃。

写马的个性。可以不按期限休息，出类拔萃。

---

①𬳶𬳶：马肥壮貌。牡：公马。 ②坰：离城区很远的郊外。 ③薄言：句首语气词。者：主语后面的语气词，表示原因。 ④驈：白股黑马。皇：黄白色的马。 ⑤骊：黑色的马。黄：金赤色的马。 ⑥车：驾车。彭彭：强壮有力的样子。 ⑦思：语气助词，无实义。无疆：没有尽头。 ⑧斯：如此。臧：善，好。 ⑨骓：苍白杂毛的马。𬳵：黄白杂毛的马。 ⑩骍：赤黄色的马。骐：青黑色的马。 ⑪伾伾：强壮有力貌。 ⑫无期：没有期限。 ⑬才：才力，能力。

駉駉牡马，在坰之野。
强壮有力的公马，在那辽远的郊野。

薄言駉者，有驒(tuó)有骆(luò)[1]，
要说那矫健的马，有鳞状斑纹青毛马和鬣毛尾部黑色的白马，

有駵(liú)有雒(luò)[2]，以车绎(yì)绎[3]。
有赤身黑鬣的马和黑身白鬣的马，它们拉车脚力好。

思无斁[4]，思马斯作[5]！
很难测量它们的能力，这些马关键时候有爆发力。

写马的爆发力。这是马最宝贵的特征。

駉駉牡马，在坰之野。
强壮有力的马，在那辽远的郊野。

薄言駉者，有骃(yīn)有騢(xiá)[6]，
那矫健的马啊，有浅黑带白色的杂毛马和赤白杂毛马，

有驔(diàn)有鱼[7]，
有脚胫毛长的马和眼眶有白圈的马，

以车祛(qū)祛[8]。
这些马驾车多么健壮啊。

思无邪[9]，思马斯徂[10]！
这些马心无旁骛，只想跑到远方！

写马的品性，心无旁骛，志在千里。

因为鲁僖公喜欢养马，很多学者都认为这首诗是歌颂鲁僖公善于养马、

---

①驒：有鳞状斑纹的青毛马。骆：鬣毛和尾部呈黑色的白马。 ②駵：赤身黑鬣的马。雒：黑身白鬣的马。 ③绎绎：同“驿驿”，脚力好，跑得快。 ④斁：同“度”，度量，测度。 ⑤作：奋起，腾跃，形容马爆发力强。 ⑥骃：浅黑带白色的杂毛马。騢：赤白杂毛的马。 ⑦驔：脚胫有长毛的马。鱼：眼眶有白圈的马。 ⑧祛祛：健壮。 ⑨邪：邪念，歪想法。 ⑩徂：跑得远。

善于识马的乐歌，其实不然。鲁僖公作为鲁国的中兴诸侯，如果仅仅只是养马养得好，不可能让鲁国兴旺。兴旺的原因，是鲁僖公善于识人用人。这首诗，表面写善于养马，本质上以马喻人，歌颂的是鲁僖公善于识人，知人善任，才造就了中兴局面。唐代韩愈写《马说》，或许有《鲁颂·駉》的影响。

艺术上本诗最大的特点是象征手法，以马喻人，以鲁僖公善于养马，比喻他善于识别人才，善待人才，善用人才。写鲁国骏马的规模之大，其实歌颂的是鲁国人才规模之盛。揭示了鲁国中兴的秘诀，也蕴含着儒家人本政治思想，无论什么体制，无论什么设计，无论什么模式，人才是最重要的，有了人就有了一切。第二个特点是重章叠唱。四章当中，前三个分句完全相同，最后两个分句基本相似，形成跌宕之美，产生一咏三叹的效果，有效强化了马的矫健强壮。第三个特点是叠音字的运用，增加了诗歌的音韵美，读起来朗朗上口，韵味无穷。

有駜

有駜(bì)有駜①，駜彼乘(shèng)黄②。	强壮啊强壮，同车四匹黄马。
夙夜在公，在公明明③。	他夜以继日，他光明磊落。
振振鹭④，鹭于下⑤。	白鹭群飞，白鹭降下。
鼓咽咽⑥，醉言舞⑦。	鼓声点点，有人饮醉而舞。
于胥(xū)乐兮⑧！	啊，大家都快乐！
有駜有駜，駜彼乘牡。	强壮啊强壮，他驾着四匹公马。
夙夜在公，在公饮酒⑨。	夜以继日，在朝中宴请群臣。
振振鹭，鹭于飞，	白鹭群飞，白鹭飞来。
鼓咽咽，醉言归。	鼓声点点，饮醉而归。
于胥乐兮！	啊，他们都快乐！
有駜有駜，駜彼乘駽(xuān)⑩。	强壮啊强壮，四匹青黑色的马。
夙夜在公，在公载燕⑪。	早晚在公，在朝堂开始宴饮。
自今以始⑫，岁其有⑬。	从今开始，每年都富有。
君子有穀⑭，诒孙子⑮，	鲁僖公有善政，留给孙子。
于胥乐兮！	啊，他们都快乐！

---

①駜：马强壮貌。 ②乘：同拉一车的四匹马。黄：黄马。 ③明明：光明磊落。 ④振振：鸟类群飞状。鹭：白鹭。 ⑤于：于是。下：降落。 ⑥咽咽：形容鼓声有节奏。 ⑦醉：陶醉。言：语气词。 ⑧于：助词，用于句首或句中以凑足音节。胥：都，皆。 ⑨饮酒：指鲁国国君宴请朝臣。 ⑩駽：青黑色的马。 ⑪载：开始。燕：同“宴”。 ⑫以：而。 ⑬岁：年年，连年。其：乃。有：富有。 ⑭穀：善，善政。 ⑮诒：同“贻”，留给。

人活着的价值，就在于你死的时候，别人还记得你，别人还怀念你，别人还在讨论你给社会留下的思想。这首诗歌颂鲁僖公，鲁僖公虽然被称为“中兴之君”，但是，多少有些盛名之下其实难副。就诗论诗，这首诗倒是有不少可取之处。其一，诗眼明亮。三章之中，同一位置，都有一句“夙夜在公”，由此可以判断，鲁僖公乃勤政之君，主观上想有所作为，这已经难能可贵。其二，马政可观。三章都讲马的肥硕强壮，在西周时期，马匹是军事力量的基本元素。国家军事力量的统计单位是战车，战车必须有战马匹配，每一辆战车必须有四匹马来拉；马的肥硕强壮，当然是战力强大的标志。所以，鲁僖公的马政成绩，通过关于马的描述，可以得到直观的认识。其三，君臣和睦。团结就是力量，国家的危险往往出在失了人和。如果君臣不和，国家在危险之中；如果君民不和，国家也在危险之中。前者更直接，君臣不和，往往内乱不已，百姓遭殃。而通过诗歌中几乎同样位置描写的“振振鹭，鹭于下”“振振鹭，鹭于飞”的意象描写，烘托的是君臣和睦融洽的气氛。如果仅仅从这个角度上讲，鲁僖公算是个有道之君，至少他有能力处理好君臣关系，实现内部团结。

艺术上比较突出的特点：一是含蓄蕴藉。作者对鲁僖公的赞美其实很委婉，很含蓄，但是很好懂。以马写人，马的肥硕、马的健壮，其实都是政治蓬勃向上的写照。鼓声点点，醉而归，大家都快乐，这是场面渲染，是烘云托月，描绘了君臣融洽的快乐氛围。二是象征手法。白鹭群飞，白鹭下来，白鹭飞来，这种意象的塑造，象征着礼乐文明的唯美，暗示着鲁僖公的高雅和政治的光明，鲁僖公所作所为均光明磊落，没有小人脾气，没有小人做派。三是节奏明朗。这首诗四言、三言交错，依据环境氛围变化需要作出调整，该慢则慢，该快则快，缓急自如，恰到好处。四是反复强化。成功地运用了反复，比如对“夙夜在公”的三章同样位置的反复强化了鲁僖公一心为公的形象，“于胥乐兮”的结句反复有力地渲染了君臣和睦的融洽气氛。

犹①，淮夷卒获②。　　坚持你的谋略，淮夷终究彻底被征服。

章赞颂鲁僖公治下，箭多兵强，攻克淮夷，让他们不再背叛，并且坚持既定的策略，一定能够最终战胜淮夷。

鸮③，集于泮林④。　　翩翩起飞的猫头鹰，栖于泮水的密林。
黮⑤，怀我好音。　　吃我的桑葚，回报我美好的声音。
夷⑥，来献其琛⑦。　　让那淮夷悔悟，来献上他们的宝物。
齿⑧，大赂南金⑨。　　有大龟，有象牙，还有大批南方的铜。

八章以猫头鹰栖止泮水起兴，预示着一种美好的期待：淮夷幡然悔上宝物，心悦诚服称臣。

是歌颂鲁僖公的颂歌。鲁僖公被称为“中兴之君”，自然有其过人之是，对照历史，这确是溢美之词。鲁僖公造成了中兴气象，但是，毕没有挽救鲁国的命运。这首诗在内容上，似乎没有可取之处，歌颂鲁寸淮夷，完全是文过饰非，开了虚美的恶的先例。艺术上可圈可点：为铺陈，层层递进，层层渲染，如果不研究历史，渲染和虚美颇有感二是比兴手法的运用，最后以猫头鹰飞翔且栖于泮水，传递佳音，预最终悔悟称臣。三是宏大场景的概述和细节描写及抒情的融合，产生的艺术感染力。

吾词，无实义。固：坚持。尔：你，指鲁僖公。犹：同“猷”，谋略。　②卒：最终。获：③翩：飞翔。鸮：猫头鹰。　④集：停。于：在。　⑤黮：同“葚”。　⑥憬：悔悟，觉琛：珍宝。　⑧元龟：大龟。象齿：象牙。　⑨赂：遗，馈赠。南金：南方出产的铜，远古

泮水

思乐泮水①，薄采其芹②。　　快乐啊泮水流连，自由地采摘野芹菜。
鲁侯戾止③，言观其旂(qí)④。　　鲁侯莅临泮水，看到那旌旗绣有交龙。
其旂茷茷(pèi)⑤，鸾声哕哕(huì)⑥。　　交龙旗随风飘扬，銮铃声叮叮当当。
无小无大⑦，从公于迈⑧。　　官无论大小，都跟随着鲁侯前行。

第一章以泮水流连，采摘野芹菜起兴，描写鲁僖公莅临泮水，众大臣随行的盛况。泮水为学宫，鲁僖公亲临，意味深长。

思乐泮水，薄采其藻⑨。　　快乐啊泮水流连，采摘那些无根水草。
鲁侯戾止，其马蹻蹻(jiǎo)⑩。　　鲁侯莅临泮水，他的马雄壮啊。
其马蹻蹻，其音昭昭⑪。　　他的马如此雄壮，发出的声音如此清澈。
载色载笑⑫，匪怒伊教⑬。　　他和颜悦色笑容可掬，从不发怒只教化。

第二章以泮水流连，采摘野草起兴，描写鲁僖公莅临泮水的和颜悦色，笑容可掬，暗示鲁僖公传承周公姬旦的礼乐教化传统。

---

①思：发语词。乐：快乐。泮水：泮宫（鲁国学宫）前半月形的水池。　②薄：发语词。芹：水芹菜。　③鲁侯：鲁僖公。戾：到来。止：句末语气词。　④言：发语词。旂：饰有交龙纹的旗帜。⑤茷茷：飘扬状。　⑥鸾：同“銮”，铃。哕哕：铃声有节奏。　⑦无：无论。　⑧从：跟从。公：鲁僖公。迈：行进。　⑨藻：一种无根水草。　⑩蹻蹻：马雄壮貌。　⑪昭昭：声音清澈响亮。⑫色：面色和悦。笑：笑声爽朗。　⑬匪：同“非”。伊：语气助词。教：教化。

思乐泮水，薄采其茆（mǎo）①。　　快乐啊泮水流连，采摘那睡莲。
鲁侯戾止，在泮饮酒。　　鲁侯莅临泮水，在泮水饮酒。
既饮旨酒②，永锡难老③。　　已经喝了美酒，永远赐给他长寿。
顺彼长道④，屈此群丑⑤。　　顺着既定路线走向远方，收服这些淮夷。

第三章以泮水流连，采摘睡莲起兴，写出了鲁僖公泮水边宴饮群臣的快乐场面，群臣追随鲁僖公收服淮夷。

穆穆鲁侯⑥，敬明其德⑦。　　庄严肃穆的鲁侯，持重地发扬德行。
敬慎威仪⑧，维民之则⑨。　　谨慎庄重的形象，乃是百姓的典范。
允文允武⑩，昭假烈祖⑪。　　他当然能文能武，昭示仰仗烈祖。
靡有不孝⑫，自求伊祜（hù）⑬。　　子孙没有不孝，严格要求自己才有福祉。

第四章歌颂鲁僖公言行举止为天下典范，能文能武，福祉绵绵。

明明鲁侯⑭，克明其德⑮。　　鲁侯光明磊落，能够发扬德行。
既作泮宫⑯，淮夷攸服⑰。　　先修筑泮宫，接着收服淮夷。

---

①茆：莼菜。 ②旨：美味。 ③锡：同“赐”。 ④顺：顺着，循着。长道：长途，远路。 ⑤屈：收服，制服。此：这。群丑：禽兽，此处指淮夷。 ⑥穆穆：庄重肃穆。 ⑦敬：慎。明：光明。其：他的。德：德行。 ⑧敬慎：慎重。威仪：庄重的形象。 ⑨维：同“惟”，乃。则：典范。⑩允：诚然。 ⑪昭：昭示。假：借，借助，仰仗。烈祖：功勋卓著的祖先。 ⑫靡：无。 ⑬伊：这。祜：福祉。 ⑭明明：光明磊落。 ⑮克：能。明：使……光明。 ⑯既：已经。作：兴建。⑰攸：所。服：佩服，心悦诚服。

矫矫虎臣①，在泮献馘（guó）②。　　勇武的虎臣，在泮水
淑问如皋陶③，在泮献囚④。　　善于审问犹如皋陶，

第五章暗示鲁僖公以德治国，因为泮水的教化，
型的“修文德服远人”。后面写勇武之臣献上俘虏的
词，不是写实。

济济多士⑤，克广德心⑥。　　众多的才俊之士，能
桓桓于征⑦，狄彼东南⑧。　　威武雄壮地出征，扫
烝烝皇皇⑨，不吴不扬⑩。　　生机勃勃而声势浩大
不告于讻（xiōng）⑪，在泮献功⑫。　　不呼号不胡闹，在泮

第六章赞颂鲁僖公治下，人才济济，传檄而定东南

角弓其觩（qiú）⑬，束矢其搜⑭。　　角弓弯曲，箭镞嗖嗖
戎车孔博⑮，徒御无斁⑯。　　兵车很多，步兵没有
既克淮夷，孔淑不逆⑰。　　已经攻克淮夷，他们

---

①矫矫：勇武貌。虎臣：如虎般勇猛的臣子。 ②馘：献上俘虏被割
问：审问俘虏。如：像。皋陶：东夷族首领，传说为舜的刑法官。 ④
众多貌。 ⑥广：发扬。德心：善心，良心。 ⑦桓桓：威武貌。于：
扫荡。东南：东南叛乱诸侯。 ⑨烝烝：生机勃勃状。皇皇：声势浩
张扬。 ⑪告：呼号。讻：喧哗，喧闹。 ⑫献：进献。功：武功，
词，表强调。觩：角弓如牛角一样弯曲。 ⑭束矢：成捆的箭。搜：
战车。孔：很。博：多。 ⑯徒：步兵。御：驾驶战车的兵。斁：厌
善，驯服。不逆：不背叛。

式固尔

第
申明，

翩彼飞
食我桑
憬彼淮
元龟象

第
悟，献

这
处，但
竟中兴
僖公征
一是赋
染力。
示淮夷
了强烈

---

①式：发
俘获。
悟。⑦
以铜为金

𬮱宫

𬮱（bì）宫有侐（xù）①，实实枚枚②。	神秘庙宇清静，坚固而雕饰细密。
赫赫姜嫄③，其德不回④。	地位显赫的姜嫄，她的德行不邪僻。
上帝是依⑤，无灾无害。	天帝眷恋她，无灾也无害。
弥月不迟⑥，是生后稷，	足月正时，诞生了后稷，
降之百福。	降给他很多福祉。
黍稷重穋（lù）⑦，稙（zhí）稚菽麦⑧。	（后稷能够辨认）先种后熟或后种先熟的黍稷，先种植或后种植的菽麦。
奄有下国⑨，俾民稼穑⑩。	拥有全天下，教庶民种植和收割庄稼。
有稷有黍，有稻有秬（jù）⑪。	有稷子有黍子，有稻谷有黑黍。
奄有下土⑫，缵（zuǎn）禹之绪⑬。	拥有全天下，继承了夏禹的伟业。

第一章写姜嫄的德行，因德行好而受天帝垂爱，因得垂爱而生天帝之子，后稷作为天帝之子而得百福，也因此而拥有天下，拥有天下的植物，继承夏禹的伟业。这章从姜嫄开始，写到后稷。

---

①𬮱宫：神宫，指祭祀后稷的母亲姜嫄的祖庙。侐：清静。 ②实实：坚实状。枚枚：细密状。 ③赫赫：显耀，显赫。姜嫄：帝喾的妻子，后稷的母亲。 ④其：她的，指姜嫄。德：品德，德行。回：邪僻。 ⑤依：垂顾，垂爱。是依：依是。 ⑥弥月：满月，足月。 ⑦黍：黍子，除壳后称为黄米。稷：糜子，除壳后称为小米。重：同“穜”，先种后熟的农作物。穋：后种先熟的农作物。 ⑧稙：先种植的庄稼。稚：后种的庄稼。菽：大豆。麦：麦类，大麦、小麦、燕麦等。 ⑨奄有：全有。下国：天下的国家。 ⑩俾：使。稼：种植。穑：收割。 ⑪稻：稻谷。秬：黑黍。 ⑫下土：普天之下的土地。 ⑬缵：继承。禹：古代著名治水英雄，夏侯氏的部落首领，因为在尧时代被封为夏伯，故称夏禹。绪：事业，伟业。

后稷之孙，实维大王[1]。	后稷的孙子，就是太王古公亶父。
居岐之阳[2]，实始剪商[3]。	居住在岐山之南，在这里开始剪除殷商。
至于文王，缵大王之绪。	到了文王姬昌，继承太王的伟业。
致天之届[4]，于牧之野[5]。	执行上天的惩罚，就在牧野战场。
无贰无虞[6]，上帝临女（rǔ）[7]。	没有二心没有欺骗，天帝莅临垂顾你。
敦商之旅[8]，克咸厥功[9]。	讨伐殷商的军队，能够一起建立功业。

第二章写后稷子孙，古公亶父、文王姬昌、武王姬发，最终将上天安排惩罚殷商的使命落在了武王姬发身上。前三句写古公亶父和文王姬昌，后三句写武王姬发。

王曰："叔父[10]，	成王说："叔父，
建尔元子[11]，俾侯于鲁[12]。	建立你长子的事业。让他做鲁国君侯。
大启尔宇[13]，为周室辅[14]。"	大力开启你的疆土，让鲁国成为国家辅佐。"
乃命鲁公，俾（bǐ）侯于东[15]。	于是命令鲁公，使他成为东边的诸侯。
锡之山川[16]，土田附庸[17]。	赐给他山川，土地、农田和附属国。

---

①实：是。维：乃。大王：太王，古公亶父。　②居：定居。岐：岐山。阳：山南水北为阳，此处为岐山之南。　③实：此，在此。剪：剪除。商：殷商政权。　④致：执行。届：惩罚。　⑤牧之野：牧野，武王灭纣的决胜战场。　⑥无：同"毋"，莫。贰：二心。虞：欺骗。　⑦临：莅临。女：同"汝"。　⑧敦：治理，制服。旅：师旅，军队。　⑨克：能够。咸：都，尽，一起。厥：其，那。　⑩王：指成王。叔父：指周公姬旦，他是武王的弟弟。　⑪建：建立。元子：长子。　⑫侯于鲁：在鲁国做诸侯。　⑬大：形容程度。启：开启。宇：屋宇，引申为国土。　⑭为：作为。周室：周王朝。辅：辅佐，屏障，支柱。　⑮东：东方。　⑯锡：同"赐"。之：指鲁国开国之君，周公姬旦。　⑰土田：土地、田地。附庸：附属国家。

泮水

思乐泮水①，薄采其芹②。	快乐啊泮水流连，自由地采摘野芹菜。
鲁侯戾止③，言观其旂(qí)④。	鲁侯莅临泮水，看到那旌旗绣有交龙。
其旂茷(pèi)茷⑤，鸾声哕(huì)哕⑥。	交龙旗随风飘扬，銮铃声叮叮当当。
无小无大⑦，从公于迈⑧。	官无论大小，都跟随着鲁侯前行。

第一章以泮水流连，采摘野芹菜起兴，描写鲁僖公莅临泮水，众大臣随行的盛况。泮水为学宫，鲁僖公亲临，意味深长。

思乐泮水，薄采其藻⑨。	快乐啊泮水流连，采摘那些无根水草。
鲁侯戾止，其马蹻(jiǎo)蹻⑩。	鲁侯莅临泮水，他的马雄壮啊。
其马蹻蹻，其音昭昭⑪。	他的马如此雄壮，发出的声音如此清澈。
载色载笑⑫，匪怒伊教⑬。	他和颜悦色笑容可掬，从不发怒只教化。

第二章以泮水流连，采摘野草起兴，描写鲁僖公莅临泮水的和颜悦色，笑容可掬，暗示鲁僖公传承周公姬旦的礼乐教化传统。

---

①思：发语词。乐：快乐。泮水：泮宫（鲁国学宫）前半月形的水池。 ②薄：发语词。芹：水芹菜。 ③鲁侯：鲁僖公。戾：到来。止：句末语气词。 ④言：发语词。旂：饰有交龙纹的旗帜。 ⑤茷茷：飘扬状。 ⑥鸾：同“銮”，铃。哕哕：铃声有节奏。 ⑦无：无论。 ⑧从：跟从。公：鲁僖公。迈：行进。 ⑨藻：一种无根水草。 ⑩蹻蹻：马雄壮貌。 ⑪昭昭：声音清澈响亮。 ⑫色：面色和悦。笑：笑声爽朗。 ⑬匪：同“非”。伊：语气助词。教：教化。

思乐泮水，薄采其茆[mǎo][1]。	快乐啊泮水流连，采摘那睡莲。
鲁侯戾止，在泮饮酒。	鲁侯莅临泮水，在泮水饮酒。
既饮旨酒[2]，永锡难老[3]。	已经喝了美酒，永远赐给他长寿。
顺彼长道[4]，屈此群丑[5]。	顺着既定路线走向远方，收服这些淮夷。

第三章以泮水流连，采摘睡莲起兴，写出了鲁僖公泮水边宴饮群臣的快乐场面，群臣追随鲁僖公收服淮夷。

穆穆鲁侯[6]，敬明其德[7]。	庄严肃穆的鲁侯，持重地发扬德行。
敬慎威仪[8]，维民之则[9]。	谨慎庄重的形象，乃是百姓的典范。
允文允武[10]，昭假烈祖[11]。	他当然能文能武，昭示仰仗烈祖。
靡有不孝[12]，自求伊祜[hù][13]。	子孙没有不孝，严格要求自己才有福祉。

第四章歌颂鲁僖公言行举止为天下典范，能文能武，福祉绵绵。

明明鲁侯[14]，克明其德[15]。	鲁侯光明磊落，能够发扬德行。
既作泮宫[16]，淮夷攸服[17]。	先修筑泮宫，接着收服淮夷。

---

①茆：莼菜。 ②旨：美味。 ③锡：同“赐”。 ④顺：顺着，循着。长道：长途，远路。 ⑤屈：收服，制服。此：这。群丑：禽兽，此处指淮夷。 ⑥穆穆：庄重肃穆。 ⑦敬：慎。明：光明。其：他的。德：德行。 ⑧敬慎：慎重。威仪：庄重的形象。 ⑨维：同“惟”，乃。则：典范。 ⑩允：诚然。 ⑪昭：昭示。假：借，借助，仰仗。烈祖：功勋卓著的祖先。 ⑫靡：无。 ⑬伊：这。祜：福祉。 ⑭明明：光明磊落。 ⑮克：能。明：使……光明。 ⑯既：已经。作：兴建。 ⑰攸：所。服：佩服，心悦诚服。

矫矫虎臣①，在泮献馘（guó）②。	勇武的虎臣，在泮水献上俘虏的左耳。
淑问如皋陶③，在泮献囚④。	善于审问犹如皋陶，在泮水献上俘虏。

第五章暗示鲁僖公以德治国，因为泮水的教化，收服淮夷，其实这是典型的“修文德服远人”。后面写勇武之臣献上俘虏的耳朵，恐怕属于溢美之词，不是写实。

济济多士⑤，克广德心⑥。	众多的才俊之士，能够发扬其善心。
桓桓于征⑦，狄彼东南⑧。	威武雄壮地出征，扫荡那东南叛军。
烝烝皇皇⑨，不吴不扬⑩。	生机勃勃而声势浩大，他们却不喧闹不张扬。
不告于讻（xiōng）⑪，在泮献功⑫。	不呼号不胡闹，在泮水呈上战功。

第六章赞颂鲁僖公治下，人才济济，传檄而定东南。

角弓其觩（qiú）⑬，束矢其搜⑭。	角弓弯曲，箭镞嗖嗖响。
戎车孔博⑮，徒御无斁⑯。	兵车很多，步兵没有疲倦。
既克淮夷，孔淑不逆⑰。	已经攻克淮夷，他们变得很顺服，不再背叛。

---

①矫矫：勇武貌。虎臣：如虎般勇猛的臣子。 ②馘：献上俘虏被割的左耳。 ③淑：善，善于。问：审问俘虏。如：像。皋陶：东夷族首领，传说为舜的刑法官。 ④囚：囚犯，俘虏。 ⑤济济：众多貌。 ⑥广：发扬。德心：善心，良心。 ⑦桓桓：威武貌。于：在。征：征战中。 ⑧狄：扫荡。东南：东南叛乱诸侯。 ⑨烝烝：生机勃勃状。皇皇：声势浩大貌。 ⑩吴：喧哗。扬：张扬。 ⑪告：呼号。讻：喧哗，喧闹。 ⑫献：进献。功：武功，战争中的功绩。 ⑬其：语气词，表强调。觩：角弓如牛角一样弯曲。 ⑭束矢：成捆的箭。搜：嗖嗖的射箭声音。 ⑮戎车：战车。孔：很。博：多。 ⑯徒：步兵。御：驾驶战车的兵。斁：厌烦，厌倦。 ⑰孔：很。淑：善，驯服。不逆：不背叛。

式固尔犹[①]，淮夷卒获[②]。　　坚持你的谋略，淮夷终究彻底被征服。

第七章赞颂鲁僖公治下，箭多兵强，攻克淮夷，让他们不再背叛，并且申明，坚持既定的策略，一定能够最终战胜淮夷。

翩彼飞鸮(xiāo)[③]，集于泮林[④]。　　翩翩起飞的猫头鹰，栖于泮水的密林。
食我桑黮(shèn)[⑤]，怀我好音。　　吃我的桑葚，回报我美好的声音。
憬彼淮夷[⑥]，来献其琛[⑦]。　　让那淮夷悔悟，来献上他们的宝物。
元龟象齿[⑧]，大赂南金[⑨]。　　有大龟，有象牙，还有大批南方的铜。

第八章以猫头鹰栖止泮水起兴，预示着一种美好的期待：淮夷幡然悔悟，献上宝物，心悦诚服称臣。

这是歌颂鲁僖公的颂歌。鲁僖公被称为“中兴之君”，自然有其过人之处，但是，对照历史，这确是溢美之词。鲁僖公造成了中兴气象，但是，毕竟中兴没有挽救鲁国的命运。这首诗在内容上，似乎没有可取之处，歌颂鲁僖公征讨淮夷，完全是文过饰非，开了虚美的恶的先例。艺术上可圈可点：一是赋的铺陈，层层递进，层层渲染，如果不研究历史，渲染和虚美颇有感染力。二是比兴手法的运用，最后以猫头鹰飞翔且栖于泮水，传递佳音，预示淮夷最终悔悟称臣。三是宏大场景的概述和细节描写及抒情的融合，产生了强烈的艺术感染力。

---

①式：发语词，无实义。固：坚持。尔：你，指鲁僖公。犹：同“猷”，谋略。②卒：最终。获：俘获。③翩：飞翔。鸮：猫头鹰。④集：停。于：在。⑤黮：同“葚”。⑥憬：悔悟，觉悟。⑦琛：珍宝。⑧元龟：大龟。象齿：象牙。⑨赂：遗，馈赠。南金：南方出产的铜，远古以铜为金。

閟宫

閟(bì)宫有侐(xù)①，实实枚枚②。	神秘庙宇清静，坚固而雕饰细密。
赫赫姜嫄③，其德不回④。	地位显赫的姜嫄，她的德行不邪僻。
上帝是依⑤，无灾无害。	天帝眷恋她，无灾也无害。
弥月不迟⑥，是生后稷，	足月正时，诞生了后稷，
降之百福。	降给他很多福祉。
黍稷重穋(lù)⑦，稙(zhí)稚菽麦⑧。	（后稷能够辨认）先种后熟或后种先熟的黍稷，先种植或后种植的菽麦。
奄有下国⑨，俾民稼穑⑩。	拥有全天下，教庶民种植和收割庄稼。
有稷有黍，有稻有秬(jù)⑪。	有稷子有黍子，有稻谷有黑黍。
奄有下土⑫，缵(zuǎn)禹之绪⑬。	拥有全天下，继承了夏禹的伟业。

第一章写姜嫄的德行，因德行好而受天帝垂爱，因得垂爱而生天帝之子，后稷作为天帝之子而得百福，也因此而拥有天下，拥有天下的植物，继承夏禹的伟业。这章从姜嫄开始，写到后稷。

---

①閟宫：神宫，指祭祀后稷的母亲姜嫄的祖庙。侐：清静。 ②实实：坚实状。枚枚：细密状。 ③赫赫：显耀，显赫。姜嫄：帝喾的妻子，后稷的母亲。 ④其：她的，指姜嫄。德：品德，德行。回：邪僻。 ⑤依：垂顾，垂爱。是依：依是。 ⑥弥月：满月，足月。 ⑦黍：黍子，除壳后称为黄米。稷：糜子，除壳后称为小米。重：同“穜”，先种后熟的农作物。穋：后种先熟的农作物。 ⑧稙：先种植的庄稼。稚：后种的庄稼。菽：大豆。麦：麦类，大麦、小麦、燕麦等。 ⑨奄有：全有。下国：天下的国家。 ⑩俾：使。稼：种植。穑：收割。 ⑪稻：稻谷。秬：黑黍。 ⑫下土：普天之下的土地。 ⑬缵：继承。禹：古代著名治水英雄，夏侯氏的部落首领，因为在尧时代被封为夏伯，故称夏禹。绪：事业，伟业。

后稷之孙，实维大王[1]。	后稷的孙子，就是太王古公亶父。
居岐之阳[2]，实始剪商[3]。	居住在岐山之南，在这里开始剪除殷商。
至于文王，缵大王之绪。	到了文王姬昌，继承太王的伟业。
致天之届[4]，于牧之野[5]。	执行上天的惩罚，就在牧野战场。
无贰无虞[6]，上帝临女(rǔ)[7]。	没有二心没有欺骗，天帝莅临垂顾你。
敦商之旅[8]，克咸厥功[9]。	讨伐殷商的军队，能够一起建立功业。

第二章写后稷子孙，古公亶父、文王姬昌、武王姬发，最终将上天安排惩罚殷商的使命落在了武王姬发身上。前三句写古公亶父和文王姬昌，后三句写武王姬发。

王曰："叔父[10]，	成王说："叔父，
建尔元子[11]，俾侯于鲁[12]。	建立你长子的事业。让他做鲁国君侯。
大启尔宇[13]，为周室辅[14]。"	大力开启你的疆土，让鲁国成为国家辅佐。"
乃命鲁公，俾(bǐ)侯于东[15]。	于是命令鲁公，使他成为东边的诸侯。
锡之山川[16]，土田附庸[17]。	赐给他山川，土地、农田和附属国。

---

①实：是。维：乃。大王：太王，古公亶父。 ②居：定居。岐：岐山。阳：山南水北为阳，此处为岐山之南。 ③实：此，在此。剪：剪除。商：殷商政权。 ④致：执行。届：惩罚。 ⑤牧之野：牧野，武王灭纣的决胜战场。 ⑥无：同"毋"，莫。贰：二心。虞：欺骗。 ⑦临：莅临。女：同"汝"。 ⑧敦：治理，制服。旅：师旅，军队。 ⑨克：能够。咸：都，尽，一起。厥：其，那。 ⑩王：指成王。叔父：指周公姬旦，他是武王的弟弟。 ⑪建：建立。元子：长子。 ⑫侯于鲁：在鲁国做诸侯。 ⑬大：形容程度。启：开启。宇：屋宇，引申为国土。 ⑭为：作为。周室：周王朝。辅：辅佐，屏障，支柱。 ⑮东：东方。 ⑯锡：同"赐"。之：指鲁国开国之君，周公姬旦。 ⑰土田：土地、田地。附庸：附属国家。

周公之孙①，庄公之子②。	周公的后代，庄公的儿子。
龙旂承祀③，六辔耳耳④。	交龙旗承接祭祀职责，六根辔绳柔软下垂。
春秋匪解⑤，享祀不忒⑥。	春祭和秋祭不懈怠，祭祀献祭丝毫不爽。
皇皇后帝⑦，皇祖后稷⑧。	伟大的天帝，伟大的祖先后稷。
享以骍(xīng)牺⑨，是飨是宜⑩，降服孔多。	用红色的牛献祭，那是配享最适宜的祭品，上天降下的福祉很多。
周公皇祖⑪，亦其福女(rǔ)⑫。	伟大的先祖周公，也赐福给成王您。

第三章叙写成王对周公的感恩之心，封建周公长子。让他做鲁侯，开疆拓土，成为王室辅佐，镇守东方。鲁僖公承接先祖遗绪，真诚祭祀祖先，获得上天眷顾，周公垂爱。

秋而载尝⑬，夏而楅(bī)衡⑭。	秋季开始举行秋祭，夏季就修理牛栏。
白牡骍刚⑮，牺尊将(qiāng)将⑯。	白色公牛和赤色公牛，牛角酒杯相碰，声音清澈，

①孙：孙子，泛指后裔。 ②庄公：鲁庄公，鲁僖公的父亲。 ③龙旂：画有交龙图案的旗帜。承：继承。祀：祭祀的权利，只有国君能够享受这种待遇，因此这里指鲁国国君之位。 ④六辔：六根缰绳。耳耳：缰绳下垂貌。 ⑤春秋：四季。匪：不。解：同“懈”，懈怠。 ⑥享祀：祭祀。忒：差错。 ⑦皇皇：光明伟大的样子。后帝：同义复词，上帝。 ⑧皇祖：伟大的祖先。后稷：国君后稷。 ⑨享：奉献祭祀品。以：用。骍：赤色。牺：祭祀用的毛色纯一的动物。 ⑩是：于是。飨：献祭。宜：适宜，适合。 ⑪皇：伟大。 ⑫福：赐福。女：同“汝”。 ⑬秋：秋天，秋季。而：就。载：开始，举行。尝：秋祭；在西周祭祀礼当中，春祭称为祠，夏祭称为禴，秋祭称为尝，冬祭称为烝。 ⑭楅衡：牛栏，作动词用，意为修牛栏。 ⑮白牡：白色公牛。刚：同“犅”，公牛。 ⑯尊：酒樽。将将：形容酒樽相撞的声音。

毛炰(páo)胾(zì)羹①，笾(biān)豆大房②。	带毛烤熟的肉和大块肉煮的羹汤，装果品和食物的器皿和大杯。
万舞洋洋③，孝孙有庆。	规模盛大的万物多么壮美，孝敬的子孙有吉祥。
俾尔炽而昌④，俾尔寿而臧⑤。	能让你兴旺而昌盛，能让你长寿而美好。
保彼东方，鲁邦是常⑥。	保护东方的平安，鲁国是长久的依赖。
不亏不崩⑦，不震不腾⑧。	山表不滑山体不崩，大地不震也不翻腾。
三寿作朋⑨，如冈如陵⑩。	都同等对待各类长寿者，就像山岗和丘陵那样。

第四章叙写秋祭盛况和鲁国独立东方的战略地位。

公车千乘(shèng)⑪，朱英绿縢⑫。	鲁僖公兵车千辆，矛饰红缨缠绿绳。
二矛重弓⑬，公徒三万⑭。	战车立双矛、步兵配双弓，鲁公步兵有三万。
贝胄(zhòu)朱綅(qīn)⑮，烝(zhēng)徒增增⑯。	贝壳装饰的甲胄、红色的缨，众多的步兵列阵前进。
戎狄是膺(yīng)⑰，荆舒是惩⑱，	抵挡那西戎，讨伐那荆国和舒国。

---

①炰：烧烤。毛炰：带毛烤熟的肉。胾：大块的肉。胾羹：肉汤。 ②笾：盛果品的竹器。豆：盛食品的高足木制器皿。大房：大杯。 ③万舞：古代一种规模相对宏大的舞蹈，类似于今天的史诗舞蹈。洋洋：宏大而壮美。 ④炽：兴旺。而：而且。昌：昌盛。 ⑤臧：美好。 ⑥鲁邦：周天子分给鲁侯的诸侯国。常：常备，常备的支撑。 ⑦亏：山体毁坏。崩：山崩塌。 ⑧腾：挪移。 ⑨三寿：长寿；上寿一百二十岁，中寿一百岁，下寿八十岁。作朋：等同。 ⑩冈：山脊。陵：丘陵，大土山。 ⑪公车：兵车。千乘：千辆。 ⑫朱：红色。英：矛上装饰的羽毛、丝绸条。縢：缠绕的绳。 ⑬二矛：战车前竖立的两支长矛。重弓：两只弓箭重叠而放入弓箭袋。 ⑭公：鲁国国君。徒：步兵。 ⑮贝胄：贝壳装饰的头盔。綅：线。 ⑯烝：众多。增增：形容步兵有规律组合前进。 ⑰戎：西戎，对西方少数民族的称呼；狄：北狄，对北方少数民族的称呼；是：这；膺：抗击，抵挡。戎狄是膺："膺是戎狄"的倒装。 ⑱荆：荆国；舒：舒国；是：这；惩：惩罚，惩戒，讨伐。荆舒是惩："惩是荆舒"的倒装。

则莫我敢承[①]。	没有人能够阻挡我鲁国。
俾尔昌而炽[②]，俾尔寿而富。	使你昌盛而兴旺，使你长寿而富裕。
黄发台背[③]，寿胥与试[④]。	黄发老人和鲐背老者，鲁公与他们一样高寿。
俾尔昌而大[⑤]，俾尔耆而艾[⑥]。	使你昌盛而强大，使你返老还童。
万有千岁[⑦]，眉寿无有害[⑧]。	活到万千岁，长寿无病灾。

第五章叙写鲁僖公御驾亲征，抵挡西戎，攻击荆舒，所向披靡。并祝福鲁国国运昌盛，百姓和乐，万寿无疆。本章有虚美色彩，鲁僖公的中兴主要在内政，而不在军事。

泰山岩岩[⑨]，鲁邦所詹[⑩]。	泰山高峻，为鲁国人仰望。
奄有龟蒙[⑪]，遂荒大东[⑫]。	覆盖龟山和蒙山，于是东扩到海疆。
至于海邦[⑬]，淮夷来同[⑭]。	到达海上小国，淮夷纷纷来归顺。
莫不率从[⑮]，鲁侯之功[⑯]。	没有不真诚归附的，这都是鲁侯的丰功。

第六章叙写鲁僖公成功降服东方的丰功伟绩，“泰山岩岩，鲁邦所詹”是比喻兼起兴，歌颂鲁公在东方的地位就像泰山一样，为东方人所仰望。

---

①承：抵挡。则莫我敢承：“则莫敢承我”的倒装，没有人敢于阻挡我的力量。 ②炽：兴旺。③黄发：借喻，指老年人。台：同“鲐”。台背：鲐鱼一样的背，即老年人的背，比喻老年人。④胥：相；与：同；试：比。寿胥与试：与长寿者相比。 ⑤大：强大。 ⑥耆：六十岁；而：表示顺承关系；艾：五十岁。俾尔耆而艾：让你六十岁活成五十岁的样子。 ⑦有：又。 ⑧眉寿：长寿。无有害：没灾害。 ⑨泰山：五岳之一，在山东境内，历代帝王封禅之地。岩岩：高峻貌。 ⑩詹：同“瞻”，仰望。 ⑪龟蒙：龟山和蒙山。 ⑫荒：开垦。大东：最东边。 ⑬至于：到达。海邦：海上小国。 ⑭来同：来归顺，来结盟。 ⑮率：真诚。从：服从，跟从。 ⑯鲁侯：指鲁僖公。

保有凫绎[①]，遂荒徐宅[②]。	保有凫山和绎山，保障周王统治权覆盖徐国。
至于海邦，淮夷蛮貊（mò）[③]，	直达海上小国，淮夷、南蛮和北貊，
及彼南夷[④]，莫不率从[⑤]，	以及那南夷各族，没有不真诚归附鲁国的，
莫敢不诺，鲁侯是若[⑥]。	没有不信守诺言的，这是鲁侯的威望所致。

第七章叙写鲁僖公镇抚东南，帮助周王朝安定一方。

天锡公纯嘏（gǔ）[⑦]，眉寿保鲁。	上天赐给鲁公大福，鲁公长寿，鲁国平安。
居常与许[⑧]，复周公之宇[⑨]。	延续常国和许国，恢复了周公姬旦的国土。
鲁侯燕喜[⑩]，令妻寿母[⑪]。	鲁侯燕处快乐，妻子贤惠，母亲长寿。
宜大夫庶士[⑫]，邦国是有。	使大夫庶人士人适宜，周朝拥有这样的诸侯国。
既多受祉，黄发儿齿[⑬]。	已然接受了上天那么多的福祉，令百姓长者能够返老还童。

第八章叙写鲁僖公获得上天的护佑和赐福，妻贤母寿，国泰民安。

徂来之松[⑭]，新甫之柏[⑮]。	徂徕山的松树，新甫山的柏树。

---

①保：抚，安定。凫绎：凫山和绎山。 ②荒：覆盖，统辖。徐宅：徐国。 ③淮夷：东夷的一族。蛮：对南方少数民族的称呼。貊：对东北方少数民族的称呼。 ④及：到达。南夷：荆楚大地，主要指以荆国为中心的南方诸国。 ⑤从：归从，归附。 ⑥是：导致。 ⑦锡：同“赐”。公：鲁僖公。纯：大。嘏：福。 ⑧居：居住，引申为恢复，有兴灭国之功。常、许：均为地名，两个小国的国名。 ⑨复：恢复。宇：国土。 ⑩燕：燕处，安适。喜：快乐。 ⑪令：美，善，贤。令妻：使妻子贤惠。寿母：使母亲长寿。 ⑫宜：使动用法，使……适宜。 ⑬儿齿：老年人掉牙后重新长出嫩牙，形容得天之福。 ⑭徂来：徂徕，山名。 ⑮新甫：山名。

是断是度①，是寻是尺②。	砍断还是破开，几寻还是几尺。
松桷(jué)有舄(xì)③，路寝孔硕④，	松树椽子粗壮，庙堂正殿很大，
新庙奕奕⑤。	新庙高大威严。
奚斯所作⑥，孔曼且硕⑦，	公子奚斯创作此诗，诗歌篇幅很长，体制宏大，
万民是若⑧。	万民认可。

第九章叙写鲁僖公功成名就，伐木修庙，感恩苍天，感恩先祖，得到天下万民的认同。这是德治成功的案例。

《毛诗序》说：“《闷宫》，颂僖公能复周公之宇也。”周代建国之初，形成和完善封建制的时候，将周公的后代（长子伯禽）封在了鲁国，将姜子牙封在了齐国，寄托了一个美好的愿望，那就是利用齐鲁两国维护周王室东部地区的稳定。分封完毕，周王室也曾经有过预测：鲁国必将以礼乐治国，齐国必将走强军路线。后来的历史证明了这个预测是正确的。这首诗歌颂的其实是鲁僖公在追求中兴过程中，充分发挥礼乐教化的作用，以文德和仁德让周边东夷、南蛮、北貊等诸国都能够诚服，但是到什么程度，并没有太多的史料可以佐证，只能从史书阅读中隐约感觉到某种武力之外的力量在影响着周朝的东方，甚至后来一直影响着中国，时至今日，山东曲阜依然为礼乐文明的重镇，礼乐文明依然是东方文明的完整内核。

---

①断：砍下，砍断。度：剖，分开。 ②寻：古八尺为一寻。 ③桷：方形的椽。有：语气助词。舄：大，粗。 ④路寝：庙堂正殿。孔：很。硕：大。 ⑤奕奕：高大威严貌。 ⑥奚斯：鲁国大夫公子奚斯。 ⑦曼：长，广。 ⑧万民：天下百姓。是：代词，指这首诗。若：认同。

鲁国开国之君伯禽的第十九世孙鲁僖公沾沾自喜于自己的中兴之功，嘱咐大夫奚斯创作了这首颂歌。全诗九章，不仅是《颂》中最长的诗篇，也是《诗经》中最长的篇幅。因为是称颂活着的国君，太多的溢美之词、太多的夸张手法、太多的虚美笔法，开了给在位国君创作华而不实的颂歌之先例。今天读这样的诗歌，需要的是反思而不是继承。

此诗艺术上倒是有可圈可点的地方：

首先是布局谋篇。鸿篇巨制的成败，首先是谋篇。比如诗歌的第一章，从姜嫄写起，从姜嫄怀上“天子”写起，表明鲁僖公的血脉与周朝的先祖同宗同源。为全诗奠定了一个很高的起点，这也是为鲁僖公创造的高起点。接下去分别写周王室血脉演变（第二章）、成王封鲁国（第三章）、鲁国战略地位（第四章）、鲁僖公御驾亲征（第五章）、抵定东方（第六章）、镇抚东南（第七章）、天赐百福（第八章）、修庙作诗（第九章），既有政治逻辑，也遵循时间顺序，同时突出主线：以礼乐文明为主导，通过修文德兼武备来服远人。虽然篇幅很长，但是层层演进，逻辑清晰，不觉累赘。

其次是把赋的铺排发挥到极致。这首诗歌直接影响到战国的楚辞和汉代的大赋，且对中国史诗有着一以贯之的影响。本诗对秋祭场面、对鲁僖公亲征战阵、对山川的描写等，都极尽能事地铺陈。清代学者方玉润《诗经原始》的评价：“盖《颂》中变格，早开西汉扬（扬雄）、马（司马相如）先声，固知其非全无关系也。”笔者认同这一观点。

商颂

那

猗(yī)与那与①，置我鼗(táo)鼓②。	盛大啊繁多啊，竖起我的小鼓。
奏鼓简简③，衎(kàn)我烈祖④。	鼓声和谐浑厚，让伟大祖先快乐。
汤孙奏假(gǔ)⑤，绥我思成⑥。	商汤子孙祈福，赐给我太平盛世。
鼗鼓渊渊⑦，嘒(huì)嘒管声⑧。	小鼓声那么深沉，管乐声那么清澈嘹亮。
既和且平，依我磬声。	既和乐又舒缓，循着磬声而始终。
於(wū)赫汤孙⑨，穆穆厥声⑩。	啊，汤的子孙多显赫，那柔和而沉稳的音乐。
庸鼓有斁(yì)⑪，万舞有奕⑫。	洪钟大鼓声音洪亮，万舞的舞态那么从容。
我有嘉客⑬，亦不夷怿⑭。	我有珍贵的客人，个个都很高兴。
自古在昔⑮，先民有作⑯。	自古而今成历史，成为先民的榜样。
温恭朝夕⑰，执事有恪⑱。	朝夕温和恭敬，做事恪尽职守。
顾予烝(zhēng)尝⑲，汤孙之将⑳。	请垂顾我的秋祭和冬祭，汤的子孙我把祭品奉上。

这是宋襄公祭祀先祖的颂歌。与后面的《烈祖》相比较而言，这首诗描

---

①猗：盛大。与：同“欤”，表感叹的语气词。那：多，众多。 ②置：竖起，支起。鼗鼓：有柄的小鼓。 ③奏：击。简简：形容声音和谐而浑厚。 ④衎：乐，使……快乐。烈：伟大。 ⑤汤孙：商汤的子孙。奏：表白，祈祷。假：福禄。 ⑥绥：安，安定。思：语气词。成：平，太平。 ⑦渊渊：鼓声深沉。 ⑧嘒嘒：声音清澈嘹亮。 ⑨於：叹词，啊。赫：显赫。 ⑩穆穆：形容声音柔和而沉稳。厥：那。 ⑪庸：同“镛”，大钟。有：语气词。斁：大，洪大。 ⑫万舞：古代大型舞蹈的名称。奕：舞态从容貌。 ⑬嘉客：美好的客人。 ⑭亦不：不也。夷怿：同义复词，喜悦。 ⑮自古在昔：自古而今已成历史。 ⑯有：表示存在。作：榜样。 ⑰温恭：温和恭敬。 ⑱执事：执行主事，即履行主祭的职责。恪：恭敬。 ⑲顾：垂顾，光顾，莅临。予：我。烝：冬祭。尝：秋祭。 ⑳将：奉献。

写的侧重点是祭祀时大型舞蹈《万舞》的庄重从容。全诗二十二句，可以分为五个层次：第一层为前四句，点明题旨，场面盛大，鼓声洪亮，目的在于祭祀先祖。第二层为第五至第八句，点明主祭者为宋襄公，并感恩祖先的荫护，赐“我”疆土。第三层为第九至十二句，写曲调的和谐平正，襄公的真情投入。第四层为第十三至第十六句，写《万舞》雄壮的场面和洪大的声势。第五层为第十七至第二十二句，写宋襄公承祭祀传统，也承先祖的优良传统，温和恭敬，恪尽职守，最后两句，含蓄表达了自己真诚的祭祀和恳切的请求。

《万舞》是大型舞蹈作品，包括了音乐、舞蹈、歌词等元素，透过这首诗歌，再现了《万舞》规模的宏大，使读者感受了《万舞》画面的庄重和舞者的从容不迫。歌词当中，似乎能感受到音乐的优美和舞蹈的庄重。这当然有赖于诗人精彩的铺排。

烈祖

嗟嗟烈祖①，有秩斯祜(hù)②。	我的伟大的祖先啊，拥有宏大的福祉。
申锡无疆③，及尔斯所④。	无穷无尽的赏赐，遍及你的封疆。
既载清酤(gū)⑤，赉(lài)我思成⑥。	奉上清酒，赐我成功。
亦有和羹⑦，既戒既平⑧。	也有美妙的浓汤，五味调和而平正。
鬷假(zōng gé)无言⑨，时靡有争⑩。	祈祷福祉，默默地，没有争抢。
绥我眉寿，黄耇(gǒu)无疆⑪。	赐给我长寿，黄发老者福无疆。
约軝(qí)错衡⑫，八鸾鸧鸧(qiāng)⑬。	缠绕车毂装饰横木，驷马八铃响当当。
以假以享⑭，我受命溥(pǔ)将⑮。	来祈福来献祭，我接受天命宏大遥远。
自天降康⑯，丰年穰穰(ráng)⑰。	来自上天降安康，丰收之年成果硕。
来假来飨⑱，降福无疆⑲。	来祈祷啊来分享，赐给我们福祉无止境。
顾予烝(zhēng)尝⑳，汤孙之将。	请莅临我的冬祭和秋祭，商汤子孙奉献给您丰盛的祭品。

---

①嗟嗟：叹词，表示强烈赞美。烈：功勋卓著，伟大。 ②秩：大。斯：这。祜：福。 ③申：反复，重复。锡：同“赐”。疆：疆界，止境。无疆：没有止境。 ④及：到达。所：住所。 ⑤载：陈列。酤：酒。 ⑥赉：赏赐。思：语气词。成：福祉。 ⑦和羹：五味调和的浓汤。 ⑧戒：完备。平：平和，温和，适中。 ⑨鬷：奏，祈祷。假：福，福祉。 ⑩时：同“是”。靡：没有。 ⑪黄：黄发者。耇：老者。无疆：无止境。 ⑫约：约束，缠绕。軝：车轮中心的圆木，车毂。错：错综，引申为装饰。衡：车前横木。 ⑬鸾：同“銮”，古代车上的铃铛。鸧鸧：同“锵锵”，玉器碰撞的清澈声音。 ⑭假：名词作动词，祈福。享：献祭。 ⑮受命：接受天命。溥：大。将：长远。 ⑯降：恩赐。康：安康。 ⑰穰穰：丰盛貌。 ⑱来：来到。飨：享用祭祀品。 ⑲降：赐给。 ⑳顾：垂顾，垂爱。予：我的。烝：冬祭。尝：秋祭。

《烈祖》是祭祀商汤的颂歌。全诗与《那》结构几乎相同，《烈祖》侧重于描写肃穆庄重的祭祀场面。可以分为五章：第一章为第一句至第四句。点明题旨，歌颂的主体是伟大祖先，因为拥有宏大福祉，所以上天赏赐众多，疆土无边。第二章为第五句至第八句。清酒祭祀，赐我成功。五味调和，甘之如饴。第三章为第九句至第十二句。祈祷福祉，我将长寿，老者安康。第四章为第十三句至第十六句。祈福祭祀，天赐洪福。第五章为第十七句至第二十二句。天赐安康，福祉无限。最后两句，既是礼节性的，也是实质性的，主祭者想要的或许都在这两句当中。

玄鸟

天命玄鸟①，降而生商，	上天命令神鸟燕子，降落人间而生商祖契，
宅殷土芒芒②。	殷商土地茫茫无际。
古帝命武汤③，正域彼四方④。	天帝命令商汤，治理那四方天下。
方命厥后⑤，奄有九有⑥。	这时候才能号令诸侯和酋长，于是统辖九州。
商之先后⑦，受命不殆⑧，	商的先君，受命不敢懈怠，
在武丁孙子。	尤其是中兴之君武丁。
武丁孙子，武王靡不胜⑨。	武丁是商汤好子孙，武丁仿佛没有什么不胜任的。
龙旂十乘⑩，大糦(xī)是承⑪。	十辆四驾举交龙旗，举行这隆重的祭祀。
邦畿(jī)千里⑫，维民所止⑬，	国都方圆千里，那是庶民的居住地，
肇(zhào)域彼四海⑭。	开始拥有那普天之下。
四海来假⑮，	天下都来朝拜和祭祀，
来假祁祁⑯，景员维河⑰。	来朝拜祭祀的人众多，国界恰好与黄河相连。
殷受命咸宜⑱，百禄是何(hè)⑲。	殷商承接天命很恰当，让殷商接受很多福祉。

---

①天命：上天命令。玄鸟：燕子，殷商图腾，被称为始祖鸟。 ②宅：居住。殷：殷商。殷土：殷商的土地。芒芒：广袤无际。 ③古帝：天帝。武汤：成汤，殷商王朝的开创者。 ④正：治，治理。域：疆域。彼：那。四方：天下。 ⑤方：才。命：布告，号令。厥：那些。后：诸侯国君或部落首领。 ⑥奄：尽，覆盖。有：拥有。九有：九州。 ⑦先后：先君，殷商最初也是夏的诸侯国。 ⑧受命：接受天命。殆：同“怠”，懈怠。 ⑨武王：此处指中兴之君武丁。靡不胜：没有不胜任。 ⑩龙旂：绘有交龙的旗帜。十乘：十辆四驾马车。 ⑪糦：泛指酒食。大糦：大祭。是：这。承：举行。 ⑫邦畿：国境。 ⑬维：同“惟”，是。止：居住地。 ⑭肇：开始，开创。四海：天下。 ⑮假：至。 ⑯祁祁：众多貌。 ⑰景：高大。员：同“圆”，国界。维：同“惟”，表强调。河：黄河。 ⑱咸：都，非常。宜：适宜。 ⑲百禄：极言福禄之多。是：这些。何：同“荷”，承载，享有。

这是一首祭祀殷高宗武丁的颂歌。为了成功塑造中兴之君武丁的光辉形象，诗人开篇七句做好铺垫，集中写殷商的始祖契的诞生，成汤的伟业，在这个高的平台上，自然引出武丁。“商之先后，受命不殆，在武丁孙子”是全诗的起承转合之句，有遥远的商契，伟大的商汤，自然而然过渡到中兴之君武丁。这种烘云托月的手法，更见武丁的雄才伟略。接下去用三分之二的篇幅，写武丁没有什么不能胜任，组织庞大的车队，举行盛大的祭祀，将商王朝的影响力，覆盖到四海之内。最后两句，采用侧面描写的方法，写四海之内的诸侯都来都城觐见和助祭，远人来归附且拜见殷王参与助祭的人不胜枚举，以至于疆界延伸到黄河内外。由于武丁的雄才大略，殷商王朝承接天命异常适合，自然能够承受上苍恩赐的无限福祉。

本诗在艺术上最突出的特色是充满激情。虽然是祭祀颂歌，但是，诗人内心深处充溢着无限的自信和无比的热情，商契不同凡响的出身，让诗人对王权的合法性无比自信。商汤的高尚品德和开疆拓土，让诗人对王朝的稳定充满自信。武丁的高瞻远瞩，让诗人对王朝的中兴和长久性充满自信。而这种自信，见诸文字，就是一首在祭祀场合唱出的激情四射的颂歌。

这首诗揭示了殷商王朝的政治逻辑：一是血统高贵，始祖为天子；二是文治武功，拥有四方；三是勤政不怠，维民所止。这是颂歌，也是政治宣言。

长发

濬(jùn)哲维商[①]，长发其祥[②]。	睿智的殷商，常常显现吉祥。
洪水芒芒[③]，禹敷下土方[④]。	洪水浩浩汤汤，大禹治理国土遍及四方。
外大国是疆[⑤]，幅陨(yǔn)既长[⑥]。	扩大国土之外的疆域，幅员已经那么辽阔。
有娀(sōng)方将[⑦]，帝立子生商[⑧]。	有娀氏正强壮，天帝立即让她生下商契。

第一章追述殷商始祖商契诞生的神秘背景，暗示了殷商政权来自上天的合法性。王权天授，到底是诗人迷茫中的思考，还是诗人有意为之，也许永远没有答案。

玄王桓拨[⑨]，受小国是达[⑩]。	商契勇武奋发，受封小国通达。
受大国是达，率履不越[⑪]。	受封大国通达，遵守礼法不越位。
遂视既发[⑫]，相土烈烈[⑬]， 海外有截[⑭]。	遍地视察发布命令，孙子相土也威武， 海外也能听号令。

第二章歌颂始祖商契开创王业和孙子相土开疆拓土彪炳千秋的丰功伟绩。

---

①濬：深，有深度。哲：聪明。维：同“惟”，乃，是。商：商王朝。 ②长：常常。发：显现。其：他的。 ③芒芒：同“茫茫”，形容水势浩渺。 ④禹：夏禹。敷：治理。下土：国土。方：四方。 ⑤外大国：大国以外。是：表示确定。疆：疆界。 ⑥幅陨：幅员。长：同“张”：扩张。⑦有娀：黄河中游的古老部落，商契的母亲简狄就是有娀族的女人。方：正。将：壮大。 ⑧帝：天帝。立：立刻。子：指有娀氏女简狄。生：降生。商：始祖商契。 ⑨玄王：商契。桓：大。拨：治理。 ⑩受：接受。达：通达，畅达。 ⑪率履：遵循礼节。不越：不越位。 ⑫遂：遍。视：巡视。发：施行。 ⑬相土：商契孙子的名字。烈烈：威武貌。 ⑭海外：海外各国。有：语气词。截：整齐。

帝命不违[1]，至于汤齐[2]。	天帝命令从来没有违反，到成汤时期也是如此。
汤降不迟[3]，圣敬日跻(jī)[4]。	商汤降生适逢其时，圣明恭敬日日上升。
昭假迟迟[5]，上帝是祗(zhī)[6]，	长久地祈祷，敬重上帝，
帝命式于九围[7]。	上帝命令商汤示范九州。

第三章歌颂成汤将商契和相土的事业继续发扬光大，主要思路是敬天明德，然后成为九州诸侯的典范。强调的是王权的合法性和巩固王权的示范性。对统治者的要求颇高。

受小球大球[8]，为下国缀旒(liú)[9]。	接受了小玉大玉，作为附属各国的表率。
何天之休[10]，不竞不絿(qiú)[11]，	接受上天的美意，不争不急，
不刚不柔，敷政优优[12]，	不刚不柔，发布温和政令，
百福是遒(qiú)[13]。	很多福祉因此而聚集。

第四章写商汤秉承上天美意，施行仁政，刚柔相济，宽以待民，因此获得上天恩赐的很多福祉。在诗人的潜意识中，政权的长治久安，在于仁心和民心。这是了不起的政治思想。

---

①帝：天帝。命：命令。 ②至于：到达。汤：成汤。齐：不变。 ③降：降生。不迟：适时。④圣：圣明。敬：恭敬。日：一日一日。跻：升，登。 ⑤昭：命。假：祈祷。迟迟：持续，长久。⑥是：乃；祗：敬。上帝是祗："祗是上帝"的倒装，敬重这上帝。 ⑦式：效法，示范。于：在。九围：九州，泛指中国。 ⑧受：接受。球：美玉。 ⑨为：作为。下国：天下各国。缀旒：旗帜上的飘带，引申为表率。 ⑩何：同"荷"，承担。天：上天。休：美意。 ⑪竞：争。絿：急，急躁。 ⑫敷：施行。政：政治。优优：平和。 ⑬遒：聚集。

受小共(gǒng)大共①，为下国骏厖(máng)②。	接受小宝玉和大宝玉，作为附属各国的宗主。
何天之龙③，敷奏其勇④。	承接上天的恩宠，施展他的勇武。
不震不动⑤，不戁(nǎn)不竦⑥，	不震撼不惊悚，不胆怯不恐惧，
百禄是总⑦。	好多福祉来汇聚。

第五章歌颂商汤接受附属诸侯的归宗，也因此获得上天恩赐的很多福祉。诗人似乎在提醒，天下太平才是真正的福祉。

武王载旆(pèi)⑧，有虔秉钺(yuè)⑨。	商汤高举讨伐夏桀的大旗，紧紧地握着长柄大斧。
如火烈烈⑩，则莫我敢曷⑪。	攻势如烈火一样凶猛，没有人敢阻挡。
苞有三蘖(niè)⑫，莫遂莫达⑬。	夏桀有三个帮凶，不能生长不会长久。
九有有截⑭，韦顾既伐⑮，	九州要实现统一，就要讨伐韦国和顾国，
昆吾夏桀⑯。	再讨伐昆吾和夏桀。

第六章歌颂商汤果断剿灭夏桀和三个帮凶，最终获得统一天下的局面。

---

①共：同“珙”，璧玉。 ②骏：醇厚。厖：荫护，用作名词表示荫护的人，即宗主。 ③龙：同“宠”，恩宠。 ④敷：同“傅”，助。敷奏：施展。勇：勇敢，勇武。 ⑤震：上下震动。动：前后左右平移。 ⑥戁、竦：恐惧。 ⑦是：于是。总：汇总，汇聚。 ⑧武王：指商汤。载：开始。旆：大旗。 ⑨有：语气词。虔：牢固。秉：持。钺：长柄大斧。 ⑩烈烈：火势炽烈，形容气势盛大。 ⑪曷：同“遏”，遏制，阻挡。 ⑫苞：本指树的主干，这里指夏桀。三蘖：砍伐后新生的树枝，这里指助纣为虐的韦国、顾国、昆吾国。 ⑬莫：不能。遂：生。达：长。 ⑭九有：九州。截：齐一貌。 ⑮韦：依附于夏的彭姓小国。顾：依附于夏的己姓小国。伐：被讨伐。 ⑯昆吾：依附于夏的另一个己姓小国。夏桀：夏朝第十七个国君，以荒淫骄奢和暴虐之恶名昭著于史。

昔在中叶[①]，有震且业[②]。	从前在商汤执政中期，的确有威信且影响力强大。
允也天子[③]，降予卿士[④]。	确实具备天子威严，上天安排卿士辅佐他。
实维阿衡[⑤]，实左右商王[⑥]。	这个卿士就是尹伊，的确能够很好地辅佐商汤。

第七章歌颂成汤胜任天命，获得尹伊辅佐，开创殷商广大的疆域和空前的伟业。但是，诗人仿佛故意以尹伊作为终结，可以窥见诗歌的政治意蕴。当今时代，又何尝不是如此呢？任何团队，重视英才、重视人才，才能走向兴旺。天下万事，自以为是，离闭幕的日子就不远了。

这是一首祭祀上天、歌颂天子商汤及其列祖列宗的颂歌。本诗艺术上最突出的特点，就是运用赋的手法，多角度铺排，多层次渲染，成功刻画了殷商群体形象，重点刻画了商汤的形象。从商汤的成功背后，我们要读出的还有政治、经济、社会治理的智慧。因为诗性的语言，这些智慧被表达得更加形象生动且让人印象深刻。

商汤成功的秘诀：一是天命认同。王权神授、王权天授，不论真假，商汤有这个自信，并且通过诗人将这个自信转化为天下人的共识。这是今天读诗破译的密码。二是勇武尊礼。勇武和尊礼，似乎是风马牛不相及，其实不然。获得天下，开疆拓土，没有强大的武力，肯定是异想天开。但是，如果没有对礼法的尊重和践行，王权的颠覆就像明末李自成大顺政权的结局一

①昔：过去。中叶：中期。 ②有：拥有。震：权威。业：大势。 ③允：诚信。也：语气词，表示感叹。 ④降予：赐予。卿士：执政官，六卿之首。 ⑤实：确信，确实。维：是。阿衡：成汤的宰相尹伊。 ⑥实：确实。右：同“佑”。左右：辅佐。

样，顷刻之间就崩塌。商汤想到了，商汤做到了，所以，商汤成功了。三是增进德行。以德治国，以德服人。诗歌第三章表明了道德修养的重要。注重道德修养的政治价值，的确是远见卓识。时至今日，绝不过分，绝不过时。四是宽容施政。怀柔政策，善待人民，善待诸侯。无论是对人民，还是对士人，抑或是对诸侯，怀柔政策比残暴政策要好得多。可惜，这个道理，并不是很多人懂得。所以，商汤之后，少有如商汤者。五是决策果断。把握时机，高举革命旗帜，一举荡平夏桀，并坚决铲除帮凶。这是一代君王不可少的品质，大事小事，若优柔寡断，必然身受其难。六是重用人才。凡事都想亲力亲为，就算是诸葛亮，也不会成大事，蜀汉江山江河日下，不是诸葛亮不能干，而是诸葛亮太能干，把别人的活都干了。做实事，长才干。没有锻炼和磨炼的机会和平台，怎么会有杰出的人才出现？对人才不能包容，不能允许尝试和失败，或者干脆不信任，那又有什么用呢？七是笃信天命。对天命是真信还是假信，这很重要，事关信仰，事关灵魂的安顿，自从有人类以来，没有信仰的民族是可怕的民族，也是一个必然毁灭的民族。——读此诗，能够理解商汤，成为商汤的知己，或许就不会辜负孔子的苦心孤诣。

当然该诗艺术方面可圈可点的地方不少：一是布局精巧。体制如此庞大的诗歌，逻辑却非常清晰。二是赋的铺排精彩纷呈。无论是背景描写，还是正面描写，侧面描写，需要的时候浓墨重彩，简洁的时候惜墨如金。三是除了个别地方外，基本句句用韵。每章换韵，使诗歌音乐节奏感非常强，自然也非常适于配乐和配舞蹈。四是语言华丽而不失庄重。既有真诚的歌唱，也蕴含着厚重的力量。

殷武

挞彼殷武[1]，奋伐荆楚[2]。	兵贵神速啊那武丁，奋力讨伐荆楚。
罙(shēn)入其阻[3]，裒(póu)荆之旅[4]。	深入荆楚险阻，成群俘获荆楚俘虏。
有截其所[5]，汤孙之绪[6]。	让这些治所纳入商的版图，成为商汤孙子的功业。

第一章叙写武丁讨伐荆楚，深入绝险，大获全胜，将荆楚纳入商王朝的版图，建立不世之功。这是武丁作为中兴之君，扩大版图的杰出贡献。

维女(rǔ)荆楚[7]，居国南乡[8]。	你那荆楚之地，处在中国南方。
昔有成汤[9]，自彼氐羌(dī qiāng)[10]，	过去有成汤，就算那遥远的氐、羌，
莫敢不来享[11]，莫敢不来王[12]，	也没有敢不来进献的，没有敢不来朝拜的，
曰商是常[13]。	认宗归商是恒常。

第二章回顾武丁对于荆楚归附者的训诫。非常艺术地把武丁与商汤相提并论，成汤征服氐羌，武丁征服鬼方（荆楚），认宗归商是天下诸侯明智的选择，是天道恒常的规律。

---

①挞：同"达"，迅速。殷武：殷王武丁。 ②奋：奋勇。伐：攻打。荆楚：荆楚之地，即楚国。 ③罙："深"的本字。其：指祖国。阻：险阻，险要。 ④裒：俘获。旅：众士兵。 ⑤有：语气词，无实义。截：整齐，使整齐划一。其：他的，楚国的。所：治所。 ⑥绪：功业。 ⑦维：同"唯"，只有。女：同"汝"。 ⑧居：处在。国：中国，指天子直辖区域，即王畿之地。南乡：长江汉水流域在于商朝国都南方，故称之为"南乡"。 ⑨昔：过去。成汤：商汤。 ⑩自：身处。氐、羌：古族名，主要分布于今天的陕西、甘肃、四川西部等地。 ⑪莫敢：不敢。享：进献。 ⑫王：名词作动词，朝见商王。 ⑬曰：确认，认定。商：商王朝。是：表判断。常：常态，永久。

天命多辟[①]，设都于禹之绩[②]。	上天命令众位诸侯，建都在大禹治水的陈迹。
岁事来辟[③]，勿予祸(guò)适(zhé)[④]，	每年的重要事情是来朝见，施政宽容不苛责，
稼穑匪解(xiè)[⑤]。	播种和收割从不懈怠。

第三章叙写天下诸侯奉上天命令，在大禹治水的陈迹上建立起自己的国都，但是，每年最重要的事情就是朝见和稼穑。

天命降监[⑥]，下民有严[⑦]。	上天命令向下监察，天下百姓恭敬庄重。
不僭不滥[⑧]，不敢怠遑[⑨]。	他们不僭越不越轨，不敢懈怠不得闲暇。
命于下国[⑩]，封建厥福[⑪]。	命令到达附属诸侯国，分封建国是上天赐福。

第四章写武丁天命所归，上天垂爱，人民和睦，勤奋工作，诸侯分封，天下安宁。

商邑翼翼[⑫]，四方之极[⑬]。	商都井然有序，是诸侯国都的典范。
赫赫厥声[⑭]，濯濯厥灵[⑮]。	高宗显赫的声誉，高宗光明的灵魂。
寿考且宁[⑯]，以保我后生[⑰]。	赐给长寿与康宁，保佑我的子孙。

---

①命：命令。多：众多。辟：国君。 ②设：设立。都：国都。禹：夏禹。绩：同“迹”，踪迹，陈迹。 ③岁事：每年的事情。来辟：来朝见君王。 ④勿：不会。予：施与。祸：同“过”，过失。适：同“谪”，谴谪。 ⑤匪：同“非”。解：同“懈”，懈怠。 ⑥降：降临。监：监察人间。 ⑦下民：百姓。严：恭敬庄重。 ⑧僭：僭越，越礼。滥：过分，越轨。 ⑨怠：懈怠。遑：闲暇。 ⑩于：到达。下国：附属的各诸侯国。 ⑪封建：分封建国。厥：那。福：福祉，作动词用，获得福祉。 ⑫邑：城池。商邑：商的国都。翼翼：井然有序貌。 ⑬四方：四方诸侯国。极：准则。 ⑭赫赫：显赫盛大状。声：政治声誉。 ⑮濯濯：光明。灵：神灵。 ⑯寿考：高寿。宁：康宁。 ⑰后生：子孙后代。

第五章写武丁治下的商都井然有序，堪称天下典范。祈祷武丁在天之灵，护佑苍生，护佑子孙。

陟彼景山①，松柏丸丸②。	登上那景山，松柏挺入云霄。
是断是迁③，方斫是虔④。	于是砍伐运出，于是刀砍刀削。
松桷(jué)有梴(chān)⑤，旅楹有闲⑥，	松树椽子那么修长，众多柱子那么粗壮，
寝成孔安⑦。	宗庙建成，是那么安宁。

第六章写建立宗庙，纪念高宗。

这是周王祭祀高宗武丁的颂歌。作为《商颂》最后一篇，也是《诗经》的最后一篇，《殷武》给人留下深刻的印象。“开拓容易，守成难。”这是封建时代一个绕不开、解不了的社会学症结。殷商作为远古时代的王朝，能够在前行数百年处于颓势下行阶段，实现中兴气象，那是非常了不起的。因为汤武革命之商汤的革命，没有可以借鉴的模式，不像近代革命有指导思想，他们只有借助天命，然后借助德行，再借助武力。这三个因素，是成功的必要条件，也基本上是充要条件。由于商汤灭掉夏桀的时候，正是夏王朝处于极端荒淫腐败的阶段，而商汤的团队又处于蒸蒸日上的阶段，相对比较容易。而武丁中兴，却是团队颓废、内部荒淫、政治下行的阶段，要用新的

---

①陟：登上。景山：商都附近的一座小山。 ②丸丸：直立貌。 ③是：乃，于是。断：砍伐。迁：迁移，把锯断的树木搬下山来。 ④方：是。斫：砍。虔：削。 ⑤桷：方形椽子。梴：树木修长貌。 ⑥旅：众。楹：柱子。闲：粗大。 ⑦寝：寝庙，原指宗庙中放衣服之处，此处泛指宗庙。成：建成。孔：很。安：安定，安宁。

思想、新的策略、新的方法让一个高速下行的王朝重新振作甚至复兴，这个难度丝毫不亚于商汤革命。商汤革命，解决的是外部问题；武丁中兴，要解决的是内部问题。

根据《史记·殷本纪》记载："帝武丁即位，思复兴殷，而未得其佐。三年不言，政事决定于冢宰，以观国风。武丁夜梦得圣人，名曰说。以梦所见视群臣百吏，皆非也。于是乃使百工营求之野，得说于傅险中。"从这段历史资料可以窥测，武丁中兴的策略：一是谋定后动。三年不言，仿佛后世楚庄王"三年不飞，一飞冲天"，那是对天下的谨慎持重，而不是后世有些人"新官上任三把火"的浮躁作风。二是信任冢宰。把国家政事交给冢宰，自己旁观见习。如此谦虚，天下之大，没多少人能够做到。三是重用人才。为了访寻傅说，可谓用心良苦；当然傅说不负重托，终于帮助武丁开创了殷商的中兴局面。

读诗如读史，读这首诗，如果能够明白这点道理，就没有白读。孔子选编《殷武》，也许是对收拾春秋礼乐崩坏的局面有自己的独特期许吧。此诗的艺术特色，不必赘述了。

参考书目

[1] 陈生玺. 张居正讲评《诗经》[M]. 上海: 学林出版社, 2009.

[2] 陈永正. 诗注要义 [M]. 上海: 上海古籍出版社, 2018.

[3] 承华. 执子之手:《诗经》里的深情与植物 [M]. 武汉: 长江文艺出版社, 2017.

[4] 黛琪. 爱情就在桑间濮上: 风情万种说《诗经》[M]. 杭州: 浙江古籍出版社, 2012.

[5] 董晶晶. 三千年前的歌唱: 诗经 [M]. 郑州: 中州古籍出版社, 2014.

[6] 杜若明. 诗经 [M]. 北京: 华夏出版社, 2006.

[7] 尔雅, 文道. 最美是诗经 [M]. 北京: 北京联合出版社, 2016.

[8] 傅永聚, 韩钟文. 儒家文艺思想研究 [M]. 北京: 中华书局, 2003.

[9] 侯敏. 现代新儒家美学论衡 [M]. 济南: 齐鲁书社, 2010.

[10] 华夏国学书院. 诗经三百首大师导读 [M]. 北京: 石油工业出版社, 2013.

[11] 李颜垒. 最美不过诗经 [M]. 郑州: 中州古籍出版社, 2016.

[12] 李元洛. 诗美学 [M]. 北京: 人民文学出版社, 2016.

[13] 刘蟾. 诗经密码: 中国人的野性与疯狂 [M]. 长沙: 湖南文艺出版社, 2013.

[14] 刘小枫. 诗化哲学 [M]. 上海: 华东师范大学出版社, 2011.

[15] 马文戈. 桃李春风总关情：《诗经》中的古老爱情 [M]. 北京: 北京工业大学出版社, 2015.

[16] 钱发平. 诗经的历史 [M]. 重庆: 重庆出版社, 2006.

[17] 曲黎敏. 诗经：越古老，越美好 [M]. 南京: 江苏凤凰文艺出版社, 2016.

[18] 王振复. 中国美学的文脉历程 [M]. 成都: 四川人民出版社, 2002.

[19] 吴峰. 诗经之美 [M]. 北京: 北京联合出版社, 2016.

[20] 于民，孙通海. 中国古典美学举要 [M]. 合肥: 安徽教育出版社, 2000.

[21] 周振甫. 古代诗词三十讲 [M]. 重庆: 重庆大学出版社, 2010.

[22] 周振甫. 诗经译注 [M]. 北京: 中华书局, 2013.

[23] 朱光潜. 诗论 [M]. 上海: 生活·读书·新知三联书店, 2012.

[24] 朱祖荣.《诗经》精读 [M]. 武汉: 武汉大学出版社, 2016.

后记

心　歌

《诗经心读》是对我生命潜能的再次挑战！《诗经》被孔子选编以来，注家不可胜数。重注，需要学养、学力、体力，很多专业学者终其一生不愿挑战，而我在知天命之年选择重注《诗经》。我以为，《诗经》最宝贵的品质在于真诚，是先民先哲灵魂深处的心歌，我的解读超越时空，与诗人心心相连、心心相通、心心相印，把他们的心歌带回现实生活。所以，拙著名为《诗经心读》。

《诗经心读》于2016年4月准备资料，于2017年4月动笔，《诗经心读·国风》一气呵成于2018年4月。《国风》的核心是个体的，情感的，伦理的，价值的；而《雅》《颂》的核心是社会的，历史的，思想的，政治的。《雅》《颂》重注相比《国风》要难得多。面对两千多年来无数学者反复耕耘的《雅》《颂》，我必须像解读《国风》一样别开生面！难道我也只能重注完《国风》就止步？不可以，不可以。于是按下暂停键，重读康德、黑格尔、严复等，8个月之后再次提笔，文思如泉涌，对《雅》《颂》的每首诗都读出新意。初稿于2019年1月完成。疲惫而兴奋莫名！

一如此前的著作，初稿完成我并不急于打磨，而是又按暂停键，静静地读书。重新提笔，已是2019年8月中旬。谢绝所有应酬，晚上除了万步走，就是打磨。2020年1月3日，《诗经心读》打磨完毕，拂面的凉风中已有春天的气息！

数以千计的夜晚，万籁俱静，枯灯独坐，我或心如平湖映照《诗经》人物的神态和心态，或心如满月朗照《诗经》人物的淡雅与飘渺，或心如朝阳尽显《诗经》作者的心识与理想，或心如晚照流露出《诗经》作者的忧伤和怅惘，或心如流溪飞溅出《诗经》作者的低吟和浅唱，或心如大江大河洋溢着《诗经》时代的风流与激荡，或心如大海荡漾着《诗经》时代的浑厚与奔放……《诗经心读》就这样经历无数静夜而诞生！

《诗经心读》规避汉代经学的路子，规避宋代理学的路子，规避乾嘉学派的路子，回到先秦，回到西周，回到《诗经》作者的内心，读懂他们的向往，读懂他们的淳朴，读懂他们的奔放，读懂他们的善良，读懂他们的信仰，读懂人类轴心时代中国先民的理性智慧和审美理想！《诗经心读》是优秀传统文化的转换与创新，是别开生面的美学气象，是原汁原味的伦理风俗，是原始野性的爱恨情仇，是脚踏实地的实践理性，是仰望星空的期待神往！

《诗经心读》诞生要感谢英年早逝的父亲柳涤亚。若非他的苦心孤诣，让我有机会在初中含英咀华，吟诵《唐宋绝句一百首》《唐宋词一百首》，使我有了诗和远方，自然不会有今天《诗经心读》的面世。

《诗经心读》诞生要感谢我的母亲程月英。家母给我的影响不在知识，而在于伦理。记事以来，她数十年没有责骂过我。她对长子的尊重与包容，让我对家庭、家族、教育、社会有了责任与担当的自觉。我不可以自暴自弃，我不可以随波逐流，我不可以放纵放肆，我必须孜孜不倦，我必须只争朝夕，我必须向上向善！母亲，用一生的淡泊，教会了我心存慈悲，教会了我学会放弃：不与任何人斤斤计较，不与任何人较一时之长短！若非如此，如何能够心如止水，心无旁骛，一而再、再而三向学术高地发起一次又一次的深度冲击；若非如此，自然不会有《诗经心读》面世！

《诗经心读》诞生要感谢妻子夏飞雪。30多年前，家中遭遇突如其来的变故，就是这时，夏飞雪勇敢地走到了我身旁，不久成了我的新娘。从此，相濡以沫。任何人生选择，夏飞雪都支持，1995年2月，我南下广州，几乎所有的亲朋故旧都不理解并持反对意见，妻子支持且默默追随！在广州生活了27年，我仅陪她去过白云山、东湖公园、天河公园，其余风景点都没有去过。她数十年如一日，照顾母亲和我的生活，无怨无悔陪伴我读书著述。若非如此，自然不会有《诗经心读》面世！

《诗经心读》诞生要感谢数十年来给我创造挫折的人！挫折是人生的财富。2003年我参加全省联合公选，以第一名的成绩入围，却在最后关头惜败。一夜无眠后，第二天我调整了人生的策略：向内求，练内功。于是硕士、博士一口气读完，出版了《美学视阈的语文教育》《学习型学校的管理理论和策略》《思想政治教育的文化传承与创新研究》等畅销和常销书，当我再次出现在公众视野的时候，已经是一个学者、一个行者、一个思想者。从此，追求生命的永恒价值，廉政成为生命的自觉，平庸早已不是人生的选项！我遵从刘鸣先生、朱新秤先生、郑永廷先生的教诲，有平台就好好做事业，无平台就好好追求学术。面对任何逆境，不怨天不尤人，回归内心的宁静，心无旁骛读书著述。若非如此，自然不会有今天《诗经心读》面世。

如果说，六年前开始重注《诗经》是“向死而生”的选择，那么历时六年的阅读、撰写、修改、打磨则是“诗意栖居”的必然，数千个日夜，每天都浸润在对真、善、美的追求中！今天，完成了《诗经心读》三校稿，空气中弥漫着夏天的气息！心中充溢着感恩！感恩生命中的相遇、相识、相知！

柳恩铭

2021年4月7日于羊城

2022年5月8日再次修订